Knaur

Von Olov Svedelid sind außerdem erschienen:

*Der Tag des Gerichts*
*Wiedergänger*
*Piraten*

Über den Autor:

Olov Svedelid, geboren 1932, veröffentlichte 1964 sein erstes Buch, dem seither mehr als neunzig andere Genres gefolgt sind, u. a. historische Romane und Kinderbücher. Berühmt geworden ist Svedelid durch seine Polizei- und Detektivromane, die ihn beim schwedischen Lesepublikum zu einem der populärsten Autoren gemacht haben. Seit 1972 sind rund zwanzig Romane um den Fahnder Roland Hassel erschienen, den Helden des vorliegenden Romans.

Olov Svedelid

# Boten des Todes

Roman

Aus dem Schwedischen
von Erik Gloßmann

Knaur

Die schwedische Originalausgabe erschien 2001 unter dem Titel
»Dødens Budbärare« im Bokförlaget Forum Stockholm

Besuchen Sie uns im Internet:
www.knaur.de

Vollständige Taschenbuchausgabe 2003
Droemersche Verlagsanstalt Th. Knaur Nachf., München

Umschlaggestaltung: ZERO Werbeagentur, München
Umschlagabbildung: Ausschnitt aus einem Gemälde
von Harald Sohlberg/Mondschein 1909
Reproduktion, Druck und Bindung: Clausen & Bosse, Leck
Printed in Germany
ISBN 3-426-62287-4

2 4 5 3 1

Personen, Namen und Handlungen
dieses Romans sind frei erfunden.
Jede Ähnlichkeit mit lebenden Personen
oder tatsächlichen Ereignissen wäre rein zufällig.

# 1.

Drei Sekunden können eine Ewigkeit sein. Die Kleine trippelte von der anderen Straßenseite her geradewegs über die Fahrbahn; ich würde nicht mehr bremsen können. Doch dann blieb sie stehen, und ich schaute kurz in ihr rundes Gesicht mit den großen Augen. Sie begriff nicht - hier kam der Tod in Blech und Chrom; sie hatte nur noch kurze Zeit zu leben. Im äußersten rechten Augenwinkel bemerkte ich einen geparkten Lieferwagen und drei Männer, die gerade ausstiegen. Der Blick des Mädchens spiegelte den Tod, den Tod des Fahrzeugs, mein sterbendes Auto.

Das Reptilgehirn übernahm, und ich agierte instinktiv. Zitternde Finger umkrampften das Lenkrad, und aus dem Nichts befahl jemand meinem Unterbewußtsein, scharf nach rechts hinüberzuziehen. Mein Auto krachte frontal in die linke Seite des Lieferwagens, und das Mädchen blieb am Leben; der Tod hatte es um Zentimeter verfehlt. Das Gesicht gegen die Frontscheibe und den Brustkorb gegen das Lenkrad gepreßt, blieb ich einen Moment lang wie paralysiert sitzen. Verdammt, keinen Sicherheitsgurt angelegt, waren ja nur hundert Meter gewesen, verdammt! Die Nase blutete und die Schlüsselbeine schmerzten, verfluchte Scheiße!

Die drei Männer starrten mich und mein verbeultes Auto an. Einer von ihnen machte eine Bewegung, als wollte er näher kommen, doch ein anderer packte ihn am Arm und zerrte ihn zurück, so daß er die Balance verlor und sich am Türgriff eines Ladens festhalten mußte. Die anderen beiden bewegten die Lippen und sagten oder riefen etwas, worauf er sich wie ein Hund duckte und ihnen in Richtung der Kreuzung von St. Eriksgatan und Fleminggatan folgte.

Es war wie in einem Fiebertraum oder wenn die Schleier des Schlafes das Gehirn freigeben, es war unwirklich, es geschah in einer anderen Welt, falls es überhaupt geschah. Die Kleine - wie ging es ihr? Träge wendete ich den Kopf und zwinkerte mir die Tränen des Schmerzes aus den Augen. Sie war wieder auf dem Weg über die Straße. Der Befehlsgeber aus dem Nichts, der das Kommando über meine Gliedmaßen übernommen hatte, ließ mich die Tür öffnen. Mit schlotternden Knien stieg ich aus. Vier wackelige Schritte, dann hatte ich das Mädchen eingeholt. Auf der anderen Straßenseite saß eine junge Frau nahe der Hauswand auf dem Bürgersteig. Jemand bemühte sich, ihr beim Aufstehen zu helfen.

Als ich mit dem Kind auf dem Arm herüberkam, war sie gerade auf die Beine gekommen und lehnte sich gegen die Wand. Wortlos streckte sie die Arme aus und umarmte ihre Tochter. Die Männer neben ihr nickten uns zu; sie hatten geholfen und gingen ihrer Wege. Wir befanden uns vor einem Restaurant, und ich musterte die Kulisse zu diesem seltsamen Traum. Auf dem Schild über dem Eingang stand „China Corner", rechts und links waren Fenster, hinter denen vergoldete Drachen schimmerten, die Pagodenlampen im Maul trugen. Auf den Scheiben stand in großen, weißen Buchstaben: „Großes Bier - 28 Kronen". War sie bei Metro in dem Ziegelpalast an der Ecke zur Fleminggatan einkaufen gewesen? Ich schaute instinktiv in diese Richtung; in meinem Schockzustand meinte ich, der Straße ansehen zu können, wer auf ihr gegangen war. Auf dem quergemauerten Teil der Fassade saßen vier große, dunkle Steinköpfe und starrten mich aus blinden Augen an. Die junge Frau atmete schwer und sagte leise und unsicher:

„Bin krank... eine Art Epilepsie... obwohl es anders im Kopf... für eine Weile wird alles ganz schwarz... ist die Hölle... man weiß ja nie... nehme Medizin und Pillen, daß es im Magen rasselt, wenn ich mich bewege..."

„Bloß gut, daß ich noch ausweichen konnte", murmelte ich.

„Meine liebe kleine Pia... meine einzige... ihr Vater konnte mit einem gesundheitlichen Wrack wie mir nichts mehr anfangen... habe immer Angst, mich ernsthaft zu verletzen, wenn ich stürze..."

Ich strich mir mit der Hand über die Stirn. Warum war sie so naß vom Schweiß?

„Du solltest nicht allein auf die Straße gehen."

„Ich weiß ja. Meine Mutter kümmert sich sonst. Aber heute konnte sie nicht und da… großer Gott, wir brauchen ja was zu essen… glaubte, ich würde es schaffen… war bei Metro an der Ecke…"

„Wohnst du in der Nähe?"

„Gleich hier, in der Einundvierzig. Könntest du… ich meine… die Taschen mit den Einkäufen… Pia lasse ich heute nicht mehr los…"

Schweigend sammelte ich die Lebensmittel ein, die aus den Plastiktüten gefallen waren, und begleitete die Frau zu ihrer Haustür. Wir kamen an Georg Sörmans Herrenausstatter vorbei - hatte es dieses Geschäft nicht schon immer hier gegeben? Seit Gründung der Stadt? Mit dem Firmennamen in grün leuchtenden, offenen Neonröhren und einem weißen, winkenden Pfeil, der auf den Eingang zeigte, darüber ein eleganter Herr mit Hut und Stock… Ich mußte schon millionenmal an diesem Geschäft vorbeigekommen sein; als Kind hatte mich die Neonreklame ungemein beeindruckt . Sie blieb vor ihrer Tür stehen und zog ein Schlüsselbund aus der Tasche ihres verschmutzten Mantels. Der linke Teil des Eingangs wurde von Sörmans Schaufenster, der rechte von einer Damenboutique flankiert. Reflektorisch warf ich einen Blick auf mein verbeultes Auto, das sich wie ein Bremsklotz unter den Lieferwagen geschoben hatte. Stand es nicht im Halteverbot? Und wenn schon…

Hinter drei Briefkästen in Gelb, Blau und Rot begann das Schaufenster von Kungsholms Buchhandlung, wo ich Kunde war; anschließend bot Guldfynd Schmuck an. Links davon gab es den Fahrradladen und daneben einen Friseur; alle Geschäfte lagen dicht beieinander. Im Stockwerk darüber hatte sich ein Lokal namens „Golden Crown" etabliert. Über alle Fenster erstreckte sich der Schriftzug „KONZESIONIERT". Ein „S" fehlte, aber was spielte das für eine Rolle? Mir, der ich noch im Nebel des Schocks herumirrte, war es jedenfalls egal.

Plötzlich schlug eine Stichflamme aus dem Lieferwagen, und das Folgende geschah in Sekundenbruchteilen: Ich sah das

Inferno, ich beobachtete, wie sich das Fahrzeug scheinbar lautlos in unzählige Splitter zerlegte, die wie Projektile in alle Richtungen flogen, und auch mein Wagen, mit dem anderen verbunden, verwandelte sich in eine Sprengbombe. Das große Schaufenster der Boutique wurde wie von einer unsichtbaren Faust eingedrückt; andere Glasscheiben hörten einfach auf zu existieren. Wie in einem Tornado flogen Gegenstände durch die Luft.

Unmittelbar darauf erreichte mich die Geräuschwelle. Die Erde explodierte mit einem Donner, der mir die Trommelfelle zerriß; er saugte mir das Gehirn aus dem Schädel. Es war, als hätte ein Jumbo-Jet nur einen Meter entfernt die Schallmauer durchbrochen; der Schmerz war unerträglich, und mein Gehör versagte. Die Druckwelle wirkte wie ein gewaltiger Schlag, nahm mir den Atem und warf mich zusammen mit der Frau und dem Kind gegen die Haustür.

Dann hielt die Zeit an und blieb eine ganze Weile stehen. Die Frau und ich lagen da wie ausgeteilte Spielkarten. Das Mädchen Pia begann zu schreien. Es mußte ein Schrei sein, denn sie riß den Mund auf und verzerrte das Gesicht. Wieder befand ich mich in einer künstlichen Welt, in der es nichts Reales gab; wir waren willenlose Marionetten, die von einer hohnlachenden Teufelsgestalt gelenkt wurden. Die Frau stöhnte, nahm ich an, stützte sich auf den Ellenbogen und zog ihre Tochter an sich; sie befürchtete wohl, die Kleine könnte wieder davonlaufen. Sie wandte mir ihr bleiches Gesicht zu, und ich konnte die Frage von den Lippen lesen:

„Sind wir… gerade gestorben?“

Meine Lippen antworteten ebenso stumm:

„Ich weiß nicht… vermutlich ist in dem Wagen eine Bombe explodiert. Vielleicht sind wir aber wirklich tot…“

Sechs Monate, zwei Wochen und drei Tage hatte ich frei gehabt, bei vollem Lohn. Eigentlich war ich krankgeschrieben gewesen, aber ich zog es vor, von Freizeit zu sprechen. Man hatte mir ein Programm für physische Erholung verordnet, das ich brav absolvierte, und einen eifrigen Therapeuten für die seelische Balance. Der Kerl war ein so unausstehlicher Besserwisser, daß ich mich immer schlechter fühlte, und schließlich schwänzte ich die Behandlung. Ich befand mich nicht zum ersten Mal in einer solchen Lage, aber diesmal war es besonders knapp gewesen. Daß ich überlebt hatte, konnte keiner begreifen; daß ich psychisch wieder klarkam, war mir selbst ein Rätsel.

Virena nahm alle Urlaubstage und anschließend eine unbezahlte Freistellung, so daß wir ein halbes Jahr ganz für uns hatten. Genau das war es, was meine zerrissene Seele brauchte; Virena wurde zu meiner Heilerin und Therapeutin, ohne daß es großer Worte bedurfte. Wir merkten, daß dieses Leben das wahre war - warum hatten wir das nicht früher erkannt? Ein harmonisches Dasein ist vielleicht nur möglich, wenn man sich gegen die Welt abschirmt.

Morgens wurde die Zeitung in den Briefkasten geworfen, und wir blätterten, bis wir die Unterhaltungsseiten und das Kreuzworträtsel gefunden hatten, und pfiffen auf politische Debatten und Katastrophenberichte. Wir sahen zu, daß Elin sich auf den Weg zur Schule machte, und blieben dann noch eine Weile im Bett liegen, bis es Zeit für einen Spaziergang und für ein gutes Essen war, zu Hause oder anderswo. Oft gingen wir ins Kino, um uns Komödien oder Abenteuerfilme ohne Botschaft und vor allem ohne infantile Actionszenen anzusehen. Wir besuchten Ausstellungen und Theatervorführungen, und wenn uns das Stück nicht gefiel, verließen wir es in der Pause. Gemeinsam bereiteten wir das Abendessen und tranken dabei ein Gläschen Wein; dann speisten wir bei Kerzenschein. Wenn Elin mal nicht durch ihre Freundinnen in Anspruch genommen war, spielten wir Gesellschaftsspiele. Den ganzen Sommer über wohnten wir im Paradies, und das liegt bei Grislehamn. Wir badeten, sonnten uns, tollten herum, und wenn es langweilig wurde, fuhren wir in die Stadt zurück. Unsere Familie war die Welt, mehr brauchten wir nicht.

Virena und ich, wir waren uns noch nie so nahe gewesen.

Wir erkannten, daß Arbeit und protestantische Pflichtmoral, wie sie bei uns verstanden wird, die größten Hindernisse sind, wenn es darum geht, eine Partnerschaft aufzubauen und zu vertiefen. Der alte Luther saß da und palaverte mit seinen durstigen Schülern, während er seine sanfte Gattin liebkoste; für ihn war es leicht, andere zur Arbeit anzutreiben, bis ihnen der Rücken krumm wurde. Falls es das war, was er predigte; ich hatte ihn ja nicht persönlich gekannt. Daß Virena über einen bissigen, drastischen Humor und einen angenehmen Hang zur Frivolität verfügte, wurde mir in diesen Monaten zum ersten Mal richtig bewußt.

Man will nie glauben, daß die schönen Tage auch einmal zu Ende gehen und es wieder Zeit wird, am Sauerteig des Lebens zu nagen, doch für einen, der vom Staat bezahlt wird, kommt, wenn der große Lottogewinn ausbleibt, unausweichlich der Tag, an dem er sich zum Dienst zurückmelden muß. Doch wir gelobten einander, das schöne Leben von Tagedieben fortzusetzen, sobald sich eine Gelegenheit bieten würde.

Zurück in die alte Welt, zurück zu Gier und Schmutz, Gefühlskälte und Brutalität. Als Mitarbeiter der Informationsabteilung konnte ich mich natürlich hinter meinem Schreibtisch verstecken und mit leichten Routineaufgaben wieder in Form bringen, doch auch die Papiere, die ich wälzte, konfrontierten mich mit krimineller Mentalität und Energie.

Und zwei Wochen später fuhr ich also in einer relativ unwichtigen Routineangelegenheit die St. Eriksgatan entlang - und landete in einer der schlimmsten Explosionen, die wir in diesem Land bisher erlebt hatten. Ein gläubiger Mensch konnte den Eindruck gewinnen, daß eine höhere Macht es gut mit Stockholm und seinen Gästen gemeint und eine schützende Hand über die Stadt gehalten hatte, denn wie durch ein Wunder kam kein Mensch ums Leben. Viele wurden durch Glassplitter verletzt. Ich erfuhr nicht, wie viele Scheiben durch die Druckwelle zu Bruch gegangen waren, doch die Glasereien der Gegend konnten ihren Jahresumsatz sicher vervielfachen. Das Gebäude in unmittelbarer Nähe des Lieferwagens hatte schwerere Schäden davongetragen; besonders die Buchhandlung war betroffen.

Wer hatte den Anschlag verübt? Warum? Was hatten die Täter erreichen wollen? Welcher Sprengstoff wurde verwendet? Wer steckte dahinter? Die letzte Frage läßt sich erfahrungsgemäß erst beantworten, wenn das Motiv klar ist. War es eine interne Rache unter Gangstern? Die sinnlose Tat kranker Hirne? Oder handelte es sich um einen Terrorakt in einem laufenden Konflikt? Noch hatte sich keine Person oder Gruppe schuldig bekannt, „die Verantwortung übernommen“, wie es in den Massenmedien oft heißt, doch Verantwortung ist ein positiv besetzter Begriff, der nach Schutz und Sicherheit klingt. Schuld ist das einzig richtige Wort.

Der Donnerstag im September war kalt, windig und regnerisch gewesen, so daß die Leute nicht viel Lust verspürt hatten, auf die Straße zu gehen, und um halb zwei am Nachmittag hatte der Feierabendverkehr noch nicht eingesetzt, so daß die St. Eriksgatan, auf der sich sonst stets eine Autoschlange dahinquälte, ungewöhnlich leer gewesen war. Kalkül oder nur Zufall?

Die Teile, die von dem Lieferwagen noch übrig waren, reichten für eine mögliche Identifizierung. Wahrscheinlich ein Japaner, der auf Lindingön ein paar Tage vorher als gestohlen gemeldet worden war. Dann hatten wir die Zeugen. Vage, ausweichend, unsicher. Wie immer sagten die wenigen, die wir ausfindig machen konnten: „Es ging alles so schnell...“ „Ein neutraler Lieferwagen, der am Straßenrand parkte. Nichts, was im Gedächtnis bleiben würde. Einige Männer, die ausstiegen. Auch nichts Merkenswertes. Eine Alltagsszene unter tausend anderen, wie sie tagtäglich wie Wellen auf dem Wasser an einem vorüberziehen, eine der anderen gleich. Danach hatte es den Unfall mit meinem Auto gegeben, und der war natürlich von mehreren Zeugen beobachtet worden, ebenso das Kind auf der Fahrbahn, doch das brachte uns, was die Männer aus dem Lieferwagen betraf, nicht weiter. Vielleicht hatte jemand mehr gesehen. Heutzutage wagen viele aus Angst vor Repressalien nicht auszusagen.

Mit dumpfer Verzweiflung sah ich ein, daß der einzige Zeuge, der Gelegenheit gehabt hatte, dem Trio ins Gesicht zu sehen, und zwar mehrmals, Roland Hassel hieß. Das einzige, was ich von diesem Leben wollte, war, in Ruhe und Frieden mit den meinen zusammensein und alt werden zu können; auf jede Art von Aufregung konnte ich dankbar verzichten. Doch das Leben hört nicht auf solche Stoßgebete; es hat anderes mit uns vor.

Daß die drei Männer hinter dem Anschlag steckten, war selbstverständlich. Sie waren aus dem Lieferwagen gestiegen und hatten sich, nachdem ich ihr Fahrzeug gerammt hatte, schnell davongemacht, anstatt mich zur Rede zu stellen. Noch am selben Abend quetschten mich die ermittelnden Kollegen regelrecht aus, und genau wie das Leben ignorierten sie meine Wünsche und Befindlichkeiten.

„Verdammt nochmal... begreift ihr nicht, daß ich unter Schock stand?"

„Du warst doch bei Bewußtsein. Da sieht man doch etwas, da kann man sich doch erinnern!"

„Es lief ab wie in einem Film, den man vor langer Zeit gesehen hat. Kurz zuvor hätte ich beinahe ein Mädchen überfahren, das überraschend auf die Fahrbahn lief."

„Das haben wir nun schon ein paarmal gehört, Hassel. Und dann hast du sie gerettet. Ein Hurra dem Helden, aber streng jetzt deine kleinen grauen Zellen an. Du hast drei Personen aus der Nähe gesehen und solltest darin geübt sein, auf besondere Kennzeichen zu achten. Gib dir doch Mühe!"

„Begreif doch, ich bin kurz vorher mit dem Kopf gegen die Windschutzscheibe geknallt."

„Ach herrje, unser Held fuhr ohne Gurt!"

„Zeig mich doch an und laß mich öffentlich auspeitschen."

„Hör auf mit dem Quatsch. Waren es Ausländer? Ich meine, konnte man sehen, daß sie nicht in Schweden geboren waren?"

„Könnte sein. Oder auch nicht."

„Streng dich an. Na?"

Verbissen durchsuchte ich alle Winkel meines Gehirns, doch die Ausbeute blieb mager. Sobald ich versuchte, mich auf eines der Gesichter zu konzentrieren, verschwand es hinter einer Art Schleier. Schließlich gelang es dem Spezialisten am Computer doch noch, drei Köpfe zusammenzubasteln, die mir halbwegs zu passen schienen. Unter Vorbehalt. Eigentlich waren sie mir völlig fremd, aber mit gutem Willen entsprachen sie den Erinnerungsfetzen in meinem Schädel. Die Kollegen hatten meine ewigen Entschuldigungen, ich hätte mich im Schockzustand befunden, endgültig satt und waren froh, mich loszuwerden. Wahrscheinlich hielten sie mich für ein totales Weichei; ein richtiger Polizist, zumal wenn er Zeuge eines Verbrechens wird, bekommt doch, verdammt nochmal, keinen Schock!

Die Bilder der drei Phantomköpfe würden über die Datennetze an die verschiedenen Abteilungen und an Interpol gehen, und ich nahm an, daß man gleich darauf mit der Suche in den Fotoarchiven beginnen würde. Ich war froh, daß ich mit der Identifizierung der Täter nicht unmittelbar zu tun hatte. Der Leiter der Ermittlungen hieß Kommissar Bengt Salinsky, und ich wußte, daß sein Vater einst aus Polen gekommen beziehungsweise geflohen war. Ein ruhiger Mann, der alte Volkstänze und Harmonikaklänge liebte, aber er war dennoch gut. Er wollte, daß ich ihn zum Tatort begleite; vielleicht gelang es dort, meine Erinnerungen aufzufrischen.

„Das Unterbewußte kann erwachen, wenn man die Dinge vor Ort betrachtet", meinte er, und damit konnte er recht haben.

Die Explosion war ein Thema für die Titelseiten der Tageszeitungen gewesen, und auch Fernsehen und Radio hatten ausführlich berichtet. Wahrscheinlich drängten sich Massen von Menschen um die Absperrungen herum, neugierig, empört und auch ein bißchen zufrieden, weil endlich etwas den tristen Alltag unterbrochen hatte.

„Wo befandest du dich, als es krachte?" wollte Salinsky wissen.

Wir stellten uns vor Sörmans, und ich schilderte, was ich beobachtet hatte. Die Schaufenster des Geschäfts waren zersplittert und das Personal dabei, die Scherben wegzufegen. Auf der anderen Seite der Straße war das Chaos noch größer, alle Scheiben waren wie weggeblasen, und es sah aus, als hätte ein gewaltiger Riese die Türen und Fassaden mit einem gigantischen Vorschlaghammer bearbeitet. In Kriegsgebieten ein alltäglicher Anblick, wir friedlichen Schweden waren solche Bilder jedoch nicht gewöhnt.

Am schlimmsten hatte es die Buchhandlung erwischt, weil der Lieferwagen genau vor ihr geparkt worden war, doch auch die Nachbarläden wirkten mehr oder weniger ramponiert. Kräftige Typen von einer Wachgesellschaft hielten Plünderer fern, denn die Auslagen von Guldfynd, obwohl kräftig durcheinandergewirbelt, glitzerten nach wie vor verführerisch. Selbstverständlich war auch die Ordnungspolizei vor Ort und achtete darauf, daß keiner die Absperrungen ignorierte.

Wir betraten die Buchhandlung durch ein Loch in der Wand. Bildbände, Romane und Taschenbücher lagen in wildem Durcheinander zwischen umgestürzten Regalen und Tischen auf dem Fußboden. Überall waren Glassplitter, die bei jedem Schritt unter den Sohlen knirschten.

„Das hier ist die beste Buchhandlung der Stadt", erklärte ich. „Na, jedenfalls auf Kungsholmen. Obwohl man es bei diesem Anblick kaum glauben möchte."

„Ich lese keine Bücher. Zeitungen reichen mir."

„Du weißt ja gar nicht, was dir entgeht."

„Was man nicht kennt, vermißt man nicht."

Die Geschäftsführerin Werna Isberg stand in einer Ecke und unterhielt sich leise mit ihren Mitarbeitern, und sie sahen genauso verwirrt und bedrückt aus, wie sie sich fühlen mußten. Daß jemand ihren Arbeitsplatz zerstört hatte, empfanden sie wohl als eine persönliche Beleidigung. Als Werna mich erblickte, stakste sie über die Reste dessen, was einmal Kultur gewesen war, auf mich zu. Ich hatte sie als eine Frau kennengelernt, die sich nicht unnötig aus der Ruhe bringen ließ, doch in diesem Fall war sie wütend und verzweifelt zugleich.

„Hej", grüßte ich sie. „Das hier ist Kommissar Salinsky. Er leitet die Untersuchung."

Sie gaben sich die Hand, und es brach aus ihr heraus:

„Was sind das für Vandalen, die so etwas tun? Dumme Jungen oder verrückte Erwachsene?"

„Das wissen wir noch nicht. Hast du irgendeine Erklärung?"

„Du meinst, ob wir eine Drohung erhalten haben?"

„Zum Beispiel. Habt ihr?"

Sie schüttelte den Kopf mit dem dichten, dunklen Haar.

„Nein. Warum sollten wir? Das hier ist eine gewöhnliche Buchhandlung. Wem sollten wir im Wege sein?"

„Auch das wissen wir noch nicht, Werna. Wir wissen nur, daß vor diesem Geschäft eine Bombe explodiert ist, aber der Platz könnte zufällig gewählt worden sein. Wo wart ihr, als es knallte?"

Sie zeigte auf eine Tür.

„Da drinnen haben wir unser Büro, die Küche und so weiter. Ich informierte das Personal gerade über eine Werbeaktion, die wir mit einem Verlag gemeinsam starten wollen. Wir haben fünf Angestellte. Ein Kollege stand an der Kasse. Als eine Kundin hereinkam und ein bestimmtes Buch verlangte, folgte er ihr nach hinten, um es ihr zu zeigen. Normaler Service. Herrgott, er hätte ja… sterben können!"

Sie zog die Schultern hoch, als liefe ihr ein kalter Schauer über den Rücken. Salinsky übernahm die Befragung.

„Welche Art von Büchern hast du ausgelegt?"

„Ausgelegt? Wie meinst du das?"

„Wie ich schon zu Hassel sagte: Ich bin kein Büchermensch, aber ich habe natürlich von diesem Salman Rushdie gehört, den die Iraner umbringen wollten. Sein norwegischer Verleger wurde ja sogar niedergeschossen; Gott sei Dank hat er überlebt. So weit bin ich als Polizist durchaus informiert."

„Wir hatten ein ganzes Schaufenster mit einem besonderen Buch dekoriert. Wartet, ich hole es, und das Werbematerial dazu."

Sie ging in das Büro und kam mit einem dicken Buch zurück. Der Schutzumschlag zeigte vorn eine Karte mit den vom Bürgerkrieg betroffenen Ländern des ehemaligen Jugoslawiens, in die schwarzweiße Fotos verschiedener Männer montiert worden waren. In einigen erkannte ich international gesuchte Kriegsverbrecher. Der Titel lautete „Die Wahrheit über den Balkan", der Name des Verfassers war Leonard Pilcic.

„Von diesem Buch habe ich noch nie gehört", bekannte ich.

„Ist auch gerade erst erschienen. In anderen Ländern hat es sich gut verkauft. Der Autor lebt in Deutschland, ist aber in Zagreb geboren. Für den Verlag ist es der Spitzentitel, und die Buchhändler ziehen dankbar mit. Die Saison hat gerade erst begonnen, und die amerikanischen Bestseller sind noch nicht auf dem Markt."

Sie wies auf die Pappfigur eines Mannes mit wallendem Haar, geschwungenen buschigen Augenbrauen und durchdringendem Blick, der genau auf den Betrachter gerichtet war. Dasselbe Bild prangte auf der Rückseite des Buches, die außerdem verriet, daß Pilcic Journalist war, schon einige Sachbücher verfaßt hatte und dafür bekannt war, Archive zu benutzen, an die kein anderer herankam. In „Die Wahrheit über den Balkan" beschrieb und bewies er, wer im Hintergrund der Konflikte die Fäden zog, und als ich ein wenig herumblätterte, entdeckte ich Kopien von Briefen und anderen Dokumenten, die dem Text beigegeben waren.

„Nimm das Buch ruhig mit", murmelte Werna. „Vermutlich ist es das einzige Exemplar im Laden, das keine Glassplitter abbekommen hat. Wie in aller Welt sollen wir hier wieder Ordnung schaffen?"

Der Band war zu dick für die Jackentasche, aber ihr gelang es, eine Plastiktüte zu finden, die nicht zerfetzt worden war. Die Buchhändlerin in ihr ließ sich auch durch Bomben nicht bezwingen, denn völlig unvermittelt erkundigte sie sich, wie mir das Taschenbuch gefallen habe, das sie mir empfohlen hatte.

„Nicht übel. Ein bißchen zu anspruchsvoll für mich Durchschnittsbullen."

„Die großen Lateinamerikaner bieten keine leichte Lektüre, doch sie lohnt allemal. Natürlich kann ich nicht meine Hand dafür ins… „

„Stop, Werna!"

Ich hob die Hand und starrte auf meine Finger. Eine Hand, Finger…

„Wir gehen raus", sagte ich. „Wie heißt das Geschäft gegenüber? Irgendwas mit Fahrrad… „

„Fahrradstall. Die haben ein paar Tage geschlossen, wegen eines Wasserschadens."

Salinsky folgte mir und schien sich über meinen plötzlichen Abgang genauso zu wundern wie Werna. Die Tür zu dem Fahrradladen war stark beschädigt und hing schief in den Angeln. Ich zeigte auf den Griff aus blankem Metall:

„Dort faßt man an, wenn man hineingehen will."

„Was du nicht sagst!"

„Er ist länglich und oben wie unten mit Querstücken befestigt."

Ich merkte, daß ich redete, als erklärte ich einem Vierjährigen die Geheimnisse des Alphabets:

„Gewunden wie eine Schlange gleicht er dem Buchstaben S… „

„Verdammt nochmal, worauf willst du hinaus?"

„Einer der Kerle stolperte, als er sich umdrehte. Er verlor das Gleichgewicht und hielt sich an diesem Türgriff fest, um nicht hinzufallen. Wenn ich mich richtig erinnere, trug er keine Handschuhe. Ich kann mich natürlich irren."

Salinsky starrte drohend auf die Metalloberfläche, als wollte er sagen: Rück die Fingerabdrücke sofort raus! Dann rief er einen uniformierten Polizisten heran und wies an, daß niemand, absolut niemand den Türgriff berühren dürfe.

„Ich rufe die Experten von der Spurensicherung", teilte er mir mit. „Habe ich es nicht gesagt, Hassel? Die Erinnerung kehrt zurück, wenn man die Dinge vor Ort betrachtet."

Werna ging in ihren Laden zurück, und Salinsky folgte ihr mit einem bewundernden Blick, während er sein Mobiltelefon hervorholte.

„Sie sieht gut aus. Vielleicht sollte ich anfangen, Bücher zu lesen.“

„Mach das. Ich weiß, daß sie mehrere Donald-Duck-Alben am Lager hat.“

Die Informationsabteilung der Kripo existierte erst einige Jahre, und als es mir gelang, dort einen Fuß in die Tür zu kriegen, waren wir siebenundzwanzig Kollegen. Unter der entschlossenen Führung von Kommissar Åke Sundgren waren wir auf die doppelte Stärke angewachsen, und viele neideten uns, daß wir auch in den Zeiten der Umstrukturierung kein Personal abbauen mußten. Statt dessen bekamen wir sogar zusätzliche Mittel, wo andere es aus Kostengründen nicht einmal wagten, die Reifen ihrer Dienstfahrräder aufzupumpen.

Sundgren wußte, was er mit seiner Abteilung erreichen wollte; er hatte ein Ziel und verfolgte es, ohne vom Kurs abzuweichen. Anfangs wurde er von einigen Unwissenden in der Abteilung schief angesehen, doch bald zeigten ihre Blicke den Respekt, den er verdiente. Ich mochte ihn vom ersten Tag an, und das war nicht schwer. Er gehörte zu den wenigen, die andere Menschen in ihrer Umgebung wachsen lassen; in seiner Nähe fühlte man sich bedeutender und manchmal sogar intelligent, und das war in meiner holperigen Karriere nicht oft vorgekommen.

Wir sammeln Angaben über kriminelle Machenschaften aus allen denkbaren Quellen, filtern das Material, analysieren es und schaffen so Informationen, die der Polizei und der Staatsanwaltschaft im immerwährenden Kampf gegen das Verbrechen helfen können. Nur die Phantasie setzt den Methoden der Nachrichtengewinnung Grenzen. Unsere Informanten hätscheln wir wie seltene Pflanzen beziehungsweise - Singvögel. Mochten andere sie verachten, wir nicht!

Sundgren wählt seine Leute sehr sorgfältig aus; daß er mich genommen hat, muß ein Versehen gewesen sein. Jeder von uns hat große Freiheiten in seiner Arbeit, die aber von keinem mißbraucht werden. Es geht darum, das bestmögliche Ergebnis zu erreichen, und dieser Weg ist, soweit ich es einschätzen kann, effektiver als die Methode Zuckerbrot und Peitsche. Man engagiert sich, weil man weiß, daß man gebraucht wird, man ist motiviert, man sieht die Resultate seiner Arbeit.

Wir arbeiten in Gruppen zu dritt oder zu viert. Zwei sind zu wenig, denn wenn einer nicht da ist, fehlt der Resonanzboden. Zum Beispiel haben wir eine sehr geschickte Gruppe für strategische Analyse, eine für Verbrechensanalyse, eine, die sich ausschließlich mit nicht personenbezogenem Raub beschäftigt, sowie Spezialisten, die Fußballhooligans und die gefährlichen Motorradbanden bearbeiten. Andere Spezialisten beobachten, wie das Internet zum Schauplatz für Verbrechen wird, und wenn man weiß, wo man suchen muß, findet man dort Hinweise auf alle Arten von Kriminalität. Die besten Analytiker der Abteilung sind Frauen. Das hat sicher etwas zu bedeuten, ich habe es allerdings noch nicht analysiert.

Neu sind die graphischen Kettendiagramme, die fortlaufend Auskunft über die Entwicklung der Kriminalität in unserem Bereich geben. Der große Durchbruch für unsere Abteilung kam, als die Schutzpolizei wissen wollte, welche Jugendbanden unser Stockholmer Wasserfestival stören könnten. Sundgren taufte das Projekt Aqua. Die Computerspezialisten nahmen sich sämtliche Anzeigen gegen Jugendliche unter zwanzig Jahren vor, die in Verbrechen verwickelt waren. Daraus konstruierten sie ein Programm, das ein graphisches Bild lieferte - wenn man es ganz entfaltet hätte, wäre wohl der gesamte Fußboden unserer Büros bedeckt gewesen. Dort war jeder Name verzeichnet, wo der Betreffende wohnte, welcher Bande er angehörte, welche Beziehungen er zu anderen Gruppierungen unterhielt, und die Farbe der Striche gab den Grad der Kriminalität an. Knallrot zum Beispiel signalisierte die Gefährlichkeit der Grimstabande. Zirka tausendsiebenhundert Jugendliche aus unserem Bereich, die mit dem Gesetz in Konflikt gekommen waren oder sich verdächtig gemacht hatten, wurden so erfaßt. Wollte man noch mehr über einen Verdächtigen oder eine bestimmte Gruppe wissen, konnte man auf weitere Register zurückgreifen.

Kopien dieses Schemas gingen an alle Polizeistationen, und das Register wird ständig aktualisiert. Zum ersten Mal konnte sich jeder x-beliebige Polizist ein klares Bild von der Jugendkriminalität machen. Das Krächzen der Krähen verstummte. Was unsere Abteilung zustande gebracht hatte, war unbezahlbar. Ein solches Schema entwickelten wir nun auch für die „erwachsene" Kriminalität.

Tausendsiebenhundert Jugendliche... Sundgren kam immer wieder auf diese erschreckend hohe Zahl zurück. Mindestens fünfundsiebzig Prozent von ihnen waren Einwanderer. Sie sind nicht zu Kriminellen geboren, haben solche Ideale nicht gehabt, und die Ziffer zeigt nur, wie die Gesellschaft an der Aufgabe gescheitert ist, ihnen eine würdige Alternative zu geben. Schritt für Schritt sind sie in die Welt des Verbrechens hinübergewechselt, weil sie scheinbar keine andere Chance sahen, sich zu beweisen. Und keiner hat reagiert... Kleine Ladendiebstähle, die ohne Folgen blieben, einfacher Raub, und niemand kümmerte sich, richtige Einbrüche und dann schwere Raubüberfälle, und nur die Opfer reagierten, Jobs als gedungene Schläger und Schutzgelderpresser, die das große Geld bringen, und die Gesellschaft hält sich heraus. Sie haben sich an diese Art Verbrechen gewöhnt, die Status und Geld und ein Leben im gestohlenen Überfluß bringen.

„In zehn Jahren", pflegt Sundgren mit bedrückter Stimme zu sagen, „sind diese Jugendlichen zu wirklichen Verbrechern geworden. Ihre kriminellen Gewohnheiten lassen sich nicht ändern, weil sie nichts anderes haben. Der erste Gefängnisaufenthalt erweitert ihr Kontaktnetz. Wenn sie herauskommen, können sie unter mehreren Verbrecherkarrieren wählen. Sie genießen einen Respekt, der auf Angst und nicht auf Achtung basiert. Jeder dieser tausendsiebenhundert mehr oder weniger verlorenen Jugendlichen, die wir heute bei uns registriert haben, ist eine tickende Bombe."

Doch jetzt ging es um eine Bombe, die ausgetickt hatte und explodiert war. Ich saß als der Leidtragende mit einem der beiden anderen Kommissare der Abteilung, Johnny Beverhielm, und einem der besten Sprengexperten der Kripo, Kriminalinspektor Torsten Kviberg, sowie ein paar zivilen Polizisten, die ich nicht näher kannte, beisammen. Sundgren wedelte mit einigen Papieren:

„Jetzt wissen wir, wer die Schuld für den Sprengstoffanschlag auf sich nimmt."

Er präsentierte uns einige Kopien im A4-Format, auf denen mit großen schwarzen Buchstaben stand: „Die Rache ist unsere! Buch sollen verschwinden. Verfaser sterben tausend Male. Soll leben der wahre Balkan! Soll leben Gruppe KAJKS! Wir geben nicht ab!"

„Abgeben?" wunderte ich mich.

„Die meinen sicher aufgeben. Das Schreiben erreichte uns in einem braunen Normalkuvert, adressiert an die Polizei in Stockholm. Johnny und ich haben uns bei Interpol erkundigt, doch denen ist keine Gruppe dieses Namens bekannt. Andererseits schießen solche Politgangstertrupps derzeit wie Pilze aus dem Boden - mit dem einzigen Interesse, andere abzuschießen."

Sowohl Åke als auch Beverhielm hatten sich ihre Sporen bei Interpol verdient und erhielten Informationen, auf die andere tagelang warten mußten, innerhalb einer Viertelstunde.

„Wir wissen nicht, welche Seite die Attentäter vertreten", erklärte Beverhielm. „Welcher Balkan ist für sie der wahre? Möglicherweise stehen die Buchstaben für die Initialen von Kosovo, Albanien, Jugoslawien, Kroatien und Serbien, aber das bringt uns jetzt auch nicht weiter."

„Auf alle Fälle galt der Anschlag der Buchhandlung, und es ging um dieses Wahrheitsbuch über den Balkan", stellte Sundgren fest. „Ich habe es heute nacht gelesen. Wirkt sehr fundiert, und der Autor überläßt es dem Leser, Schlußfolgerungen zu ziehen. Dort unten scheinen alle Führer vom selben miesen Schlag zu sein. Arm dran, diese Völker!"

Einer der Polizisten, die ich nicht kannte, vermutete, daß es sich um Ausländer handelte; darauf weise die mangelnde Rechtschreibung hin, während sein Kollege ihm entgegenhielt, solches Geschreibe habe er auch bei Leuten gesehen, die durch die schwedische Grundschule gegangen seien. Er meinte, wir sollten diese Nachricht nicht so ernst nehmen; die Vergewaltigung unserer Sprache sei die einfachste Methode, uns Sand in die Augen zu streuen.

„Wie lief es mit den Fingerabdrücken?" erkundigte ich mich.

„Ausgezeichnet. Wie du richtig vermutet hast, gab es auf dem blanken Metall perfekte Abdrücke. Die dazu gehörende Person ist bekannt und identifiziert."

„Habt ihr ihn schon?"

Sundgren schaute verträumt zur Decke und antwortete in leichtem Ton:

„Das wird schwer werden. Wir wissen nicht, wo wir suchen sollen."

„Vielleicht hält er sich noch in Schweden auf..."

„Dann wäre es ein Fall für Theologen oder Parapsychologen. Der Mann, der seine Fingerabdrücke auf dem Türgriff hinterließ, ist seit drei Jahren tot!"

## 2.

Ich stutzte und runzelte die Stirn:

„Für einen Toten wirkte er aber recht lebendig. Aus welchem Inferno hat er sich denn zu seinem irdischen Gastspiel abgemeldet?"

Sundgren nahm ein Blatt vom Schreibtisch und überflog den Text:

„Er heißt Henk Priem. Hieß er jedenfalls; inzwischen trägt er sicher einen anderen Namen. Vor etwa acht Jahren wurde er wegen Mordes und Brandstiftung angeklagt, jedoch in der zweiten Instanz freigesprochen - die Beweise hielten nicht."

„Was sagte er selbst?"

„Hier steht, daß er seit seiner Verhaftung geschwiegen hat. Sein Hintergrund ist teilweise bekannt; vieles liegt aber im

Dunkeln. Geboren vor dreiundvierzig Jahren in Amsterdam. Die Mutter stammte aus Berlin. Beide Eltern starben, als er noch sehr jung war, und er landete in einer Art katholischem Kinderheim. Südlich von Rhein und Maas sind die Leute meistens katholisch und nördlich davon protestantisch. Über diese Zeit gibt es sehr wenige Angaben, und wir haben uns auch nicht allzu sehr bemüht, denn es war schließlich nicht der kleine Junge aus dem Kinderheim, der sich an einem Bombenanschlag beteiligt hat."

Verdächtige, die beharrlich schweigen und zu keiner Zusammenarbeit mit den Ermittlern bereit sind, nennen wir Muscheln. Früher pflegten die Verhafteten auf Fragen zu antworten, und wenn sie einsahen, daß wir ihnen ihre Taten beweisen konnten, gab es manchmal sogar Kaffee, belegte Brote und Zigaretten: „Okay, Jungs, was wollt ihr wissen?" Das war damals, im Steinzeitalter der Kriminalität, als Haß und Gier noch nicht die einzigen Ideale darstellten, und ich war dabei. Ein Wunder, daß ich nicht alle naselang über meinen Rauschebart stolperte.

„Er ist also Bürger der Niederlande?"

„Damals war er, aber er kann ja eine doppelte Staatsbürgerschaft besitzen. Auch die deutsche, zum Beispiel. Damals war das möglich."

„Was wollte er in Schweden? Hatte er Familie? Wie, zum Teufel, konnte er sterben und doch am Leben bleiben?"

„Eine hiesige Familie ist nicht bekannt, aber in Holland hat er wohl Verwandte. Was er hier wollte, wissen wir nicht. Er bezeichnete sich als Geschäftsmann, aber das ist ein weiter Begriff. Seine Wohnung hatte er über einen Makler gemietet, der in Rente gegangen ist und in Spanien lebt. Hier kannst du die Todesursache sehen."

Er reichte mir einen Bogen mit aufgeklebten Zeitungsartikeln. Sie berichteten über ein Bootsunglück vor drei Jahren; eine Segeljacht war vor den Åland-Inseln in einem Herbststurm in Seenot geraten. Das Boot kenterte; von den vier Männern an Bord konnten sich drei auf den im Wasser treibenden Rumpf retten, einer verschwand in den Wogen. „Der Ertrunkene war ein Holländer, der seinen Urlaub in Schweden verbrachte."

„Vielleicht wurde er durch einen Delphin gerettet, der sich in die Ostsee verschwommen hatte?" sinnierte ich.

„Ich habe die Angaben überprüft; an diesem Tag tobte tatsächlich ein Sturm um die Åland-Inseln. Wenn die Umstände nicht völlig geklärt sind, kann es Jahre dauern, bis ein Mensch für tot erklärt wird, doch in diesem Fall ging es schnell, denn es gab ja mehrere Zeugen. Ertrunken und tot. Und der Tote hinterläßt ein paar Jahre später Fingerabdrücke. Vielleicht war die Erklärung doch etwas voreilig."

Johnny Beverhielm reichte mir die Kopie eines Fotos.

„Alles, was wir über sein Aussehen wissen, stammt von diesem alten Paßfoto, das uns via Interpol aus Holland zur Verfügung gestellt wurde. Erkennst du ihn?"

War das der richtige? Ich starrte auf das Bild, aber nichts an dem Antlitz kam mir bekannt vor. Es gehörte einem Mann um die dreißig; sein Haar war sehr kurz geschnitten. Sein Dutzendgesicht zeigte den bei Männern üblichen grimmigen Gesichtsausdruck; Frauen ringen sich meistens ein Lächeln ab, wenn sie fotografiert werden.

„Ich weiß nicht. Der sieht nach gar nichts aus."

„Stimmt, er hat keine besonderen Kennzeichen, die sich einem einprägen würden. Ein Mann ohne Gesicht. Aber..."

Er und Sundgren schauten mich auffordernd an. Ich ahnte, worauf sie hinaus wollten, doch ich sperrte mich gegen diese Ahnung und betrachtete durch das Fenster den Himmel. Sogar die federleichten Wolken schienen mit weißen Fingern auf mich zu zeigen, um mich zur Räson zu bringen. Ich weigerte mich weiter, und Sundgren sprach ernst:

„Der Bombenanschlag hätte mit einem Massenmord enden können. Die Attentäter hatten sicher die Absicht. Wir müssen die Terroristen so schnell wie möglich fassen. Mit größter Sicherheit planen sie weitere Taten dieser Art. Sie sind die Boten des Todes, Rolle. Boten des Todes! Für uns sind sie alle Unbekannte, aber für dich hat einer ein Gesicht. Du wirst ihn und seine Kumpane finden."

„Ihr habt die Personenbeschreibung…"

„Die auf eine Million Männer paßt. Machen wir uns doch nichts vor. Du bist die Schlüsselfigur in dieser Ermittlung, und du hast jahrelang in diesem Job gearbeitet. Wir leihen dich an die Kollegen von der Fahndung aus. Ich weiß, daß du gern mit Simon Palm zusammenarbeitest. Wir halten ihn und dich auf dem laufenden mit allem, was wir hier herausfinden können."

Er hatte recht und ich keine Gegenargumente. Also die Muskete geschultert und auf in den Kampf. Aber ich würde mich weigern, wie ein Anfänger nächtelang im Auto zu sitzen und auf dunkle Hauseingänge zu starren. Die Zeiten waren vorbei. Sollte einer versuchen, mir einen solchen Befehl zu geben, würde er den berühmt-berüchtigten Hasselschen Zorn zu spüren kriegen.

„Wir haben einen großen Vorteil", fuhr Sundgren fort, „nämlich daß kein Außenstehender weiß, daß du der einzige Zeuge bist. Das vergrößert deine Handlungsfreiheit."

„Danke, ich verstehe, was du meinst", murmelte ich. „Wir haben es mit harten Burschen zu tun, die keine Sekunde zögern würden, den einzigen Zeugen auszuradieren."

„So kann man es ausdrücken. Aber mach dir keine Gedanken. Du hast die ganze Informationsabteilung hinter dir."

„Ich wünschte, ich hätte sie vor mir."

„Kviberg hat seinen Rapport über die Sprengung erarbeitet, und ich schlage vor, daß er ihn für dich noch einmal wiederholt, am besten in deinem Zimmer. Laß uns engen Kontakt halten."

Er streckte mir die Hand entgegen.

„Viel Glück, Rolle."

Åke Sundgren ist ein sehr eleganter Herr, stets korrekt gekleidet; er würde in jeder Führungsetage der Großfinanz eine gute Figur machen und wäre auch dort gelandet, hätte er die entsprechende Laufbahn eingeschlagen. Leute, bei denen sich Vernunft mit der Fähigkeit zu gründlicher Analyse paart, sind Gold wert. Doch sein Interesse galt nicht der eigenen Brieftasche, sondern dem Versuch, die Gesellschaft ein wenig lebenswerter für die ganz normalen Bürger zu machen. Es war eine Ehre, wenn so ein Mann einem Glück wünschte, doch ich fühlte mich trotzdem nicht wohl.

Torsten Kviberg schlug vor, daß wir uns in seinem Büro in der Kriminaltechnik treffen könnten. Wir hatten schon ein paarmal miteinander zu tun gehabt, und ich kannte ihn als einen Vollprofi mit großem pädagogischen Geschick. Ich fragte ihn, welchen Sprengstoff die Terroristen seiner Meinung nach verwendet hatten.

„In einem Fahrzeug kann man mit allem arbeiten. Es gibt Platz genug, große Mengen zu verstauen. Das Einfachste pflegt das Beste und aus dem Blickwinkel des Sprengenden das Sicherste zu sein. Und am billigsten außerdem. Hier kannst du sehen, wie das Zeug aussieht."

Er zeigte mir ein Glas mit grauweißen, etwa stecknadelkopfgroßen Kügelchen.

„Das ist Prillit, ein Düngemittel, das unter anderem Salpeter enthält. Wenn man es mit Dieselöl und Aluminiumpulver mischt, erhält man einen sicheren und guten Sprengstoff mit einer Geschwindigkeit zwischen dreitausend und viertausend Metern pro Sekunde."

„Was sagt die Zahl?"

„Sie gibt an, wie schnell sich die Verbrennung im Sprengstoff ausbreitet. Schnell ist hier aber nicht gleichbedeutend mit effektiv. Im Zusammenhang mit der Ausbreitung des Lautes wird die Sprengung auch als Detonation bezeichnet. Unter der Deflagration wie zum Beispiel bei Schießpulver."

„Aha. Wurde Prillit verwendet?"

Kviberg zuckte die Schultern.

„Wir hatten nur ganz geringe Rückstände für die Untersuchung, und wenn eine genügende Menge Sprengstoff verwendet wurde, ist der Effekt derselbe. Ich entdeckte kleine Metallteile, die zu einem Timer gehört haben können, der mit einer gut geladenen Batterie verbunden war. Es genügt schon eine gewöhnliche Neun-Volt-Batterie, wie man sie in einfachen Taschenlampen findet."

„Du meinst die Sorte, bei der man die Kontakte so zusammenbiegen kann, daß man, wenn man die Zunge ranhält, einen salzigen Geschmack spürt? Wie man es in der Schulzeit getan hat?"

Die Erinnerung zauberte mir ein leichtes Vibrieren auf die Zunge.

„Die sind heutzutage selten. Man verwendet alkalische Neun-Volt-Batterien, die kleiner sind und eine höhere Spannung erzeugen. Selten sind Bomben so kompliziert und perfekt, wie man sie in Filmen sieht. Die meisten bestehen lediglich aus dem Sprengstoff, der Batterie und dem Timer, der die Leitungen miteinander verbindet, wenn die Zeit abgelaufen ist. In deinem Fall stellten die Männer die Zeituhr auf nur wenige Minuten, die ihnen einen ausreichenden Vorsprung ließen, um zu verschwinden."

„Was ist mit Plastiksprengstoff? Apropos Kriegsfilme..."

„Ja, das ist ursprünglich der Sprengstoff des Militärs. Man kann ihn formen wie Knetmasse. Pentyl, ein weißes Pulver, wird mit Mineralöl gemischt und dadurch modellierbar. Trotyl gießt man in Formen, damit es die gewünschte Gestalt erhält. Emolit wird zum Beispiel in Gruben verwendet. So etwas stiehlt man am besten auf großen Baustellen."

Wieder durchzuckte mich eine Erinnerung aus alter Zeit.

„In Sprengstoffkisten?"

„Ja. Schrecklich, wie viele solcher Behälter auf verlassenen Baustellen und in Industriegebieten einfach vergessen werden. Man benötigt das Zeug nicht oder hat zuviel davon eingekauft, und so läßt man es in den verschlossenen Metallkisten einfach stehen. Man hat einige entdeckt, die mehr als dreißig Jahre alt waren. Die Schlösser sind oft verrostet. Jugendliche können die Kisten aufbrechen, oder sie treten dagegen, und manchmal hat das furchtbare Konsequenzen."

„Was findet man darin?"

„Ich erinnere mich an eine Kiste, die wir öffneten. Darin waren etwa hundert Rohrladungen mit Gurit, einem Spezialsprengstoff, fünf Kilo Pentyl, siebzig Sprengkapseln, eine Unmenge an Zündschnüren und vieles andere, was selbst einem Glatzkopf die Haare zu Berge stehen lassen würde. Die Zünder und die Sprengmittel lagen wild durcheinander - genug Material, um ein ganzes Haus in die Luft zu jagen. Und das war nur ein Beispiel."

„Auf diesem Wege besorgen sich wohl unsere Motorradbanden ihren Nachschub, nehme ich an?"

„Genau, die lecken sich die Lippen. Und risikofrei ist es auch noch. Keine Anzeige und keine Ermittlungen wegen Diebstahls, denn niemand vermißt das Zeug. Gigantische Mordwaffen liegen einfach in der Gegend herum und warten darauf, von Leuten abgeholt zu werden, die es lieben, andere mit Krach, Zerstörung und Gewalt zu bedrohen."

„Deckt auch die IRA ihren Bedarf auf diese Weise?"

„Die IRA bevorzugt einen hellbraunen Sprengstoff, der Semtex heißt und aus einer Mischung von Pentyl und Hexogen besteht. Verstehst du, was ich dir erzähle? Das ist eine Lektion für Grundschüler."

„Ich stehe noch auf dem Niveau des Kindergartens. Ich will eigentlich nur wissen, was die Kerle in meinem Fall verwendet haben. Könnte es Dynamit gewesen sein?"

„Dann eher Dynamex. Das ist ein zartrosa Stoff, der nicht sehr formbar ist. Ein Sprengmittel auf Nitroglyzerinbasis. Meistens sind es Stäbe, die man zusammenbindet, damit sie gleichzeitig explodieren. Ich habe einen Videofilm, der zeigt, wie so eine Sprengung in einem Lieferwagen wirkt."

Er schaltete den Recorder ein und ich sah, daß das Fahrzeug in sämtliche Einzelteile zerlegt wurde. Verdrehte Metallteile pfiffen als lebensgefährliche Geschosse durch die Gegend, eine Qualmwolke stieg auf.

„Hier verwendeten wir nur acht Kilo Magnesiumnitrat; hätten wir Dynamex genommen, wäre der Effekt der gleiche gewesen. In einem Lieferwagen kannst du leicht achtzig oder mehrere hundert Kilo unterbringen. Es kommt ganz darauf an, was du erreichen willst. Das hier war eine richtige Detonation, so daß der Wagen sicher schwer beladen war. Aber im richtigen

Zusammenhang benötigt man gar keine großen Mengen, um eine Katastrophe auszulösen. Ein Flugzeug zum Beispiel ist relativ leicht. Erinnerst du dich an die Explosion einer PanAm-Maschine über dem schottischen Lockerbie? Zweihundertneunundfünfzig Tote. Die Libyer hatten lediglich eine kleine Menge Semtex in einem Kofferradio versteckt. Semtex ist geruchlos und bei der Durchleuchtung des Gepäcks nicht zu sehen."

„Gibt es neue Sprengmittel?"

„Sicher, der Markt stagniert nicht. FOA und Bofors haben beispielsweise einen Stoff entwickelt, der die Branche revolutionieren dürfte. Aber noch ist alles streng geheim."

„Wie gehst du weiter vor?" wollte ich wissen.

„Die Untersuchung der Kleinstteile wird natürlich fortgesetzt. Zugleich ermitteln wir, wo in der letzten Zeit Sprengmittel gestohlen wurden und in welchen Mengen. Ich berichte an Sundgren."

In meinem kleinen Büro nahm ich vorübergehend Abschied von meinem Schreibtisch. Die Ergebnisse der Arbeiten, mit denen ich gerade befaßt gewesen war, würde ich Sundgren übergeben, so daß ein Kollege weitermachen konnte. Weil ich so oft weggewesen war, hatte man mich keiner besonderen Gruppe zugeteilt. Ich sprang immer da ein, wo einer gebraucht wurde, der Papiere wälzen konnte.

Wieder bei der Fahndung! Zurück zum Start sozusagen, wie beim Mensch-ärgere-dich-nicht. Obwohl ich wußte, daß meine vorübergehende Versetzung sinnvoll war, mußte ich sie mental erst verdauen. Wenn man einen bestimmten Abschnitt seines Lebens erst einmal abgeschlossen hat, fällt es schwer, dahin zurückzukehren. Um mich zu trösten, rief ich Virena auf ihrer Arbeitsstelle im Karolinska Krankenhaus an. Sie war allein auf der Station, und wir konnten eine Weile vertraulich miteinander reden. Seit dem halben Jahr, das wir uns gemeinsam freigenommen hatten, gab es zwischen uns keine Probleme mehr. Sie wußte, daß ich mit meiner kantigen Art nur das Beste für sie und Elin wollte, und das reichte. Virena hatte große Ansprüche an die persönliche Integrität, und das hatte ich nicht immer verstanden. Andererseits war sie nun auch bereit, einige meiner Marotten zu ertragen. Es hatte seinen Preis, mit dem älteren Bruder des Dorftrottels verheiratet zu sein.

Simon Palm stiefelte in das Zimmer, ließ sich in den Besucherstuhl fallen und grinste so breit, daß der Unterbiß seines gewaltigen Kinns als Vogelbad für Tauben hätte dienen können. Ich sah, daß er einen neuen Anzug trug, doch das spielte keine Rolle, denn vor seinem gigantischen Hängebauch erschraken sämtliche Kleider so fürchterlich, daß sie sich unverzüglich in Falten legten. Seine Glatze schimmerte, als wäre sie mit Wachs poliert worden. Er war häßlich wie ein mißgebildeter Orang-Utan, doch er hatte einen unglaublichen Erfolg bei den Frauen gehabt, bis ihn die aus Rußland stammende Nadja heiratete. Die Liebe hielt auch in der kinderreichen Ehe, was ihn aber nicht hinderte, ab und zu einen genießerischen Blick auf andere Vertreterinnen des schönen Geschlechts zu werfen, und die Erinnerungen an seine amourösen Abenteuer konnte ihm sowieso keiner nehmen. Wir bildschönen Männer begriffen nie, worin seine Attraktivität bestand, und er griente nur, wenn wir nach seiner Geheimstrategie fragten. Eine Stimme, die Butter schmelzen konnte, ein echtes Gefühl für Menschen jeden Schlages; er respektierte unsere Kunden und wurde oft zu Kindestaufen und Geburtstagsfeiern in die Familien von in Unehren ergrauten Dieben und Gaunern eingeladen. Simon Palm, mein bester Freund. Manchmal wünschte ich mir allerdings, er wäre nur das und nicht auch noch der Chef der kleinen Fahndungsgruppe. Nach seiner Pensionierung würde man sie auflösen, doch bis dahin war er als Kommissar im Amt.

„Hallo, mein Junge", brüllte er und hieb mir seine Pranke auf den Rücken. „Endlich kommst du wieder in Menschenhände!"

„Wenn du meinst."

„Willkommen, sagte die Spinne zur Fliege, haha!"

„Danke. Obwohl von Dankbarkeit nicht die Rede sein kann."

Diese Bemerkung wedelte er weg.

„Teufel, es ist wieder wie in den guten alten Zeiten. Dein Büro wartet auf dich!“

„Welches? Mein altes ist belegt, soviel ich weiß.“

Er hüstelte ein wenig verlegen.

„Tja, es ist Sunes Zimmer. Es hat lange leer gestanden.“

Ich zuckte zusammen und übertrieb mein Entsetzen:

„Ich soll in Sunes Zimmer? Nie im Leben! Dort riecht es nach Nazi und Korruption, von den zentimeterdicken Nikotinablagerungen ganz zu schweigen. Lieber nehme ich die Besenkammer.“

Auch Sune Bengtsson war in meiner Zeit bei der Fahndung jahrelang mein Kollege gewesen, doch ihn hatte ich nie richtig kennengelernt. Für die Ermittlungen am Tatort war er unser bester Mann gewesen, doch leider verfügte er weder über Humor noch über Selbstironie, so daß er keine Freunde gewann. Schließlich schloß er sich neonazistischen Gruppen an, wo er Gemeinschaft und Anerkennung fand. Er haßte mich, weil ich sein Doppelspiel enttarnt hatte, und der Haß beruhte auf Gegenseitigkeit. Trotz aller Verdachtsmomente gelang es ihm immer wieder, den Kopf aus der Schlinge zu ziehen, und solange es keine eindeutigen Beweise gegen ihn gab, saß er weiterhin unbehelligt irgendwo im Haus, rauchte eine Zigarette nach der anderen und dachte darüber nach, wie er seinen Nazifreunden weitere nützliche Informationen zukommen lassen konnte. Da er völlig isoliert war, beschränkten sich seine Möglichkeiten des Geheimnisverrats jedoch auf den wöchentlichen Speiseplan der Kantine.

„Das Zimmer ist gründlich renoviert, gescheuert und desinfiziert. Außerdem ist ein Büro ein Büro, da klebt kein Sune an den Wänden. Aber laß uns vorher einen Happen essen gehen. Gemeinsam Brot zu brechen ist ein Sakrament.“

„Wo hast du denn das her?“

„Wir Gebildeten pflegen so zu reden. Mit anderen Worten: es quatscht sich besser, wenn man sich gleichzeitig etwas in die Futterluke schiebt. Eine einfache Mahlzeit verschafft einem stets ein paar ruhige Minuten.“

Wir wählten ein einfaches Lokal ganz in der Nähe, und zum ersten Mal, seit wir uns kannten, schien Simon sich nicht für das Essen zu interessieren. Er sparte sich jeden kulinarischen Kommentar und ließ sogar etwas Soße und einige Kartoffeln übrig. Wir redeten über nichts Besonderes, aber ich merkte, daß seine Gelassenheit nur gespielt war. Mitten in der Schilderung eines beschwerlichen Autokaufs unterbrach ich ihn.

„Okay, Simon, heraus damit."

„Was?"

„Du hast etwas auf dem Herzen. Laß hören."

Er seufzte laut, legte mit einer müden Geste Messer und Gabel zur Seite und verzog das Gesicht.

„Du weißt, eine komplette Fußballmannschaft haben Nadja und ich nicht ganz geschafft, aber neun Kinder sind ja auch eine ganze Menge. Das letzte kam ziemlich spät und wurde natürlich unser Liebling."

Wie diese große Familie in einer Zweieinhalbzimmerwohnung klarkam, war mir immer ein Rätsel gewesen, das ich gar nicht lösen wollte.

„Nun, die drei Ältesten haben das Nest schon verlassen, und der vierte ist gerade dabei. Nadja wollte sie gar nicht gehen lassen, aber junge Leute brauchen ihre Freiheit. Natürlich kommen sie oft zum Essen, und dann spielen wir Brettspiele und so. Aber jetzt geht es um Nikolas. Er ist fünfzehn und ein Träumer. Er lernt Flöte und Fagott, mag klassische Musik, verabscheut Rock und so weiter und interessiert sich nicht für Sport. Aber er hat, verdammt nochmal, das Recht, so zu sein, wie er will!"

Simon schlug mit der Faust auf den Tisch, und zwischen seinen Augenbrauen bildete sich eine tiefe Falte. Es war nicht schwer, die Ursache für diesen ungewohnten Gefühlsausbruch zu erraten.

„Das heißt, er wird gemobbt?"

„Ja. Unsere Familie lebt in einem Alptraum. Nikolas erzählt nicht so viel, aber aus unserem lustigen, glücklichen Bengel ist ein scheuer, leiser Schatten geworden. Wir sehen, daß er geschlagen wird. Manchmal weint er heimlich; wir merken es an seinen geschwollenen Augen. Ich weiß, daß eine Bande die Klasse und einen Teil der Schule im Griff hat, und sie haben sich unseren Nikolas und vielleicht noch einige andere ausgesucht, um Exempel zu statuieren."

Seine mit Zorn gepaarte Verzweiflung schnitt mir ins Herz. Ich wußte, daß sein Gefühl für jedes Familienmitglied stärker war als die Liebe eines Moslems zur Kaaba.

„Was habt ihr unternommen?"

„Viel zuwenig und viel zuviel. Wir glaubten ja nie, daß uns so etwas passieren könnte, aber verdammt nochmal..."

Er trommelte mit den Fingern auf die Tischplatte, und die Melodie war in Moll.

„Du kennst Nadja. Feuer und Flamme! Sie rannte zur Schule und ließ zuerst beim Rektor Luft ab, bis er so klein mit Hut war. Dann schnappte sie sich einen Klassenkameraden von Nikolas und schüttelte ihn, daß ihm die Zähne klapperten. So erfuhr sie, wer die Quälgeister waren. Nadja stellte die Truppe und belegte sie mit russischen und schwedischen Schimpfwörtern und Drohungen. Das Ergebnis war, daß sie einen Ring um sie bildeten und ihr Worte zuriefen, die man zu meiner Zeit nicht einmal zu flüstern wagte. Daraufhin packte mein Weib einen der Kerle und hieb auf ihn ein, bis die Nase und ein Ohr bluteten. Er zeigte sie wegen Körperverletzung an, und nun muß sich Nadja vor Gericht verantworten. Sie wird verurteilt werden und niemals begreifen warum."

Nein, Nadja sah die Welt in Schwarz und in Weiß, denn so war sie in einem anderen Land und in einer anderen Zeit erzogen worden, wo das Gesetz bei dem lag, der die - im übertragenen Sinne - die Peitsche trug. Die Feinde ihres Sohnes waren ihre Feinde, wie in einem kleinen Krieg, und sie hatte das Recht, sie zu bestrafen. Sicher fühlen viele Schweden heute ebenso.

„Und du?"

„Ich bin ja ein ruhiger Typ. Glaubte ich zumindest. Ich habe mit den Lehrern gesprochen. Sie sagen, daß sie sich darum kümmern wollen, aber sie wagen es nicht. Nichts haben sie erreicht, denn sie haben Angst, selbst eins in die Fresse zu bekommen. Die Schulleitung besteht aus männlichen Waschweibern. Es wird sich schon einrenken, murmeln sie in ihre Bärte. Mann, mir kribbelt es im ganzen Körper. Ich könnte auf der Stelle eine persönliche Bürgerwehr bilden. Und ich weiß nicht, wie lange ich mich noch bremsen kann. Ich bin stärker als Nadja und könnte im selben Gerichtssaal landen wie sie, aber sicher mit einer gepfefferteren Anklage. Rolle, nach so vielen Jahren als Polizist verstehe ich erst jetzt, wie leicht es ist, außer Kontrolle zu geraten. Wenn der Druck zu stark wird, gelten die geschriebenen Gesetze nicht mehr."

Er schaute mich an, und Tränen rannen über seine fülligen Wangen.

„Rolle, was soll ich nur machen? Du bist der einzige, mit dem ich über diese Sache reden kann. Nadja muß ich beinahe festbinden, damit sie sich nicht noch einmal an so einem Kerl vergreift."

Ich dachte eine Weile nach, denn diese Geschichte erforderte gründliche Überlegungen. Er wollte einen Rat von mir und kein Mitleid.

„Hast du einmal ein Aquarium mit einem Goldfisch gehabt?"

„Kann mich nicht erinnern. Guppys hatte ich, als ich ein kleiner Junge war."

„Okay, jetzt hast du einen kostbaren Goldfisch in deinem Aquarium. Du liebst ihn. Eines Tages kippt jemand eine Anzahl anderer Fische dazu. Ganz kleine junge. Aber als sie heranwachsen, merkst du, daß es Piranjas sind, die deinem Goldfisch Gesellschaft leisten. Mit ihren großen, scharfen Zähne beginnen sie, ein wenig an deinem Goldfisch zu nagen. Es ist nur eine Frage der Zeit, bis sie richtig zubeißen werden. Was also machst du? Um deinen Lieblingsfisch zu retten, hast du nur zwei Alternativen."

„So?"

„Ja. Entweder tötest du alle Piranjas, damit der Goldfisch

wieder allein ist. Oder du verlegst den Goldfisch in ein anderes Aquarium, wo er in Frieden gelassen wird. Verstehst du, was ich meine?"

Simon spitzte die Lippen, als wollte er pfeifen, ließ es aber bleiben.

„Alle Piranjas töten…", murmelte er langsam.

„Diese Alternative ist nicht aktuell. Die massenhafte Ausrottung von Raubfischen ist nicht erlaubt. Also gibt es nur einen Ausweg: den Goldfisch in ein anderes Aquarium zu bringen."

Er saß schweigend da und schaute zur Decke. Das Pfeifen kam, zaghaft und spröde wie die Gedanken, die es geboren hatten.

„Heutzutage haben viele Schulen sämtliche Schutznetze, die es gab, eingezogen", fuhr ich fort. „Zuerst verschwand der obligatorische Schwimmunterricht, so daß in Zukunft wohl mehr Menschen ertrinken werden. Dann sparte man die Schulärzte ein, so daß Krankheiten nicht mehr rechtzeitig entdeckt werden. Als nächstes waren die Schulschwestern dran, so daß es gar keine medizinische Betreuung und sexuelle Beratung mehr gibt. Danach verschwanden die Seelsorger, die die Kirche gestellt hatte. Gleichzeitig erhöhte man die Anzahl der Schüler in den Klassen, so daß jeder nähere Kontakt zwischen Schüler und Lehrer unmöglich wurde."

„Rolle, ich…"

„Laß mich ausreden. In allzu vielen Schulen können Schüler gemobbt werden, weil die Sperren beseitigt sind. Offener Krieg, und die Verteidiger sind waffenlos. Simon, mit Piranjas kann man nicht reden. Die greifen an und beißen zu, immer wieder."

„Du meinst, wir sollen Nikolas die Schule wechseln lassen? Das wäre ja eine Niederlage…"

„Für die Piranjas, nicht für Nikolas. Es gibt immer noch gute Schulen. Suche sie sorgfältig aus, gleich morgen. Nimm eine, die möglichst weit weg liegt."

„Du bist ja ein richtiger Experte."

„Meine Elin geht schließlich auch in die Schule und hat dort noch einige Jahre vor sich. Wenn allerdings einer wagen sollte, ihr etwas zu tun, mache ich Hackepeter aus ihm und verfüttere ihn an die Katze!"

Eine Weile später besichtigte ich meine neue Wirkungssstätte. Immerhin, beim Renovieren hatten die Handwerker ganze Arbeit geleistet. Kettenraucher-Sunes Raum war stets so verqualmt gewesen, daß man, wenn man mit einem Hering hineinging, mit einem Bückling herauskam. Nun glänzte alles in den genormten Anstaltsfarben. Ein neuer Tisch und neue Stühle, ein neues und desinfiziertes Telefon, leere Wände, um daran Elins Meisterwerke aufzuhängen. Widerwillig akzeptierte ich mein derzeitiges Büro. Sollte Sunes Geist hereinschweben, konnte ich ihn ja hinauswedeln.

Wieder eine Zeit später saß ich in Simons Büro, der als Versammlungsraum für die ganze Gruppe diente. Es war, als wäre ich umständehalber in mein Vaterhaus zurückgekehrt, nachdem ich es bereits geschafft hatte, auf eigenen Füßen zu stehen. Nichts gegen die Eltern, und im alten Kinderzimmer ließ es sich immer noch leben, aber all das Gute gehörte der Vergangenheit an, und ich hatte mich an eine andere, spannendere, mich ganz und gar ausfüllende Welt gewöhnt.

Simon dagegen war überaus zufrieden, den verlorenen Sohn wieder in seiner Reichweite zu haben. Anstatt eines Banketts lud er zu Kaffee, Tee und Kuchen. Myrna Clavebo hatte sich nicht verändert, was mir sehr gefiel. Sie war goldrichtig, geradeaus in ihren Gedanken und mit der Zunge, eine echte Tochter unseres Stadtteils Söder, warmherzig und humorvoll. Der kupferhaarige Pelle Pettersson strahlte wie immer die Energie eines mittleren Kraftwerks aus und redete am liebsten über seine beiden Hobbys; das andere war Rallyefahren im Wald. Früher war er ein richtiger Star gewesen, jetzt nahm er nur noch sporadisch an Veteranenrennen teil. Rolf Öhman, Spezialist, wenn es darum ging, Informationssysteme zu entwickeln, arbeitete für fast alle Abteilungen der Kripo, obwohl er formal zu Simons kleiner Gruppe gehörte. Also die gute alte Truppe, ein bißchen grauer, mit ein paar Falten mehr, dem ersten Pensionstag etwas näher. Ein wenig schockiert war ich schon, denn wenn man täglich in den Spiegel schaut, merkt man nicht, wie man älter wird.

„Kinder, eine vermutlich terroristische Gruppe hat auf der St. Eriksgatan eine Autobombe hochgehen lassen. Es hätte eine Menge Tote geben können; die Medien haben sich mit voller Kraft auf das Thema gestürzt."

Das meiste über die Tat hatte ich gesehen und gelesen; ich war vor allem daran interessiert, daß man auf meine Rolle in dem Drama nicht aufmerksam wurde. Über das geheimnisvolle Auto, das den Bombenwagen gerammt hatte, wurde munter spekuliert, doch bisher war es nicht identifiziert worden. Mehrere Zeugen hatten die Rettung des kleinen Mädchens beobachtet, und auch die Mutter war mehrmals befragt worden, doch sie war krank, stand noch immer unter Schock und konnte sich an den Helfer in der Not nur verschwommen erinnern.

Lediglich ein kleiner, verschwiegener Kreis wußte, daß ich das Auto gefahren hatte. Meine Sicherheit erforderte, daß das Geheimnis strengstens gewahrt wurde.

„Wir haben eine Spur. Eine Figur namens Henk Priem hinterließ einen Fingerabdruck. Eigentlich ist der Mann vor drei Jahren bei einem Bootsunfall in der Ostsee ertrunken. Ihr bekommt alle Informationen in einem schriftlichen Bericht. An Bord waren noch drei andere Kerle, die sich am Wrack festklammerten und gerettet wurden."

„Moment mal", meldete sich Rolf Öhman zu Wort. „Es war noch eine Person an Bord. Ein Mädchen, oder besser gesagt eine junge Frau."

„Davon stand nichts im Bericht."

„Nein, aber sie war trotzdem dabei. Ich habe eine kleine Notiz in einer Lokalzeitung gefunden, in der von vier Personen die Rede ist - von vier Geretteten! Ich rief den Journalisten an, der mich an den Bootsführer des Fischkutters verwies, der die Leute aus dem Wasser gefischt hatte. Dieser, ein gewisser Borgman, bestätigte, daß er vier Überlebende vom Rumpf des Seglers übernahm. Der Wind war abgeflaut. Die Frau bat ihn, ihre Anwesenheit an Bord nicht zu erwähnen, da ihr Mann nichts von dem Törn wisse. Fischer sind Gentlemen, also versprach er es. Und er hielt sein Versprechen - bis auf die Tatsache, daß er sich verquatschte und von vier Geretteten berichtete."

Simon strich sich nachdenklich über die kuppelförmige Glatze. Er setzte gerade zum Sprechen an, da surrte das Telefon. Er meldete sich, grunzte ein paarmal, legte wieder auf und seufzte tief:

„Die Welt ist ein Irrenhaus."

„Was ist passiert?" wollte Myrna wissen.

„Eine weitere Bombe ist an derselben Stelle explodiert!"

## 3.

Es sah schlimmer aus als es war. Salinsky und ich waren gemeinsam hingefahren, aber diesmal gab es nichts Geheimnisvolles. Ein offenbar geistig verwirrter und hochgradig erregter junger Mann war auf einem Moped vorbeigefahren und hatte eine selbstgebastelte Granate in Kungsholms Buchhandlung geworfen. Es knallte ordentlich, doch außer Rauch und Panik entstand kein weiterer Schaden. Der junge Mann auf dem Moped verlor die Balance, stürzte auf das Straßenpflaster und konnte überwältigt werden. Er grölte irgendwelche antikroatischen Parolen und ließ jemanden hochleben - wen, das konnte keiner verstehen. In seiner Drogenwelt erlebte er Dinge, die uns anderen verborgen blieben. Die Berichte über das Bombenattentat hatten sein überhitztes Hirn überkochen lassen.

Der junge Mann wurde ärztlich betreut, doch er schien es nicht zu merken. Nach einigen Stunden konnte ich in Simons Zimmer zurückkehren, und wir machten da weiter, wo wir unterbrochen worden waren. Ich fühlte mich wie in einer absurden Farce oder in einem Rollenspiel, das ein Philosoph geschrieben hatte, um die veränderliche Unveränderlichkeit der Zeit zu beweisen.

„Daß ein Mädel dabei war, ist neu", sagte Simon. „Wir werden sehen. Erst einmal konzentrieren wir uns auf die drei Männer, die mit Priem an Bord waren, und befragen sie. Wer war Henk Priem? Womit beschäftigte er sich? Wer waren seine Freunde und Bekannten in Schweden? Im Ausland? Wo wohnte er? Das sind die Fragen, und ich wäre euch sehr verbunden, wenn ihr mir so schnell wie möglich die dazu gehörenden Antworten einholen könntet."

Er erwartete allgemeines zustimmendes Nicken und bekam es.

„So Rolf, und jetzt klärst du uns über die Männer im Boot auf. Die jungen Spunde von heute nennen das briefen, aber ich gelte lieber als Greis, bevor ich mir solche Vokabeln angewöhne."

Öhman ordnete seine Papiere. Er hatte eine Tochter in Elins Alter und mir nie etwas Böses getan. Eigentlich hätte ich ihn wie einen Bruder lieben sollen, doch ich verhielt mich ihm gegenüber reserviert, als wäre er ein entfernter Cousin. Er hatte mich in meiner schlimmsten Zeit als lallendes Wrack gesehen, und so etwas ist unverzeihlich. Es gibt einiges, was man auch nahen Verwandten nicht nachsieht.

„Der erste heißt Per-Axel Steander. Jetzt zweiundfünfzig, verheiratet, zwei Kinder. Wohnt in Stockholm. Studierter Betriebswirtschaftler und Teilhaber an einem Finanzunternehmen. Oder besser gesagt, an einer vor zehn Jahren gebildeten Fondsgesellschaft, die nach ihren Gründern Schuckart & Thomsson heißt."

„Fondsgesellschaft? Was machen die eigentlich?" fragte Pelle.

„Von Alfred Berg hast du doch sicher schon gehört. Das ist die größte. Die Makler arbeiten mit deinem Geld, wenn du und andere brave Leute schlafen, und je reicher du wirst, desto größer sind auch ihre Gewinne. Ich glaube nicht, daß das eine Verlustbranche ist."

„Von wegen Pelle und schlafen. So lange er seine Gullan hat, kommt er weder zum Bravsein noch zum Schlafen", grinste Simon. „Was wissen wir noch über Steander?"

„Stinkreich. Besitzt Wohnungen in New York und London und eine Villa in der Provence. Hobbys unbekannt."

„Wahrscheinlich Golf", murmelte Pelle. „Wer nicht Golf spielt, gehört nicht dazu."

„Mit Sicherheit Segeln, denn es war sein Boot. In unserer Kartei kommt er nicht vor. Der zweite heißt Ingvar Ovøs. Neununddreißig, war damals verheiratet, jetzt geschieden. Die Frau hat das Sorgerecht für die beiden Kinder. Seit Jahren selbständiger Unternehmer mit der Firma Brit-Prod AB. Laut Handelsregister importiert er Stoffe, aber es kann auch etwas anderes sein. Die Bücher weisen bescheidene Gewinne aus."

Simon schnaufte.

„Gewinne bedeuten Steuern. Deshalb bleiben sie immer bescheiden. Mach weiter."

„Er lebt in Norrtälje; Wohnanschrift und Firmensitz sind identisch. Ein paar Angestellte. Einkommen über dem Durchschnitt, aber keine Phantasiesummen. Vermögen im Werte von anderthalb Millionen, aber das kann die Villa sein. Auch er ist bei uns ein unbeschriebenes Blatt. Der dritte heißt Emil Mall, fünfundsechzig Jahre alt, ebenfalls geschieden, aber keine Kinder. Er nennt sich Multiperformer, Künstlername Mille Mall. Wohnt südlich von Stockholm. Geringe Einkünfte, kein Vermögen. Mehr weiß ich nicht über ihn. Auch er ist bei uns nicht aktenkundig."

„Ein Kerl, der sich Mille Mall nennt, darf auch kein Geld verdienen", höhnte Myrna. „Er sollte als Clown im Kindergarten auftreten."

Simon zog die dünnen Augenbrauen hoch und schaute Öhman fragend an, doch der war fertig.

„Rolle und Myrna, ihr nehmt euch das Trio vor. Wir hoffen auf neue Informationen und eine Menge weiterer Namen. Dann nehmen wir Grönberg dazu, mit dem kannst du arbeiten, Pelle. Ihr dürft gern Überstunden machen."

„Nicht in dieser Woche", sagte Pelle. „Gullan und ich, wir haben unsere romantischen Tage."

Wir schauten uns verwundert an, und Myrna kicherte:

„Was, nach so vielen Ehejahren?"

Pelle lächelte verträumt:

„Eine Woche im Jahr wohnen wir in einem feinen Hotel. Ziehen montags ein und treffen uns nach der Arbeit zu einem sagenhaften Essen im Restaurant. Wir nutzen jeden Luxus, den das Haus bieten kann. Von Freitagabend bis Montagmorgen verlassen wir das Bett nur zu den Mahlzeiten. Und auch die nehmen wir nach Möglichkeit auf dem Zimmer ein."

„Und das könnt ihr euch leisten?"

„Klar doch, wir haben ja kein anderes Hobby. Du ahnst nicht, wie so eine Woche die Liebe neu entfacht. Du und dein Mann, ihr solltet es auch einmal probieren. Also - keine Überstunden!"

Simon verdrehte die Augen:

„Was habe ich nur für Kollegen! Liebeskranke Kaninchen statt fleißige Fahnder. Obwohl, ich erinnere mich da an eine Woche in Schonen... na, das gehört wohl nicht hierher. Also, an die Arbeit. Rolle, du bekommst alle Details von Rolf. Morgen vormittag habe ich frei. Muß mich um schulische Angelegenheiten kümmern."

Myrna wollte neue Jeans für ihre Tochter Lillan kaufen und schlug vor, daß wir ihren Wagen nehmen und in Norrtälje beginnen sollten. Das gab ein ordentliches Kilometergeld, denn Markenhosen mußten es sein; auch Lillan war schon einmal gemobbt worden. Trägt man nicht die richtigen Klamotten, wird man bereits als Kind aus der Liga der Konsumenten ausgestoßen.

Auf dem Weg nach Norrtälje plauderten wir wie in alten Zeiten, als wir noch als Fahndungsteam unterwegs gewesen waren. Es war ein milder Herbsttag; gleichmäßig zogen die niedrigen weißen Fabriken, Werkstätten und Lagerhäuser des nördlichen Gewerbegebiets an uns vorüber. Ich runzelte die

Stirn, als mein Blick auf den halbkreisförmigen Mastodonbau von Täby fiel. Eine Fehlplanung von Anfang an, und die Bauherren wußten es vor dem ersten Spatenstich, aber ein großes Bauvorhaben kann man nicht einfach stoppen, wenn einem etwas Besseres eingefallen ist.

„Rolle, glaubst du an das Rezept?"

„Haben wir gerade vom Essen gesprochen?"

„Ich meine Pelles Rezept, wie man die Liebe neu entfachen kann. Eine Woche zu zweit an einem Ort, wo es keine Pflichten gibt."

„Wenn man jemanden heißmachen will, gibt es sicher bessere Methoden. Wieso, hast du Bedarf?"

Sie zuckte leicht die Schultern und schob die Unterlippe vor:

„Tja, manchmal. Man sitzt ja bis über die Ohren im Alltagsbrei. Ich sehne mich nach ein paar leichten, unbeschwerten Stunden, aber die gibt es nicht. Und romantische Stimmungen kann man nicht erzwingen."

„Schlag deinem Hasse doch vor, für eine Woche ins Grand oder Sheraton zu ziehen. Lillan kann wohl so lange bei deiner Schwester bleiben."

„Da kennst du meinen Hasse schlecht. Bei so einem Vorschlag würde er glatt in die Luft gehen! Mein Hasse entspricht ganz und gar dem Klischee vom biertrinkenden und heimwerkelnden Fußballfan, der sich darüber hinaus bestenfalls noch für die PS verschiedener Automarken interessiert. Aber er ist gut zu Lillan und ein netter Kerl, auch wenn er manchmal lospoltert wie ein Erdbeben. Ich versuche lieber, ihn im eigenen Schlafzimmer auf Touren zu bringen."

Wir passierten die Abfahrt zum Sommerparadies Vaxholm, der Perle der Schären. Ein Name, der bei mir sofort Assoziationen weckte - ich sah den von Urlaubern wimmelnden Hafen vor dem Hotel, wo gerade eines der guten alten weißen Schärenboote anlegte. Die Leute lachten und winkten, und in dem schmalen Sund zwischen dem Kastell und dem Festland grüßten sich die Segler von Boot zu Boot.

„Und wie geht es selbst an Kopf und Gliedern?“ erkundigte sich Myrna mit einem flüchtigen Seitenblick.

„Ging schon schlechter.“

„Schlimmer als schlimm, was? Hab da was munkeln hören.“

„Nicht noch einmal. Lieber springe ich in ein Bassin mit Schwefelsäure.“

„Bist du wieder ganz okay?“

„Unter uns, und nur unter uns, manchmal kann man daran zweifeln.“

„Hauptsache, du flippst nicht aus.“

„Keine Angst, ich verspreche, heute nicht durchzudrehen. Schließlich sollen wir ja nur nett mit einem Bootsbesitzer plaudern. Falls es zum Handgemenge kommt, mußt du eingreifen.“

Das reichte; sie verstand und stellte keine weiteren Fragen. Wir fuhren an der uralten DC-3 vorbei, die als Café diente, so lange ich denken konnte. Im Sommer ist es eng auf den Straßen von Norrtälje, denn die Innenstadt wurde für die Einwohner von etwa 1920 konzipiert. Aber lieber so als öde Plätze und leere Geschäfte.

Öhman hatte uns natürlich eine genaue Beschreibung des Weges zu Ovøs Villa mitgegeben. Sie lag am Nordrand der Stadt in Richtung Vätö. Wir bogen in eine schmalere Straße ein, fuhren einen ziemlich steilen Berg hinauf und erreichten ein großes, braun gestrichenes zweistöckiges Gebäude. Es hatte zwei Eingänge, und über dem linken stand, diskret in Kupfer getrieben, „Brit-Prod AB“.

Wir stiegen aus dem Wagen und streckten uns, um die achtzig Fahrkilometer aus Rücken und Beinen zu vertreiben. Die Aussicht über die Bucht von Norrtälje war herrlich, und ich vermutete, daß die Bewohner der Villa meine Meinung teilten, denn die Gartenmöbel auf dem Rasen zeigten auf das Wasser hinaus. Auf dem Grundstück standen noch einige kleinere Gebäude in derselben braunen Farbe; an der Seite der Villa waren vier Autos geparkt.

„Privat oder Firma?“ fragte Myrna.

„Noch ist der Arbeitstag nicht zu Ende. Er muß wie wir für seine Brötchen arbeiten."

Wir nahmen den Geschäftseingang und betraten eine Empfangshalle im älteren Landhausstil, und ich hätte mich nicht gewundert, wenn plötzlich ein Trachtenmädel erschienen wäre und ein Volkslied geträllert hätte. Statt dessen präsentierte sich uns eine attraktive Dame in den Vierzigern, die mit ihrem Alter keine Probleme zu haben schien und deshalb auf Diätkost und kaloriengebremstes Mineralwasser verzichten konnte.

„Hallo, liebe Leute, was kann ich für euch tun?"

„Welche Möglichkeiten gäbe es denn da?" erkundigte ich mich.

„Kaufen oder verkaufen. We are in it for business."

„Wir würden gern mit Ingvar Ovøs sprechen. Our business is talking."

Sie lächelte schwach und kam näher. Ihr Kleid war so teuer, daß Myrna vor Neid mit den Zähnen knirschte.

„Ich heiße Margot Andersson und bin seine Sekretärin. Und zum Teil auch Buchhalterin. Was wollt ihr von ihm?"

„Nur ein paar Informationen."

Sie durfte unsere Polizeimarken sehen und zeigte eine schwer zu deutende Miene, aber das tun viele, wenn wir uns ausweisen.

„Nehmt doch Platz, ich hole ihn. Er telefoniert gerade, ist aber sicher bald fertig."

Das Besuchersofa war im Stil Carl Malmstens gehalten, aber im Unterschied zum Original recht bequem. Auf dem Tisch vor uns standen eine Schale mit frischem Obst und eine Flasche Mineralwasser mit mehreren Gläsern. Ich goß uns von dem schwach perlenden kühlen Naß ein, und wir fühlten uns einen Moment lang wohl.

Ein Mann kam in die Halle und schlüpfte gerade in den zweiten Ärmel seines einreihigen grünen Jacketts. Er sah aus wie einer der smarten Typen aus den Wirtschaftsmagazinen, gleichmäßige Gesichtszüge, eine gerade Nase, helle blaue Augen mit langen Wimpern, ein wohlgeformter Mund und angedeutete Grübchen, die sich beim Lachen sicher vertieften. Das blonde Haar war kurz geschnitten und in der Mitte gescheitelt. Er trug ein schwarzes Polohemd und schwarze Hosen und bewegte sich leicht wie ein Tänzer.

„Bei uns arbeiten alle in einem großen Raum zusammen", sagte er in gemütlichem Bariton, „aber wir haben auch ein kleines Zimmer, falls jemand ungestört telefonieren will. Hier entlang, bitte."

Das kleine Zimmer sah aus wie die mittelgroße Abteilung eines liebevoll gepflegten Heimatmuseums, und vom Fenster hatte man wiederum den bezaubernden Blick über die Bucht. Wir stellten uns vor, und er komplimentierte uns in eine Sofagruppe. Die Schale mit den in Goldpapier gewickelten Karamellen reichte er so generös herum, daß ich an Bestechung denken mußte.

„Margot sagte mir, daß ihr etwas von mir erfahren wollt. Ich hoffe, daß wir nichts Unrechtes getan haben. Als ich sieben war, wurde ich von einem Polizisten beim Klauen erwischt; das sitzt immer noch tief."

„Was bedeutet Brit-Prod?" begann ich.

„Das heißt ganz einfach britische Produkte. Wir importieren englische Textilien unterschiedlicher Art. Wir stellen hier Muster her und lassen danach Gardinen und Kissen und anderes mehr in Großbritannien produzieren. Wir sind gut im Geschäft, denn mein Vater gründete das Geschäft schon vor mehr als dreißig Jahren. Er sitzt immer noch in der Geschäftsleitung."

„Nur in Großbritannien?"

Er schien dieser harmlosen Frage eine tiefere Bedeutung beizumessen; wenn man ein schlechtes Gewissen hat, hört man oft Zwischentöne, die es gar nicht gibt.

„Nach unserer Auffassung sind die Waren britisch, und das Gericht hat uns darin bestätigt. All right, die Briten importieren die Stoffe aus Billigländern, aber sie werden in England veredelt und gelten deshalb als britisch. Dafür gibt es Gutachten."

Ovøs hatte sich schon nach wenigen Minuten aus der Balance bringen lassen, aber deshalb waren wir nicht gekommen. Andererseits schadete es unserem Auftrag nicht.

„Bist du Segler?“ fuhr ich fort.

„Äh, was? Segler? Was hat das denn mit meinen Stoffen zu tun? Außerdem verabscheue ich das Segeln. Den Wind kann man nicht kontrollieren, und ich will mein Leben unter Kontrolle haben.“

„Trotzdem wollen wir dich zu einem Törn befragen. Vor drei Jahren bist du mit drei Männern in Richtung Åland-Inseln gesegelt.“

„Oh, diese verdammte Geschichte. Bestätigt nur, was ich gesagt habe. Von Segelbooten sollte man sich fern halten. Damals bin ich dem Tod nur um Haaresbreite entgangen. Unser Leben hängt eigentlich immer nur an einem seidenen Faden, nicht wahr?“

„Mit wem bist du gesegelt und in welchem Verhältnis standest du zu diesen Personen?“

„Darf ich fragen, warum ihr das wissen wollt?“

„Natürlich darfst du. Alles ist erlaubt. Also - mit wem?“

Ovøs dachte nicht daran, die Aussage zu verweigern, wie so viele unserer Kunden. Man hat von den Politikern gelernt, verbindlich zu lächeln und zu allem „kein Kommentar“ zu sagen. Wahrscheinlich war er immer noch der Siebenjährige mit der geklauten Cola in der Hand, der verdattert vor dem strengen Onkel von der Polizei steht.

„Ja, das war PA Steanders Boot. Ich hatte damals ein bißchen mit ihm zu tun. Er wollte uns in Vermögensfragen beraten, und ich war bereit, die Sache mit ihm zu diskutieren. PA kann aus Geld mehr Geld machen.“

„Wandte er sich an dich oder umgekehrt?“

„Es ging von ihm aus. Ich hatte einen neuen Stoff bekommen, ein geradezu revolutionäres Material. Wir veranstalteten eine große Präsentation, teuer wie Quecksilber, aber es kamen viele Leute. Auch PA. Wir tranken ein Glas Wein und redeten, später aßen wir zusammen, und er gab mir Broschüren und Empfehlungsbriefe. Dann lud er mich zu der Segeltour ein. Das

Meer sei ruhig wie ein Spiegel, versprach er. Ha, es war die Hölle!"

„Die anderen?"

Er faltete die Hände wie zum Gebet und dachte nach. Es mußte das schlimmste Erlebnis seines Lebens gewesen sein, und er konnte sich nicht einmal spontan an seine Schicksalskameraden erinnern.

„Ein seltsamer Schwätzer war dabei; er hieß Mille Mall. Ich hatte den Eindruck, daß er verrückt war."

„Wer hatte ihn eingeladen?"

„Das muß wohl PA gewesen sein. Dieser Mall haßte das Segeln noch mehr als ich, trotzdem stand sein Mund nie still. Nach einer Stunde konnte ich ihn nicht mehr hören."

„Bleibt noch der vierte Bube im Spiel. Was weißt du über ihn?"

Ovøs zog ein Etui und ein silbernes Feuerzeug hervor und zündete sich einen schwarzen, dünnen Zigarillo an. In diesen Kreisen galt das als Stilbruch, als würde der Papst in seiner Weihnachtsansprache für Kondome werben.

„Ja, richtig, Henka. Oder hieß er Henk? Ich habe nicht viel mit ihm gesprochen."

„Sprach er schwedisch?"

„Sicher doch. Sonst hätte ich ihn ja nicht verstanden. Mein Sprachsinn ist nicht besonders entwickelt. Obwohl ich so viele Geschäfte mit Engländern mache, lachen sie wahrscheinlich über meine Grammatik und mein mageres Vokabular."

„Berichte alles über ihn, was dir einfällt. Welche Worte ihr gewechselt habt, wie sein Verhältnis zu den anderen auf dem Boot war."

Drei dunkelblaue Wolken stiegen zur Decke; sie kamen aus seiner Lunge, hatten sein Inneres gesehen, wußten vielleicht von einigen seiner Geheimnisse.

„Worüber redet man schon mit einem Fremden? Tolles Boot, hoffentlich wird schönes Wetter, wo sind denn die Schwimmwesten, eine Tasse Kaffee wäre jetzt nicht schlecht. Nichts über dieses Niveau hinaus. An sein Verhältnis zu den anderen kann ich mich nicht erinnern, falls du meinst, ob er mit jemandem befreundet war oder so. Er war da, und wir fuhren hinaus; dann zog der Sturm auf, und es galt nur noch: Rette sich, wer kann!"

Myrna hatte bis dahin geschwiegen. Bei einer Befragung läuft es am besten, wenn einer das Gespräch vorantreibt und der andere eingreift, wenn ein toter Punkt erreicht ist.

„Erzähl bitte von dem eigentlichen Unfall. Wo befandest du dich? Sahst du, was die anderen taten?"

„Alles ging so schnell…"

So beginnen neunzig Prozent aller Zeugenaussagen, und es ist wahr - wenn etwas Dramatisches geschieht, haben die Beteiligten das Gefühl, die Zeit würde sich beschleunigen und alle Bilder im Schnelldurchlauf an ihnen vorüberziehen. So war es mir gegangen, als man mich wegen der Explosion befragt hatte.

„Der Sturm zog sehr schnell auf, aber PA meinte, wir sollten Ruhe bewahren. Er war ein erfahrener Segler und das Boot absolut seetauglich, aber ich Landei bekam natürlich Todesangst und klammerte mich irgendwo an. Der Wind wurde immer schlimmer und die Wellen… haushoch! Ich weiß, das ist ein abgenutztes Bild, aber ich habe kein anderes. Ich sagte ja, daß mein Sprachgefühl nicht das beste ist. Ich hatte vollauf mit mir selbst und meiner Todesangst zu tun und achtete nicht darauf, was die anderen taten. Plötzlich, ich weiß nicht wie, kenterte das Boot. Ich fiel ins Wasser und strampelte, und dann war ich wieder am Rumpf und hielt mich an irgendwelchen Seilen fest; ich weiß nicht, wie lange. Gott sei dank war das Wasser ziemlich warm. Stunden später flaute der Sturm ab. Ein Fischkutter nahm uns auf; wir waren total erschöpft. Das war wohl im großen und ganzen alles."

„Ja, nur Henk schaffte es nicht."

„Das stimmt. Aber man kann nicht um einen Menschen trauern, den man kaum gekannt hat. Daß die Ostsee so stürmisch sein kann! Jetzt verstehe ich, wie die Estonia untergehen konnte."

„Wieviel Schnaps hattet ihr getrunken?"

„Schnaps? Wir hatten nicht..."

„Lüg nicht. Wenn Männer mit dem Boot rausfahren, ist immer Alkohol im Spiel. Das ist so natürlich und voraussehbar, wie auf den Montag der Dienstag folgt."

Ovøs sah ein, daß es keinen Zweck hatte, den Heiligen zu spielen.

„PA bot zuerst Whisky an, als Willkommenstrunk. Japanischen Whisky, der ist angeblich weicher und besser als der schottische. Er sagte, die Bar sei offen und alle Restriktionen seit Oktober 1955 abgeschafft. Man ging eine halbe Treppe hinunter in die... Kajüte? Seemannsbegriffe kann ich mir auch nicht merken. Dort gab es eine ganze Batterie von Flaschen und Gläsern, dazu Eiswürfel, Zitronenscheiben und so weiter."

„Wieviel habt ihr getrunken?"

Er bewegte die Hand, als kippte er ein Schnapsglas hinunter.

„Ich trank nicht so viel. Ein paar Gin Tonics, ich habe einen einfachen Geschmack. Vielleicht einen zweiten Whisky, als PA darauf drängte. Die anderen tranken ungefähr genauso viel. Dazu leichtere Getränke, die ich eigentlich vorziehe. Wir hatten ja nichts anderes gegessen als Snacks. Obwohl... dieser Mille Mall schüttete wohl eine Menge mehr in sich hinein. Andererseits hing ich ja nicht die ganze Zeit in der Bar herum."

„Wieviel trank Henk Priem?"

„Priem? Ach ja, so hieß er mit Nachnamen. Habe nicht die leiseste Ahnung. Du meinst, ob er zu betrunken war, um sich am Boot festzuhalten? Vielleicht. Falls ich betrunken war, so wurde ich im Wasser sofort wieder nüchtern. Mehr kann ich über unseren herrlichen Ausflug wirklich nicht sagen. Ach ja, vielleicht noch, daß aus unserem Finanzgeschäft mit PA nichts wurde."

„Nun ja, wir glauben aber, daß du mehr zu erzählen hast. Sehr viel mehr."

„An mehr kann ich mich aber nicht erinnern, und das ist die Wahrheit. Worauf wollt ihr eigentlich hinaus? Gut, damals ist einer umgekommen, aber warum beschäftigt ihr euch heute noch mit einer ansonsten banalen Episode von vor drei Jahren?"

Ich warf Myrna einen Blick zu, und sie übernahm. Auf einen neuen Fragesteller war er nicht vorbereitet, und das brachte ihn noch ein wenig mehr aus der Balance.

„Sag mal, Ingvar, du warst doch damals verheiratet, nicht wahr?"

Er erstarrte förmlich, bekam Rauch in den Hals und mußte husten. Dann erwiderte er:

„Ja, warum?"

„Du warst verheiratet, ihr hattet zwei Kinder. Warum habt ihr euch getrennt?"

Augenblicklich verschwand Ovøs antrainierte Höflichkeit, und er zischte:

„Was geht dich mein Privatleben an?"

„Hattest du zu viele Affären mit anderen Frauen? Warst du es, der sie mit an Bord brachte?"

Sekundenschnell verwandelte sich seine Wut in Wachsamkeit, und die Wimpern senkten sich, als wollten sie seinen Blick tarnen.

„Sie? Welche Sie?"

„Die Frau, die mit auf dem Boot war, von Anfang an."

„Kenne ich nicht."

„Eine junge, hübsche Frau auf einem heimlichen Ausflug. Für uns klingt es logisch, daß dazu ein Mann gehört, der ebenfalls auf Abwegen wandelte. Warst du der Mann?"

„Wenn es einen Weiberrock an Bord gab, muß ihn PA gut versteckt haben. Ich erinnere mich an keine Frau."

„Also brachte Steander sie an Bord?"

„Das habe ich nicht gesagt! Ich weiß nichts über sie. Keine Erinnerung. Ihr solltet jetzt gehen, ich habe noch viel zu tun."

Ich reichte ihm das Foto von Priem.

„Erkennst du Henk wieder?"

„Was? Ich weiß nicht. Das könnte er sein. Wenn es ein Bild von ihm ist, dann ist er das. Adieu!"

Wir erhoben uns, und Myrna sagte leise:

„Nun wissen wir, daß eine Frau dabei war. Dein Leugnen macht uns sehr neugierig."

Ich fügte noch eine freche Lüge hinzu:

„Wir spielen immer mit offenen Karten und schätzen es sehr, wenn andere genauso verfahren."

Margot Andersson kam herein:

„Entschuldige, daß ich störe, aber Bessie Andrews ist am Telefon und will unbedingt mit dir persönlich sprechen."

„Die Gäste wollen gerade gehen."

„Ich bringe sie hinaus. Sprich mit Bessie, es ist wichtig."

Sie lief vor uns durch die Halle. Plötzlich drehte sie sich um und flüsterte:

„Ich sitze direkt an der Tür und konnte alles hören."

„Ja?"

„Ich will nicht… also… er ist mein Arbeitgeber, und ich…"

„Heraus damit, er wird gleich kommen."

„Dieser Henk Priem - ich weiß etwas sehr Wichtiges über ihn!"

## 4.

Ovøs kam zurück und zeigte eine verdrießliche Miene. Sofort verwandelte sich Margot Andersson wieder in die freundlich-unpersönliche Angestellte.

„Da war keine Bessie!" maulte ihr Chef.

„Das Gespräch wurde wohl unterbrochen. Ich glaube, sie rief aus Rom an. Und Italien ist eben Italien."

„Also", sagte ich laut und überdeutlich, „falls dir noch etwas einfällt, was du uns erzählen willst, dann kannst du mich, Roland Hassel, oder meine Kollegin, Myrna Clavebo, bei der Kripo Stockholm anrufen. Ich lege meine Karte hierher."

Als wir in gemäßigtem Tempo zurückfuhren, diskutierten wir Ovøs´ Auftreten und seine Antworten auf unsere Fragen, und wir waren uns einig, daß es da einen dunklen Punkt gab. Doch ein Mensch kann viele Gründe haben auszuweichen, Wahres und Unwahres zu mischen, Dinge zu verschweigen oder ganz einfach zu lügen, wenn es seinen Zielen dient. Wir hatten ihn nicht verhört, sondern lediglich befragt; das ist ein großer Unterschied, den nicht alle begreifen, nicht einmal alle Polizisten. Aber auch beim regulären Verhör gibt es keine Pflicht, die Wahrheit zu sagen, wenn die Lüge ein besseres Bild des Verdächtigen und seiner Handlungen vermittelt. Jeder hat das Recht, sich im besten Licht zu zeigen.

„Das mit Henk Priem ist ein Mysterium", meinte Myrna. „Was hatte er für eine Funktion? Wer hatte ihn mitgebracht? Er war wohl ziemlich betrunken, als der Sturm losbrach, aber sicher nicht nur er. Warum ging er unter, während die anderen am Leben blieben?"

„PA kann uns das vielleicht beantworten. Noch mysteriöser ist die Geschichte mit dem jungen Mädchen, von dem Ovøs nichts wissen will."

„Ich denke, dafür gäbe es eine Erklärung, falls sich herausstellen sollte, daß beide gelegentlich dazu neigten, ihre bessere Hälfte zu Hause zu vergessen. In solchen Fällen gilt absolute Verschwiegenheit."

„Das überzeugt mich nicht. Damals vielleicht, als er verheiratet war, aber jetzt ist er geschieden und kann seine Ehe durch eine Aussage nicht mehr gefährden. Da er weiß, daß wir von der Dame wissen, hätte er doch sagen können, sie sei an Bord gewesen, er habe sie aber nicht näher gekannt. Daß sie die Begleiterin von jemandem gewesen sei, er aber nicht mehr wisse, von wem. Er lügt ganz bewußt, obwohl er merkt, daß wir ihn durchschauen. Warum tut er das; ihm müßte doch klar sein, daß er uns damit nur noch neugieriger macht."

Myrna nickte nachdenklich.

„Wenn du es so siehst - da könntest du recht haben. Dann folgt die nächste Frage: Ist sie es, die nichts mit uns zu tun haben will, oder ist er es, der den Kontakt zwischen ihr und uns verhindern will? Ein schwieriges Puzzle das Ganze, vielleicht ein Fehldruck."

„Sei nicht so pessimistisch, bisher haben wir doch lediglich die Teile auf den Tisch geschüttet."

Als wir uns dem Reichsmuseum näherten, fiel mir ein, daß ich Elin noch nicht dorthin geführt hatte und selbst seit meiner Schulzeit nicht mehr dagewesen war. Ich erinnerte mich daran, daß es eine ganze Reihe von Sälen gegeben hatte, doch von den Exponaten waren mir nur zwei im Gedächtnis geblieben: ein gewaltiges Walskelett und ein zehn Meter langer Bandwurm, der zusammengerollt in einer Flasche mit Konservierungsmittel lag. Ob es sie noch gab? Ich fragte Myrna, doch sie hatte noch nie einen Bandwurm gesehen und auch keine Lust darauf.

„Im Prinzip ist unser Arbeitstag noch nicht zu Ende. Wollen wir uns noch einen von den anderen beiden Kerlen vornehmen?"

„Nach meiner Uhr haben wir jetzt Feierabend."

„Dann richten wir uns nach deiner. Soll ich dich zu Hause absetzen?"

„Besser an der Hötorgshalle. Die Krebse sollen gerade besonders frisch sein."

„Oh, ein Festmahl - mitten in der Woche?"

„Jeder Tag ist ein Feiertag, wenn man nur will. Ich feiere, daß ich lebe, und Virena mag es, wenn wir feiern."

„Mit einem Fläschchen Wein?"

„Was sind Krebse ohne einen guten Tropfen? Blöde, rückwärtslaufende Schaltiere. Wir trinken Wein zum Essen, aber wir übertreiben es nicht. Niemand soll mir jemals mehr sagen, wie man leben soll. Ich wähle mein Leben, und andere dürfen sich ihres aussuchen."

„Ach, hast du es gut. Wir haben heute Waschtag."

In der Hötorgshalle genoß ich es, an einigen der Marktstände wiedererkannt und wie ein Stammkunde begrüßt zu werden. Ich kaufte meine Krebse und dazu noch ein Stück würzigen Käse, der sehr gut zu geröstetem Brot schmecken würde. Die Einkaufstüte schlenkernd machte ich mich auf den Heimweg. Ich genoß es, schmerzfrei zu gehen, ich sog die Lungen voll mit der abgassatten Stadtluft, ich brauchte keine Medizin mehr, ich fühlte mich wohl, es ging mir wirklich gut, und so sollte es bleiben, amen. Außerdem konnte mir physisch nichts mehr passieren, denn ich hatte endlich eine kombinierte Kranken- und Unfallversicherung abgeschlossen.

Daheim stellte ich eine Flasche trockenen Weißen in den Kühlschrank und deckte den Küchentisch. Elin würde die ganze Zeit bei uns sein; sie hatte bereits gelernt, daß so eine Mahlzeit ein heiliger Akt war. Nur Neandertaler glotzen beim Essen in die Röhre - ich muß allerdings gestehen, daß ich vor nicht allzu langer Zeit zu ihnen gehört hatte. Als ich gerade eine Viertelstunde zu Hause war, rief Margot Andersson an.

„Entschuldige, daß ich dich privat störe, aber…"

„Macht nichts, ich würde sowieso abnehmen."

„Äh… was?"

„Der älteste Witz der Welt. Früher hat man darüber gelacht. Macht nichts - laß hören."

„Du mußt verstehen… ich möchte Ingvar gegenüber nicht illoyal sein… er ist ja mein Arbeitgeber. Und… mein Freund. Ich mag ihn sehr."

„Das ist klar. Wie gesagt, laß hören."

Sie vergeudete noch einige Minuten damit, mir klarzumachen, daß sie ihr gutes Verhältnis zu ihrem Chef nicht aufs Spiel setzen wolle, und ich brummte immer wieder zustimmend. Endlich kam sie zur Sache.

„Er sagte, daß er nichts über diesen Henk Priem wüßte. Aber ich glaube, das stimmt nicht. Ingvar hat wegen etwas, das auf dem Boot passiert ist, ein so schlechtes Gewissen, daß er fast daran kaputt gegangen wäre. An einem Abend vor… es war wohl im letzten Jahr… jedenfalls hatte er ein wenig zuviel getrunken, obwohl wir noch arbeiten wollten. Er wohnt ja im Haus, wie du weißt."

„Mhm. Was geschah?"

„Plötzlich hatte er eine Art Zusammenbruch und begann, wie ein Schloßhund zu weinen. Ich habe niemals… einen Kerl so richtig heulen gesehen, und es war… schrecklich. Er zog mich an sich, und ich mußte ihn trösten wie ein kleines Kind. Und dann sagte er: 'Ich werde nie darüber hinwegkommen, daß Henk ertrunken ist. Es war alles mein Fehler. Du ahnst nicht, was es bedeutet, wenn man ein Menschenleben auf dem Gewissen hat.' Das sagte er wortwörtlich. Du darfst nicht verraten, daß du es von mir weißt. Versprich es!"

Ich murmelte etwas Nichtssagendes, und sie deutete es als Versprechen, doch solche Versprechen geben Polizisten nicht.

„Er... litt! Unerhörte innere Schmerzen. Kannst du das verstehen?"

„Natürlich. Erinnerst du dich an noch etwas Wichtiges?"

Sie überlegte und sagte schließlich:

„Vielleicht, daß Ingvar gar nicht aufhören konnte zu weinen, so sehr ich ihn auch tröstete. Und er stammelte immer wieder, daß keiner ahnen kann, wie man sich fühlt, wenn man ein Menschenleben auf dem Gewissen hat. Er hatte ja recht; das kann niemand ahnen. Kannst du es dir vorstellen?"

Mein kurzes Grunzen durfte sie deuten, wie sie wollte. Ich konnte es mir nicht nur vorstellen; die Vorsehung hatte mich geradezu zum Experten auf diesem Gebiet gemacht, aber das mußte sie nicht wissen.

„Hat er später nochmal über die Sache gesprochen?"

„Nicht direkt. Aber er wird immer grüblerischer. Ich merke es, die anderen wahrscheinlich nicht."

Virena kam mit Elin heim und nickte mir zu. Ich warf meinen beiden Damen ein paar Kußhände zu und erhielt sie reichlich zurück. Sie deckten den Tisch fertig und legten Brotscheiben in den Toaster.

„Hat er Näheres über die anderen erzählt, die mit im Boot waren?"

„Nur die Namen. Einer wurde PA genannt; ihm gehörte das Boot. Ingvar wollte wohl ein kleines Geschäft mit ihm machen, aber das zerschlug sich dann. Ich glaube nicht, daß sie nach dem Unglück noch Kontakt hatten. Und er sprach über einen Mille Sowieso, eine komische Figur."

Virena nahm die Weinflasche aus dem Kühlschrank und

öffnete sie. Elin würde Fanta trinken, das ihrer Meinung nach beste Getränk zu Krebsen und Käse.

„Nichts weiter?“

„Was weiter?“

„Über das Unglück natürlich.“

„Nein, nichts, woran ich mich erinnere.“

„Streng dich bitte an. Hat er denn gar nichts von dem Mädchen erzählt?“

„Ein Mädchen?“ wiederholte sie ein wenig verwirrt; jedenfalls klang es so. „War denn ein Kind mit an Bord?“

„Ein ziemlich erwachsenes Kind. Eine junge Frau, die eventuell vergessen hatte, daß sie verheiratet war.“

Nun noch den Käse auf den Tisch und die eleganten Gläser, die Virena einst zur Hochzeit bekommen und jahrelang im Schrank aufbewahrt hatte. Jetzt verwendeten wir sie regelmäßig. Schöne Dinge soll man benutzen und nicht bewundern.

„Eine Frau? Nein, über so eine weiß ich nichts.“

Eine seltsame Ausdrucksweise in Bezug auf eine Mitschwester. „So eine“ klang abwertend und geringschätzig. Durfte ich daraus schließen, daß sie genau wußte oder sich zumindest vorstellen konnte, warum eine Frau mit an Bord genommen worden war? Virena goß uns zwei kleine Sherry als Aperitif ein, und wir stießen schweigend miteinander an. Feine Sitten hatten in der Baltzar von Platengatan Einzug gehalten. Endlich.

„Könnte sie, rein hypothetisch, Ovøs´ Gesellschaftsdame gewesen sein?“

„Nein“, antwortete sie wie aus der Pistole geschossen, „absolut nicht. So einer ist er nicht.“

„Woher weißt du das?“

„Das geht dich nichts an. Ich bereue bereits, daß ich dich angerufen habe.“

„Es war richtig, daß du Kontakt zu mir aufgenommen hast, und ich bin dankbar dafür. Natürlich muß ich eine Menge Fragen stellen; das ist dir doch klar.“

„Ja… vielleicht. Aber ich bereue es jedenfalls.“

Virena ließ mich meinen Polizeijob machen, und ich mischte mich nicht in ihre Angelegenheiten als Schwester im Karolinska Krankenhaus, so daß wir ohne lästige Fragerei mit dem Essen beginnen konnten, eine kleine, glückliche Familie.

Simon bekam den Bericht, las ihn und legte ihn mit einem tiefen Seufzer auf den Tisch.

„Geht es voran?"

„Was meinst du damit?"

„Ach, verdammt, nichts Besonderes. Irgend etwas muß man ja sagen. Eigentlich habe ich jetzt nur Nikolas im Kopf. Mit den Schulleuten habe ich gesprochen - du, das ist ziemlich problematisch, einfach so zu wechseln."

„Ist es nicht, das geht von einem Tag zum anderen. Was ist nur aus dir geworden? Seit wann akzeptierst du ein Nein, wenn du ein Ja hören willst?"

Er stöhnte und wand sich. Noch nie hatte ich ihn so hilflos gesehen.

„Warum hast du bei diesen Paukern nicht mit der Faust auf den Tisch gehauen? Oder dem Rektor mal eins in die Fresse gegeben?"

Wieder ein tiefer Seufzer:

„Mit Prügeleien haben wir in der Familie schon mehr als genug zu tun. Nadja konnte sich nicht zurückhalten und stürmte erneut in Nikolas´ Schule. Die Bande hatte so viel Spaß wahrscheinlich nicht mehr gehabt, seit die Kindergartentante in die Wäschemangel geraten war. Sie reizten sie, bis der Vulkan erneut ausbrach. Jetzt ist sie zum zweiten Mal wegen Körperverletzung angeklagt. Alle Zeugen unterstützen die Version der angeblich Mißhandelten. Und Nikolas…"

„Simon, Simon, was zum Teufel… Laß den Jungen nicht in die Schule, bevor nicht der Wechsel in eine neue Klasse geklärt ist! Du mußt ihn da rausholen; für ihn ist es die Hölle. Mann, die Sache war doch klar. Warum machst du jetzt einen Rückzieher?"

Er schwieg und schien sich überhaupt nicht wohl zu fühlen.

Ich fuhr in noch hitzigerem Ton fort:

„Vergiß eine wichtige Sache nicht, Simon."

„Was denn?" murmelte er leise.

„Daß Nikolas mein Patensohn ist. Auch ich bin für ihn verantwortlich. Falls du mit der Sache nicht fertig wirst, muß ich das übernehmen. Geht das in deinen Dickschädel, oder muß ich die Kollegen von der Technik zu Hilfe rufen?"

Simon stand schwerfällig auf, machte ein paar unsichere Schritte, stellte sich ans Fenster und betrachtete die Dächer und den Himmel über Stockholm. Ich war nicht sicher, ob er überhaupt etwas sah, denn er schien eher in sich hinein zu schauen. Der Anblick war wohl nicht sehr ermunternd.

„Die Kugel hat ihr Ziel nicht verfehlt", brummte er dann.

„Hat sie dich weggepustet oder nur verletzt?"

Ich sah, wie sein gewaltiger Körper wieder Rückgrat bekam, und möglicherweise würde es diesmal halten.

„Du hast eine Menge tödlicher Schüsse abgefeuert. Verdammt, was war ich nur für eine Memme! Ich sollte mich schämen. Und das tue ich auch. Wie spät ist es?"

„Halb zehn."

Er schaute auf seine Uhr, und ich hatte das Gefühl, er würde sich gleich äußern wie die Schauspieler in amerikanischen Kriegsfilmen kurz vor dem Angriff: „Let´ s synchronize our watches." In gewisser Weise plante er ja auch eine Attacke.

„Exakt halb zehn flog die Meise in ein unbekanntes Nest. Jetzt ist Krieg! Die Waffen sind geladen, der Feind ist definiert. Mauerbrecher voran! Die Festung wird fallen, und zwar mit einem Krach, der bis Poltava zu hören ist!"

„Brauchst du einen Hilfstrupp?"

„Du magst der Kriegsgott persönlich sein, aber meine Armee ist bestens gerüstet. Ich werde die feindlichen Lager in Schutt und Asche legen! Hast du nichts zu tun?"

„Na ja, Myrna und ich, wir werden..."

„Dann tut das doch! Steh hier nicht herum und vergeude wertvolle Arbeitszeit! Mensch, ich habe frei und quatsche hier mit dir herum... kannst du nicht einmal selbst in die Gänge kommen?"

Er grinste mich breit an, und es war das breite Grinsen meines guten alten Freundes Simon. In der Haut der Schulleitung wollte ich jetzt nicht stecken.

Die Fondsmaklerfirma Schuckart & Thomsson hatte ihr Büro, wie es sich gehörte, im östermalmigsten Östermalm, und es war ein Hollywoodtraum, doch Per-Axel Steander weilte laut Auskunft des Empfangs vorübergehend in Norrmalm, wo er einen Spezialauftrag erledigte.

Vom Blø Tornet auf der Höhe der Drottninggatan die Tegnérgatan hinauf ist Strindbergland. Der Blaue Turm trägt eine auffallend grüne Kuppel - in diesem Haus wohnte der neureiche Strindberg, nachdem er seine gesamte Produktion an den Verleger Bonnier für eine zur damaligen Zeit schwindelerregende Summe verkauft hatte, doch auch das Geld hat ihm keine innere Ruhe geben können.

Vielleicht kaufte er in dem renommierten Kaffee- und Kolonialwarenladen an der Ecke, mit den schönen großen Schaufenstern nach beiden Seiten. Er war so etabliert, daß er die Fassade stolz mit gemalten Versalien füllte, die verrieten, was das Geschäft zu bieten hatte. Die Firma besaß mehrere Läden, nutzte aber nicht alle Räume selbst. Einen Teil hatte sie an einen Handwerker vermietet, der deshalb mit seinem Angebot in ebensolchen Versalien mitten zwischen all dem Eß- und Trinkbaren werben durfte: „Tischler". Jetzt hieß das Lokal Strindberg, hatte eine Bar und einen Speisesaal und zählte sicher viele Verehrer des großen Schriftstellers zu seinen Gästen.

Ganz in der Nähe, in seinem eigenen kleinen Park, sitzt ein nackter Strindberg. Mit seinem brennenden Blick hält er Hundebesitzer und Liebespaare in Schach. An der anderen Seite des Hains liegt das Hotel Strindberg mit dem Restaurant Strindberg. Und in der Hausnummer 34 befindet sich - das Büro des Strindbergfestivals!

„Du hast sicher 'Das rote Zimmer' gelesen?" fragte ich Myrna.

„Nein, aber ein paar Bücher von Jackie Collins habe ich mir neulich reingezogen. Spannend und sexy, kann ich dir empfehlen."

Das imposante Haus hat fünf Stockwerke und ein Dachgeschoß und ist aus blaßrosa Ziegeln gemauert. Nicht von der Art, wie man sie früher für Straßenbahnhaltestellen und Schulen verwendete, sondern in einer Farbnuance, die beruhigend auf die Sinne wirkt. Weich folgt der Bau der Ecke und breitet sich dann nach dem Park hin aus. Die etwas zurückgesetzten oberen Stockwerke und die Erker bewirken, daß das Eckhaus keinesfalls wuchtig wirkt. Zwei breite Balkons zieren die Fassade. Von dem unteren ragt eine Fahnenstange wie eine gefällte Lanze schräg in die Luft; wahrscheinlich flaggt man hier am Geburtstag des Genies.

Ich liebte es, Gedankenreisen in die Geschichte meiner Heimatstadt zu machen und ihre Architektur zu bewundern, doch Myrna lebte ganz und gar im Jetzt. Als sie einen Blick auf die Namenstafel am Eingang geworfen hatte, rief sie überrascht:

„Aha, hier residiert er also!“

„Wer residiert hier?“

„Ein Arzt, zu dem meine Tante geht. Spezialist für rheumatische Krankheiten, Efverström heißt er. Tantchen klingt immer ganz verliebt, wenn sie über ihn spricht. Ich überlege, ob ich mir nicht auch ein kleines Rheuma anschaffe, um dem Wunderdoktor mal zu begegnen.“

Eine Frau kam aus dem Haus und entfernte sich mit eiligen Schritten. Vielleicht war sie vorhin noch auf Krücken hineingehumpelt und hatte dann den Wunderheiler getroffen. Wir beeilten uns hineinzukommen, bevor die Tür wieder zuschlug.

In dem breiten Entree stand ein nagelneues Sofa aus Holz, wohl um den Rheumatikern einen Ruheplatz zu bieten, während sie auf ihr Taxi warteten. Doch jetzt kam es mir gerade recht, um in Ruhe die schönste Eingangshalle zu bewundern, die ich je gesehen hatte. Offenbar hatte man sie vor kurzem restauriert, denn die Farben waren ungewöhnlich klar. Die Wände zeigten große, abgegrenzte Felder in flammendem Rosarot, die mattgold umrahmt waren. Die Decke bestand aus vier Kreuzgewölben mit Verzierungen in diskreten, aber dennoch leuchtenden Farben. Die Felder in der Mitte der Kreuze waren mit Römerprofilen geschmückt. In einem der Kreuzgewölbe hing eine Messingarmatur mit etwa fünfzig kleinen Lampen, die ein mildes Licht verbreiteten.

„Willst du hier für den Rest des Tages sitzen bleiben?" holte mich Myrna in die Wirklichkeit zurück.

„Schau doch und genieße den Anblick."

„Genießen werde ich zu Hause. Wenn alle schlafen sind und ich einmal eine Stunde für mich habe."

Da Myrna unnötige Bewegungen verabscheute, nahmen wir den Fahrstuhl. Auf dem Türschild stand einfach S & T, reg. 2., und wir klingelten. Nach dem dritten Signal öffnete ein Mann in Hemdsärmeln. Er sah seinem Paßbild ähnlich, doch während sein Porträt ein ernstes Gesicht zeigte, schien der dazu gehörende Mensch aus Fleisch und Blut wahnsinnig geworden zu sein.

„Verschwindet!" brüllte er uns an.

„Wir wollen doch nur ein paar Auskünfte", sagte ich.

„Wie viele Millionen wollt ihr investieren? Hundert?"

„Na ja, so ungefähr", meinte ich.

„Ihr seht, verdammt nochmal, nicht so aus, als könntet ihr einen Zehner lockermachen. Wie auch immer, geht in unser Hauptbüro."

Wir zeigten unsere Polizeimarken und die Ausweiskarten, doch das stimmte ihn nicht milder.

„Zum Teufel, was will die Polizei von mir? Falls ihr wirklich Bullen seid."

„Wir wollen dich zu der Segelkatastrophe vor drei Jahren befragen, bei der Henk Priem ums Leben kam."

„Packt euch und segelt die Treppe hinunter! Falls es euch zu schnell geht, könnt ihr ja auf dem Absatz verschnaufen."

Solche Töne hörten wir nicht zum ersten Mal, und ich konterte mit meiner artigsten Standardreplik:

„Wie du willst. Aber dann wirst du von uniformierten Polizisten abgeholt, zur Kripo gebracht und dort verhört. Wähle selbst - welche Variante ist dir lieber?"

Steander zog eine Grimasse, als hätte er einen akuten Anfall von Sodbrennen. Dann schnappte er sich unsere Ausweise und bellte:

„Bleibt hier stehen. Wie heißt der, der euch geschickt hat?"

„Kommissar Simon Palm. Nein warte, der hat heute frei. Sprich mit Kommissar Åke Sundgren."

„Rührt euch nicht von der Stelle!"

Er knallte die Tür wieder zu. Renitent wie ich war, begann ich sofort, auf und ab zu laufen und sogar ein wenig zu hüpfen. Myrna verdrehte die Augen; das sah mir wieder ähnlich, ich war unverbesserlich, ein hoffnungsloser Fall. Wahrscheinlich genetisch bedingt; mein Vater war als Taxifahrer dafür bekannt oder besser berüchtigt gewesen, daß er Fahrgäste, die sich nicht anständig benahmen, einfach aus dem Wagen warf. Nach einer Weile öffnete Steander erneut:

„Kommt rein. Verdammt, ich habe alle Computer abgeschaltet. Sicher ist sicher."

Er wies auf zwei Stühle und kommandierte:

„Setzen!"

„Sag mir lieber, daß ich stehen soll."

„Dann steh."

„In diesem Falle ziehe ich es vor zu sitzen. Myrna, nimm auch du bitte Platz."

Myrna seufzte so leise, daß nur ich es hören konnte, und setzte sich neben mich. In dem Zimmer gab es einen Schreibtisch, der an der Wand stand, aber ansonsten nur Drehstühle, Computer und Drucker, die aufs Geratewohl im Raum verteilt waren. Das Ganze wirkte ein wenig armselig, doch Steander wollte hier ja nicht leben, sondern Geld verdienen.

„Warum arbeitest du nicht im Hauptbüro?" fragte ich.

„Geht das die Polizei etwas an?"

„Wenn du antwortest, wissen wir, ob es die Polizei etwas angeht."

PA Steander schien zu denen zu gehören, die ständig gegen überflüssige Kilos kämpfen müssen, und derzeit lag er nach Punkten hinten, denn das Hemd kniff ihn in den Hals, und Fettwülste schoben sich über den Kragen. Den eleganten Seidenschlips mit englischem Knoten nahm er also nicht einmal ab, wenn er allein war. Vielleicht hatte er Angst, daß der Spiegel im Badezimmer Sprünge bekam, wenn er sich ohne Krawatte zeigte. Ich stellte mir vor, wie er im Pyjama aussah.

Auf einem Bügel hing sein Jackett, und es sah so einfach aus, daß ich sofort vermutete, eine von Armanis exklusivsten Kreationen vor mir zu haben. Steanders Outfit wirkte diskret. Die Uhr war sicher aus Platin, doch sie hatte Lederriemchen und kein protziges goldenes Gliederarmband. Er trug keinen Schmuck außer dem Ehering; sein Gürtel war aus Leder und nicht aus Schlangenhaut. Offenbar verachtete er das vulgäre Auftreten der Neureichen, die immer breit grinsten, damit man ihre neuen Goldzähne sah, die schwankten, weil sie sich mit goldenen Ohrringen, Ketten und Ringen behangen hatten, die mit Stammlokalen in New York oder Paris angaben und glaubten, buchstäblich alles kaufen zu können, wenn nur der Geldstapel hoch genug wäre. Er hatte die große Show nicht nötig, denn was bereits bewiesen ist, muß man nicht mehr demonstrieren. Außerdem glaubte er nicht nur, sondern er wußte, daß man nicht nur alles, sondern auch alle kaufen kann, wenn auch nicht alle für Geld.

Er hatte die ausdruckslosen Züge und den wachsamen Blick eines Finanzfürsten. Dünne Lippen machten den Mund zu einem geraden Strich. Er bewegte sich meistens langsam, weil er wußte, daß nach ruhigem Abwägen bessere Entscheidungen getroffen werden, konnte aber sicher auch schnell zuschlagen, wenn die Geschäfte es erforderten.

Öhman hatte seine Karriere erforscht, und sie war denen seiner Branchenkollegen nicht unähnlich. Schon als Kind interessierte er sich für das Tauschen, Kaufen und Verkaufen, früh erwarb er Aktien, studierte Ökonomie, machte sein Examen, begann an einem Finanzinstitut zu arbeiten, wurde von der Konkurrenz abgeworben, hatte großen Erfolg und wurde schließlich mit einem besonders attraktiven Aktienpaket zu Schuckart & Thomsson gelockt. Durch einige geschickte Manöver konnten er und ein paar Kumpane das Unternehmen übernehmen. Nach und nach kaufte er die anderen aus, bis er schließlich Alleininhaber wurde. Er stand in dem Ruf, nur die fähigsten und gierigsten jungen Leute anzustellen, denen er so großzügige Bonusprämien gewährte, daß sie in seinem ökonomischen Schlaraffenland blieben. Sein barscher Ton kam vielleicht daher, daß er ständig von Jasagern umgeben war und keinen Widerspruch kannte. Er war so überzeugt von seiner Größe, daß er sich als Elitemensch fühlte.

„Okay. Ich arbeite nicht im Hauptbüro, weil ich gerade dabei bin, ein ganz neues System für die Auswertung und Bearbeitung von Börsenwerten zu entwickeln. Also, worum geht es euch? Um das Bootsunglück? Nun, der Wetterbericht versprach ruhige See, und wir segelten raus. Die Meteorologen hatten gelogen. Es war der schlimmste Sturm, den ich jemals erlebt habe. Wir kenterten, drei von uns konnten sich am Boot festklammern. Henk Priem ertrank. That´s the story. Adieu, da ist die Tür."

„Wer war Priem? In welchem Verhältnis standest du zu ihm? Berichte bitte alles, was du weißt."

„Warum, zum Teufel, sollte ich das tun?"

„Hier oder bei der Kripo. Uns ist es gleichgültig."

„Ich bin nicht sicher, daß ich deinen verdammten Ton mag."

„Da sind wir schon zwei; ich habe ihn auch nie gemocht. Erzähle, was du weißt."

Ich hatte kein Geld in seiner Firma. Er konnte nicht die Polizeiführung anrufen und mich hinauswerfen lassen, denn dann schickte man sicher einen anderen. In seinen Augen war ich nicht mehr wert als der Staub auf seinen Schuhen, doch ich war unverletzbar, und das reizte ihn bis aufs Blut. Daß er gezwungen war, meiner Aufforderung nachzukommen, brachte ihn wahrscheinlich an den Rand eines Herzinfarkts.

„Er behauptete, ein Vermögen investieren zu wollen. Wies Referenzen vor von Leuten, denen ich vertraute. Der Kerl machte einen ordentlichen Eindruck. Es war am Tag vor dem Törn, und ich lud ihn ein, um ihm auf den Puls zu fühlen. Dann schaute ich mir die Referenzen genauer an. Die Leute erinnerten sich nur dunkel an ihn als an einen, der sich auf Empfängen herumdrückt und Bekanntschaften sucht. Ein kleines Licht oder ein Hochstapler; der Typ interessierte mich nicht."

„Also kanntest du ihn eigentlich überhaupt nicht?"

„Wie ich schon sagte. Meine Jungs verdienen zwischen fünfzehn und zwanzig Mille im Jahr. Wieviel bringt ihr nach Hause?"

„Alle von uns erreichen diese Klasse nicht ganz."

„Intelligenz besteht darin, Möglichkeiten ausnutzen zu können. Ihr sitzt in eurem verdammten Sumpf und kommt nicht aus dem Arsch. He, du da, ist dir das Maul zugewachsen?"

Myrna lächelte ihn an, doch in ihren Augen blitzte es gefährlich.

„Nein, aber es ist so spannend zu erleben, wie sich ein durch und durch widerwärtiger Kerl aufplustert. Fast wie im Kino."

„Was, zum Teufel..."

„Nicht wahr? In welchem Verhältnis standest du zu den anderen im Boot?"

Steander biß die Zähne zusammen und runzelte die Stirn. Auch ihren Ton schien er nicht sehr zu mögen. Dann begannen seine Mundwinkel zu zucken, und er lachte kurz auf:

„Okay, okay, bleiben wir cool. Wir werden schon miteinander klarkommen. Ich bin halt ein bißchen gestreßt. Kommt einiges zusammen. Auch Gründe, die Polizei nicht sehr zu mögen. Okay, okay, ich reiß mich zusammen. Die anderen im Boot? Kann mich kaum noch an sie erinnern."

Er lehnte sich zurück und verschränkte die Hände im Nacken. Konnte seine Abneigung gegen die Polizei damit zusammenhängen, daß er in ihr ein ärgerliches Betriebshindernis sah? Daß er am liebsten als absoluter Herrscher des Landes auftreten würde? In den vielen Jahren hatte ich immer wieder reiche Männer mit so einer Einstellung getroffen, im Grunde große Kinder, die den Sandkasten für sich allein haben wollten.

„Ovesson hieß der eine. Falsch. Ovøs? Ja, das war sein Name. Einer, der bei uns mehr aus seinem Geld machen wollte, als ihm die Banken anbieten konnten. Ein nichtssagender Typ; wir sind uns nie wieder begegnet. Du sagst jetzt sicher, man müsse sich doch an einen Menschen erinnern, mit dem man fast ertrunken wäre. Aber die Nähe des Todes stiftet keine nähere Bekanntschaft. Es sind andere Sachen, die zwischen Männern eine Rolle spielen."

„Zum Beispiel gemeinsam zu saufen?" schlug Myrna vor.

Er nickte zustimmend.

„Yes, mam. Der Schnaps vereint. Man verliert das Urteilsvermögen und die Hemmungen; die Zunge löst sich, und man geht aufeinander zu. Leute auf eine ganztägige Segeltour mitzunehmen, praktiziere ich auch heute noch. Nicht mehr so häufig wie früher, aber es ist immer noch eine der besten Methoden, mit künftigen Kunden näher bekannt zu werden. Ich kann sehr charmant sein, wenn ich will, und auf einem Segelboot gibt es kein Entkommen."

„Du kannst also deinen Charme nach Belieben ein- und ausschalten?"

„Ja, natürlich. Wenn man das als Geschäftsmann nicht kann, sollte man am Schreibtisch bleiben. Ja, dann war noch einer dabei. Den Kerl hätte ich eigentlich lieber zu Hause gelassen, aber seine Mutter... oder war es die Tante... jedenfalls eine ältere Verwandte... besaß einen Haufen Geld, den ich anlegen sollte. Emil Mall hieß er, konnte reden wie Hitler, denselben Blödsinn, und der rann ihm nur so aus dem Maul. Eine Pest. Selbst hatte er keinen roten Heller. Das Vermögen seiner Verwandten landete später bei uns, und wir haben es mindestens vervierfacht."

„Wenn du sagst, er konnte reden wie Hitler, meinst du, daß er dessen politische Auffassungen teilte?"

„Nein, er war nur ebenso größenwahnsinnig und konnte das Maul nicht halten. Mille wollte er übrigens genannt werden."

„Also bist du mit drei eigentlich völlig Fremden hinausgefahren?"

„Ja, sicher. Der Sinn des Ganzen war, mit drei etwas verkaterten, aber zufriedenen potentiellen Kunden zurückzukommen. So ist es üblich, aber das kannst du ja nicht wissen. Mit dem Sturm konnte keiner rechnen. Gott sei Dank holte uns der Fischkutter aus dem Wasser. Mann, waren wir fertig! So, nun müßt ihr aber zufrieden sein. Ich habe wirklich noch eine Menge zu tun."

Er warf uns einen vielsagenden Blick zu und nickte in Richtung Tür. Doch so schnell wird man Roland Hassel, das ungebildete Heftpflaster, nicht los.

„Du hast uns doch noch mehr zu berichten."

„Kein Wort mehr."

„Oh doch. Erzähl uns von der jungen Frau."

Es vergingen fünf lange Sekunden. Plötzlich sprang er auf und schlug mir geradewegs ins Gesicht.

## 5.

Gleich darauf streckte er beide Arme in die Luft und schrie: „Zum Teufel, es reicht! Droh mir jetzt nicht mit der Waffe oder Handschellen."

Ich massierte mir die Wange und erhob mich.

„Junge, da liegst du falsch. Hier gibt es eine Zeugin, die gesehen hat, daß du einen Polizisten angegriffen hast. Gilt als Körperverletzung und bringt dir eine Gefängnisstrafe. Da kannst du dein System in der Zelle ausarbeiten."

„Das war mit der offenen Hand! Eine Ohrfeige wirst du wohl vertragen; du hast doch bestimmt schon Schlimmeres erlebt."

„Was ich erleben will, entscheide ich lieber selbst, und Ohrfeigen mit oder ohne offener Hand gehören definitiv nicht dazu."

„Du, ich bitte um Entschuldigung. Das ist noch nie dagewesen. Hörst du, PA entschuldigt sich."

„Du leidest an monumentaler Selbstüberschätzung. Daß du gewöhnlicher Mensch dich entschuldigen willst, entschuldigt noch gar nichts. Wir sehen uns vor Gericht, und es ist besser für dich, wenn du am Anwalt nicht sparst - vielleicht kommst du ja mit sechs Monaten davon."

Er schien einzusehen, daß ich meinte, was ich sagte, und daß es unangenehm für ihn werden konnte, wenn er in den Schlagzeilen der Abendzeitungen auftauchte. Uns drohen konnte er nicht - womit auch? Der Gedanke an Bestechungsgeld geisterte sicher in seinem Kopf herum, aber wir waren zwei, und falls wir nicht darauf eingingen, hatten wir den nächsten Trumpf gegen ihn in der Hand.

„Okay, setz dich, dann wirst du eine Story hören", murmelte er. „Die Ohrfeige war für viele verdammte Polizisten bestimmt. Sie ist lange in der Handfläche gereift."

Wir waren jetzt im Vorteil. Nun war er gezwungen, auf unsere Fragen zu antworten, in der Hoffnung, mich dadurch gnädig zu stimmen. Myrna sagte nichts. Dieses Spiel mußte ich allein spielen, schließlich war es meine Wange, die brannte.

„Dann schieß mal los", forderte ich ihn auf.

Er fuhr mit den Fingern durch das säuberlich gescheitelte Haar, und sein Blick schien sich in der Ferne zu verlieren.

„Mein Vater war Buchhalter einer Wirtschaftsvereinigung. Er verdiente nicht viel, doch das Leben funktionierte. Als ich acht war, kam die Polizei und holte ihn ab, so daß alle Nachbarn es sehen konnten. Er wurde verdächtigt, Unterschlagungen begangen zu haben. Auf dem Revier wurde er von einem Scheißtypen vernommen, der ihm gar nicht richtig zuhörte. Der Kerl hatte einfach beschlossen, daß mein Vater schuldig wäre. Er hatte keine Chance."

Steander zog eine Miene, als wäre er wieder acht Jahre alt und sein Papi gerade verhaftet worden. Geistesabwesend zündete er sich eine Zigarre von der Sorte an, die gerade angesagt war, wenn man rauchte. Myrna stand auf und öffnete das Fenster. Er verzichtete auf einen Kommentar.

„In dem kleinen Loch von Stadt, in dem ich aufwuchs, war

das natürlich eine Sensation. Die Lokalzeitung veröffentlichte Namen und Foto. Von der Presse wurde er vorab verurteilt. War das ein Spaß für mich, meine Mutter und meine ältere Schwester! So erfuhr ich schon in der Grundschule, wie man sich als Neger fühlt. Auf einen Schlag hatte ich keine Freunde mehr."

Ich wünschte mir, er sollte seine Schnauze halten. Wenn manche schwätzen, wird aus dem Saatkorn ein Weizenfeld.

„Es gab Leute, die glaubten an Vater. Sie gingen zu diesem verdammten Kommissar oder Inspektor oder was der Kerl war, aber er bat sie nur, sich zur Hölle zu scheren. Später fiel ihm ein, daß ich vielleicht etwas über das zweifelhafte Leben meines Vaters auszusagen hätte. Er schickte uniformierte Beamte, die mich von der Schule abholten. Sie platzten mitten in den Unterricht hinein und nahmen mich mit. Und ich konnte nichts tun; jetzt war ich nicht nur ein Neger, sondern ein Neger mit Pest, Cholera und Schwindsucht. Ich heulte natürlich wie ein Schloßhund, als wir durch die Stadt gingen, und einer der Polizisten gab mir eine Ohrfeige, daß mir die Zähne klapperten. Und der hat, verdammt nochmal, nicht um Verzeihung gebeten!"

Erregt saugte er an der Zigarre. Acht Jahre - das Ganze mußte sich also vor etwa vierundvierzig Jahren abgespielt haben, vor fast einem halben Jahrhundert. Andere Zeiten, andere Sitten.

„Das Gericht verurteilte meinen Vater zu zwei Jahren Gefängnis wegen schwerer Unterschlagung. Er ging in den Knast, und wir blieben in unserer Wohnung. Mutter heulte sich die Augen aus dem Kopf, und ich lief Spießruten. Ein Jahr später kam ein Verwandter aus Stockholm, der Jurist war, zu Besuch. Er hatte noch gar nichts von der Sache gehört, rollte die ganze Sache wieder auf und ließ nicht locker. Es zeigte sich, daß der ermittelnde Polizist bewußt Beweise für die Unschuld meines Vaters ignoriert hatte. Bei einer neuen Verhandlung wurde er freigesprochen, doch es war zu spät. Er war gebrochen, starb wenig später, ein Schatten seiner selbst. Und ich war weiterhin der Neger. Auch wenn mein Vater unschuldig war - er hatte im Knast gesessen, das reichte. Dem Kommissar passierte natürlich nichts; ein Dienstvergehen konnte ihm nicht nachgewiesen werden. Sein Sohn ging in meine Klasse. Seine Bande machte mir das Leben zur Hölle."

Er zuckte zusammen, als erwachte er aus einem kurzen Schlaf.

„So war das", sagte er leise.

„Mag sein", erwiderte ich. „Aber du bist selbst nicht gerade ein Apostel. Du warst unter den miesen Typen, die an Immobilien viele Millionen verdienten, als das noch ging. Ihr habt alte Mietshäuser billig gekauft, dann die Miete um eine unverschämte Summe erhöht und die Mieter gleichzeitig terrorisiert. Einige haben sich sogar das Leben genommen. Du verkauftest rechtzeitig und bist dem Konkurs entgangen, aber du warst dabei, solange es ging."

„Hör mal, was zum Teufel..."

„Wer war die Frau an Bord?"

„Es gab da kein verdammtes Weib!"

„Doch, wir wissen es. Wer war die junge Frau?"

Steander wackelte auf seinem Stuhl hin und her, verdrehte die Augen und fuchtelte mit der Zigarre herum, so daß Asche auf seine Hosen fiel. Armani wäre in Tränen ausgebrochen, hätte er es gesehen.

„Das ist nur ein idiotisches Gerücht. Ich habe Feinde. Man hat etwas falsch gemacht, wenn man in meiner Position keine Feinde hat. Nur Geschwätz! Viveka ist auch darauf hereingefallen. Scheißspiel! Aber es gab wirklich kein verdammtes Frauenzimmer an Bord."

„Und Viveka ist... ?"

„Ich denke, du hast dich über mich informiert? Die, mit der ich verheiratet bin. Verheiratet war. Verheiratet gewesen sein werde. Verdammt, wir gehören doch zusammen... Jetzt habe ich euch nichts mehr zu sagen."

„Nichts? Wer war die Frau, heraus damit!"

Der Finanzfürst holte tief Luft und stieß gepreßt hervor:

„Okay, okay, dann müßt ihr mich eben einsperren. Laßt den Streifenwagen vorfahren, möglichst mit Blaulicht und Signal. Ich habe euch gesagt, wie es war."

Ich warf Myrna einen Blick zu. Sie hatte nichts hinzuzufügen, für den ersten Kontakt mußte es reichen. Wir überließen ihn seinen Computern und entschlossen uns zu einem zeitigen Lunch in einem kleinen Lokal ganz in der Nähe. Myrna erkundigte sich, was ich in Sachen Ohrfeige unternehmen wolle, denn das war keine Bagatelle.

„Was würdest du selbst unternehmen?" fragte ich zurück.

„Bericht und Anzeige natürlich. Mich würde niemand schlagen und dann straffrei ausgehen. Das Recht zu prügeln ist mit der Leibeigenschaft ausgestorben."

„Du hast recht. Auch ich lasse mich nicht ungestraft ohrfeigen."

„Was hältst du von seiner Kindheitsstory?"

„Daran war sicher nicht alles erfunden. Klar, daß er Rachegefühle hegte. Seine Art zu reden ist umgekehrter Snobismus. Eigentlich will er ausdrücken: Ich bin so reich, daß ich mich nicht darum kümmern muß, was die Leute sagen. Ich habe andere genauso Reiche getroffen, die ebenfalls fluchten wie die Bürstenbinder und sich mit Vorliebe danebenbenahmen."

Wir kauten und schluckten was laut Speisekarte das Gericht des Tages war, Salat und Kaffee inklusive.

„Die Geschichte mit der jungen Dame wird immer seltsamer", sagte Myrna nachdenklich. „Angeblich hat es sie nie gegeben, doch wenn ich ihn richtig verstanden habe, hat ihn seine Frau deswegen verlassen. Und Frauen wittern die Wahrheit."

„Dann laß uns ihre Witterung ebenfalls aufnehmen. Sie kann etwas mit Henk Priem zu tun gehabt haben. Übrigens glaube ich, daß es zwischen den Beteiligten andere Verbindungen gegeben hat, als Steander uns weismachen wollte. Laß uns Mall auspressen, bis er platt ist wie eine Flunder. Hast du die Adresse?"

„Er wohnt im Süden. In der Gegend stehen fast nur Sommerhäuser."

Der Motor von Myrnas Wagen gab verdächtige Knirschlaute von sich, und sie bewegte die Lippen in einem stillen Gebet zu Hermes, dem Gott der Autobesitzer, daß es sich nur um eine Hundertkronenreparatur handeln möge.

Ich kurbelte die Scheibe herunter und sog einmal mehr die abgasgesättigte Stockholmer Luft ein. Arme Landbewohner, sie mußten ständig diesen Sauerstoff einatmen. Sauerstoff, wie das schon klang! Kein Wunder, daß die jungen Leute vom Dorf in die Stadt zogen.

Wenn man über die Brücken und Hochstraßen fährt, wird die Aussicht auf die Hauptstadt niemals langweilig. Stockholm liegt vor einem wie ein Gesicht, das seinen Ausdruck ständig verändert; von glitzerndem Wasserhaar wird es umrahmt, grüne Hänge bilden die Augenbrauen und Kirchtürme stolz aufragende Nasen, längere Häuserzeilen formen sich zu Lippen und höhere Gebäude zu Zähnen - ein stattlicher Mann, eine wunderschöne Frau.

„Hast du schon einmal von Mille Mall gehört?" fragte Myrna.

„Sollte ich?"

„Er soll doch eine Art Künstler sein."

„Ich kenne nur die, die in Talkshows herumsitzen und kluge Sachen sagen."

Das stimmte nicht ganz, denn ich interessierte mich sehr für das Film- und Revueleben, aber ein Mille Mall paßte da nicht hinein. Myrna fuhr nach Öhmans Skizze in Richtung Grödinge, und wir kamen in eine Gegend, die durch kleine und größere Holzhäuser älteren Datums dominiert wurde. Ich entdeckte wunderschöne Veranden, manche waren verglast. Von Zeit zu Zeit bildete ich mir ein, Gläserklingen und zünftige Gesänge zu hören.

Zu dieser Jahreszeit waren nicht mehr viele hier draußen. Die Ferien waren zu Ende, und die Pflicht rief wieder. Außerdem wurden die Nächte immer länger und finsterer, und selbst die Pensionäre und Arbeitslosen machten sich nichts daraus, monatelang einsam im Dunkeln vor dem Fernseher zu hocken.

Vereinzelt sah ich ältere Männer, die Laub harkten und in Säcke stopften. Ihre gemessenen Bewegungen verrieten, daß sie Zeit hatten und keine andere Tätigkeit auf sie wartete. Ein großer Van kam uns entgegen und zwang uns, weit nach rechts auszuweichen.

„Ganz schön holperig, die Straße", maulte Myrna. „Nach Fyrvägen mußt du Ausschau halten."

„Das hier ist Livbojvägen."

„Prima, dann sind wir gleich da. Siehst du? Nach Roffes Skizze soll das Haus ganz rechts liegen. Das gelbe Spukschloß da hinten muß es sein. Herr im Himmel, gibt es denn keine Farbe mehr zu kaufen? Und seit wann sind verrottete Fensterrahmen modern?"

Sie fuhr auf eine ungepflegte Rasenfläche, und wir stiegen aus. Es war wirklich ein Schloß - von der Sorte, die stets von Krähen umflattert wird und in der mit Sicherheit Fledermäuse hausen. Das hohe Gras zeigte die Reifenspuren, doch es war kein anderer Wagen zu sehen. Je näher wir kamen, um so stärker schien das vermeintliche Schloß zu schrumpfen, bis es eher wie eine originell gestaltete Geisterbahn aussah.

Die Eingangstür war nur angelehnt; für uns Aufforderung genug, einfach einzutreten. Es roch muffig, nach alten Kleidern, die naß geworden waren und nun verfaulten, nach Kehricht, in dem sich Ungeziefer ungehindert vermehrte, nach vergessenen Lebensmitteln und toten Mäusen.

Im Flur stand ein Holzstuhl in einer Ecke; die Wände waren mit Jahrmarktsplakaten beklebt. Wir kamen an einer Küche vorbei, die mit ihren ungleichen Stühlen, einem kippligen, mit Wachstuch bedecktem Tisch, einem Porzellanschrank, Geschirrregalen, einem Tischkocher mit drei Elektroplatten und einem riesigen, jahrzehntealten amerikanischen Kühlschrank nicht gerade von Reichtum zeugte.

Der Raum dahinter war das Herz des Hauses und diente als Wohnzimmer. Die Möbel stammten offenbar vom Flohmarkt oder aus dem Sperrmüllcontainer, nichts paßte zusammen, alles war irgendwie schief und schmuddelig. Das Holz der Fensterrahmen war gerissen, die weiße Farbe klebte nur noch in kleinen Flecken daran. Einige Scheiben waren gesprungen und mit Klebeband notdürftig geflickt worden. Es gab zwei gewaltige Heizkörper, die einen wohl aussichtslosen Kampf gegen die Zugluft aufgenommen hatten.

Myrna packte mich am Arm, und als ich lauschte, hörte ich, wie aus dem Obergeschoß Schritte zu uns herabkamen. Wir sahen den Mann, bevor er uns entdeckte. Er hielt ein nasses Handtuch gegen die linke Gesichtshälfte gepreßt; die rechte war mit Pflastern beklebt, unter denen Blut hervorsickerte. Er sah bedrückt aus und stöhnte, wenn das Handtuch offene Wunden berührte.

„Bist du Emil Mall, genannt Mille?" erkundigte sich Myrna.

Der Mann zuckte zusammen, stellte sich mit dem Rücken an die Wand und wimmerte:

„Ich habe doch gesagt... versprochen, daß ich nicht..."

„Bist du Mille Mall?"

Die fremde, weibliche Stimme schien ihn zu verwirren; er zwinkerte und versuchte, uns mit seinen zugeschwollenen, tränenden Augen zu erkennen.

„Ja, aber... seid ihr nicht...?"

Sofort hakte ich ein:

„Was hast du wem versprochen?"

Er riß sich zusammen und antwortete nicht ganz passend:

„Ja, ich bin Mall."

„Das haben wir schon begriffen. Also, was hast du wem versprochen?"

„Wer seid ihr? Gehört ihr nicht zu... denen...?"

Ganz nach Vorschrift stellten wir uns vor und zeigten ihm unsere Dienstmarken. Er nickte und schien nicht besonders froh, uns zu sehen - nun ja, diese Reaktion ist gar nicht so ungewöhnlich. Ein Fahnder greift oft in einer Weise in das Leben eines Menschen ein, die von diesem als störend empfunden wird. Auch wenn ich zur Zeit nur an die Fahndung ausgeliehen war, stellte sich doch das bekannte Gefühl wieder ein, ein Eindringling zu sein und jeden Moment durch ein Loch im Fußboden in das heiße Inferno hinabrutschen zu können. Dieses Gefühl hatte ich stets am meisten verabscheut.

„Jetzt kannst du unsere Fragen beantworten", ermahnte ihn Myrna.

„Ja, sicher. Stellt sie nur."

„Zwei davon kennst du schon."

„Ach ja? Mhm, das… hatte nichts zu bedeuten. Ich probe gerade an verschiedenen Vorträgen, und manchmal sprudeln die Worte einfach so aus mir heraus, wenn ich mich innerlich im Einklang mit dem Dichter fühle. Ich meine, ihr schleicht doch auch nicht schweigend durch die Wohnung, wenn ihr allein zu Hause seid, sondern ihr erinnert euch an große Männer und Frauen aus der Vergangenheit, denen ihr gleichen wollt. Hand aufs Herz - ist es nicht so? Ja, so ist es, und das ehrt euch. Ich kann euch nichts anbieten, denn ich bin ein armer Mann, aber ihr könnt in der Küche Kaffee kochen, also Wasser mit Instantpulver. Tassen sind in dem gelben Schrank, und wenn ihr richtig sucht, findet ihr vielleicht auch die bunte Dose mit dem Zwieback. König Oskars Zwieback natürlich, denn wenn schon trocken Brot, dann vom feinsten. Früher einmal…"

Ich mußte die Plaudertasche zum Schweigen bringen:

„Wer hat dich verprügelt?" fragte ich scharf.

Er machte große Augen, eines freundlich, eines schwarzblau.

„Die Treppe, bester Herr, die Treppe! Ein Tänzer in jungen Jahren schwebt über den Stufen, doch wenn man fünfundsechzig ist, wollen die Füße nicht mehr so, und da passiert es eben, daß man schneller unten ist als gedacht - soll man der Treppe die Schuld geben? Hat man eine Treppe, hat man auch ein Dach überm Kopf, sage ich immer, und wie viele können das heutzutage von sich behaupten? Wenn man durch die Stadt geht, hat man das Gefühl, daß siebzig Prozent der Einwohner in Parks oder Kellern wohnen und daß unsere Steuern nicht…"

„Beantworte unsere Fragen bitte kurz und knapp", fiel ich ihm ins Wort.

Mall war groß und mager. Sein Kopf erinnerte an den eines

Karnickels, die Nase sprang weit vor, während das Kinn fast völlig verschwand. Der ausgeprägte Adamsapfel an seinem dünnen Hals hüpfte auf und ab, während er mit flatteriger, leicht heiserer Stimme sprach. Er trug ein verwaschenes T-Shirt mit Reklame für einen Film, an den sich außer ihm wohl keiner erinnerte, und ausgebeulte Freizeithosen, die so fleckig waren, daß man an ein Muster glauben konnte, sowie schiefgetretene Pantoffeln. Er wirkte verängstigt; sein Kopf zuckte wachsam hin und her. Die ganze Zeit hielt er das Handtuch an die Wange gepreßt, zwinkerte und trocknete seine Tränen.

„Wir untersuchen den Segelunfall, bei dem Henk Priem ertrank. Berichte darüber, aber wie gesagt, kurz und knapp!"

Das war, als würde man den Drehbuchautor einer TV-Seifenoper bitten, etwas gesellschaftlich Relevantes abzuliefern - eine unmögliche Aufgabe. Mall erzählte lang und breit, so daß ich meinen Bart wachsen und mein Haar ergrauen fühlte, doch in der Wortmasse verbarg sich ungefähr derselbe Inhalt wie bei den anderen. Ein Zufall? War die Übereinstimmung nicht allzu groß?

„Hattest du Henk Priem schon früher getroffen?"

„Nicht daß ich wüßte, doch das Dasein ist ja voll von Begegnungen, an die man sich nicht erinnert, und Gesprächen, die man vergißt. Da war mal ein anderer..."

„So war er dir völlig fremd?"

„Ja, war er, doch man sagt ja, daß Seelen in einem anderen Körper weiterleben können, und falls..."

„Reinkarnationen gehören nicht in unseren Bereich. Wie gut kannten die anderen an Bord Henk Priem? Welchen Eindruck hattest du diesbezüglich?"

Wieder quasselte er los, und mein Bart berührte bereits die Knie. Wenn das so weiterging, mußte ich mir noch einen Spruch für meinen Grabstein überlegen. Und doch kam am Ende nur heraus, daß er angeblich keine Ahnung hatte. Seiner Meinung nach waren sich alle an Bord zum ersten Mal begegnet. Ich fragte nach PA, und jetzt erlebte ich vor meinem geistigen Auge auch noch, wie meine Hinterbliebenen das Erbe aufteilten, Elin heranwuchs und heiratete, Kinder bekam und an ihrem fünfzigsten Geburtstag erzählte, wie lieb sie ihren kleinen Papi immer gehabt habe. Die Ausbeute aus Mille Malls erneutem Wortergiuß bestand in der Information, daß er auf das Geld seiner Verwandtschaft sowie auf freies Essen und Trinken scharf gewesen sei.

„Kannte die junge Frau Henk Priem?"

Das war ein Versuch, doch er tappte nicht in die Falle.

„Wie bitte? Von wem redest du, guter Mann?"

„Das wollen wir ja gerade von dir wissen - wer war sie?"

„An Bord war keine Frau."

Myrna schnurrte schmeichelnd wie ein Kätzchen, als sie sich in das Gespräch einschaltete:

„Mille, war die Frau vielleicht PAs Geliebte, und du hast versprochen, den Mund zu halten?"

„Ich habe nie..."

„Ach Mille, sei doch lieb und erzähle es uns, da ist doch nichts dabei. Es ist keine gute Politik, wenn man der Polizei nicht die Wahrheit sagt, das begreifst du sicher. Vielleicht war sie ja nicht die ganze Zeit dabei, nicht, als ihr getrunken habt... Aber du weißt, daß sie an Bord war und mit euch gerettet wurde. Das mußt du doch zugeben, nicht wahr?"

Er ließ seinen Kaninchenblick flackern und nahm für einen Augenblick das Handtuch herunter. Die Wange zeigte tiefe Wunden, als wäre er mit einem scharfen Gegenstand geschlagen worden. Es gibt nicht nur Schlagringe; wer einen anderen mißhandeln will, kann heutzutage auf ein ganzes Arsenal an Werkzeugen zurückgreifen. Dann riß er sich zusammen, und urplötzlich versiegte der Redestrom:

„Nein."

„Okay. Schämst du dich für etwas, was mit der jungen Frau geschehen ist? War sie eine Prostituierte, die ihr euch teilen wolltet, eine Art Präsent von PA?"

„Nein, sie war keine... also..."

„Aha. Wenn sie keine Prostituierte war - was war sie dann?"

„Nichts, weil es sie gar nicht gegeben hat. Wir waren nur zu viert an Bord, und einer ist ertrunken."

Myrna nickte, doch er hatte sich versprochen und wußte es. Meine Kollegin wechselte das Thema:

„Wovon lebst du eigentlich, Mille?"

„Was meinst du damit? Mille Mall ist doch wohl ein Begriff!"

„Uns nicht. Und so, wie du hier haust, kannst du auch dem Rest der Welt nicht allzu viel bedeuten."

Mit der handtuchfreien Hand machte er eine resignierte Geste.

„Leider muß ich dir recht geben. Gott hat mich mit so vielen Talenten ausgestattet, daß ich mich auf keines konzentrieren kann. Ich bin ein begabter Maler, doch ich konnte mich nicht profilieren, weil ich lieber singen und tanzen wollte. Als ich auf diesem Gebiet gerade die erste Anerkennung genoß, beschloß ich, Schauspieler zu werden und ging auf eine private Schule. Den anderen Kursteilnehmern war ich haushoch überlegen und wurde vom Riksteatern sofort für eine Tournee engagiert, doch da entdeckte ich meine poetische Ader. Jahrelang schrieb ich Gedichte, aber davon kann man wirklich nicht reich werden. Als meine Sammlung 'Frühling und Winter' erschien, war ich überglücklich. Sicher, ich mußte das Geld für den Druck zusammenborgen, aber immerhin. Du ahnst ja gar nicht, wie..."

Und nun malte er uns in den leuchtendsten Farben aus, wie ein Dichter sich fühlt, wenn sein erstes Buch erscheint, um das sich die Käufer natürlich prügeln würden. Meine Tochter Elin ging inzwischen in Pension, nachdem sie mehrfach Großmutter geworden war.

„... vielleicht könnte ich euch Orangensaft anbieten, wie ihn uns auch PA servierte, und das war eine tolle Erfrischung. Ich glaube, es müßten noch ein paar saubere Pappbecher da sein von..."

„Nein danke, Mille. Wie kommst du denn jetzt so zurecht? Deine Poesie hat sich sicher nicht so verkauft, daß du satt geworden bist?"

„Nein, aber ich machte als Zauberer Furore! Der große Illusionist Mille Mall! Leider klemmte ich mir die Finger in einer Tür, so daß ich kleinere Brötchen backen mußte. Ich trete jetzt in Kindergärten und Altersheimen auf. Ich zeige meine Kunst denen, die gerade ins Leben treten oder dasselbe bald verlassen werden. Eine große Aufgabe! Bringt nicht viel Geld, aber das Haus hier konnte ich billig mieten, und aus regelmäßigen Mahlzeiten habe ich mir noch nie viel gemacht. Ich trage mich mit dem Gedanken…"

„Warst du nicht verheiratet?" stoppte ihn Myrna.

„Ja klar, Victoria war und ist Künstlerin. Unter anderem assistierte sie mir bei meinen magischen Vorstellungen, und sie lüftete immer…"

„Warum habt ihr euch getrennt, und wann?"

„Na, sie war es doch, die mir die Finger einklemmte, als ich vergessen hatte, den Haken zu schließen. Danach war es nicht mehr dasselbe, Herrgott, ich mache niemandem einen Vorwurf. Und hier zu leben, ist für eine so schöne Frau kein Zuckerlecken. Vor zwei Jahren packte sie, sagte danke und tschüs und verließ mein Haus und mein Leben. Ach ja, was wissen wir kleinen Erdenwürmer denn vom Leben und seinen…"

Diesmal übernahm ich es wieder, ihn aus dem Redefluß zu bringen:

„Mille, hast du es nicht einmal mit Erpressung versucht?"

Das nicht vorhandene Kinn fiel herunter.

„Was?"

„Erpressung. Bei PA, damit du uns nicht verrätst, wer die Frau war. Wäre das eine so abwegige Idee?"

Langsam schüttelte er seinen Kaninchenkopf.

„Das ist ein Talent, das mir fehlt. Ich weiß nicht - das klingt schwieriger als Gedichte schreiben oder zaubern. Na, zum Tanzen sind meine Knochen inzwischen sowieso zu steif."

Der Buchverleger Nils-Arne Wills vom Wills & Söners Verlag lag allein in einem Krankenzimmer. Was man von ihm sah, war bandagiert; sein Gesicht wirkte wie eine weiße Wüste. Man hatte uns gesagt, daß er mit schmerzstillenden Mitteln vollgepumpt und ansprechbar sei. Simon saß auf der einen Seite des Bettes, ich auf der anderen. Wills´ Stimme drang dumpf durch einen Schlitz in der Bandage:

„Ein dickes Kuvert wurde an den Verlag geschickt. Es war an mich persönlich adressiert. Solche Sendungen kommen jeden Tag, Manuskripte, Bücher, Kataloge, nichts Besonderes. Ich riß den Umschlag auf. An mehr kann ich mich eigentlich nicht erinnern. Nur an die gelbrote Flamme, die mich zu verbrennen schien. Ich erwachte erst hier, nach langer Bewußtlosigkeit. Ein Hoch auf die modernen Betäubungsmittel!"

Er schwieg eine Weile, und uns war jeder Kommentar vergangen. Dann flüsterte er wie zu sich selbst:

„Am schlimmsten wird es, wenn ich wieder ins Alltagsleben zurückkehre."

„Die Zeit heilt alle Wunden", versuchte Simon zu trösten.

„Nicht alle. Ich mache mir nichts vor. Die Ärzte glaubten, daß mich das Morphium betäubt hätte; deshalb redeten sie Klartext. Die rechte Hand ist weg; von der linken ist nur noch der Daumen und ein halber Finger vorhanden. Die Haut an Brust und Hals ist verbrannt; sie mußten von anderen Körperstellen Hautfetzen verpflanzen. Was noch? Ach ja, ich werde erblinden, und da hilft auch keine Transplantation. Bald werde ich eine hilflose Puppe im ewigen Dunkel sein. Ihr müßt mich nicht bemitleiden, meine Herren. Ich kenne mein Schicksal."

Da war ich nicht so sicher. Es ist eine Sache, tapfer und stoisch zu sein, wenn chemische Mittel den Schrecken fernhalten. Aus eigener Erfahrung wußte ich, wie es war, wenn das Gehirn nicht mehr in Drogenwatte gepackt ist und einen die Angst regelrecht lähmt.

„Kannst du uns einige Fragen beantworten?"

„Deshalb seid ihr doch gekommen. Bitte!"

„Man schickte dir die Briefbombe, weil dein Verlag das Buch 'Die Wahrheit über den Balkan' herausgegeben hat. Eine Terroristengruppe, die sich KAJKS nennt, hat die Schuld auf sich genommen."

Ein dumpfes Stöhnen und ein leichtes Zucken der Bandagen waren alles, was Wills an Gefühlsäußerungen zur Verfügung stand.

„Terror gegen Meinungen. Inzwischen ist Buchverleger ein riskanter Beruf geworden. Mein norwegischer Kollege, der die 'Satanischen Verse' von Salman Rushdie herausbrachte, wurde von mehreren Kugeln getroffen und überlebte nur knapp. Nackte Gewalt ist uns fremd, aber vielleicht müssen wir uns an sie gewöhnen."

„Was kannst du über die Hintergründe erzählen?"

„Welche Hintergründe? Bitte stelle deine Fragen konkret, denn es schmerzt überall, wenn ich rede. Meine Kräfte in diesem Rest meines Körper sind sehr begrenzt."

Seufzend fügte er hinzu:

„Und ich bin doch immer so gern geritten... Pferde waren meine Welt... am frühen Morgen über die Wiesen... meinen Sattel kann ich verkaufen... ach, was kümmert euch das."

„Die Hintergründe, warum gerade dein Verlag dieses Buch erwarb. Von wem hast du die Rechte gekauft? Schickte man dir vorher Drohbriefe?"

Ich hielt ihm das Mikrofon des Kassettenrecorders vor den Mund. In solchen Situationen reicht es nicht, alles mitzuschreiben. Die Stimme transportiert Nuancen, die für das Verständnis des Ganzen von großer Bedeutung sein können.

„Mein Verlag hat sich auf aktuell-politische Sachbücher spezialisiert. Wir sind klein, denn der heutige Markt läßt nur die ganz dicken Elefanten und die flinken Eichhörnchen überleben. Die mittelgroßen Verlage gehen unter oder werden aufgekauft. Außerdem entspricht das meinen eigenen Interessen. Die Öffentlichkeit hat ein Recht darauf, über die Mechanismen aufgeklärt zu werden, die hinter den Kulissen wirken. Fernsehsender wie CNN vermitteln nur wenig an Wahrheit. Ein Geschehen, ein Prozeß, kann nicht dadurch beschrieben werden, daß man Bilder vom Tage zeigt, dazu gehören Kenntnisse über die Vergangenheit. Also nahm ich Pilcics Buch gern zur Veröffentlichung an."

„Hast du die Entscheidung allein getroffen?"

„Meine beiden Söhne arbeiten mit im Verlag, bisher nur halbtags. Wir besprechen vieles, doch die endgültige Entscheidung treffe immer noch ich. Das Buch wurde mir von einem Mann angeboten, der sich Carl Vincent nennt. Er ist in Schweden geboren und trägt eigentlich einen typischen Dingsbumsson-Namen. Carl Vincent sind seine Vornamen, die ihm für das internationale Geschäft passender erscheinen. Er ist Literaturagent mit dem Ruf, Qualität zu vermitteln; wir machen seit mehr als zehn Jahren Geschäfte miteinander. Er hat ein kleines Büro in Schweden, wohnt aber in Berlin und London, wo er seinen wichtigen Partnern näher ist. Unser Land ist und bleibt in einer Randlage."

Wir hörten, wie sein trockener Hals mühsam schluckte.

„Meine Herren, das Reden fällt mir sehr schwer. Bitte fragt schnell weiter, solange ich mich noch konzentrieren kann."

„Bekamst du Drohbriefe?"

„Ja, drei. Aber das kommt ab und zu vor; ich werfe sie immer gleich weg. Man darf sich nicht von solchen Leuten beeinflussen lassen."

„Erinnerst du dich, was in den Briefen stand?"

„Was schon... unbeholfene Sätze, was sie mit mir machen würden, sollte ich Pilcic verlegen. Übrigens weiß ich, daß mehrere Kollegen in anderen Ländern ähnliche Drohungen erhalten haben. Sonst erinnere ich mich an nichts."

„Fällt dir etwas anderes ein, was uns auf die Spur der Täter bringen könnte?"

„Nein, und ich kann auch nicht mehr."

Wir erhoben uns, und ich verstaute den Kassettenrecorder. Simon fragte zögernd:

„Es gehört nicht hierher, aber... ich meine... tut es dir leid, daß du das Buch herausgegeben hast?"

Wills zögerte lange mit der Antwort, und ich glaubte schon, daß ihn all die Drogen wieder in Morpheus´Arme geholt hätten. Doch schließlich flüsterte er, und trotz der schwachen Stimme war die Glut hinter den Worten spürbar:

„Ihr begreift offenbar nichts. Unsere Aufgabe ist es, das freie Wort zu verteidigen. Was wäre die Welt ohne ehrliche Bücher und eine freie Presse? An dem Tag, an dem wir den Drohungen nachgeben, werden Hitler und seinesgleichen wieder auferstehen."

„Ich verstehe und respektiere das."

„Das freut mich. Heutzutage feiert die Feigheit große Triumphe. Aber meine Aufgabe ist es, ehrliche Bücher herauszugeben, und eure, dafür zu sorgen, daß meine Kollegen und ich in Ruhe arbeiten können. Faßt die Täter! Sonst sind die Krankenhäuser bald voller blinder Verleger!"

Ich saß in meinem Büro und dachte an nichts, was wohltuend ist für einen, der manchmal über einiges nachdenkt. In dieses Vakuum schrillte Simons Anruf, der mich bat, zu ihm zu kommen. Öhman und Åke Sundgren waren ebenfalls da. Alle schienen verwirrt.

„Rolle", sagte Simon, „wir haben eine Information von Interpol erhalten. Es geht um eine Bombe, die vor einem Jahr gegen eine militärische Anlage auf Zypern eingesetzt wurde und zwei Menschen das Leben kostete. Die Verantwortung dafür übernahm eine Gruppe, die sich ´Ein freies Zypern´ nannte."

„Und? Solche Attentate finden doch siebenmal im Quartal statt."

„Sicher, doch es gelang, einen einzelnen Fingerabdruck sicherzustellen. Rätst du, wem er gehört?"

„Rätsel löse ich nur, wenn es etwas zu gewinnen gibt. Also wem?"

„Henk Priem!"

# 6.

Vor Verblüffung bekam ich zunächst keinen Ton heraus. Dann wiederholte ich ungläubig:

„Zypern? Was zur Hölle hatte er dort zu tun?"

„Das fragen wir uns auch", sagte Sundgren. „Ein toterklärter Mann legt Bomben für eine zypriotische Freiheitsgruppe und ein Jahr später für eine andere Organisation vom Balkan. Hat er denn völlig die Orientierung verloren?"

Simon legte eine Seekarte auf den Tisch, mit einem Kreuz weit draußen auf dem Meer, und tippte mit dem Finger darauf.

„Nach Aussage der Zeugen verunglückte der Segler hier. Steander schaffte es noch, Notsignale an die Seerettung zu senden, bevor das Boot kenterte. Sowohl die Seerettung als auch SMHI haben bestätigt, daß der Sturm Orkanstärke hatte. Nicht einmal Tarzan hätte unter diesen Bedingungen ohne fremde Hilfe auch nur hundert Meter weit schwimmen können. Die drei Geretteten… oder besser gesagt, vier, wobei noch unklar ist, wer die vierte… klammerten sich an den Rumpf. Aber was wurde aus Priem?"

Wir schauten uns an, doch keiner hatte eine plausible Erklärung.

„Nach Aussage der Zeugen, sagtest du", überlegte ich laut. „Nun, dann könnten alle diese Aussagen falsch sein."

„Ja, vielleicht. Aber wir haben alle Beziehungen dieser drei Herren so gründlich wie möglich untersuchen lassen - es gibt absolut keinen Kontakt zwischen ihnen. Sie beschäftigen sich mit verschiedenen Dingen und leben in ganz unterschiedlichen Verhältnissen. Es gibt keinen gemeinsamen Nenner, außer daß sie vor drei Jahren gemeinsam in einen Sturm hinaussegelten. Nichts davor und nichts danach. Einer könnte möglicherweise mit Priem unter einer Decke gesteckt haben. Aber zwei? Oder alle drei? Kaum vorstellbar. Oder was meinst du, Rolle; du hast sie ja persönlich kennengelernt. Handelt es sich um ein Komplott?"

Nachdenklich schüttelte ich den Kopf.

„An dieser Geschichte ist vieles seltsam. Dennoch kann ich nicht an eine Verschwörung glauben. Sollten sie die Absicht gehabt haben, Priem zu ermorden? Aber er wurde ja nicht umgebracht. Oder ging es darum, lediglich zu behaupten, er sei ertrunken? Aber Ovøs macht sich wegen seines Todes schwere Vorwürfe. Da stimmt auch die Verschwörungstheorie nicht, denn Priem lebt ja offensichtlich - irgendwie, irgendwo. An einen Versicherungsbetrug kann ich nicht recht glauben. Das Boot hat sicher soviel gekostet, wie zwei Polizeimeister nicht im Jahr verdienen, doch Steander könnte jeden Tag eines kaufen, ohne ärmer zu werden. Und Mille Mall war damals ein armer Schlucker und ist es heute immer noch."

„Daraus folgt?"

„Wenn wir die junge Frau finden, lassen sich die Rätsel sicher lösen. Oder das Ganze wird noch verworrener. Vielleicht sollten wir irgendein Frauenjournal bitten, uns seine Hellseherin zur Verfügung zu stellen?"

Sundgren nickte, aber er meinte wohl nicht meinen progressiven Vorschlag.

„Fakten zählen. Wir haben einen Attentäter, eine offenbar äußerst gefährliche Person. Er muß gestoppt werden, weil der Terror sonst weitergeht. Terroristen haben ihre eigenen Wertvorstellungen und eine eigene Moral, die nicht mit unserer übereinstimmt. Wie Henk Priems Auferstehung vor sich gegangen ist, werden wir später klären; Tatsache ist, daß er lebt. Ich habe mit Interpol gesprochen; morgen kommt Claus Goethe als Verstärkung zu uns. Er ist Deutscher - ha, dort den Namen Goethe zu tragen muß so schlimm sein, wie wenn hier einer Bellman heißt. Ich kann mir denken, daß er alle diesbezüglichen Witzeleien schon gehört hat, deshalb ersparen wir sie ihm lieber. Morgen vierzehn Uhr Treffpunkt hier."

Simon und ich tranken eine Tasse Kaffee zusammen, und er war grimmig, aber zufrieden.

„Hast du in der Schule etwas erreicht?"

„Mhm. Aber ich denke an alle Kinder, die keine Eltern haben, die sich für sie stark machen. Teufel, wie die Jugendlichen heutzutage miteinander umgehen! Für manche ist die Schule die reinste Folterkammer. Was würdest du tun, wenn deine Elin nach Hause käme und wegen Mobbings weinen würde?"

„Elin geht in eine Montessori-Schule, und dort wird keiner gemobbt. Auch nicht in den Waldorfschulen. Das sind menschliche Bildungseinrichtungen."

„Samstagabend Essen bei uns?"

„Geht leider nicht. Wir wollen über das Wochenende noch einmal zu dem Sommerhaus rausfahren, das wir bei Grisslehamn gemietet haben. Pilze sammeln und so."

„Du findest doch keinen Pilz!"

„Nein, aber ich schicke gern Virena und Elin in die dunklen Wälder hinaus und schlafe noch ein Stündchen länger. Nächsten Samstag gerne, falls du saubere Teller hast."

Ein weiterer Donnerstagabend zu Hause, ein paar schöne Stunden, was war ich doch für ein Glückskind! So war es gut, meinetwegen konnte die Zeit stehenbleiben.

Am Freitagmorgen erteilte Simon Myrna und mir einen neuen Auftrag, der mit dem vorigen zu tun hatte. Wir sollten mit Steanders älterer Schwester sprechen, die sich seit vielen Jahren in einem privaten Krankenheim befand.

„Er wird toben, daß die Erde bebt, wenn er herausfindet, daß wir seine Angehörigen befragen", meinte Myrna.

„Ihr werdet das schon machen. Es geht ja nicht darum, seine Familie zu terrorisieren - wir wollen doch nur wissen, ob er seiner Schwester vielleicht etwas anvertraut hat. Und wenn Steander tobt, rede ich mit dem Staatsanwalt, und wir klagen ihn an. Die weiße Weste dieses Mannes hat einige dunkle Flecken."

Sie hieß Cordelia Ilvén, litt an einer psychischen Krankheit und lebte in dem Heim Lindagørden in Uppland, nicht weit von Uppsala. Trotz des knirschenden Getriebes bestand Myrna darauf, daß wir ihren Wagen nahmen, denn sie brauchte noch mehr Kilometergeld.

Die Luft war klar und der Himmel blau; der Herbst zeigte

sich von seiner schönsten Seite. Das erhöhte meine Vorfreude auf das Wochenende. Entspannt plauderten wir über dies und das, wie es Kollegen tun, die sich gut verstehen. Es gibt immer noch Polizisten, die meinen, Frauen hätten im Korps nichts zu suchen, doch auch diese Dinosaurier werden bald aussterben. Alles, was wir Männer können, schaffen Frauen auch, außer vielleicht, schwere Schränke anzuheben. Aber das dürfen wir ja auch nicht mehr, sonst kommt gleich die Gewerkschaft angerannt.

„Was ist mit dem Priester?" fragte ich, denn ich wußte, daß Myrna ihr sündiges Leben gern legalisieren wollte.

„Hasse will eine Kirche nicht einmal auf einer Ansichtskarte sehen."

„Und dem Standesbeamten?"

„Den könnte er möglicherweise auf einer Ansichtskarte dulden. Nein, es ist hoffnungslos."

„Mach ihn besoffen. Im Suff sagen die Leute zu allem ja. Und achte darauf, daß Zeugen dabei sind."

„Nicht Hasse. Wenn der voll ist, redet er nur darüber, wie es bei der Armee war. Und dann schläft er ein. Aber ich werde kämpfen!"

Lindagørden lag auf einem Hügel, der von Laubwald umgeben war; das Bild schien aus einem Märchenbuch zu stammen. Von den weiß gestrichenen Häusern führten sanfte, grasbewachsene Hänge zu einem See hinunter, in dessen klarem Wasser sich Stege mit Ruderbooten spiegelten. Es war das idyllische Schweden, von dem die meisten träumen. Ich nicht, denn ich bin ein gestörter Typ.

„Hier wohnt sie wirklich Klasse", sagte Myrna bewundernd. „Ich glaube nicht, daß das ein kommunales Heim ist."

Das zweistöckige Haupthaus war von verschiedenen kleineren Gebäuden umgeben, die wie Gästehäuser aussahen, und alle waren makellos weiß. Offenbar war das einmal ein Gutshof gewesen, dessen Besitzer verkaufen mußte, weil die Kosten zu hoch oder die Angestellten zu pampig geworden waren.

Simon hatte unseren Besuch natürlich telefonisch bei der

Vorsteherin angekündigt, denn in ein privates Krankenheim stürmt man nicht einfach hinein und wedelt mit der Polizeimarke. Als wir auf einer akkurat geharkten kiesbestreuten Fläche parkten, trat eine Frau auf die breite Steintreppe und erwartete uns. Sie war etwa sechzig; ihr längliches Gesicht hatte einen milden, aber dennoch entschlossenen Ausdruck. Sie trug keine Schwesternkleidung, doch ihr Kleid war streng geschnitten und eine einfache Perlenkette der einzige Schmuck.

„Vorsteherin Elvy Johanneson?" fragte Myrna.

„Ja. Kommissar Palm rief an, und ich gab meine Zustimmung. Widerwillig jedoch, das muß ich betonen. Wir achten darauf, daß unsere Bewohner so wenig wie möglich gestört werden. Wie wäre es erst einmal mit einer Tasse Kaffee? Dann könnte ich gleich unsere Regeln erklären."

Sie hatte ein kleines Tischchen in ihrem geschmackvoll eingerichteten Dienstzimmer gedeckt, in dem sie offenbar auch wohnte. Im Garten promenierten Patienten, fast ausschließlich Männer, einzeln oder zu zweit. Die wenigen Frauen hielten diskret Abstand, um nicht wie Wärter zu wirken.

„Wir sind hier äußerst konservativ", begann sie. „Auf Regeln und Umgangsformen zu achten, gibt Sicherheit in einer chaotischen Welt. Niemand hier duzt sich, nicht einmal die Schwestern untereinander. Wir bieten den höchsten Pflegestandard. Alles ist vom Feinsten. Unsere Bewohner - so nennen wir unsere Gäste - können über ihre jeweiligen Einzelzimmer, die von den besten Designern der alten Schule eingerichtet sind, frei disponieren. Alle haben etwas Persönliches um sich, das hilft, die persönliche Identität zu behalten und zu stärken."

Die Kaffeetassen waren aus extrem dünnem Porzellan; ich glaubte fast, hindurchsehen zu können. Das Muster wirkte ausgesprochen elegant, und der Henkel war so zart, daß ich kaum wagte, ihn mit meinen plumpen Polizistenfingern zu berühren. Der Löffel war aus Gold, und drei Sorten Kekse lagen wie Soldaten in Reih und Glied auf einem Tablett. Der Kaffee wurde aus einer silbernen Kanne eingeschenkt; Zucker und Sahne gab es aus anderen Teilen desselben Services. Wir erhielten exakt gebügelte blendendweiße Servietten, die sich angenehm anfühlten.

„Wer betreibt Lindagørden?" erkundigte ich mich.

„Oh, wir gehören einer Stiftung. Bereits 1922 gründete William G. Ferguson in Dayton in den USA das erste Heim für Menschen, deren Seelen Ruhe benötigten."

„Und die über das nötige Kleingeld verfügten", ergänzte ich boshaft, doch sie nahm meine Bemerkung ernst.

„Natürlich, Herr Hassel. Sie erhalten eine Pflege und Betreuung, wie sie die Gesellschaft niemals leisten könnte. Ähnliche Stiftungen wurden in anderen Ländern geschaffen; vor fünfzehn Jahren führte man sie alle zur Ferguson Foundation mit Hauptsitz in New Jersey zusammen. Jede wird von einer Geschäftsführung selbständig betrieben, doch es reisen ständig Inspekteure herum, die kontrollieren, daß wir den Standard aufrechterhalten. Ich möchte auch darauf hinweisen, daß wir keine Gewinne machen dürfen. Eventuelle Überschüsse decken die Kosten anderer Heime, die mit Verlust arbeiten."

„Wie lange sind Sie hier schon angestellt, Frau Johannesson?"

„Zwölf Jahre werden es im November. Als Vorsteherin, meine ich. Vorher war ich fünfzehn Jahre Krankenschwester in Belgien. Ich war an der Erarbeitung unserer kleinen Bibel für das Personal beteiligt. Die Löhne sind hoch und die Arbeitsbedingungen gut, deshalb bewerben sich viele bei uns. Doch wir akzeptieren andererseits keine Abweichungen vom Regelwerk."

Sie lächelte professionell:

„Lassen Sie uns nun zu Ihrem Anliegen kommen. Sie möchten mit Frau Ilvén sprechen. Ich habe dem zugestimmt, weil ich begreife, daß ein ernster Anlaß vorliegt. Aber Sie dürfen sie nicht bedrängen oder provozieren. Sie dürfen die Stimme nicht heben. Wenn Sie merken, daß sie etwas mißbilligt, müssen Sie sofort das Thema wechseln."

„Aha", sagte Myrna, „wir sollen mit anderen Worten mit ihr reden wie mit einem kleinen Kind."

„Nein, das reicht nicht. Viele Kinder werden verbal mißhandelt und tragen ihr Leben lang daran. Sie sollten mit ihr wie mit einem geliebten Kind verkehren, dem sie nur Glück und Harmonie wünschen. Ich werde persönlich anwesend sein, aber ein Stück entfernt sitzen, so daß Sie ungestört Ihre Fragen stellen können."

„Sie wollen uns kontrollieren?"

„Gewiß. Wir kontrollieren hier alles."

„Und wer kontrolliert Sie?" fragte Myrna geradeheraus.

Die Vorsteherin nahm es nicht übel. Sie hatte die Selbstkontrolle eines ganzen Regiments.

„Ihre Frage ist berechtigt. Wir fordern, daß jeder Bewohner einen nahen Verwandten hat, der ihn regelmäßig besuchen kommt. Sollte kein Verwandter zur Verfügung stehen, muß die Familie eine andere Vertrauensperson benennen. Niemand darf sich selbst überlassen werden."

„Dann können wir also davon ausgehen, daß Frau Ilvén von ihrem Bruder PA Steander besucht wird?"

„So ist es. Er kommt oft, und sie sehnt sich nach seinem Besuch. Sie sind einander sehr zugetan. Das ist rührend, aber nicht ungewöhnlich. Sind wir uns einig, was die Bedingungen angeht? Ich habe leider nicht allzu viel Zeit."

„Sie muß einmal mit einem Mann namens Ilvén verheiratet gewesen sein. Hat ihr ehemaliger Mann ebenfalls Kontakt zu ihr?"

„Kaum, denn er ist tot. Soweit ich weiß, war es eine sehr kurze Ehe vor sehr langer Zeit. Keine Kinder. Erwähnen Sie ihren verstorbenen Mann lieber nicht. Das könnte Wirbel auslösen, die nicht gut für sie wären."

„Eine wichtige Sache noch. Wie krank ist ihre Seele wirklich?"

Frau Johannesson war nicht von der schlappen Sorte, die mit den Schultern zuckt, doch sie machte den Eindruck, als täte sie es gern.

„Das variiert. Oft ist sie klar und ruhig und sich ihrer Krankheit bewußt. Genauso oft dominieren andere Mächte ihre Seele."

„Kann sie gewalttätig werden?"

„Bei uns wird niemand gewalttätig. Heutzutage gibt es Mittel, die solche Ausbrüche von Angst dämpfen. Mit Zustimmung der Verwandten verwenden wir die entsprechenden Mittel, wenn es erforderlich wird."

Sie erhob sich und strahlte Autorität und Kompetenz aus. Kein Zweifel, daß sie ihre kleine Truppe wie ein General anführte; Myrna und ich waren die Gefreiten, die ihre Leben opfern würden, falls den Angriff befahl.

Wir gingen über den Hof auf eines der kleineren Gebäude zu. Es hatte mehrere Eingänge; jede der Türen war mit einem anderen Pastellton bemalt. Ich vermutete, daß ein Teil der Patienten - beziehungsweise Bewohner - Schwierigkeiten hatte, sich im Dasein zu orientieren, so daß die eigene Farbe an der Tür das Leben vielleicht ein wenig leichter machte.

„Wir haben sie auf Ihren Besuch vorbereitet", erklärte die Befehlshaberin. „Alles, was von der täglichen Routine abweicht, wird vorab mit den Bewohnern besprochen. Sie weiß aber nicht, daß Sie Polizisten sind. Für viele klingt das Wort erschreckend. Dagegen weiß sie, daß Sie sich nach verschiedenen Dingen erkundigen werden. Das ist kein Problem, Hauptsache, Sie regen sie nicht auf. Das Leben besteht aus Fragen und Antworten."

Sie öffnete, und wir betraten eine kleine Wohnung, die aus mindestens zwei Räumen bestand. Vielleicht waren es auch mehr; das konnten wir nicht sehen. Ein schönes Heim mit großbürgerlichem Gepräge, dominiert von rotem Samt und orientalischen Teppichen. An der Decke hing ein Kristalleuchter, der in Annoncen als antik und kostbar bezeichnet worden wäre. Das Zimmer war so sauber, daß jedes Staubkorn vor Einsamkeit schwermütig werden mußte. Doch keine Fotos, nicht ein einziges. Wenn persönliche Dinge gut waren für die Heilung der Seele, wo waren ihre?

„Liebe Frau Ilvén", begann die Vorsteherin, „hier haben wir die Leute, die mit Ihnen reden wollen. Ich hoffe, es geht Ihnen gut?"

Sie sprach mit eintöniger, metallischer Stimme. Eine Hand wurde zur Begrüßung ausgestreckt, und der Druck war überraschend kräftig. Wir setzten uns auf Stühle mit Armlehnen, die Meisterwerke der Tischlerei darstellten, jedoch äußerst unbequem waren. Die Vorsteherin nahm nahe der Tür Platz und glich einer Anstandsdame aus alten Zeiten, als die Tochter des Hauses nicht mit einem fremden jungen Herrn allein sein durfte.

Cordelia Ilvén war fünfundsechzig Jahre alt, doch ihr Gesicht war glatt und weiß wie gewachstes Papier. Die Augen wirkten wie zwei Kohlestücken, in die unverhofft Glut treten konnte, die ungeschminkten Lippen waren fast genauso weiß wie die Wangen, das schwarze Haar in kunstvolle Locken gelegt. Sie war groß und machte den Eindruck einer ruhenden Amazone. Offenbar verfügte sie sowohl über physische Stärke als auch über innere Kraft, auch wenn ihr das selbst vielleicht gar nicht bewußt war. Ihr grüner Rock stammte sicher aus einem bekannten Modehaus; darin kannte sich Myrna besser aus. Auch die Bluse war grün, mintgrün, mit Rüschen am Kragen und den Manschetten. Die Goldkette mit dem Kruzifix konnte eine religiöse Neigung andeuten.

„Um meine Beerdigung kümmere ich mich selbst", eröffnete sie die Unterhaltung. „Einfacher Sarg und viele Blumen. Ich liebe Blumen. Sommerblumen. Falls ich im Winter sterbe, werden Sommerblumen eingeflogen. Bach. Keiner ist wie Bach. Der Unvergleichliche. Sie glauben, Sie kennen Bach, doch ich kenne ihn besser. Ich treffe die Auswahl des Musikstückes selbst. Keine Diskussion."

Myrna und ich sahen uns an. Wer sollte das Gespräch leiten? Ich nickte meiner Kollegin zu, denn sie konnte weich und einfühlsam klingen, was mir nie gelang, auch wenn ich vorher ein Pfund Kreide verschluckte.

„Ja, Bach ist unvergleichlich", stimmte sie zu. „Der konnte komponieren! Aber wir haben nichts mit Ihrem eventuellen Ableben zu tun."

„Was? Verkaufen Sie keine Begräbnisse? Ich hatte den Eindruck."

„Bach ist jedenfalls nicht verkehrt."

„Sie lieben ihn also auch? Welches ist Ihr Lieblingsstück?"

Myrna kramte in ihren Gehirnfächern fieberhaft nach Bach-Erinnerungen. Ich litt mit ihr; in der Diskothek, die sie als Teenager besucht hatte, war die Musik des Deutschen wohl nicht oft gespielt worden. Endlich fiel ihr eine beliebte Kreuzworträtselfrage ein:

„Die Fugen!"

„Ja, so eine Fuge kann ein reinigendes Bad für die Seele sein. Als Expertin wissen Sie sicher, daß das Wort aus dem Lateinischen kommt. Die Töne jagen einander sozusagen. Welches noch?"

Nun war ich gezwungen einzugreifen, um Myrna zu retten, denn ihre musikalischen Kenntnisse waren damit restlos erschöpft.

„Sagen Sie, Frau Ilvén, mag Ihr Bruder ebenfalls Musik?"

Sie lehnte sich zurück, und um ihren Mund zuckte ein kleines Lächeln.

„Prax? Weiß ich gar nicht. Er kauft mir CD´s, wenn er auf Reisen ist, aber ob er die auch selbst hört…"

„Sie nennen ihn Prax? Wir sagen immer nur PA."

Sie nickte versonnen.

„Als Kind konnte ich nicht Per-Axel sagen. So wurde Prax daraus. Er nennt mich Delia. Wir haben unsere kleinen Marotten. Läßt er mich nicht grüßen?"

„Oh ja. Das hat er uns aufgetragen, als wir uns zuletzt trafen. Grüßt mir Delia, sagte er."

Auf ihrer glatten Stirn gab eine senkrechte Falte ein seltenes Gastspiel.

„Und sonst hat er nichts gesagt? Wie er es sonst immer tut; unser besonderer kleiner Gruß…"

„Er wollte sicher, daß diese kleine Marotte ein Geheimnis bleibt."

Sofort verschwand die Falte, und diesmal lächelte sie lange und gründlich:

„Ja ja, der gute Prax. Recht so, das geht nur uns etwas an."

Wie konnten wir das Gespräch nur auf die junge Frau an Bord des Seglers bringen? Mit Frau Ilvén zu reden war wie auf glatten Sohlen über einen zugefrorenen See zu laufen. Steander hatte gesagt, er lebe in Scheidung, und ich war von einem innigen Verhältnis zu seiner Schwester ausgegangen. Hatte er ihr mehr anvertraut als anderen?

„Aber seine Frau ließ nicht grüßen. Das schien mir seltsam."

Die Stirnfalte zeigte sich nur ganz kurz:

„Viveca war nur auf Prax´ Geld aus. Eine Abenteurerin, die ihn nie geliebt hat, kalt wie ein Fisch. Die Kinder sind wie sie, genauso herzlos. Prax wird ohne sie einsam sein, doch allein ist er niemals, denn er hat ja noch seine Delia. Er und ich, wir halten zusammen gegen die kalte Welt."

„Und dann ist auch noch sein Segelboot untergegangen", heuchelte ich Mitleid.

„Sein Boot? Welches?"

„Hieß es nicht Delia, nach Ihnen?"

„Ich hätte es Bach getauft. Ja, es sank. Hieß es wirklich Delia? Boote haben mich nie interessiert. Habe schon Jahrzehnte keinen Fuß mehr auf irgendwelche Planken gesetzt. Prax war richtig unglücklich. Mein armer Prax!"

Vorsichtig tastete ich mich über das dünne Eis. Myrna ließ mich weiterlaufen und begnügte sich damit, sympathisch und mitfühlend auszusehen.

„Ja, PA hat es wirklich tief getroffen. Einer seiner Freunde ertrank ja vor drei Jahren. Schrecklich, nicht wahr?"

„Nein, wieso? Was ist schon der Tod? Nur der Übergang in eine andere Form. Leben und Tod sind zwei Seiten derselben Münze. Ob man nun an Pocken stirbt, ertrinkt oder wahnsinnig wird, das macht keinen Unterschied. Manchmal bin ich wahnsinnig. Macht mir gar nichts. Ich sagte nur zu Prax: nicht verzweifeln!"

„Henk Priem hieß der Ertrunkene, wie Sie sicher wissen. Ein enger Freund von PA."

Sie knetete die weiße Stirn, um Erinnerungsbilder hervorzuzaubern, doch es schien mir, als würde sie eher den Boden unter den Füßen verlieren. Auch das diskrete Räuspern der Vorsteherin sollte wohl darauf hinweisen, daß es Zeit wäre, die Unterhaltung zu beenden.

„Henk? Was die Leute für seltsame Namen haben."

„In Holland geboren. Ein guter Freund Ihres Bruders."

„Ja, der gute Prax kennt sich aus in der Welt. Mich schreckt sie eher. Die Erde ist rund... Was ist hinter dem Universum, Herr... Hassel?"

„Keine Ahnung", gestand ich wahrheitsgemäß.

Nun massierte sie die Stirn mit beiden Händen so fieberhaft, daß akute Verletzungsgefahr bestand.

„Wo endet der Kosmos? Wie merkt man, daß er zu Ende ist? Wenn das Universum eine Wand hat, muß es doch etwas dahinter geben. Könnte es die andere Welt sein, von der wir wissen, daß es sie gibt? Hat diese eine Wand? Oder ist sie unendlich? Kann das Unendliche ein Ende haben? Was sagen Sie, Herr Hassel? Reden Sie, damit ich das Unbegreifliche begreife."

„Ich kann dazu nichts sagen, aber die Frau, die an Bord war, als das Segelboot verunglückte, die hat alles gewußt. Wie hieß sie doch gleich? Ich habe den Namen vergessen."

Ich lächelte vertrauenerweckend; wir zwei, die wir Prax alias PA so sehr liebten, würden doch keine Geheimnisse voreinander haben. Aber sie hatte die sogenannte Wirklichkeit verlassen und segelte auf einem Meer, wo die Stürme aus unbekannten Richtungen kamen. Vielleicht würde ihr mentales Boot untergehen wie das real existierende ihres Bruders.

„Oh, ich frage Gott, aber Gott antwortet nicht... das schreckliche Schweigen Gottes... wenn nur mein Gehirn nicht überkocht... weil die Seele sich in einem eisigen Universum in der ewigen Ewigkeit bewegt... einer Dunkelheit, die man sich nicht vorstellen kann... haben Sie daran gedacht? Ich denke immer daran... man friert und friert... das erschreckt mich... so einsam... so kalt, und doch beginnt das Gehirn zu kochen..."

Sie richtete die glühenden Kohlenaugen auf mich, und ich

bekam eine Gänsehaut. Cordelia verzog die Lippen zu einem Grinsen und lachte sinnlos:

„Und kocht und kocht und kocht…"

Die Vorsteherin erhob sich, legte eine CD in den Apparat und drückte die Taste. Klassische Töne füllten den Raum. Frau Ilvén reagierte wie ein Pawlowscher Hund, schloß die Augen und lehnte sich zurück. Das Grinsen verwandelte sich in ein seliges Lächeln, und ihr Körper bewegte sich im sanften Takt der Musik Johann Sebastian Bachs. Frau Johannesson mußte uns kein Zeichen geben, wir verstanden auch so, daß wir unsere Chance, falls es denn eine gab, nicht hatten nutzen können. Wir verließen das Haus zusammen mit der Vorsteherin, und die Frau mit dem kochenden Gehirn merkte es gar nicht. Wahrscheinlich hatte sie uns schon vergessen.

„Tut mir leid", sagte Frau Johannesson, „aber so ist es. Man weiß nie, wie so ein Gespräch verläuft. Da ich nicht weiß, was Sie erfahren wollten, kann ich nicht einschätzen, ob Ihnen der Besuch genutzt hat."

Zum Abschied reichte sie uns ihre gepflegte Hand:

„Ich bitte Sie, nicht noch einmal zu kommen. Frau Ilvén würde Sie mit negativen Gedanken verknüpfen, und das wäre nicht gut für sie."

Sie ging zum Haupthaus hinüber, während wir zum Wagen schlenderten. Dort drehte ich mich um und schaute zurück. In fast allen Fenster entdeckte ich Männer, die uns hinterherstarrten, einen oder zwei, einmal auch drei. Wir waren Eindringlinge und hatten die gewohnte Ruhe und gewünschte Sicherheit gestört. Die Dreiergruppe zog sich zurück, während uns die anderen weiter mit Blicken musterten, die mir eine neue Gänsehaut über den Rücken jagten.

Myrna war einsilbig, als wir nach Hause fuhren, und ich hatte ebenfalls keine Lust auf Konversation. Bei Knivsta räusperte sie sich und murmelte:

„Ich fühle mich immer unbehaglich, wenn ich Leute treffe, die nicht richtig ticken."

Ich brummte zustimmend, und sie fuhr fort:

„Ihr Gerede über das Universum. Ich erinnere mich, daß ich als junges Mädchen auch über solche Dinge nachgedacht habe. Stand in der Winternacht da, glotzte zu den Sternen hinauf und fühlte mich wie ein Sandkorn. Das da mit Grenzen und Anfang und Ende. Es war ein unglaubliches Gefühl; ich kann es gar nicht erklären."

„Aber du hast aufgehört, in die Luft zu starren, und darauf kommt es an. Man muß sich an das Faßbare halten. Cordelia Ilvén ist nicht die einzige, die am Seelenschmerz zerbrochen ist."

Ein neues, langes Schweigen, bis wir uns Upplands Väsby näherten.

„Die junge Frau an Bord war bestimmt ein Mädchen für alles, wie die Deutschen sagen. PA hat so viel Geld, daß er jede hübsche Braut kaufen kann, um seine Geschäftsfreunde zu verwöhnen. Dann bekamen sie alle zusammen kalte Füße und leugneten ihre Anwesenheit. Besonders, nachdem einer von ihnen ersoffen war."

„Ist es so einfach?"

„Kerle benehmen sich oft wie Schweine, wollen aber nicht, daß andere davon wissen."

„Na ja... ich frage mich aber, ob..."

„Benutz doch deine grauen Zellen. Drei Überlebende, und alle waren damals verheiratet. Vor nur drei Jahren. Jetzt sind alle geschieden bis auf PA, und der ist gerade dabei. Nach den Ermittlungen wurde so viel geredet, daß die Ehefrauen sich die Wahrheit zusammenreimen konnten."

Sie gab mir einen schiefen Seitenblick:

„Hast du solche Dinge nie getrieben?"

Erinnerungen aus der alten Zeit blitzten in mir auf, und ich konnte nur mit einem mehrdeutigen Grunzen antworten.

„Wie war das mit deiner ersten Frau, die dich verlassen hat? Warst du ein Unschuldslamm?"

Ich seufzte tief und machte eine resignierende Geste.

„Cecilia? Sie wurde Cilla genannt... Du hast recht. Sie verließ mich, weil ich es mit anderen trieb. Aber was zum Teufel..."

„Das Prinzip, Rolle, das Prinzip."

„Okay, ich gebe mich geschlagen. Aber es gibt Frauen, die so etwas gern mitmachen."

„Mag sein, zugegeben. Aber die Kerle sind doch eine Klasse für sich."

Als wir uns Norrtull näherten, wechselte sie zu meiner großen Erleichterung das Thema.

„Haben wir etwas erfahren, was einen Bericht wert wäre? Um wieder zum Faßbaren zurückzukehren."

„Nein, das wären leere Seiten."

Oder hatten wir etwas erfahren, was wir nicht deuten konnten? Etwas in meinem Gehirn drückte wie ein Steinchen in einem Schuh. Möglicherweise kam es daher, daß ich das Rätsel der Ewigkeit nicht hatte lösen können, aber darüber hatten wir in der Polizeischule auch nichts gelernt.

Claus Goethe machte auf den ersten Blick einen milden, beinahe versonnenen Eindruck, doch ich ahnte, daß er Schärfe und Zielstrebigkeit entwickeln konnte. Er war groß und schlank und bewegte sich mit der Leichtigkeit eines Tänzers; seine vierundfünfzig Lebensjahre sah man ihm nicht an. Zu dem gestreiften dunkelgrauen Anzug trug er sogar eine Weste, darunter ein blaues Hemd mit weißem Kragen und einer farblich etwas kühnen Krawatte. Offenbar forderte Interpol von den höheren Gehaltsgruppen eine gewisse Eleganz.

Da sich Simons Deutschkenntnisse auf „Ich liebe dich", „Du bist ein Esel" und „Guten Heute alle Leute" beschränkte, sprach Goethe englisch, fließend und grammatisch richtig, jedoch mit dem dickhalsigen Akzent, der typisch ist für die Deutschen. Simon, Åke Sundgren und ich saßen in einem kleinen Konferenzraum bei Kaffee und Mineralwasser. Ich als Vertreter des Fußvolkes durfte mit in der Runde der hohen Herren Platz nehmen, weil ich in den Fall verwickelt war. Eigentlich hätte ich mich geehrt fühlen müssen, doch dieses Gefühl wollte sich nicht einstellen. Allzu viel erinnerte mich an Interpols Carl Hiller, mit dem ich zusammengearbeitet hatte; er war mein Freund geworden, doch dann hatte man ihn nach einem Auftrag in Deutschland brutal ermordet, einem Auftrag, der auch für mich schlimme Folgen gehabt hatte. Ich wollte vergessen, konnte aber nur verdrängen.

Nach der Begrüßung und den üblichen Phrasen des Kennenlernens, als uns Goethe umgehend verriet, daß er nicht im Entferntesten mit dem Dichterfürsten verwandt sei, kam er schnell zur Sache:

„Daß ihr Henk Priems Fingerabdruck sicherstellen konntet, hat bewirkt, daß unsere Ermittlungen zu einem neuen Typ von Verbrechen einen gewaltigen Schritt weitergekommen sind. Wir arbeiten seit einigen Jahren an der Sache und konnten noch keinen Durchbruch erzielen. Es gibt viele Indizien und Verdachtsmomente, doch mit Priems Fingerabdruck können wir auf einem ganz anderen Niveau weitermachen."

Sundgren zeigte kurz auf mich:

„Das haben wir Hassel zu verdanken."

Goethe schaute mich einen Augenblick lang aufmerksam an, schüttelte ungläubig den Kopf und sagte:

„Wie kommt es, daß du noch lebst?"

Ich antwortete nicht, weil jeder sehen konnte, daß ich da war und atmete, doch seine Worte trafen mich. Noch schlimmer wurde es, als er fortfuhr:

„Ich habe deinen Bericht gelesen. Du sahst drei Männer, nicht wahr?"

„Und?"

Er schüttelte noch einmal den Kopf:

„Es würde mich nicht wundern, wenn du noch vor heute abend erschossen werden würdest!"

# 7.

Langsam wurde ich wütend: „Das ist ja reizend. Du kommst her, und als erstes verkündest du mein Todesurteil. Wenn das die Hilfe von Interpol ist, kann ich nur kichern."

Der Deutsche lächelte, und es war unmöglich, sich dem Charme dieses Lächelns zu entziehen; das war ein Gesicht, das honorierte, wenn sein Träger gute Laune hatte. Ich mochte ihn, zog es aber vor, den Eingeschnappten zu spielen.

„Selbstverständlich hoffe ich, daß du noch lange kichern kannst. Ich habe mich wohl etwas drastisch ausgedrückt, aber das ist so meine Art. Wenn ich es richtig verstanden habe, bist du der einzige, der die drei Attentäter gesehen hat. Das sollte wie ein Todesurteil sein. Verzeihe mir meine Aufrichtigkeit, aber ich rede nicht gern um den heißen Brei herum."

Simon gab mir einen Klaps auf die Schulter, als Geste der Sympathie, und Åke Sundgren antwortete an meiner Stelle:

„Sie wissen nicht, daß es Hassel war, und können gern das ganze schwedische Polizeikorps hinmorden. Der Name des einzigen Zeugen ist nur einem sehr begrenzten Personenkreis bekannt, und ich wage zu behaupten, daß es sich um absolut zuverlässige Leute handelt."

„Mag sein, aber wir wissen schon aus der Bibel, daß ein mit Gold beladener Esel die höchste Mauer überwinden kann. Der moderne Mensch ist eine äußerst gierige Person. Auch absolut zuverlässige Leute könnten sich schmieren lassen, wenn die Summe nur groß genug ist."

„Mag sein, aber dazu gehört auch die richtige Situation. Der, der bestechen will, muß wissen, wen er mit dem Goldsegen verführen will, und der, der sich bestechen lassen will, muß seinerseits wissen, an wen er sich wenden muß, um an die Goldader zu gelangen. Das ist hier nicht der Fall."

Goethe überdachte diese Argumentation und nickte dann zustimmend:

„Stimmt, in der jetzigen Lage ist Hassel sicher. Wie kommt es aber, daß die Presse diese Informationen nicht ausgegraben hat?"

„Weil wir ihr keine Stelle zum Graben gezeigt haben. Wir sind nicht verpflichtet, einen der unseren in Schwierigkeiten zu bringen. Jetzt mußt du uns aber erklären, warum du Hassel in solcher Gefahr siehst."

Sundgren war ruhig und überzeugend wie immer, doch ich fühlte, wie sich ein Unbehagen in meinem Körper breitmachte. Sicher, ich hatte geahnt und auch darüber gesprochen, wie wichtig der Schutz meiner Identität für mein Wohlbefinden sei, aber wenn einer einem die nackte Wahrheit ins Gesicht schmettert, ist es mehr als unangenehm. Goethe netzte seine deutsche Kehle mit unserem gutem Ramlösa-Mineralwasser und leckte sich die Lippen wie eine zufriedene Katze. Was zum Teufel machte ihn so zufrieden?

„Stellen wir uns einmal vor, daß zwischen Syrien und England Spannungen entstehen. Die Syrer wollen den Buckingham-Palast in die Luft sprengen. Wie gesagt, nur mal als Beispiel. Ein Bombenattentat kann viele Ziele haben, das wichtigste aber ist die Demonstration von Macht. ´Wir können tun, was wir wollen, und Ihr könnt uns nicht daran hindern; also sind wir es, die herrschen, und Ihr seid machtlos´, das ist die Botschaft. Ein geglückter Anschlag stärkt die Moral in den eigenen Reihen, jedenfalls bei denen, die den Feind mit allen Mitteln bekämpfen wollen. Und trotz angedrohter Repressalien oder tatsächlicher Racheaktionen geben gelungene Attentate der eigenen Seite bessere Karten in die Hand."

„Die Welt ist ein Dschungel", murmelte Simon.

„Oh nein, dann habe ich mich falsch ausgedrückt. Ein Dschungel kann ein friedlicher Platz sein. Wenige greifen an, wenn ich sie nicht zuerst angreife. Natürlich wollen sich die Arten verteidigen. Du kannst von einem ausgehungerten Löwen gerissen werden, doch du kannst dich damit trösten, daß du ein lebendes Wesen gesättigt hast, das dir eigentlich nichts Böses wollte. Die Welt ist schon lange nicht mehr so friedlich wie ein Dschungel."

Er erwartete einen Kommentar. Als dieser ausblieb, fuhr er fort:

„Eine syrische Gruppe will also das britische Juwel in die Luft sprengen, gern mit allen, die sich darin aufhalten. Doch die Behörden wissen, daß die Lage zwischen den Ländern gespannt ist und man Anschläge erwarten kann. Also ist die Bewachung perfekt. Kommt ein Syrer mit einem Paket unterm Arm dahergeschlichen, ist er so unauffällig wie ein Ei in einem Eierbecher. Die Nationalität verrät ihn, der Ursprung, die ethnische Identität, das Aussehen und, falls man ihn länger beobachtet, Sitten und Bräuche. Die syrische Gruppe hat andererseits eine Menge Geld, denn es gibt überall in der Welt reiche Menschen, die gern Millionen für eine in ihren Augen gute Sache opfern. Und hier tritt die neue Art von Verbrechen auf den Plan."

„Bomben gegen Bezahlung", vermutete Sundgren.

„Genau!"

„Das hat es früher schon gegeben, und nicht selten. In Schweden ist das jedenfalls keine neue Art von Verbrechen."

Goethe hob die Hand, um Protest anzudeuten.

„In einzelnen Fällen, sicher. Das Neue ist, daß sich eine oder möglicherweise sogar mehrere - zur Marktwirtschaft gehört schließlich die freie Konkurrenz - Organisationen gebildet haben, die bereit sind, gegen gute Bezahlung jeden Auftrag zu übernehmen, egal wo in der Welt der Anschlag ausgeführt werden soll. Ihr Vorteil liegt darin, daß sie überall über Leute verfügen, die sich unauffällig in das angegebene Milieu begeben können. Schatten unter anderen Schatten. Das sind nicht nur Experten, das sind Meister für alle Sorten von Sprengmaterial. Sie sind eiskalt und werden selten erwischt. Begriffe wie Rücksicht, Gnade oder Schonung kennen sie nicht. Meine Herren, so sieht die totale Gier aus!"

Wenn man so etwas hört, können einem die bizarrsten Ideen kommen; vielleicht als eine Möglichkeit, der Realität zu entfliehen. Zum Beispiel, daß es im Dschungel keine Bomben gibt und daß man, wenn man Glück hat, wie Mowgli von einer Affenhorde adoptiert werden könnte. Roland Hassel, der Sohn der Affen!

„Ein Attentat auszuführen, bei dem viele Menschen sterben können, ist nicht leicht, wenn man kein starkes idealistisches Motiv hat oder zu haben glaubt. Man verwirklicht den Willen Allahs oder Gottes, man fordert blutige Rache für beispiellose Unterdrückung oder man meint, daß minderwertige Rassen überhandnehmen und im Sinne einer reineren Welt ausgerottet werden müssen. Solche Anschläge sind Ausdruck des eigenen Wertesystems. Nur wir anderen nennen solche Leute Terroristen. Selbst bezeichnen sie sich als Freiheitskämpfer oder Sendboten einer höheren Macht. Aber wenn du kein anderes Ideal hast als die eigene Gier..."

Der Satz klang aus und sank in unser Bewußtsein; die Botschaft war verstanden.

„Dann mußt du Schwellen überwinden, und das schafft nicht jeder. Jede deiner Taten kostet Leben und bringt unermeßliches Leid. Du sollst das nur für Geld tun. Also mußt du besonders beschaffen sein - leider haben viele so eine Natur. Diese Organisation hat Leute aus allen Teilen der Welt an der Hand; weiße, schwarze, braune oder gelbe Meister des Attentats stehen mit den passenden Bomben bereit. Anschließend nimmt die bezahlende Gruppe die Verantwortung auf sich..."

„Die Schuld", korrigierte Sundgren schnell.

„Richtig, die Schuld für die Tat auf sich und ist zufrieden. Das Etappenziel ist erreicht."

„Boten des Todes!"

Simon erkundigte sich, wen diese Organisation rekrutierte und auf welchem Wege.

„Wir wissen, daß es eine Menge arbeitsloser Fremdenlegionäre gab, deren Kenntnisse in der Kunst, variantenreich zu töten, nicht mehr so oft gefragt waren. Früher wurden ihre Dienste zum Beispiel von vielen afrikanischen Ländern in Anspruch genommen, doch heute sehen sich die Afrikaner in der Lage, die gegenseitige Tötung selbst zu übernehmen. Ihr seid vielleicht anderer Meinung, aber für mich sind die Legionäre ein Abschaum, ein mieses Pack, und Filme, in denen sie heroisiert werden, bringen mich zum Kotzen. Die Rekrutierung ist nicht schwer. Viele Kandidaten werden über eine lange Zeit beobachtet, bevor sie ein Angebot erhalten. Genau wie in der Fremdenlegion ist die Disziplin eisern. Wir sprechen hier über eine absolut geschlossene Welt."

„Woher wißt ihr dann so viel darüber?" fragte ich skeptisch.

„Jahrelang konnten wir nur ahnen, wie sich die Dinge verhielten", erklärte Goethe. „Wir suchten nach Beweisen, haben aber wenig gefunden. Doch dann erkrankte einer der Führer dieser Organisation unheilbar an Krebs, was bei ihm eine unerwartete seelische und religiöse Krise auslöste. Plötzlich erkannte er, daß seine Tage gezählt waren, und er wollte noch einiges wiedergutmachen, bevor er vor dem höchsten Richter stehen würde. Also stellte er sich und berichtete uns die schlimmsten Dinge. Seitdem kennen wir Aufbau und System und wissen, wie die Taten verübt werden - doch was uns am meisten interessierte, bekamen wir nicht: Namen. Seine Loyalität gegenüber der Organisation war größer als die Angst vor der Hölle. Wir wollten ihn unter Druck setzen, doch es war zu spät. Er erschoß sich mit einem großkalibrigen Revolver. Vermutlich."

Kein Lächeln oder Zwinkern. Der Mann hatte sich mit größter Wahrscheinlichkeit selbst erschossen, als er die Gewissensqualen und den körperlichen Schmerz nicht mehr aushielt. Sicher konnte man in diesen Kreisen jedoch niemals sein.

„In unserem Material gab es Fingerabdrücke, die wir nicht identifizieren konnten, weil uns der Vergleich fehlte, unter anderem auf einem Metallsplitter nach dem Attentat auf Zypern. Als wir Henk Priems Abdruck bekamen, jagten wir ihn durch den Computer. Es war der Durchbruch, nach dem wir uns so lange gesehnt hatten! Priem ist ein professioneller Sprengstoffattentäter. Wenn wir ihn schnappen, könnten wir Antworten auf sehr viele Fragen erhalten."

Simon hob leicht eine Augenbraue, und ich die andere. Glaubte der Deutsche, daß es so leicht wäre, einen Berufsmörder zum Singen zu bringen? Man mußte ja froh sein, wenn überhaupt mal einer den Mund aufmachte und ein paar Worte stammelte.

„Fingerabdrücke lügen nicht. Also muß jemand Priems Rolle gespielt haben, aus Gründen, die wir nicht kennen. Noch nicht. Die Frau, von der ihr gesprochen habt, war wohl eine gemeinsame Liebesdienerin, zu der sich keiner bekennen will."

Er war auf derselben Linie wie Myrna, doch da er männlichen Geschlechts war, ersparte er uns das „Man weiß ja, wie die Kerle sind!". Natürlich wußten wir es. Primitiv wie im Grunde genommen die meisten Rätsel. Warum sich über ein Problem den Kopf zerbrechen, das vielleicht gar nicht existierte. Dennoch rotierten die kleinen grauen Zelle, denn möglicherweise gab es das Problem ja doch.

„Wir versuchen, das Segelboot zu finden. Wo es gesunken sein muß, ist das Wasser gar nicht so tief. Claus, warum machst du dich nicht näher mit Roland Hassel bekannt? Ihr werdet zusammenarbeiten, solange du in Stockholm bist."

„Er hat genau eine Stunde", erklärte ich. „Dann verschwindet der Herr Hassel mit seiner Familie in Richtung Norden."

„In sechzig Minuten kann man viel schaffen", lächelte Goethe. „Nach Moskau reisen, zum Beispiel. Oder etwas bitter bereuen."

Er hatte einen Leihwagen und fuhr durch bekannte Straßen nach Kungsholmen, wo Interpol über ein kleines Büro verfügte. Dort hatten Carl Hiller und ich oft zusammen gearbeitet… Hiller war ermordet worden, doch zuerst hatten ihm die Mörder die Finger abgehackt. Ich riß mich zusammen und verscheuchte die schrecklichen Bilder.

Der Deutsche hatte einen Audi gemietet, und ich erinnerte mich an Hillers Kategorisierung des Audifahrers: Männer mit stahlgefaßten Brillen und weißen Laborkitteln, die sich stets in der Gewalt haben; Asketen, die nicht lachen und kaum lächeln können, am wenigsten über sich selbst. Ich war noch nicht sicher, ob er eine Fahrkarte geschossen oder ins Schwarze getroffen hatte.

„Denkst du an Hiller?"

„Kannst du Gedanken lesen?"

„Ich kann eins und eins zusammenzählen und komme auf

zwei. Soweit können sogar die heutigen Jugendlichen noch rechnen. Für zwei und zwei brauchen sie einen Computer."

„Auch noch Zyniker? So alt bist du doch noch gar nicht."

Ohne darüber nachzudenken sprach ich deutsch mit ihm und merkte, daß ich tatsächlich über eine zweite Muttersprache verfügte.

„Intelligente Menschen verlieren ihre Illusionen relativ früh. Ich kannte Hiller, obwohl ich kaum Umgang mit ihm hatte. Ein paarmal aßen wir zusammen. Er war ein sagenhafter Genießer. Seine Weinauswahl verschaffte mir Geschmackserlebnisse, die ich nie für möglich gehalten hätte."

„Im Essen und Trinken war er perfekt", stimmte ich zu. „Jede Mahlzeit mit ihm war eine Schwitzkur."

Das Büro in der Sysslomansgatan hatte sich nicht verändert und war doch nicht mehr dasselbe. Ich spürte die Anwesenheit von Hillers Geist, der verächtlich schnaubte, weil ich mit einer Ersatzmannschaft anrückte. Goethe bat mich Platz zu nehmen und bot mir Orangensaft an. Schweigend saßen wir da und tranken. Er wollte mich kennenlernen, doch ich hatte keine Lust, ihn näher an mich herankommen zu lassen, als es der Job erforderte. Hiller hatte mich benutzt und oft ausgetrickst, aber er war mir dennoch ein Freund geworden. Es fiel mir gefühlsmäßig schwer, seinen Nachfolger zu akzeptieren; ich kam mir wie ein Verräter vor.

„Priem ist kein ungewöhnlicher Name in Holland", begann Goethe. „Den Namen gibt es auch in Schweden; es handelt sich wohl um Nachfahren von Einwanderern."

„Hassels gibt es in Holland vermutlich nicht. Unser Geschlecht ist nie über Kungsholmen hinausgekommen."

„Henk Priem ist ein Mysterium. Wir haben trotz aller Bemühungen erstaunlich wenig über ihn herausbekommen, doch wir setzen die Nachforschungen in Amsterdam, wo er geboren und aufgewachsen ist, weiter fort. Die Eltern sind tot; er hat keine Geschwister. Es gibt überhaupt kaum Leute, die sich an ihn erinnern. Er könnte sich derzeit durchaus in seiner Heimatstadt aufhalten. Du weißt ja ungefähr, wie er aussieht."

Er warf mir einen auffordernden Blick zu, doch er erntete nur ein kurzes, höhnisches Lachen.

„Bester Herr Goethe, wenn du mich nach Amsterdam locken willst, vergeudest du Kraft. Aus Stockholm bringen mich keine zehn Pferde mehr weg. Eventuelle Auslandsreisen unternehme ich nur in Begleitung meiner Familie. Wir bevorzugen Viking Lines nach Helsinki; da kann man im fremden Hafen sogar an Bord bleiben."

„Aber wenn..."

„Kein aber wenn. Ich will jetzt ganz ehrlich sein: Solltest du auf die Idee kommen, mich über meine Vorgesetzten zwingen zu wollen, nach Amsterdam zu fahren, kannst du dich gleich in deinen deutschen Daumen beißen, denn dann werde ich meinen Abschied einreichen oder mich rausschmeißen lassen."

„Ich will doch nur..."

„Ist dir klar, daß ich nicht mit mir reden lasse? Können wir das Thema also abhaken?"

Ein tiefer Seufzer drang aus seiner deutschen Brust, doch er mußte sich der schwedischen Übermacht beugen.

„Willst du noch Saft?"

„Nein, ich muß noch fahren."

Er erbot sich, mich nach Hause zu bringen, doch ich zog einen Spaziergang vor. Er war sicher unzufrieden mit mir, aber das war schon vielen so gegangen, und ich machte mir nichts mehr daraus.

Freitagnachmittag, und bei Grisslehamn wartete der Garten Eden auf mich. Kein Sommerparadies mit Badestelle und glitzernden Wellen, Angeltouren und Abenden im Garten, sondern herbstliche Wanderungen durch einen Pilz- und Beerenwald. Und kein anderes Gesellschaftsleben als das zwischen Vater, Mutter und Kind. Und zwischen Mann und Frau, falls Elin nach spannenden Mensch-ärgere-dich-Runden hoffentlich beizeiten einschlief.

Ich nahm den Kiesweg, der in Richtung Norr Mälarstrand direkt am Wasser entlangführt. Unter den Sohlen knirschte es leise, und der süße Duft des Mälarsees schmeichelte sich in die

Lunge. Die Herbstsonne wärmte mir den Rücken, und es war wie eine Liebkosung durch eine Menschenhand... durch einen geliebten Menschen... Die Leute, die mir entgegenkamen, wunderten sich vermutlich über mein seliges Lächeln, doch ich hatte keine Lust, meiner Phantasie deshalb die Flügel zu stutzen.

Virena und Elin hatten bereits gepackt. Ich holte den Wagen aus der Garage, und die Fahrt nach Norden hätte gar nicht angenehmer verlaufen können. Es dauerte nicht lange, das gemietete Haus zu beheizen; wir machten ein lustiges Feuer im Kamin, aßen zu Abend und schauten ein bißchen fern. Dann forderte Elin ein gemeinsames Spiel, und es wurde auch sehr lustig, bis sie gähnte und ins Bett wollte. Das durfte sie natürlich, Umarmung und Küßchen, sofort schlief sie ein. Virena und ich schauten uns in die Augen und lächelten.

Plötzlich, ohne Vorwarnung, brach ich zusammen. Der Raum, das Feuer, Virenas funkelnde Augen verschwanden in einem roten Nebel, und ich fror und schwitzte gleichzeitig. Mein ganzer Körper zitterte, und Arme und Beine zuckten, als wollten sie sich vom Rumpf lösen.

Virena versuchte, mich zum Bett zu ziehen, doch ich stürzte und kam nicht mehr hoch. Die Hölle hatte mich wieder, das dunkle Reich des namenlosen Schreckens. Phantomschmerzen peinigten mich und schienen mir ganze Glieder und Organe herauszureißen. Im Laufe der Nacht floß Blut aus all meinen Körperöffnungen, meine Eingeweide verwesten, und eklige Dünste drangen über meine faulige Zunge und die in Auflösung begriffenen Lippen.

Ab und zu kehrte eine Art Bewußtsein zurück; dann lag mein Kopf auf Virenas Knien, und sie wischte mir mit einem feuchten Handtuch über die Stirn. Dabei flüsterte sie beruhigende Worte, die ich nicht verstand, bis ich mich wieder in einen stinkenden Kadaver verwandelte.

Als der Morgen graute, glaubte ich zu sterben, und eine gewisse Erleichterung stellte sich ein. Wie beim letzten Mal erwartete ich die endgültige Finsternis.

Doch wie damals wich die Dunkelheit schließlich dem Licht, und mein Körper fand Ruhe, wenn auch keinen Frieden. Als ich mich aufrichten wollte, fiel ich zurück wie ein schwerer Sack. Virena kümmerte sich um mich, netzte meine Lippen und gab mir kaltes Wasser zu trinken. Später am Tag flöste sie mir eine leichte Suppe ein. Elin erzählte sie, der Papa sei krank und müsse ruhen, und das Kind in seiner unbeschwerten Art gab sich mit dieser Auskunft zufrieden.

Und es wurde Abend und Nacht und Sonntagmorgen, und als ich nach traumlosem Schlaf erwachte, war ich schwach, aber wieder gesund - für diesmal. Ich duschte, rasierte mich und zog mir frische Sachen an. Virena stand in der Tür, und ich lächelte sie schwach an.

„Es war schrecklich, nicht wahr?"

„Ich würde es keinem empfehlen."

„Was hast du für heute geplant?"

„Lesen und miese Programme im Fernsehen anschauen, während du mit Elin durch den Wald stromerst."

Sie sah mich prüfend an und massierte sich nachdenklich die Wange.

„Bist du sicher, daß du klarkommst?"

„Glaub mir oder glaub mir nicht - ich bin sicher. Ich fände es einfach schön, wenn ihr beide, Elin und du, zusammen Zapfen sammeln und Blätter raten und über Pilze stolpern könntet. Aber seid vorsichtig, die Pfifferlinge beißen!"

Virena nickte zögernd und sah ein, daß ich in Ruhe gelassen werden wollte. Sie zog mit Elin in den Dschungel hinaus, und ich legte mich auf den Rücken und starrte ein paar Stunden an die Decke. Gegen Abend waren wir wieder eine Familie, doch die Kaminfeuerstimmung wollte sich nicht wieder einstellen.

Wir hatten beschlossen, so lange wie möglich zu bleiben und direkt zur Schule beziehungsweise zur Arbeitsstelle zu fahren. Virena flüsterte in mein gierig lauschendes Ohr, daß wir ja am nächsten Wochenende wieder herausfahren könnten.

Zuerst brachte ich Elin zur Schule, und die kluge kleine Dame trabte, die Schultasche in der Hand, zielstrebig auf das Tor zu. Ich folgte ihr mit Blicken - wie lange würde sie noch mein kleines Mädchen sein? Bis so ein schlaksiger Lümmel auftauchte, noch nicht trocken hinter den Ohren... Es war die ewige Angst des Vaters, für die junge Frau, die immer seine kleine Tochter bleiben würde, ein Fremder zu werden. Mütter sind da praktischer und realistischer. Man hätte statt Vater Mutter werden sollen.

Virena mußte ins Karolinska-Krankenhaus, und bald sah ich sie hinter der Eingangstür verschwinden. Ach ja, aber der nächste Freitag kam bestimmt!

Ich beschloß, den Wagen in die Kungsholmsgarage zu bringen und fuhr die Pontonjärgatan hinauf. Vor unserer Haustür entdeckte ich eine Gruppe von Personen mit Kameras und Bandgeräten. Es waren offensichtlich Journalisten, aber ich kümmerte mich nicht um sie.

Von der Garage schlenderte ich zu dem nichtssagenden Gebäudekomplex, in dem unsere Polizei ihr Hauptquartier hat, und stiefelte zu meinem Büro hinauf. Der psychische Zusammenbruch saß noch als matte Erinnerung in Muskeln und Sehnen. Gerade als ich mich auf meinen Stuhl fallen ließ, stürmte Simon herein. Bei meinem Anblick wurden seine Augen so groß wie Pingpongbälle.

„Wo zum Teufel bist du gewesen?"

„In Grisslehamn, warum?"

„Warum? Warum? Weißt du denn nicht Bescheid? Hast du gestern keine Nachrichten gesehen?"

Ich wußte nicht, worauf er hinauswollte und antwortete wahrheitsgemäß, daß ich beizeiten an der Matratze gehorcht hatte. Simon klatschte zwei Zeitungen auf den Tisch und schrie - und er schrie sonst nie:

„Darum, verdammt nochmal, darum!"

Auf beiden Titelseiten prangte mein Bild in der Größe eines Kriegsverbrecherfotos. Darunter war jeweils mein Auto abgebildet, das mit dem Lieferwagen zusammengestoßen war. Man konnte mich im Halbprofil sehen; im Hintergrund entfernten sich gerade drei Männer, die dem Fotografen den Rücken zuwandten.

Mit wachsender Angst überflog ich Überschriften und Text: „Kriminalinspektor Roland Hassel ist der einzige Zeuge, der die Bombenattentäter beobachtet hat." Dann folgten Spekulationen. Was hatte ich gesehen? Wie sahen die Täter aus? Wo hielt ich mich auf? Wer konnte nähere Angaben machen? War jemand verhaftet worden? Und so weiter und so weiter.

„Wo kommt dieses Foto her?" krächzte ich.

„Was weiß ich? Darum geht es ja gar nicht. Begreifst du nicht?"

Doch, ich begriff. Die Erkenntnis ergoß sich in mein Gehirn wie Blei in eine Form. Mein kleines, bescheidenes Freitagabendglück zerplatzte wie eine Eierschale.

Jetzt war ich vogelfrei. Zum Abschuß freigegeben!

## 8.

Ich starrte und starrte, bis das Bild in meiner Phantasie wuchs und die Größe einer Kinoleinwand erreichte. Zugleich wuchs der Klumpen in meinem Magen und erstarrte zu Beton. Vogelfrei... Nun würde ich wie ein Stück Wild gejagt werden, von Personen, die mich mund- und mausetot sehen wollten. Ich war die einzige Gefahr für ihre Existenz, und sie hatten die Kraft, die Entschlossenheit und die Skrupellosigkeit, das Hindernis Roland Hassel aus dem Weg zu schaffen.

„Wir müssen Virena anrufen", murmelte ich.

„Klar. Ich ordne Personenschutz an. Auch vor Elins Schule, ich weiß, wo die ist."

Er legte die Hand auf meine Schulter und sagte leise:

„Rolle, nun haben wir den Super-GAU."

Die Presseleute vor meinem Wohnhaus hatten also auf mich gewartet. Sie wollten mich schlachten, ausweiden, jede Information aus mir herauspressen.

„Simon, was soll ich tun? Ich bin völlig... völlig... ich weiß nicht..."

„Mhm. Ich weiß auch nicht. Da ist etwas total schiefgelaufen. Die Zeitungen behaupten, sie hätten dich für einen Kommentar gesucht, dich aber nicht gefunden. Von wem sie das Foto hatten, wollten sie nicht verraten; angeblich, um die Quelle zu schützen. Mit anderen Worten - wir können sie am Arsch lecken. Immerhin haben wir eine Kopie der Karte. Willst du sie sehen?"

Ich schüttelte den Kopf, und in meinem Gehirnkasten rasselte es.

„Die Jungs haben den ganzen Morgen an der Sache gearbeitet. Rolle, was sagen wir den Massenmedien? Die jagen Cassel, und er muß irgendeine Antwort geben können."

Wieder murmelte ich, daß ich nicht wüßte... Ich war so leer, als hätten sie mich schon in der Mangel gehabt. Was tut ein Vogelfreier? Wohin flüchtet das zum Abschuß freigegebene Wild?

Die Frau, die uns öffnete, stützte sich auf eine Gehhilfe. Sie schaute uns mit bemerkenswert klaren und forschenden Augen an; ansonsten wirkte ihr Körper verfallen. Wie alt mochte sie sein? Heutzutage fällt das Schätzen schwer, denn auch die älteren Damen gehen noch ein wenig mit der Mode. Simon zeigte seine Polizeimarke und stellte uns vor.

„Frau Goldie Santesson, dürfen wir einige Fragen stellen?"

„Stellt sie", antwortete sie knapp.

„Dürfen wir hereinkommen?"

„Sag: please!"

„Please."

„Okay, dann angetreten, meine Herren! Ich übernehme das Kommando. Im Gleichschritt - marsch!"

Mühsam tappte sie durch einen schmalen Korridor mit dunklen Tapeten und großen, schwarzweißen Fotos mit abenteuerlichen Motiven an den Wänden. Das Zimmer war gemütlich; an der Wand stand eine Ottomane mit vielen Decken und Kissen, davor ein großer Eßtisch mit aufgestapelten Fotokartons. Am Fenster stand eine Kamera mit extrem langem Objektiv, dahinter ein bequemer Stuhl. Sie trippelte ein paar Schritte ohne ihre Gehhilfe und ließ sich seufzend nieder.

„Was kann ich für euch tun, was kein anderer leisten kann? Und sagt du zu mir, damit ich nicht hochnäsig werde. Mein ganzes bewußtes Leben lang war ich Demokratin. Nieder mit dem Königshaus!"

Simon zeigte ihr das Foto.

„Hast du das hier geknipst?"

„Oh ja, einer von meinen gelungenen Schüssen. Ist das ungesetzlich? Hat die Regierung einen Erlaß erlassen? Ist die Pressefreiheit den Sparzwängen zum Opfer gefallen?"

„Erzähl uns bitte nur, unter welchen Umständen dieses Foto entstand."

Sie nahm das Bild in die Hand, betrachtete es aufmerksam und ließ es zwischen Daumen und Zeigefinger auf und ab wippen. Von Nahem gesehen wirkte ihr Morgenrock grau und verschlissen.

„Ich schoß es an meinem neunzigsten Geburtstag. Es ist ein klein wenig unscharf, aber das sieht nur ein professionelles Auge. Wie gewöhnlich saß ich hier auf Wacht und wartete, daß irgendein nettes Motiv auftauchen würde. Krach und bumm, da hatten wir den Unfall, und flink wie ein Leopard im Sprung drückte ich auf den Auslöser. Ich hatte vergessen, einen neuen Film einzulegen, denn mit dem Alter läßt das Gedächtnis leider nach, doch ein Schnappschuß ist mir gelungen, und der reichte, um publiziert zu werden."

„Warum sitzt du hier und machst Bilder?"

„Geht dich das in der Seele etwas an?"

„Nur äußerlich."

Sie nickte wohlwollend.

„Du bist ein Mannsbild ganz nach meinem Geschmack. Wenn wir uns vor sechzig Jahren begegnet wären, hätte es gefunkt. Früher war ich Fotoreporterin, und die ganze Welt war mein Arbeitsfeld. Ich war kein Star, aber zuverlässig und viel beschäftigt. Dann kam es, wie es kam. Neue Leute in den Redaktionen. Junge, hungrige, billige Fotografen drängten nach. Meine Knie und Schultern waren kaputt von der Schlepperei. Ich bin mit der schweren Ausrüstung aufgewachsen. Schließlich landete ich hier als kleine, bescheidene Rentnerin."

„Und das Fotografieren blieb dein Hobby?"

„Du Junge in den besten Jahren weißt ja nicht, wie es den Mädchen in ihren schlimmsten ergeht. Bei meinem Job reichte es nur zur Mindestrente. Ab und zu kommt eine reizende junge Person her, macht sauber und kauft für mich ein, und dann heißt es Vorräte anlegen, damit man nicht verhungert und als Fleck auf dem Teppich gefunden wird. Ich habe versucht, an Ausflügen mit dem Fahrdienst teilzunehmen, doch eine Stunde bei Wind und Wetter vor der Tür zu warten, um dann in ein vollbesetztes Taxi gequetscht zu werden, kann eine alte Tante nur dann aushalten, wenn sie noch jung und frisch ist. Also sitze ich hier wie der Papagei in einem zu engen Käfig. Womit sollte sich ein flügellahmer Vogel sonst beschäftigen?"

Instinktiv suchte ich nach dem Betäubungsmittel der Einsamen, doch ich konnte keinen Fernseher entdecken. Sie mußte meinen Blick bemerkt haben, denn sie fuhr fort:

„Wenn ihr Fernsehen sagt, hau ich euch ein paar hinter die Ohren. Ein gutes Bild unter millionenfachem sinnlosem Geflimmer! Wenn man ein schweres Herz hat, wird es einem zu Blei, wenn man all das Elend sieht. Das Radio finde ich inzwischen langweilig, denn alles, worüber man redet, habe ich schon einmal gehört, und den Rest will ich gar nicht hören. Die Welt der Bücher ist nie die meine gewesen, mit Ausnahme einiger Handbücher über die Tropen, die mir im Dschungel das Leben gerettet haben. Schriftsteller lügen im allgemeinen, daß sich die Balken biegen. Doch das Leben, mein Junge, das Leben bekommt man niemals satt."

Sie machte eine leichte Geste in Richtung der Straße, die man durch das Fenster erkennen konnte, und sah plötzlich jung und verliebt aus.

„Die St. Eriksgatan ist keine schlechte Kulisse. Hier geschieht immer etwas, was einen Fotografen interessiert. Tretet näher, Jungs, hier geht es um Liebe."

Innerlich befand ich mich immer noch im Chaos, und ich hatte mir vorgenommen, sie zu hassen, weil sie die Ursache für meine private Katastrophe war. Die Techniker hatten den Winkel errechnet, aus dem das Foto geschossen worden war, und ich war mit Simon losgezogen, um die gewissenlose Person zur Rede zu stellen, die mich an den Teufel verkauft hatte. Doch ich konnte sie nicht hassen. Das Chaos blieb, doch die Wut verging wie ein Schneemann in der Frühlingssonne.

„Vom Aufstehen bis zum Schlafengehen beobachte ich diese verzauberte Straße von Süd nach Nord und von Ost nach West. Wenn etwas besonders Interessantes geschieht, ziele ich und drücke ab. Im Kleiderschrank habe ich mein Labor eingerichtet, wo ich entwickle, kopiere und vergrößere."

Simon wies auf die drei Männer auf dem Foto.

„Als du dieses Bild gemacht hast, konntest du da die drei Männer auch von vorn sehen? Bevor sie sich umdrehten?"

„Lektion Nummer eins beim Fotografieren ist, daß man Wichtiges von Unwichtigem trennen muß. Der Unfall war die Hauptsache, darauf habe ich mich konzentriert."

„Dennoch, du bist eine erfahrene Beobachterin. Versuch dich zu erinnern."

Sie schüttelte den Kopf, und eine lange graue Haarsträhne fiel ihr in die Stirn. Müde strich sie sie zurück.

„Sorry, 'do nice', wie ich im alten Kongo zu einem Häuptling sagte, der mich in seine Hütte zerren wollte. Aber er tat es natürlich trotzdem. Die Kerle sind immer gleich. Hier im Haus wohnt ein cleverer Rotzbengel, der für ein paar Kronen Umschläge mit meinen Kopien in die Redaktionen bringt. Ich versehe sie mit einem kleinen Text. Manchmal kauft eine Zeitung ein Bild, und ich küsse jeden Geldschein. In meinem Alter hat man keine Angst mehr vor Bakterien."

„Wieviel haben sie dir für dieses Foto bezahlt?"

Sie lachte, und es klang wie das Knirschen eines verschlissenen Getriebes.

„Die Zeitungen riefen ununterbrochen an und standen Schlange vor meiner Tür. Ich bekam so viel, daß ich mir ein neues Objektiv kaufen konnte. Hätte ich nur mehr Bilder auf dem Film gehabt - ich hätte die Explosion und das, was danach geschah, knipsen können und wäre richtig reich geworden! Aber wie gesagt, es war mein letztes Bild auf dem letzten Film, den ich noch zu Hause hatte. Ich gräme mich deswegen nicht, denn wer sich grämt, sieht älter aus. Das war Selbstironie, Jungs! In diesem Haus gibt es keine Spiegel."

Wir hatten gehofft, daß sie weitere Negative besaß, die für die Titelseiten uninteressant waren, für uns jedoch von großer Bedeutung sein konnten. In meiner Situation hatte ich nur die Bedrohung meines Lebens im Sinn; die normale Polizeiarbeit war mir völlig gleichgültig. Ich hatte Simon begleitet, damit ich mir den Schurken vorknöpfen konnte, der mich dem Teufel ausgeliefert hatte. Und nun stand ich da mit meiner Angst.

„Tragisch für die Buchhandlung. Die Chefin dort hat mir meine Bücher immer persönlich hochgebracht, wenn ich angerufen habe. Sie heißt Erna Visman, glaube ich."

„Werna Isberg", murmelte ich.

„Oh, der andere junge Mann weiß auch etwas. Ich dachte schon, er wäre stumm. Isberg... Eisberg... den Namen hat die nette Person wirklich nicht verdient. Man sollte nicht an die Titanic denken, wenn man mit dieser patenten Frau zu tun hat."

„Teuerste Goldie, wir bitten dich, streng dich an. Du könntest mehr gesehen haben als das, woran du dich im Augenblick erinnerst."

Sie schaute wieder auf das Bild.

„Diese drei schwarzen Gestalten sind also die Übeltäter?"

„Finstere Gestalten übelster Sorte."

„Lieber Junge, reich mir die Lupe. Und die Lampe."

Die Lupe entpuppte sich als ein Apparat, in dessen Deckel ein Vergrößerungsglas eingelassen war. Mit einer grellen Lampe beleuchtete sie das schwarzweiße Foto, wobei sie mit der Nase fast auf die Scheibe stieß.

„Früher habe ich Modefotos gemacht, wenn ich Geld brauchte. Doch man kommt an eine Grenze, wenn man beim Anblick der Modelle am liebsten kotzen möchte. Und erst die Typen drumherum! Ein Gutes hatte das Ganze; ich lernte eine Menge über typische Schnitte, und die bleiben sich gleich, auch wenn die Moden wechseln. Mein Kleid zum Beispiel ist von Cardin, obwohl der Meister davon nichts weiß."

„Was willst du damit sagen?"

„Diese schwarzen Gestalten tragen alle Jacken italienischen Zuschnitts. Das muß nicht mehr bedeuten als ein Heiratsversprechen, aber vielleicht hilft es euch weiter. Und ich bin ganz sicher. Ihr habt bestimmt die Körpergröße der Finsterlinge nach der Proportionslehre errechnet?"

„Natürlich."

„Der in der Mitte trägt sehr hohe Absätze. Sieht man am Schatten. Er ist bestimmt vier Zentimeter kleiner als er aussieht. Was immer das bedeuten mag. Das war alles, meine Herren."

Sie löschte die Lampe und gab Simon das Foto zurück.

„Hat sich kein Hobbyspanner gemeldet, der die schwarzen Männer beobachtet hat? Die Herren mögen meine vulgäre Ausdrucksweise entschuldigen..."

„Doch, einer, hier sitzt er: Herr Hassel. Er war der Fahrer des Autos, das gegen den Lieferwagen prallte, kurz bevor die Bombe hochging. Durch dieses Foto können ihn die Finsterlinge genauso identifizieren, wie es die Zeitungen geschafft haben. Er ist der einzige Zeuge. Du verstehst, was das bedeutet."

Zum ersten Mal schien sie mich richtig wahrzunehmen und mich nicht mehr für irgendeine Puppe zu halten, die jemand mitgebracht und vergessen hatte.

„Oh, ich wünschte, ich hätte ein schlechtes Gewissen, aber solche Gefühle kenne ich nicht. Kein Fotograf weiß, was ein schlechtes Gewissen ist, denn die Verantwortung schieben wir stets dem zu, der die Bilder publiziert. Pech für die Kuh Elsa, wie wir in meiner Jugend sagten. Aber wir sagten so viel. Die Hälfte habe ich vergessen, und an die andere will ich mich gar nicht erinnern. Scheint so, als würdest du die andere Seite vielleicht eher kennenlernen als ich. Falls es so kommt, schick mir bitte ein Foto."

Nach Hause konnte ich nicht gehen, denn dort wartete ein Rudel Medienleute; vielleicht war auch ein Messerstecher, ein Scharfschütze oder ein Handgranatenwerfer dabei. Virena würde mit Elin über Nacht zu einer Freundin fahren; sie war genauso verwirrt und verzweifelt wie ich. Alles Familiäre war für uns plötzlich in weite Ferne gerückt, und auch Elin würde einiges vermissen.

Simon rief bei der Einlaßkontrolle an; vor sämtlichen Eingängen warteten Leute auf mich, mehrere waren drinnen gewesen und hatten nach mir gefragt oder versucht, sich einzuschmuggeln. Wir fuhren zum Kfz-Park und schlichen uns über diesen kaum bekannten Weg ein. Dann saßen wir in meinem Büro und starrten uns an. Ich meldete das Telefon für eingehende Gespräche ab; ich war nicht da, ich existierte nicht.

„Du kannst erstmal bei uns unterschlüpfen", bot Simon an. „Jedenfalls heute nacht."

„Danke, ich bleibe lieber hier. Bei euch ist es schon eng genug. Aber irgendwann muß ich noch einmal in meine Wohnung."

„Das organisieren wir heute nacht. Oder besser gesagt, am ganz frühen Morgen; du spielst den Zeitungsboten. Ich kläre das; wir haben Leute im Haus und davor postiert."

Doch gegen einen entschlossenen und erfahrenen Profikiller hat man höchstens eine Chance von fünfzig Prozent. Wenn jemand einem anderen wirklich das Leben nehmen will, ist es nur eine Frage der Zeit, bis es ihm gelingt. Heutzutage kann man Berufsmörder in vielen Ländern mieten. Auch schwedische stehen zur Verfügung, doch die Auftraggeber bevorzugen in der Regel Ausländer, die einreisen, ihren Job erledigen und dann genauso unauffällig verschwinden, wie sie gekommen sind. In so einem Fall haben wir keine Chance, den Täter zu schnappen. Im ehemaligen Ostblock gibt es eine reiche Auswahl an Henkersknechten, und der Preis schreckt keinen ab.

Wir aßen zusammen; dann telefonierte ich mehrere Stunden mit Virena, und wir konnten unserer Verwirrung und Verzweiflung nicht Herr werden. Immer wieder berieten wir, was nun werden sollte, doch wir kamen zu keiner Lösung. Anschließend streckte ich mich der Länge lang auf dem Teppich aus, legte mir einen losen Stuhlsitz als Kopfkissen unter und schlief ein, obwohl ich es vorher nicht für möglich gehalten hatte, auch nur ein Auge zu schließen.

Halb vier weckte mich Simon. Mir war, als hätte jemand meinen Körper durch eine Mangel gedreht. Steif, schwerfällig und müde trottete ich mit ihm zum Auto, und wir fuhren zum oberen Ende der Baltzar von Platensgatan. Dort wartete ein Transporter, in dem sich ein mit Zeitungsbündeln beladener ausgedienter Kinderwagen befand.

„Zieh dich aus", flüsterte Simon.

Schweigend setzte ich mir eine Perücke mit langem, strähnigem Haar auf, zog ein Basecape verkehrt herum darüber und plazierte eine Brille mit runden Gläsern etwa auf der Mitte des Nasenrückens. Simon nannte mir den Code der Post, damit ich in das Haus hineinkam. Alles mußte durchdacht sein; feindliche Augen konnten mich beobachten, auch wenn ich es nicht merkte. Ein Zeitungsbote, der den Türcode eines Mieters verwendete, würde sich verdächtig machen.

„Ich komme später nach. Dreimal kurz, einmal lang."

Die Maskerade endete damit, daß ich meine Jacke gegen eine verbeulte graue eintauschte. Danach entfernte ich mich mit schnellen Schritten, den Kinderwagen vor mir herschiebend. Die Nacht war kühl, und der Schlaf steckte mir noch in den Knochen. Vor der Tür nahm ich ein paar Morgenzeitungen in die Hand, drückte die Nummer des Postcodes und stieß eilig die Tür auf, wie es alle Zusteller tun, die ihre Runde schnell beenden wollen.

Im Flur wartete ein Polizist, der ungefähr meine Größe hatte. Wir nickten uns kurz zu, er übernahm meine Verkleidung, und nach angemessener Zeit schob er den Wagen zur nächsten Tür. Ein Zeitungsbote, der ein Haus betrat und nicht wieder herauskam, hätte einem lauernden Mörder unnötiges Kopfzerbrechen bereitet.

Als ich den Fahrstuhl im obersten Stockwerk verließ, tauchte ein Schatten auf, doch ich hatte ihn erwartet, denn er war einer von uns. Die Situation war nicht neu; ich erinnerte mich wie im Traum an einen früheren Fall, bei dem mein Leben bedroht gewesen war, doch ich verdrängte die alten Bilder. Jede persönliche Bedrohung ist eine Kränkung, die man mit dem Verstand wie mit der Seele gleichermaßen aufnimmt.

Hinter der Wohnungstür lag die Montagspost, und ich legte sie auf den Tisch. Dann untersuchte ich, ohne auch nur eine Taschenlampe zu benutzen, sämtliche Räume bis auf den letzten Winkel. Es war ein seltsames Gefühl, fremd in der eigenen Wohnung zu sein, auf das kleinste Geräusch zu lauschen und sich zu fragen, wer es wohl verursacht haben mochte.

Im Bad konnte ich endlich Licht machen. Ich setzte mich aufs Klo und sah die Post durch. Es waren ein paar allgemeine Briefe an Virena darunter, ein Bankbescheid und ein Angebot von einem Buchklub; sie würde eine Reisetasche bekommen, wenn sie beitrat. Ein handgeschriebener, mit bunten Bildern beklebter Brief war an Elin gerichtet; es handelte sich wohl um eine Einladung zum Kindergeburtstag. Außerdem gab es für meine Kleine ein dickes Kuvert mit einem Disneyvideo vom Junior-Klub und eine Reklamebroschüre, die „Die tollste Uhr der Welt" anpries. Die brauchte sie garantiert nicht, entschied ich.

Für mich fand ich ein paar Rechnungen und eine ganze Menge Briefe. Einige stammten von Zeitungen, die eindringlich um einen Anruf, ein Fax oder eine E-Mail baten; sie würden das Interview auch gut bezahlen. Dann folgten mehrere Briefe im selben A5-Format, die meinen Namen in Druckbuchstaben trugen. Ich hielt die Ecken der Kuverts mit einem Handtuch fest, als ich sie aufriß. Eine stark vereinfachte Zeichnung eines Mundes mit einem roten Kreuz darüber kam zum Vorschein, daneben waren zersprengte Leichenteile zu sehen. Mehrere davon ähnelten Frauenköpfen mit langem Haar. Die Symbolsprache war nicht schwer zu verstehen - sollte ich reden, würde man mich und meine Familie in Stücke sprengen. Ich lehnte mich zurück, bis mein Rücken durch die geflieste

Wand gestützt wurde. Am liebsten hätte ich kotzen wollen.

Es klopfte dreimal kurz, einmal lang, und ich öffnete Simon die Tür. Er erhielt das Bündel Briefe, schaute es schnell durch, steckte es ein und sagte:

„Die müssen schnell reagiert haben. Also, Rolle, ihr wohnt erst einmal in einer Pension in Hässelby, unter dem Namen Lundvall. Du kannst Elin erzählen, die Wohnung sei überschwemmt und müsse renoviert werden. Kinder lieben Abwechslung."

Das Telefonsignal zerschnitt die Stille wie die Posaunen von Jericho. Es traf mich und meine überreizten Nerven völlig unvorbereitet, so daß ich zusammenzuckte und mir instinktiv ans Herz faßte. Es schrillte und schrillte, und ich starrte wie hypnotisiert auf den Apparat. Simon nahm den Hörer ab und bellte:

„Ja?"

Dann lauschte er einige Sekunden.

„Wer ich bin? Wer will das wissen und warum?"

Ich leckte meine trockenen Lippen, während ich versuchte zu erraten, worum es ging.

„Hassel? Der ist nicht hier und kommt auch nicht her. Wieso? Was? Da kannst du Gift drauf nehmen."

Er knallte den Hörer hin und lächelte grimmig:

„Jemand hat mich wohl hereingehen sehen, da mußte ich antworten."

„Wurdest du bedroht? Oder…?"

„Tja, ich weiß nicht. Nein, nicht direkt. Aber der Herr pflanzte mir eine böse Klapperschlange in die Gedanken, die ein wenig mit dem Schwanz rasselt, um Gefährlichkeit zu demonstrieren."

Klapperschlange…

„Wir können auch Licht anmachen. Es ist ja bekannt, daß ich hier bin", meinte Simon. „Man würde sich eher wundern, wenn ich hier im Dunkeln herumtapse. Halte du dich aber aus der Schußlinie."

Ich blieb im Bad, während Simon alle Jalousien an den Fenstern zur Straße und zum Hof herabließ. Wer die Wohnung mit einem Fernglas beobachtete, bekam nur einen gewaltigen Kerl zu sehen, der nicht die mindeste Ähnlichkeit mit dem Opfer Hassel hatte.

„Hast du eine Liste, was Virena und Elin in den nächsten Tagen benötigen?"

„Ja, Virena hat mir Anweisungen gegeben. Elin braucht eine ganze Menge."

„Wirf alles in eine Reisetasche. Ich hole sie später und bringe sie ins Hotel."

Es war, als packte ich für eine Ferienwoche am Mittelmeer, obwohl es sich doch nur um Hässelby handelte, und ich suchte aus Regalen und Schubladen zusammen, was Virena gewünscht hatte. Auch wenn man weiß, daß das Minimale gilt, benötigt man eine ganze Menge, um sich zivilisiert zu fühlen. Die größte Reisetasche füllte sich sehr schnell, doch es waren zumeist weiche Sachen, die sich gut zusammenpressen ließen.

„Elin braucht sicher ihre Schulbücher?"

„Ja, und ihre Lieblingsschmöker müssen auch dabei sein. Und die besten Videos natürlich."

Auf ihrem kleinen Nachtschrank lag Robinson Crusoe, und ich erinnerte mich dunkel, dieses Buch in ihrem Alter ebenfalls gelesen zu haben, weil man es wohl lesen sollte, aber es hatte keinen tieferen Eindruck hinterlassen. Es reicht zu wissen, daß Freitag ein Eingeborener war, der sich dem großen weißen Häuptling zufällig an einem Freitag offenbarte. Dazu kamen ein paar Fantasybücher über das Panthermädchen; ich hatte keine Ahnung, wovon sie handelten oder welche Wirklichkeit sie beschrieben.

Nun noch ein paar Videos. Den Zeichentrickfilm über einen Wal fand ich durch das Titelbild, ebenso den Streifen über einen entlaufenen Hund. Okay, und nun noch Disney, Pongo, Löwenkönig und Dschungelbuch.

„Bist du fertig?"

„Gleich. Elin hat ein neues Video bekommen, das soll auch mit."

Ich nahm das Kuvert vom Junior-Klub und begann, es aufzumachen. Plötzlich schrie Simon, warf sich auf mich, riß mir den Umschlag aus der Hand und schleuderte ihn weg.

Im nächsten Augenblick explodierte die ganze Welt!

## 9.

Die Bombe war an der Wand hochgegangen und hatte einen großen, rußschwarzen Fleck in die Tapete gebrannt, doch sonst hatte nichts Feuer gefangen. Wir saßen wie Säcke auf dem Sofa und zwinkerten, um die geblendeten Augen wieder funktionsfähig zu machen. Durch den Knall war das ganze Haus geweckt worden, und die Nachbarn hatten bestimmt die Polizei gerufen. Hier saßen wir, und wir waren Polizisten. Der Personenschutz hatte Schlüssel zur Wohnung, und die Jungs stürmten mit blanken Waffen herein, zogen sich aber zurück, als Simon röchelte, er kümmere sich schon um das Elend. Denn es war ein Elend, unbestreitbar.

„Tja, Rolle", brummte Simon mit dumpfer Stimme, „das war also eine Briefbombe."

„Wie konntest du das wissen? Hast du Röntgenaugen oder bist du Hellseher?"

„Nein, aber wie die Sache liegt, muß man gegen alle dickeren Umschläge mißtrauisch sein. Die Konstruktion von Bomben hat Fortschritte gemacht. Falls man in diesem Zusammenhang von Fortschritt reden kann."

Daß Simon, als ich die Sendung öffnen wollte, rechtzeitig begriff, worum es sich in Wahrheit handelte, war ein unfaßbares Glück. Der Absender hatte anderes im Sinn gehabt. Er hatte die Todesmaschine an ein kleines, neunjähriges Mädchen adressiert, das an die Menschen glaubte, voller Vertrauen war und sich mit dem Bösen nicht auskannte. Ein kleines Mädchen, das sich auf sein neues, lustiges Video freute. Eine Explosion, und sie war tot oder jedenfalls nicht mehr dieselbe, schwer verletzt, vielleicht mit blutigen Stümpfen, wo die Bombe ihr die Hände weggerissen hatte.

„Die war für Elin bestimmt", sagte ich, und mein Hals war trocken.

„Mhm. Ich rufe die Techniker."

„Elin, meine Tochter! Neun Jahre alt! Eine Briefbombe! Elin..."

Er rief die Bereitschaft an, gab seinen Bericht und legte dann die Hand auf meine Schulter:

„Wir kriegen sie, Rolle. An allen Fronten werden Fakten zusammengetragen. Wir schnappen sie, verlaß dich drauf!"

„Wie, verdammt nochmal, sieht es im Kopf eines Menschen aus, der eine Briefbombe an eine Neunjährige schickt? Was hat sie ihm getan?"

„Wenn wir die Kerle haben, werden wir sie fragen. Aber die begreifen wahrscheinlich nicht einmal, warum wir die Frage stellen."

Ich holte tief Luft, holte sie von ganz unten herauf und ließ sie sich im ganzen Körper verteilen, einem Körper, der vor nicht allzu langer Zeit ein Tempel war. Nun knackte er in allen Fugen, und Zeichen deuteten an, daß er sich bald in eine Ruine verwandeln würde.

„Habe ich mich bedankt?"

„Ja."

„Nein. Danke!"

Simon wedelte mit der Hand, um anzudeuten, daß es solcher Dankesbezeugung unter Freunden nicht bedürfe, er dieselbe jedoch zur Kenntnis genommen habe.

„Noch etwas, Simon. Wichtiger als alles andere; du mußt versprechen, daß du tust, was ich dir sage."

„Spuck´s aus, und wir werden sehen. Keine Versprechen auf nüchternen Magen."

„Kein Wort zu Virena über die Sache hier. Das meiste verkraftet sie inzwischen... vielleicht. Aber wenn sie hört, daß es gegen Elins Leben geht... mit Briefbomben... da... Wir haben so viel, um uns zu ängstigen."

Die Hand, die mir die Schulter massierte, war seine Art, Freundschaft und Loyalität zu zeigen.

„Mein Job ist es, Dinge besser und nicht schlimmer zu machen. Nimm Elin einen anderen Disneyfilm mit. Mein Favorit ist Dumbo."

Ich wurde auf die schon oft erprobte Art aus dem Haus geschmuggelt: über den Hof und einen Zaun auf den Rücksitz eines Wagens, Decke drüber, über den Kfz-Park ins Polizeigebäude und schließlich in mein Büro, keine eingehenden Telefongespräche. Simon hatte mit Virena gesprochen, und sie wußte von dem Hotel und wie sie dorthin gelangen würde, wenn sie Elin aus der Schule abgeholt hatte. Sie klang bedrückt, und dieses Gefühl teilten wir. Als ich aufgelegt hatte, verwandelte sich meine innere Glut in ein loderndes Feuer: So konnten wir nicht weiterleben, der Fall mußte gelöst werden, wir wollten wieder frei sein!

Wenig später trafen wir uns bei Torsten Kviberg, der mit seinem Team die Briefbombe untersucht hatte. Er gab uns einen kurzen Überblick:

„Briefbomben sind in Schweden nichts Neues. Der Erfinder, ein Geschäftsmann namens Doktor Martin Ekenberg, wurde als ein technisches Genie angesehen. Er verkehrte in feinen Kreisen, doch er war mental krank und wurde von Rachegelüsten getrieben. 1904 schickte er einen kleinen Kasten, der angeblich eine Musterkollektion enthielt, an einen Direktor. Doch in Wirklichkeit war ein Sprengsatz drin, der explodierte, als der Direktor die Kiste öffnete. Es erwischte ihn schwer; er wurde fast blind. Im Jahr darauf schickte Ekenberg aus Berlin eine Parfümflasche an einen Anwalt. Unterwegs wurde die Verpackung beschädigt, und ein Postangestellter versuchte, den Schaden zu beheben. Dabei ging der Sprengsatz hoch; er und ein Kollege, der in der Nähe gestanden hatte, kamen ums Leben, drei weitere wurden schwer verletzt. Stellt euch das vor - vor fast hundert Jahren!"

Die perfekte Mordwaffe. Ein Päckchen mit falschem Absender, und wenn die Polizei keinen Zusammenhang herstellen kann, bleibt der Fall ungelöst.

„Ein paar Jahre später erhielt Direktor Hammar eine kleine Schachtel mit einer Hülse in der Größe einer Zigarre. Er öffnete sie und überlebte nur um Haaresbreite, jedoch mit ernsten physischen Schäden. Später schickte Ekenberg einen Füllfederhalter an einen Leitenden Direktor, der aber mißtrauisch wurde und die Polizei einschaltete. Es zeigte sich, daß der Füller explodiert wäre, wenn man die Verschlußhülse abgeschraubt hätte. Zu jener Zeit wurden Briefbomben Höllenmaschinen genannt, und ich finde diesen Ausdruck auch heute noch zutreffend."

Eine Maschine aus der Hölle… natürlich war es so. An diesen Ort wünschte ich alle, die es fertigbrachten, einer Neunjährigen den Tod zu schicken.

„Wenn man einen Deckel anhob, eine Hülse abschraubte oder einen dünnen Draht berührte, wurde der Stromkreis geschlossen und der Sprengstoff gezündet. Die Bomben waren für ihre Zeit sehr aufwendig konstruiert - wie gesagt, das war vor fast hundert Jahren. Inzwischen kann man sich Bomben bauen, die genau die Wirkung erzielen, die man beabsichtigt hat. Kommen wir also zu der Frage, was der oder die Täter mit der Höllenmaschine in Hassels Wohnung erreichen wollten."

Sein gotländischer Dialekt klang gemütlich, als berichtete er Geschichten vom Lande und nicht von infernalischen Apparaten. Kviberg war ein Mann, der stets die Ruhe behielt; seine Einstellung war durch und durch professionell. Er ermittelte, was geschehen war und was verwendet wurde. Über das Resultat mochten sich andere empören. Zum Beispiel ich. In mir regte sich der Höhlenmensch, der seine Sippe mit bloßen Händen verteidigen wollte, ein primitives Wesen, das mit den Zähnen knirschte und an Blut und Rache dachte.

„Hier gab es keine Metallsplitter; die Apparatur wurde in einen dünnen Pappkarton gelegt. Wenig Sprengstoff. Um es ganz simpel auszudrücken - ich würde nicht von einer Bombe, sondern einem Knallkörper sprechen. Viel Lärm und wenig Wirkung."

„Du meinst, daß die Absicht darin bestand, zu erschrecken und nicht zu töten?" fragte Simon.

„Ungefähr so."

„Stopp mal", mischte ich mich aufgebracht ein. „Die Wand ist ganz schwarz von der Stichflamme. Das war doch, verdammt nochmal, kein Silvesterscherz!"

Kviberg nickte ruhig.

„Es ist jedenfalls ein großer Unterschied zwischen Bomben und Knalleffekten. Aus unserer Sicht handelt es sich hier um Knallpulver, wenn auch von einer Qualität der Superklasse. Wenn man..."

Ich hob die Hand.

„Was wäre geschehen, wenn meine Tochter Elin das Kuvert geöffnet hätte? Was hätte die Stichflamme angerichtet?"

„Wenn sie das Gesicht zu nahe dran gehabt hätte..."

„Ja, davon gehen wir aus. Kinder pflegen neugierig in die Verpackung hineinzusehen. Was also wäre mit ihr geschehen?"

„Ihre Haut hätte versengt werden können."

„Ist das alles? Meinst du verbrannt, wenn du versengt sagst?"

„Hassel, ich sage nur, wie es ist. Meiner Meinung nach ging es darum, dich einzuschüchtern. Dich, nicht deine Tochter. Und dafür war es nicht nötig, sie schwer zu verletzen. Bei normalem Abstand zu dem Kuvert hätte sie sich die Haut kräftig versengt und punktuell sicher auch verbrannt. Außerdem das Haar an Stirn und Schläfen und ebenso die Augenbrauen."

Ich zitterte so stark, daß mir Simon die Hand auf den Oberarm legte, um mich vor einem unkontrollierten Gefühlsausbruch gegen die falsche Person zu bewahren.

„Und ihre... Augen?" preßte ich hervor.

„Im schlimmsten Fall, und ich meine im allerschlimmsten Fall, hätte das Augenlicht geschädigt werden können. Wahrscheinlich nur vorübergehend. Ich gebe zu, das sind Vermutungen. Und Hassel... ich freue mich unendlich, daß deiner Tochter nichts passiert ist. Selbst wenn sie nichts abbekommen hätte - einen Schock hätte sie mit Sicherheit davongetragen, und der hätte ihr jahrelange Alpträume beschert."

Ein kleines Mädchen mit versengten Haaren und Augenbrauen, das im Krankenhaus liegt, mit Kompressen auf den Augen und bandagierten Händen. Ein Mädchen, das nicht schlafen kann und immer wieder den Augenblick erlebt, in dem es ein lustiges Video aus einem Kuvert ziehen will. Und vor allem ein Mädchen, das sein Vertrauen, seinen Glauben an die Mitmenschen verloren hat. Der Höhlenmensch in mir griff nach seiner Keule und suchte nach einem Opfer.

Der Buchverlag Wills & Söhne lag am Sveavägen nahe Norrtull in einer Gegend, in der sich vor allem Gebrauchtwagenhändler niedergelassen hatten. In diesem Viertel waren schon viele Träume verrostet. Auch der große Bonniers-Verlag residiert in dieser Straße, aber an einem ganz anderen Ende.

Doch das Haus war überraschend gut erhalten; es war wohl in den Dreißigern gebaut worden und erinnerte an eine Frau, die die Stürme der Jugend hinter sich hat und nun Respekt aufgrund von Alter und Stellung fordert.

Wie auch immer, ich mußte in meinem Job weitermachen, und jetzt war ich geradezu versessen darauf, innerhalb kürzester Zeit Resultate zu erzielen und die Attentäter und deren Auftraggeber bis zum Abendläuten zur Strecke zu bringen.

Simon begleitete mich; Myrna war mit Pelle in einem anderen Fall unterwegs. Wir hatten uns vorher angemeldet, und die Wills-Söhne empfingen uns in einem kleinen Konferenzraum, der sicher auch anderen Zwecken diente. Beide waren Mitte Dreißig, Bengt schien ein oder zwei Jahre älter zu sein als Jesper. Beide waren auffallend gut frisiert; Bengt trug blonde und Jesper braune Locken. Intelligent und verbal begabt, machten sie in ihrem Beruf eine gute Figur - vielleicht nicht nur in diesem.

„Arbeitet ihr jetzt ganztägig für den Verlag?" erkundigte sich Simon.

„Bei der jetzigen Lage bleibt uns gar nichts anderes übrig", meinte Bengt, und sein Bruder nickte bekräftigend. „Ein so kleines Unternehmen erfordert Verantwortung und Initiative. Nebenbei studieren wir weiterhin Betriebswirtschaft und internationales Management. Ihr seid wegen der Briefbombe hier, die Papa das Augenlicht gekostet hat, oder?"

„Eher wegen des Buches, das Auslöser des Attentats war. Habt ihr mehrere diesbezügliche Drohungen erhalten?"

Jesper reichte Simon ein großes, weißes Kuvert.

„Bitte, die gesammelten Drohbriefe, die ankündigen, was passieren wird, wenn wir das Buch nicht zurückziehen."

Simon öffnete den Umschlag und schaute sich das schmale Bündel an. Material für die Experten, doch wir konnten davon ausgehen, daß die Absender kaum Spuren hinterlassen hatten.

„Was werdet ihr tun?"

„Das Buch vom Markt nehmen natürlich. Über den Titel ist so viel berichtet worden, daß er ein Verkaufserfolg werden und dem Verlag zu einer Vitamininjektion verhelfen würde. Aber wir sind beide verheiratet, haben Kinder und die Verantwortung für drei Angestellte. Kein Geld der Welt ist ein solches Risiko wert."

„Was sagt euer Vater dazu?"

Unbewußt zogen sie beide dieselbe Grimasse, mit der sie als Söhne ihren Unwillen gegenüber einer unverständlichen Haltung des Vaters ausdrückten.

„Er nennt uns feige Verräter und verbietet uns, das Buch zurückzuziehen. Aber wir tun es trotzdem, denn wir sind zeichnungsberechtigt und können, im Gegensatz zu ihm, auch schreiben."

„Später wird er begreifen und unsere Handlungsweise billigen", fügte Jesper hinzu. „Auch wir haben Prinzipien, doch wir lassen uns wegen eines Buches nicht umbringen. Auch die Presse, die kein Risiko trägt, wird uns als Feiglinge darstellen, aber wir werden behaupten, daß uns der Verfasser selbst gebeten habe, das Buch zu stoppen. Dann steht Aussage gegen Aussage, und wir fordern, daß man uns glaubt."

„Gab es da nicht einen Agenten, über den der Vertrag lief?"

„Ja, Carl Vincent Jönsson. Er hat sich furchtbar aufgeregt, aber wir haben ihm versprochen, dafür andere Lizenzen einzukaufen. Er ist immer noch wütend, doch wenn man sich bei ihm erkundigt, wird er nichts über die neuesten Verfügungen von Pilcic wissen."

„Wo finden wir Jönsson?"

Bengt reichte uns eine Visitenkarte, und Simon schrieb die Adresse ab. Der jüngere Bruder räusperte sich ein wenig verlegen:

„Glaubt ihr auch, daß wir Feiglinge sind?"

Simon zuckte die Schultern und murmelte etwas Unverständliches, doch ich sagte laut und deutlich:

„Ihr handelt vollkommen richtig. Wenn die Familie in Gefahr ist, zählt nur das, was ihrer Sicherheit nutzt!"

Der Agent Vincent Jönsson hatte sein Nest in einem Bürohotel am Liljeholmstorget. Für viele Geschäftsleute, die nur ab und zu in Stockholm zu tun haben, ist eine solche Möglichkeit, für Tage, Wochen oder Monate ein Büro zu mieten, geradezu ideal. Man bekommt die Räume fertig möbliert und teilt sich mit anderen den Sekretariatsservice und einen Konferenzraum mit voller technischer Ausrüstung; die Telefonzentrale meldet sich mit dem Firmennamen des Mieters und gibt Nachrichten weiter.

Während der Fahrt riefen wir Jönsson über das Mobiltelefon an. Er war zufällig im Büro und sofort bereit, uns zu empfangen. Am Telefon hatte ein schonischer Dialekt hervorgeklungen. Als wir ihn persönlich trafen, schwang der ganze Süden Schwedens in seiner Stimme mit; Gänse schnatterten, Weiden bogen sich im Wind, dickbäuchige Wirte servierten Heringsspezialitäten, Getreidefelder wogten im Wind, und Edvard Persson stimmte die Gitarre, um ein Lied aus der Heimat vorzutragen.

„Setzt euch, setzt euch, gleich kommen Kaffee und Kuchen."

„Stören wir auch nicht?" fragte Simon.

„Ach was, man schafft das, was man schaffen soll. Jetzt will ich wissen, was ihr auf dem Herzen habt."

Er war ein kräftiger Mann um die Vierzig, leicht rothaarig,

mit runden, beinahe glänzenden Wangen, einem breiten Mund, der ständig zu lächeln schien, und einem Doppelkinn, das er dadurch betonte, daß er statt eines Schlipses eine Fliege trug. Seine Augen waren rund und blau wie der Sommerhimmel und konnten treuherzig wirken, doch ich entdeckte tief in ihnen ein schlaues Funkeln und vermutete, daß er ein weit geschickterer Verhandlungspartner war, als seine Geschäftsfreunde ahnten. Jönsson spielte den schonischen Bauernsohn, und er spielte seine Rolle mit Bravour. Mit ausgebreiteten Armen empfing er die Leute zum Fest, und die Leute kamen sicher gern, aber bei Jönsson gab es nichts umsonst. Er wußte, wie man mit der Linken einen Fünfer verschenkt, um nach einiger Zeit einen Zehner in die Rechte gedrückt zu bekommen.

Ein Mädchen kam mit einem Korb voller Gebäck, Brot und Käse sowie einer Thermoskanne mit Kaffee.

„Stärkt euch erstmal, damit ihr mir nicht vom Fleische fallt."

Das ließ sich Simon nicht zweimal sagen und füllte seinen Teller, während ich mich mit einem Zwieback zum Milchkaffee begnügte. Jönsson schmatzte vernehmlich, als er sich ein Käsebrot schmierte.

„Erzähl uns von Pilcic", forderte ich ihn auf.

„Oho, Geschäftliches beim Essen? Mit vollem Mund spricht man nicht, wie man in meiner Heimat sagt..."

„Hier gelten andere Regeln. Also, laß hören."

„Ja, ihr Stockholmer..."

Nachdenklich stopfte er sich einen Bissen in den Mund, und da Simon kurz zuvor dasselbe getan hatte, sah ich mich auf einmal gleich zwei Herren gegenüber, die mit vollen Backen kauten.

„Leonard ist in Zagreb geboren, doch seine Eltern zogen mit ihm durch fast alle Länder des Balkans. Der Vater soll Prediger gewesen und von verschiedenen Gemeinden beauftragt worden sein. Pilcic ist im Grunde Journalist, doch niemand will veröffentlichen, was er schreibt, weil er ein sagenhaftes Talent hat, es sich mit allen zu verderben. Ich habe noch nie einen so integren Mann kennengelernt. Er will frei gegen alle stehen, und niemand kann ihn bestechen, nicht einmal mit Freundlichkeit. Er hat ein unglaubliches Gespür, in Archiven Dinge zu finden, von denen andere nicht einmal ahnen, daß es sie geben könnte, und er bringt Muscheln dazu, sich zu öffnen - ich begreife nicht, wie."

„Da könnte er gut bei uns anfangen", murmelte Simon, und Krümel rieselten aus seinen Mundwinkeln.

„Greift doch zu, ziert euch nicht. Gießt euch Kaffee nach. Jedenfalls ist er viel in der Welt herumgekommen und hat Material für die Bücher gesammelt, an denen er jeweils arbeitete. Er ist nicht verheiratet; ich glaube, er macht sich nichts aus Frauen. Für ihn gibt es immer nur die Aufgabe, die er sich gestellt hat. Vor fünf Jahren schrieb er ein Enthüllungsbuch über Betrügereien innerhalb der UNO, das so gut recherchiert war, daß es Verfahren und personelle Konsequenzen gegeben hat. Es verkaufte sich vor allem in den USA, wo man nicht gut auf die Vereinten Nationen zu sprechen ist."

„Sprich bitte über das neue Buch."

„Welches?"

„Über den Auslöser der Bombenanschläge - Die Wahrheit über den Balkan."

Jönsson wischte sich den Mund mit einer Serviette ab, langte dann aber nach einem weiteren Käsehappen; sein Appetit schien unstillbar zu sein.

„Ich war sein Agent beim vorigen Buch; wir haben auch für dieses einen Vertrag gemacht, und ich hoffte auf den großen Seller. Es begann gut, aber dann kam Sand ins Getriebe, als diese Terrorgruppe mit ihren Attacken begann. Verlage ziehen ihre Auflagen zurück; Buchhändler wagen nicht, den Titel anzubieten. Es ist praktisch schlimmer als bei Rushdie. Ich hatte nach Holland, Dänemark und Finnland verkauft, aber die Verträge wurden annuliert. Genauso in England und Frankreich; ich hoffe zwar noch, daß andere Verlage einspringen, aber was nutzt das, wenn die Buchhändler sich nicht trauen."

„Terror lohnt sich offenbar."

„Absolut. So ist es ja in allem. Wenn mein Leben bedroht ist, muß ich als Agent das Objekt fallen lassen wie eine heiße Kartoffel. Um einmal das Thema zu wechseln: Ich habe gerade ein Buch über die Geschichte von Scotland Yard an der Angel - könnte man da etwas zusammen mit der schwedischen Polizei machen? Ein persönliches Angebot zum Sonderpreis an jeden Polizisten? Mit einem Vorwort vom Justizminister? Wen müßte man da ansprechen?"

Jetzt wurde er geschäftlich und versuchte, uns als Dank für den Kaffee für den Absatz seiner Bücher einzuspannen. Natürlich soll ein Verkäufer verkaufen, sonst müßte er den Beruf wechseln, aber ich unterbrach ihn trotzdem:

„Sagt dir der Name Henk Priem etwas?"

„Ist er Schriftsteller?"

„Er kann sonstwas sein."

„Priem... Priem..."

Er kramte in seinem Gedächtnis und schaute in seine Kartei, konnte uns jedoch nicht helfen. Damit war unser Besuch bei ihm beendet, auch wenn Simon sehnsüchtig nach der letzten Weißbrotscheibe und dem schonischen Weichkäse schielte. Jönsson gab uns noch ein paar Umschläge mit Werbematerial zu dem Buch über Scotland Yard und ermahnte uns, etwas für den Ruf der britischen Polizei in Schweden zu tun. Dann schieden wir.

Als ich einige Stunden später das kleine Büro von Interpol betrat, platzte ich in ein Gespräch zwischen Simon und Claus Goethe. Die beiden wirkten etwas betreten, aber was ging es mich an. Meine Laune war irgendwie auf dem Nullpunkt. Wie sollte es weitergehen, im Job, mit Virena und Elin und dem ganzen Dasein? Wie, zum Teufel, sollte es weitergehen?

„Ich habe Neuigkeiten", begann Simon. „Über das Segelboot, mit dem die Herren untergingen."

„Hast du Interpol gebrieft, oder wie das jetzt heißt?" fragte ich spöttisch.

„Das war nicht nötig; wir haben gemeinsame Interessen, die

auf höherer Ebene verankert sind."

Auch das ging mich nichts an; ich zuckte nur die Schultern, ließ mich auf einen Stuhl fallen und starrte ins Leere. Virena mußte sich genauso fühlen wie ich, und sie brachte es nicht einmal in Gedanken fertig, sich durch einen kräftigen Fluch Erleichterung zu verschaffen. Wie sollte es nur weitergehen? Wir konnten doch nicht ewig wie Gefangene in einem Alptraum leben...

„Taucher fanden das Boot ziemlich schnell, in etwa dreißig Metern Tiefe. Es war an einer Unterwasserklippe hängen geblieben. Die Techniker haben die ganze Zeit an dem Wrack gearbeitet. Ovøs, Steander und Mall sind noch einmal zu einem speziellen Sachverhalt vernommen worden. Hallo, hörst du mir überhaupt zu?"

„Was? Ja, ja, ich glaube ja."

Goethe hatte die Arme vor der Brust verschränkt und musterte mich aus halb geschlossenen Augen, und wenn er damit bewirken wollte, daß ich mich wie ein Insekt unter dem Mikroskop fühlte, hatte er sein Ziel erreicht, aber auch das ging mich nichts an. Wenn ich für ihn ein Insekt war - meinetwegen.

„Die Herren auf dem Boot..."

„Und die Dame", fügte ich lustlos hinzu.

„Aha, Rolle, du hörst wenigstens noch zu. Aber jetzt geht es um die Herren. Sie dürften bedeutend mehr geschluckt haben, als sie durchblicken ließen. Das war nicht anders zu erwarten. Du kennst die Typen, die am Sonntagmorgen in der Ausnüchterungszelle aufwachen und beteuern, daß sie den ganzen Abend nur zwei Bier getrunken hätten. Man erinnert sich an das, woran man sich erinnern will. Priem war offenbar nicht der nüchternste von ihnen, sondern im Gegenteil der mit dem höchsten Alkoholspiegel. Alle drei Befragten geben an, daß sie sich aus einer Literflasche Gordons Gin bedient haben."

Es war Jahre her, seit ich zuletzt Schnaps getrunken hatte, und ich erinnerte mich nur noch schwach an den Wacholdergeschmack. Ich vermißte ihn nicht. Aber worauf wollte Simon hinaus?

„In dem Wrack entdeckte man einen Kühlschrank, der die ganze Zeit geschlossen und also vor dem Meerwasser geschützt war. Darin fand man mehrere Schnapsflaschen, unter anderem die Ginflasche mit einem kleinen Rest. Und auf der Flasche - klare Fingerabdrücke von denen, die an Bord waren, von Ovøs, Steander und Mall. Auch andere, die wir noch nicht identifizieren konnten; vielleicht von der mysteriösen Frau, die es laut unseren Zeugen gar nicht gegeben hat. Und von Henk Priem! Damit steht fest, daß er zur selben Zeit an Bord war wie die anderen."

Er ließ diese Informationen auf mich wirken, und sie sanken in mein Bewußtsein wie ein Schiff auf den Grund des Meeres.

„Ich habe mich geirrt", bekannte Goethe. „Er war dabei und konnte sich nicht allein retten, als das Boot sank. Wenn man betrunken genug ist, bleibt der ernüchternde Schock durch das kalte Wasser aus. Im Gegenteil, meistens ist eine Bewußtlosigkeit die Folge. Er war auf dem Segelboot und konnte im Wasser nicht überleben. Aber ein anderes Schiff, das ihn hätte aufnehmen können, war auch nicht in der Nähe."

„Es ist zum Verzweifeln!" rief Simon aufgebracht. „Zum hundertsten Mal: er ist mit Sicherheit gestorben, und er war danach nachweislich noch an mehreren Bombenattentaten beteiligt. Was tun wir? Wie soll es weitergehen?"

Das war eigentlich meine Frage, aber er durfte sie meinetwegen gern benutzen. Ich murmelte:

„Wir schicken die Story an Akte X oder eine ähnliche Mysteryserie im Fernsehen. Irgendein New-Age-Guru wird schon die passende Erklärung finden. Er war wohl Zwilling, landete aber bei den Fischen, als der Mond im Hinterhaus stand."

Sie wechselten einen Blick, den ich nicht verstand. Mochten sie doch Blicke wechseln, wie sie wollten. Simons Englisch war nicht perfekt, er machte eine Menge grammatischer Fehler, doch der Inhalt war klar. Für den, der Lust hatte, sich darüber Gedanken zu machen. Wie, zum Teufel, sollte es für uns weitergehen?

„Nun kommen wir zu deiner Rolle", sagte Simon, als hätte er meine Gedanken gelesen, was vielleicht keine Kunst war.

„Ja?"

„Du bist ein Zeuge, und eine rücksichtslose Terrorbande meint, daß du beseitigt werden mußt. Alle Mittel sind erlaubt. Aber diese Leute sind keine Zauberer. Was sie tun können ist, deine Wohnung und deine Arbeitsstelle zu beobachten und auf eine Gelegenheit zu lauern, dich abzumurksen."

Abmurksen... klang das nicht irgendwie harmlos?

„Wenn du dich versteckt hältst, suchen sie nach Virena und Elin, denn sie wissen, daß sie dich dann früher oder später finden. Einfache Logik. Wir können dich und Virena herausschmuggeln, aber mit Elin wird es schwieriger. Sie muß zur Schule. Am besten wäre es, wenn ihr alle verreisen würdet, für unbestimmte Zeit an einen unbekannten Ort. Aber läßt sich das praktisch durchführen?"

Ich schüttelte den Kopf, und es tat ein bißchen weh. Ich hatte mich wohl überanstrengt, ohne mich besonders angestrengt zu haben.

„Unmöglich", antwortete ich resigniert. „Wir wohnen und arbeiten hier. Elin hat eine Menge Freundinnen. Für unbestimmte Zeit - das können mehrere Jahre werden. Das geht nicht!"

„Ich sehe es auch so. Für mich wäre es eine Katastrophe, wenn ich Spønga verlassen müßte. Also müssen wir euch schmuggeln und verstecken, so gut es geht. Das schwächste Glied in der Kette ist Elin. Wir bewachen sie, aber über die Kleine können sie an dich herankommen, und die Briefbombe beweist, wozu sie fähig sind. Und Virena arbeitet in einem großen Krankenhaus, wo sie an verschiedenen Stellen tätig ist. Man kann sie nicht hundertprozentig schützen."

Mit den Fingern trommelte er leicht auf die Tischplatte. Was war das für ein Lied? Mackie Messer?

„Du bist am meisten gefährdet, wenn wir jemanden zum Verhör holen", fuhr Goethe fort. „Du könntest den Betreffenden als einen der Terroristen identifizieren. Deshalb müssen sie dich aus dem Weg räumen, bevor wir so weit kommen."

„Aber sie sind vielleicht in London oder Rom oder auf Madagaskar und sind auf alle Fälle in Sicherheit", wandte ich ein.

„Dann hätte deine Tochter keine Briefbombe bekommen. Und wo auch immer auf der Welt sie sich befinden - sobald einer geschnappt wird, kann sein Foto per E-Mail in Sekunden nach Stockholm geschickt werden. Siehst du das ein?"

Was blieb mir übrig? So wie er es darstellte, lebten wir wirklich in einem globalen Dorf.

„Wie Palm schon sagte, sind Berufsterroristen keine Zauberer, aber sie sind beharrlich und zielstrebig. Du oder sie, das ist die Frage. Wenn wir sie nicht zuerst schnappen, werden sie dich kriegen. Siehst du auch das ein?"

Ich nickte, und mein Kopf schmerzte mehr und mehr.

„Deshalb haben wir, was deine Person angeht, eine Entscheidung getroffen."

„Eine Entscheidung? Die mich betrifft? Was, verdammt, habt ihr entschieden?"

Simon beugte sich zu mir und sagte leise:

„Wir haben beschlossen, dich umzubringen!"

## 10.

Was hatte er gesagt? Hatte ich richtig gehört? Warum machte er so einen miesen Witz; er wußte doch, daß mir der Sinn nicht danach stand. Aber die beiden schienen es irgendwie ernst zu meinen. Ich schwieg einfach, da ich nicht begriff, worum es ging.

„Erinnerst du dich an den Schah von Iran?" fragte Simon.

„Wovon redest du?"

„Muhammad Reza Pahlawi hieß er. Er mußte fliehen, als es im Lande zu Unruhen kam. Der Ayatollah Chomaini übernahm die Macht und schuf einen islamischen Staat. Erinnerst du dich?"

„Ja, aber was hat das mit unserem Fall zu tun? Er war mit

einer jungen Dame namens Farah Diba verheiratet, wenn ich mich recht erinnere, und deren Haartracht wurde dann Mode unter schwedischen Teenagern. Der Schah saß, glaube ich, auf einem Pfauenthron und stopfte sich Steuergelder in die linke Tasche."

„Vielleicht. Er und seine Tussi hatten viele Kinder. Chomaini befürchtete, der Ex-Schah könnte die Iraner vom Ausland her zu einer Konterrevolution anstacheln. Also unterzeichnete er sein Todesurteil. Wer auch immer durfte Pahlawi wo auch immer auf der Welt töten und bekam dafür sogar noch eine Belohnung. Und natürlich einen Platz im Paradies. Das liegt übrigens in Spønga. Und der Ayatollah schickte Todespatroillen aus, die besonders dafür ausgebildet waren, Menschen zu finden und umzubringen. Der Ex-Schah wurde zu einem gejagten Tier; kaum ein Land wagte es, ihm Asyl anzubieten. Die Patroullen waren auch hinter Farah Diba und den Kindern her und versuchten so, den Ehemann und Vater aus dem Versteck zu locken. Nun, und was geschah mit Herrn Reza Pahlawi?"

Ich rief mir alte Zeitungsrubriken ins Gedächtnis, dabei stieß ich auf das Bild eines Ex-Diktators, der auf einer Insel in der Karibik Zuflucht gefunden hatte.

„Krebs! Er starb in einem Krankenhaus während der Operation."

Simon applaudierte dem Mann mit dem magischen Gedächtnis, und Goethe fuhr fort:

„Falls er starb."

„Wieso - falls? Er..."

Ein Gedanke tappte durch meine Gehirnwindungen und versuchte, sich irgendwo festzuhalten.

„Du meinst - er starb nicht?"

„Niemand durfte die Leiche sehen. Er wurde sehr schnell begraben, nur im Kreis seiner Familie. Niemand im Krankenhaus durfte sich zu diesem Patienten äußern, außer dem Oberarzt, der die Operation geleitet und den Totenschein ausgestellt hatte. Er präsentierte den Krankenbericht eines Krebspatienten namens Muhammad Reza Pahlewi. Was war die Folge? Die Todespatroullen wurden zurückgerufen. Farah Diba konnte risikofrei leben. Die Kinder konnten studieren, wo sie wollten, und zwar ohne Leibwächter. Doch viele Exiliraner waren überzeugt, daß der Schah noch lebte und sein Volk sammeln würde, um es von der Herrschaft der Islamisten zu befreien."

Als Goethe seine Geschichte beendet hatte, wurde Simon noch deutlicher:

„Müssen wir dir unseren Plan erst mit dem Holzhammer einbleuen?"

Der Hammer war nicht nötig. Ich kapierte, worauf sie hinauswollten. Muhammad Hassel. Das würde viele Probleme lösen, zugleich aber andere heraufbeschwören. Ich erhob mich, trat ans Fenster und starrte hinaus, ohne etwas zu sehen. Wenn ich „starb", würde Virena mit Elin zu Hause wohnen können. Wir würden uns heimlich treffen, bis der Fall gelöst oder so weit vergessen war, daß niemand mehr daran interessiert wäre, mich im Sarg zu sehen. Die beiden warteten auf meine Entscheidung. Wenn ich ja sagte, galt es, die praktischen Schwierigkeiten zu lösen, aber ich vermutete, daß sie sich bereits Gedanken gemacht hatten und mir Vorschläge unterbreiten würden. Wenn ich nein sagte, ging das Versteckspielen weiter, falls man von einem Spiel sprechen konnte. Die ständige Unsicherheit, Tag und Nacht, jede Sekunde, wo und wie sie versuchen würden, den gefährlichen Zeugen zu beseitigen. Virenas Nerven wären immer bis aufs äußerste gespannt. Elin konnte es in der Schule oder auf dem Heimweg treffen.

Aber ich als Leiche... nein, nicht als Leiche, aber auch nicht als lebender Mensch... Allein der Gedanke war schwer zu ertragen. Virena würde zur Witwe werden. Sofort meldete sich der Macho in mir: Sie würde zum Freiwild werden für schmierige Typen; ich wußte, daß ein Arzt im Karolinska-Krankenhaus bereits ein Auge auf sie geworfen hatte. Da sie wußte, daß ich am Leben war, als Scheintoter, als Zombie, würde sie sich wehren, aber wenn das Werben des Wüstlings zu stark wäre... Der ewige Seufzer geläuterter Frauen stieg in mir auf: Man weiß ja, wie die Kerle sind!

Gleichzeitig konnte ich in Ruhe daran arbeiten, die Bande zu sprengen... Sprengen! Ich zuckte zusammen. Diese teuflische Briefbombe hätte Elin das Augenlicht rauben können, ihre Haut, ihr Selbstvertrauen beschädigen! Ich holte tief Luft, und es war wie der finale Seufzer vor der letzten Ölung:

„Wie soll das Ganze vonstatten gehen?"

Beide begriffen sofort, daß ich die Idee gekauft hatte; sie hatten gesät und gehegt, und nun würden sie ernten. Wie in einer Zeremonie holte Goethe eine Kanne warmen Tee und stellte große Tassen auf den Tisch. Der Kaffeetrinker Simon, der sonst nie schluckte, was er verächtlich Kräuterbrühe nannte, überwand sich der guten Sache wegen. Zögernd verließ ich meinen Platz am Fenster und sank wieder auf meinen Stuhl.

„Wir müssen irgendeinen Unfall arrangieren", raunte Goethe, „einen, bei dem du mit großer Sicherheit umgekommen bist. Wenn du dann plötzlich wieder auferstehst, kannst du dich immer noch mit einem Gedächtnisverlust entschuldigen."

Ich stieß einen Laut aus, der Zweifel und Verachtung ausdrückte:

„Amnesie? Das ist ja lächerlich!"

„Warum nicht? Wie willst du sonst erklären, daß du so lange von Heim und Familie ferngeblieben bist, ohne dich zu melden?"

„So etwas wie Gedächtnisverlust gibt es doch höchstens in C-Movies. Im wirklichen Leben glaubt kein Mensch daran."

„Meinst du? Ich glaube, heutzutage verlieren auch im wirklichen Leben sehr viele Leute das Gedächtnis."

„Sicher, aber da handelt es sich um Senilität oder Demenz oder Alzheimer. So weit bin ich noch nicht."

„Plötzliche Schocks können eine Amnesie auslösen. Das ist gar nicht so ungewöhnlich. Es gibt keinen anderen Ausweg, Hassel, und keine andere brauchbare Erklärung."

Die Situation wurde immer absurder. Ringkämpfer haben ihren Halb-Nelson; ich würde es zu Halb-Alzheimer bringen. War das noch normal? Nein, das war völlig verrückt. Aber es war beileibe nicht das erste Mal, daß ich mich auf ein wahnsinniges Unternehmen einließ.

„Okay, was für ein Unfall? Breche ich mir beim Popeln den Finger oder bekomme ich einen Herzinfarkt, weil ich das Schnupftuch nicht schnell genug aus der Tasche ziehen kann?"

„Gute Idee", lobte Simon. „Du hast ja Köpfchen. Aber wir haben auch Vorschläge; etwas moderatere, aber wir sollten sie trotzdem diskutieren."

Wir schlürften ein wenig Tee, um den Moment hinauszuzögern, wie vor einer Schlacht, wenn man noch einmal Kräfte sammelt und sich konzentriert, weil man weiß, daß man vor einer Entscheidung steht. In dem Schweigen schärft man seine Sinne und beruhigt seinen Geist. Wenn die Sache mit der Amnesie durchgezogen werden sollte, mußte ich konstruktiv mitarbeiten und nicht sarkastisch kommentieren oder quengeln wie ein Kind. Es ging um mich, um meine Familie und um unsere gemeinsame Zukunft; da wollte ich mich bis zum Äußersten anstrengen.

„Laßt hören, was ihr für moderat haltet."

„Warum nicht einen Erfolg wiederholen?" schmunzelte Simon. „Priem ist ertrunken - warum nicht auch du?"

Ein Tod zwischen Wasserpflanzen, darüber lohnte es sich nachzudenken. Leute, die beinahe ertrunken wären und im letzten Augenblick gerettet wurden, haben berichtet, daß es so schön gewesen sei, als der Kampf vorüber war, und daß sie es bedauerten, wieder ins Leben zurückgezwungen worden zu sein. Auch wenn es sich nur um Theorie handelte, tauchten Vorstellungen auf, wie es wäre, würde dieses Szenarium Realität.

„Es ist unmöglich, einen Sturm einfach zu erfinden oder herbeizureden", gab ich zu bedenken. „Und es muß ja schnell geschehen, denn sonst brauchen wir uns keine Methode mehr auszudenken, dann sorgen andere dafür, daß es eine echte Beerdigung wird. Laßt uns morgen über einen Weg nachdenken. Was aber machen wir danach? Soll ich wie ein Geist durch die Stadt wandeln?"

„Du könntest in Holland spuken", antwortete Goethe in neutralem Ton. „Bevor du mir jetzt vorwirfst, ich hätte das Ganze hier nur eingefädelt, um dich nach Amsterdam zu kriegen, bitte ich dich, die Sache zu sehen, wie sie ist. Hier sind die Interessen einfach zusammengekommen - dein Überleben und unser Wunsch, du mögest uns helfen, diesen Priem oder wenigstens eine Spur von ihm zu finden."

Ich blieb ruhig. Selbst wenn ich unter Verschwörungswahn gelitten hätte - mir war sofort klar, daß der Deutsche den Zufall nur genutzt und nicht herbeigeführt hatte. Wir kamen überein, uns am nächsten Morgen im Büro zu treffen, und Simon bot sich an, mich zu dem Fluchthotel in Hässelby zu fahren. Als Müllmänner verkleidete Polizisten würden die Tasche aus der Wohnung holen. Wie viele waren eigentlich an der Operation beteiligt?

„Eine Menge Kollegen, doch die meisten kennen nur ihren kleinen Teil. Die falschen Müllmänner bringen die Sachen nur zur Kripo, dann kommt Myrna zu euch ins Hotel."

Simon machte von seinen zweifelhaften Fahrkünsten so ausgiebig Gebrauch, daß ich immer wieder die Augen zukniff. Das Getriebe hatte es aufgegeben zu protestieren; es stöhnte nur noch in verzweifelter Resignation. Um uns herum sah man wilde Blicke, drohende Gesten, Kopfschütteln und Stinkefinger. Wenn es drei Fahrspuren gab, pflegte Simon alle drei gleichzeitig zu benutzen, indem er die anderen Verkehrsteilnehmer im Zickzack hinter sich ließ. Immer wieder kam es um uns herum zu lebensgefährlichen Vollbremsungen, und deftige Flüche eilten dem glatzköpfigen Fahrer eines Volvo Kombi hinterher.

„Du, das war nicht grün, das war knallgelb!"

„Fast grün ist genauso wie ganz grün, das weiß jedes Kind."

„Wie ist es dir nur gelungen, den Führerschein zu behalten? Das frage ich mich schon zum hundertsten Mal."

„Junge, du hast ja keine Ahnung, wie ein Champion fährt! Du kannst mich ruhig Coulthard oder Häkkinen nennen."

„Cold Heart oder Hack-ihnen paßt wohl besser."

Es war eng auf dem Vordersitz, weil wahrscheinlich noch ein unsichtbarer Schutzengel zwischen uns saß; anders hätte Simon seinen katastrophalen Fahrstil niemals überlebt. Um meine Todesangst zu besiegen, plauderte ich über allgemeine Themen:

„Wie läuft es mit Nikolas?"

„Junge, das klärt sich vielleicht. Wir sind zu Hause ganz hoffnungsvoll, Nikolas auch. Zum ersten Mal nach langer Zeit hat er sogar gelächelt."

„Mensch, paß doch auf, du fährst ja auf den Bürgersteig!"

„Ach, reg dich nicht auf. Hast du von der Versicherung einen Ersatzwagen bekommen?"

„Ich soll mir einen Leasingwagen nehmen. Vorsicht, der Radfahrer! Um Gottes Willen, Simon…"

„Wenn du stirbst, wirst du in anderer Gestalt auferstehen."

„Wenn du weiter so fährst, ist es in wenigen Sekunden soweit!"

Als er endlich in Hässelby vor einem niedrigen Gebäude hielt, atmete ich auf und konnte den Handschuh aufnehmen, den er mir hingeworfen hatte:

„Was meinst du mit ´in anderer Gestalt auferstehen´?"

„Wenn du weiterhin Roland Hassel bist, gibt es mindestens drei Männer, die dich jederzeit und überall wiedererkennen können, und dann beginnt die Jagd von neuem."

„Du meinst, ich sollte wieder einmal den alten Trick mit dem falschen Bart anwenden?"

„Der wird diesmal nicht reichen. Wir reden morgen darüber. Soll ich mit reinkommen und mit Virena reden?"

„Nein, das mache ich selbst. Hol mich morgen früh ab. Falls du heute noch heil nach Hause kommst."

In dem Hotel hatten wir zwei Zimmer mit Bad und einer kleinen Kochnische bekommen. Myrna traf mit der Tasche rechtzeitig vor meiner geschmuggelten Familie ein. Virena und ich gaben uns Mühe, vor Elin ganz natürlich aufzutreten; wir erzählten ihr von einem Rohrbruch in der Wohnung und daß wir deshalb eine Weile im Hotel wohnen müßten. Elin hatte nichts dagegen, das war spannend und mal was anderes, und außerdem gab es Fernsehen, Video und einen Stapel Bücher. Das Hotel verfügte über ein einfaches Restaurant mit gutem Essen, und nach einer späten Mahlzeit schlief unsere Tochter bald ein.

Virena nahm die Nachricht von meinem bevorstehenden Ableben wie eine Frau auf - ruhig und still. Sie strich mir über die Wange - es war ein Vogel, der sein Nest sucht - und sagte, daß es nicht mein Fehler sei. Ich sei das Opfer; alles würde sich finden, und nach der Zwangspause würden wir weiterleben wie zuvor.

Das sagt man so dahin: Alles wird sich finden, als glaubte man, eine höhere Macht steuere das Geschehen. Daß sich alles finden wird, ist eine Beschwörung, eine Zauberformel, nicht mehr. Man spricht den Satz und man hofft, doch anstelle der höheren Mächte übernehmen niedere das Zepter, und alles läuft schief. Man weiß, daß es so ist, aber die Formel ist notwendig für die eigene Moral, um das Feuer der Hoffnung am Brennen zu halten. Und ich bestätigte, daß sich alles finden würde und wir eine Zukunft hätten.

„Ist es so geplant, daß ich als Witwe in Schwarz auftrete?"

„Nicht unbedingt. Zu neunundneunzig Prozent siehst du ein, daß ich tot sein muß, aber du klammerst dich an das eine Prozent, obwohl alle anderen überzeugt sind, daß es keine Hoffnung mehr gibt. Für Elin bin ich übrigens nur verreist. Und das wird sogar stimmen, aber nur für kurze Zeit."

Ich fuhr mit den Fingern durch ihr Haar und stöhnte:

„Verdammt, warum mußte es so kommen."

Sie erwiderte meine Zärtlichkeit, und die Schmetterlinge mit ihren leichten Flügeln bildeten bald einen ganzen Schwarm. Wie würde ich sie vermissen!

„Alles wird sich finden, Roland", flüsterte sie. „Alles wird sich finden!"

Halb zehn saßen wir in Goethes Büro und diskutierten mein

Ableben. Zugleich wechselte ich den Arbeitgeber; nun stand ich wieder einmal in Interpols Diensten. In der Nacht war ein Lastwagen mit einer Bombe vor einer großen Buchhandlung in Göteborg explodiert. Großer Sachschaden war entstanden, und KAJKS hatte in einem fehlerhaft geschriebenen Bekennerbrief gegenüber Polizei und Presse die Schuld auf sich genommen. Die Buchhandlung hatte „Die Wahrheit über den Balkan" ins Schaufenster gelegt und war dafür bestraft worden. Ein junges Paar, das sich auf dem Heimweg aus einem Klub befunden hatte, war verletzt worden, jedoch nicht lebensbedrohlich.

„Hundert Jugendliche hätten dort vorbeikommen können", knurrte Goethe. „Bei Bomben mit Zeitzündern kann niemand voraussehen, welche Folgen die Explosion hat. Per E-Mail erhielten wir eine Liste der letzten Aktivitäten."

Er wedelte mit einem Blatt aus dem Drucker des Computers.

„Einem Buchverleger in Griechenland schüttete man Säure ins Gesicht; er hatte die Lizenz erworben, das Buch jedoch noch nicht herausgebracht. Er behielt sein Augenlicht, weil er eine starke Brille trug, doch die Säure hat sich in seine Haut eingefressen, so daß er noch lange an den Folgen leiden wird. Das Buch ist frei für andere Verleger, aber keiner will es haben. Auf vier Buchhandlungen wurden Anschläge verübt, in Bern, Mailand, München und Marseille. Und auf ein Lokal in Athen, wo eine Gruppe von Menschen verschiedener Nationalität, die alle vom Balkan stammen, einen Diskussionsabend über das Buch abhalten wollte. Dazu gibt es noch keinen Bekennerbrief, aber das ist wohl eine Frage der Zeit. In Athen…"

Er machte eine Pause, und sein Ton wurde grimmiger:

„In Athen gab es drei Tote und einen Schwerverletzten, der wahrscheinlich nicht zu retten sein wird. Da alle Anschläge innerhalb einer Woche verübt wurden, könnten auch mehrere Banden dahinterstecken; wir wissen es nicht."

„Was wissen wir überhaupt?" murrte ich.

„Nicht mehr als zuvor, trotz aller Spezialermittlungen."

„Jungs, langsam läuft uns die Zeit davon", sagte Simon

ernst. „Unsere einzige Spur ist der verdammte Henk Priem. Und dieser krumme Hund ist bekanntlich ersoffen."

Es war zum Frühstück gedeckt, und Simon bediente sich reichlich, bescheiden unterstützt von Goethe. Ich hatte auf dem Hotelzimmer gegessen und begnügte mich damit, ab und zu an einem Glas Juice zu nippen. Ich war schläfrig, weil ich bis vier Uhr morgens bei Virena gelegen und mich mit ihr unterhalten hatte, jedoch nicht müde, denn der Körper hatte sich ausruhen können.

„Mein Tod darf nicht unnatürlich und konstruiert wirken. Ertrinken - geht das? Nach den allermeisten Todesfällen durch Ertrinken pflegt man die Leiche nach einer bestimmten Zeit zu finden. In unseren Gewässern gibt es schließlich keine Haie. Ich bin weder als Segler noch als Kanute bekannt und besitze auch kein Motorboot. Wie könnte so ein Unfall aussehen? Soll ich mit der Viking Line fahren, mich volllaufen lassen und über Bord gehen? Das wäre eine Möglichkeit, aber dann käme es zu einem Großeinsatz - sollten wir soviel Aufsehen nicht lieber vermeiden? Ich denke an die Estonia... Ich habe heute nacht viel nachgedacht. Ertrinken klingt so einfach, daß es nur schiefgehen kann."

Simon biß herzhaft in ein Schinkenbrot, und die Kiefern mahlten wie eine Maschine. Dennoch hatte er in den letzten Jahren einige Kilo verloren. Seine Nadja hatte ihm eine Zeit lang mit Diätprogrammen zugesetzt. Inzwischen lief eine gemäßigte Variante der „Hungerdiät", die von Simon mit relativem Gleichmut ertragen wurde.

„Ehrlich gesagt finde ich die Wassermethode auch nicht besonders geeignet", bekannte er. „Auch bei uns im Hause müssen die Kollegen glauben, daß du das irdische Jammertal verlassen hast. Wenn nur einige zweifeln, kommt Gerede auf."

„Wenn wir das andere Element nehmen, die Luft, so wird es noch unsicherer. Wir können das Ganze vergessen. Ein Fallschirm, der sich nicht öffnet? Und dann zurückkehren und behaupten, ich hätte das Gedächtnis beim Aufprall aus dreitausend Meter Höhe verloren? Da lachen ja die Hühner!

Abstürzen mit einem einmotorigen Flugzeug? Genauso glaubhaft wie ein Sonnenbrand während einer Mondfinsternis. Ein anderes Flugzeugunglück? Ja, aber was ist mit dem Piloten und den anderen Passagieren? Sollen wir einen Unfall erfinden? Die Presse wird das Wrack sehen wollen. Und die Havariekommission und die Flugzentralen und der Teufel und seine Großmutter."

Ich konnte an ihren Gesichtern ablesen, daß sie das Element Luft von der Liste strichen. Hatte der Ex-Schah seinerzeit mit seiner Farah dagesessen und die Rettung vor den Todespatrouillen diskutiert? Auch seinen Fall hatte ich durchkalkuliert:

„Soll ich in einer Klinik an einer Krankheit sterben? An welcher? Wo sind die Krankenblätter? Wann werde ich eingeliefert? Wer behandelt mich? Im heutigen durchorganisierten Schweden kann keiner sterben, der nicht aufgenommen, registriert, katalogisiert und zuletzt archiviert worden ist. Zu Hause den Löffel abgeben? Erfordert genauso viele Papiere, und wie soll ein zu Hause Verreckter wieder auferstehen?"

Sie gaben mir recht, als Kranker zu sterben war viel zu kompliziert.

„Bei einem Brand umkommen? Das wäre eine Möglichkeit, wenn man die richtige Methode findet. Nicht ideal, aber wenn uns sonst nichts einfällt? Im Feuersturm kann man durchaus einen Schock bekommen und herumirren, ohne sich selbst zu kennen. Gas? Tja, was wissen wir über Gas? Oder in ein Grubenloch stürzen? Gibt es in der Gegend von Stockholm nicht. Bei einem Schußwechsel erschossen werden? Was für Schlagzeilen in den Zeitungen! Dafür bräuchten wir auch einen Täter. Ein Polizistenmord würde die Kollegen im ganzen Land mobilisieren, aber sie lynchen uns, wenn sie erfahren, daß wir nur geblufft haben."

Bei einem Mord an einem Kollegen steht das gesamte Korps auf wie ein Mann, denn jeder könnte selbst der nächste sein. Plötzlich spielen Überstunden keine Rolle mehr, um den feigen Mörder aus der Höhle zu treiben. Damit war nicht zu spaßen, das sahen Simon und Goethe sofort ein.

„Verkehrsunfall", schlug der Deutsche in seinem trockenen Englisch vor. „Haben wir eine andere Wahl?"

„Mit dem Auto", stimmte ich zu. „Dann könnte Ertrinken quasi ein Nebeneffekt werden. Wenn wir in den Schären eine alte Holzbrücke finden, behaupten wir, ich sei nachts darüber gefahren, habe aus unerklärlichen Gründen das Geländer durchbrochen und sei samt Wagen im Wasser versunken. Dort muß es tief sein, und es bleibt uns nichts anderes übrig, als ein richtiges Auto zu opfern. Eine Tür kann sich geöffnet haben, starke Strömungen haben den Körper wegtreiben lassen, aber man hofft, ihn später zu finden."

In Gedanken gingen sie den skizzierten Ablauf durch und kamen zu der Erkenntnis, daß man ihn zwar noch verfeinern mußte, daß dieser Plan aber der bisher brauchbarste war. Simon gab die Marschrichtung vor:

„Claus und ich bleiben den Rest des Tages hier, und du kommst wieder, nachdem du zusammen mit Myrna einen Auftrag erledigt hast. Sie holt dich hier ab, sobald ich sie angerufen habe. Bis zum Nachmittag werden Claus und ich einige geeignete Stellen gefunden haben, die wir uns näher anschauen."

„Was sollen Myrna und ich tun? Und wieviel weiß sie? Ist sie dabei oder bleibt sie draußen?"

„Draußen. Sie weiß, daß du gejagt wirst, aber nicht, daß du dir selbst den Sarg bestellt hast. Ihr werdet in die Gegend von Furusund fahren und hoffentlich den Fischer Lasse Borgman antreffen. Befragt ihn zu der Frau, die mit im Segelboot war."

Während er mit Myrna telefonierte, rief ich eines der größeren Leasingunternehmen an und sprach mit einem Verkäufer, der jung, dynamisch, kompetent und freundlich klang. Ich nannte ihm die Versicherungs- und Schadensnummer und hörte, wie er etwas in seinen Computer tippte.

„Ah ja, Roland Hassel, versichert bei Trygg-Hansa. Ist es okay, wenn du einen etwas größeren Volvo bekommst? Wir haben gerade einen schönen weißen auf dem Hof stehen."

„Wenn du keinen häßlichen schwarzen hast, muß ich wohl den schönen weißen nehmen. Ich komme heute irgendwann am Nachmittag. Nach wem soll ich fragen?"

„Lennie. Ich gehöre hier zum Inventar, bin schon vierzehn Monate in der Firma."

Wenig später kam Myrna und nahm sich noch Zeit für eine Tasse Kaffee, denn ihr Morgen war das reinste Chaos gewesen, wie immer, wenn ihr Hasse zu Hause saß und schlechte Laune hatte.

„Manchmal wird einem sehr klar gemacht, daß man zum schwachen Geschlecht gehört", seufzte sie.

Wieder fuhren wir in Richtung Norden, und nichts hatte sich verändert. Es war ein schöner Tag mit einem tiefblauen Herbsthimmel, nicht kalt, sondern frisch; noch trugen die Bäume ihr buntes Kleid. Myrna redete über ihre häuslichen Probleme, war aber auch von meinem Fall betroffen worden:

„Die Massenmedien rufen ständig an und wollen von mir wissen, wo du bist. Sie versuchen es bei jedem Polizisten. Aber es ist ja die Wahrheit, wenn ich sage, ich habe nicht die leiseste Ahnung, und wenn sie dann anfangen zu nerven, dann bitte ich sie, sich zur Hölle zu scheren. Warum nicht? Ich bin Beamtin und muß nicht vor den Zeitungen kriechen. Übrigens - wo wohnst du denn derzeit?"

„Scher dich zur Hölle."

„Genau, so klingt es, wenn sich Freunde unterhalten. Hier hast du die Skizze mit der Wegbeschreibung."

Wir bogen zu den miteinander verbundenen langgestreckten Inseln ab, einem herrlichen Teil der Küstenlandschaft. Zu dieser Zeit hatten die Sommergäste bereits ihre Sachen gepackt, und die Inseln zeigten ihre Schönheit niemandem anders als sich selbst. Der Schärengarten ist das Paradies der Stockholmer, und ich spürte, wie sich mein Herzschlag beschleunigte.

„Nach fächerförmig verlegten Pflastersteinen ist das hier das Schönste, was man sehen kann", schwärmte ich.

„Ja, ja, wenn man einen Blick dafür hat", bestätigte Myrna.

„Und nach dem Duft von Abgasen und Benzin ist der Geruch des Meeres das Zweitbeste."

„Das habe ich schon hundertmal von dir gehört."

„Aber in dieser Jahreszeit stimmt es ganz besonders."

„Wenn du meinst. Wie soll ich jetzt fahren, damit wir nicht im Wasser landen?"

Wir nahmen die kleine Brücke nach Blidö, und ich betrachtete sie mit professionellem Interesse, doch sie taugte nicht für unseren Zweck. Dann befuhren wir die schmale Straße an der Ostseite. Ein Auge heftete ich auf die Karte, das andere labte sich an dem Glitzern des Meeres. Der Wald ist das meiner Meinung nach am meisten überschätzte Milieu; da ein Baum und dort ein Baum, ein Hurra der anmutigen Birke und der starken Eiche, ein Ameisenhaufen und Blaubeergestrüpp, und das war es dann auch; der Rest ist Wiederholung. Aber Straßen und Plätze… die offene Landschaft der Schären… das sich ständig verändernde Meer, unter dessen Oberfläche man Geheimnisse ahnen kann… Die Essenz des Lebens.

Myrna folgte meinen Anweisungen und fuhr einen gewundenen Weg zum Strand hinunter. In einer kleinen Bucht lag ein großes Bootshaus, dahinter ein Steg, an dem kleinere Boote festgemacht waren. In einiger Entfernung ankerte ein Fischkutter. Ein wenig den Strand hinauf stand ein flaches, langgestrecktes Gebäude. Details wiesen darauf hin, daß es sehr alt sein mußte, doch man hatte es offenbar modernisiert und den Bedürfnissen des heutigen Menschen angepaßt. Nicht in jeder Hinsicht; die Außentoilette war frisch gestrichen und schien noch in Betrieb zu sein. Eine Frau lief mit einer Kanne in der Hand zu einem nach alter Tradition eingerichteten Erdkeller, den Leute, die Ahnung haben, immer noch für den besten Vorratsplatz halten. Sie blieb stehen, als wir aus dem Wagen stiegen. Die Frau war mager und in mittleren Jahren, ihr Gesicht vom Wetter gegerbt. Lockiges Haar fiel ihr bis auf die Schultern; sie trug Holzschuhe, Jeans und einen dicken Pullover. Wachsam schaute sie uns an, nicht feindlich, aber doch distanziert.

„Zu wem wollt ihr?" fragte sie mit unerwartet tiefer Stimme.

„Wir möchten mit Borgman reden“, antwortete ich.

„Geht es um die Finanzhilfe?“

„Irgendwie kann man immer helfen.“

Sie nickte in Richtung Haus.

„Lasse sitzt in der Küche. Er ist gerade beim Essen. Geht einfach rein.“

Wir kamen in ein richtiges Fischerhaus mit dekorativen Netzen an den Wänden und rustikalen Möbeln auf selbstgewebten Teppichen. Angenehme Düfte von rechts verrieten, daß dort die Küche lag, eine Landküche, in der viele Menschen gleichzeitig essen sollten: die Eigentümer, die Alten, die auf dem Altenteil saßen, jedoch an den Mahlzeiten teilnahmen, die Kinder, die noch zu Hause wohnten, darunter der älteste Sohn, der sich bereits als Hausherr sah, Knechte und Mägde, manchmal auch Gäste; ich hätte mich nicht gewundert, wenn plötzlich Rundqvist und Gusten aus Strindbergs „Die Leute auf Hemsö“ in hohen Wetterstiefeln hereingepoltert wären.

Doch jetzt saß nur Lasse Borgman an dem großen, runden Tisch mit der dicken Platte aus Kiefernholz. Er aß gebratenen Hering mit Kartoffelmus; ein Glas mit eingemachten Preiselbeeren und eines mit sauren Gurken standen neben seinem Teller. Natürlich durfte ein Bier der Marke Norrlands Guld auch nicht fehlen. Mit Mus im Mundwinkel schaute er uns an.

„Oho, unerwarteter Besuch!“

„Deine Frau sagte, wir sollten einfach reingehen. Sie meinte, es ginge um die Finanzhilfe.“

„Ach ja. Wollt ihr Hering?“

Ich leckte mir überdeutlich die Lippen, und er wies mit einladender Geste auf zwei Stühle:

„Setzt euch. Teller sind im Schrank, Besteck im obersten Schubfach, Bier im Kühlschrank. Hering haben wir massenhaft. Evy wollte den übriggebliebenen schon einfrieren, aber das Meer ist voller Nahrung.“

Myrna holte Teller, Gabeln und Messer, während ich den Kühlschrank inspizierte. Unter den Starkbieren fand ich ein paar Büchsen Spendrups der leichteren Sorte. Wir fühlten uns in dieser Küche schon wie zu Hause, setzten uns wie auf Stammplätze und füllten unsere Teller. Borgman war ein rundlicher, kleiner Mann, der Sicherheit und Gemütlichkeit ausstrahlte. Die Augen blickten blau und munter in die Welt, und er trug sogar einen graumelierten Backenbart, wie ein alter Käpt´n.

„Trinkt ihr einen Schnaps mit?"

„Wir müssen noch fahren", antwortete ich für uns beide.

„Habe ich danach gefragt?"

Ich erinnerte mich an die Bräuche der Schärenbewohner, wie ich sie im Sommer in Grisslehamn kennengelernt hatte: Wer noch in der Lage war, aufrecht zu stehen, konnte auch bedenkenlos Auto fahren. Ich hatte dann einfach vergessen, daß ich Polizist war. Jetzt schmetterte ich Lasse Borgman ein klares Nein entgegen.

„Wie ihr wollt. Ich brauche jetzt einen. Ist gut für den Magen. Habt ihr euch eigentlich vorgestellt?"

Wir nannten unsere Namen. Er nickte, trank und goß sich einen zweiten Klaren ein, denn auf einem Bein kann man bekanntlich nicht stehen.

„Die Finanzhilfe, ja. Wird ja auch Zeit. Ich brauche ja Geld für ein neues Boot. Nichts hält ewig, vor allem nicht im Salzwasser. Von welcher Stelle kommt ihr denn? Ich habe zwei Anträge gestellt. Geht denn nun alles klar?"

„Nicht, daß wir wüßten."

„Schlimm, wie lange heutzutage alles dauert. Schmeckt euch der Fisch?"

Myrna schwärmte, er sei göttlich, und ich, er schmecke superb, und wir meinten, was wir sagten. Die Ehefrau Evy kam herein, setzte sich an ihren Teller und bekam von ihrem Mann einen halben Hering.

„Na, früher war es besser", fuhr Lasse Borgman fort. „Heutzutage hat man nur Probleme. Wir sind nur noch fünfundsiebzig Fischer mit Lizenz, dazu kommen ein paar ohne. Sieben im Mälarsee, der Rest im Salzwasser. Die meisten haben kleine Boote und kommen aus den Heimatgewässern kaum heraus, nur fünf oder sechs machen längere Fahrten. Wir fangen Heringe, Sprotten und Dorsche."

„Aber die tollen Hechte laßt ihr davonschwimmen", murmelte Myrna.

Er nahm die Bemerkung als einen Witz, den er nicht verstand, aber auch nicht erklärt haben wollte. Vielmehr setzte er seine Erläuterungen fort, in der Annahme, wir hätten Finanzhilfen zu vergeben:

„Alles ist immer schlimmer geworden. Mein Vater war auch Fischer, der lebt noch drinnen in Penningby. Auch mein Großvater, der ist letztes Jahr gestorben. Sie haben über die Fangerträge Buch geführt, wie ich es jeden Tag tue. Der Fischbestand hat sich eindeutig verändert, das heißt verringert. Großvater sagte in den letzten Jahren immer wieder, wenn er heute jung wäre, würde er niemals Fischer werden. Aber ich kann nun mal nichts anderes, und außer Evy ist das Meer meine einzige Leidenschaft."

Die Eheleute lächelten sich an, erhoben ihre Gläser und kippten den Schnaps hinter. Das war ja süß.

„Die Umweltverschmutzung hat den Dorsch fast ausgerottet. Und dann haben wir einen enormen Stamm an Robben, und die zerstören das Gerät, wenn sie über den Fang herfallen. Auch die Kormorane haben sich wie die Kaninchen vermehrt und zerreißen die Netze. Dann haben wir noch den Mink, der heckt noch schneller als die Karnickel; man könnte ihn als eine Plage bezeichnen, vergleichbar mit den Heuschrecken in Ägypten zu Zeiten des Pharao. Falls ihr das Alte Testament gelesen habt, wie wir Fischer es zu tun pflegen. Die militanten Veganer, die die Minke freilassen, sollte man selbst in die Käfige sperren. Verdammt, Minke, solche Schädlinge hatten wir früher nicht."

„Wollt ihr unsere Steuererklärungen sehen?" fragte Evy. „Ich kümmere mich darum; Lasse hat es nicht so mit den Zahlen."

Es war Zeit, Farbe zu bekennen. Meine Absicht war gewesen, einen Kontakt aufzubauen, so daß wir offener und freier reden konnten. Außerdem hatten wir unsere Mahlzeit beendet.

„Leider scheint hier ein kleines Mißverständnis zu bestehen. Wir sind von keiner EU-Organisation, um Finanzhilfen anzubieten. Nein, wir sind Polizisten und wollen etwas über den Segelunfall vor drei Jahren erfahren, bei dem ein Mann ertrunken ist."

Es dauerte einige Sekunden, bis sie begriffen. Plötzlich erhob sich Evy; sie sah aus, als könnte sie nicht mehr atmen. Ihre Wangen wurden knallrot; gleichzeitig riß sie die Augen auf. Und plötzlich erbrach sie sich direkt auf den Tisch.

## 11.

Die Hand vor den Mund gepreßt, rannte sie aus dem Haus. Ohne Gefühlsregung betrachtete Borgman die übelriechende Bescherung. Dann kratzte er sich den Backenbart:

„Darum kümmern wir uns später. Geht in den großen Wohnraum, ich mache das Fenster auf."

Myrna und ich waren froh, nichts abbekommen zu haben und dem Gestank zu entgehen. Das Zimmer verfügte über eine geräumige Sitzecke mit mehreren Sesseln und einem langen Couchtisch, unter dessen Glasplatte eine vergrößerte Seekarte lag. Sonst gab es nur ein Regal mit einem Fernsehapparat, einer Stereoanlage und einer Menge Musikkassetten und CDs sowie eine Vitrine mit verschiedenen Sammlerstücken und vier kleinen Fotos in Silberrahmen, die einen lächelnden Jungen im Teenageralter zeigten.

„Geht es auch ohne Kaffee?"

Wir waren zufrieden, und unser Gastgeber setzte sich zu uns. Er nahm eine Pfeife aus einem Gestell, stopfte sie, rauchte sie an und lehnte sich dann zurück. Wenn er jetzt noch einen Südwester aufgesetzt hätte, wäre er glatt als Vorlage für Seemannspostkarten durchgegangen.

„Ich muß mich für Evy entschuldigen. Sie haßt das Meer und will, daß ich aufhöre und daß wir aufs Land ziehen, wo es

Wasser nur in Flaschen gibt. Aber sie weiß, wie ich fühle, und sie fügt sich."

Mit dem Pfeifenstiel wies er auf die Fotos des Jungen:

„Unser Sohn Teo ertrank bei einem Segeltörn. Es dauerte ein Jahr, bis sie aufhörte zu weinen. Unser einziges Kind. Seitdem leben wir nicht mehr, wir existieren nur noch. Wenn sie von anderen Unglücksfällen erfährt, kommt alles wieder in ihr hoch. Man muß es nehmen, wie es ist."

Er zeigte eine resignierte Miene, die ausdrücken sollte, daß er ebenfalls trauerte, jedoch bereit war zu akzeptieren, daß das Leben weitergehen mußte.

„Ja, dieser Segler, ja. Beinahe eine Lustjacht, dachte ich, als ich später das Foto sah. Ansonsten habe ich fast alles vergessen, denn für einen Fischer ist es nichts Besonderes, mal ein paar Leute aus dem Wasser zu ziehen."

„Erzähl uns trotzdem alles, woran du dich erinnerst."

Er saugte an seiner Pfeife und ließ den Rauch durch Mund und Nase entweichen; dabei sah er aus wie ein friedlicher Drache.

„Tja, wir waren weit draußen gewesen und machten uns gerade auf den Heimweg, als uns die Sturmwarnung erreichte. Sie kam überraschend, aber so ist es manchmal auf dem Meer. Wir fuhren durch den Sturm ohne größere Probleme, denn der Kutter ist hochseetauglich. Tja, und dann sichteten wir die Trümmer eines Segelbootes, an die sich einige Personen klammerten. So wurde ich zum Menschenfischer, wie es im Neuen Testament heißt."

In dem Regal lag ein dickes, in braunes Leder gebundenes Buch mit goldbedrucktem Rücken, vermutlich die von Doré illustrierte Familienbibel. Die detailreichen Darstellungen hatten Generationen von Teenagern fasziniert, als es noch kein Fernsehen gab.

„Wie weit wart ihr damals draußen?"

Er erhob sich, studierte die Seekarte und tippte auf eine Stelle:

„Ungefähr bis hier."

Myrna und ich konnten nur Wasser entdecken.

„Waren keine Inseln oder Schären in der Nähe?"

„Nein, festes Land gab es nur zehn Meter unter der Wasseroberfläche."

„Habt ihr andere Boote gesichtet?"

Er schüttelte den Kopf.

„Nein, die Sicht war gut. Natürlich blies nach wie vor ein starker Wind, und die Wellen gingen hoch, aber ein Boot hätte ich auch auf weite Entfernung sicher entdeckt. Ich sehe gut, außerdem benutzte ich ein Fernglas, um festzustellen, ob sich noch mehr Leute im Wasser befanden oder ob ein anderes Boot jemanden aufgenommen hatte. Aber da schwamm sonst keine Seele."

„Wie lange überlebt man im Wasser?"

„An diesem Breitengrad erreicht die Ostsee selbst im Hochsommer keine Badetemperatur. Das Wasser war zwar nicht eiskalt, nicht einmal besonders kalt, aber wenn ich eine Viertelstunde später gekommen wäre, hätten ich nur noch Leichen herumtreiben sehen. Falls sie noch nicht versunken gewesen wären."

„Also konnte niemand von der Unglücksstelle wegschwimmen?"

„Das müßte dann ein Typ wie Superman gewesen sein."

Henk Priem konnte nur als Skelett auf dem Meeresboden liegen. Dennoch hatte er seine Fingerabdrücke hinterlassen, und das taten nur lebende Menschen.

„Berichte uns von den Personen, die du gerettet hast."

„Ich erinnere mich kaum noch, wie sie hießen. Null war der Name des einen, glaube ich. Nein... Mall! Einer hieß Ovesson. Oder? Jedenfalls so ähnlich."

„Ovøs."

„Mag sein. Belander?"

„Steander."

„Klingt okay. Wir haben danach nie wieder miteinander zu tun gehabt. Nicht einmal Blumen haben sie geschickt. Oder eine Pulle Glenfiddich. Dankbarkeit kann man von den Leuten heutzutage nicht mehr verlangen. Zu Großvaters Zeiten war das anders."

Sorgfältig stopfte er seine Pfeife von neuem, saugte daran und sah zufrieden aus. Evy kam herein und schien sich noch immer nicht wohl zu fühlen; sie ging in die Küche, ohne uns einen Blick zuzuwerfen. Wir hörten durch die geschlossene Tür, daß sie mit dem Saubermachen begann.

„Und die junge Frau?"

Borgman zwinkerte verständnislos.

„Wer? Die da? Die hast du doch mitgebracht, Myrra oder wie sie heißt."

„Myrna", stellte meine Kollegin klar. „Und vielen Dank auch."

„Du sagtest einem Journalisten, daß auch eine junge Frau unter den von dir Geretteten gewesen sei. Drei Männer und eine Frau."

Er zeigte ein so ehrliches Erstaunen wie die Frau in der Fernsehwerbung, die feststellt, daß ihre Freundin die Bluse mit dem neuen Wash Superpearls gereinigt hat.

„Das soll ich gesagt haben?"

„Der Journalist, mit dem wir gesprochen haben, meinte, sie habe zu dir gesagt, sie sei verheiratet, und dich gebeten, sie nicht zu erwähnen."

„Ich?"

„Als Gentleman versprachst du, sie aus der Sache rauszuhalten."

Er raufte sich die Haare, zupfte sich am Bart und kratzte sich an der Nase. Geduldig warteten wir, bis er seine handgreiflichen Überlegungen beendet hatte. Schließlich zuckte er die Schultern und zog ein paarmal kräftig an der Pfeife:

„Ich erinnere mich dunkel daran, daß einer von der Zeitung anschließend mit mir sprach. Kann sein, daß er fragte, ob nicht etwas Nettes an Bord gewesen wäre. Ein hübsches Maskottchen, so drückte er sich wohl aus. Kann sein, daß ich antwortete, falls da eine verheiratete Frau an Bord gewesen wäre, hätte ich mich wie ein Gentleman verhalten und geschwiegen. Man weiß ja, wie das mit den Presseleuten ist. Für eine gute Schlagzeile in der Klatschspalte würden sie ihre Großmutter verkaufen und den Opa als Zugabe obendrauf legen. Wollt ihr wirklich keinen Kaffee? Wenn nicht… es macht mir Spaß, mich mit euch zu unterhalten, aber ich habe noch zu tun."

Aus dem Mann war offensichtlich nicht mehr herauszubringen, gegessen hatten wir auch, also setzten wir uns ins Auto und fuhren davon. Im Küchenfenster erschien Evys Gesicht und schaute uns nach; sehr glücklich sah sie nicht aus.

„Was hältst du von der Sache", fragte Myrna auf dem Weg zum Festland.

„Es gibt zwei Möglichkeiten. Entweder hat er die Wahrheit gesagt, dann gibt es nichts mehr hinzuzufügen. Dann war der Journalist ein Spinner und hat die Steuerzahler dein Kilometergeld gekostet. Das Gratisessen lassen wir mal beiseite. Oder er hat gelogen, dann müssen wir uns fragen warum."

„Warum hat Evy sich erbrochen, als wir das Bootsunglück erwähnten?"

„Es kann stimmen, was Borgman erzählt hat. Eine andere Erklärung wäre, daß er bedroht wird, unter keinen Umständen die Wahrheit zu sagen, und sie weiß davon. In diesem Falle ist er ein perfekter Schauspieler, während sie nicht einmal für eine Statistenrolle taugt."

„Was unternehmen wir als nächstes?"

„Erstens könnten wir nachprüfen, ob der Borgman-Junge wirklich ertrunken ist. Zweitens reden wir noch einmal mit dem Journalisten. Und drittens machen wir für heute Feierabend. Wenn du mich bei der Firma absetzt, die mir einen Leasingwagen zur Verfügung stellt, kannst du noch in aller Ruhe einkaufen gehen und deinem Hasse heute abend etwas Gutes auf den Teller bringen."

Ich war seltsamerweise bei guter Laune, und das hatte ich meinem besonderen Charakter zu verdanken. Es stand fest, daß ich durch einen Unfall aus dem Leben scheiden würde; danach hätte ich wieder freien Spielraum. Natürlich mit großen Einschränkungen, aber ich müßte mich nicht mehr wie ein gejagtes Tier fühlen. Als hätte ich eine Million verloren und kurz darauf einen vergessenen Zwanziger in der Hosentasche gefunden - ich war voller Zuversicht, noch gab es Hoffnung, jetzt würde sich das Blatt wenden. Bestimmt hatten die Psychologen eine Bezeichnung dafür und eine Therapie - „Der Kerl gehört in die geschlossene Abteilung!" - aber ich schaffte es einfach nicht, auf Dauer Trübsal zu blasen.

Myrna ließ mich am Valhallavägen raus, und ich spazierte zu der Leasingfirma, die nicht zu den großen gehörte, aber einen guten Ruf hatte und von meiner Versicherung empfohlen worden war.

Lennie war ein junger Mann, der mich so nett anlächelte, daß ich es fast persönlich nehmen durfte. Ich unterschrieb die Papiere, und er kicherte und verdrehte die Augen, als er mein Gekrakel sah. Zugegeben, meine Schrift war nie die beste gewesen, und manche hielten sie sogar für unleserlich, aber das war noch lange kein Grund zum Lachen.

„Was ist an dem Namen Hassel denn so komisch?" wollte ich wissen.

„Du... würdest du mir ein Autogramm geben?"

„Ein Autogramm? Willst du mich auf den Arm nehmen?"

„Schreib: ´Für Lennie von Roland Hassel´. Ich mag Männer, die Großes leisten, ohne damit anzugeben. Bekommst du die Carnegiemedaille? Papa hat davon erzählt."

„Ich weiß nicht, ob es Carnegiemedaillen gibt, aber mir geben sie bestimmt keine. Wovon redest du eigentlich?"

Er reichte mir ein leeres Blatt Papier und einen Kugelschreiber:

„Du hast doch das kleine Mädchen gerettet, das beinahe überfahren worden wäre. Dafür hast du dein eigenes Auto gegen einen Lieferwagen gesetzt. Gut gemacht, tolle Reflexe! Du hast dir eine Medaille verdient. Schreib auf zwei Zeilen, sei so nett!"

Das war nicht rührend, sondern nur pathetisch, und als echter Schwede genierte ich mich mächtig, doch wenn ich ihm mit so wenig eine Freude machen konnte... Er bedankte sich und schüttelte mir die Hand, als wäre ich ein amerikanischer Präsidentschaftskandidat.

„Ich habe versprochen, nichts zu sagen, aber... Geheimnisse konnte ich noch nie für mich behalten. Plappermaul nennt mich meine Freundin manchmal. Vor allem nicht bei einem Kerl wie dir."

Ich verstand nur Bahnhof und sagte ihm das. Es sah aus, als würde er mich gleich umarmen; sicherheitshalber trat ich einen Schritt zurück. Was wollte er nur von mir?

„Der Vater des kleinen Mädchens sucht dich, hat aber bisher keinen Kontakt zu dir bekommen. Er will sich bedanken. Er konnte sich denken, daß du einen Mietwagen brauchst, bis die Formalitäten mit der Versicherung erledigt sind, und hat deshalb alle Leasingfirmen angerufen. Wer ihm einen Tip geben kann, bekommt einen Tausender."

„Und du hast ihn angerufen?"

„Klar. Einen Tausender kann man immer brauchen. Es kam auch gleich ein Mädchen mit dem Umschlag. Unter uns: ohne Quittung! Für dich hat er auch etwas abgeben lassen. Vielleicht ein Scheck?"

Unter dem Tisch holte er ein dünnes, weißes Kuvert hervor und reichte es mir, immer noch den großen Helden anlächelnd, der seine wohlverdiente Belohnung erhalten würde. Es entgegenzunehmen, mochte ungefährlich sein. Ich hielt es gegen das Licht. Darin waren nur die Umrisse eines Stück Papiers zu erkennen. Sicherheitshalber legte ich das Kuvert auf den Tisch und tastete es ab, doch ohne Ergebnis. Lennie schaute mir ein wenig verwundert zu, aber ein Held meines Schlages durfte ja ein wenig exzentrisch sein. Dann riß ich es auf und las auf einem weißen Blatt: „Ich bin dankbar und will meine Dankbarkeit gern zeigen, auf eine Art, die du sicher zu schätzen weißt. Du kannst mich unter der Nummer 702 55 00 erreichen. Sollte ich nicht da sein, können dir die, die sich am Apparat melden, Bescheid geben über deine nächste Zukunft. Brennend heiße Grüße - Dein FREUND HEIN GRAS."

„War es kein Scheck?"

„Eine Mitteilung. Kann ich mal telefonieren?"

Das war das wenigste, was er für einen Helden tun konnte. Ich wählte die Nummer. Sofort meldete sich eine weibliche Stimme:

„Fonus Bestattungen."

Fonus Bestattungen! Was für ein schwarzer Humor!

„Arbeitet bei euch ein gewisser Hein Gras?"

„Gras? Wir haben hier niemand, der so heißt. Geht es um ein Begräbnis?"

„Noch nicht, hoffe ich."

Als ich den Hörer auflegte, ging mir ein Licht auf. Die seltsame deutsche Unterschrift ´Dein Freund Hein Gras´ enthielt ebenfalls eine Botschaft: Freund Hein war ein anderer Name für den Gevatter Tod, und Gras ergab, rückwärts gelesen, Sarg! Deutlicher konnten diese mörderischen Witzbolde nicht werden.

„Lennie, du hast doch sicher noch die Nummer, die du anrufen solltest, um dir den Tausender zu verdienen. Kannst du sie mir geben?"

Der Held erhielt einen zerknitterten Zettel mit einer 070-Nummer und steckte ihn in seine Brieftasche. Dann gab mir Lennie alle Papiere und Schlüssel zu dem Mietwagen und begleitete mich persönlich in die Garage. Stolz zeigte er auf einen schneeweißen Volvo mit roten Ledersitzen.

„Lennie, ist irgendein Fremder hier in der Garage gewesen? Außer den Kunden, die du betreut hast?"

„Nein, hier kommt keiner rein."

„Hat jemand diesen Wagen in die Garage gefahren?"

„Nur ich, nachdem ich in der Waschanlage war."

„Fein, Lennie. Na, dann wollen wir mal."

Den Schlüssel ins Schloß und umgedreht. Mein Magen krampfte sich zusammen; mein Herzschlag beschleunigte sich. Doch es geschah nichts, außer daß der Wagen ansprang. Ich nickte Lennie zu und fuhr zum Ausgang. Als ich die Lichtschranke passierte, öffnete er sich automatisch. Langsam rollte ich auf die Straße. Wie viele Fahrzeuge würden mich verfolgen? Auf dem Mobiltelefon wählte ich die Nummer von Interpol. Goethe meldete sich, und ich bat ihn, Simon an den Apparat zu holen, falls er anwesend wäre. Er war es.

„Hör zu! Ich fahre in einem weißen Volvo, den ich geleast habe. Der Feind weiß davon."

„Du mußt da raus, Rolle! Verdammt, wo bist du? Ich lasse dich abholen…"

„Vergiß es. Ihr Plan ist offenbar, zu beobachten, wo ich den Wagen abstelle, um dann eine Bombe darin zu plazieren. Das ist doch ihre Art, Probleme zu lösen. Nichts ist effektiver, als das Opfer in Atome zu zerlegen."

„Aber Rolle, du weißt ja nicht, was…"

„Die glauben, sie lesen meine Gedanken, und ich glaube, ihre zu erraten. Sie werden mir folgen, mich aussteigen lassen, einen Sprengsatz unter die Motorhaube legen und warten, bis ich wieder starte, um mich dann in die Luft fliegen und meine unschuldige Seele in den Himmel aufsteigen zu sehen."

„Damit macht man keine Späße", brummte er.

„Ich weiß, aber Galgenhumor war schon immer meine starke Seite. Paß auf, wir machen es so: Du suchst ein großes Parkhaus aus, wo ich den Volvo so parken kann, daß keine anderen Fahrzeuge in der Nähe sind. Ein paar der besten Sprengexperten verstecken sich dort und warten, bis die bösen Buben ihre Höllenmaschine plaziert haben. Dann kümmern sie sich um die Sache."

„Sollen sie die Bombe entfernen?"

„Simon, hast du schlecht gefrühstückt? Kapierst du nicht? In dem Parkhaus soll es so laut krachen, daß der König aufwacht und Silvia sich eine Aspirin bringen läßt."

Ich hörte, wie er sich mit Goethe beriet. Nach einer Weile befahl er kurz und knapp:

„Fahr in der Stadt herum, bis wir dich anrufen."

Ich hatte nichts dagegen. Die Stadt ist groß und hat viele schöne Plätze, die man auch vom Auto aus besichtigen kann. Ich fuhr nicht schnell, damit sie mich bequem verfolgen konnten. Jemanden zu beschatten, ist eine schwere Kunst. In Filmen sieht man oft, wie Polizisten oder Detektive problemlos hinter Verdächtigen herfahren, oft in Fahrzeugen, die so unauffällig sind wie ein Schwarzer auf einer Nazikundgebung. Darüber können wir Fahnder nur lachen.

Die Bande, mit der ich es hier zu tun hatte, war international und professionell. Sie waren vorbereitet. Mehrere Wagen folgten mir jeweils ein kurzes Stück, damit mir keiner von ihnen im Rückspiegel auffallen sollte. Nun gut, ich würde ihnen einige Attraktionen meiner Heimatstadt zeigen, die hoffentlich das Feuer der Begeisterung in ihren schwarzen Seelen entfachen konnten. Wenn nicht - auch gut.

Zuerst ging es in Richtung Karlaplan, wobei der Platz selbst für den Fahrzeugverkehr gesperrt ist. Ortsunkundige geraten in Östermalm oft in Verzweiflung, wenn sie plötzlich nur noch von Verbotsschildern, Fußgängern und Radfahrern umringt sind; dann sehnen sie sich nach der zivilisierten - das heißt: motorisierten - Welt. Als Großstadtkind habe ich nichts gegen Benzingeruch und Abgaswolken; ich bin in einer Zeit groß geworden, als alle Jungen in einem eigenen Wagen noch die höchste Erfüllung aller Träume sahen. Stundenlang diskutierten wir, ob es lieber ein Dodge, Tatraplan, DKW, Hudson, Adler oder was sonst noch aus eigener Kraft rollte, sein sollte. Für mich bedeutet das Auto immer noch Freiheit, jedenfalls solange unsere Staatsbahn jede Gelegenheit nutzt, Strecken stillzulegen.

Weiter ging es über die gußeiserne Brücke über den Kanal und dann nach Djurgørden. Bereits am Nordischen Museum bog ich wieder ab. Wenn meine Verfolger in Hörweite gewesen wären, hätte ich ihnen erzählt, daß der Entwurf eigentlich ein viel größeres Gebäude vorgesehen hatte, doch dann fehlte es, wie so oft, am lieben Geld. Das hätte sie bestimmt interessiert. Ich ließ die Scheibe herunter und steckte den Ellenbogen nonchalant aus dem Fenster, wie in alten Zeiten, als wir jungen Kerle versuchten, Mädchen ins Verderben zu locken.

Dann den Strandvägen entlang. Auf der Lindenallee zwischen den Fahrbahnen bin ich oft Hand in Hand mit einem Mädchen spazieren gegangen, natürlich mit Hintergedanken.

Ich lächelte das wehmütige Lächeln eines Mannes in mittleren Jahren, der sich an Verrücktheiten seiner Jugend erinnert, für die er sich eigentlich schämen sollte - aber, verdammt nochmal, war das nicht cool? Und viele junge Männer bekamen eine Handtasche um die Ohren geschlagen, von dem Mädchen, das vergeblich darauf wartete, ins Verderben gelockt zu werden.

Ein stattliches Bürgerhaus löste das andere ab. Ich konnte den Sozialneid einiger nicht verstehen, die meinten, die Besitzenden dürften nicht so nobel wohnen - „Reißt den verdammten Strandvägen ab!", hatte ein Phantast es ausgedrückt. Warum sollte es neben funktionalen Gebäuden nicht auch Häuser geben, die aus der Verbindung von viel Geld und einem tüchtigen Architekten entstehen und - zumindest äußerlich - allen Menschen ein Wohlgefallen sind? In grauen Mauern wachsen graue Menschen heran, aber vielleicht kommt die große Revolution ja doch noch, und alle Menschen werden gleich. Von mir aus sollten dann alle in Palästen wohnen.

Das Dramatische Theater verdient das Attribut pompös, und seit dem Facelifting vor einigen Jahren strahlt es in großbürgerlichem Gold. Natürlich habe ich in meiner Jugend all die großen Inszenierungen gesehen, bis auf die Kameliendame, da hatte ich Keuchhusten. Man mußte ja für die Konversation in den intellektuellen Salons gewappnet sein: „Was hältst du eigentlich von Norén? Ist er nicht ein wenig..." - „Ja, aber vor allem ein bißchen..." - „Genau meine Meinung. Er sollte lieber..." - „Richtig. Aber trotzdem - cool!" - „Oh ja, absolut cool!"

Warum rief Simon nicht an und unterbrach meine sinnlosen Gedanken? Ich hatte keine Angst mehr; Virena und Elin würden bald außer Gefahr sein. Wenn einem eine Last von den Schultern genommen wird, fühlt man sich leicht und frei, und die Stimmung steigt wie ein Korken, den man unter Wasser plötzlich losläßt.

Zugleich wußte ich, daß mein sogenannter Plan wie ein Luftballon war, der jeden Moment zerplatzen oder davonfliegen konnte. Ich hatte angenommen und vermutet und geglaubt, hatte überredet und die Klappe gehalten, doch das Ganze konnte ebensogut auf eine Art enden, wie ich sie nicht beabsichtigt hatte. Das verdrängte ich; darin war ich ein Meister.

Kungträdgørden Richtung Strömbron. Die Straße ist nur für Busse und Taxis zugelassen, und Verkehrspolizisten, die Sünder auf dem Schleichweg erwischen, dürfen sich die abenteuerlichsten Ausreden anhören: Ich habe das Schild nicht gesehen, ich war gerade in Gedanken; ich bin Arzt und muß zu einer Entbindung; meine Frau ist schwanger, aber man sieht es nicht, das liegt bei ihr in der Familie; ich bin mit dem Polizeipräsidenten befreundet und habe eine Sondergenehmigung; was, wir sind in Stockholm?, ich dachte, wir wären in Södertälje, dort darf man so fahren; ich habe Aids und nicht mehr viel Zeit; ich bin geistig behindert und verstehe die Symbole nicht; ich bin taub; ich bin blind; ich bin gar nicht da, mein Astralleib sitzt am Steuer.

Brücken können und sollten eine Kombination von Funktion, Geschmack und Traditionsbewußtsein ausdrücken, gepaart mit der modernen Einsicht, daß sie wichtige Teile der Gestaltung des öffentlichen Raums sind. Die Größe spielt dabei keine Rolle. Västerbron, Tranebergsbron, Skeppsholmsbron, St. Eriksbron - das sind unverzichtbare Farben auf der Palette. Die Strömbron war ein bestelltes Provisorium und durfte nichts kosten; nur die Funktion war wichtig. Das war den Stockholmern eine nützliche Lektion: Vertraue niemals Politikern, die behaupten, daß ein Provisorium eine vorläufige, zeitlich begrenzte Einrichtung ist. Die Strömbron ist nur ein Stück ausgerollter Asphalt und erreicht bald das Pensionsalter.

Skeppsbron mit ihren Kaufmanns- und Schiffshandelshäusern, und dann Gamla Stan. Seit dem siebzehnten Jahrhundert Zentrum des Handels mit dem Osten und nach dem Kontinent mit seinen Reichtümern. Zu jener Zeit schauten viele junge Stockholmer zur Hafeneinfahrt und sehnten sich an Bord eines der zahlreichen Schiffe, die dicht an dicht am Kai lagen, fort von der Beschränktheit und Isolierung und hin zu fernen Küsten, wo es Unvorstellbares zu entdecken gab. Die Abenteuerlust, der Hunger nach Erlebnissen, bringt die Menschheit voran. Dachte ich, der ich am liebsten zu Hause blieb und wie ein Kleinbürger lebte, mit Frau und Kind und Bingolotto.

Ab und zu schaute ich in den Rückspiegel, konnte jedoch kein Fahrzeug entdecken, das ich früher schon einmal gesehen hatte. Plötzlich bekam ich Zweifel. Was, wenn ich mich geirrt hatte? Wenn ich die Situation nur noch verschlimmerte? Als ich Slussen erreichte, rief Simon endlich an:

„Ganz diskret hat Claus bereits einige Sprengexperten herbeordert, so daß wir unser liebes Leben nicht riskieren müssen. Ein geeignetes Parkhaus gibt es in Gröndal nahe Sjöbjörnsvägen. Es soll wegen der Bahntrasse demnächst abgerissen werden. Fahr zur dritten Ebene hinauf. Dort stehen nur einige Schrottwagen. Parke auf der linken Seite zwischen der 22 und der 31. Wir organisieren Leute, die raus- und reinfahren, so daß es aussieht, als herrschte in dem Parkhaus ganz normaler Betrieb. Denk dir ein oder zwei Besorgungen aus und komm in etwa einer Stunde zurück."

„Warum hat es so lange gedauert?"

„Wieso lange? Ein Blitz könnte nicht schneller einschlagen. So eine Operation erfordert einen organisatorischen Aufwand, den du kleiner Durchschnittsbulle dir gar nicht vorstellen kannst. Wir Chefs haben da eine andere Verantwortung."

Es sollte scherzhaft klingen, doch es klang, als erfüllte er ein Pflichtsoll in Zweckoptimismus.

„Spaß beiseite", fuhr er fort, „am längsten hat die Klärung der Kostenfrage gedauert."

„Was kostet es denn?"

„Das Auto, falls die Sache so läuft, wie du vermutest. Ein schöner großer teurer neuer Volvo. Interpol hat den Betrag erstmal ausgelegt."

Diese nüchternen Worte beendeten mein Stimmungshoch endgültig. Nun ging es um Konzentration und Entschlossenheit. Ich fuhr den Söder Mälarstrand entlang, ohne mir einen Blick auf das Wasser zu gönnen, zur Hornsgatan hinauf und über die Liljeholmsbron, ohne einen Gedanken an ihre Konstruktion zu verschwenden. Weiter über Liljeholmen und den Lövholmsvägen nach Gröndal, früher eine verschlafene Idylle, nun durch den Bahnbau arg gebeutelt.

Da lag das Parkhaus, das eher einer gewöhnlichen Fabrik glich, und ich erinnerte mich, daß es tatsächlich einmal eine Produktionshalle gewesen war, bis der Besitzer glaubte, an einer Großgarage mehr verdienen zu können. Das war keine gute Idee gewesen, aber das weiß man ja im voraus nie.

Als ich an die Einfahrt kam, sah ich sofort, daß das Gebäude dem Verfall preisgegeben war. Aber noch funktionierte die Schranke, und ich bekam meine Parkkarte. Die Auffahrt war wie eine Spirale angeordnet. Ich fuhr zur dritten Ebene hinauf und hielt mich links. Die Balken unter der Decke waren mit Zahlen beschriftet. Ich stellte mich auf die 27. An der Wand auf der anderen Seite standen ein alter Opel und ein verrosteter VW-Bus. Der VW blinkte kurz auf; ein Gruß von den Kollegen.

Der Fahrstuhl funktionierte nicht mehr, also nahm ich die Treppe zur Straße hinunter. Zielgerichtet lief ich auf die Apotheke zu und trat ein. Von dort konnte ich den Eingang des Parkhauses leider nicht beobachten, aber das war nicht so schlimm. Eine Stunde hatte ich Zeit. Eine Packung Pflaster bitte. Weiter zur Post, wo ich einige Minuten damit zubrachte, zwei Briefmarken zu kaufen. Glücklicherweise war die Bibliothek geöffnet; dort, unter Büchern und Zeitschriften, konnte ich nicht nur eine Stunde, sondern Tage oder Wochen verbringen.

Exakt sechzig Minuten später schlenderte ich zum Eingang des Parkhauses. Überraschend kam mir an der Treppe ein Mann entgegen, etwa so alt wie ich, moderner Dreitagebart, Lederjacke, Baseballkappe. Er grüßte nicht nur herzlich, er strahlte mich an wie einen verlorenen Bruder. Leise flüsterte er auf deutsch:

„Tu so, als wären wir Freunde."

Aha, ein Spiel im Spiel. Enthusiastisch schüttelte ich seine Hand. Wie einem alten Kumpel legte er mir den Arm um die

Schulter und führte mich ins Treppenhaus. Als wir außer Sicht waren, ließ er mich los. Leise eilten wir die Stufen hinauf zur dritten Ebene. Dort warteten zwei weitere Männer. Einer nickte in Richtung des VW-Busses:

„Steig ein!"

„Haben die eine Bombe gelegt?"

„Ja, unter die Motorhaube. Wir haben sie so manipuliert, daß sie auf eine andere Art gezündet wird. Aber das geht dich nichts an. Verschwinde jetzt, wir haben zu arbeiten."

Hinten in dem Kleinbus lag eine dicke Matratze auf dem Boden. Ich setzte mich und versuchte, die Kurven mitzuzählen. Jetzt mußten wir unten sein, der Fahrer bezahlte, die Schranke ging hoch, nun fuhren wir auf die Straße.

Plötzlich eine dumpfe Detonation, die den Bus erzittern ließ. Als wäre ich an Ort und Stelle, sah ich vor mir, was gerade geschah. Ich hätte den Schlüssel umgedreht, den Stromkreis geschlossen und die Bombe gezündet. In Bruchteilen einer Sekunde riß es den Motor auseinander, eine Stichflamme, Flammen im Fahrerraum, eine weitere Explosion durch das Benzin im Tank, starke Rauchentwicklung; bald würde von dem schönen Wagen nur noch ein verkohltes Metallskelett übrig sein.

Im Dunkeln hörte ich mich selbst lachen, als hätte ich mich nicht mehr unter Kontrolle. Endlich war ich gestorben!

## 12.

Drei Tage lang war ich wieder auf den Titelseiten. „Zeuge des Bombenattentats wird selbst in die Luft gesprengt!" Man hatte mich in das Parkhaus gehen sehen, mit einem Mann, dessen Identität noch nicht geklärt war, mit dem ich aber gut bekannt gewesen sein mußte. Die Terrorgruppe KAJKS hatte sich noch nicht zu der Tat bekannt, doch die Massenmedien zweifelten nicht an deren Täterschaft.

Der Pressesprecher der Polizei, Claes Cassel, hatte eine solche Fähigkeit entwickelt, Vertrauen zu erwecken, daß er sich gut als Landesvater geeignet hätte. Auf seine freundlich-bekümmerte Miene, wenn er etwas Negatives berichten mußte, fielen alle herein. Man glaubte stets, was er sagte; Cassel war ein ehrlicher Kerl. Er wäre für jede politische Partei ein Gewinn gewesen, denn dann hätten die Wähler endlich wieder einmal ein Versprechen ernst nehmen können, doch er war zu klug, um sich auf eine so zweifelhafte Karriere einzulassen; lieber blieb er der PR-Mann des Polizeikorps. Fast jeden Tag war er auf den Fernsehbildschirmen, an einem Radiomikrofon oder wurde von der Presse interviewt. Er wirkte wie immer äußerst korrekt, doch ein Unterton schwang mit: „Das ist so schrecklich; wir werden, verdammt nochmal, alles daran setzen, um die Mörder zu fassen." Wußte er, daß die Information falsch war? Ich hatte keine Ahnung und wollte es auch nicht wissen. Hauptsache, wir hatten die Bande überzeugt, daß sich der einzige Zeuge in die ewigen Jagdgründe abgemeldet hatte und seine sterblichen Überreste an den Wänden eines Parkhauses klebten, so daß nicht einmal ein Nagel zur Beerdigung übrig geblieben war.

Virena und ich trafen uns in aller Heimlichkeit in einer gemieteten Wohnung in Söder. Sie freute sich, daß der Alptraum vorüber war und sie die Furcht, die ihr mehr zu schaffen gemacht hatte, als sie sich selbst gestehen wollte, verdrängen konnte. Gleichzeitig stand sie vor Problemen, die sie nicht vorausgesehen hatte. Gemeinsame Freunde und meine besten Kumpels riefen mit bedrückter Stimme an und schickten Blumen an die Witwe; Bestattungsunternehmen boten ihre Dienste an. Die Schwestern auf der Station weinten mit ihr, und die Ärzte zeigten sich äußerst rücksichtsvoll.

Nun zeigte sich das Geniale an dem fremden Mann, mit dem mich Augenzeugen hatten in das Parkhaus gehen sehen. Virena weigerte sich zu glauben, daß ich tot sei. Vielleicht war es ja der andere Mann gewesen, der den Wagen gestartet hatte? Möglicherweise irrte ich irgendwo umher und war so geschockt, daß ich mich an nichts mehr erinnern konnte. Die Leute schüttelten mitleidig den Kopf und meinten, daß sie sich irgendwann mit der Wahrheit abfinden würde. Doch sie weigerte sich, als Witwe zu gehen, und wollte absolut nichts von einer Trauerfeier hören. Auch einen Nachruf in der Zeitung hatte sie sich ausdrücklich verbeten.

„Ich habe kein gutes Gefühl, Roland", sagte sie leise.

„Ich auch nicht, aber denk an die Alternative. Wir mußten uns zwischen Pest und Gürtelrose entscheiden. Gürtelrose geht vorüber, auch wenn es schmerzhaft werden kann."

„Ich kenne die Gürtelrose - eine schlimme Krankheit; man weiß gar nicht richtig, wohin man sich wenden soll. So empfinde ich das. Ich glaube, ich werde mit Elin für ein paar Wochen wegfahren, damit wir gemeinsam Ruhe finden."

„Wie nimmt sie es auf? Was weiß sie?"

„Du bist immer noch verreist. In ihrer Schule sind alle sehr rücksichtsvoll; sie bekommt ohne weiteres frei, wenn ich verspreche, mit ihr zu üben, damit sie den Anschluß nicht verliert."

„Wo wollt ihr hin? Sonne und Baden kommt zu dieser Jahreszeit kaum in Frage. Oder willst du etwa zu deiner Schwester nach Kramfors? Das wäre ja nur eine andere Form von Begräbnis."

„Nein, Elin soll sich auch wohlfühlen. Ich habe ein paar billige Reisen nach Capri gesehen. Kultur, Schönheit und Erholung, und für die Kleine viel zu erleben. Baden ist sicher auch möglich. Übermorgen reisen wir ab, wenn du nichts dagegen hast."

Ich hatte nichts dagegen; es war eine gute Lösung für alle Beteiligten. Daß eine verzweifelte Frau versuchte, Abstand zu den Dingen zu gewinnen, war nur allzu verständlich. Gewiß, ich würde meine Familie eine zeitlang nicht sehen, aber das war nichts Besonderes; das hatten wir schon öfter erlebt. Wir waren keine Kinder mehr und wußten, was wir einander bedeuteten. Wir küßten uns, nicht leidenschaftlich, sondern innig; auch ein Aspekt der Liebe.

Aus Deutschland hatte Claus Goethe zwei Experten geholt, die Meister darin waren, das Aussehen eines Menschen zu verändern. Sie arbeiteten freiberuflich und hatten schon gelegentlich Aufträge für Interpol und die deutsche Polizei übernommen. Der eine war etwa sechzig Jahre alt, der andere um die Vierzig. Sie sahen aus wie Vater und Sohn, waren aber Cousins. Ruhig und effektiv vollbrachten sie ihr Werk und wollten gar nicht wissen, wer ich war.

Goethe saß auf einem Stuhl; er hatte sich zurückgelehnt und die Hände hinter dem Kopf verschränkt. Lächelnd kommentierte er meine Verwandlung, denn es war mir nicht gestattet, in den Spiegel zu sehen.

„Du wirst etwas älter werden, Hassel. Sie rasieren dir Geheimratsecken und dünnen das Haar am Hinterkopf aus, so daß es aussieht, als bekämst du langsam eine Glatze. Dazu wirst du weißgrau gefärbt und erhältst eine unauffällige Dauerwelle. Die Augenbrauen werden natürlich darauf abgestimmt."

„Bei einem früheren Einsatz für Interpol wurde mir auf Anweisung Hillers das gesamte Kopfhaar abrasiert. Die Leute glaubten, ich gehörte zu einer Rockerbande."

„So schlimm wird es diesmal nicht werden. Man würde dich eher für einen Buchprüfer halten. Einen Schnurrbart bekommst du ebenso wie Falten auf die Stirn, außerdem wird deine Haut grauer gemacht. Keine Angst, wir arbeiten nicht mit Theaterschminke. Wenn die beiden fertig sind, wirst du mindestens drei Monate so aussehen, und du kannst baden und dich abtrocknen, ohne jünger zu werden. Wir werden auch deine Hände altern lassen, denn Hände sagen sehr viel über einen Menschen aus. Schließlich setzen wir dir noch eine unmoderne Brille auf, die so auffällig ist, daß sie die Aufmerksamkeit vom Gesicht ablenkt. Du mußt natürlich stets korrekt gekleidet sein. Die ganze Prozedur dauert einige Stunden, deshalb gehe ich jetzt essen. Soll ich dir was mitbringen?"

„Einen griechischen Salat könnte ich vertragen."

Die Cousins arbeiteten methodisch weiter und knurrten

sich ab und zu Begriffe zu, die aus ihrem Fachchinesisch zu stammen schienen. Ich schloß die Augen und ließ mich zurechtmachen, wie eine Schaufensterpuppe, die gerade noch für Badehosen Reklame gestanden hat und nun in einen Bräutigam im schwarzen Anzug verwandelt wird.

Um kein unnötiges Risiko einzugehen, hauste ich weiterhin in den Büroräumen in der Sysslomansgatan. Nicht einmal Hiller hatte mir verraten, daß es ein paar nach Innen gelegene Zimmer gab, die in relativ komfortable Schlafkammern verwandelt worden waren. Goethe wohnte im Sheraton, denn es war ihm als Interpol-Beamten nicht zuzumuten, am Arbeitsplatz zu schlafen. Auf solche Ideen kann nur die Haushaltskommission der schwedischen Polizei kommen.

Was sie mit meinen Händen und Nägeln machten, konnte ich sehen, und es erschreckte mich ein wenig. Man gewöhnt sich an seinen Körper. Den Verfall, den andere beobachten, merkt man selbst nicht, weil er so langsam geschieht und beim täglichen Blick in den Spiegel nicht auffällt.

Goethe kam zurück. Ich aß den Salat mit meinen Greisenfingern und bildete mir ein, sie wären steifer geworden, aber das war wohl nur ein Gefühl, das aus ihrem veränderten Aussehen resultierte. Der Deutsche musterte mich, brummte zustimmend und nahm seine Zuschauerposition wieder ein.

Es war, als kehrte ein Traum wieder, der sich nicht vertreiben ließ. Goethe war nicht Carl Hiller, aber die Situation kam mir schrecklich bekannt vor. Immer, wenn es so begonnen hatte, war es zu Veränderungen in meinem Leben gekommen - und meistens hatte ich es dabei fast verloren.

Wer war dieser Claus Goethe eigentlich? Ihm fehlten Hillers Wärme und die Fähigkeit, hemmungslos zu genießen. Welche Eigenschaften zeichneten ihn dagegen aus? Was war er für ein Kaliber? Jedenfalls kaum so ein Genie im Umgang mit Menschen wie Hiller. Er war eher ein typischer Beamter, der sich an Vorschriften hielt, aber ich konnte mich ja - hoffentlich! -irren. Hiller hatte ich gemocht, obwohl ich manchmal nicht klug aus ihm wurde und oft den Eindruck hatte, daß er mich bewußt an der Nase herumführte. Goethe schien bewußt eine Distanz zu wahren, die keine anderen Beziehungen als rein dienstliche zuließ. Das Lächeln, mit dem er sein Gesicht in sympathische Falten legen konnte, war ein Sympathieträger, das Ganze konnte aber auch eine optische Täuschung sein. Ich mußte damit leben; schließlich brauchte ich keinen Freund, sondern einen Lotsen, der mich durch verminte Gewässer steuerte.

„So, jetzt konservieren sie dein Äußeres noch, und dann bist du fertig", stellte der Deutsche fest.

Die beiden Cousins strichen mir eine Flüssigkeit auf die Haut, und sie vergaßen keinen Millimeter. Dann richteten sie sich auf, betrachteten ihr Werk und nickten sich zu. Einer von ihnen setzte mir eine häßliche dunkle Brille auf. Endlich packten sie ihre Utensilien in einen Aktenkoffer.

„Okay - willst du das Resultat sehen?"

„Hol einen Spiegel."

Hintergründig grinsend hielt er mir einen großen, viereckigen Spiegel vors Gesicht. Mein Magen zog sich zusammen. Wer war das? Der Mann im Spiegel mußte ein mindestens zwanzig Jahre älterer Verwandter von mir sein, obgleich die Familienähnlichkeit nicht sehr groß war. Wo war meine Identität geblieben? Würde Virena mich wiedererkennen? Würde Elin vor mir davonlaufen und sich verstecken?

„Pfui Teufel", murmelte ich.

„Darf ich dich Onkel nennen?"

Aha, jetzt entwickelte der Deutsche auch noch Humor. Ich antwortete nicht, sondern versuchte, hinter dieser Maske meine Zukunft zu erkennen. Mein Verstand akzeptierte die Verwandlung als vorübergehend, doch meine Gefühle wehrten sich noch gegen die gealterte Hülle.

„Gleich kommt ein Fotograf und macht Paßbilder. Ich maile sie runter, so daß wir deinen Paß umgehend erhalten. Für Übermorgen habe ich zwei Flugtickets nach Amsterdam. Du sprichst ausgezeichnet deutsch, also wirst du Deutscher. Ein Schwede, der nach Henk Priem fragt, könnte Mißtrauen wecken. Viele ältere Holländer mögen uns Deutsche immer noch nicht, also wirst du Bürger der Schweiz, geboren im deutschsprachigen Teil. Du bekommst eine Mappe mit deinem Lebenslauf und anderen wichtigen Angaben zur Person."

„Wie heiße ich?"

„Horst Dorffmann."

Ich schüttelte mein graues Haupt.

„Bloß nicht Horst."

„Es ist bereits entschieden."

„Der Vorname muß geändert werden. Auch ich habe eine Aversion gegen die braune Zeit. Das Horst-Wessel-Lied gehört absolut nicht zu meinen Lieblingshits."

„Damals hast du doch noch gar nicht gelebt."

„Mag sein, aber ich kriege trotzdem Bauchschmerzen. Ich würde jedesmal zusammenzucken, wenn mich jemand Horst nennt."

Goethe senkte den Kopf .

„Haßt auch du die Deutschen?"

„Nur die Nazis. Wenn du keiner bist, können wir gut zusammenarbeiten."

„Viele können den Unterschied nicht sehen."

„Unterschätze nicht meine Intelligenz. Ich fühle mich in Deutschland sehr wohl, an manchen Orten sogar richtig zu Hause. Sagen wir, ich liebe die Deutschen so, wie ich die Nazis hasse. Wenn du den Unterschied nicht begreifst, mußt du allein reisen."

Er schaute mich eine ganze Weile ausdruckslos an und massierte seine Nase mit Daumen und Zeigefinger. Schließlich nickte er:

„Wir sind uns einig, Hassel. Meine Familiengeschichte ist ein wenig kompliziert, aber man kann sich seine Eltern und seine Onkel nicht aussuchen. Laß mich nur betonen, daß wir uns einig sind. Auch wenn es schwierig wird - wir streichen den Horst. Mach mir einen anderen Vorschlag."

„Nicht Adolf oder Hermann oder Heinrich. Auch nicht Rudolf oder Julius. Und so weiter. Kannst du nicht selbst einen neutralen Namen vorschlagen?"

„Max?"

„Seh ich aus wie Max?"

„Otto? Emil? Walter?"

Ich ließ mir die Namen auf der Zunge zergehen, aber keiner schmeckte mir.

„Hans? Wilhelm? Ferdinand?"

„Willst du mich verarschen? Ich möchte weder Kaiser werden noch unter alten Eichen nach der blauen Blume suchen."

„Viele gute Deutsche trugen diese Namen."

„Dann will ich ihnen nichts wegnehmen. Weitere Ideen?"

„Werner?"

Mhm, nicht schlecht. Weich und genießbar. Er sah meine Miene und meinte zufrieden:

„Also ist Werner Dorffmann geboren. Ich müßte dir eigentlich eine Zigarre überreichen, aber ich habe keine."

Schiphol sah aus der Luft nicht gerade einladend aus. Ein böiger Wind trieb Regenschwaden vor sich her, als wir zur Landung ansetzten. Während des kurzen Fluges von Arlanda hatte Goethe meine Legende mit mir gepaukt, und jetzt kannte ich Werner Dorffmann in- und auswendig. Da es trotzdem passieren kann, daß man sich verspricht und in seine Muttersprache zurückfällt, hatte man mir Verbindungen nach Schweden in die Vita geschrieben.

Wäre ich mit Carl Hiller geflogen, hätte er garantiert mit den Stewardessen über die verfügbaren Weinsorten diskutiert, Alternativen zum Essen an Bord entworfen und mit Bedacht den besten Kognak zum Kaffe ausgewählt. Goethe verzichtete auf jeden feinschmeckerischen Kommentar, nahm alles, wie es kam und bestellte eine Büchse Heineken. Ich schloß mich ihm an.

„Weißt du, was Seelig in Schweden ist?"

Ein kleines Glöckchen klingelte; den Namen hatte ich schon einmal gehört, konnte ihn aber nicht einordnen.

„Das ist ein großes Distributionsunternehmen für Bücher", fuhr er fort. „Liegt in einem Ort, der Morgongøva heißt."

„Ich weiß. Und?"

„Dort ist letzte Nacht eine Bombe hochgegangen. KAJKS nahm die Schuld auf sich, und in einem unbeholfen geschriebenen Brief wurde mitgeteilt, daß dies eine Warnung gewesen sei. Falls der Versand des Buches 'Die Wahrheit über den Balkan' nicht eingestellt werde, könne die nächste Bombe während der Geschäftszeit explodieren und Todesopfer fordern."

Eine perfekte Erpressung. Das Unternehmen saß in der Klemme. Ein Teil des verschreckten Personals würde sich sicher krankschreiben lassen, und die Chefs ständen da mit ihren Bücherbergen. Wollten sie den Betrieb aufrechterhalten, mußten sie vor den Terroristen zu Kreuze kriechen und bekanntgeben, daß sie das brisante Buch nicht mehr auslieferten. Keiner würde auf den Objektschutz durch die Polizei vertrauen. In dieser Branche werden täglich Tausende von Paketen verschickt, und jedes kann einen Sprengsatz enthalten. Der Terror würde wieder gewinnen. Natürlich.

„Wir haben einen Kontaktmann, der sich um uns kümmert", erklärte Goethe. „Ich kenne Kommissar Jeroen van der Dijk nicht persönlich, aber laut unserer Zentrale ist er sehr kompetent."

„Hast du Familie?"

Die plötzliche Frage, die so gar nicht zu dem vorher Gesagten paßte, irritierte ihn offensichtlich.

„Warum willst du das wissen?"

„Man kennt einen Menschen erst, wenn man die kennt, die ihm nahestehen."

„Wer sagt das?"

„Ein schwedischer Philosoph namens Roland Hassel. Meine Frau heißt Virena; wir haben eine neunjährige Tochter, Elin. Derzeit sind sie auf Capri, aber das hat dir Simon sicher schon verraten."

Der Pilot hatte die Landebahn endlich gefunden; die Finger der Passagiere mit Flugangst krallten sich in die Lehnen oder die Unterarme des Nachbarn.

„Na gut. Meine Frau heißt Jutta, wir haben auch eine Tochter, Heide, und die ist fünfzehn."

„Kompliziertes Alter für ein Mädchen. Und für die Eltern auch."

„Da sprichst du ein wahres Wort. Die Bande lösen sich, und das ist schmerzhaft."

Ein paar kleine Holper, dann rollten wir ruhig die Landebahn entlang. Die Flugängstlichen atmeten auf; die Griffe lockerten sich. Claus fügte tonlos hinzu:

„Wir werden uns trennen, Jutta und ich. So, nun weißt du das auch. Nach achtzehn Jahren."

Das Flugzeug sollte nach zwei Stunden um 22.35 Uhr landen; jetzt war es zwanzig vor elf, eine akzeptable Zeit. Vor hundert Jahren hätte diese Reise mehrere Tage beansprucht, aber da gab es die SAS ja noch nicht.

Die enorme Ladenstraße am Flughafen ist nur für Ausreisende gedacht, also mußte ich meine Kaufgier noch zügeln. Die Holländer haben es geschafft, die Tax-free-Shops so attraktiv zu machen, daß die Leute gern einen Umweg fliegen, bloß um in Schiphol einzukaufen.

Wir trugen unser Gepäck an uninteressierten Zollbeamten vorbei. Hinter der Glastür wartete eine Menschentraube; viele hielten Schilder hoch: Herz, Mrs. Lavenden, Sheraton, Cooks. Auf einem stand v d Dijk. Dorthin wandten wir uns und wurden auf deutsch begrüßt:

„Willkommen in der Perle Europas. Mein Wagen wartet draußen. Um das Gepäck müßt ihr euch selbst kümmern. Eine gnädige Vorsehung hat mich als Faulpelz zur Welt kommen lassen."

Der Kommissar war um die Sechzig; ein korpulenter Mann, dessen Bauchumfang den der Brust deutlich übertraf. Das graumelierte Haar war ganz kurz geschnitten; sein Gesicht schien aus gegerbtem Leder zu bestehen. Das verlieh ihm einen maskulinen Touch, dem ein Teil Frauen sicher nicht widerstehen konnte. Seine Augen huschten neugierig hin und her; seine dünnen Lippen zuckten, als würden sie sich gleich zu einem herzhaften Lachen öffnen. Er war etwa so groß wie ich und elegant, fast snobistisch gekleidet.

Er fuhr einen großen Ford, dessen Kofferraum genügend Platz für unsere Taschen und Tax-free-Tüten bot. Claus und ich setzten uns nach hinten, und van der Dijk rollte weich vom Flughafenparkplatz in Richtung City. Er redete schnell, aber sehr deutlich:

„Kennt ihr mein geliebtes Amsterdam?"

„Ich habe hier ein halbes Jahr gewohnt", antwortete Goethe. „Spezialauftrag. Kenne die Stadt in- und auswendig."

„Gut, dann muß ich ja nicht den Fremdenführer spielen. Und Herr Dorffmann?"

Noch war mir meine neue Identität nicht in Fleisch und Blut übergegangen, deshalb dauerte es einige Sekunden, bis ich begriff, daß mit Herrn Dorffmann ich gemeint war.

„Als ich jung war, habe ich mal eine Woche hier verbracht. An die wichtigsten Attraktionen erinnere ich mich."

„Wir haben erstklassige Museen."

„Kein Interesse."

„Alle wollen Rembrandt und van Gogh sehen."

„Dann bin ich die Ausnahme. Kulturell bin ich ein Zwerg ohne Lust zu wachsen."

Der Holländer lachte schallend:

„Den Satz merke ich mir. Ich sammle kernige Bonmots. Ihr Schweizer könnt treffend formulieren, wenn ihr wollt. Ihr werdet im Amsterdam Wiechmann Hotel in der Prinsengracht wohnen. Dort bin ich bekannt, weil ich ihnen viele Kunden vermittle. Interpol bezahlt, also habe ich die besten Zimmer gebucht. Man weiß ja, wie die großen Chefs leben, wenn sie dienstlich unterwegs sind oder einen Kongreß besuchen. So gefällt es mir, keine falsche Bescheidenheit."

Wir kamen in das Stadtgebiet, und tausende Lichter spiegelten sich im regennassen Asphalt. Hinter den Fensterscheiben flimmerten Fernsehschirme, und ich erinnerte mich, daß die Holländer selten Gardinen anbringen.

Van der Dijk hielt vor einem sehr schmalen Haus, das den Namen des Hotels trug, und wir betraten eine Lobby, die ausgesprochen gemütlich wirkte. Auf dem Boden lagen Teppiche mit persischen Mustern; die Wände waren mit Porzellan geschmückt, das, da wir uns in Holland befanden, sicher aus Delft stammte. Alles in zarten, abgestimmten Farben mit einem satten Unterton. Von der Rezeption aus konnte man in eine kleine Bar schauen, in der sich einige Gäste unterhielten.

Hinter dem Empfang stand eine korrekt gekleidete Dame, die van der Dijk eine Spur zu förmlich begrüßte. Dann hieß sie uns willkommen und bat uns, die Anmeldungen auszufüllen. Ich schrieb, daß ich in Uster in der Schweiz geboren sei und nun in Winterthur wohne. Sie gab uns die Schlüssel, und der Kommissar schmunzelte:

„Wollen Sie den Herren nicht die Hausordnung mitteilen?"

Sie lächelte uns an, vielleicht sogar freundlich:

„Herr van der Dijk ist ein Witzbold", sagte sie in akzeptablem Deutsch. „Was er meint ist, daß keine fremden Personen mit auf die Zimmer genommen werden dürfen."

Wir verstanden sofort, was sie meinte, nahmen unser Gepäck und gingen zum Fahrstuhl.

„Bringt euern Kram hoch und kommt dann in die Bar. Ich gebe einen aus, damit ihr euch wie zu Hause fühlt. In einer Viertelstunde, okay?"

Das Zimmer war von gehobenem Standard, mit goldgerahmten Bildern an den Wänden, Antiquitäten, gedämpfter Beleuchtung und weichen, handgefertigten Teppichen. Ich packte schnell aus und erfrischte mich in dem kleinen, sehr geschmackvollen Badezimmer. Ich wünschte mir, Virena wäre bei mir. Vielleicht konnten wir einmal gemeinsam hierher fahren, wenn ich nicht mehr Werner Dorffmann heißen müßte und zwanzig Jahre jünger wäre.

Als ich aus dem Fenster schaute, konnte ich sehen, wie sich im Dunkeln Lichter langsam bewegten. Das mußte einer der unzähligen Kanäle sein, auf dem Boote mit Lasten oder Passagieren entlangfuhren.

Das Hotel schien von der vornehm-ruhigen Art zu sein, die wir älteren Herrschaften so zu schätzen wissen. Ich nahm meine Plastiktüte in die Hand und trat auf den Flur hinaus. Der dicke Fußbodenbelag dämpfte die Schritte und gab einem das Gefühl zu schweben. Ich war nahe daran, ein lustiges Lied zu summen - da klatschte unverhofft eine derbe Faust auf meine linke Schulter, und eine Stimme dröhnte:

„Bleib stehen! Ich habe dich erkannt!"

## 13.

Ich fuhr herum und stellte mich breitbeinig, mit federnden Knien, vorgebeugtem Oberkörper und erhobenen Fäusten zum Kampf. Der Mann hatte englisch gesprochen, aber mit einem so starken amerikanischen Akzent, daß ich erwartete, einem Catcher im Sternenbannerkostüm gegenüberzustehen.

Der Mann war tatsächlich sehr groß, doch er wirkte unförmig; auf einem gewaltigen Rumpf saß ein klitzekleiner Kopf. Er trug einen gestreiften Schlips über dem karierten Hemd und zur karierten Hose. Unter der viereckigen, goldgefaßten Brille entdeckte ich einen lächelnden Mund, der trompetete:

„Hello Boy, schön, dich hier zu treffen. Was zum Teufel machst du in Amsterdam?"

„Entschuldigung - wer sind Sie? Kennen wir uns?"

Er lachte, daß sein Bauch auf und ab hüpfte:

„Harry, Harry, dich gibt es nur einmal! Ruppa ruppa ai ai ai!"

„Ich weiß wirklich nicht, wovon Sie reden. Ich heiße nicht Harry."

Ich legte einen so starken deutschen Akzent in mein Englisch, daß sich sein Grinsen langsam in eine ratlose Miene verwandelte. Er streckte den kleinen Kopf vor und musterte mich von so nahem, daß ich seine letzte Mahlzeit, Rührei und Bacon, riechen konnte.

„Was zum Teufel… ich hätte beim Haupt meiner Mutter schwören können… Du bist jedenfalls nicht Harry King… oh, das tut mir leid."

Er reichte mir seine Dreikilohand, in der sich meine fühlte wie Jonas im Bauch des Walfischs.

„Lawrence P. McGrady aus Chicago. Larry für meine Freunde. Tierfutterbranche, Sektion Europa."

„Werner Dorffmann. Was bedeutet ´ruppa ruppa ruppa ai ai ai´?"

„Ach, eigentlich nichts. Harry und ich sind Freunde seit der High School und in derselben Verbindung, Gamma Pi. Starker Zusammenhalt, viele gute Kontakte. Ruppa ai ist unser Schlachtruf. Ich will gerade zu Abend essen gehen. Macht aber allein keinen Spaß. Wollen wir nicht zusammen speisen? Ich habe ein dickes Repräsentationskonto."

„Danke, Mr. McGrady, aber ich bin bereits verabredet."

„Das ist okay. Dann vielleicht ein andermal."

Er walzte davon, und ich schaute ihm nachdenklich hinterher. Konnte jemand dem Klischee vom Amerikaner so genau entsprechen, ohne Schauspieler zu sein? Selbst war ich wie der typische Deutsche aufgetreten, höflich, aber distanziert. Ruppa ruppa ruppa ai ai ai... war das möglich?

In der kleinen Bar hatte van der Dijk einen Ecktisch mit einem Sofa und einem Sessel reserviert; dort konnten wir ungestört plaudern. Goethe war bereits da und nippte, wie der Holländer, an einem Bier. Trank ich ebenfalls Gerstensaft? Doch ich mußte ja den Schweizer mimen, also bestellte ich einen Schoppen Weißwein. Van der Dijk erhob sein Glas:

„Meine Herren, ich erlaube mir vorzuschlagen, daß wir uns beim Vornamen nennen. Ich bin vielleicht nicht der älteste", er machte eine Geste in meine Richtung, „aber ich wohne hier und nehme mir daher das Recht zur Initiative. Jeroen ist mein Name; ihr heißt Claus und Werner. Sind wir uns einig?"

Wir nickten, und Goethe fügte hinzu:

„Ich habe eine zeitlang in Schweden gearbeitet. Dort duzt man sich über alle sozialen und Altergrenzen hinweg."

Der Holländer zog ein Gesicht, als hätte er auf eine Zitrone gebissen:

„Müssen wir an einem so gemütlichen Abend über so ein

mieses Land reden? Nun, habt ihr etwas für mich?"

„Meinst du Arbeitsmaterial?" fragte Goethe unschlüssig. „In diesem Falle müßte ich..."

„Kluck-kluck. Eine Hand wäscht die andere, und kleine Geschenke erhalten die Freundschaft. Auf jedem Flughafen gibt es einen Tax-free-Shop. Noch jedenfalls."

Ich reichte ihm die Plastiktüte, und er grunzte zufrieden.

„Hoffentlich kein Advokaat; den würde ich sofort ins Klo kippen. Wollen mal sehen... mhm, du weißt genau, welche Medizin ein gestreßter Kommissar braucht. Chivas Regal, man dankt, man dankt. 'I think this is the beginning of a beautiful friendship', um Claude Rains in Casablanca zu zitieren. Meine Frau schaut sich den Film oft auf Video an und bildet sich immer ein, sie hätte Ähnlichkeit mit Ingrid Bergman. Claus, was du für ein Vogel bist, weiß ich schon, aber was ist mit Werner? Los, Alter, erzähle ein bißchen von dir."

Ich zuckte meine eidgenössischen Schultern:

„Was soll ich da erzählen? Ich bin mein Leben lang Polizist gewesen und dabei den langen Weg gegangen. In den letzten Jahren habe ich mich auf internationale Verbrechen spezialisiert und mich schon ein paarmal an Interpol ausleihen lassen, so wie jetzt."

„Bist du nicht bereits pensioniert? Entschuldige, wenn ich frage. Ich selbst habe noch drei lange Jahre vor mir."

„Ich mache noch ein bißchen weiter. Interpol hat mich um Hilfe gebeten, und ich habe zugesagt."

„Was, du arbeitest, obwohl du gar nicht mehr mußt? Diese Schweizer... Und privat?"

„Immer mit derselben Frau verheiratet. Eine Tochter, die... uns vor kurzem die Enkelin Elin beschert hat. Keine Hobbys außer einer Leidenschaft für Jazz- und Swingmusik. Ellington ist mein Favorit."

Kein Echo; ich fühlte mich einsam wie ein Schweizer in der Wüste. Goethe schien noch nie was vom Duke gehört zu haben, denn er wollte sofort zum Anlaß unseres Besuches kommen: Henk Priem.

„Gewiß doch, gleich", versuchte ihn unser holländischer Gastgeber hinzuhalten. „Wollt ihr nicht vorher noch was trinken? Nicht? Meiner Meinung nach soll man immer ja sagen, wenn einem etwas angeboten wird, das macht das Leben angenehmer. Dann bin ich ja allein, wenn ich noch ein Bier bestelle. Egal, ich nehme trotzdem noch eins. Fräulein! Noch ein anderes Thema, bevor wir uns mit meinem unseligen Landsmann geschäftigen?"

„Hier im Hotel wohnt ein Mann, der Lawrence McGrady heißt oder sich so nennt. Angeblich ein Amerikaner aus Chicago. Kannst du herausfinden, ob er echt ist?"

„Kein Problem. Hast du ihn irgendwie im Verdacht? Klar, sonst würdest du mich nicht bitten. Sinnlos, sinnlose Fragen zu stellen. Also Henk Priem."

Er nahm einen tiefen Schluck aus dem Bierglas und leckte sich dann die Lippen. In seiner genußvollen Art erinnerte er ein wenig an Hiller, doch der hätte niemals Bier getrunken, sondern den teuersten Wein bestellt.

„Eine seltsame Person. Nicht zu greifen, als jagte man einem Schatten hinterher. Er wurde unehelich geboren; ich erwähne es nur, um klarzustellen, daß seine Mutter Priem hieß. Der Vater war ein kleiner Angestellter, pflichtbewußt und streng soll er gewesen sein, aber nicht bösartig oder so. Als der Sohn zwölf war, starb der Vater. Über die Mutter ist ebenso wenig zu erfahren wie über den Sohn. Die ganze Familie war relativ klein und schrumpfte immer weiter. Kaum einer erreichte das sechzigste Lebensjahr. Die Mutter starb, als Henk zwanzig war, aber da hatte er das Elternhaus schon verlassen. Er ist zur Hälfte deutsch - das soll keine Kritik sein."

„Wo in Amsterdam lebte die Familie?"

„Am Rand eines einfachen Wohnviertels, jedoch nichts, wofür man sich schämen müßte. Als er fünfzehn war, erwischte ihn ein Lehrer, wie er während des Sportunterrichts seine Mitschüler bestahl. Er kam mit einer Verwarnung davon, doch die versteckte und offene Verachtung der Klassenkameraden war so stark, daß er eines Tages einfach verschwand. Er wurde gesucht, gefunden und wieder in die Schulbank gepreßt. Wenig später waren Ferien, und danach wurde er in der Schule nicht mehr gesehen."

„Gibt es keinen ehemaligen Mitschüler, der etwas über ihn weiß? Ihn gesehen, mit ihm gesprochen hat?" fragte ich.

Er hob die Arme zu einer großen Geste des Bedauerns:

„Alle habe ich nicht ausfindig machen können, aber mit den meisten habe ich telefoniert. Er hatte keinen Freund, sondern hielt sich immer abseits, aber nicht, weil keiner mit ihm zu tun haben wollte, sondern weil er so veranlagt war. Fast alle erinnern sich an den Diebstahl; wenn einer seine Kameraden beklaut, wird ihm das nie vergessen, selbst wenn er später den Friedensnobelpreis bekommt. Von da an wurde er natürlich geschnitten. Und auch nach der Schule haben wohl alle einen Bogen um ihn gemacht; jedenfalls habe ich keinen gefunden, der auch nur mit ihm gesprochen hätte. Dieb bleibt Dieb, besser und humaner sind wir nicht. Auch nachtragend, und wir haben Angst vor sozialer Ächtung, wenn wir uns mit einem Ausgestoßenen zeigen."

Wurde Henk Priem zum Verbrecher, weil er einmal einen Fehler gemacht hatte? Fühlte er sich so isoliert, daß er den Boden unter den Füßen verlor? Da war sie wieder, die ewige Frage: War nun das Huhn zuerst da oder das Ei? Er konnte nicht auf eine andere Schule wechseln, denn Gerüchte verbreiten sich schnell. Im Alter von fünfzehn Jahren wurde er stigmatisiert.

„Wie ist es mit Freundinnen?" erkundigte ich mich weiter. „Ein junger Mann muß doch Mädchen getroffen haben, denn daran sind Jünglinge doch interessiert seit Adams Zeiten."

Instinktiv nickten beide, Goethe wie auch van der Dijk, lebhaft Zustimmung. Gewisse Wahrheiten stehen außerhalb jeder Diskussion, und wenn Adam dabei gewesen wäre, hätte er ebenfalls den Daumen hochgehalten.

„Als er zweiundzwanzig war, reichte er seine Papiere ein, um die Hochzeit mit einer gewissen Riet Oosting anzumelden, aber es wurde nichts daraus. Das war die einzige Beziehung, die wir ermitteln konnten; wollen für ihn hoffen, daß es nicht wirklich die einzige war. Ich habe inzwischen ihre Adresse. Das könnte unser erstes gemeinsames Abenteuer werden. Sie lebt mit einem Mann aus Surinam zusammen. Seid ihr sicher, daß eure Kehlen nicht vertrocknen? Ihr begreift ja nicht, was ihr versäumt. Hallo, hier sitzt ein Verdurstender - ich nehme noch eins!"

War unser einheimischer Kollege Alkoholiker? Sogleich wurde mir klar, daß ich typisch schwedisch gedacht hatte. Die Holländer trinken gern Bier, vertragen es und haben dabei absolut kein schlechtes Gewissen.

„Und jetzt kommt mein großer Erfolg - es ist mir gelungen, Caroline, eine Halbschwester Henks, ausfindig zu machen, Tochter des Vaters mit einer Frau, mit der er eine zeitlang zusammen gewohnt hat. Sie hat es im Leben nicht leicht gehabt, aber ich weiß, wo wir mit ihr reden können. Mehr kann ich euch erstmal nicht anbieten. Tja, meine Herren, ich stehe zur Verfügung. Was unternehmen wir als nächstes?"

Der Mann, der sich McGrady genannt hatte, schaute in die Bar herein und füllte dabei den Eingang vollständig aus. Sein Blick schweifte durch das Lokal, dann entdeckte er mich, winkte mir zu wie einem alten Bekannten und trat ab. Seine Beine waren so dick, daß er nicht wie ein normaler Mensch laufen konnte, sondern schwankte wie ein volltrunkener Seemann beim Landgang. Was machte er im Hotel? Er wollte doch irgendwo essen gehen? Falls er es getan hatte, war er nur bis zur Vorspeise gekommen. Goethe schaute demonstrativ auf die Uhr:

„Es ist spät, und ich muß noch etwas Schlaf nachholen. Morgen wartet Schreibtischarbeit auf mich, deshalb schlage ich vor, daß ihr beide versucht, mit den zwei Damen ins Gespräch zu kommen. Aber mir fehlen Informationen. Wo in Amsterdam hat er gewohnt? Gibt es Nachbarn, die sich an ihn erinnern? Haben sie Leute zu ihm gehen sehen, die sie identifizieren können?"

„Wir arbeiten daran."

„Ich hatte eigentlich längst Ergebnisse erwartet. Ich möchte nicht unhöflich sein, aber ich bin etwas mehr Effektivität gewohnt."

„Was sollen wir denn tun? Wir haben keinen bekannten Wohnsitz von ihm. Er hat wahrscheinlich unter falschen Namen Zimmer gemietet oder ist bei Frauen oder Kumpanen untergeschlüpft. Oder im Ausland."

„Daß er zeitweise in Schweden gelebt hat, ist kein Geheimnis, aber vorher? Na, jetzt ruft erstmal die Matratze. Falls wir uns morgen früh nicht sehen, treffen wir uns abends wieder hier. Gute Nacht."

Der Holländer schlug vor, noch ein bißchen zu bleiben und gemeinsam einen zu trinken, doch auch ich hatte das dringende Bedürfnis, mich aufs Ohr zu legen. Also einigten wir uns darauf, daß er mich nach dem Frühstück vom Hotel abholen würde. Als ich den Flur zu meinem Zimmer entlangging, öffnete sich eine Tür, und McGrady schaute heraus. Er spielte den Überraschten, hätte aber nicht einmal ein Kind täuschen können. Ganz klar, er hatte auf mich gewartet. Aber warum?

„Ah, Dorffmann! Wie wäre es mit einem Drink in meinem Zimmer?"

„Danke, Mister McGrady, aber ich bin müde."

„Nenn mich Larry."

Ich verbeugte mich kurz und steif, um anzudeuten, daß ich eine Intimität akzeptierte, die ich für unnötig hielt:

„Meinetwegen. Aber ich bin wirklich müde."

„Werner, nicht wahr? A little night cap schadet nie. Ich habe eine reiche Auswahl."

„Danke nochmals für die freundliche Einladung, aber ich muß passen."

Er sah verstimmt aus und grunzte:

„Mhm, okay. Wenn du deine Meinung änderst, brauchst du nur zu klopfen. Die Bar ist die ganze Nacht geöffnet."

Halb neun saß ich in dem wunderschönen Frühstücksraum des Hotels, in dem so viele Pflanzkübel standen, daß man sich wie in einem Gewächshaus fühlte. Die Touristensaison war im Abklingen, und da es ein Freitag war, checkten auch die meisten Geschäftsleute aus, um nach Hause zu fliegen. Deshalb waren die Plätze nur zu einem Viertel besetzt. Nirgendwo sprechen die Leute so leise wie in einem Frühstücksraum. Niemand lacht, jedenfalls nicht laut; alle beschränken die Konversation auf das Notwendigste, denn so kurz nach dem Aufstehen verbieten sich geistige Höhenflüge noch. Man murmelt sich einen Gruß zu und versteckt sich dann hinter der Zeitung, um nur nicht angesprochen zu werden.

Ein großer Frühstücker bin ich nie gewesen. Am besten erinnere ich mich noch an die Brötchen, die ich als Kind in heißen Kakao getaucht habe. Wenn man in die warme Masse hineinbiß, rann einem das süße Getränk aus den Mundwinkeln.

Mütterliche Serviererinnen füllten das Büfett ständig auf, gossen Kaffee nach und brachten Kännchen mit Tee. Man konnte mit verschiedenen Müslis beginnen und sich dann an Käse, Schinken oder Lachs gütlich tun. Dazu gab es verschiedene Säfte, Mineralwasser oder frische Milch. Ich begnügte mich mit Juice, English Breakfeast Tea und einem Käsebrot.

Durch das Fenster hatte ich Aussicht über den Kanal, der direkt am Haus vorbeiführte; es nieselte immer noch, und in dem bleichen Licht lösten sich die Konturen auf. Die vielen Brücken und Häuser auf der anderen Seite waren in weichen Dunst gehüllt und hatten sich in Aquarelle verwandelt.

Jeroen van der Dijk kam herein und rieb sich die Hände; entweder weil es draußen kalt war, oder weil er das leckere Frühstücksbüfett erspäht hatte. Er nickte mir zu, bestellte „koffiemelk" und packte sich den Teller voll, bevor er sich setzte.

„Interpol bezahlt", erklärte er. „Gibt es etwas Neues?"

„Das solltest du doch wissen. Ich habe geschlafen."

„Tu mir einen Gefallen und sei am frühen Morgen nicht so logisch. Wie kommt es eigentlich, daß die schwedische Polizei absolut keine Spur von Henk Priem gefunden hat? Er müßte doch massenhaft welche hinterlassen haben, denn er war der Ordnungsmacht ja einschlägig bekannt."

Wieder zuckte ich die eidgenössischen Schultern:

„Tja, ein Mensch kann völlig anonym bleiben, wenn er will."

Der Kommissar stieß ein verächtliches „ha" hervor und fiel über den geräucherten Schinken her. Nach einem großen Schluck Kaffee mit Sahne fuhr er fort:

„Schwedische Polizei! Ich sage nur: schwedische Polizei! Ich erwähne nur den Mord an Olof Palme. Und uns macht der Deutsche von Interpol herunter, bloß weil wir nichts über einen Kerl herausfinden, der uns gar nicht interessiert."

„Du scheinst Schweden nicht sehr zu lieben..."

„Dieses Land hat zirka acht Millionen Einwohner. Kannst du mir zehn Personen außerhalb Schwedens nennen, die Sympathien für diese Barbarenküste haben? Ich meine natürlich Leute, die fühlen und denken können."

„Gehst du da nicht ein bißchen zu weit?" murmelte ich leicht verstimmt.

Er fuchtelte mit der Gabel herum, als wollte er einen Feind abstechen.

„Du hast doch gehört, was Goethe gestern abend gesagt hat. In diesem Barbarenland duzen sich alle, vom Kleinkind bis zum Greis! Was bedeutet das? Sie bringen den Bürger um den Genuß, sozial zu differenzieren. Mit jemandem per du zu sein, schafft Nähe und knüpft Beziehungen. Es sollte ein beinahe feierlicher Akt sein, jemandem das Du anzubieten. Die Schweden bilden sich ein, es wäre Demokratie, wenn sie große Scheine in kleine Münzen tauschen. Welche Armseligkeit! Die Schweizer und Holländer sind da anders."

Schweigend trank ich meinen Tee, während er sich ein Frühstück einverleibte, das für drei ausgewachsene Kommissare gereicht hätte. Um weitere Attacken gegen mein Vaterland zu verhindern, verriet ich schließlich ganz nebenbei:

„Ich bin mit einer Schwedin verheiratet und habe eine Weile dort gelebt."

Mitleidig legte er mir die Hand auf die Schulter:

„Warum du deine Frau geheiratet hast, mußt du selbst wissen. Aber daß du gezwungen warst, in dem Barbarenland zu leben, war sicher eine große Last für dich. Vergessen wir das. Wenn du fertig bist, werden wir versuchen, mit Riet Oosting zu reden."

„Nehmen wir den Wagen?"

„Nein, die Metro. Geht schneller und ist einfacher. Und außerdem noch billiger, obwohl Interpol bezahlt."

Durch Niesel und Nebel spazierten wir zur Amstel, der Hauptader Amsterdams, und über eine Brücke zur Station Weesperplein. Da die Stadt auf so flachem Grund errichtet ist, eröffnen sich kaum Perspektiven; nur die Kirchtürme ragen aus der angenehm niedrigen Bebauung heraus. Bei so einem Wetter kann keine Stadt ihren Charme entfalten; selbst Sorrento, wo man bei Sonnenschein am liebsten Arien schmettern möchte, reizt bei Regenwetter bestenfalls zu Klageliedern. Das Wasser in der Amstel ist nicht blau, sondern dunkelbraungrau, was die Stimmung auch nicht gerade hebt. Ich mühte mich, nicht wie Hassel zu laufen, leicht vornübergebeugt und mit schlenkernden Armen, sondern wie Werner Dorffmann, kerzengerade und würdevoll.

Der Kommissar hatte Fahrscheine, und nach kurzer Wartezeit bestiegen wir einen der gelben Züge in Richtung Südost. Die Wagen waren wie zu Hause; es gab neue, die fast geräuschlos dahinglitten, und ältere, die knurrten und keuchten, als hätten sie Asthma.

„Dein McGrady heißt offenbar McBrady", erklärte mein holländischer Kollege. „Kann ein Schreib- oder Hörfehler sein. Über ihn ist nichts Negatives bekannt. Er wohnt in der Nähe von Chicago, in einem Ort namens Evanston, der sogar eine Universität hat und damit zu den feineren Adressen zählt. Angestellt bei Dolittle & Johnson, nicht verheiratet."

Ich starrte ihn an:

„Wie zum Teufel hast du denn das so schnell herausbekommen?"

Sofort bereute ich meinen spontanen Ausruf. Ein Mann in meinem Alter und meiner Position fluchte nicht beziehungsweise höchst selten. Ich mußte unauffällig bleiben; meine einzige Aufgabe bestand darin, drei Männer wieder zu erkennen, wenn ich ihnen Auge in Auge gegenüberstand. Van der Dijk konnte ein stolzes Grinsen nicht unterdrücken:

„Wir können, wenn wir wollen, und ich wollte dir nur zeigen, daß sich Goethe nicht aufs hohe deutsche Roß setzen sollte."

Ein paar Stationen weiter stiegen wir aus. Wir befanden uns in einem Vorort, der sich von der City deutlich unterschied. Im Hintergrund erhoben sich einige sieben- oder achtgeschössige Bauten mit flachem Dach. Davor erstreckte sich, wie eine Mauer, ein langgestrecktes, ziegelrotes Gebäude, das aussah wie eine Kette aus Reihenhäusern. Der Rasen war überall sehr kurz geschnitten. Die Leute schienen sich in Zeitlupe zu bewegen; vielleicht waren es Rentner, die zuviel Zeit hatten, oder Arbeitslose, die keinen Grund hatten, sich zu beeilen.

„Na, was sagst du zu Bijlmer?"

„Sieht sauber und ordentlich aus. Vielleicht ein bißchen seelenlos."

„Solche sozialen Experimente sind doch immer schiefgegangen. Typisch sechziger Jahre, da glaubte man, die perfekte Siedlung für den perfekten Menschen bauen zu können. Auf dem Reißbrett hat auch alles gut funktioniert. Ein Beispiel für die Zukunft, hieß es. Hier sollten fünfzigtausend Leute wohnen und sich planmäßig wohlfühlen. Ein technokratischer Traum, der zum Alptraum wurde."

Darin glich Bijlmer einigen Vororten Stockholms, aber das ging ihn nichts an; warum sollte ich ihm Munition für seine Verbalattacken gegen die schönste Stadt der Welt liefern?

„Hier will also keiner wohnen?"

„Doch, aber nicht die, für die das Ganze einst konzipiert wurde. Die wollen in die Innenstadt, wo es Atmosphäre gibt, verqualmte Cafés und überfüllte Bars. Sie wollen sich ihre Lebensweise nicht von Stadtplanern diktieren lassen. Was meinst du, wer statt dessen hierher gezogen ist?"

„Einwanderer natürlich."

Er nickte.

„Surinam war bis 1975 niederländische Kolonie. Als das Land selbständig wurde, nutzten viele die Gelegenheit, der Dritten Welt zu entkommen, denn sie waren holländische Staatsbürger. Bijlmer wurde zur zweitgrößten surinamesischen Stadt der Welt. Hier leben über 35 000 Surinamesen, dazu eine Reihe anderer Minderheiten. Die Arbeitslosigkeit ist enorm, und wer Arbeit hat, schämt sich zuzugeben, daß er hier wohnt. Die wenigen Weißen nutzen jede Gelegenheit, um wegzuziehen. Und dann das Übliche - wenn Jobs fehlen, entsteht Kriminalität, obwohl Holland ein funktionierendes Wohlfahrtssystem geschaffen hat. Dazu kommen Drogen, um der Tristesse zu entfliehen. Na ja, die meisten hier sind trotzdem anständige Menschen und machen das Beste daraus. Sie wollen gar nicht weg. Hier fühlen sie sich wenigstens zu Hause. Ich habe keine Ahnung, wie die Probleme gelöst werden könnten. Weißt du es?"

Ich wollte gerade sagen, daß die Probleme in Rosengørd in Malmö und Hammarkullen in Göteborg dieselben seien, doch das konnte Herr Dorffmann aus der Schweiz ja nicht wissen, obwohl er mit einer Schwedin verheiratet war.

Wir liefen durch einen graffitiverzierten Fußgängertunnel und kamen an einen betonierten Platz. Von nahem besehen sahen die Häuser schäbig und verwohnt aus. Das schien niemanden zu stören; wenn man lange genug im Dreck lebt, gewöhnt man sich daran. Der Kommissar holte eine detaillierte Karte hervor, und bald hatten wir die richtige Straße und Hausnummer gefunden. Vor dem Haus spielten Kinder unter Aufsicht ihrer Mütter, wie Kinder überall auf der Welt spielen; junge Männer standen herum, rauchten und unterhielten sich; alte Frauen schlurften mit Einkaufstüten vorbei, alte Männer starrten vor sich hin. Ich war nicht mehr in Holland, ich war im fernen Surinam, im karibisch geprägten Teil von Südamerika. Die Leute wirkten freundlich, manche lächelten uns an, doch sie waren Fremde für uns wie wir für sie. Einige Männer musterten uns mit bitteren Blicken; wir verkörperten für sie eine Gesellschaft, die ihnen den Rücken gekehrt hatte.

„Hier muß es sein", entschied van der Dijk.

Im Treppenflur war die Wand voller Zettel und Plakate. Mir fiel ein, daß die hier Wohnenden gegenüber den Einwanderern in Schweden einen großen Vorteil hatten: Sie beherrschten die Landessprache von Anfang an. Ich ließ meine Weisheit heraus, doch der Kommissar schnaufte nur verächtlich:

„Offiziell, ja! Ansonsten spricht man zweiundzwanzig Sprachen im Land. Da habt ihr Schweizer es gut mit euren vier. Übrigens sind fünfundzwanzig Prozent der Einwohner Amsterdams nicht in Holland geboren. Überwiegend Surinamesen. Zwei Treppen hoch."

Wir stiegen hinauf, und van der Dijk rümpfte die Nase wegen des Unrats, der auf den Stufen lag: Bananenschalen, Zigarettenkippen, zerknülltes Papier; in der Luft lag der süßliche Duft von Cannabis. Der Kommissar blieb vor einer Tür stehen, die offenbar erst kürzlich gestrichen worden war, denn sie zeigte noch keine Fußabdrücke.

„Ich unterhalte mich mit ihr in meiner Muttersprache - falls sie zu Hause ist."

Er klingelte nicht, sondern klopfte mit einer Münze gegen die Tür. Es klang scharf und auffordernd. Von drinnen hörten wir Schritte. Van der Dijk veränderte sich plötzlich, sein Körper straffte sich, die Augen glänzten kalt, der Unterkiefer schob sich vor. Eine Frau öffnete und schaute uns aus großen Augen an.

„Riet Oosting?"

Sie nickte, kreuzte die Arme über der Brust und zupfte nervös an der verschlissenen Bluse herum. Riet Oosting war in mittleren Jahren, begann aber, vorzeitig zu altern. Sie sah immer noch attraktiv aus, ihre schweren, wie gemeißelten Züge ließen an eine Italienerin denken, und mit viel Schminke versuchte sie, die Illusion aufrecht zu erhalten.

„Was wollen Sie?"

Das seltsame am Niederländischen ist, daß man glaubt, man könne das meiste verstehen, wenn man deutsch spricht.

Also konnte ich der Unterhaltung zumindest folgen. Van der Dijk zeigte seine Polizeimarke:

„Kriminalpolizei. Wir wollen mit Ihnen reden."

„Aber ich..."

„Wollen Sie uns nicht reinlassen?"

Sie schluckte und trat zur Seite. Ihr Blick irrte umher und fand keine Ruhe. Der Kommissar schob sie vor sich her, so daß sie beinahe gestolpert wäre. Ich hatte ein armseliges Wohnloch erwartet, doch das hier glich eher dem Luxusgemach eines orientalischen Fürsten. Alles, was man für Geld kaufen kann, lag hier auf dem Boden oder hing an der Wand.

„Was... was wollen Sie?" stammelte sie.

„Was glaubst du denn?"

„Wenn... wenn es um Malo geht... er hat geerbt... ein reicher Onkel..."

Van der Dijk lachte, und es klang, als klirrten Eiswürfel.

„Reicher Onkel! Aber dazu später... erst möchte ich etwas anderes von dir hören. Sonst... du weißt Bescheid!"

Sie nickte, und Schweißperlen traten auf ihre Stirn.

„Ja, Herr Kommissar."

Er fixierte sie mit einem Blick, in dem der gesammelte polizeiliche Scharfsinn seit des Sicherheitsdienstes der Pharaonen inkarniert zu sein schien. Sie versuchte auszuweichen, doch er hypnotisierte sie geradezu.

„Du kennst Henk Priem. Keine Ausflüchte! Heraus mit der Wahrheit! Du weißt, wo er steckt!"

Riet griff sich mit beiden Händen an die Kehle und stammelte im Falsett:

„Woher... woher wissen Sie das!"

## 14.

Van der Dijk trat noch näher an sie heran und verwandelte sie in ein kleines Schulmädchen, das sich vor dem schrecklichen Lehrer fürchtete. Hätte er ihr befohlen, aus dem Fenster zu springen, wäre sie ohne zu zögern dazu bereit gewesen. Sie war völlig eingeschüchtert und hatte die Augen einer Frau, der man beigebracht hatte, gegen ihre eigenen Überzeugungen blind zu gehorchen. Ich verstand das Niederländische immer besser und bekam mein Talent für Sprachen wieder einmal bestätigt.

„Das ist so... zufällig... Henk hat eine Schwester, Caroline, und sie..."

„Halbschwester, Caroline de Jong. Ich weiß alles. Also bleib bei der Wahrheit. Was war mit ihm und Caroline de Jong?"

Sie wand sich, doch sie konnte ihm nicht entkommen; wie eine Fliege zappelte sie in seinem Netz. Mit dem Handrücken wischte sie sich den Schweiß von der Stirn und flüsterte:

„Wir haben uns... manchmal gesehen... sie und ich... Malo... er kennt sie auch..."

„Komm zur Sache, Riet!"

„Ja, Herr Kommissar. Ja... sie und Henk wollten... mit Malo... Geschäfte..."

„Was für Geschäfte?"

„Ich weiß nicht... Malo sagt mir ja nichts... Henk wohnte bei Caroline... aber dann sagte Malo, daß Henk... verschwunden sei... ohne daß er ihn noch getroffen hätte... Malo war wütend und er... er schimpfte mit mir, obwohl ich... gar nichts mit der Sache zu tun hatte..."

Der Schweiß rann und rann, ihre Bluse zeigte bereits dunkle Flecken. Sie sah krank aus und war es vielleicht auch.

„Wann geschah das?"

„Vor... vor vier Jahren... oder drei... nein vier... „

„Also wann - vor vier Jahren?"

Sie machte sogar einen Knicks:

„Ja, Herr Kommissar. Vier... vier Jahre ist es her."

Van der Dijk merkte, daß sie bereit war, alles auszusagen. Vor diesem schrecklichen Polizisten hatte sie mehr Angst als vor Malo. Mit den Launen ihres Lebensgefährten war sie vertraut und wußte damit umzugehen, doch der Kommissar verkörperte die unberechenbare Macht der ganzen Gesellschaft.

„Wir werden sie verhören."

Sie fiel auf die Knie und hob die gefalteten Hände. Es war eine unerträglich pathetische Geste, wie aus einem billigen, melodramatischen Film:

„Lieber Herr Kommissar… sagen Sie ihr nicht, daß… daß ich es war, die gesagt hat…"

„Wir werden sehen. Ich bin sicher, daß du nicht versuchen wirst, sie anzurufen und ihr zu sagen, daß wir kommen. Sollte ich das erfahren, würde ich dich den Wölfen zum Fraß vorwerfen."

Sie schüttelte den Kopf so heftig, daß ihre schwarzen Haarsträhnen die Wangen peitschten:

„Kein Wort… ich verspreche es! Aber sagen Sie ihr nichts… oder Malo… auch nichts zu Malo, denn sonst… sonst…"

Es erforderte keine große Phantasie, sich vorzustellen, was sonst geschah. Sie erkaufte sich ihren Frieden, indem sie den Mund hielt und ihrem orientalischen Fürsten Ergebenheit heuchelte.

„Ich werde deinen Namen nur nennen, wenn es unbedingt nötig ist", sagte van der Dijk streng. „Das ist kein Versprechen. Und nimm dich in acht! Die Polizei wird dich im Auge behalten."

Als wir die Wohnung verließen, lag sie immer noch auf den Knien und hielt die Arme wie zum Gebet emporgestreckt. Das Ganze kam mir unwirklich vor; ich hatte den Eindruck, die mißlungene Generalprobe eines drittklassigen Stückes miterlebt zu haben. Als die Tür hinter uns zuschnappte, verwandelte sich der Kommissar sofort wieder in einen netten Kollegen; Strenge und Kälte fielen von ihm ab. Auf dem Weg zu der graffitiverzierten Station sagte er:

„Laß mich zusammenfassen, was sie erzählt hat. Sie…"

„Danke, ich habe alles verstanden, jedes einzelne Wort."

„Ihr Schweizer seid sehr sprachbegabt. Kannst du auch rätoromanisch?"

„Du bist hart mit ihr umgesprungen."

Er schaute mich verwundert an:

„Warst du nie bei den Bodentruppen? Hast du etwa deine ganze Karriere hinter einem Schreibtisch absolviert? Ich habe ihr nichts getan; ich wollte Informationen und habe sie bekommen. Was macht ihr in Zürich, wenn ihr jemanden verhört? Mit Teddybären spielen?"

„Das war keine Kritik. Unser Polizeikorps hat gewisse ethische Regeln. Ist die Amsterdamer Polizei nicht für ihre Härte bekannt? Manche meinen, ihr seid geradezu brutal in euren Methoden."

Van der Dijk verzog das Gesicht und warf mir einen schiefen Seitenblick zu:

„Das war keine Kritik? Dann frage ich mich, wie es wohl klingt, wenn du kritisierst. Kann sein, daß unsere Streifenpolizisten früher etwas ruppig waren, aber Amsterdam ist nun mal eine Hafenstadt, wo Abschaum aus aller Herren Länder zusammentrifft. Unsere Einwohner hatten und haben das Recht, sich ungestört auf den Straßen zu bewegen."

Das Thema war vielleicht ein wenig heikel, und es lag mir fern, ihm irgendwelche Verhaltensweisen vorzuschreiben. Also begab ich mich wieder auf neutrales Gebiet:

„Was machen wir jetzt? Suchen wir nach Caroline de Jong?"

„Ich muß gar nicht suchen, aber es ist erst zehn und damit viel zu früh für die Jagd. Willst du dich allein auf einen Stadtrundgang begeben?"

„Sightseeing im Regen ist nicht mein Ding."

„Du klingst immer mehr wie ein typischer Sesselfurzer. Gut, ich bringe dich ins Hotel und hole dich in ein paar Stunden wieder ab. Dann gehen wir Mittag essen."

Wir stiegen wieder in die Bahn und fuhren zu der Haltestelle, von der aus wir gestartet waren. Viele Leute waren unterwegs, um den Samstag zum Einkaufen zu nutzen. Die Holländer sahen fast durchweg wohlgenährt aus; Cholesterin und Kalorien waren diesem glücklichen Volk anscheinend Fremdwörter geblieben. Da wir nicht ungestört reden konnten, schwiegen wir. Schließlich spazierten wir das letzte Stück zum Hotel nebeneinander her. Ich nahm das Gespräch wieder auf:

„Um eine Wohnung wie die von Malo zu unterhalten, muß viel Geld in den Wohlfahrtskassen sein. Ihr zahlt wohl kräftig Steuern?"

Er blieb abrupt stehen und fauchte:

„Machst du Witze oder bist du so blauäugig?"

„Mein schwarzer Humor ist in der ganzen deutschsprachigen Schweiz berühmt. Ich vermute, er handelt mit harten Drogen. Denn die sind wohl selbst in Amsterdam verboten?"

„Natürlich, Holland ist ein zivilisiertes Land. So viel Geld verdient nur ein Heroindealer."

„Wie wollt ihr ihn hoppnehmen?"

„Die Kollegen vom Rauschgiftdezernat werden ihn beobachten und auf frischer Tat verhaften. Leute seines Schlages glauben, unüberwindlich zu sein. Gleichzeitig beantragen wir eine Hausdurchsuchung, und dann haben wir ihn im Sack."

„Warum greift ihr ihn nicht sofort? Wer weiß, was er in der Zwischenzeit noch für Schaden anrichtet mit seinem Teufelszeug."

Van der Dijk hob ein Steinchen auf und warf es in die Amstel. Die Ringe auf der Wasseroberfläche wurden vom Regen aufgefressen, doch er starrte hin, als wollte er sie wieder sichtbar machen.

„Wenn wir ihn auf frischer Tat ertappen, glaubt er, daß er durch eine reguläre Fahndung aufgeflogen ist. Schnappen wir ihn sofort, könnte er vermuten, daß seine Frau ihn angezeigt hat. Und dann schlägt er sie tot, wenn er rauskommt, oder er schickt einen anderen, der es für ihn besorgt. Was soll er sonst tun? Ins Gefängnis zu kommen, wird in seinen Kreisen als Arbeitsunfall angesehen; wenn er entlassen wird, kann er weitermachen wie zuvor. Aber wenn er die Person, die ihn angezeigt hat, nicht bestraft, verliert er den Respekt der anderen. Jede soziale Schicht hat ihre Regeln. Wir Bullen zum Beispiel versuchen es zu vermeiden, daß andere Menschen totgeprügelt werden."

„Aha, unter deiner rauhen Schale schlägt also ein weiches Herz?"

„Warum nicht? Alle Organe sind notwendig, wenn es einem gut gehen soll. Was den Schaden angeht, den er in der Zwischenzeit anrichten kann - wenn einer verschwindet, gibt es in diesem Geschäft immer einen, der nachrückt."

Als wir an einem Laden vorbeikamen, der Regenschirme anbot, wollte er mir unbedingt einen kaufen.

„Nimm den billigsten", meinte ich. „Ich werde ihn kaum brauchen."

„Bist du nicht ganz dicht?" schimpfte er. „Den billigsten? Wenn Interpol bezahlt? Du ziehst ja die Organisation in den Schmutz. Der beste und teuerste muß es sein; damit ehrst du unsere internationale Zusammenarbeit."

Er wählte einen Schirm aus, den ich noch meinen Kindeskindern vererben konnte, ließ sich eine Quittung geben und steckte sie in die Brieftasche. Seine Ansichten waren unschwedisch, aber ich begann einzusehen, daß er irgendwo recht haben konnte. Auch Hiller war der Meinung gewesen, daß man mit den Geldern der Steuerzahler nicht sparsam umgehen sollte.

Als wir den Hoteleingang erreichten, wies er in Richtung Kanalstraße.

„In der Prinsengracht 263 findest du Anne Franks Haus. Um diese Zeit sind die Warteschlangen noch nicht so lang. Na, du wirst dir die Zeit schon vertreiben. Punkt ein Uhr hole ich dich wieder ab. Ich hoffe, du bist dann richtig hungrig."

Im selben Augenblick tauchte der sperrballonähnliche Amerikaner auf. Als er mich erblickte, strahlte sein Gesicht. Er stürzte auf mich zu, ergriff meine Hand und schüttelte sie so herzlich, als wäre ich sein verlorener Sohn:

„Werner! Gerade habe ich mich gefragt, wo Werner wohl stecken mag. Alter Junge! Ist es nicht gerade die richtige Zeit, um einen Kaffee zu trinken? Ich lade dich ein."

Interessant, was man in Amsterdam so alles spendiert bekam. Der Ami wandte sich ebenso herzlich an den Kommissar:

„Lawrence McGrady. Nenn mich Larry. Werners Freunde sind auch meine Freunde. Auch du bist eingeladen! Kuchen können die hier backen - yummie!"

„Van der Dijk."

Die Augen des Amerikaners leuchteten auf:

„Van der… ! Es ist mir eine Ehre!"

Ich hätte ihm erklären können, daß es in Holland von „van ders" wimmelt und daß es sich mitnichten um einen Adelstitel handelt. Aber das hyperdemokratische Amerika hat eine solche Ehrfurcht vor alten Herrscherhäusern, daß jedes Wort sinnlos gewesen wäre. Die abgedankten und verarmten europäischen Fürsten, Grafen und Barone können in der neuen Welt gut von ihren Titeln leben, denn sie werden mit Vorliebe auf die Partys der Besitzenden eingeladen.

„McGrady? Mit G?"

„Mit G wie Georgia. Meine Mutter ist dort geboren."

Van der Dijk lächelte nachdenklich und schaute dem Amerikaner dann direkt in die Knopfaugen:

„Ich dachte, Sie heißen McBrady. Mit B wie Bahamas. Dort haben Sie nicht zufällig auch Verwandte?"

Das kleine Gesicht wurde knallrot, und der Ballon schien etwas an Luft zu verlieren:

„Eh… nein. McGrady."

„Komisch, irgendwas stimmt da nicht. Ich bin Kommissar bei der Amsterdamer Kripo, und bei uns heißen Sie McBrady. Mit B wie Bermudas. Auch da keine Angehörigen?"

Jetzt schrumpfte der Sperrballon zusehens. Wortlos drehte er sich um und schwankte davon. Von Kaffee und Kuchen war nicht mehr die Rede. Nachdenklich schaute ihm der Kommissar hinterher:

„Er verhält sich nicht, wie er sollte. Vielleicht sollten wir nochmals Informationen über ihn einholen."

Das Hotel war völlig in Ordnung, aber ich hatte keine Lust, noch zwei Stunden CNN zu gucken. Anne Franks Haus? Keine schlechte Idee. Ihr Schicksal berührte mich genauso wie alle anderen.

Mit dem nagelneuen Schirm, dessen Griff aus Edelholz war, schlenderte ich am Kanal entlang. Boote glitten vorüber wie große Schwäne; das Motorengeräusch war kaum zu hören.

Bald waren sie wieder in Regen und Dunst verschwunden. Es war ein seltsam schönes Schauspiel, doch das Wetter verhinderte einen reinen Genuß.

Die Schlange vor dem Wohnhaus der Familie Frank war, wie Jeroen vorausgesagt hatte, nicht allzu lang, doch es ging nur langsam voran. Eine besondere Stimmung kam nicht auf; ich fröstelte wie alle anderen und zog die Schultern hoch.

Das Museum war eine Enttäuschung. Ich bezahlte meine zehn Gulden, doch da es sich um die Wohnung einer relativ armen Familie gehandelt hatte, waren die wenigen Räume sehr eng, und wir mußten uns im Gänsemarsch bewegen. Authentisch wirkten nur die Zeitungsfotos vom Leben der königlichen Familie und von einigen Filmstars der damaligen Zeit sowie eine besondere Präsentation des weltbekannten Tagebuchs. Am Ausgang gab es einen Souvenierstand, auf den sich die Besucher stürzten. Ich war der einzige, der kein Andenken kaufte, um zu beweisen, daß er hier gewesen war.

Dennoch - als ich in dem Verschlag stand, der Anne Frank über zwei Jahre als Versteck gedient hatte, war es nicht schwer, sich die Ängste und Hoffnungen des Mädchens vorzustellen. Und eines Tages fanden die Gestapo-Schergen den Eingang zu dem geheimen Zimmer... Ein Jahr später starb sie in dem Konzentrationslager Bergen-Belsen, aber ihr Tagebuch blieb erhalten und kündet von ihrem Schicksal.

Als ich zum Hotel zurückging, mischte sich ein anderes Gefühl in die Gedanken über Anne Frank. Eines, das ich nicht präzisieren konnte, das mich aber irritierte wie ein kleiner Stein im Schuh. Es hatte nichts mit dem armen Mädchen zu tun, sondern mit einer Lehre, die ich aus ihrer Situation ziehen sollte. Vielleicht wurde es deutlicher, wenn es das Unterbewußte, diesen genialen Computer, passiert hatte.

Vom Hotel fuhr gerade ein Taxi ab, und ich sah einen mächtigen Körper mit einem kleinen Kopf auf dem Rücksitz. Einem Impuls folgend fragte ich an der Rezeption nach dem Amerikaner. Ein junges Mädchen hatte Dienst, das Ruhe und Kompetenz ausstrahlte:

„Mister McGrady? Der hat ausgecheckt."

„Da muß er es aber eilig gehabt haben. Wir wollten eigentlich zusammen Essen gehen."

„Er wurde überraschend abberufen. Geschäftlich."

„Erwähnte er, wohin er wollte?"

„Nein."

Die knappe Antwort gab mir zu verstehen, daß sie nie nach Dingen fragte, die sie nichts angingen. Ging mich dieser Mister eigentlich etwas an? Wenn ich das wüßte. Etwas hatte ihn dazu gebracht, Hals über Kopf abzureisen; an plötzliche Geschäfte anderswo glaubte ich nicht.

Punkt ein Uhr kam van der Dijk, um mich zu dem ersehnten Lunch auf Interpols Kosten abzuholen. Ich berichtete ihm von der Abreise des Amerikaners, und er meinte ebenfalls, daß es sich lohnen könnte, die Sache weiter zu verfolgen. Ob ich als Schweizer gern italienisch esse? Warum nicht, wir Schweizer haben nichts gegen die Kochkunst unserer südlichen Nachbarn.

„Holland hat natürlich die beste Küche der Welt, aber da ich die jeden Tag genießen kann, begnügen wir uns heute mit der zweitbesten."

„Der Schweizer?"

„Du machst Witze, und das mag ich. Eigentlich sollten wir laufen, denn wir wollen nur in den Stadtteil Jordaan, aber wir nehmen trotzdem einen Wagen. Wir wollen dich ja nicht überanstrengen."

Das war eine Beleidigung, aber nur für Hassel, nicht für Dorffmann. Er hatte einen Tisch in einem piekfeinen Restaurant bestellt, das Bordewijk hieß. Hier bezahlte vermutlich niemand aus der eigenen Tasche. Wieder wurde ich an Hiller erinnert, und da ich eine Rolle spielte, trank ich etwas mehr Wein als gewöhnlich. Das zarte Lamm mit Avocado, Auberginen und Polenta schrie geradezu nach einem edlen, interpolfinanzierten Tropfen.

„Was hast du eigentlich gegen das Heimatland meiner Frau?" versuchte ich mich in Konversation.

„Lieber Werner, wir essen. Verdirb mir bitte nicht den Appetit."

„Ich war ein paarmal mit ihr dort und fand es ganz schön. Auf seine Weise ein schönes Land."

Er trank sein Glas aus, und sofort füllte der Kellner es nach.

„Das Land selbst, vor Millionen Jahren erschaffen, hat sicher seine Vorteile, aber was hat das mit der Sache zu tun? Ein Land wird immer nach seinem Volk beurteilt, und wenn ich mir die Bewohner so anschaue, müßte Schweden vor Scham wieder im Magma versinken."

„Kennst du die Schweden denn so gut? Bist du auch mit einer von dort verheiratet?"

„So schlimm kann ich in einem früheren Leben gar nicht gewesen sein, daß ich eine solche Strafe verdient hätte. Entschuldige, vielleicht hast du ja die einzige Ausnahme erwischt. Ja, ich kenne die Schweden. Ich bin ein glühender Europäer. Wir erkennen, daß wir zusammengehören, und wir vereinigen uns, das ist die beste Garantie, einem neuen Krieg zu entgehen. In den Ländern haben wir uns auf ein funktionierendes System geeinigt. Wir handeln miteinander, anstatt uns die Köpfe einzuhauen, wir öffnen die Grenzen, wir müssen einander akzeptieren, weil wir durch unzählige Bande miteinander verflochten sind. Die Schweden jedoch..."

Er schüttelte den Kopf und schien jeden Moment auf den Teller speien zu wollen.

„Die Schweden jedoch, die zuletzt gerade noch so in das gemeinsame Boot gesprungen sind, schicken eine Delegation, die alles tut, um das Land wieder aus der Gemeinschaft herauszuführen. Die unsere Ideale mit Füßen tritt. Die Verträge über eine gemeinsame Währung unterschreibt und sich dann davor drückt. Die Schweden sind das arroganteste Pack, das ich kenne!"

„Da hast du recht", murmelte ich, und das gute Essen wurde zu Asche in meinem Mund.

„Schweden katzbuckelte vor Hitler und kaufte sich vom Weltkrieg frei. Wir dürfen nicht gegen die Unterdrücker kämpfen, unser Land ist ja neutral, sagten sie im Brustton der Überzeugung. Das würde Herr Hitler respektieren. Aber war Holland nicht auch ein neutrales Land? Und Polen? Und Norwegen? Und Belgien? Und die baltischen Staaten? Und Dänemark? Als der Frieden kam, lag ganz Europa in Trümmern. Nur Schweden verfügte über eine voll entwickelte Industrie und hatte Milliarden an dem Blut verdient, das in Strömen geflossen war. Die Schweden wurden reich und glaubten, sie wären ein überlegenes Volk. Ein Heuchlerpack ohnegleichen!"

Er gab mir einen Klaps auf die Schulter:

„Natürlich hat sich auch die Schweiz aus dem Krieg herausgehalten, aber das konnte man verstehen und in gewisser Weise akzeptieren. Ihr Schweizer kommt nicht mit Moralpredigten. Aber die Schweden... Sie glauben, daß sie das Gewissen der Welt sind, verstehen aber nichts von anderen Kulturen oder Denkweisen. Nur ihre hausgemachten Lösungen taugen etwas. Das ist der blanke Hohn: Einer der größten Waffenlieferanten der Welt verdammt den Krieg! Ich könnte dir erzählen, daß..."

Er lachte hysterisch auf, doch dann fand er seine normale Stimmlage wieder:

„Mensch Werner, wir wollten doch in Ruhe essen. Vergessen wir diese verdammten Wikinger. Laß uns noch ein Gläschen trinken. Den Kaffee nehmen wir woanders."

Der Regen hatte nachgelassen; es waren eher feuchte Nebelschwaden, die durch die Stadt trieben. Trotzdem spannte ich den teuren Schirm auf. Van der Dijk trotzte dem Wetter, er war es wohl so gewohnt, der Schwedentöter. Er hatte meinem guten, alten Vaterland Unrecht getan. Bei der Hundesteuer hatten wir uns doch flexibel gezeigt.

Er führte mich zu einem Platz, den er als das Herz der Stadt bezeichnete: Dam. Früher war hier Hafengelände gewesen, doch die fleißigen Holländer hatten dem Meer ein zusätzliches Stück Land abgewonnen, ein trockenes Fleckchen Erde. Ich war nicht in der Stimmung, es zu bewundern. Sollte ich etwa heucheln, ich... Schwede?

Van der Dijk verriet mir, daß das große, breite, schwere Gebäude, das den Platz flankierte, einst ein Rathaus gewesen sei, jetzt aber als königlicher Palast diene. Daß es überhaupt aufrecht stehen könne, beruhe auf den fast vierzehntausend Pfählen, mit denen das Bauwerk im weichen Boden verankert sei. Er könne es organisieren, daß ich mir die Residenz von innen anschauen dürfe, doch ich wollte nicht. Auch auf die Nieuwe Kerk verzichtete ich, obwohl sie sehr schön sein soll.

Der Schwede - arrogant? Regen oder Nebel, die Amsterdamer hatten beschlossen, auszugehen und das Wochenende zu feiern, und hier trafen sie sich. Die Leute schoben und drängelten sich, kauften bei Straßenhändlern oder schauten Jongleuren zu, lauschten Straßenmusikern und belohnten sie mit Münzen und Applaus. Kinder bekamen Luftballons, Erwachsene stopften Fastfood in sich hinein.

Ein Mann trat zu uns und flüsterte dem Kommissar etwas zu. Der antwortete nur kurz, und der Mann ging ruhig davon. Ich war ganz in Gedanken versunken gewesen, deshalb erkundigte ich mich:

„Was wollte er denn?"

„Natürlich Cannabis verkaufen. Aber man soll nie auf der Straße kaufen. Schlechte Qualität. Apropos, wie trinken den Kaffee bei Tweedy hier in der Nähe. Caroline ist noch nicht im Dienst."

Wir liefen über einen anderen Platz und um eine Ecke und betraten einen ziemlich schäbigen Coffeeshop. Der Rauch lag dicht im Raum, gewöhnlicher Tabak und Cannabis. Meinetwegen, ich war ja Schweizer und sehr tolerant, ich würde meine schwedische Klappe halten. Ganz hinten in dem Lokal hatte man drei Eisenbahnabteile improvisiert. Sogar Koffer lagen im Gepäckfach und auf den Ablagen Zeitschriften und Backgammonspiele. Zwei junge Männer spielten Snooker an einem Billardtisch. Sie schienen high zu sein, denn sie freuten sich über jeden mißlungenen Stoß. Bei einem gleichgültig wirkenden Kellner bestellte der Kommmissar zwei Tassen des hier üblichen starken Kaffees.

„Hier verkaufen sie nederwiet", erklärte van der Dijk, „das ist Gras, das in Holland angebaut wird. Beste Sorte, wird auch Northern Light genannt. Auch der Preis ist okay; für zehn Gulden bekommt man fünfundzwanzig Tüten."

„Rauchst du so etwas?"

„Nicht mehr. Früher einmal, als ich noch jung und stark war."

„Cannabis scheint ein gutes Touristengeschäft zu sein."

„Klar, hierher kommen Leute aus aller Welt, um zum Beispiel ungestört Marihuana rauchen zu können. Lokalpolitiker empfehlen sogar verschiedene Sorten in den Zeitungen. Einmal im Jahr findet ein Wettbewerb zwischen den Shops statt, was die Qualität des Rausches und den Geschmack angeht. Man muß daran gewöhnt sein, denn es handelt sich um starken Stoff."

„Ich mache dieses Jahr nicht mit", brummte ich. „Und natürlich ist alles legal."

„Man darf nicht auf der Straße oder in der Presse dafür werben, sonst muß man Strafe zahlen. Aber ansonsten sind der Verkauf und der Konsum legal. So, jetzt müßten wir unsere kleine Caroline eigentlich antreffen."

„Wohin gehen wir?"

„Red light district. Dort arbeitet sie."

Wir näherten uns der zweiten großen Touristenbranche Amsterdams, der Prostitution. Niemand versuchte, etwas zu verbergen. Vergnügungssüchtige aller Art schlenderten umher und bestaunten mit großen Augen all die Verlockungen.

Sexshops, Livevorstellungen und Peepshows lagen dicht an dicht, dazwischen Coffeeshops, aus deren offenen Türen schwere Reggaemusik drang, und Bars, in denen nur Schnaps serviert wurde. Und natürlich die Erdgeschoßwohnungen mit den großen Fenstern, über denen eine rote Lampe leuchtete. Die Mädchen zeigten, was sie hatten, und die Männer begutachteten die Angebote, ohne schüchtern zu sein. So mancher verschwand hinter einer der Türen.

„Schau dir diese Häuser an", sagte van der Dijk. „Die oberen Etagen stehen alle leer. Die Eigentümer müssen sie nicht mehr vermieten; es reicht, wenn das Erdgeschoß belegt ist. Jedes Mädchen arbeitet acht Stunden und bezahlt hundert Gulden für sein Zimmer. Was sie darüber hinaus einnimmt gehört ihr, und das kann eine Menge sein."

Ich sparte mir einen Kommentar. Amsterdem war auch das Zentrum des Pornoversandhandels, und außerdem konnten hier Pädophile ohne Probleme Bilder kaufen. Er wies auf ein niedriges Gebäude, hinter dem eine Kirche aufragte.

„Das ist das Informationsbüro für die Prostituiertenszene; die geben die Adressen und andere Auskünfte. Ab und zu finden auch Kurse in Prostitution statt, für beide Geschlechter."

„Was?" empörte sich der Schweizer. „Kurse? Was lernen die denn da?"

„Zum Beispiel Hygiene, Anwendung von Verhütungsmitteln, Ernährung, gewerkschaftliche Fragen. Unsere Prostituierten haben eine eigene Gewerkschaft."

„Meine schwedische Frau sagt..."

„Danke, ich weiß, was sie sagt. Wie alle Schweden. Dort haben sie Männer, die Liebe kaufen, kriminalisiert, jedoch nicht die Mädchen, die sich anbieten. Typisch schwedische Heuchelei! Damit wollen sie die Prostitution abschaffen. Man erläßt ein Gesetz, und am nächsten Tag sind die Menschen wie verwandelt. Das glauben die doch selber nicht! Arme Mädchen, was die alles ertragen müssen. Bei uns geschieht alles öffentlich, und damit sind Käufer und Anbieter gleichermaßen sicher. Schweden! Bah!"

„Vielleicht gibt es andere Gesichtspunkte?" versuchte ich es, doch auf diesem Ohr war er taub.

„Schwer Rauschgiftsüchtige bekommen bei uns Methadon, damit sie ein menschenwürdiges Leben führen können. Können schwedische Heroinabhängige arbeiten? Bekommen sie Hilfe? Dort bleibt nur das Gefängnis für alle, die von einer Droge nicht loskommen. Heuchler! Oder nimm die Sterbehilfe. Hier kann ein unheilbar Kranker seinen eigenen Tod arrangieren. Erst Gespräche mit Psychologen, und dann kann er, wenn die Angehörigen einverstanden sind, in Würde sterben, eine letzte Willenshandlung. Und in Schweden? Dort siechen die Leute in Krankenhäusern dahin. Barbaren! Hier ist es."

Wir waren zu einem niedrigen roten Ziegelhaus mit diskretem Eingang gekommen. Auf meine Frage antwortete er sachlich:

„Ein Bordell. Caroline ist die Chefin. Alles geht ordentlich und legal zu, ein jeder zahlt Steuern und erhält von der Gesellschaft soziale Unterstützung. Zuhälterei ist verboten, ausländische Mafia-Banden zerschlagen wir."

Wir traten ein und standen vor einer Art Rezeption. Wie in jedem gewöhnlichen Büro saß ein Mädchen hinter dem Empfangstisch. Einziger Unterschied - mit freiem Oberkörper! Sie lächelte professionell:

„Zwei Herren wünschen zwei Frauen? Oder... ?"

„Wir möchten Caroline de Jong sprechen. Ich nehme an, sie ist da?"

„Werden Sie erwartet?"

„Wo ist ihr Zimmer?"

„Na gut, wenn Sie gute Bekannte sind. Dritte Tür rechts."

Van der Dijk öffnete, ohne anzuklopfen, und wir traten ein. An einem Schreibtisch saß eine Frau und schaute auf einen Monitor. Als sie uns bemerkte, nahm sie die Brille ab:

„Hier darf niemand unangemeldet herein. Was wollen Sie?"

Unauffällig musterte ich sie. Diese Augenbrauen... die Nase... der Mund... die Linie der Wangen... Ich holte tief Luft.

Sie gehörte zu den drei Attentätern!

## 15.

Sie mußte einige Jahre älter sein als Henk und sah aus, als hätte sie alles gesehen, gehört und miterlebt, was es in ihrer Branche gab. Kein Vorschlag konnte sie schockieren, nichts konnte sie erschüttern. Das dunkle Haar, sicher gefärbt, war streng zurückgekämmt und im Nacken zu einem Knoten geschlungen, der durch eine silberne Spange in Form eines galoppierenden Pferdes zusammengehalten wurde. Sie trug ein lose sitzendes, grünes Seidenkleid mit dreiviertellangen Ärmeln. Die Unterarme waren dicht mit goldenen Reifen bedeckt, die an Wikingerschmuck erinnerten; an jedem Finger saß ein Ring mit einem Stein. Ihre Fingernägel waren schwarz lackiert. Und das Gesicht - glich einem der „Boten des Todes"! Van der Dijk zeigte seine Polizeimarke, stellte sich vor und wies auf mich. Er sprach deutsch, und sie nahm die Sprache auf, die ihr nicht fremd zu sein schien.

„Kommissar Dorffmann von Interpol."

„Aha. Und?"

„Wir wollen mit Ihnen über Ihren Bruder Henk Priem reden."

Sie streckte die Hand aus und betätigte einen Schalter.

„Ich will immer wissen, was da draußen passiert; was hier drinnen geschieht, geht dagegen keinen etwas an. Halbbruder", korrigierte sie dann.

„Erzählen Sie uns von ihm."

„Warum?"

„Weil ich Sie darum bitte. Das ist die sanftere Form der Aufforderung. Also, erzählen Sie uns bitte von Ihrem Halbbruder."

„Und wenn ich mich weigere und es vorziehe, überhaupt nicht mit Ihnen zu reden?"

Van der Dijk schüttelte mitleidig den Kopf.

„Liebe Frau de Jong, Sie sind schon lange in ihrem Geschäft; Sie müßten doch wissen, daß es sich niemals lohnt, die Polizei zu reizen. Nein, mit der Polizei muß man sich gutstellen, sonst gibt es Razzien und Untersuchungen und Revisionen und so weiter. Sie wissen auch, daß wir Genehmigungen und Lizenzen erteilen, aber auch zurücknehmen können."

Sie zog die Mundwinkel herunter und zog eine angewiderte Grimasse:

„Sie sind nicht besser als die Faschisten."

„Jeden Tag eine Razzia. Gibt es hier wirklich keinen Zuhälter? Jeder muß sich ausweisen. Alle Kunden werden registriert, anschließend bekommen sie Vorladungen zum Verhör, und die werden ihnen per Post nach Hause geschickt. Wie ist es mit dem Brandschutz? Alles muß kontrolliert werden, und die kleinste Kleinigkeit wird mit hohen Ordnungsstrafen geahndet. Und so weiter."

Er schaute sie einen Moment streng an, hob dann den Zeigefinger und dozierte:

„Und, Frau de Jong, beschimpfen Sie niemals einen Polizisten als Faschisten. Das zeugt von einem sehr schlechten Urteilsvermögen."

Ihr Gesicht schien in der Grimasse erstarrt zu sein. Jetzt traten auch noch ihre Halsmuskeln deutlich hervor. Der Kommissar fuhr in demselben liebenswürdigen Ton fort:

„Ich benutze jetzt Ihr Telefon - danke! - , wähle die Nummer meiner Abteilung und bestelle gleich einmal eine Razzia. In zehn Minuten sind die Wagen hier."

Er tippte die Ziffern ein; eine Männerstimme drang aus dem Hörer.

„Hier ist Kommissar van der Dijk. Ich möchte..."

Sie drückte auf den Knopf, so daß die Verbindung unterbrochen wurde, und kapitulierte bedingungslos:

„Was wollen Sie wissen?"

„Immer noch dasselbe. Erzählen Sie von ihm."

Ich sah, wie sie überlegte. Wieviel mochten wir über ihre Beziehungen zu ihm wissen? Wenn man jemanden verhört, muß man immer einen Schritt weiter denken; der Befragte darf nie ahnen, welches As man noch im Ärmel hat. Jemand, der verunsichert ist, kann sich nicht auf seine Abwehr konzentrieren. Also beteiligte ich mich an der Attacke; unter Doppelbeschuß würde sie am schnellsten weich werden:

„Frau de Jong, wir haben natürlich eine Menge Fotos von Ihrem Bruder in verschiedenen Situationen. Sind Sie sich klar darüber, daß Sie sich sehr ähnlich sehen?"

Der Kommissar warf mir einen schnellen Blick zu, der Hochachtung ausdrückte. Das kleine Wort „natürlich" suggerierte ihr, daß wir ihn schon lange beobachten ließen. Sie runzelte die Stirn, da sie den Sinn der Frage nicht richtig begriff, und antwortete ausweichend:

„Ja, die Leute behaupten, wir sähen uns sehr ähnlich. Wir haben wohl beide die Züge unseres Vaters geerbt."

Das konnte stimmen; neben dem Fingerabdruck ein weiterer Hinweis, daß ich den angeblich toten Henk Priem am Tatort gesehen hatte. Van der Dijk forderte sie noch einmal liebenswürdig auf, weiter zu erzählen, und nun kam sie in Fahrt:

„Wir waren nicht viel zusammen, weil sich Papa früh scheiden ließ und..."

„Liebe Frau de Jong, ersparen Sie uns die Kindheit! Uns interessieren nur die letzten zehn Jahre. Erzählen Sie uns etwas über Ihre gemeinsamen Projekte."

Sie gab sich Mühe, völlig unberührt zu wirken, doch die verkrampften Hände zeigten, daß sie erregt war:

„Wir haben uns manchmal getroffen, aber von gemeinsamen Geschäften kann nicht die Rede..."

„Frau de Jong, wenn Sie glauben, daß Sie es hier mit Idioten zu tun haben, dann können wir auch gehen. Und dann folgt die Razzia, und dann... Tut mir leid, das Dasein ist kein Spiel. Nicht einmal in einem Bordell. Wir wollen Sie nicht fertigmachen und werden das meiste, was in diesem Raum gesagt wird, schnell wieder vergessen, aber sagen Sie die Wahrheit."

Was sollte sie preisgeben? Wenn sie B sagte... kannten wir denn wirklich A? Ich lächelte überlegen und köderte sie nonchalant:

„Aber, aber, meine Dame, Sie wissen doch, woran wir unter anderem denken."

Der Kommissar schien sich zur Tür begeben zu wollen. Nun wurde ihr der Boden unter den Füßen zu heiß:

„Der Opiumdeal vor sieben Jahren... ich habe nur den Kontakt vermittelt."

„Zwischen Ihrem Halbbruder und... wem?"

„Ich sollte nicht..."

„Na?"

„Er hieß Dirk Ceesay, und er... „

„Gut, Probe bestanden. Weiter jetzt. Vergessen Sie die Opiumsache; wir kennen alle Details. Also?!"

Er erhöhte das Tempo und hielt seinen scharfen Blick ständig auf sie geheftet. Sie hatte keine Chance, nach Alternativantworten zu suchen. Trotz ihrer Erfahrung in unbehaglichen Situationen schien das lose hängende Kleid zu eng zu werden. Sie rang nach Luft. Obwohl sie gut deutsch sprach, war es nicht ihre Muttersprache; die Suche nach den richtigen Vokabeln blockierte weitere graue Zellen in ihrem Gehirn, die ihr sonst vielleicht für raffinierte Täuschungsmanöver zur Verfügung gestanden hätten.

„Bei der Silbergeschichte war ich auch nur die Vermittlerin…"

„Wann und zu wem?"

„Das war… vor vier Jahren. Nikos Hiltermann hatte Henk überredet…"

„Reicht, wir wissen Bescheid."

„Ich… ich mußte mir von Henk Geld borgen, um mich in dieses Etablissement hier einzukaufen."

„Sie meinen das Bordell?"

„Wir nennen es Relaxation Center."

„Warum borgte er Ihnen Geld?"

„Weil ich ihn jährlich an dem guten Gewinn beteilige."

„Wie gut? Welcher Prozentsatz?"

„Zwischen vierzig und fünfzig. Unser Center ist sehr populär. Die Mädchen sind frisch und nehmen keine harten Drogen."

„Beschäftigen Sie russische Mädchen?"

„Nein, niemand in unserer Branche will die haben. Immer steckt ein Zuhälter dahinter. Aber wir haben hübsche, attraktive Schwedinnen. Hier können sie sicher arbeiten, sagen sie."

Wieder sparte ich mir einen Kommentar. Außerdem wollte ich den Kommissar nicht stören, das hier war sein Revier und nicht meines.

„Was muß ein Kunde bezahlen?"

„Der Grundpreis ist fünfzig Gulden für zwanzig Minuten.

Vielen Männern reicht das, aber wir bieten auch andere Dienstleistungen an. Die kosten extra; ab der einundzwanzigsten Minute gilt ein neuer Tarif."

„Wie viele Mädchen arbeiten jetzt hier?"

„Insgesamt zwanzig, in verschiedenen Schichten, und..."

„Wenn ich es schnell überschlage, benötigten Sie einige hunderttausend Gulden, um Teilhaberin zu werden. Stimmt das?"

Sie nickte zustimmend, und van der Dijk bohrte weiter:

„Woher hatte Ihr Bruder so viel Geld?"

„Ich weiß es nicht, und ich..."

„Die Wahrheit, Frau de Jong, die Wahrheit!"

Sie griff nach dem Halsausschnitt ihres Kleides und versuchte, sich Luft zuzufächeln. Sie schien sich gar nicht wohl zu fühlen.

„Ein Teil stammte wohl aus Drogengeschäften. Er erzählte mir, daß er mit einem Importeur zusammenarbeite."

„Mit wem?"

„Wenn er das erfährt, bin ich am nächsten Tag tot."

„Nennen Sie mir den Namen! Solange Sie die Wahrheit sagen, gehen Sie kein Risiko ein."

Sie leckte sich immer wieder die Lippen, und ich konnte sie verstehen. Den Kräften, die sie heraufbeschwor, war sie nicht gewachsen; sie konnte nur auf unsere absolute Diskretion vertrauen.

„Cees Kaart. Ich warnte Henk, weil..."

„Nenn mir die anderen Namen, die zu der Terrorbande gehören."

„Was? Terrorbande?"

„Ich meine die Bombenleger."

Sie riß die Augen auf, und ihre Stimme überschlug sich fast:

„Über solche Dinge weiß ich nichts! Von Bomben war nie die Rede! Das müssen Sie mir glauben! Wenn ich wüßte, daß er mit Terroristen zu tun gehabt hat, würde ich es Ihnen erzählen. Das ist die Wahrheit! Ich schwöre es... die Wahrheit!"

„Wann haben Sie ihn zuletzt getroffen? Keine Ausflüchte!"

Die Stimme wurde noch kreischender:

„Aber das ist Jahre her! Seine Gewinnbeteiligung wird immer auf ein Bankkonto überwiesen. Seit drei Jahren hat er nichts mehr von sich hören lassen. Manchmal glaube ich, daß er… daß er…"

„Was glauben Sie manchmal, Frau de Jong?"

„Daß er tot ist. Vielleicht ermordet von Cees Kaart. Er hat sich mit gefährlichen Leuten eingelassen."

Die Blicke des Kommissars drangen wie Fühler in sie ein und schienen weitere Informationen aus ihr heraussaugen zu wollen, aber sie tasteten ins Leere. Für diesmal schien sie alles gesagt zu haben.

„Frau de Jong, was gesagt wurde, bleibt hier in diesem Raum; es sei denn, wir merken, daß Sie uns angelogen haben. Dann kenne ich kein Erbarmen! Wollen Sie Ihren Aussagen noch etwas hinzufügen?"

Sie schüttelte den Kopf und atmete tief. Van der Dijk erhob sich. Als sie begriff, daß ihre Qualen ein Ende hatten, sank sie in sich zusammen. Er reichte ihr seine Karte:

„Rufen Sie mich an, wenn Ihnen noch etwas einfällt. Das kann Ihrer Position nicht schaden, Frau de Jong."

Als wir hinausgingen, sah ich, daß sie den Lautsprecher von der Rezeption wieder einschaltete. Das barbusige Mädchen am Empfang lächelte uns einladend an:

„Wünschen die Herren Gesellschaft?"

„Danke, heute nicht", antwortete ich höflich.

„Nehmen Sie unsere kleine Broschüre, damit Sie uns nicht vergessen. Bitte schön! Wir gehören zu den Besten in der Branche."

Ein wenig aufdringlich reichte sie mir ein paar einfache Prospekte, zwinkerte mir zu und tippte mit dem Finger darauf. Als wir auf die Straße traten, machte der Kommissar fast einen Luftsprung.

„Das lief ja besser als ich dachte, Werner! Jetzt haben wir mehrere Namen, mit denen wir weiter arbeiten können, von Leuten, die mit Priem in krumme Geschäfte verwickelt waren.

Laß uns noch einen Kaffee trinken. Übrigens, schau dir mal dieses Haus hier an. Caroline de Jong sollte es täglich zur Warnung betrachten."

„Warum zur Warnung?"

„Weil es in der bösen Zeit, als Amsterdam bigott war, als Spinnhaus diente. Die armen Sünderinnen mußten wie die Tiere schuften. Sonntags verkaufte der Besitzer Eintrittskarten, und die Allgemeinheit durfte zusehen, wie die gerechte Strafe an den Frauen vollzogen wurde. Wie gut und moralisch sich die braven Bürger dabei fühlten! Über dem Eingang hängt ein Schild mit dem Motto des gottesfürchtigen Hausherrn: 'Weine nicht, ich nehme nicht Rache, weil du falsch gehandelt hast, sondern ich zwinge dich, das Gute zu tun. Hart ist meine Hand, gut ist mein Herz.' Ist das zu glauben? Die reinste Heuchelei, schon im siebzehnten Jahrhundert! Muß ein Schwede gewesen sein. Na, trinken wir erst einmal einen starken Kaffee."

Wieder gingen wir in einen Coffeeshop von derselben Art wie früher, minus Billard und Bahnabteil. Dafür konnte man an den Tischen diverse Sorten Cannabis verkosten und kaufen. Van der Dijk notierte sich die Namen und Angaben, die er von Caroline de Jong bekommen hatte. Ich nahm die Broschüren in die Hand und betrachtete sie nachdenklich.

„Man sieht keine Prostituierten auf der Straße", bemerkte ich.

„Das ist auch gesetzlich verboten. Die Mädchen, die sich in den Fenstern zeigen, befinden sich per Definition in ihrer Wohnung, und was die Leute zu Hause machen, geht keinen etwas an. Wir Holländer bevormunden niemanden. Jeder darf mit seinem Leben machen, was er will. Ich sage dir lieber gleich, daß du die Mädchen nicht fotografieren darfst. Das könnte Ärger geben. Manche führen ein Doppelleben, und das ist auch in Ordnung, solange es nicht herauskommt."

Ich drehte die Broschüre um. Ganz unten hatte das Mädchen mit runden, ungelenken Buchstaben eine Adresse und einen kurzen Text notiert: „Informationen über Henk

Priem bekommen Sie hier. Er hat einmal meine Schwester mißhandelt."

Van der Dijk pfiff leise:

„Ein kleinbürgerlicher Vorort. Nehmen wir uns gleich am Montag vor. Sicher gibt es da jemanden, der Priem in den 60ern getroffen hat, und der oder die läuft uns übers Wochenende nicht weg. So, nun beginnt der angenehme Teil des Tages, nicht nur, weil heute Samstag ist, sondern vor allem, weil meine Frau einen runden Geburtstag feiert, und Gott strafe mich, wenn ich ihr Fest wegen dienstlicher Angelegenheiten versäume. Kommst du bis Montag morgen allein klar? Klar kommst du klar. Wenn es etwas absolut Dringendes gibt, kannst du mich zu Hause anrufen, aber sieh zu, daß es nichts absolut Dringendes gibt. Deine Minibar hilft dir sicher, die Zeit zu vertreiben. Die Pornokanäle im Fernseher findest du bestimmt allein."

„Kanäle? Dann sind die Filme bestimmt made in Holland", versuchte ich mich an einem säuerlichen Scherz.

„Natürlich. Wir können alles am besten. Laß dir für alles, was du ißt oder trinkst, eine Quittung geben. Interpol bezahlt!"

Er brachte mich noch auf den rechten Weg, damit ich mich im Rotlichtbezirk nicht verlief. Der Regen nahm zu, dazu blies ein kräftiger Wind. Alles war grau und trist und deprimierend. Er konnte das holländische Prostitutionsmodell rühmen wie er wollte, ich hatte trotzdem keine Lust, in diesem Stadtteil zu bleiben. Eigentlich mochte ich gar nichts an Amsterdam.

Das Hotel war dann aber doch eine angenehme Insel im feindlichen Meer; also beschloß ich, sie nicht zu verlassen. Goethe hatte eine Nachricht hinterlassen, er müsse übers Wochenende nach Berlin. Ich würde es überleben. In meinem Zimmer befand sich ein Laptop mit Drucker, und schon stand mir das www-Paradies offen. Simon war kein Freund des Internets, aber seine vielen Kinder hatten ihn zu einem PC überredet. Also schrieb ich ihm ein paar Zeilen. Nach ein paar Minuten antwortete er, und ich ahnte, wie sein Zeigefinger auf der Tastatur herumhackte.

In Schweden waren weitere Buchhändler bedroht worden.

In der Nähe des „Hauses des Buches“, das der Distribution Seelig gehörte, war eine Autobombe explodiert. Großer Sachschaden, riesige Schlagzeilen, keine Spur von den Tätern. Der Buchverlag hatte das Handtuch geworfen und alle Exemplare zurückgerufen, so daß „Die Wahrheit über den Balkan“ in Schweden praktisch nicht mehr verkauft wurde. Die Presse schrieb, der Terror habe gesiegt, und ließ vorsichtig Kritik an dem kapitulierenden Verleger durchblicken, doch die Söhne konterten, es sei leicht, die große Klappe zu haben, wenn man selbst nicht Gefahr lief, die Zähne eingeschlagen zu bekommen.

Simon hatte die Adresse von Virenas Hotel auf Capri herausgefunden. Ich suchte es im Netz und schickte eine E-Mail mit lieben Grüßen an meine beiden Damen. Den ganzen Abend wartete ich auf eine Antwort, doch es kam keine. Ich ging früh zu Bett, schlug ein Buch auf und schlief augenblicklich ein.

Am nächsten Morgen war endlich eine E-Post von Virena gekommen. Elin und sie fühlten sich wohl auf der herrlichen Mittelmeerinsel. Die beiden lebten ruhig und unerkannt. Virena schrieb, daß sie mich liebhabe, und ich antwortete unverzüglich: dito! Der Sonntag begann also vielversprechend.

Noch schöner wurde er, als ich das Fenster öffnete und hinausschaute. Blendender Sonnenschein und ein sanfter, lauer Wind. Nach einem leichten Frühstück machte ich mich auf den Weg hinaus in die Stadt, ohne Karte, einfach aufs Geratewohl. Einzig den Rotlichtbezirk mied ich.

Vor mir lag ein Sonntag, den ich ganz für mich allein hatte, keine Arbeit, keine Verhöre, keine Berichte. Ich fühlte mich wie ein Schuljunge, wenn das Schuljahr zu Ende ist und die ganzen langen großen Ferien vor einem liegen. So war es jedenfalls zu meiner Zeit; heute fahren die Kids vermutlich nach Thailand zum Baden. Es war ein Gefühl von Freiheit ohne Verantwortung, ohne soziale Kontrolle, ohne Uhr, Terminkalender und Verpflichtungen. Doch da ich in einem Alter war, wo ich die meisten Ausschweifungen und Dummheiten schon hinter mir hatte und außerdem meine Familie liebte, blieb mir nur, mich an einem ungezwungenen Spaziergang zu erfreuen.

Wie hatte ich mich doch geirrt! Amsterdam war eine ganz andere Stadt, als ich mir eingebildet hatte. Die Sonne gab ihr das richtige Aussehen. Eine Stadt mit harmonischen Proportionen, eine Mischung aus Altem und Neuem; die Häuser waren ehrwürdig und schön und spiegelten sich in den unzähligen Kanälen. Goethe hatte erzählt, daß man im Sommer von Mücken geradezu aufgefressen wurde, aber nun war die Luft frei von stechenden Insekten.

Dieser Sonntag war ein Familientag, und die Generationen schienen in perfekter Harmonie auf dem Weg in die Museen, Restaurants, Parks oder den Zoo zu sein. Armeen von Fahrrädern walzten sich über die Straßen, und auch die Inlineskater fühlten sich in diesem platten Land sehr wohl. Über der Stadt lag eine ruhige, zufriedene Stimmung; es ging den Menschen gut und sollte ihnen an diesem Tag noch besser gehen.

Ich setzte mich in ein Café, das einer Kette namens Bruines gehörte. Es war der richtige Platz für stinknormale Leute wie mich, die nichts mit Cannabis am Hut hatten und ihre Frauen lieber bekleidet sahen, jedenfalls in der Öffentlichkeit. Die Einrichtung war aus dunklem Holz, die Stühle hatten keine Polsterung. Hinter dem Bartresen standen unzählige Schnapsflaschen in den Regalen, darunter konnte ich acht Bierfässer mit Zapfhahn erkennen. Die Gäste saßen friedlich zusammen, spielten Karten, tranken Bier und plauderten miteinander; sie hatten frei und fühlten sich wohl. Als ich lediglich eine Tasse Tee bestellte, war das auch keine Sensation.

„Wie bekommt man denn hier ein Taxi?" fragte ich den Mann hinterm Tresen. „Falls Sie deutsch sprechen."

„Beides kein Problem. Auf der Straße ein Taxi zu erwischen ist schwierig. Aber Sie können anrufen. Die Nummer ist leicht zu merken: erst eine sechs und dann sechsmal die sieben. Da hinten ist das Telefon."

„Danke", sagte ich, „es hat keine Eile."

Ich trug keinerlei Verantwortung, doch kleine Ameisen begannen plötzlich, auf meiner Haut herumzulaufen. Was zum Teufel hatten sie da zu suchen? Warum machten sie mich so kribbelig, wo ich doch gerade dabei war, mit Amsterdam Freundschaft zu schließen? Das mußte mein Schweizer Pflichtbewußtsein sein, denn mein schwedisches hatte sonntags immer frei.

Entschlossen trat ich wieder in die gleißende Sonne hinaus. Vor dem Café saßen sommerlich gekleidete Leute beim Kaffee oder Bier. Die jungen tauschten lächelnd Blicke, die in mittleren Jahren diskutierten über Fußball, und die alten freuten sich, daß sie nicht mehr jung waren.

Diese Adresse, die das Mädchen aufgeschrieben hatte... Ging es da wirklich nur um eine alte Zeugenaussage? Sie nahm doch ein großes Risiko auf sich und konnte, falls sie erwischt wurde, mehr verlieren als ihren Job - falls das ein Verlust war... Sie war jung, konnte nicht älter als zwanzig sein. Das heißt, sie mußte Henk Priem vor relativ kurzer Zeit gesehen haben, um ihn so zu verabscheuen, daß sie es wagte, sich gegen Frau de Jong zu stellen. Laut ihrer Notiz hatte er ihre Schwester mißhandelt. Aber wann?

Der Polizist in mir erwachte. Meinetwegen sollte van der Dijk den Hinweis des Mädchens auf die lange Bank schieben, wenn er versprochen hatte, an dem großen Tag seiner Gattin daheim zu sein. Jeder Mensch muß Prioritäten setzen. Meine lagen anders. Mußte ich nicht unverzüglich herausfinden, ob etwas Wichtiges hinter der Sache steckte?

Ich kam an einen Platz, wo es einen Taxistand gab, und wartete auf den nächsten Wagen. Es schien ein ehemaliger Markt zu sein. Rundherum gab es Cafés und Restaurants, vor denen Gäste saßen; dazwischen traten spontan Musiker und Artisten auf. Die Ameisen kribbelten immer heftiger und zwickten mich ab und zu, als wollten sie mich zur Eile antreiben.

Endlich kam ein Taxi. Der Fahrer war sehr alt; wahrscheinlich durfte er nur noch sonntags und mit Sondergenehmigung fahren. Vielleicht zählte man ihn im liberalen Amsterdam auch noch zur Jugend, was wußte ich. Ich sagte auf deutsch Guten

Tag und nannte ihm die Adresse, die ich auf einem Zettel notiert hatte. Er betrachtete mich im Rückspiegel:

„Sind Sie Deutscher?"

„Warum? Was geht Sie das an?"

„Leider befördere ich keine Deutschen in Ihrem Alter. Sie könnten einer unserer Besatzer gewesen sein."

„War ich nicht. Und jetzt fahren Sie bitte los."

„Ich habe nicht gesagt, daß Sie einer von denen waren, sondern daß Sie einer gewesen sein könnten. Es gibt noch mehr Taxis in dieser Stadt. Nehmen Sie ein anderes, dann fühlen wir uns beide besser."

In meinem Alter! Im ersten Augenblick reagierte ich selbstverständlich beleidigt, doch dann wurde mir klar, daß es ein Kompliment für die beiden Verwandlungskünstler war, die mich erschaffen hatten.

„Ich bin Schweizer. Dort geboren und aufgewachsen."

„Oh! Na dann fahre ich Sie, wohin Sie wollen."

Während wir die Straßen entlangrollten, bemühte er sich, seine Handlungsweise zu erklären:

„Mein Vater wurde erschossen, weil er Juden geholfen hat. Wir versuchten, Freunde bei uns zu verstecken, doch ein Nachbar zeigte uns an. Ich war jung und schloß mich der Widerstandsbewegung an. Die Gestapo schnappte mich; was sie mit mir gemacht haben, darüber will ich lieber nicht reden. Dann kam ich in ein Lager, das war weiß Gott kein Zuckerschlecken. Ich liebe meinen Job als Taxifahrer, aber Deutsche, die sich schuldig gemacht haben könnten, transportiere ich nicht."

„Was wurde aus dem Nachbarn? Dem Denunzianten?"

„Die Gestapo zahlte ihm eine Belohung, und er bekam die Möglichkeit, das Haus einer jüdischen Familie billig zu kaufen. Den ganzen Krieg über war er glücklich."

„Und danach?"

„Er konnte sich herauswinden. Alle Zeugen waren tot, und ich hatte keine zwingenden Beweise. Eines nachts wurde er von einem unbekannten Täter erschossen. Haben Sie es eilig? Ich bevorzuge einen ruhigen Fahrstil."

Das Ameisengekribbel riet zur Beschleunigung, doch da das Gefühl nicht rational war, sagte ich, ich sei nicht in Eile. Sein Schicksal berührte mich nicht allzu sehr; ich hatte schon viele solcher Berichte gehört und war gesättigt. Der Krieg macht Monster aus denen, die eine entsprechende Veranlagung haben, und das sind viele, und Engel aus den anderen, aber das sind immer nur wenige. Das Besondere an seiner Geschichte war, daß er sich gerächt hatte. Meistens versuchen die Opfer zu vergessen und zu verzeihen, um weiter leben zu können.

Der Vorort hätte auch in Schweden sein können; Einfamilienhäuser auf knapp bemessenen Grundstücken, gerade Grenzziehung durch niedrige Hecken oder Lattenzäune. Der Taxifahrer weigerte sich, ein Trinkgeld zu nehmen. Ich betrat das Anwesen durch eine eiserne Gartentür, die mit einem Klicken hinter mir zufiel. Dann stand ich auf dem Kiesweg und wußte nicht recht, was ich tun sollte.

Irgend etwas störte mich an dem Haus. Standard 1A, aber... Wackelte da nicht eine Gardine? Klappte eine Hintertür? Entfernten sich eilige Schritte? Startete ein Auto hinter der nächsten Hecke? Geräusche, die von überall her kommen konnten; von allen unseren Sinnen läßt sich das Gehör am leichtesten täuschen.

Das Haus ließ mich frösteln. Das Holz, die Steine, das Dach, das Glas, alles strahlte eine Kälte aus, die mir durch Mark und Bein fuhr. Zögernd ging ich zum Eingang.

Jetzt hörte ich den eigenartigen Laut; und er kam eindeutig von drinnen. Möglicherweise hatte ihn mein Unterbewußtsein schon eine Weile wahrgenommen; daher das ungute Gefühl. Es war ein geisterhaftes Jaulen im Falsett, auf- und abschwellend, und einen Augenblick lang glaubte ich, daß das Haus selbst vor Haß oder Schmerz winselte. Vielleicht war es auch eine Warnung an mich: Komm nicht näher, sonst beiße, kaue und verschlucke ich dich!

Das war ja absurd! Aber wahr, irgend etwas heulte hinter diesen Mauern. Etwas oder jemand... Ein Hund, natürlich, es war ein Hund! Ein winselnder Hund, der... Ich griff nach der Klinke. Die Tür war nicht verschlossen. Vielleicht war das hier eine Gegend, wo man nicht abschließen mußte. Ich trat ein und wußte, was ich sehen würde. Aber da war nichts Beunruhigendes. Ein normaler Flur und ein ganz normal eingerichtetes Wohnzimmer.

Also mußte sich die Quelle des Geräusches im Badezimmer befinden. Ich legte das Ohr an die Tür. Das Jaulen ging mir auf die Nerven. Nein, das konnte kein Hund sein. Warum sollte man einen Hund ins Bad sperren? Es klang wie eine tote Seele, die aus der Hölle um Vergebung winselt... Ich riß mich zusammen. Was fiel mir nur ein? An tote Seelen hatte ich doch noch nie geglaubt. Aber...

Ich drückte die Klinke herunter. Die Tür war abgeschlossen; der Schlüssel fehlte. Das Jaulen wurde lauter, als reagierte etwas oder jemand auf mein Kommen. Die Tür jedoch war äußerst stabil und widerstand meinen kraftvollen Tritten.

Ohne ein Brechwerkzeug war da nichts zu machen. Ich schaute mich überall um. In der Küche entdeckte ich ganz unten im Schrank eine Kiste, in der sich auch ein Hammer mit Nagelzieher befand.

Ich klemmte die Spitzen zwischen Rahmen und Türblatt und drückte auf den Stiel. Das Holz knackte. Der jaulende Ton erreichte eine Höhe, in der er kaum noch zu hören war. Was zum Teufel verbarg sich hinter der Tür?

## 16.

Splitter segelten zu Boden, während ich die Tür wie besessen bearbeitete. Das Jaulen war weder menschlich noch tierisch, und ich fragte mich voller Furcht, was ich da wohl befreien mochte. Eine letzte Anstrengung, und das Schloß sprang auf. Ich holte tief Luft, stieß die Tür auf und sprang zur Seite.

Ein Wesen taumelte heraus, jaulend und winselnd wie ein kranker Wolf; ein Mann, dessen Hände mit einem dünnen Seil gefesselt waren. Eine Flüssigkeit tropfte von den Händen und aus dem Gesicht. Es stank so fürchterlich, daß jeder Atemzug weh tat.

Das Gesicht... war das ein Gesicht? Die Haut war aufgelöst und die Augen blicklos. Statt der Lippen hingen nur noch Hautfetzen da, so daß die Zähne entblößt waren. Er kam näher und stieß mich an. Ein Tropfen von seinen Fingern fiel auf meinen Handrücken, und es brannte schlimmer als Feuer. Säure! Seine Arme zuckten, und plötzlich fielen die Fesseln ab.

Der Mann tastete blind nach mir, während ich mich wegduckte und in die Küche eilte, um meine verätzte Hand unter den kalten Strahl des Wasserhahns zu halten. Ich hatte schon einmal mit Säure zu tun gehabt und wußte, was sie für teuflische Folgen haben konnte.

„Aaaauuuuooooh..."

Möglicherweise konnte er noch hören, und in dem Inferno der Schmerzen wiesen ihm die Laute den Weg. Vielleicht suchte er Trost, eine Brust, an der er ruhen konnte, ein Streicheln über Wangen, die keine mehr waren, sondern nur noch aus zerfressenen Zellen bestanden. Er schwankte in die Küche und breitete die Arme aus, um den ans Herz zu drücken, der ihm den Weg aus den Qualen weisen würde. Ich taumelte gegen einen kleinen Tisch. Als er den Mund aufriß, sah ich, daß auch seine Zunge zerfressen wurde.

Wenn ich versuchte, ihm nach rechts zu entkommen, wandte er sich nach links, und seine Hände waren wie Klauen. Vermutlich wurde er von Instinkten geleitet; es war eine Szene wie aus einem Horrorfilm, und ich war einer der Akteure. Und die ganze Zeit drang dieses schreckliche Jaulen aus seinem zerfressenen Hals. Die Säure tropfte von seinem Körper; ich mußte aufpassen, daß ich nichts abbekam. Falls er mich in seine Arme schloß, würde ich mich in kürzester Zeit in genau so einen Zombie verwandeln.

Auf einer der Kochplatten stand eine gußeiserne Steakpfanne. Er oder ich! Verdammt... er wußte ja nicht, was er tat... es war nicht seine Schuld... Schnell schob ich ihm den kleinen

Tisch gegen die Oberschenkel. Er verlor das Gleichgewicht und fiel vornüber. Gleichzeitig holte ich mit der schweren Pfanne aus und hieb sie ihm über den Schädel. Er fiel zu Boden, doch selbst im barmherzigen Dunkel der Bewußtlosigkeit wimmerte er noch, und Arme und Beine zuckten.

Mit dem Jackenärmel wischte ich mir den Schweiß von der Stirn, wankte zum Wasserhahn und hielt meine Hand erneut darunter, diesmal für eine lange Zeit. Dann ging ich ins Wohnzimmer, wo ich ein funktionierendes Telefon fand. Es fiel mir schwer, den Hörer zu halten. Trotz des Schweißes waren meine Lippen wie ausgetrocknet. Van der Dijk schien sich nicht gerade zu freuen, als er meine Stimme vernahm:

„Wenn ich mich recht erinnere, hatte ich eindeutig zu verstehen gegeben, daß ich am Wochenende meine Ruhe haben wollte. Ja, ich erinnere mich deutlich: Du solltest mich nur in ganz dringenden Fällen anrufen. Wir haben hier eine Geburtstagsfeier und wollen unsere Ruhe haben."

„Halt die Klappe, verdammt nochmal! Du hast eine Familienfeier, und ich bin bei der Adresse, die uns das Mädchen gegeben hat. Ich war gezwungen, einen Mann bewußtlos zu schlagen."

„Wovon redest du...?"

„Er war gefesselt, Gesicht und Hände von Säure fast zerfressen. So, nun weißt du, wovon ich rede."

Eine Weile war es still im Hörer, dann meldete er sich mit völlig veränderter Stimme:

„Ich komme sofort."

„Am besten, bevor er wieder zu sich kommt, denn dann müßte ich ihn noch einmal niederschlagen. Ich glaube, dabei würde ich mich übergeben."

„Der Krankenwagen kommt sicher schneller als ich."

Während ich wartete und die Uhr rückwärts zu laufen schien, hielt ich den größtmöglichen Abstand zu der Jammergestalt, die Steakpfanne immer in der Hand. Sie zuckte und winselte und tat mir unendlich leid, ihr Gesicht verschwand buchstäblich vor meinen Augen.

Die Ambulanz und der Kommissar trafen zur selben Zeit ein. Die jungen Männer in Weiß zogen Handschuhe über und legten den Bewußtlosen auf eine Bahre. Sie spritzten ihm etwas in den Arm, doch der Körper hörte nicht auf zu zittern. Ich hätte auch ein Beruhigungsmittel vertragen können. Sie trugen ihn hinaus in den Krankenwagen. Die Tür blieb offen, und van der Dijk riß die Fenster auf, doch der widerwärtige Gestank ließ sich nicht vertreiben.

„Schau mal hier ins Bad", sagte ich leise.

Im Waschbecken stand eine klare Flüssigkeit, die nach Säure roch. Ich konnte es in dem kleinen Raum kaum aushalten; die Angst des Mannes klebte an den Wänden. Ich ging hinaus auf den Kiesweg und ließ mir vom Wind die Stirn kühlen. Der Kommissar stellte sich neben mich und seufzte. Ohne ihn anzusehen fragte ich:

„Wann kommen deine Techniker?"

„Ich hoffe bald, obwohl es Sonntag ist."

„Der Boden ist noch weich nach dem Regen. Ich glaube, jemand lief aus der Hintertür und fuhr in einem Auto davon. Die Schuhe und Reifen müßten Spuren hinterlassen haben. Laß die Nachbarn befragen. Was haben sie beobachtet? Ist ihnen etwas Besonderes aufgefallen? Ich vermute, man hat diese schreckliche Methode angewendet, um die Identifizierung des Mannes zu verhindern. Keine Haut im Gesicht und auf den Fingern bedeutet: keine Daktyloskopie, kein Bild von ihm. Aber er muß sich eine Weile im Haus aufgehalten haben, bevor er gefesselt und entstellt wurde. Also müßte er an verschiedenen Stellen Abdrücke hinterlassen haben.

Van der Dijk räusperte sich und sagte tonlos:

„Das gehört zur Routine."

„Ach ja? Ich weiß ja nicht, wie ihr es in Holland haltet. Wir in... in dem Land, in dem ich meinen Dienst tue, und bei Interpol haben wir unterschiedliche Vorgehensweisen. Aber in einem sind wir uns einig: Wir verfolgen jede Spur sofort und lassen uns durch Geburtstage und andere Familienfeiern nicht davon abbringen."

„Ich konnte doch nicht wissen…"

„Wir verfolgen eine Spur, solange sie frisch ist. Da ich in Holland keine Amtsgewalt habe, mußte ich als erfahrener Polizist auf eigene Faust handeln."

Er wollte etwas sagen, doch ich ließ mich nicht unterbrechen:

„Wären wir sofort hierher gefahren, hätten wir dem Mann unvorstellbare Qualen ersparen, vielleicht sein Leben retten können. Außerdem sind uns vermutlich wertvolle Informationen entgangen. Vielleicht hätten wir den Fall sogar lösen und weitere Bombenanschläge verhindern können. Dafür trägst du die Verantwortung. Aber du mußtest ja Geburtstag feiern."

Ich hörte ihn seufzen. Dann sagte er leise:

„Du läßt mich über glühende Kohlen laufen."

„Das ist keine Kunst, wenn man dick besohlte Schuhe anhat. Wenn du dir die Zehen verbrennst, ist es nicht meine Schuld."

Noch mehr Seufzer. Ich vermutete, daß er im stillen seine Frau verfluchte, die seine Anwesenheit an ihrem Ehrentag gefordert hatte. Aber es war nicht ihr Fehler, sondern seiner; kein Grund, ihn deshalb mit Samthandschuhen anzufassen.

„Das muß Henk Priem gewesen sein", meinte er nachdenklich.

„Warum? Das ist nur eine Hypothese. Wir können ja das Gebiß vergleichen. Aber wie, wenn niemand weiß, wer sein Zahnarzt war? Ob er überhaupt einen hatte? DNA? Das gleiche Problem - woher wollen wir eine Vergleichsprobe nehmen?"

„Vielleicht überlebt er und sagt aus…"

„Nein, er wird den heutigen Tag nicht überstehen und ist mit Worten nicht zu erreichen. Sieh zu, daß deine Leute jeden Fetzen Papier einsammeln, der im Haus zu finden ist, bis zur letzten Quittung. Ich weiß, es ist Sonntag, und die Familien warten, aber alle verfügbaren Kräfte müssen ran und arbeiten!"

Ein paar Wagen hielten vor dem Haus.

„Jemand soll mich ins Hotel fahren. Ich will duschen und anschließend den Bericht schreiben."

„Bericht... ah, ja. Was wirst du denn über... die Sache hier... schreiben?"

„Ich spiele immer mit offenen Karten. Alles, was ich zu dir gesagt habe, kommt in den Bericht. Wir hatten die einmalige Chance, den Fall abzuschließen, aber wir haben sie nicht genutzt. Wir... nun ja. Ich würde sagen: Der die Verantwortung trug, hat versagt."

Polizisten in Zivil kamen zu van der Dijk, um sich Anweisungen zu holen, aber er bat sie, ins Haus zu gehen und dort zu warten. Sie trugen Kameras und Taschen mit Instrumenten.

„Sag mal, Werner...", begann er, und seine Stimme klang hohl.

„Was willst du?"

„Ich habe nicht mehr lange bis zur Pension. Dein Bericht würde mein Leben als Polizist und meinen Ruhestand vergiften. Man würde mich verachten, und was ist ein Mann ohne seinen Stolz? Kann ich dich bitten, mich ein wenig zu schonen?"

Immer noch ohne ihn anzusehen schüttelte ich den Kopf. In seinem tiefen Seufzer klang ein Schluchzen mit.

„Wir sind keine engen Freunde. Meiner Meinung nach hast du unverantwortlich und egoistisch gehandelt. Ich setze mich jetzt in den zweiten Wagen. Schick den Fahrer raus. Ich will so schnell wie möglich ins Hotel. Hier riecht es mir zu sehr nach Tod."

Ich duschte lange und bat den Hotelservice, das ganze Kleiderbündel waschen oder reinigen zu lassen, aber der stechende Geruch ließ sich nicht ganz beseitigen. Noch einmal wusch ich meinen Handrücken gründlich und hoffte, daß sich die Stelle, wo ich den Tropfen abbekommen hatte, nicht entzünden würde. Dann legte ich mich nackt aufs Bett und starrte an die Decke. Armer Kerl! Ein Mann ohne Gesicht und Fingerkuppen. Es war wohl das Beste für ihn, wenn er diese Welt verließ und auf die andere Seite wechselte, wo es keine Säure gab. Oder doch? Was wußten wir Sterblichen schon, von dort gab es keine Berichte...

Der Bericht - er mußte geschrieben werden, aber nicht gerade jetzt. Der Mann war nicht das einzige Opfer. Ich legte die Hand auf die Augen, um das Licht abzuwehren, und blieb liegen, bis ich einschlief. Als ich um Mitternacht aufwachte, stellte ich erleichtert fest, daß ich keine Alpträume gehabt hatte.

Was ist ein Mann ohne seinen Stolz... Van der Dijks Worte klangen mir in den Ohren, als ich mich an den Computer setzte. Er hatte sicher viele Jahre gekämpft, um seine jetzige Position zu erreichen, und da er der Kontaktmann des „Schweizer Kollegen" geworden war, mußte er das Vertrauen seiner Vorgesetzten und von Interpol besitzen. Was ich zu ihm gesagt hatte, hielt ich nach wie vor für richtig. Privat ging bei ihm vor Katastrophe. Und die war diesmal eingetreten.

Aber wie oft hatte ich selbst Fehler in meinem Job gemacht, etwas versäumt, die falsche Entscheidung getroffen? Waren mir Virena und Elin nicht auch wichtiger als die Arbeit? Hatte ich das Recht, ihn zu verurteilen? Ihm seinen Stolz zu nehmen? Ich glotzte auf den Schirm, tippte ein paar Zeilen und löschte sie wieder.

Schließlich verfaßte ich einen sehr sachlichen Rapport, der auf jegliche persönliche Wertung verzichtete. Ich erwähnte nicht, warum der Kommissar zu Hause geblieben war, sondern schrieb nur, daß die Fahndung wegen des Wochenendes und weil nach Einschätzung der Polizei keine akute Situation vorlag nicht sofort begonnen hatte. Aus dieser Bürokratensprache konnten aufmerksame Leser selbst ihre Schlußfolgerungen ziehen und den Beamten befragen, der keinen Handlungsbedarf gesehen hatte, während eine gesuchte Person durch Säure ermordet wurde. Andererseits wußte ich, wie Vorgesetzte in aller Welt Berichte behandeln. Man liest sie einmal, nimmt die Fakten zur Kenntnis und beerdigt sie dann, indem man sie archiviert.

Mein Magen knurrte vernehmlich, und ich stellte fest, daß ich viele Stunden nichts gegessen hatte. Das Hotel konnte mir ein Thunfischsandwich und ein Amstel besorgen. Die Mahlzeit machte mich schläfrig, und nach kurzer Zeit war ich eingeschlafen. Diesmal kamen die Alpträume.

Claus Goethe rief zeitig an und wollte mit mir frühstücken, doch er mußte bis halb zehn warten. Obwohl ich so viele Stunden geschlafen hatte, war ich müde und schlecht gelaunt, als ich mich an seinem Tisch in dem gewächshausähnlichen Frühstücksraum niederließ. Er wollte wissen, was passiert war. Ich schob ihm meinen Bericht hinüber, und er las, ohne erkennen zu lassen, was er über den Inhalt dachte.

„Ich werde das hier weitergeben", erklärte er. „Erzähl mir nun, was wirklich geschehen ist."

Meinetwegen, obwohl er nicht viel besser war. Hatte er sich nicht auch nach Berlin verdrückt, als es brenzlich wurde? Ich schilderte die Ereignisse noch einmal mit meinen Worten, ohne den Amsterdamer Kommissar mehr als notwendig anzuschwärzen. Der Deutsche lauschte konzentriert und schien sich jedes wichtige Detail einzuprägen.

„Zuerst müssen wir uns um das Mädchen kümmern, das dir die Adresse gegeben hat. Ich hoffe, daß van der Dijk daran gedacht hat. Warte hier, ich rufe ihn von meinem Zimmer aus an."

Während er mit dem Holländer telefonierte, trank ich Juice und Tee und versuchte, die Gedanken zu ordnen, die mir wie Herbstlaub durch das Gehirn wirbelten. Draußen war es wieder sonnig, und die echten bunten Blätter segelten in den Kanal. Im Winter liefen Tausende auf den zugefrorenen Kanälen Schlittschuh, und da es an Bergen mangelte, war es die Lieblingssportart der Einheimischen. Doch einem, der in seiner Jugend auf Wollerts Patentschlittschuhen die Eisbahn des Kronobergspark unsicher gemacht hatte, konnten die Kanäle nur ein müdes Lächeln entlocken. Goethe kam zurück und goß sich noch eine Tasse Kaffee ein.

„Ja, er hat daran gedacht", meinte er zufrieden.

„Na, wenigstens etwas."

„Er hat mit seinen Technikern die ganze Nacht gearbeitet, sagt er."

„Verblüffend, so ein Arbeitseifer."

„Punkt drei heute nachmittag ist Lagebesprechung für uns

im Präsidium in der Erlandsgracht. Er ist bestimmt zeitweilig da. Ist bequem zu Fuß zu erreichen."

„Welche Freude."

Goethe ahnte die Ironie, kümmerte sich aber nicht darum; das war eine Sache zwischen dem Kommissar und mir. Umständlich wischte er sich den Mund mit der weißen Stoffserviette und schloß einen Westenknopf, der sich ohne Genehmigung geöffnet hatte.

„Bis dahin haben wir noch Zeit. Was schlägst du vor?"

„Du bist ein Häuptling bei Interpol; ich bin nur ein kleiner Plattfuß von der Stockholmer Kripo. Wie könnte ich Vorschläge machen?"

„Diese Art Humor gefällt mir ganz und gar nicht", erwiderte er matt.

„Du hast die Katze im Sack gekauft. Da mußt du dich auf Überraschungen gefaßt machen."

„Bleib doch ernst. Siehst du nicht ein, daß unsere Aufgabe äußerst wichtig ist?"

Ich hatte alles satt, ihn, den Holländer, den ganzen Fall. Und mich selbst und den Mann ohne Gesicht, der mich mit seinen säurezerfressenen Händen gejagt und sich so in meine Netzhaut gebrannt hatte, daß er immer auftauchte, wenn ich die Augen schloß.

„Hör mal, Häuptling", sagte ich mit hoher, bitterer Stimme, „es war so gedacht, daß wir zusammenarbeiten. Aber was tust du? Ich bekomme dich kaum zu Gesicht. Wie sollte ich nicht einsehen, daß unsere Aufgabe wichtig ist? Schließlich bin ich es, der bedroht wird, und meine Familie dazu. Bildest du dir ein, daß ich mich totlache?"

„Zu meinen Dienstpflichten gehört..."

„Erzähl mir, was du tust, wenn du mich im Stich läßt. Wie beteiligst du dich von Berlin aus an der Aufklärung des Falls? Sitzt du auf Konferenzen? Welchen praktischen Nutzen hat das für mich? Glaube nicht, daß ich dein Gehilfe bin. Wenn ich dir berichten soll, mußt du auch mir berichten. Falls Euer Hoheit damit nicht einverstanden sind - dann schieß in den Wind! Ich komme schon allein klar."

Wieder tupfte er sich die Lippen mit der Serviette und wich meinem Blick aus.

„Man hat mir gesagt, daß du ganz schön aufbrausen kannst. Beziehungsweise gewarnt."

„Jetzt weißt du Bescheid."

Sein Gesicht war noch immer verkniffen, doch seine Augen huschten umher, sein Mund verzog sich, und plötzlich brach er in ein herzhaftes Lachen aus, und er schüttelte den Kopf, als wundere er sich über seine eigene Dummheit:

„Oh, ich glaube, ich bin in alle erreichbaren Fettnäpfe getreten. Ich habe mich wirklich wie ein Wichtigtuer benommen, stimmt´s?"

„Hast du."

Immer noch lachend streckte er mir die rechte Hand entgegen:

„Vertragen wir uns wieder?"

Ich kann einem Mann, der lacht und mir die Hand reicht, nicht böse sein. Nach kurzem Zögern schlug ich ein. Er freute sich und schlug mir mit der Linken herzlich auf die Schulter. Da wir allein im Frühstücksraum waren, gab es leider keine Zeugen dieser klassischen Versöhnungsszene.

„Wir fangen noch einmal von vorn an, Hass... Werner. Ich verspreche, dich über alle meine Vorhaben auf dem laufenden zu halten. Natürlich arbeiten wir zusammen. Ich versuche, mich an dich und deine Art zu gewöhnen. Außerdem", er legte sein Gesicht erneut in Lachfalten und verbeugte sich kurz, „muß ich deinem weißen Haar und deinem ehrwürdigen Alter meinen Respekt erweisen."

Das war ein Scherz, den ich akzeptieren konnte, und ich lächelte, um zu zeigen, daß wir wieder im selben Boot saßen.

„Also, was schlägst du vor?" wiederholte er.

„Das Mädchen an der Rezeption in dem Bordell... entschuldige, Relaxation Center, ist derzeit unser wichtigstes Teil im Puzzle. Laß uns nicht warten, bis sie ihren Dienst wieder antritt. Wir sollten sie zu Hause besuchen. Jemand in dem Puff wird sich wohl selbst zu dieser frühen Stunde finden lassen, der ihre Adresse kennt. Sonst statten wir Caroline de Jong einen Besuch ab. Sicher ist sie überglücklich, wenn sie mit uns reden darf."

Er leerte die Kaffeetasse und stellte sie mit einem Knall auf den Tisch, um Entschlossenheit zu demonstrieren.

„Also los. Das Mädchen ist eine Schlüsselfigur. Woher wußte sie, was sie uns verriet? Wer hat ihr die Information gegeben? Wir treffen uns in zehn Minuten am Eingang."

Via Internet waren neue Grüße von Virena eingetroffen. Capri sei wunderschön, schrieb sie, und meine Laune verbesserte sich enorm. Ich grüßte und küßte sie per E-Mail zurück und versicherte ihr, daß sie nicht den billigen Charterflug nehmen mußte, sondern bleiben konnte, so lange sie wollte, denn - und dann zitierte ich einen bekannten holländischen Kommissar - „Interpol bezahlt"!

Seite an Seite liefen wir durch das Rotlichtviertel. Dieser Montag war ein normaler Arbeitstag, so daß nur einige wenige Touristen Lust hatten, die Damen in den Schaufenstern zu bewundern.

Wenn es auch für die Sünde zu früh war, die Coffeeshops hatten geöffnet, Leute kamen mit verklärten Blicken heraus, und die allgegenwärtige Reggaemusik drang aus jedem Fenster.

„Hier ist es", erklärte ich und rüttelte an der Tür. „Schade, noch niemand da."

„Was geht uns das an?"

Er zog sich einen schwarzen Handschuh über die rechte Hand und schlug so heftig gegen die Tür, daß fast die Verglasung geplatzt wäre. Ein paar Damen in mittleren Jahren kamen vorbei und warfen uns mißbilligende Blicke zu: Manche Kerle können es wohl gar nicht erwarten! Nachdem er die Tür eine halbe Minute mißhandelt hatte, öffnete ein bleiches, dünnes Mädchen mit erschrockenen Augen.

„Hier ist bis elf Uhr geschlossen. Dann dürfen Sie gern wiederkommen."

„Polizei! Mach Platz!"

Goethe machte einen Schritt nach vorn, und sie wich automatisch zur Seite. Drinnen war die Beleuchtung noch nicht eingeschaltet, und was gestern noch elegant ausgesehen hatte, wirkte heute billig und verbraucht. Das Mädchen schlurfte uns hinterher. Sie hatte sich ein Badetuch um die Schultern gelegt und versuchte, die Zipfel vor der Brust zu verknoten.

„Was wollen Sie?" piepste sie.

„Wie viele sind jetzt hier?"

„Die erste Schicht, wir sind nur zu viert. Um eins kommen..."

„Sind alle vier hier?"

„Ja, wir achten auf Pünktlichkeit."

„Dann hol die anderen drei. Mach Ballett, Mädchen!"

Das war nicht ihr Kampf, und sie war es gewohnt zu gehorchen. Auf bloßen Füßen stieg sie in das Obergeschoß hinauf. Ich prüfte Caroline de Jongs Tür, doch sie war verschlossen. Erst jetzt fiel mir auf, daß Goethe fließend niederländisch sprach.

Ein Mann kam die Treppe herab, einer der stiernackigen Typen, deren Ellenbogen immer einen halben Meter abstehen, weil die Muskeln so viel Platz beanspruchen. Sicher brauchten die Mädchen einen solchen Beschützer, falls sich ein Kunde als außergewöhnlich brutal erweisen sollte. Doch wie alle Kraftpakete glaubte der Mann, daß jeder vor ihm Angst haben müßte.

„Zeigt sofort den Durchsuchungsbeschluß, sonst fliegt ihr raus!" bellte er mit heiserer Stimme.

„Nennen Sie uns Ihren Namen, erklären Sie, welche Aufgabe Sie hier erfüllen, wer Sie bezahlt und wie Ihr Einkommen versteuert wird", konterte Goethe eiskalt.

Der Mann tat, was alle von seiner Sorte tun, er ließ die Muskeln spielen:

„Frau de Jong ist nicht hier, und ich antworte an ihrer Stelle. Heraus mit der Genehmigung, sonst..."

Goethe stellte sich vor ihn. Die beiden trugen ein Duell mit Blicken aus, doch wenn sich ein furchtloser Polizist und eine

Figur aus dem Milieu ein Scharmützel liefern, steht der Sieger schnell fest. Da es ihm nicht gelungen war, sich bei uns Respekt zu verschaffen, hatte er verloren. Seine Muskeln waren weniger wert als am Kiosk die gestrige Zeitung.

„Sind Sie Bürger der Niederlande? Haben Sie ein Strafregister bei der Polizei? Woher kommen Sie?"

„Frau de Jong..."

„Den Namen!"

„Joop Maartens. Keine Vorstrafen."

„Haben Sie Ihren Ausweis dabei?"

„Nein, ich..."

„Dann holen Sie ihn unverzüglich."

Wortlos eilte er auf seinen Sportschuhen ins Obergeschoß hinauf. Ganz sicher war es nicht, daß er zurückkommen würde. Dafür trippelten die vier Mädchen die Treppe hinunter, in Morgenmäntel gehüllt. Sie waren sehr unauffällig geschminkt, denn in einem Bordell nutzt einem die volle Kriegsbemalung wenig. Viele Kunden sind Ehemänner auf Abwegen und können nicht mit sichtbaren Zeichen ihres Abenteuers nach Hause kommen.

„Setzen Sie sich", forderte Goethe sie auf und lehnte sich gegen den Empfangstisch.

Sie gehorchten und nahmen mit sittsam übereinander geschlagenen Beinen Platz. Die Älteste war etwa dreißig, die Jüngste hatte uns geöffnet. Jede repräsentierte einen bestimmten Typ; eine war blond, eine schwarzhaarig, eine brünett und die vierte leicht rothaarig, so daß die Kunden wählen konnten. Sie gaben sich auch unterschiedlich; die Blonde frech und herausfordernd, die Brünette verängstigt, die Schwarze mondän, die Rothaarige naiv.

„Wir tun Ihnen nichts", begann Goethe mit unerwartet weicher Stimme. „Wir wollen nur ein paar Informationen. Gestern nachmittag kam ein Mann hierher, den wir suchen, weil er für uns ein ganz wichtiger Zeuge ist. Er war groß und hatte helles, schütteres Haar. Erinnern Sie sich?"

Goethe log bewußt, um das Mädchen zu schützen. Sie sahen sich an, und da es den Mann nicht wirklich gegeben hatte, konnten sie sich auch nicht an ihn erinnern und verneinten.

„Wer hat denn gestern an der Rezeption gesessen? War das eine von Ihnen?"

„Nein, wir arbeiten nach Leistung. Am Empfang sitzt für gewöhnlich eine Angestellte mit festem Lohn. Eine Auszubildende, könnte man sagen."

„Aha. Und wer war die Angestellte, die gestern Dienst hatte? Strengen Sie sich bitte an. Es ist immer von Vorteil, sich mit der Polizei gut zu stellen."

Er lächelte freundlich und väterlich, und sie entspannten sich. Das Argument, bei der Polizei etwas gut zu haben, überzeugte sie vollends. Sie steckten die Köpfe zusammen und flüsterten. Die Rothaarige fragte:

„Wie sah sie aus? Wir haben mehrere."

Frage einen Mann, wie ein barbusiges Mädchen im Gesicht aussieht! Aber ich war ja kein gewöhnlicher Mann und konnte stolz antworten:

„Nach unseren Informationen war sie knapp zwanzig. Goldgelbes Haar, Pagenschnitt. Ein wenig schräg stehende, grünliche Augen. Großer Mund."

Goethe übersetzte, sie flüsterten erneut, und die Brünette meinte:

„Das muß Camille gewesen sein."

„Camille... und weiter? Wo finden wir sie?"

„Grootes, Camille Grootes. Sie wohnt bei ihrem Vater. Er ist zwar in Deutschland, aber sie wohnt da."

„Wie heißt der Papa?"

„Ich glaube, Anton."

Plötzlich hörten wir, wie die Außentür aufgeschlossen wurde. Eine Frau in mittleren Jahren trat ein. Ihre Autorität war so groß, daß die Mädchen wie von einer Schnur gezogen aufsprangen. Die Dame kam näher und stemmte die Arme in die Hüften:

„Was geht hier vor?"

Ich hatte sie nie zuvor gesehen und überließ es Goethe, die Konversation auf Niederländisch zu bestreiten.

„Wir kommen von der Polizei. Und wer sind Sie?"

„Ich? Mir gehört der Laden hier, falls Sie es unbedingt wissen wollen. Mein Name ist Caroline de Jong."

## 17.

„Das glaube ich nicht", sagte ich. „Falls Sie sich nicht heute nacht einer Gesichtsoperation unterzogen haben."

Wie aufgescheuchte Hühner huschten die Mädchen die Treppe hinauf. Die Augen der Frau blitzten mich an, aber davon läßt sich ein echter Schweizer nicht beeindrucken. Goethe begriff sofort, was los war, und zeigte ihr seine Polizeimarke. Manchmal kann man sagen, was man will, alle Worte prallen an der Oberfläche ab, doch wenn man ein Zeichen der Macht vorweist, kuschen die Leute. Man hütet sich davor, den Staat herauszufordern, denn er ist in der Regel ein unbezwingbarer Gegner. Sie biß die Zähne zusammen und wies auf de Jongs Raum:

„Gehen wir in mein Zimmer. Wir öffnen gleich für unsere Kunden. Wenn am Empfang Polizisten stehen, wirken sie wie Bremsklötze. Wir sind ein Unternehmen und kein Diskussionsklub."

Sie schloß auf, ließ uns herein und setzte sich auf den Stuhl, auf dem ich Caroline de Jong hatte sitzen sehen. Dann legte sie die Fingerspitzen gegeneinander und musterte uns wie eine Lehrerin, die erwartet, von ihren Schülern mit Senfkörnern beschossen zu werden.

„Wir halten uns streng an die Gesetze. Außerdem haben wir…"

„Wer ist wir?" hakte Goethe ein.

„Meine Schwester und ich. Wer sonst?"

„Ihre Schwester? Das müssen Sie erklären. Sie können doch nicht beide Caroline de Jong heißen."

„Warum nicht?" fragte sie maliziös. „Sie ist meine Halbschwester. Mein Vater ließ sich kurz nach meiner Geburt scheiden, ging eine neue Beziehung ein und bekam Caroline. Dann heiratete er erneut. Caroline und ich betreiben das Relaxation Center gemeinsam, und es spielt keine Rolle, wer von uns hier als Chefin am Schreibtisch sitzt. Caroline ist allerdings nur mein zweiter Vorname. Mein Rufname ist Karijn."

„Erzählen Sie von Ihrem Halbbruder Henk Priem", forderte ich sie auf. Sie hatte keine Schwierigkeiten, mein Deutsch zu verstehen, denn sie reagierte sofort:

„Mein elender Viertelbruder! Mit diesem Ekel will ich nichts zu tun haben. Das Schwein mißhandelt Frauen."

„Wann hast du ihn zuletzt gesehen?"

„Vor einigen Jahren, und wenn ich ihm am Sankt Nimmerleinstag wiederbegegne, ist das noch zu zeitig."

„Weißt du, wo er wohnt oder sich aufhält?"

„Ich hoffe, in der Hölle! Er war schon als Kind unausstehlich. Käme er als Kunde her, würde ich ihn von Joop verdreschen lassen. Was wollen Sie denn nun eigentlich hier?"

Goethe lächelte harmlos:

„Mehr über Henk Priem erfahren. Da Sie aber nicht mehr über ihn wissen, können wir uns jetzt verabschieden. Einen schönen Tag noch!"

Wir verließen das Bordell. Vor der Tür wartete eine kleine Gruppe darauf, daß sich die Pforten des Paradieses endlich öffneten, ein paar Japaner mit umgehängten Kameras und ein junger Mann unbekannter Nationalität mit einem Bodybag. Ich hatte den Eindruck, einen Schweden vor mir zu haben, hoffte aber, er wäre Norweger.

„Wohin gehen wir?" fragte Goethe.

„Raus aus diesem Viertel in ein anderes Amsterdam."

Während unseres Spazierganges telefonierte Goethe über sein Handy und bat um die Adresse eines Anton Grootes, der eine Tochter namens Camille hatte. Inzwischen dachte ich über Henk Priem nach. Mit wem man auch sprach, alle hatten ihn zuletzt vor mehreren Jahren getroffen. Und keiner mehr seit dem Tag, an dem er angeblich hoch im Norden ertrunken war.

Folgte die nächste Frage: War Priem der arme Mann, dem man durch Säure Gesicht und Hände vernichtet und damit die Identität geraubt hatte? Wenn er sich in Amsterdam aufgehalten hatte, mußte ihn doch irgend jemand gesehen haben! Sicher, es konnte sich auch um ein gigantisches Komplott handeln, doch die Erfahrung lehrt, daß solche Konspirationen äußerst selten sind. Wenn eine Person oder Organisation auf eine lange Kette von anderen Menschen angewiesen ist, um etwas geheim zu halten, gibt es immer schwache Glieder; einer will sich rächen, einer ist neidisch, einer hat Angst, einer säuft und plaudert im Rausch, einer will sich lieb Kind machen, einer bekommt Gewissensbisse, einer ist gierig und verkauft sein Wissen, einer will imponieren. Mir fiel das alte schwedische Sprichwort ein, wonach ein Geheimnis, das zwei teilen, der ganzen Welt bekannt ist.

Wenn es aber eine Verschwörung gab und wir noch kein schwaches Glied in der Kette gefunden hatten, mußten wir weiter danach suchen und bei unseren Gesprächspartnern an die niedrigsten Instinkte appellieren, an die Gier, den Neid, die Rachsucht, an alles, was wir Polizisten so an anderen lieben.

„Bis ich Bescheid bekomme, bleibt uns noch Zeit. Hast du eine Idee, was wir unternehmen könnten? Zum Essen ist es noch zu zeitig."

„Es ist immer zu früh oder zu spät, jedenfalls, wenn man das Leben als Zeitvertreib ansieht."

„Amsterdam hat interessante Museen..."

„Nein und nochmals nein."

„Man sollte immer etwas für seine Bildung tun. Hier gibt es sowohl ein erotisches als auch ein Sexmuseum."

„Ha, du glaubst wohl, weil ich graue Haare habe, brauche ich Nachhilfeunterricht. Warum hast du mir nicht das Haschmuseum vorgeschlagen? Das existiert doch sicher auch in dieser Stadt."

Er nickte ernst.

„Natürlich. Ein Museum für Haschisch, Marihuana und Hanf. Interessiert dich das?"

„Laß mich bloß mit dem Zeug in Ruhe."

„Oder magst du Folterwerkzeuge? Hier kannst du sie besichtigen, sorgfältig gesammelt, auch Bilder und andere Informationen, wie man einen Menschen möglichst lange leiden läßt, bevor man ihn ins Jenseits befördert."

Ich starrte ihn an. Wollte er mich auf den Arm nehmen? Doch er sah so ernsthaft aus wie immer.

„Du, langsam frage ich mich, mit wem ich hier zusammenarbeite. Und ich meine, was ich sage."

Er fuhr genauso emotionslos fort, doch ganz im Hintergrund ahnte ich eine wachsende Verbitterung:

„Die Geräte wurden zu fünfundneunzig Prozent von Christen angewendet, um Andersgläubige zu Jesus und seinem himmlischen Papa zu bekehren. Viele arme Sünder kamen erst zu der Erkenntnis, daß Christus auferstanden war, nachdem man ihnen alle Knochen gebrochen hatte. Möchtest du nicht mitkommen und die blutige Geschichte der Christenheit besichtigen?"

„Wenn ich Blut sehen will, boxe ich mir auf meine christliche Nase. Hör jetzt auf mit den Museen."

„Dann darf es vielleicht die Geschichte Amsterdams sein? Nein, warte, ich weiß genau, was du willst. Ich verspreche, es ist kein Museum, keine Ausstellung, nichts dergleichen. Ganz in der Nähe!"

Mißtrauisch folgte ich ihm und fürchtete einen Moment lang, er könnte mich wieder ins Rotlichtviertel führen, doch er blieb auf dieser Seite der Grenze. Unterdessen erklärte er mir, daß es in Amsterdam eine große Anzahl von Innenhöfen, hoffies genannt, gebe, die von den Hauseigentümern und der Kommune sorgsam gepflegt würden. Ich erwiderte, daß ich schon Aufregenderes gehört habe, und damit meinte ich nicht das Erotikmuseum. Wir gingen durch ein Tor - und dann sah ich den Begijnhof. Sofort fiel aller Streß von mir ab.

Ich erfuhr, daß es sich eigentlich um einen Klosterhof handelte. Dort allerdings hätten die Laienschwestern gelebt, die für die Kirche arbeiteten und einen klosterähnlichen Frieden suchten. Ursprünglich in der Mitte des vierzehnten Jahrhunderts entstanden, hatte man ihn ab dem achtzehnten Jahrhundert vorsichtig umbaut. Jetzt war er von gut erhaltenen älteren Gebäuden in abgestimmten Farben, Rasen und hohen Kastanienbäumen umgeben. Darunter waren zwei Holzhäuser; bei einem davon handelte es sich laut Goethe um das älteste Holzhaus Amsterdams, und warum sollte ich ihm das nicht glauben? Der Innenhof hatte eine achteckige Form; an einer Seite stand eine englische Kirche, die auch schon einige Jahrhunderte auf dem Buckel hatte. Die Laternen waren stilvoll aus Gußeisen. Wir setzten uns auf eine Bank und schwiegen eine Weile. Sollte es hinter dem Tor wirklich eine brausende Großstadt geben? Vielleicht, hier drinnen aber war sie vergessen.

„Wie fandest du das blasse Mädchen?" fragte Goethe leise und unerwartet. Ich war mit den Gedanken ganz woanders gewesen.

„Welches blasse Mädchen?"

„Die in de Jongs Etablissement."

„Was? In dem Bordell?"

„Ja, ich fand sie sehr süß. Hübsch und nett. Verführerisch. Weiche Linien, sanfte Augen."

Ich schluckte. Wir saßen an einem beinahe heiligen Platz, und er dachte an die Liebesdienerinnen aus dem Rotlichtbezirk.

„Eine Nutte!"

„Warum, hast du Vorurteile?"

„Du, es geht nicht um den Ku-Klux-Clan im amerikanischen Süden. Worauf willst du hinaus?"

Er zuckte die Schultern, legte die Ellenbogen auf die Rückenlehne und starrte in das Laub der Kastanien hinauf.

„Wenn einem das Ehebett lange verwehrt wird, sucht man sich Ersatz. Man hat ja auch einen sündigen Leib. Liebe ohne Gefühle ist nicht schlecht, wenn man nur körperliche Liebe will. Und sie war süß."

Ich verzichtete auf einen Kommentar, doch nach einer Weile konnte ich es mir nicht mehr verkneifen, den besserwisserischen Psychologen zu spielen:

„Vielleicht hast du deshalb Probleme mit deiner Frau, weil dir zu viele süße Mädchen begegnet sind?"

Er schwieg so lange, daß ich glaubte, er habe meine Bemerkung vergessen. Ich schloß die Augen und lauschte dem Wind in den Bäumen, da störte er den Frieden erneut:

„In Wirklichkeit war es anders herum. Ich war beruflich in Israel und kam ein paar Tage zeitiger nach Hause. Wie in einer französischen Komödie. Mein Bett war belegt. Aber ich sagte ihr, ich würde ihr verzeihen und die Sache vergessen. Von da an verachtete und verhöhnte sie mich, ich sei kein richtiger Mann, sondern ein Schlappschwanz. Ich erzähle ihr alles über meine Arbeit, um sie für mich zu interessieren. Doch von ihr erfahre ich nichts. Jetzt läuft alles in Richtung Scheidung. Gegen meinen Willen."

„Warum erzählst du mir das? Ich will das gar nicht wissen."

„Weil wir keine tiefere Beziehung haben. Wenn wir den Auftrag erledigt haben oder aufgeben müssen, trennen sich unsere Wege, und wir sehen uns wahrscheinlich nie mehr wieder. Irgend jemandem muß ich mein Herz ausschütten. Wie einem Fremden im Zug. Wäre das Leben nicht einfacher, wenn es nur Bordelle gäbe? Vielleicht würden auch die Frauen lieber solche Einrichtungen besuchen."

„Möglich. Aber wer will schon ein einfaches Leben?"

„Zeit zum Mittagessen. Sonst müssen wir uns zu sehr beeilen."

Er kannte ein kleines, einfaches Lokal, wo man draußen in einem kleinen Garten sitzen konnte. Es war nicht gerade warm, aber mild, und das reichte. Beide wählten wir Salat und Mineralwasser, und ich konnte hören, wie sich Hiller im Grabe umdrehte.

„Weißt du, was mir an Holland am besten gefällt?" fragte er.

„Das blasse Mädchen bei den Schwestern de Jong?"

Er ignorierte meine Stichelei.

„Früher bestand das Land aus Sumpf und Morast. Hierher kamen Verfolgte aus vielen Teilen der Welt, um Unterdrückung und Verfolgung zu entgehen. Zusammen mußten sie sich eine neue Heimat schaffen, und so begannen sie, dem Meer Land abzuringen, es trocken zu legen und Häuser zu bauen. Oft hatte der Nachbar einen anderen Glauben, eine andere Kultur oder eine andere Hautfarbe, aber alle sahen ein, daß man tolerant sein und alles akzeptieren mußte, was anderen nicht schadete, um das neue Land zum Blühen zu bringen. So wurde Holland, was es heute ist. Und weißt du, was mir am allerbesten gefällt?"

Ich wagte es nicht, das dünne Mädchen noch einmal ins Spiel zu bringen, und er fuhr fort:

„Hier gibt es viele Religionen, aber die größte Gruppe bilden die Atheisten. Über vierzig Prozent der Bevölkerung erklären frei heraus, daß sie Heiden sind. Kein Wunder, daß es Holland gut geht!"

Endlich surrte sein Mobiltelefon, und er lauschte, ohne etwas zu sagen; er grunzte nur ein paarmal. Dann notierte er eine Adresse auf der Papierserviette.

„Sie wohnt in Onderuit. Man kann mit öffentlichen Verkehrsmitteln dorthin fahren, aber ich mag mich nicht mit Fremden in die Bahn drängeln. Wir nehmen ein Taxi."

Er wählte die bekannte Nummer, und ein paar Minuten später rollte ein Wagen heran. Während der Fahrt schwiegen wir, denn es gab nichts Wichtiges zu bereden. Wir würden ein junges Mädchen in seiner Wohnung besuchen und Fragen stellen. Sprächen wir uns vorher ab, ginge das wichtige intuitive Moment verloren. Bei einem Verhör muß die große Linie klar sein, alls andere ergibt sich aus der Situation.

Das Haus hatte drei Stockwerke; mehr war darüber nicht zu sagen. Es hatte weder Charme noch Originalität, war aber gut erhalten und zeugte davon, daß Architekt und Maurer ein uninteressantes, aber funktionierendes Mietshaus zustande gebracht hatten.

„In der Stadt leben ziemlich viele Grootes. Hier soll der richtige Anton mit seiner Tochter wohnen."

„Er arbeitet sicher woanders."

„Aber er wohnt hier. Hoffen wir, daß die Kleine zu Hause ist."

„Auch sie ist sicher süß, also behandle die Sache professionell. Wie ein Polizist, meine ich."

Laut des stillen Portiers wohnten die Grootes ganz oben. Das Treppenhaus war sauber und frisch gestrichen. Ganz Amsterdam schien klinisch rein zu sein, sogar das Rotlichtviertel, sah man einmal von schmutzigen Gedanken ab. Und dem Graffitigeschmiere, dem man vermutlich sogar im Dschungel des Kongo begegnete. Vielleicht sollte die Stadt ein paar Schmutzfinken anstellen, damit sich die Touristen schneller wie zu Hause fühlten.

Goethe klingelte an der Wohnungstür. Das Signal war schrill, doch es öffnete niemand. Er versuchte es noch einmal. Es gab keinen Briefschlitz, deshalb legte ich das Ohr an die Tür und lauschte intensiv.

„Da ist jemand drin", flüsterte ich.

Er klingelte immer wieder, und der schrille Ton schnitt ins Trommelfell. Schließlich hörte ich, wie sich Schritte näherten. Ein Mann in den Fünfzigern öffnete und schien außer sich vor Wut. Sein Hemd war aufgeknöpft und zeigte eine behaarte Brust; auch sein Hosenstall stand offen.

„Hier ist besetzt, ihr verdammten Idioten! Kommt später wieder!"

„Wir haben ein Anliegen", erklärte Goethe.

„Wer hat das nicht. Habt ihr einen Termin gemacht? Nein. Aber ich! Das hier ist kein verdammtes Karussell, auf das man einfach aufspringen kann."

Er wollte die Tür wieder zumachen, aber ich stellte den Fuß dazwischen. Er rastete fast aus und wollte nach mir schlagen, doch Goethe schubste ihn in den Korridor, und wir traten ein. Der Mann war kräftig gebaut und gut trainiert. Da seine Kleidung, soweit wir sehen konnten, aus teurer Markenware bestand, nahmen wir an, daß er seine Muskeln nicht durch körperliche Arbeit, sondern im Fitneßstudio erworben hatte, um den Golfschläger besser halten zu können. Er ruderte mit den

Armen und wollte sich erneut auf uns stürzen. Goethe stoppte ihn, indem er seine Polizeimarke zeigte.

„Polizei? Hat sie etwas Kriminelles getan? Dann will ich nicht stören. Ich dachte, ihr seid gewöhnliche Kunden."

Schnell knöpfte er sein Hemd zu. Auf einem Stuhl lag sein bereits gebundener Schlips, über der Rückenlehne hing das Jackett. Eine junge, etwa fünfundzwanzigjährige Frau kam herein, nur mit einem Morgenmantel bekleidet. Sie zuckte zusammen, als der Mann sie anfuhr:

„Warum hast du nicht gesagt, daß die Polizei hinter dir her ist? Mit so einer will ich nichts zu tun haben. Das war mein erster und letzter Besuch bei dir, und das Geld kannst du vergessen."

„Wer sind Sie?" wollte Goethe wissen.

„Ich begreife nicht, was Sie das angeht. Bin ich in irgendeiner Weise verdächtig?"

„Nennen Sie uns den Namen, dann ist alles in Ordnung."

Eigensinnig schüttelte er den fast kahlgeschorenen Kopf:

„Es geht niemanden etwas an, wenn ich ab und an zu einer Prostituierten gehe. In meiner Position kann das gegen mich verwendet werden. Kommen Sie mir jetzt nicht mit dem Argument, Sie würden meine Angaben vertraulich behandeln. Wenn Geld winkt, rufen die Bullen gerne mal die Presse an."

„Zum letzten Mal: Wer sind Sie?"

„Zeigen Sie mir Ihre Legitimation. Ich bin kein kleiner Gauner, der vor Ehrfurcht vor Ihnen auf die Knie fällt. Ich verfüge über eine umfassende juristische Bildung."

Goethe mußte seinen Ausweis zeigen, und der Mann grunzte zufrieden:

„Aha, Interpol aus Berlin. Sie haben hier gar keine Jurisdiktion. Also dürfen Sie mir auch keine Anweisungen geben. Sie können lediglich die holländische Polizei hinzuziehen und sie überzeugen, daß ich gegen einheimische Gesetze verstoßen habe. Dann können die mich zwingen, meinen Namen zu nennen. Nicht Sie."

Goethe verabscheute es, besiegt zu werden, doch der Mann hatte recht. Wir konnten nichts tun. Eine Prostituierte besucht zu haben, brachte ihm in Amsterdam vielleicht sogar eine patriotische Medaille ein, weil er eine Touristenattraktion unterstützt hatte. Ich hatte die ganze Zeit die passive Rolle gespielt, und dabei sollte es bleiben. Mein einziges Ziel war es, das Rätsel um Henk Priem zu lösen, um dadurch an die Bombenleger heranzukommen. Der Rest waren nur Wellen an der Oberfläche.

„Also, gehen Sie mir aus dem Weg", sagte der Mann kurz.

Er war klug genug, seinen Sieg nicht auszukosten. Viele machen den Fehler und übertreiben. Er richtete nur seinen Schlips, nahm seinen Aktenkoffer und verließ die Wohnung würdigen Schrittes.

Die junge Frau folgte ihm mit einem erschrockenen Blick. Warum hatte sie Angst vor ihm? Er war doch nur ein Kunde, dem man die Nummer versaut hatte. Was hatte er ihr in den Minuten eingeschärft, bevor er an die Tür gekommen war? Er mußte sie bedroht haben, aber womit? Daß es schlimm für sie enden würde, wenn sie uns seinen Namen nannte? Aber wie - schlimm? Sie war zu jung, um sie aus Höflichkeit zu siezen, so daß Goethe fragte:

„Wir suchen Camille. Bist du das?"

„Nein... wir... ich wohne nur mit ihr zusammen."

„Wo ist sie jetzt?"

„Weiß nicht..."

„Wie heißt du?"

Statt zu antworten, sank sie auf ein Sofa und begann zu schluchzen:

„Ich bin keine Hure... keine Hure..."

Endlich fiel bei mir der Groschen:

„Hat er dich gezwungen mitzuspielen?"

„Ja, er... er sagte, er würde mich erschießen, wenn ich nicht..."

„Warte. Sagte er wirklich erschießen? Er hatte doch gar keine Waffe bei sich."

„Doch, in dem Aktenkoffer... einen schrecklich großen Revolver..."

Goethe stöhnte. Eine Schußwaffe im Koffer, und wir hatten nicht einmal hineingeschaut. Ich rannte die Treppe hinunter auf die Straße. Der Mann hatte die Fahrertür seines Mercedes geöffnet und stieg gerade ein. Er schaute auf, als ich heransprintete, und unsere Blicke kreuzten sich: Es war Krieg und ich sein Feind.

Der Aktenkoffer hatte ein Zahlenschloß, und er versuchte fieberhaft, die drei richtigen Ziffern einzustellen. Bis zu dem Wagen waren es etwa fünfzig Meter, und ich rannte um mein Leben, denn er war dabei, das Werkzeug des Todes in die Hand zu nehmen. Noch zwanzig Meter, fünfzehn, zehn, acht, sieben, fünf, drei...

Er nahm die schwere Schußwaffe in die rechte Hand, entsicherte mit der linken und hob den Lauf, um eine Serie von Schüssen abzufeuern. Ich warf mich nach vorn, bekam ihn am Hals zu packen und zerrte ihn aus dem Auto. Er versuchte, die Waffe auf mich zu richten und drückte ab. Die Schüsse knatterten an meinem Ohr vorbei.

Mit der Handkante hieb ich auf sein Gelenk, und automatisch öffneten sich seine Finger. Die Waffe fiel ihm aus der Hand, doch er fing sie mit der anderen auf und feuerte erneut, verfehlte mich aber wieder um einen halben Meter. Immer, wenn er sich auf die Waffe konzentrieren mußte, bot er mir Angriffsfläche.

Wenn es um das nackte Leben geht, kämpft man nicht mehr gentlemanlike, denn dann wäre man in Sekunden tot. Roh und brutal und mit allen Mitteln, das ist die Devise, um zu überleben. Er versuchte, mir zwischen die Beine zu treten. Ich nutzte die Gelegenheit und erwischte ihn mit der Schuhspitze an seinem Standbein, direkt unter dem Knie, wo der Schmerz am heftigsten ist. Er jaulte auf, doch er war nicht von der Sorte, die aufgibt, bloß weil es weh tut.

Die Straße war ziemlich leer. Keine Fahrzeuge näherten sich, und ich entdeckte auch keine Fußgänger; vielleicht hatten die Schüsse sie vertrieben. Das bedeutete andererseits, daß sich bald die Sirenen von Streifenwagen nähern würden. Auch er wußte das und versuchte krampfhaft, eine Entscheidung herbeizuführen. Obwohl er die Waffe in einem unmöglichen Winkel hielt, schoß er, was der Lauf hergab, und die kleinen Bienen des Todes surrten an mir vorbei.

Ich versuchte, sein Haar zu packen, doch es war zu kurz geschnitten. Da kniete ich nieder und stach ihm meinen Zeigefinger in das linke Auge. Eigentlich soll man laut Nahkampfanweisung für den Ernstfall dazu beide Finger wie eine Gabel benutzen. Doch im Ernstfall hat man kaum Zeit, darüber nachzudenken. Er war ein erfahrener Kämpfer, doch die Waffe in seiner Hand störte ihn. Für mich war am wichtigsten, nicht in sein Schußfeld zu gelangen. Ich riß und zerrte und kratzte, und auf seinem Gesicht zeigten sich blutige Striemen. Seine Faust krachte in meine Rippen, dafür stellte ich ihm ein Bein. Im nächsten Augenblick rollten wir über den Asphalt wie haßerfüllte siamesische Zwillinge. Es gelang ihm, mich auf den Rücken zu werfen, die Waffe freizubekommen und mir den Lauf an den Hals zu halten. Sein linkes Auge sah aus wie ein verlorenes Ei und er blutete aus Mund und Nase.

„Fahr zur Hölle", drang es über seine verschwollenen Lippen.

Sein Finger krümmte sich am Abzug. Ich schloß die Augen und spannte alle Muskeln zu einem letzten panischen Versuch; jetzt kam der Schuß, jetzt zerfetzte er meinen Hals, nun war alles aus. Aber es ertönte nur ein leises Klicken. Als ich die Augen aufschlug, sah ich, daß er wie besessen den Abzug drückte. Doch in dem Magazin befand sich keine Kugel mehr.

Er drosch mir den Kolben über die Stirn, rappelte sich auf und taumelte zum Wagen. Es fehlte mir an Kraft, ihn daran zu hindern. Der Mann startete den Motor, beugte sich vor und wühlte im Handschuhfach. Wahrscheinlich suchte er ein neues Magazin. Jetzt hörte ich sich nähernde Polizeisignale, und mit letzter Anstrengung kam ich auf die Knie.

Die Hand des Mannes tauchte wieder auf. Keine Schußwaffe, sondern etwas Rundes, wie ein Tennisball. Der Gegenstand rollte auf mich zu; er trat das Gaspedal durch und fuhr mit quietschenden Reifen los.

Zuerst begriff mein benommenes Gehirn nicht, was da auf mich zukam. Etwas matt Metallisches. Dann kapierte ich und stöhnte vor Schreck.

Eine Handgranate!

## 18.

Ohne zu wissen, was ich tat, griff ich zu, fing die Granate und schleuderte sie fort. Dann hechtete ich in den Schutz der Fassade, steckte den Kopf zwischen die Knie, legte die Arme über den Kopf und drückte die Handflächen gegen die Ohren.

Die Granate landete unter einem Auto und explodierte. Ich hörte den Knall. Durch die Hände hindurch klang er dumpf wie der letzte Ton einer Saite auf dem Kontrabaß. Die Druckwelle erwischte mich, schadete mir aber nicht. Dann wurde es still, eine Art ohrenbetäubendes Schweigen wie am Tag nach dem Weltuntergang. Vorsichtig öffnete ich die Augen und setzte mich auf. Menschen kamen aus den Türen und näherten sich zögernd. Eine Frau wagte sich näher heran, legte den Kopf schief und fragte mitfühlend:

„Wie geht es Ihnen?"

„Ich lebe", krächzte ich auf deutsch.

„Einem alten Mann so etwas anzutun", fuhr sie fort. „Das ist gemein!"

Plötzlich wurde ich von einem hysterischen Lachen gepackt. Aus unbekannten Quellen wallte es herauf und schmerzte im Körper, bis ich den Mund öffnete und es herausließ. Die Frau schaute mich an, als wäre ich wahnsinnig. Doch sie irrte sich.

„Wie ist es? Soll ich einen Krankenwagen rufen?"

Jetzt tauchte Goethes Gesicht vor mir auf, aber ich mußte erst einmal fertiglachen, bevor ich mich um ihn und seine Sorgen kümmern konnte. Schließlich ebbte der Anfall ab, und ich zischte:

„Wo warst du, verdammt nochmal, als ich dich brauchte?"

„Ich wußte doch nicht, daß..."

„Dafür gibt es ein anderes Wort."

„Behauptest du, daß ich feige war? Daß ich mich absichtlich zurückhielt? Das betrachte ich als Verleumdung!"

Ich wischte mir die Stirn. Die Situation war so absurd, daß ich kaum in die Wirklichkeit zurückfand.

„Laß den Mercedes suchen. Er kann noch nicht weit gekommen sein. Darin sitzt ein Mörder!"

Ich nannte ihm die Autonummer, und er gab über sein Handy Alarm. Gleichzeitig bremsten zwei Streifenwagen, und uniformierte Polizisten sprangen heraus. Sie kamen zu spät, eine Ewigkeit zu spät. Ich verwies sie an Goethe und bat darum, ins Hotel gebracht zu werden. Ich mußte mich ausruhen. Goethe wandte ein:

„Du findest hier im Haus sicher auch ein Bett. Dann können wie uns dabei unterhalten. Stütz dich auf mich."

Ich hatte nicht die mindeste Lust, seine Hilfe in Anspruch zu nehmen, doch als ich auf meinen zittrigen Beinen stand, war ich einfach dazu gezwungen. Polizisten schwirrten um uns herum, und ich überließ es dem Deutschen, ihre Fragen zu beantworten, während ich versuchte, wieder festen Boden unter die Füße zu bekommen.

Schon auf der ersten Treppe ärgerte ich mich. Im Hotel gab es einen Fahrstuhl; hier mußte ich mit jeder Treppenstufe kämpfen. Physisch hatte ich nichts abbekommen, aber ich war psychisch angeknackst, die Waffe am Hals... der Finger am Abzug... das Klicken... die heranrollende Handgranate... Doch meine Zeit war noch nicht abgelaufen, der Sensenmann hatte mich noch einmal verschont. Das hatte nichts mit Glück oder Cleverness zu tun. Ich dachte an Karl XII., der glaubte, gegen Kugeln und Klingen gefeit zu sein, und sich deshalb allein auf die Schanze hinauswagte, bis die Kugel heranflog, die dem Mythos ein Ende machte. Soldaten im Krieg haben keine große Angst, denn sie werden schnell zu Fatalisten, glauben, daß ihnen nichts passieren kann, bis die eine, entscheidende, allein für sie bestimmte Patrone in den Lauf rutscht. Ich hatte innerhalb weniger Minuten zwei Tode überlebt - was, wenn ich jetzt von der Treppe fiel und mir das Genick brach? Keiner ist Herr seines Schicksals, in Wirklichkeit kann man nicht länger als eine Sekunde vorausplanen. Ein Herrscher berauscht sich morgens an seiner Macht, und abends ist er ein Sklave. Ich war dieses Mal davongekommen, aber das war nicht mein Verdienst. Und mein Geist war viel zu vernebelt, um diesbezügliche Ermittlungen anzustellen.

Das Mädchen empfing mich wie eine verheulte Krankenschwester. Ich legte mich auf ein weiches Bett. Sie zog mir Schuhe und Jacke aus - den Rest durfte ich anbehalten - , gab mir kaltes Wasser zu trinken und legte mir einen kühlen Umschlag auf die Stirn. Goethe räusperte sich:

„Die Lagebesprechung um drei..."

„Muß auf achtzehn Uhr verschoben werden. Falls der Herr Kommissar der Meinung sein sollte, daß er dann schon Feierabend habe, grüße ihn von mir und sage ihm, daß ihn der Teufel holen wird, falls er nicht da sein sollte."

„Das werde ich ihm ausrichten. Auch von mir."

Er ging in das Nebenzimmer, und ich hörte ihn telefonieren. Er sprach deutsch... wie der Mann, der mir die Waffe an den Hals gehalten hatte! In Notsituationen fällt man immer in seine Muttersprache zurück. Wir suchten also nach einem Deutschen, der perfekt niederländisch sprach. Das hatte sicher etwas zu bedeuten, aber ich war immer noch zu erschöpft, um weiter zu kombinieren.

„Du hast nette Augen", sagte das Mädchen zärtlich.

„Das sagst du sicher zu allen Männern."

Ihre Augen füllten sich mit Tränen, und die leise Stimme erstarb in einem Flüstern:

„Ich bin keine Hure, das habe ich doch schon gesagt. Ich rede nicht einmal mit solchen Kerlen. Alle, die mich kennen, können bestätigen, daß ich eher schüchtern bin."

„Kann ich noch etwas Wasser bekommen?"

Sie reichte mir noch ein Glas mit dem kühlen Getränk, das

mir wie Nektar durch die Kehle rann.

„Danke. Ich weiß, daß du ein anständiges Mädchen bist. Wie heißt du?"

„Renate."

„Du bist Camilles ältere Schwester, nicht wahr?"

„Woher weißt du das?"

Mit schlapper Geste wies ich auf ein Foto, das auf dem Schrank stand. Ein Mann hatte seine Arme um zwei Mädchen gelegt, deren Altersunterschied etwa fünf oder sechs Jahre betragen mochte. Die Mädchen strahlten den Fotografen an, während der Mann eher reserviert aussah.

„Du hast dich kaum verändert. Das Bild ist doch sicher schon einige Jahre alt."

Sie nickte schweigend. Statt des Morgenmantels trug sie nun Jeans, eine Bluse und eine dünne Jacke. Von so nahem wirkte sie älter, als ich zuerst vermutet hatte. Sie war kein kleines Mädchen mehr, das mit Papa schmuste, sondern eine junge Frau, die den Ernst des Lebens kannte.

„Wie oft ist er zu Hause? Dein Vater, meine ich."

„Zu Hause?" fragte sie mit leerer Stimme. „Zu Hause? Ich weiß nicht, wo er sein Zuhause hat. Hier jedenfalls nicht. Offiziell ist er der Mieter der Wohnung, aber mehr nicht."

„Läßt er manchmal von sich hören?"

„Wir haben die Verbindung zu ihm abgebrochen. In der Bibel steht, daß man seine Eltern ehren soll, aber nicht, daß man sie lieben muß. In unserem Fall geht es nur um Papa."

„Aber ihr ehrt ihn?"

Sie zog die Mundwinkel herunter. Statt zu antworten fragte sie, ob ich Kaffee haben wolle, doch ich bat um Tee. Während sie ihn in der Küche zubereitete, streckte ich meinen lädierten Körper. Hatte ich nicht doch etwas abbekommen? Hier und da tat es weh; es würde blaue Flecken und Blutergüsse geben. Für mich nichts Neues. Hauptsache, es war nichts gebrochen. Goethe telefonierte noch immer, als sie mit einer Tasse Wasser und einem Teebeutel zurückkam und sich wieder ans Bett setzte.

„Wie alt bist du?“ fragte ich. „Aber sage jetzt nicht, daß man eine Dame nicht nach ihrem Alter fragt.“

„Ich bin zweiunddreißig. Eine Frau in mittleren Jahren. Weder verheiratet noch verlobt. Ich wünschte, ich könnte auch sagen: ungeküßt. Die Kerle sind Schweine! Beziehungsweise können es sein.“

„Dasselbe habe ich vor gar nicht langer Zeit von jemand anderem gehört. Es muß also etwas dran sein.“

Sie lächelte schwach und kühlte noch einmal meine Stirn.

„Aber du hast nette Augen. Und eine riesengroße Beule. Ich werde einen Eisbeutel drauflegen.“

„Wie alt ist deine Schwester Camille?“

„Sechsundzwanzig.“

„Was? Sie sieht aus, als wäre sie höchstens siebzehn.“

„Die kleine Camille ist ein Chamäleon. Wenn sie wie sechzehn aussehen will, macht ihr das keine Probleme. Wie ein Püppchen. Sie kann sich aber auch in eine Sirene verwandeln. Obwohl sie meine Schwester ist, kenne ich sie eigentlich nicht besonders gut. Sie war viele Jahre im Ausland und hat Wissen und Sprachkenntnisse wie Löschpapier eingesaugt. Dumm ist sie wirklich nicht, aber gutgläubig und vertrauensselig. Auch nett und loyal.“

Vorsichtig betastete ich meine Beule. Eine Weile würde ich sie noch behalten dürfen.

„Als du diesem Kerl hinterher gerannt bist, habe ich mich an deinen Kollegen geklammert; ich hatte Angst, allein zu bleiben. Manchmal, um nicht zu sagen oft, handle ich wie in Panik.“

„Du sprichst sehr gut deutsch.“

„Die Sprachbegabung liegt in der Familie. Ich spreche noch fünf Sprachen und kann noch ein halbes Dutzend verstehen. Wie Camille. Und du hast liebe, nette Augen.“

„Flirtest du mit mir?“

Sie lachte leise und warf mir einen koketten Blick zu:

„Wenn du zwanzig Jahre jünger wärst, würde ich es vielleicht versuchen.“

Also flirtete sie wirklich mit mir, ohne es zu wissen. Aber wenn ich auch kein Schweizer Interpol-Beamter im Pensionsalter war, blieb ich doch ein glücklich verheirateter schwedischer Kriminalinspektor; also war ihre Mühe vergebens.

„Erzähl mir, was deine Schwester in dem Bordell der Damen de Jong gemacht hat. Hatte es etwas damit zu tun, daß du von Henk Priem mißhandelt worden bist? Du kannst auch da anfangen - wie hast du ihn kennengelernt? Warum mißhandelte er dich? Was geschah danach? Laß dir Zeit, Renate. Ich liege hier sehr bequem."

Sie biß sich auf die Lippe und schaute zu Boden. Das Schlafzimmer wirkte unpersönlich wie ein Ausstellungsraum; das Familienfoto war das einzige Zeichen, daß hier tatsächlich jemand wohnte. Ich vermutete, daß Camille eine eigene Schlafecke hatte.

„Das war vor vier Jahren. Ich arbeitete in Deutschland..."

„Als was?"

„Als Übersetzerin in einem Zeitschriftenverlag. Einfache Sachen, aber immerhin, ich konnte mich selbst ernähren. In einer Diskothek traf ich einen Landsmann, der mir ein netter Kerl zu sein schien. Er war bedeutend älter als ich, aber ich habe wohl eine Schwäche für graue Schläfen, eine Art Vaterkomplex, weil... aber das gehört nicht hierher. Ich hatte Schwierigkeiten mit einem technischen Begriff und rief ihn an. Er lud mich zum Essen ein, war charmant und generös, doch ich hatte ein bißchen Angst vor ihm.

„Warum?"

„Er hatte keine netten Augen. Aber er war allein und ich war einsam, also wurden wir ein Paar. Womit er sich beschäftigte, durfte ich nicht wissen. Als ich ihn einmal fragte, ließ er mich abblitzen. Später versuchte er es durch Charme wieder auszugleichen, aber ich wagte nicht, noch einmal darauf zurückzukommen. Dann wurde es so..."

Sie verstummte, und ich merkte, wie schwer es ihr fiel, davon zu erzählen. Doch sie wollte heraus damit, und ich war ein geduldiger Zuhörer.

„Ich sah ihn in Begleitung einiger Männer, die mir Bekannte als schlimme Kriminelle beschrieben hatten. Und ich war schwanger von ihm. Das fiel zeitlich zusammen. Ich hatte geglaubt, er wolle mich heiraten und eine Familie gründen. Ja, Herrgott, so eine naive Romantikerin war ich damals, und ich war doch schon Ende zwanzig. Ich stellte ihn zur Rede, erzählte ihm von der Schwangerschaft und fragte ihn, ob er wisse, in welcher Gesellschaft er sich befinde. Da rastete er aus und schlug auf mich ein, immer wieder, bis ich blutend am Boden lag. Wenn ich nicht vergäße, was ich gesehen hatte, würde er mich umbringen - ganz langsam. Das war das letzte Mal, daß ich ihn sah."

„Du bist nicht zur Polizei gegangen?"

„Ich hatte Angst um mein Leben. Nach einem Jahr war ich so weit wieder hergestellt, daß ich mich ungehindert bewegen konnte. Da ich angegeben hatte, ich sei von unbekannten Tätern mißhandelt worden, bekam ich die Kosten der Behandlung ersetzt und ein kleines Schmerzensgeld ausgezahlt. Ich arbeite auch hier wieder als Übersetzerin. Ich gehe fast nie aus."

„Und Camille?"

Goethe kam herein und wollte etwas sagen, doch als er meine abwehrende Geste sah, postierte er sich schweigend neben der Tür. Seine vor der Brust gekreuzten Arme und die gerunzelte Stirn verrieten, daß auch er etwas Dringendes auf dem Herzen hatte.

„Sie war irgendwo in der Weltgeschichte unterwegs, jobbte als Fotomodell oder Statistin, was weiß ich. Eine kleine Rolle hier, eine kleine Rolle da. Alles Glitzernde hat sie schon immer angezogen. Eines abends war sie jedenfalls zu Hause, und wir sprachen das erste Mal im Leben vertraulich miteinander. Sie wurde wahnsinnig wütend über das, was mir passiert war, und schwor, daß wir uns rächen würden, als wäre sie selbst so behandelt worden. So kann sie sein. Und alles muß sofort und auf der Stelle geschehen. Camille fand heraus, daß Henk mit den Bordellbesitzerinnen de Jong verwandt ist und besorgte sich den Job am Empfang. Falls Henk sich zeigte, würde sie schon herausbekommen, wo er wohnt."

„Es ist ihr jedenfalls gelungen, wenigstens einen vorübergehenden Aufenthaltsort festzustellen."

„Ja? Ich nehme an, sie hat in diesem widerwärtigen Bordell Gespräche belauscht und Notizen gelesen. Sie ist manchmal ziemlich dreist und denkt nicht an Risiken oder Gefahren. Aber frag sie doch selbst, wenn sie kommt. Ich werde sie bitten anzurufen, aber bei ihr weiß man nie. Heute oder nächste Woche oder in einem Monat wird sie hier auftauchen."

„Sag mal, Renate - als ihr euch vertraulich unterhalten habt, hat sie da nur zugehört oder auch etwas von sich erzählt?"

Die Frage machte sie nachdenklich. Sie ging in sich, und ihr Blick verlor sich ein wenig.

„Jetzt, wo du es sagst... Ja, was habe ich eigentlich von ihr erfahren? Es war wohl so, daß ich mein Herz ausschütten wollte und sie zuhörte."

„Und wie war es heute?"

„Dieser Kerl klingelte an der Tür, und als ich aufmachte, drang er einfach ein. Er wollte Camille und glaubte nicht, daß ich keine Ahnung habe, wo sie ist. Er wollte mich gerade schlagen, da habt ihr geklingelt. Er zog diese schreckliche Waffe und drohte, mich zu erschießen, also tat ich, was er verlangte. Ich mußte mich ausziehen und die Hure spielen. Gott, wie fühle ich mich schmutzig!"

Goethe wollte nicht länger warten und trat zum Bett:

„Der Eigentümer des Mercedes ist festgestellt. Ein Wagen fährt direkt hin; ein zweiter kommt mich abholen."

„Gut. Ich schließe mich an."

„Wolltest du dich nicht ausruhen?"

„Man kann seine Meinung doch ändern. Geh schon vor, ich komme nach."

„Aber beeil dich."

Renate half mir auf, und ich lief ein wenig auf und ab. Sie folgte mir mit den Augen. Ich war noch ein bißchen wackelig und manche Bewegungen taten höllisch weh, aber ich erinnerte mich, daß ich in meiner stürmischen Jugend morgens oft in schlimmerem Zustand erwacht war.

„Kommst du zurück?" fragte sie leise.

„Wahrscheinlich. Ich habe noch einige Fragen."

„Nur wegen… der Fragen?"

„Hier hast du die Karte von Kommissar Jeroen van der Dijk. Ruf ihn sofort an, falls etwas geschieht, was wichtig für uns sein könnte. Und natürlich, wenn deine Schwester heimkommt."

Sie nahm die Karte, ohne sie anzuschauen, und legte sie auf den Schrank.

„Du bist jederzeit willkommen."

Ich lächelte und reichte ihr die Hand, und sie nahm sie beinahe feierlich.

„Wenn ich zwanzig Jahre jünger wäre…"

„Manchmal spielt das Alter keine Rolle. Wie gesagt, ich mag ältere Männer."

Sie beugte sich vor und küßte mich auf den Mund. Es war ein Kuß ohne Leidenschaft; nur ein Zeichen, daß sie meinte, was sie sagte.

„Renate", sagte ich und schaute ihr tief in die Augen, „ich hoffe, du triffst den richtigen Mann mit den netten Augen. Du verdienst es."

Als ich die Treppe hinunterstieg, dachte ich über meine letzten Worte nach. Du lieber Himmel, ich hatte wie in einer Seifenoper geklungen! Ich kannte sie doch gar nicht. Vielleicht hatte sie mir eine Szene vorgespielt - mißhandelte Frau sehnt sich nach Zweisamkeit, und jetzt saß sie auf dem Bett und lachte Tränen über den alten Idioten. Alles war möglich; trotzdem würde ich meine Worte nicht zurücknehmen.

Goethe wartete in einem zivilen Dienstwagen der Amsterdamer Kripo. Rund herum standen Streifenwagen; Uniformierte suchten auf der Straße nach Patronenhülsen. Eine Gruppe von Zuschauern stand so still, als sollte sie beim Warten auf nichts fotografiert werden. Ich ließ mich auf den Rücksitz fallen und stöhnte, weil es plötzlich an ganz unerwarteten Stellen wehtat. Doch es ist ein alter schwedischer Brauch, sich bei der

Arbeit Beulen und blaue Flecken zu holen, anders hätten wir nie eine Eisenbahn bekommen. Also biß ich die Zähne zusammen. Goethe reichte dem Fahrer einen Zettel mit der Adresse. Es mußte ein Chefwagen sein, denn es gab eine Trennscheibe mit einer Luke darin. Wenn diese geschlossen war, konnte der Fahrer nicht mithören.

„Rombach heißt der Besitzer, Willem Rombach. Er wohnt ein paar Kilometer außerhalb von Amsterdam."

„Womit verdient der Herr sich seine Brötchen?"

„Er nennt sich Kaufmann. Wohnt in einer sehr noblen Gegend. Wie geht es dir?"

„Darüber werde ich später nachdenken. Was hältst du von Renate?"

Er musterte mich von der Seite, und ich haßte sein anzügliches Grinsen.

„Sie sieht toll aus, muß ich sagen. Weißt du, wie alt sie ist?"

„Zweiunddreißig."

Er pfiff leise, und das hätte er sich sparen können.

„Oho... zweiunddreißig, ich hätte sie auf... Na ja. Ein reifer Pfirsich schmeckt am besten. Süß und voller Saft."

„Für dich ist sie doch viel zu alt. Methusalems Tante, die bald am Stock durch die Wohnung tappen wird."

Er warf mir einen verwunderten Blick zu.

„Was fällt dir ein! Ich bin doch nicht wählerisch. Wenn sie Besuchen aus geschäftlichem Grund zugänglich ist, habe ich wohl genauso wie andere das Recht, an ihrer Tür zu klingeln. Warum sollte sie mich nicht empfangen? Ich will ihr nichts Böses tun, und außerdem kennen wir uns ja schon ein bißchen."

„Dazu hast du kein Recht! Renate ist ein anständiges Mädchen; der Mann hat sie nur gezwungen, die Prostituierte zu spielen. Laß sie bloß in Ruhe!"

„Okay, erzähl mir, was ich noch nicht weiß."

Widerwillig informierte ich ihn, ließ aber alles aus, was rein persönlich war und ihn nichts anging. Er schob die Unterlippe vor und nickte dreimal bedeutungsvoll, aber er pfiff nicht wieder, und dafür mußte man dankbar sein.

„Wenn das so ist, nehme ich alles zurück. Ich wußte ja nicht... Sollte es zu einer weiteren Begegnung kommen, werde ich ihr gegenüber korrekt auftreten. Bist du damit zufrieden? Es ist mir nicht entgangen, daß sie... Eindruck auf dich gemacht hat. Auf eine völlig korrekte Art und Weise natürlich."

Manchmal fragte ich mich, ob in seinem seriösen Tonfall nicht so etwas wie schwarzer Humor mitschwang. Vielleicht war er immer noch scharf auf die Kleine in de Jongs Bordell. Er bekam sicher eine Aufwandsentschädigung, mit der er das Mädchen für einen ganzen Tag mieten konnte. Aber was würden sie tun, wenn sie sich nicht im Bett wälzten? Von einer Seelengemeinschaft konnte wohl kaum die Rede sein.

Wir kamen in eine Villengegend mit großen, gepflegten Grundstücken. Hier wohnte der alte Geldadel mit den Neureichen Einfahrt an Einfahrt. Goethe murmelte in sein Handy und ließ den Fahrer dann anhalten.

Rund um das Anwesen lagen Polizisten in voller Schutzausrüstung in Bereitschaft. Auf einer Mauer und hinter Baumstämmen waren die besten Schützen postiert, die Waffen bereits im Anschlag. Das Haus war von mittlerer Größe und ziemlich alt, jedoch nach dem Plan eines gutbezahlten Architekten sorgsam rekonstruiert. Alle warteten offenbar auf Goethe. Leiter der Operation war ein kräftiger Mann in den Vierzigern, der sich als Bakker vorstellte und dem deutschen Interpolpotentaten Bericht erstattete. Ich beschloß, eine ganz und gar professionelle Rolle zu spielen; etwas anderes wurde von mir auch nicht erwartet. Bakker holte einen Lautsprecher aus seinem Wagen und richtete ihn auf die Villa.

„Das Haus ist umstellt! Werfen Sie die Waffen aus dem Fenster und kommen Sie mit erhobenen Händen heraus!"

Die ersten Sekunden einer solchen Aktion sind die kritischen. Die Eingeschlossenen müssen sich entscheiden, was sie tun, doch sie sind meistens überrascht und verzweifelt und können nicht klar denken. Sie haben eigentlich nur zwei Möglichkeiten. Entweder sie geben auf und folgen der Aufforderung oder besser gesagt dem Befehl. Oder sie gehen das Risiko ein, Widerstand zu leisten, was in der Regel bedeutet, daß sie versuchen, sich den Weg freizuschießen.

Die Entscheidung hängt zu einem großen Teil von den Konsequenzen ab. Wen eine Anklage wegen Mordes oder Mordversuchs erwartet, der hat nicht viel zu verlieren. Wenn Frauen darunter sind, ist die Chance, daß die eingeschlossene Gruppe aufgibt, größer.

Fünfzehn Sekunden, länger dauert es in der Regel nicht, bis die Entscheidung gefallen ist. Leben oder Tod, weiße Fahne oder wilde Schießerei, fünfzehn Sekunden, die eine Ewigkeit sind. Nichts geschah, und Bakker befahl, Tränengasgranaten durch die Fenster zu schießen und den Angriff vorzubereiten.

Plötzlich öffnete sich die Tür, und eine Frau wurde sichtbar.

„Hände hoch!" brüllte Bakker durch den Lautsprecher.

Sie gehorchte nicht, sondern machte eine Geste, als wollte sie nach einer Waffe greifen. Die Scharfschützen zögerten noch; man feuert nicht gern auf eine Frau. Ein seltsamer, unerwarteter Laut ertönte. Es war so still, daß nicht einmal das leise Rauschen der Blätter störte. Sekunden der Wahrheit. Ein Schütze senkte zögernd die Waffe und wandte sich an Goethe und Bakker. Jetzt konnten alle den Laut deuten.

Die Frau lachte aus vollem Halse!

## 19.

Obwohl sie Bakkers Befehl nicht befolgt hatte, dachte keiner daran zu schießen. Als sie auf dem Gartenweg näher kam, wedelte sie mit den Armen und mußte ab und zu stehenbleiben, weil ihr die Luft wegblieb. Sie war ein wenig rundlich, aber auf eine puppenhafte Art hübsch und trug einen kurzen Rock und eine Bluse. Die Kleidung war so raffiniert einfach, daß sie sehr teuer gewesen sein mußte. Vielleicht hatte sie kürzlich ihren vierzigsten Geburtstag gefeiert, vielleicht feierte sie ihn noch oder immer wieder.

„Hoch mit den Händen", wiederholte Bakker lahm.

Sie streckte sie hoch und fand das so lustig, daß sie sich gleich wieder am Zaun festhalten mußte.

„Und jetzt folgt wohl die Leibesvisitation?" kicherte sie. „So viele Männerhände auf meinem armen Körper. Wie man doch für seine Schönheit leiden muß… ha ha ha…"

„Wer sind Sie?" fragte Goethe scharf.

Sie knickste übertrieben und zwitscherte:

„Hanneke Rombach. Was machen denn hundert süße Polizisten in unserem Garten?"

„Wo ist Ihr Mann?"

„Der schnarcht… ha ha ha… schnarcht wie ein ganzes Sägewerk…"

Auf einen Wink von Bakker rannten die Polizisten in den Schutzanzügen ins Haus und durchsuchten es. Die ganze Zeit stand die Frau lauthals lachend an der Tür, und ich kam mir vor wie in einem Film der Marx-Brothers, in dem wir die Dummen spielten. Ein Beamter kam heraus und teilte mit, daß das Haus leer sei bis auf einen Mann, der auf einem Sofa im Wohnzimmer schlafe.

Die Polizisten mit ihren Schilden und Waffen verließen das Haus wieder, und wir gingen neugierig hinein, begleitet von der albern kichernden Hanneke. Auf dem Sofa lag ein Mann mit offenem Hemd; den Schlips hatte er neben das Bett und das Jackett über einen Stuhl geworfen. Er trug noch immer seine Schuhe, doch jemand hatte vorsorglich eine Zeitung darunter gelegt. Ich hatte ihn noch nie gesehen. Er sah wie ein typischer Geschäftsmann aus, aber er war voll wie eine Haubitze, und sein Schnarchen hätte tiefgefrorene amerikanische Millionäre aufwecken können.

„Wer hat heute seinen Wagen benutzt?" fragte Goethe.

„Er selbst. Er trifft sich mit Kunden, lädt sie zum Essen ein und wird besoffen. Jeden Tag. Ich liebe ihn dafür. Was für ein Kerl! Ein lieber Kerl!"

„Fährt er jeden Tag in angetrunkenem Zustand?"

„Er fährt gern Auto. In die Stadt, um Leute zu treffen. Irgendwie kommt der Wagen immer wieder zurück."

„Eine sehr gefährliche Person hat den Wagen heute gestohlen."

„Gefährlich? Ha ha ha... das sieht Willem ähnlich. Er hat ihn sicher ausgeliehen. Oder verschenkt, als er richtig besoffen war. In diesem Jahr hat er schon einen Lexus und einen Chrysler weggegeben... ha ha ha... Ist er nicht goldig?"

„Weck ihn!"

Sie mußte sich setzen, schlug sich auf die Knie und krümmte sich vor Lachen.

„Ihn wecken! Um diese Zeit! Vier Uhr nachts vielleicht. Sein ganzes herrliches Gehirn liegt doch im Sprit. Was für ein Mann!"

Goethe wandte sich an Bakker und brummte:

„Paß auf ihn auf, bis er ansprechbar ist. Wir wollen wissen, wem er seinen Mercedes gegeben hat. Berichte sofort an Kommissar van der Dijk. Falls sich der Kerl überhaupt an etwas erinnern kann."

Im Polizeipräsidium saß der Kommissar offensichtlich in einem fremden Raum, denn an den Wänden hingen Fotografien eines anderen hohen Beamten, die diesen in verschiedenen offiziellen Situationen zeigten. Er war kleinlaut, fast unterwürfig, verschwunden war die frühere sarkastische Energie. Ab und zu warf er mir verstohlene Blicke zu; bereits jetzt hatte er an Würde verloren. Wir drei tranken gemeinsam Kaffee aus Pappbechern, und er schmeckte so muffig wie in allen Polizeistuben auf der ganzen Welt. Auch das Ambiente stimmte: Flaschen mit Mineralwasser, Papierstapel, Notizblöcke, billige Kugelschreiber.

„Das Rätsel McBrady alias McGrady ist gelöst", teilte er lapidar mit. „Er ist homosexuell und kam nach Amsterdam, weil er gehört hatte, daß hier alles frei wäre. Seinem Arbeitgeber gegenüber stellte er das Ganze als eine Dienstreise dar. Der Austausch der Konsonanten sollte ihm Sicherheit geben. Falls die Firma nach ihm fragte, würde man schnell auf ihn kommen, falls abgelegte Liebhaber nach ihm suchten, konnte er sich verleugnen lassen."

Goethe machte eine ungeduldige Geste.

„Wer kümmert sich denn heutzutage noch um so etwas?"

„In Amsterdam keiner. Aber das amerikanische Unternehmen, für das er arbeitet, gehört einer stockkonservativen Religionsgemeinschaft, und die würde ihn als Schwulen nicht nur rausschmeißen, sondern auch noch steinigen. Er weinte, als ich mit ihm sprach, und beruhigte sich erst, als ich ihm versicherte, daß mich seine Veranlagung nichts anginge. Ja, soweit dazu."

Hatte der Amerikaner mich attraktiv gefunden? Ich begriff plötzlich, welche Probleme Frauen zu allen Zeiten mit aufdringlichen Kerlen gehabt haben; Einladungen zum Essen, in die Bar, zu einem Drink auf dem Zimmer, dazu anzügliche Bemerkungen. Es mußte eine Kunst sein, einfach höflich nein zu sagen. Was hatten die Maskierungsgenies nur aus dem Hasselschen Grundmaterial gemacht? Ein Kuß auf den Mund von einer jungen Dame und Annäherungsversuche von einem Mann mit homosexuellen Neigungen! Wenn das so weiterging, würde ich noch Don Juan und den Marquis de Sade übertrumpfen.

„Nun zu dem Mann ohne Gesicht", fuhr der Kommissar fort, und jede Silbe war ein Seufzer. „Die Analyse hat ergeben, daß es Salpetersäure war. Sie zersetzt die Haut, die zuerst gelb wird; eine Rettung ist nicht möglich. Die Säure frißt sich immer tiefer ein und zerstört eine Zelle nach der anderen. Als Dorffmann dort ankam, war es schon zu spät. Der Mann verstarb nach etwa drei Stunden. Er sah und hörte nichts mehr; der Mund war von innen zerfressen. Hier ein paar Bilder."

Schwarzweiße Vergrößerungen zeigten ein vernichtetes Gesicht, ein Phantom aus einem Alptraum; niemand konnte auch nur ahnen, wie der Mann früher ausgesehen hatte. Die Bilder zeigten ihn unmittelbar, nachdem er im Krankenhaus angekommen war. Danach hatte sich die Säure weiter bis in das Gehirn hineingefressen.

„Das Waschbecken im Bad war bis zum Rand mit Salpetersäure gefüllt. Da hinein hat man seine gefesselten Hände getaucht. Fingerabdrücke können wir vergessen."

„Also haben wir keine Ahnung, ob es sich vielleicht um den ertrunkenen Henk Priem gehandelt hat?" fragte ich.

Er schüttelte den Kopf und schien sich sogar vor einem Wortwechsel mit mir zu fürchten.

„Nein. Aber wir bekommen bald ein ausführliches Obduktionsprotokoll. Vielleicht gibt es doch etwas, was die Identifizierung erleichtern kann."

„Aber wir haben ja nichts zum Vergleichen."

„Stimmt, nichts. Trotzdem kann uns das Protokoll noch von Nutzen sein."

Goethe verschränkte die Arme vor der Brust und kniff die Augen zusammen:

„Eine äußerst seltsame Geschichte", sagte er langsam. „Dorffmann hat einen Bericht an Interpol darüber geschrieben."

Van der Dijk schrumpfte auf seinem Stuhl zur Miniatur eines holländischen Kommissars; der Kopf war der eines Liliputaners, die Hände die einer Puppe, die Augen so klein wie Stecknadelköpfe, die Stimme ein Piepsen aus einem dünnen Hals.

„Ach ja?"

„Willst du ihn lesen? Er betrifft ja auch dich."

„Ja? Ich weiß nicht... ja, gern..."

Goethe zog einen zusammengefalteten Zettel aus der Jackentasche und reichte ihn dem Zwerg. Der Kommissar faltete das Schreiben auseinander und verschwand dahinter. Die Stecknadelaugen buchstabierten den Text, einmal, zweimal, dreimal.

Endlich begriff er, daß ich ihn gerettet hatte. Ich hatte ihn nicht den wilden Tieren zum Fraß vorgeworfen, wie er es eigentlich verdient hätte. Falls man ihm Fragen stellte, konnte er sich herausreden. Seine Position, sein Ruf, das soziale Renommee, die Würde, die Liebe seiner Familie, die Ehre seiner Verwandten, die Wertschätzung der Vorgesetzten, die Achtung der Nachbarn - all das stand nicht mehr auf dem Spiel; er war noch immer ein Kerl, mit dem man rechnen konnte, ein Mann mit Stolz und Ansehen.

Der Liliputaner wuchs in Sekunden zu einem Riesen heran, statt einer wässrigen Flüssigkeit strömte heißes Blut durch seine Adern, sein gigantischer Rücken richtete sich auf, er bekam Muskeln und Sehnen. Er warf mir einen Blick zu, der nicht der eines geprügelten Hundes, sondern der eines Löwen war, der seinesgleichen begrüßt.

„Genau. So war es. Meine Herren! Ich habe eine Theorie, warum man den Mann gefesselt hatte und wie das Ganze vor sich ging."

Er war wie elektrisiert, sprang auf und begann, unter großen Gesten hin und her zu laufen.

„Das Haus gehört einem holländischen Geschäftsmann, der viele Jahre in Malaysia verbracht hat. Sein Neffe verwaltet das Anwesen, ist aber seinerseits nach Sydney gezogen. Ein Makler hat die Aufgabe, das Haus kurzzeitig für gutes Geld zu vermieten. Die Nachbarn haben sich deshalb daran gewöhnt, daß immer wieder Fremde kommen und gehen und kümmern sich nicht darum. Der Makler denkt vor allem an seine Provision und kontrolliert nicht, was die Leute treiben, an die er vermietet. Früher lief es besser, aber jetzt muß er inserieren. Er hat ständig eine Anzeige in „De Telegraaf". Ein Mann rief an und bat darum, das Haus für einige Tage mieten zu dürfen, angeblich für eine Konferenz. Er schickte einen Boten mit einer hohen Geldsumme, der den Schlüssel gleich mitnahm."

„Der Mieter hat sicher einen Namen und eine Adresse hinterlassen?" unterbrach ihn Goethe.

„Ein gewöhnlicher deutscher Name und eine deutsche Firma. Die Adresse stimmt sogar, und dort gibt es auch einen Angestellten, der so heißt, aber der weilt zur Zeit in China. Eine falsche Fährte."

Im Vorbeigehen nippte er an seiner Tasse mit dem lauwarmen koffeinhaltigen Getränk.

„Unser Mann wurde in das Haus gelockt, und er kam allein. Wenn man ihn mit Waffengewalt hingebracht hätte, wären die Nachbarn aufmerksam geworden. Nein, er kam freiwillig. Im Haus wurde er von ein paar Männern überwältigt und gefesselt. Die Säure war schon im Waschbecken. Zuerst drückten sie sein Gesicht hinein und warteten, bis die gefährliche Flüssigkeit auch in Mund, Nase und Ohren eindrang. Dann kamen die Hände dran. Seht ihr das Bild vor euch?"

Das war nicht schwer, aber äußerst unbehaglich, und ich meinte, den ekligen Säuregeruch wahrzunehmen: Männer mit langen, säurefesten Handschuhen und ein Mann, der vor Angst fast ohnmächtig sein mußte.

„Dorffmann, du hattest den Eindruck, daß ein Mann das Haus durch die Hintertür verließ. Können es auch zwei gewesen sein?"

„Sicher, ich habe sie nicht gezählt."

„Ich verstehe immer noch nicht, worauf du hinauswillst", mischte sich Goethe ein.

„Tja, einerseits wollten sie seine persönlichen Kennzeichen vernichten, damit niemand, vor allem wir nicht, erfahren sollte, wer ihn auf so furchtbare Weise behandelt hat. Andererseits war es eine Strafe. Wir wissen noch nicht, auf welche Weise er gegen ihre Gesetze verstoßen hat. Drittens war es eine nachdrückliche Warnung an andere, den Mund zu halten. Omerta, das oberste Gesetz der Mafia."

„Wie sollte die Warnung funktionieren, wenn kein anderer den Bestraften zu Gesicht bekommen hat?"

„Warum nicht? Auf dem Fußboden fanden wir eine leere Dose, wie sie zum Verpacken von Kleinbildfilmen benutzt werden. Als sie ihn bestraft hatten, fotografierten sie ihn im Badezimmer: So ergeht es einem, der nicht nach unserer Pfeife tanzt. Wir fesseln die Hände, so daß das Opfer hilflos ist, und tauchen es dann in Salpetersäure, damit es den qualvollsten Tod erleidet, den man sich denken kann! Könnt ihr euch eine effektivere Abschreckung vorstellen?"

Wir schwiegen eine Weile. Das Ganze klang logisch und beantwortete einige Fragen. Dann fuhr er fort:

„Wären sie normalerweise so unachtsam gewesen, eine Filmverpackung liegen zu lassen? Nein - aber es kam jemand, nämlich Werner. Sie mußten fliehen und schafften es gerade noch, ihr Opfer einzuschließen. Dann rannten sie durch den Keller und verließen das Haus durch die Hintertür."

Um einer Bemerkung zuvorzukommen, redete er gleich weiter:

„Fingerabdrücke im Haus? Wir haben eine Menge gesichert, doch sie sind weder in unserem Computer noch bei Interpol registriert. Es wurden Abdrücke von Schuhen und Autoreifen genommen, sämtliche Nachbarn befragt und die Aussagen bearbeitet. Außerdem haben wir das Haus nach anderen Spuren durchsucht, nach Haaren, Hautfetzen, nach allem, was für eine DNA-Analyse interessant sein kann. Apropos... Werner, du hast dich doch vor kurzem mit einem Mann geprügelt, der einen Mercedes fuhr, nicht wahr? Mit einem Mann, den wir gern verhören würden..."

Ich nickte. Alles stand in den ausführlichen Berichten, die Interpol fordert.

„Hast du ihm nicht deinen Finger ins Auge gerammt?"

„Kann man so sagen, ja."

„Dann frage ich mich, warum du als erfahrener Kriminalist nicht ins nächste Labor geeilt bist, um deinen Fingernagel untersuchen zu lassen?"

Natürlich! Die kleinsten Hautpartikel unter dem Fingernagel genügen für eine DNA-Analyse. Die moderne Polizeiarbeit besteht aus Analysen, Analysen und nochmals Analysen. Als korrekter Schweizer hätte ich meine Pfoten in Zellophan wickeln und sofort ins Labor eilen müssen!

„So weit habe ich nicht gedacht", entschuldigte ich mich. „Schließlich war ich noch nie in ein Handgemenge verwickelt. Eigentlich habe ich mein Leben lang am Schreibtisch gesessen."

Der Kommissar schüttelte vorwurfsvoll den Kopf und wollte gerade den Zeigefinger heben, da fiel ihm etwas ein, und er erstarrte in der Bewegung:

„Nun ja. Fehler machen wir alle mal. Ich werde das im Bericht nicht erwähnen."

Damit waren wir quitt. Ich hatte ihn nicht mehr am Haken,

und er mußte mir gegenüber nicht mehr dankbar sein. Meinetwegen. Erzwungene Dankbarkeit ist sowieso nichts wert.

„Was war mit seinen Sachen?“ fragte Goethe. „Waren die auch von der Säure angegriffen?“

„Nein, aber sie haben ihm die Taschen ausgeräumt. Der Anzug war von guter Qualität, Marke Hugo Boss, dunkelgrau. Wird in besseren Geschäften überall verkauft. Das Hemd war Marke Cardin, hellblau mit weißem Kragen, Größe zweiundvierzig. Strümpfe Marke Wolsely, hellblau. Weiße Seidenunterwäsche ohne Firmenschild. Schuhe Marke Christie, Größe achteinhalb, schwarz. Schlips Marke Lanvin, keine Uhr, die haben sie ihm sicher abgenommen.“

Er zeigte uns Bilder von den Bekleidungsstücken, aber die brachten uns auch nicht weiter. Summa summarum: ein Mann, der Wert auf sein Äußeres legte.

„Auf den ersten Blick ein Mann zwischen vierzig und fünfundvierzig. Dunkles Haar, etwas ergraut, aber nicht mehr als zehn Prozent. Rundschnitt. Sehr gleichmäßig gebräunte Haut, vermutlich im Solarium. Füße und Zehennägel gepflegt. Keine Operationsnarben. Einen Meter vierundachtzig groß, sechsundneunzig Kilo schwer, athletisch gebaut, aber Übergewicht. Später werden wir noch einen zweiten Bericht bekommen, von Elke Gruiters, der besten Obduzentin von Holland.“

Vielleicht war es hier wie in Schweden, wo sich ebenfalls zunehmend Frauen als Gerichtsmediziner etablierten. Sie hatten schon ein Drittel der über dreißig Posten besetzt und bauten ihre Position weiter aus. Kein Job für eine Frau? Ich erinnerte mich an eine Diskussion mit Kari Ormstad, der Chefin der Rechtsmedizinischen Abteilung in Stockholm und Dozentin am Karolinska Institut. Auf die Frage, ob Frauen für diesen Beruf geeignet seien, hatte sie ganz unsentimental geantwortet:

„Zu jeder Zeit haben die Männer ordentlich gesoffen, und wir Frauen haben uns an die Schattenseiten des Lebens gewöhnt. Die Ehe beginnt oft mit einem Rosentraum, aber dann wischen wir Erbrochenes vom Fußboden, waschen blutige Kleider, und auf dem Lande waren es früher die Frauen, die die

Leichen wuschen und ins letzte Hemd steckten. Wir gebären Kinder und kümmern uns um die Alten, und wir sind an Rotz, Menstruation und dritte Zähne gewöhnt. Frauen sind nicht empfindsam. Wir wissen, was getan werden muß, und wir tun es."

Sie hatte ausführlich erklärt, was ein guter Gerichtsmediziner können muß, und ich erfuhr, daß das Zersägen von Leichen den geringsten Teil des Aufgabengebiets ausmacht. Simon pflegte ihre Vorlesungen so oft wie möglich zu besuchen, einerseits, weil er so viel lernen konnte, andererseits, weil sie so attraktiv war, daß er alles, was sie lehrte, sofort wieder vergaß.

„Das war noch nicht alles", fuhr van der Dijk fort. „Innen links im Jackett entdeckten wir eine zusätzliche kleine Tasche für Zigaretten und darin ein kleines Stück Papier. Eine Eintrittskarte."

Er zeigte uns eine Kopie und erklärte:

„Das ist eine Eintrittskarte für die große Buchmesse in Frankfurt am Main, die nächste Woche beginnt. Verlage und Agenten kaufen sie vorab, um ihre Kunden einladen zu können. Wir wissen noch nicht, ob es möglich sein wird, den ursprünglichen Besteller herauszufinden. Was fällt euch dazu ein?"

Die Buchmesse in Frankfurt! Ich hatte darüber gelesen, wie man ein Thema zur Kenntnis nimmt, das einen nichts angeht, aber ich hatte begriffen, daß es sich um eine gigantische Veranstaltung handelte, wo sich die ganze Bücherwelt traf und Geschäfte abwickelte.

Würde das umstrittene Buch über den Balkan nicht ebenfalls dort gezeigt werden? Dann... Was hatte dieser Mann mit der Messe zu tun? Goethes Überlegungen gingen in dieselbe Richtung:

„Die Buchmesse zieht unzählige Besucher an. Ich war ein paarmal da, weil ich mich über Fachliteratur informieren wollte. Wenn ich daran denke, tun mir heute noch die Füße weh. Was meinst du, Werner?"

Was meinte Werner aus Winterthur dazu, der ältere Schweizer, der in seiner Freizeit Kuckucksuhren reparierte und Edelweiße fürs Herbarium pflückte?

„Der Mann wollte Frankfurt besuchen. Ein Buchbegeisterter? Schwer zu glauben. Ein Attentäter? Schon eher möglich. Und ich fresse einen Besen, wenn es nichts mit dem Balkan-Buch zu tun gehabt hätte. Und er wäre sicher nicht allein dort aufgetaucht, sondern in schlechter Gesellschaft. Nun reist die schlechte Gesellschaft vielleicht ohne ihn. Herr Goethe, wir sollten uns ebenfalls auf den Weg machen."

„Du vor allem, denn du könntest eventuell den einen oder anderen Übeltäter identifizieren. Ich gehe davon aus, daß Jeroen die Fahndung in Holland weiterführt. Von Frankfurt oder einer anderen Stadt in Deutschland können wir in einer Stunde wieder hier sein."

Van der Dijk und ich nickten zustimmend. Wenn man in der Mitte Europas lebt, sind alle Länder gut zu erreichen. Ich war fertig mit Amsterdam; ich wollte arbeiten und mich nicht wie ein Tourist in einer Großstadt herumtreiben. Renate hatte gesagt, daß ihre Schwester Camille heute oder irgendwann zurückkommen würde; das Warten darauf konnte der Holländer übernehmen.

„Wenn wir sowieso nach Deutschland fahren, würde ich gern das Unternehmen besuchen, das angeblich das Haus gemietet hat. Falls der Mitarbeiter aus China zurück ist, hat er vielleicht eine Ahnung, wer sich seines Namens bedient haben könnte."

„Du kannst die Adresse bekommen; sie steht irgendwo in den Unterlagen. Der Sitz der Firma ist in Unna, einer kleinen Stadt im Ruhrgebiet. Wenn du willst, bestelle ich dir ein Hotelzimmer. Eine Nacht reicht ja sicher. Plus Übernachtungen in Frankfurt."

Ich sagte ihm, ich könne mich daran gewöhnen, so bemuttert zu werden. Er räusperte sich und warf mir einen schwer zu deutenden Blick zu. Irgend etwas hatte er auf dem Herzen, und wenn man damit nicht heraus will, handelt es sich meistens um etwas Unangenehmes.

„Tja, Werner. Ich war draußen und habe mir Haus und Grundstück angesehen. Der Bewuchs auf der Rückseite ist hoch und dicht."

„Deshalb konnte ich den oder die Täter ja nicht sehen, als sie geflohen sind, und auch den Fluchtwagen nicht."

„Hast du noch einmal darüber nachgedacht? Ist dir im Zusammenhang damit nichts aufgefallen?"

Er schaute mich so intensiv an, als wollte er den Scharfsinn des bekannten Spürhundes testen. Hätte mir etwas auffallen müssen? Mörder huschten zur Hintertür hinaus zu einem versteckt geparkten Auto. Da war nichts Auffälliges. Goethe machte eine Geste, daß er begriffen hatte, worauf der Holländer hinauswollte. War ich bescheuert?

In dem Haus hatte ich einen gefesselten und durch Säure verunstalteten Mann getroffen, der ins Bad gesperrt worden war, nachdem man ihn zur Warnung fotografiert hatte…

Fotografiert? Der Holländer sah, daß mir endlich ein Licht aufging, und formulierte, was mir erst allmählich klar wurde:

„Es dauert eine Sekunde, aus einer Deckung heraus ein Bild von dir zu knipsen. Vermutlich sind schon Abzüge im Umlauf. Sicher war jemand in der Nähe, der die Entwicklung aufmerksam verfolgt hat. Auch wenn sie vielleicht nicht genau wissen, wer du bist und daß du Polizist bist, so halten sie dich doch garantiert für eine sehr verdächtige Person."

Plötzlich war meine ganze Maskierung wertlos. Wieder war ich zum Freiwild geworden, wenn auch in geliehenen Federn. Was wir alle drei dachten, verwandelte Goethe in schwarzen Humor:

„Werner, was für Blumen wünscht du zu deinem Begräbnis?"

## 20.

Unna war eine kleine Stadt, in die man sich auf der Stelle verlieben konnte. Lieben auf Dauer vielleicht nicht, denn das würde bedeuten, daß man immer und immer wieder zu ihr zurückkehren wollen würde. Aber verlieben konnte man sich in sie, und wenn man sich dann später erinnerte, würde sich ein bittersüßes Gefühl einstellen: Da bin ich gewesen, da habe ich mich wohlgefühlt, die heute da wohnen sind sicher glückliche Menschen.

Von Dortmund hatte ich einen Regionalexpreß genommen und war in wenigen Minuten da. Auf der anderen Straßenseite sah ich bereits das Hotel, in dem ich wohnen sollte.

Der Katharinenhof gehörte zu einer Kette, die sich Ringhotel nannte. Es handelte sich um einen nagelneuen Bau, hypermodern, aber geschmackvoll. Die Farben auf den drei Etagen, weiß, beige und grau, waren raffiniert aufeinander abgestimmt. Die Rezeption wirkte luftig, und in der Lobby standen kleine Tische, an denen die Gäste Kaffe, Bier oder Wein zu sich nehmen konnten. Ein freundlicher junger Mann begrüßte mich und gab mir den Schlüssel zu einem Zimmer im dritten Stock.

Ein großer, eleganter Raum mit schicken Möbeln erwartete mich. Als ich das breite Bett sah, bekam ich sofort Sehnsucht nach meiner Virena. Zu dem Zimmer gehörte eine Terrasse, auf der man eine Party mit einem Dutzend seiner besten Freunde hätte feiern können. Es war schon zu spät, um die Firma Graf & Winkler in der Gesellschaftsstraße noch am selben Tag zu besuchen, aber es war noch hell. Also stellte ich mich auf die Terrasse und schaute auf das Weichbild der Stadt. Die Samtwärme des Altweibersommers hatte sich bis in den späten Nachmittag oder frühen Abend gehalten.

Goethe war direkt nach Frankfurt gefahren, und ich fand es schön, den Häuptling für ein paar Tage los zu sein. Ich ließ das Hotel ein Fax an meine Damen auf Capri schicken, dessen Text in jede Anthologie der schönsten Liebeserklärungen der Weltliteratur gepaßt hätte.

Seltsam, wie hungrig ich neuerdings war; das mußte an meinem schnell zunehmenden Alter liegen. Ich machte mich frisch, wechselte den Schlips, um zu markieren, daß ich mich in einem anderen Land befand, und beschloß, mich ein wenig mit Unna bekannt zu machen. Ich erkundigte mich bei dem jungen Mann an der Rezeption nach den Attraktionen der Stadt, und er reichte mir eine kleine Broschüre mit den Highlights von Unna. Ein beleibter älterer Herr mit rosigen Wangen, flinken Augen und einem Mund, der wie zum Lachen geschaffen schien, fragte:

„Sind Sie Ausländer?"

„Schweizer."

„Da sind wir ja sozusagen Vettern. Schönes Land, die Schweiz. Wie eine Ansichtskarte an manchen Stellen. Ich habe gerade einen Empfang hier im Hotel organisiert und muß zurück in die Stadt. Gestatten Sie, daß ich Sie bei der Gelegenheit ein wenig herumführe?"

Nach meinen Erfahrungen mit Deutschland wußte ich, was sich für einen Mann meines Alters und meiner Stellung gehörte. Ich verbeugte mich kurz:

„Werner Dorffmann. Mit dem größten Vergnügen."

„Axel Knauer, zu Ihren Diensten."

Feierlich schüttelten wir uns die Hand. Wir würden nie soweit kommen, uns Axel und Werner zu nennen, aber dennoch. Gemeinsam fuhren wir auf die Restaurantetage mit Ausgang auf eine öffentliche Terrasse. Von dort führte eine Treppe zur Innenstadt. Unterwegs erzählte er:

„Hinter unserer guten alten Katharinenkirche steht das neue Rathaus, wo auch ich mein Geld verdiene. Ich arbeite direkt unter unserem populären Bürgermeister Wilhelm Dördelmann und bin für die Kontakte zu Industrie, Handwerk und Gewerbe von Unna zuständig. Wir haben knapp sechstausend Unternehmen, ein gut durchmischter Branchenmix mit leichtem Schwerpunkt auf Eisen- und Metallbearbeitung und Elektronik. Wo in der Schweiz leben Sie?"

„Winterthur, aber ich arbeite vor allem in Zürich. Nach der

Pensionierung möchte ich mich in meiner Heimatstadt zur Ruhe setzen. Dann kann ich mich endlich ganz meinem Garten und dem Chorgesang widmen."

Wenn man schon Winkelzüge macht, kann man gern noch eins drauflegen. Ich hoffte nur, er erkundigte sich nicht nach dem unterschiedlichen Gedeihen von Lauchgewächsen und grünem Spargel auf Schweizer Böden.

„Leider haben wir in der Schweiz keine Partnerstadt. Komisch, wo wir doch dieselbe Sprache sprechen. Wir haben Partner in Frankreich, den Niederlanden, in Italien und Ungarn, aber nicht in der Schweiz. Unna hat ungefähr sechzigtausend Einwohner, und ich vermute, daß Winterthur etwa genauso groß ist?"

„In etwa."

„Dann werde ich das dem Bürgermeister vorschlagen. Wer weiß, vielleicht treffen wir uns das nächste Mal in Winterthur."

Das Gespräch schien sich zu einem Konversationskurs Deutsch für Anfänger zu entwickeln. Sollte ich fragen, was Tante Anna und Onkel Otto machten? Wir spazierten über eine ausgedehnte Fußgängerzone mit vielen Wohnhäusern und Geschäften, doch die Proportionen waren menschlich und ansprechend. Die meisten Gebäude hatten zwei oder drei Stockwerke, und die Neubauten fügten sich harmonisch in das gutbürgerliche Gesamtbild ein. Verschiedene Häuser waren im Fachwerkstil erbaut; dunkelbraune Holzbalken zogen sich durch den blendendweißen Putz.

„Wie finden Sie unseren Marktplatz?" fragte Knauer mit schlecht verborgenem Stolz.

Er war wirklich wunderschön, so sollte der Markt einer kleineren Stadt aussehen! Die hier versammelten Fachwerkhäuser waren sicher einige hundert Jahre alt und so gut erhalten, daß sie keineswegs ein museales Gepräge hatten. Die Attraktion des Platzes war das ehemalige Rathaus, in dem sich nun die Stadtbibliothek breitgemacht hatte. Unten in den Häusern, die fast alle Firstdächer trugen, befanden sich kleine Restaurants und Boutiquen.

„Hier gab es früher ein Wirtshaus, in dem Heine mehrmals zu Gast war", erklärte der Deutsche ehrfurchtsvoll.

Ich grunzte, als teilte ich seine Wertschätzung, und fragte mich im stillen, wer dieser Heine wohl gewesen sein mochte. Wahrscheinlich hätte ich ihn gelesen haben müssen, aber an dem Tag war ich wohl gerade verreist.

„Sehen Sie dieses hübsche Gebäude? Es wird Schokoladenhaus genannt und war das zweite Rathaus von Unna. Es wurde vor mehr als hundert Jahren errichtet. Als es fertig war, merkte man, daß man die Toiletten vergessen hatte. Also mußte man auf der Rückseite anbauen."

„Hat die Stadt im Zweiten Weltkrieg sehr unter den Bomben gelitten?"

„Wir haben unseren Teil abbekommen, aber die meisten fielen auf die Bahnlinien und einige Betriebe der Schwerindustrie. Die Innenstadt blieb erhalten. Erst kamen die Amerikaner, dann gehörten wir zur britischen Besatzungszone. Wir hatten keinen Grund zu klagen; im Rahmen der Möglichkeiten konnte sich die Stadt entwickeln."

„Kennen Sie alle Unternehmen in Unna?"

Er neigte den Kopf und lächelte ein wenig selbstzufrieden, als verlangte ich viel, aber nicht Unmögliches von ihm. Er war der Urtyp des pflichtbewußten Beamten, das Rückgrat der deutschen Verwaltung.

„Unsere Stadt ist lebendig. Die vielen neuen Unternehmen müssen sich erst etablieren, bevor sie bekannt werden."

„Sagt Ihnen Graf & Winkler etwas?"

Knauer war plötzlich auf der Hut, und ich fühlte mich, als hätte ich in die Katharinenkirche gespuckt. Sein Blick wurde abweisend; vielleicht würde Unna nun doch keine Partnerstadt in der Schweiz bekommen.

„Warum fragen Sie?"

„Kennen Sie Graf & Winkler?"

„Das ist ein... altes Handelsunternehmen. Importiert zum Beispiel Schmieröl für die Industrie. Die alten Herren Graf und Winkler sind tot; vor einigen Jahren hat Winklers Sohn Jürgen die Firma übernommen."

„Was können Sie mir noch über das Unternehmen erzählen?"

„Mein lieber Herr Dorffmann... Wollen Sie sich irgendwelche Vorteile verschaffen? Ich vermute, Sie sind Geschäftsmann, aber wenn Sie mich zu Indiskretionen verleiten wollen..."

„Um Gottes Willen, nein! Ich bin von der Züricher Kripo für einen Spezialauftrag an Interpol ausgeliehen worden. Sie wissen, die Internationale Kriminalpolizeiliche Organisation."

Sein Unwillen legte sich, und wieder behandelte er mich mit einem Wohlwollen, als wäre ich ein Multimillionär, der sich in Unna niederlassen und Steuern zahlen wollte.

„Na, das ist etwas anderes. Unterliegen Sie der Schweigepflicht?"

„Weitestgehend."

„Herr Graf und Herr Gustav Winkler waren seriöse Geschäftsleute mit dem besten Ruf. Der junge Herr Winkler dagegen... überhaupt diese Generation... viele kenne doch Begriffe wie Moral und Ethik gar nicht mehr. Oder?"

Wir schüttelten gemeinsam die Köpfe über die heutige Jugend, der die traditionellen Werte so gleichgültig waren.

„Er ist also nicht seriös?"

„Von mir haben Sie es nicht - er bekommt eine Revision ins Haus, und die wird gründlich ausfallen. Der Mißbrauch von EU-Mitteln ist beileibe kein Kavaliersdelikt. Mehr sage ich nicht. Gute Nacht, Herr Dorffmann. Ich hoffe, Sie werden sich in unserer schönen Stadt wohlfühlen."

Allein aß ich in der Gaststätte Dieter Schröder ein wohlschmeckendes Fischgericht und spazierte dann zum Hotel zurück. Was blieb mir verkleidetem Schweden anderes übrig, als den Fernseher einzuschalten? Doch weder aus der Heimat noch aus der Schweiz gab es neue Nachrichten. Bevor ich einschlief, fühlte ich mich sehr anonym.

Am folgenden Morgen durchstreifte ich Teile von Unna, die nicht zum Zentrum gehörten, und jede Straße hatte ihren

Charme. Punkt halb zehn stand ich vor Graf & Winklers Büro in der Gesellschaftsstraße. Es lag im Erdgeschoß; Lamellenvorhänge verhinderten, daß Passanten in die Geschäftsräume schauen konnten.

Um hineinzugelangen, gab es zwei Möglichkeiten: die fünf Ziffern des Türcodes einzutippen oder den Klingelknopf zu drücken. Auf das Signal hin meldete sich eine tiefe, melodische Frauenstimme:

„Wen möchten Sie sprechen?"

„Winkler."

„Wer sind Sie?"

„Ein Freund von Gustav Winkler."

„Was ist Ihr Anliegen?"

„Reden Sie nicht so viel, öffnen Sie."

„Ich habe nicht..."

„Wenn Sie nicht gleich öffnen, trete ich die Tür ein."

Es dauerte eine Weile, bis sie den großen Boß konsultiert hatte. Dann summte es, und ich konnte das Vorzimmer zu den heiligen Hallen betreten. Es sah aus wie ein verwahrlostes schwedisches Sozialbüro. Die Altstimme gehörte einer Frau, die ihre besten Jahre hinter sich hatte, aber wer hatte das nicht? Eine Laus schien ihr über die Leber gelaufen zu sein, und sie schaute mich streng an; wahrscheinlich fühlte sie sich persönlich von mir angegriffen.

„Wie heißen Sie", wollte sie wissen.

„Werner Dorffmann. Und Sie?"

„Was geht Sie das an?"

„Ich meine nur. Sie haben so eine schöne Stimme. Sie sind zu jung, um sich an die große Zarah Leander zu erinnern, aber Ihre Stimme klingt täuschend ähnlich. Eine Norwegerin, glaube ich."

Das Eis schien ein wenig zu schmelzen. Nicht mehr ganz so aggressiv sagte sie:

„Meine Mutter spielte oft ihre Platten. Sie verehrte sie. Ich glaube, sie war Dänin, diese Zarah. Ich werde Herrn Winkler Bescheid sagen. Er ist ein vielbeschäftigter Mann."

Sie verschwand in den hinteren Räumen. Da es keinen Besucherstuhl gab, machte ich es mir bequem, indem ich mich an die Wand lehnte. Falls in der Firma nicht alles legal lief, war sie eine perfekte Tarnung, denn ein Unternehmen, das sich eine so unfreundliche Empfangsdame leisten konnte, mußte einfach grundehrlich sein.

In dem Raum gab es tatsächlich nur ihren Stuhl, einen Tisch mit PC, Drucker und einigen Unterlagen sowie einen Schrank mit Aktenordnern, der offenstand. Sie kam zurück und rang sich ein säuerliches Lächeln ab.

„Herr Winkler empfängt Sie jetzt, Herr Dorffmann."

„Danke. Und was ist mit Herrn Schmidt? Sah er müde aus heute morgen?"

„Was? Herr Schmidt? Müde? Nicht schlimmer als sonst. Ich meine... er war nicht müde."

„Passen Sie auf, daß er das Büro nicht verläßt, bevor ich mit ihm gesprochen habe. Sie kümmern sich sicher um die Visitenkarten? Ich meine, wenn jemand keine mehr hat, kommt er zu Ihnen?"

„Ja, dann bestelle ich welche nach."

„Würden Sie mir seine Karte geben, Fräulein..."

„Baum."

Sie kicherte, als sie eine Schublade öffnete und mir Schmidts Visitenkarte reichte:

„Mit Vornamen heiße ich übrigens Zarah."

Der Korridor war kahl und unfreundlich. Eine Tür stand offen; ein Mann mit vor der Brust verschränkten Armen stand wie ein Prellbock davor. Er warf mir einen Blick zu, als würde ich von der Heilsarmee kommen und um eine Spende für die Suppenküche betteln. Winkler war ein schmaler, knochiger Mann mit bleicher Haut, mohrrübenrotem Haar, einer vorspringenden Nase und einem Kinn, das wollte, aber nicht konnte. Er war in Hemdsärmeln und trug breite, rotgemusterte Hosenträger, was nach der deutschen Etikette eine eindeutige Geringschätzung meiner Person bedeutete.

„Verdammt, was wollen Sie?"

„Ich kannte Ihren Vater, Gustav Winkler."
„Was geht mich das an?"
„Er war ein Ehrenmann und wäre nicht stolz auf Sie. Ist das hier Ihr Büro? Dann gehen wir hinein."

Sein Zimmer war ärmlich eingerichtet, mit Holzmöbeln, die von einem Baumarkt stammen konnten, und einer Wandkarte mit Markierungen, wo überall die Firma operierte. Winkler junior war so überrascht, daß er mich eintreten ließ. Dann runzelte er die Stirn und wurde lauter:

„Was soll das? Was wollen Sie?"

Er bekam meine Karte, und wie erwartet fiel das Winkler´sche Soufflé in sich zusammen. Um Shakespeare zu zitieren, einen noch älteren Knacker als Heine: Der angeborenen Farbe der Entschließung wird des Gedankens Blässe angekränkelt. Frei nach dem Film. Sich mit der Polizei anzulegen, lohnt sich selten, mit Interpol in den Clinch zu gehen, kann sogar zum Konkurs führen. Heutzutage hat kaum ein Unternehmen, geschweige denn eine Privatperson, ein reines Gewissen. Moral war gestern, Gesellschaftsmoral vorige Woche und Solidarität hatte es im Mittelalter gegeben.

„Was... was kann Interpol von uns wollen?"

Ich lächelte jenes milde und wissende Lächeln, das Leute mit dreckiger Weste immer an ein Krokodil erinnert, bevor es das Maul mit den scharfen Zähnen aufreißt.

„Erraten Sie es nicht?"

Er schwieg einige Sekunden und überlegte wohl fieberhaft, welche seiner Schandtaten herausgekommen sein könnte.

„Nein, ich... ich verstehe gar nicht..."

„Es geht um mehrere Geschichten. Laß mich eine herausgreifen. Vor einigen Tagen wurde ein Mann in ein Haus in Amsterdam gelockt und dort auf bestialische Weise ermordet. Das Haus wurde genau in dieser Zeit von Graf & Winkler gemietet. Ihr Kommentar?"

Wieder lächelte ich, und die Intuition sagte mir, daß ich jetzt nachhaken mußte, keine Zeit für Ausflüchte geben, Attacke, die Verteidigung aufreiben, Polizeiarbeit der guten alten Art, mit der Kraft einer ganzen Organisation im Rücken.

„Ich habe kein Haus gemietet…"

„Ich sprach auch von der Firma. Wollen Sie behaupten, daß Sie nichts darüber wissen?"

„Soweit ich mich erinnern kann…"

„Erinnern? Sie könnten also kürzlich ein Haus in Amsterdam gemietet haben, ohne es heute zu wissen? Verstehe ich das richtig?"

Er fuhr sich mit den Händen nervös durch sein Möhrenhaar, das plötzlich aussah, als würde es welken.

„Wir haben derzeit so unglaublich viel zu tun, daß mir ein einzelner Vorgang schon einmal… aus dem Gedächtnis fallen kann. Wir sind gerade auf Expansionskurs."

„Falls Sie ein Haus in einem anderen Land gemietet haben, müßte es doch eine Akte oder Datei darüber geben, oder?"

„Ja… ja, sicher…"

„Prima. Dann bitten wir jetzt Zarah, uns die entsprechenden Vorgänge herauszusuchen. Ruf sie gleich an!"

Er zögerte, doch ich wies mit befehlender Geste auf die Sprechanlage. Winkler ließ die Hand eine Weile über dem Apparat schweben, bis Interpol den Knopf drückte, so daß er nicht mehr umhinkam:

„Prüfen Sie, ob wir in der letzten Zeit ein Haus in Amsterdam gemietet haben."

Um einer unerwünschten Bemerkung zuvorzukommen, ließ er den Knopf sofort wieder los. Jetzt war es Zeit, das Nervenspiel in die zweite Runde gehen zu lassen:

„Die Person, unter deren Namen gemietet wurde, heißt Wolfgang Schmidt. Ist er Ihnen bekannt?"

„Ja, er… er arbeitet hier."

„Angestellt?"

„Ja… obwohl… angestellt kann man nicht richtig sagen… Er ist als Kompagnon am Gewinn beteiligt. Aber er ist kein Kompagnon. Also kein richtiger."

„Was er wirklich ist, wird sich bald klären. Wir bekommen sicher noch miteinander zu tun. Wo ist Schmidt?"

„Verreist. Korea, Japan, China."

„Ich meine, wo er sitzt. Denn er ist doch im Hause, nicht wahr?"

„Ist er…? Ach ja, er ist ja zurück. Hatte ich ganz vergessen."

„Sie haben ja auch so viel zu tun, Herr Winkler, jetzt, wo Sie gerade expandieren. Am besten, wir gehen gleich mal zu ihm und fragen ihn. Falls er sich an irgend etwas erinnern kann. Er hat bestimmt auch viel zu tun, so als Kompagnon."

Ich ging einfach auf den Korridor hinaus, und er hechelte hinterher. Ich öffnete eine Tür nach der anderen und schaute in die Zimmer. Jedesmal stieß er ein kleines Pusten aus, das man mit viel Phantasie als Versuch eines Protestes werten konnte. An einer Tür hing ein großes Schild: „Privat. Eintritt nur nach Aufforderung". Sie war versperrt, doch der Schlüssel steckte. Also drehte ich ihn herum. Das Pusten wurde lauter.

Dieser Raum war allerdings alles andere als ärmlich ausgestattet. Ölscheichs und Dollarmilliardäre - vielleicht auch der Surinamese Malo - hätten sich hier wie zu Hause gefühlt, den Luxus vielleicht sogar für etwas übertrieben gehalten. Offenbar waren die Trennwände zwischen einigen kleineren Zimmer entfernt worden, so daß eine zwischen hundertfünfzig und zweihundert Quadratmetern große Fläche entstanden war. Überall gab es teuren, dicken Fußbodenbelag, darauf lagen noch einige handgeknüpfte Teppiche mit Karomustern.

„Oh, wie gemütlich", lobte ich. „Hier setzen wir uns. Laß uns Schmidt holen."

Kraftlos wies er auf eine Tür, und ich öffnete. Vor einem Computer saß ein schlapper, dicker Mann in Hemdsärmeln. Er schaute vom Monitor auf, und als er ein fremdes Gesicht erblickte, drückte er schnell auf Speichern und Schließen. Er sah an mir vorbei. Ich drehte mich um und registrierte gerade noch, wie Winkler Grimassen schnitt, die stumme Warnungen ausdrückten.

„Sind Sie Herr Schmidt?" fragte ich mit meinem hintergründigen Lächeln. „Herr Wolfgang Schmidt?"

„Ja, worum geht es?"

„Hier ist meine Visitenkarte. Kann ich dafür Ihre bekommen? Herr Winkler und ich haben uns geeinigt, daß wir uns am besten im Konferenzraum, oder wie immer man den Saal nennen soll, unterhalten werden. Sie müssen sich keine Jacke anziehen."

Da ich Winkler und seinen Kompagnon abwechselnd ansah, konnten sie keine Blicksignale wechseln, aber auch Schmidt kapierte, daß er zu springen hatte, wenn Interpol mit der Peitsche knallte. Er rollte die Ärmel herunter, zog sein Jackett über und den Schlipsknoten hoch. Er hatte dünnes Haar, fast eine Glatze, und war hochrot im Gesicht, als hätte er zu hohen Blutdruck. Seine dunklen Schweinsäuglein verschwammen hinter starken Brillengläsern. Mit fetten weißen Fingern kramte er eine Visitenkarte hervor und reichte sie mir.

Wir zogen in den Luxusraum, und ich hielt mich stets zwischen ihnen, um jede Kommunikation zu verhindern. Das ließ ich sie offen merken; sie sollten wissen, daß Interpol es auf ihre Skalps abgesehen hatte. Hoffentlich machten sie sich vor Angst in die Hosen.

Ich wies jedem von ihnen einen Sessel zu und setzte mich gegenüber auf das Sofa. Ein massiver, antiker Tisch trennte uns. Ich legte die Fingerkuppen gegeneinander und schwieg eine Weile, um ihren Puls zu beschleunigen. Wenige Tricks sind so effektiv wie ein plötzliches Verstummen während eines Verhörs. Schmidt rutschte auf seinem Sessel hin und her, der so teuer gewesen sein mußte wie Zarahs Jahreslohn plus Sozialabgaben. Das Sofa kostete wahrscheinlich Bürgermeister Dördelmanns Einkommen zuzüglich Repräsentationsfonds.

„Was wollen Sie von mir?" erkundigte sich Schmidt, als er die Stille nicht mehr ertragen konnte.

„In dem Haus, das Sie in Amsterdam gemietet haben, ist ein Mann ermordet worden. Warum mieteten Sie das Haus? Wie lief das ab?"

„Äh... welches Haus?"

„Haben Sie mehrere gemietet?"

„Nein... ich meine, ich weiß von keinem Haus."

„Komisch, der Makler in Amsterdam behauptet etwas anderes. Wolfgang Schmidt von Graf & Winkler hat das Haus gemietet und dafür bezahlt. Wollen Sie ihn der Lüge bezichtigen?"

Schmidt war aus etwas härterem Holz als Winkler und leistete Widerstand. Deshalb starrte ich ihn unverwandt an, denn niemand fühlt sich wohl, wenn er so gemustert wird. Alle Tricks und Kniffe waren erlaubt, denn im Grunde kämpfte ich um mein Leben.

„Was heißt Lüge…"

„Geben Sie mir bitte eine Erklärung."

„Jemand muß meinen Namen verwendet haben."

„Aus welchem Grund?"

„Ich weiß nicht."

Es klopfte an die Tür, und Zarah steckte den Kopf herein. Als sie mich sah, ließ sie ihre Stimme in den Alt absinken:

„Tut mir leid, aber ich kann im Computer nichts finden, aber ich hatte ja auch eine Woche Urlaub."

„Es ist gut", sagte Winkler. „Sie können gehen."

„Wenn Sie wollen, Herr Winkler, kann ich in Ihrem Computer nach abgesendeten E-Mails suchen."

„Danke, das ist nicht nötig."

„Oder vielleicht in Herrn Schmidts Computer? Es ist doch schon früher vorgekommen, daß Daten in einem anderen Computer als in meinem lagen. Ich tue es gern."

Winkler funkelte sie an, und eigentlich hätte sie zu Asche verbrennen oder sich in Luft auflösen müssen. Aber sie konnte es kaum erwarten, ihrem Direktor einen Gefallen zu tun.

„Wenn wir dich brauchen, rufen wir dich", knurrte er.

„Die kleine Zarah darf bleiben", entschied ich väterlich. „Kann sein, daß ich ergänzende Angaben benötige. Also, Herr Schmidt? Wer käme auf die Idee, Ihren Namen und dieses Unternehmen anzugeben, wenn es nicht Realitäten hinter dem Wunsch nach Anmietung des Hauses gegeben hätte? Die Angaben waren ja nachprüfbar."

Mein Blick fiel auf Winkler, der frenetisch mit den Händen

wedelte zum Zeichen, daß er dieses Mysterium nicht begriff. Schmidt holte ein Taschentuch hervor und wischte sich die Stirn. Er schwitzte offenbar leicht und war sich der Routinegeste gar nicht bewußt, doch dann steckte er das Tuch schnell wieder weg - ein Schweißausbruch wird oft als Schuldeingeständnis angesehen.

„Werde ich eines Verbrechens beschuldigt?"

„Das hier ist ein erstes Verhör. Eins nach dem anderen. Ich will mich informieren. Wenn Sie keine Antwort haben, werde ich das notieren; alles andere wird sich finden."

Winkler sekundierte, als sein Kompagnon noch nach Worten suchte:

„Die Visitenkarten! Du teilst doch so viele aus. Jemand kann eine davon benutzt haben."

Schmidt nickte eifrig, dankbar für den überraschenden Strohhalm:

„So muß es gewesen sein! Natürlich, meine Visitenkarte. Da stehen alle Angaben drauf."

Ich hielt ihm das Kärtchen hin, das ich von ihm bekommen hatte:

„Ist das die richtige? Gibt es keine andere?"

„Nein, die habe ich seit vielen Jahren. Es steht sogar die E-Mailadresse darauf."

Ruhig und freundlich lächelnd wandte ich mich an Zarah:

„Wie heißt Herr Schmidt?"

„Heißt? Ja... Schmidt natürlich. Wolfgang Schmidt."

Nun war wieder Herr Schmidt dran, der sich einmal mehr die Stirn trocknete:

„Haben Sie nicht noch einen Namen? Xenon? Nein, so heißt keiner. Aber vielleicht Xerxes?"

„Was hat das denn mit der Sache zu tun? Bei uns in der Familie gibt es eine Tradition, daß alle männlichen Nachkommen mit dem zweiten Namen Xerxes heißen."

„Gehen Sie mit diesem Namen hausieren?"

Er schüttelte den Kopf, und Schweißtropfen spritzten in alle Richtungen:

„Nein, das ist heutzutage ein lächerlicher Name."

„Erklären Sie mir dann, Herr Wolfgang Xerxes Schmidt, warum die Person, die das Haus mietete, den Namen Wolfgang X. Schmidt angab? Denn das X. ist ja wohl ein Geheimnis?"

Schmidts Augen verwandelten sich langsam in zwei verlorene Eiser, und er riß den Mund auf, als hätte er die Kontrolle über das Kinn verloren. Winkler wollte etwas sagen, doch es fiel ihm nichts ein. Es war Zarah, die das Schweigen brach:

„Dann muß es dieser Holländer gewesen sein. Erinnern Sie sich nicht, Herr Schmidt? Sie haben sich doch noch über den Namen lustig gemacht. Wie hieß der denn noch? Jung, glaube ich. Oder Jong?"

## 21.

Endlich begriff Zarah, daß ich kein alter Freund von Winkler senior, sondern ein Feind des Unternehmens und damit vielleicht auch eine Bedrohung für ihren Arbeitsplatz war. Sofort verwandelte sie sich wieder in die Frau, die ich zuerst kennengelernt hatte: verbissen, säuerlich, unzugänglich. Sie habe sich geirrt. Sie habe an eine ganz andere Person gedacht und diesen Namen in einem anderen Zusammenhang gehört. Hang oder Hung habe er gelautet, von einem Chinarestaurant. Ich tat so, als hätte sie mich überzeugt.

Schmidt wußte natürlich nichts und Winkler noch weniger. Sie hatten keine Erklärung für das X., und ich sprang ihnen bei; wenn man mit Hilfe einer Visitenkarte betrügen wolle, besorge man sich zur Sicherheit noch Angaben, die den Betrug stützten etc. Die drei beruhigten sich, als ich versicherte, ich sei für all die Informationen dankbar und mit der Zusammenarbeit zufrieden.

Hätte ich sie noch mehr unter Druck gesetzt, hätte ich auch nicht mehr erfahren. Lieber wiegte ich sie in Sicherheit. Sie hatten den dummen Schweizer an der Nase herumgeführt, das sollten sie ruhig glauben. Aber wodurch?

Im Hotel nahm ich mir den Laptop vor, mit dem mich Goethe ausgestattet hatte, und schickte ihm eine E-Mail mit ausführlichen Informationen über Graf & Winkler. Ich riet, sofort zuzuschlagen, sämtliche Korrespondenzen und Computer zu beschlagnahmen sowie Schmidt und Winkler zu verhaften. Man könne mit den Steuerbehörden kooperieren, da das Unternehmen bereits des Betrugs im Zusammenhang mit EU-Mitteln verdächtigt werde. Die selbe Mitteilung schickte ich zur Information an Åke Sundgren. Er wußte, wie man mit brisanten Nachrichten umging. Vielleicht saßen die Herren Unternehmer in Unna gerade bei einem Fläschchen Schampus und feierten den Sieg über den grauhaarigen Trottel aus der Schweiz. Nun, bald würden sie Wasser aus Pappbechern saufen.

Mein falsches graues Haar... An den Wurzeln wuchs es dunkel nach, also wusch ich es und behandelte es mit der Creme, die ich von den Maskenbildnern erhalten hatte. Bald war die Hasselsche Vitalität wieder der Dorffmannschen Würde gewichen.

Virena hatte ein Fax geschickt, doch obwohl ich den Text mit einem Lächeln las, war ich ziemlich zerstreut. Meine Frau schrieb, daß sie Capri nun verlassen und nach Hause fahren würden. Da man mich für „tot" erklärt hatte, sei das Risiko gering. Eine Witwe und eine Tochter waren für die, die den Zeugen Hassel beseitigt hatten, wohl kaum von Interesse. Sie versprach, stets ernst und bedrückt aufzutreten und nur im Bad heimlich zu lachen, und teilte mit, daß sie sich nach dem lebendigen Roland sehne. Gut. Prima. Alles würde in Ordnung kommen. Dennoch faxte ich zurück, daß sie lieber noch auf der Mittelmeerinsel bleiben sollten. Ich scheute selbst das kleinste Risiko.

Aber welche Geheimnisse hüteten Schmidt und Winkler? Ich ahnte nicht nur, ich war mir fast sicher, daß sie mit den Attentätern, den Boten des Todes, in Verbindung standen. Den Schweizer Idioten hatten sie abgehängt, aber was, wenn sie von wirklichen Profis in die Mangel genommen wurden? Einer allein kommt oft durch, wenn er nur seine Aussagen unter Kontrolle behält, aber bei zweien weiß der eine nicht, was der andere geantwortet hat, und mit vagen Bemerkungen hält man sich nicht lange über Wasser. Man beherrscht die Situation nicht mehr, und je mehr man zappelt, um so tiefer rutscht man in einen Sumpf hinein, der so gar nicht an die erträumten palmenbewachsenen Steueroasen erinnert.

In Frankfurt war wegen der Buchmesse kein einziges Zimmer mehr frei gewesen; Goethe erklärte, daß die meisten schon weit im voraus gebucht hatten. Wie er es sagte, klang es, als hätten die Betreffenden schon bei der Geburt nach einem Frankfurter Hotelbett geschrien. Doch mit enormem Aufwand und guten Beziehungen war es ihm gelungen, wenigstens im benachbarten Oberursel ein Zimmer zu bekommen, im „Zum Schützenhof", einem kleinen Familienhotel. Der Ort war mit der S-Bahn von Frankfurt aus in zwanzig Minuten zu erreichen; Goethe würde mich dort treffen.

Vom Bahnhof lief ich, die Reisetasche in der Rechten, den Laptop in der Linken, zehn Minuten bis zum Hotel; Gelegenheit genug, mir die Stadt anzusehen. Oberursel machte einen gutbürgerlichen Eindruck, ein typischer Villenvorort der nahegelegenen Großstadt. Es war Viertel nach eins, und dieser Herbsttag Mitte Oktober hatte noch einmal sein Bestes gegeben. Obwohl Wolken am Himmel standen, war die Luft mild und roch nach der Vergänglichkeit gefallener Blätter, aus der neues Leben sprießen würde.

Das Familienhotel sah aus wie eine größere Villa. Unten befand sich eine gemütliche Kneipe, darüber die Zimmer. Goethe war bereits da und trank in aller Ruhe ein Bier. Er würde auf mich warten, bis ich ausgepackt hatte.

Das Zimmer hatte alles, was man von einem Hotelzimmer erwartet. Schwedische Polizisten im Auslandseinsatz sind nicht verwöhnt; wir wissen, daß unsere Ökonomen bereits die Stirn runzeln, wenn wir uns zum Kaffee mal ein Stück Kuchen leisten. Jedenfalls wir im mittleren Dienst leben wie gewöhnliche Leute mit normaler Brieftasche; wir halten uns zurück, fahren mit öffentlichen Verkehrsmitteln und laden niemanden ein, es sei denn zu Kaffee und Kuchen. Wir sind genügsam und bescheiden; wären wir es nicht, hätten wir eine andere Laufbahn eingeschlagen. Höhere Ränge bei Interpol leben wohl ungefähr so wie höhere Beamte überall in der Gesellschaft. Dorffmann gehörte zu ihnen, aber Hassel gefiel es in dem Zimmer im Familienhotel.

Goethe trank bereits das nächste Bier, doch die Gläser waren klein, und irgend etwas mußte er ja tun, während er wartete. Ich bestellte eine Tasse Tee, die der Wirt persönlich an den Tisch brachte.

„Wir nehmen den nächsten Zug in die Stadt. Du beginnst damit, dir jede Menge Fotos anzusehen. Heute abend lade ich dich zum Essen ein. Wir haben viel zu besprechen."

„Welches Zimmer hast du?"

Er hustete und schaute zur Seite.

„Wir haben noch ein bescheidenes Quartier in Frankfurt aufgetan, und das fiel mir zu."

„Fiel dir zu?"

„Ja, ich bin auf die technischen Möglichkeiten eines großen Hotels angewiesen."

„Eines großen Hotels?"

„Es heißt Arabella Sheraton, in der Lyoner Straße. Wie gesagt, es hat sich so ergeben."

„Es ist sicher die Hölle, im Sheraton zu wohnen. Warte einen Augenblick; ich hole meine Sachen, dann können wir gehen."

Auf dem S-Bahnsteig konnte er seine Neugier nicht mehr zügeln und fragte:

„Wohin willst du mit den beiden Plastiktüten? Was ist da drin?"

„In der weißen sind Hemden, in der bedruckten Strümpfe und Unterwäsche. Im Sheraton haben sie einen Waschservice und hier nicht. Übermorgen möchte ich alles gewaschen und gebügelt zurück."

Er verzog das Gesicht, sparte sich aber einen Kommentar. Wenigstens einen Nutzen mußte ich von ihm haben. Dafür, daß er meinte, wir hätten viel zu besprechen, war er erstaunlich schweigsam, als wir allein in einem Abteil saßen.

„Drei Pfennige für deine Gedanken."

„Was? Pfennige?"

„Hat es dir die Sprache verschlagen?"

„Wie bitte? Ah, jetzt begreife ich. Wie wir bereits feststellten, haben wir, was Humor angeht, unterschiedliche Auffassungen. Ich habe über etwas anderes nachgedacht. Jutta hat... die Scheidung eingereicht und... aber das ist Privatsache. Vor vier Stunden haben wir in Unna zusammen mit der örtlichen Polizei und der Steuerbehörde zugeschlagen. Den Verdacht, daß durch Graf & Winkler seltsame Geschäfte getätigt werden, gab es schon vorher. Wir werden laufend informiert, was die Verhöre und Untersuchungen an Ergebnissen bringen."

Nach diesem Wortschwall verfiel er erneut in Grübeleien über seine zerfallende Ehe, und ich betrachtete die Umgebung. Frankfurt ist eine Großstadt, und diese Tatsache spiegelt sich in der kleinindustriellen Struktur der Vororte wider.

Goethe zuckte zusammen, als die Bahn am Hauptbahnhof anhielt, und murmelte etwas Unverständliches. Der Bahnhof war im großen Ganzen das einzige, was ich von Frankfurt kannte. Mein deutscher Kollege führte mich zu einem der vielen Ausgänge. Wir betraten den großen, kahlen Platz der Republik, und er erklärte:

„Die breite Doppelstraße dort heißt Friedrich-Ebert-Anlage und führt direkt zur Buchmesse. Die Eintrittskarte gebe ich dir später. Ungefähr auf halbem Wege, in Nummer 11, liegt das Polizeipräsidium. Morgen werden wir die Kollegen kennenlernen; heute geht es vor allem um die Bilder."

Polizeihauptkommissar Dieter Wachsmunde empfing uns herzlich und verriet, daß er sich hauptsächlich um Presse- und Öffentlichkeitsarbeit kümmere; es sei ihm aber eine Ehre, mir an diesem Nachmittag ein wenig helfen zu können.

„Dann weiß ich dich jetzt in guten Händen", sagte Goethe.

„Ich habe noch Arbeit im Hotel. Punkt sechs Uhr hole ich dich hier ab."

„Vergiß nicht die Tüten!"

„Meinst du das im Ernst? Ich soll deine Schmutzwäsche tragen? Ist das wieder eine Probe deines Humors, die ich nicht verstehe?"

„Und keine Stärke an die weißen Hemden. Die Kragen müssen weich sein."

„Ich bin kein... Wäschebote!"

„Mein Hotelier wäre sicher nicht begeistert, wenn ich mit Seife unter der Dusche Socken wasche. Und außerdem freut sich Onkel Sheraton über den zusätzlichen Verdienst."

Wütend schnappte er sich die Tüten und zog von dannen, wobei er sie auf Armlänge vom Körper weghielt, als enthielten sie übelriechende Abfälle. Wachsmunde wollte mir zuerst das Polizeimuseum zeigen, nur ganz kurz, und ich wußte aus Erfahrung, wie stolz Polizisten auf die Trophäen sind, die sie im Kampf gegen das Verbrechen errungen haben.

Er führte mich in den Keller eines alten Teils des Präsidiums. Die endlosen Gänge vermittelten ein klaustrophobisches Gefühl, das sich noch verstärkte, als er mir erzählte, daß die Gestapo hier unten ihr Gefängnis hatte: „Das war eine schreckliche Zeit... „

Die Sammlung in den engen Räumen war interessant und gut arrangiert, aber ich meinte die ganze Zeit, die Schreie der Gefangenen aus den Zellenlöchern zu hören und bekam eine Gänsehaut. Daher bat ich, wieder nach oben geführt zu werden, da die Arbeit warte. Als wir den langen Korridor zurückgingen, sah ich über jeder Tür den klassischen Spruch vor meinem geistigen Auge: „Laßt, die ihr eingeht, alle Hoffnung schwinden!" Das war mit Sicherheit eine schreckliche Zeit gewesen.

Endlich waren wir wieder über der Erde. In einem Raum stand ein Diaprojektor, auf dem eine große Anzahl Bilder im Karussell aufgereiht war. Er erklärte, daß sie sämtliche Fotos von in Deutschland bekannten Verbrechern gesammelt hatten, die wegen Sprengstoffdelikten unterschiedlicher Art aktenkundig waren. Er ließ Kaffee, Tee, Mineralwasser und Kekse holen, und wir begannen.

Anfangs ließ er sich viel Zeit für jedes einzelne Foto, doch dann bat ich ihn, die Bilder schneller durchlaufen zu lassen. Die Gesichter flatterten auf der Leinwand vorüber, und ich hielt das für keinen Fehler: Wenn ich jemanden erkenne, dann spontan. Wenn man zu lange auf ein Bild starrt, beeinflußt man sich selbst so stark, daß man schließlich glaubt, die Person schon einmal gesehen zu haben.

Viertel nach fünf hatte ich das ganze Register hinter mich gebracht, ohne jemanden zu erkennen. Wachsmunde tröstete mich; die Ausbeute an verurteilten Sprengstofftätern sei nicht so groß, wie man sich einbilden könne, es gebe aber gewiß eine große Dunkelziffer. Wie in Schweden. Einwanderer aus Kriegsgebieten, die zum Teil schon als Kinder in Bürgerkriegen gekämpft hatten, wußten oft mehr über Bomben, Minen und dergleichen als die meisten Unteroffiziere.

Goethe kam pünktlich. Er hatte sich umgezogen und trug jetzt einen graugestreiften Anzug. Ich vermutete, das war die Arbeit, die im Hotel auf ihn gewartet hatte. Seine Laune schien sich ein wenig gebessert zu haben, wie bei einem verheirateten Mann, der einem freien Abend mit den alten Kumpels entgegensieht.

„Ich möchte dir ein bißchen von Frankfurt zeigen. Die Stadt ist ganz anders als Berlin. Falls du nicht zu hungrig bist."

Ich versicherte ihm, daß die Kekse, die ich zum Tee gegessen hatte, noch eine Weile vorhalten würden. Die Dämmerung hatte gerade begonnen, doch es war immer noch hell. Langsam schlenderten wir in Richtung Bahnhof, und er wies auf die Silhouette, wie sie von der Straße aus sichtbar war:

„Frankfurt ist die Stadt der Wolkenkratzer und wird auch Mainhattan genannt. Hier residieren vor allem Banken und andere Finanzinstitute; die Börse gehört zu den wichtigsten in Europa. Hier herrschen die Magier des Mammons."

Der Ausdruck gefiel ihm, und er wiederholte ihn mehrmals:

Magier des Mammons. Die Wolkenkratzer ragten wie Pfeiler aus Glas und Beton in die Höhe und gaben der Stadt tatsächlich eine amerikanische Prägung.

„Frankfurt ist voller Kontraste. Hier geschieht das Neue, hier wird zugleich das Alte bewahrt. Wir gehen über den Platz. Die Gegend um den Bahnhof herum ist sehr interessant."

Auf den ersten Blick sah alles durchaus ansprechend aus. Er erzählte, daß hier auf einem Quadratkilometer über hundert Nationalitäten friedlich nebeneinander lebten; und ich sah ein englisches Theater, eine Kirche, mehrere Kapellen. Menschen aller Hautfarben und verschiedenster Ethnien liefen geschäftig umher, kleine Läden waren geöffnet, und die Düfte exotischer Kräuter und Gewürze reizten den Gaumen.

Aber dann sah ich die Kehrseite: Mädchen boten sich zahlenden Kunden an und lockten mit einem Lächeln, doch die Augen waren leer oder heroinschwer; von Novizinnen des Gewerbes bis zu menschlichen Wracks war alles vertreten. Daneben Pornoläden, kaum getarnte Spielhöllen und Häuser, die offensichtlich als Bordelle dienten.

„Ist das hier das Rotlichtviertel?"

„Auch. Die Jugoslawen haben das Sagen, und das sind ganz harte Burschen."

„Bring mich weg von hier; freiwillig will ich kein Rotlichtviertel mehr sehen."

Hier gab es nicht die, um ein in diesem Zusammenhang seltsames Wort zu gebrauchen, Unschuld Amsterdams, hier ging es um die gnadenlose Vermarktung von Frauenkörpern. In Amsterdam hatten Prostituierte vielleicht die Chance, in ein normales Leben zurückzukehren; hier waren sie für immer verdammt. Wen die Jugos einmal in ihren Klauen hatten, den ließen sie erst wieder los, wenn sie ihm beziehungsweise ihr das Mark aus den Knochen gesaugt hatten. Es fand sich immer ein sturzbetrunkener Tourist, der jedem Rock hinterherrannte, den sein alkoholvernebeltes Hirn noch wahrnahm. War Hassel zum Moralisten geworden? Nein, absolut nicht. Doch, verdammt nochmal! Frauen waren viel zu kostbare Wesen, um sie von steinharten Geschäftsleuten zu einer Ware erster und später zweiter Klasse degradieren zu lassen.

Wir liefen durch andere Straßen mit besserer Atmosphäre und erreichten einen Boulevard, an dem sich die Modehäuser und Juweliere drängelten und auch andere Boutiquen mit Markenwaren reichlich vetreten waren und um die Gunst des Publikums buhlten.

„Was wollen wir hier?"

„Die Zeil ist die feinste Adresse der Stadt, falls du etwas für deine Frau kaufen möchtest."

„Bist du krank? Du hast wohl vergessen, wer ich bin."

„Äh... ja, natürlich. Aber eine Kleinigkeit kann man wohl... ich will nur mal sehen, ob... ich weiß, daß Jutta gern..."

„Versuchst du, sie zurückzukaufen?"

Er lächelte müde und sagte:

„Wenn es nur das wäre..."

Eine Weile ließ ich es mir gefallen, aber dann hing mir die Zeil zum Halse heraus. Warenhäuser mag ich auch sonst nicht, und hier gab es nicht einen Ruhepunkt; die Straße ging mir einfach auf die Nerven mit ihrer Penetranz und Geschäftstüchtigkeit.

„Jetzt gehen wir essen", entschied ich.

„Ich will nur noch... meinetwegen, essen wir. Magst du die spanische Küche?"

„Wenn sie gut ist, ist es okay."

„Ich kenne ein gemütliches Restaurant, das Andalucia heißt. Ein bißchen weit zu Fuß; es liegt in der Konrad-Broswitz-Straße."

„Ach da?" meinte ich ironisch. „Dann müssen wir wohl ein Taxi nehmen. Interpol bezahlt ja. Aber hier kriegen wir bestimmt keins, außer einem Rolls Royce mit Privatchauffeur darf hier kein anderes Auto fahren."

In einer Seitenstraße fanden wir ein Taxi. Unterwegs beteuerte Goethe, daß wir trotz der Popularität dieses Lokals in jedem Falle einen Tisch bekommen würden, wo wir in Ruhe über wichtige Dinge reden konnten. Das Essen war so wunderbar spanisch wie der Wein, doch leider auch der Lärm. Wir waren am Ende eines Tisches für zwölf Personen gelandet; die anderen zehn lachten und sangen aus voller Kehle, so daß wir kaum unser eigenes Wort verstanden.

Doch Goethe machte kaum Anstalten, mit mir zu reden, sondern sprach vor allem dem Wein zu. Ich bekam ein Glas von der ersten und keines von der zweiten, dritten und vierten Flasche ab. Mein deutscher Kollege schien sich in ein Faß ohne Boden verwandelt zu haben; er schüttete den Alkohol geradezu in sich hinein. Irgendwann seufzte er laut, und dann versank er völlig in düsteren Gedanken. Er bestellte noch eine halbe Flasche dazu, doch als er den ersten Schluck getrunken hatte, schlief er plötzlich ein und war nicht wieder aufzuwecken. Es artete in einen richtig gemütlichen Abend aus.

Die Rechnung durfte ich bezahlen, aber ich würde sie ihm schon präsentieren, wenn er wieder geradeaus gucken konnte. Der verständnisvolle Wirt half mir, den Stolz von Interpol in ein Taxi zu verfrachten, und ich mußte dem Fahrer versprechen, daß mein Kumpel nicht auf den Sitz kotzen würde. Natürlich erbrach er sich trotzdem, und der wütende Chauffeur verlangte hundert Mark extra - gegen Quittung, Interpol bezahlte ja. Endlich waren wir am Hotel.

Das Jackett vorn bekotzt, schnarchend und leblos wie eine Schaufensterpuppe entsprach Goethe nicht den Vorstellungen des Managements von einem Traumgast, deshalb wurde er vom Portier und seinen Helfern über die Hintertreppe und den Personalaufzug zu seinem Zimmer bugsiert.

„Jagt ihn morgen früh beizeiten hoch", sagte ich. „Er hat um halb zehn eine wichtige Besprechung."

Der Portier nickte und kommentierte kopfschüttelnd:

„Das wird grausam."

Obwohl es noch relativ früh am Abend war, konnte mich die Großstadt nicht mehr locken, deshalb lief ich zum Bahnhof und nahm die nächste S-Bahn nach Oberursel. Im Hotelrestaurant saß Messevolk, und die Wirtsleute hatten alle Hände voll zu tun, um Bier, Wein und Gerichte zu servieren. Hier war die

Stimmung gut; das mußte wohl an den Buchmenschen und ihren Gesprächsthemen liegen. Doch ich war müde und unterhielt mich lieber mit dem Fernseher auf meinem Zimmer. In Deutschland gibt es unzählige TV-Programme, doch die meisten sind als Dauerwerbesendungen mit gelegentlicher Unterbrechung durch billige Serien oder schwachsinnige Talkshows konzipiert. Also schlief ich bald ein.

Das Polizeipräsidium war diskret in die Bebauung des Viertels einbezogen; nur ein einfaches Schild am Eingang verriet seine Funktion. An der Rezeption stand Claus Goethe und unterhielt sich mit einem Mann, der ein sehr erfahrener Polizist zu sein schien; er hatte den ruhig-suchenden Blick, den man durch jahrelange Arbeit als Fahnder erwirbt. Mit angenehm leiser Stimme stellte er sich als Kommissar Willi Ruppert, verantwortlich für Brand-, Waffen- und Sprengstoffdelikte, vor.

„Wir sind vom Polizeipräsident Wolfhard Hoffmann eingeladen worden", erklärte Goethe. „Eine große Ehre!"

Er war korrekt gekleidet und ließ sich nichts anmerken. Wenn man ihn jedoch näher anschaute, sah man kleine Schnitte im Gesicht, wo die Hand beim Rasieren gezittert hatte. Die Augen hatten dunkle Ränder, und die Wangen waren stärker gerötet als sonst. Ich erinnerte mich an diesen Zustand, ohne ihn zu vermissen.

Das Dienstzimmer des Polizeipräsidenten war groß und elegant, wie der Privatsalon eines Industriellen. Hoffmann erhob sich aus seinem hochlehnigen Drehsessel und begrüßte uns herzlich. Er war groß, breitschulterig und glich dem Urtyp eines vertrauenswürdigen amerikanischen Senators. Eine Frau brachte Kaffee und Kekse. Viele Jahre lang hatte ich nur Tee trinken können, doch inzwischen vertrug ich wieder Kaffee, ohne daß meine Eingeweide rebellierten. Nicht so viel wie früher, aber genug, um als echter Polizist zu gelten. Ein solcher unterscheidet sich vom falschen durch seinen Blechmagen.

„Wie ist die Kriminalität in Zürich? Es ist einige Jahre her, seit ich zuletzt da war. Ist Kommissar Klum immer noch im Dienst?"

„Ja. Wir haben es jetzt, da die Grenzen offen sind, schwerer, obwohl wir nicht in der EU sind."

„So geht es uns auch, und wir sind in der EU. Aus Osteuropa werden jede Menge Waffen eingeschleppt, vom Kugelschreiber mit vergifteter Mine bis zum Granatwerfer. Hier liegt eine große Gefahr. Gewöhnliche Bürger wollen sich ebenfalls Waffen anschaffen, um sich zu schützen, aber so etwas zieht strenge Strafen nach sich. Wir wollen keine Bandenkriege wie in den Großstadtghettos der USA. Ruppert, was sagen Sie zu der Kriminalitätsentwicklung in Frankfurt?"

Ruppert war keiner, der seinem Chef in den Hintern kroch, dazu war er zu lange dabei, hatte zuviel gesehen und wußte zu genau, was er konnte.

„Wir sind zu acht in meiner Abteilung. Um die Arbeit zu schaffen, müßten wir fünfzehn sein. Klar, daß die Aufklärungsquote darunter leidet."

„Leider muß ich Ihnen recht geben. Das Geld reicht nicht für das, was wir wollen und eigentlich auch müßten. Ist es in der Schweiz auch so?"

„So ist es wohl überall. Sogar im reichen Schweden, habe ich gehört."

„Und zu allem Übel haben wir auch noch die Bulgaren abbekommen", fuhr Ruppert fort. „Die kommen in Gruppen von mehreren hundert als Touristen und leben vierzehn Tage im Zelt. Sie planen Überfälle auf Banken, Postfilialen oder große Geschäfte und führen sie wie militärische Operationen durch. Entlassene Offiziere führen neue Armeen."

„Ja, wir haben mehr als genug zu tun", seufzte Hoffmann. „Und nun noch die Bombenbanden, eine wahre Geißel. Wir arbeiten hart und konzentriert, um die Attentäter und ihre Hintermänner zu ermitteln. Sie meinen also, es könnte einen Anschlag auf die Buchmesse geben?"

„Gewisse Spuren deuten darauf hin."

„Ich lege die Verantwortung in Willi Rupperts erfahrene Hände. Wir mobilisieren zusätzliche Kräfte zur Bewachung, die Ihnen zur Verfügung stehen. Sie erwähnten Schweden,

Kommissar Dorffmann... Was hörte ich da gestern? Auch Schweden hat jetzt die Unschuld verloren und ein Problem bekommen, was wir anderen schon kennen - ein Polizist wurde erschossen, ein Kommissar. Wie hieß er doch gleich... Palm! Ja, Kommissar Simon Palm."

## 22.

Wie durch einen dicken Filter hörte ich, wie Hoffmann den kleinen Empfang beendete:
„Ich bete zu Gott, daß auf der Messe nichts Schlimmes passiert. Die Messe ist für jeden Frankfurter eine Herzenssache und der Lebensnerv der Stadt. Ich hoffe, daß Sie heute bei uns zu Mittag essen; danach machen wir Sie mit der Messe bekannt. Sie beginnt morgen, am dreizehnten, und geht bis zum achtzehnten. Natürlich werde auch ich einen Tag meinen Rundgang machen, und hoffentlich störungsfrei."

Damit war die Audienz beendet. Ruppert wollte uns mit in seine Abteilung nehmen, um uns weitere Informationen zu geben, doch ich bat darum, zunächst einmal telefonieren zu dürfen. Man zeigte mir ein Büro, wo ich ungestört war, und der Raum erinnerte mich sehr an mein Dienstzimmer in Schweden. Ich wählte die Nummer der Stockholmer Kripo. Nein, Kommissar Palm war nicht da. Wo war er dann? Krankgeschrieben, und es gab keine Nachricht, wann er zurückkommen würde.

Krankgeschrieben? Jedenfalls nicht tot. Aber vielleicht lag er im Sterben? An Gerüchten war doch immer etwas dran... Ich rief ihn zu Hause an, und mir zitterte die Hand. Mein bester Freund... wenn das stimmte, würde ich unverzüglich nach Schweden zurückkehren. Er war selbst am Apparat und klang erstaunlich gesund:

„Mensch, Rolle! Cool, daß du anrufst. Junge, wie geht es dir denn?"

„Mir? Aber du sollst doch erschossen worden sein."

Er lachte, oh, dieses warme, melodische Lachen! Ich vermißte es, ich vermißte ihn, ich vermißte das Leben, in dem ich Roland Hassel sein konnte und nicht in jeder Sekunde aufpassen mußte, daß ich nicht aus der mir zugeteilten Rolle fiel.

„Es wurde wirklich auf mich geschossen. Ich war bei einer Verhaftung dabei, und ein Kerl, der vor lauter Drogen so high war wie der Eiffelturm, ballerte mit einem Gewehr auf mich. Die Kugel streifte den Oberarm, und ich blutete wie ein geschlachtetes Kalb. Da muß ich wohl ohnmächtig zu Boden gegangen sein. Ein Krankenwagen kam, und die Gaffer sahen mich nur leblos und blutig auf der Bahre liegen. Und der Drogenfuzzi schrie, er habe das verdammte Bullenschwein erledigt. Ein Journalist schrieb das Ganze auf und setzte ein Fragezeichen dahinter: Kommissar erschossen? Natürlich kam bald heraus, daß ich am Leben bin, aber es war auch interessant, mal ein paar Stunden tot zu sein."

„Wem sagst du das. Aber nach ein paar Tagen ist es nicht mehr interessant, sondern nur noch schrecklich. Verdammt, Simon, ich will wieder als Rolle Hassel leben! Ich werde noch schizophren! Das bin ich übrigens schon."

Er tröstete mich und meinte, es würden wieder andere Zeiten kommen, und ich jammerte, die würde ich vielleicht nicht mehr erleben. Trotzdem war ich glücklich, als ich wieder zu den anderen stieß. Das ganze Leben war wie eine Fahrt im Lift; man wußte nie, ob es beim nächsten Knopfdruck nach oben oder nach unten gehen würde.

Da wir dienstlich etwa auf derselben Stufe wie Ruppert standen, duzten wir uns bald. Zuerst erläuterte er uns die Organisation der Frankfurter Polizei. Sie war in vier Abschnitte eingeteilt: Direktion 100 Mitte, 200 West, 300 Nord und 400 Süd. In jedem Abschnitt gab es verschiedene Reviere. Rupperts Abteilung hieß Kommissariat 43, kurz K 43, und unterstützte sämtliche Abschnitte. Es gab auch ein „Überfallkommando", das aus einem Einsatzbus mit sieben Polizisten und einem Hund bestand.

„Jedes Bundesland hat ein Landeskriminalamt, das Informationen sammelt und die Arbeit koordiniert sowie über Experten verfügt. Unser LKA liegt in Wiesbaden. Außerdem gibt es noch das Bundeskriminalamt BKA, das zufällig auch in Wiesbaden ansässig ist und sich um bundesrelevante Verbrechen kümmert, ähnlich dem FBI in den Staaten."

Goethe sah müde aus und war wohl zu verkatert, um sich zu konzentrieren. Ruppert wollte, daß wir alles klar vor uns sahen, wenn wir die Operation starteten, und damit hatte er recht. Je mehr man vorab weiß, um so freier kann man agieren.

„Wird man bei euch gern Polizist?" fragte ich, als der offizielle Teil vorbei war.

„Ja, durchaus. Wir können nur einen Bruchteil aller Bewerbungen berücksichtigen. Die Allgemeinheit sieht uns wohl endlich positiv. Was in den Kriegsjahren geschah, schreckt noch manche ab, doch die Leute sehen ein, daß die meisten im Korps noch nicht einmal geboren waren, als das Dritte Reich zusammenbrach."

Gegen elf schlug er vor, in die Kantine zu gehen; anschließend würden wir das Messegelände besichtigen. Der Speisesaal war vom Feinsten; kleine Tische mit Tüchern, die schräge Decke und die indirekte Beleuchtung schufen eine fast intime Atmosphäre. Daß die vielen Blumen und Pflanzen nicht echt waren, merkte man erst, wenn man genauer hinsah. Es gab sogar eine kleine Bühne mit Klavier und Lautsprecheranlage; offenbar wurde der Saal auch für Abendveranstaltungen genutzt.

Die Speisen holte man mit einem Tablett, und die Auswahl war reichlich. Plötzlich hörte ich jemanden in meiner Muttersprache reden. Ein paar Landsmänner von mir hatten gehört, daß der Koch sowohl im Stockholmer Opernkeller als auch auf dem Kreuzfahrtschiff Gripsholm gearbeitet hatte, und das bestätigte er im besten Schwedisch:

„Irgendwann will man ja wieder heim zu Frau und Kindern. Ich habe die Kantine gepachtet und biete hier internationale Spitzenküche zu kleinen Preisen. Was treibt euch hierher?"

„Wir sind von der Kripo Lileø und machen einen Studienbesuch."

Ich tat so, als verstünde ich Bahnhof, doch meine Stimmbänder juckten und wollten am liebsten loslegen. Auch wenn ich, solange ich mich unter Deutschen aufhielt, in deren Sprache dachte und sogar träumte, wurden mir bei heimatlichen Lauten doch immer die Knie weich, und ich mußte an Schäreninseln, Kalles Kaviar und Wasa-Knäcke denken. Andererseits gehörte Kalle jetzt den Norwegern und Wasa den Italienern - aber die Schären konnte mir keiner rauben!

Während wir die Straße zur Messe hinunterliefen, fütterte uns Ruppert mit Fakten: Bereits im Mittelalter habe man in Frankfurt Bücher verkauft. Die Buchmesse sei in jeder Hinsicht die größte der Welt, mit fast zehntausend Ausstellern aus einhundertfünf Ländern und etwa vierhunderttausend Besuchern. Das Gelände umfasse über einhundertachtzigtausend Quadratmeter. Für mich waren das erst einmal nur Zahlen, und ich hatte noch keine Vorstellung, wie sich diese dreidimensional darstellen würden.

Am Eingang steht ein hoher Turm, der in der ganzen Stadt ein Blickfang ist. Wenn man einfach so vor sich hinspaziert, kann man sich stets an ihm orientieren, wie ein Moslem gen Mekka. Ruppert besuchte die Messe seit Jahren sowohl privat als auch dienstlich und kannte jedes der vielen Gebäude.

Zuerst betraten wir die große Eingangshalle, wo sich bei der Einlaßkontrolle Spreu von Weizen trennt. Dahinter folgte die große Festhalle, und als wir auf eine Straße zwischen den Gebäuden kamen, sah sie unendlich aus. Auf der anderen Seite lag das halbkreisförmige Kongreßhaus. Die Hallen waren ausschließlich den Verlagen und Agenten vorbehalten; man hatte sie numeriert, um die Orientierung zu erleichtern. Jeder Halle waren bestimmte Themen zugeordnet; in Haus 4 zum Beispiel wurde auf der obersten Ebene Fachliteratur angeboten, darunter Bücher über Elektronik und Medien. Auch in der 5 gab es ganz oben Fachbücher, darunter Tourismus, Wissenschaft und Technik. In Halle 6 präsentierte man vor allem Ratgeber für Wirtschaft und Management sowie Kinderbücher. Dann folgte die sogenannte Belletristik, aufgeteilt nach Ländern. Das Thema der Messe war Ungarn, und das osteuropäische Land hatte eine Sonderfläche in einer der Hallen bekommen. Die Kojen der nordischen Verlage waren in dem hintersten Gebäude, aber sicher fanden die Leute auch dorthin, um den neuen Strindberg zu entdecken.

„Bloß gut, daß ich kein Analphabet bin", scherzte ich. „Sonst hätte ich mich jetzt gefragt, was ich hier soll."

Vor und zwischen den Hallen gab es Imbißstände und kleine Restaurants, die Getränke und einfache Gerichte verkauften. Bei dem milden Herbstwetter würden sie sicher gute Geschäfte machen. Vom Eingang bis zur letzten Halle und zurück verkehrten ständig Shuttlebusse.

Erst als ich eine der Hallen betrat, wurde mir richtig bewußt, wie groß die Messe war. Jede Ebene war ein Schlachtfeld, auf dem sich die Verlage wie Armeen formierten, ihre Stände aufmunitionierten, Propagandamaterial stapelten und die schweren Bestsellergeschütze in Stellung brachten.

Es ging so hektisch zu wie auf allen größeren Messen; man baute Trennwände auf, rollte Teppiche aus, hämmerte und schraubte, brachte Beleuchtungen an, klebte Plakate und karrte Bücher und Prospekte über die Gänge. Bücher, Bücher und noch mehr Bücher wurden in die Regale gestellt. Manche waren so frisch produziert, daß man die Druckerschwärze roch und meinte, die Seiten müßten aneinanderkleben. Prachtvolle Fotobände im Riesenformat konkurrierten mit Literatur aus aller Herren Länder und billigen Taschenbüchern für den Massengeschmack. Wenn ich es richtig sah, gab es kein Thema auf der Welt, das nicht in einem Buch in Text oder Bild abgehandelt war; Kochbücher von „Omas Lieblingssuppen" bis „Wie brate ich afrikanische Insekten", Weine aus aller Welt, Whiskyführer für den kultivierten Alkoholiker, sogar Ratgeber für Selbstverbrennungen. Natürlich verrieten Spitzensportler und Mannequins ihre Erfolgsstrategien; es gab Bücher über Religionen von Jesus bis zum Anbeten von selbstgeschnitzten Götzen. Sämtliche Hobbys waren berücksichtigt, von der Briefmarke bis zu „Wie sammle ich lebende Mädchen". Auch das innere

Leben hatte viele Deuter gefunden, die Autoren rieten zu besserer Verdauung, mehr Sex, weniger Sex, freundlicheren Nachbarn, leichteren Träumen, härterer Diät, weicherem Wasser und weniger Arbeit. Dazu kamen tausende neuer Computerbücher, die bereits vor dem Ende der Messe veraltet sein würden. Alles, alles gab es hier, die Antworten auf alle Fragen und alle Fragen, die eine Antwort suchten.

Männer in kurzen Hosen und T-Shirts und Frauen in abgeschnittenen Jeans und Pullovern schufteten verbissen, denn jeder Aussteller wollte sich vom anderen unterscheiden. Auch der kleinste Verlag mit einem Ministand strebte nach Aufmerksamkeit und Verkaufserfolg; dazu brauchte man Ideen, Phantasie und Planungstalent. Und auf die Kleinigkeiten kam es an; morgen würden die Schalen auf den kleinen Besuchertischen mit Karamellen, Schokolade, Salzstangen oder Nüssen gefüllt sein.

In den Schränken verstaute man Bierkästen und Kartons mit Weinflaschen, auch die eine oder andere Flasche Champagner wurde kalt gestellt. Hier und da machten die fleißigen Helfer eine Pause; man hatte Zeit genug, warum nicht schon mal einen Tropfen zusammen trinken?

„Wo ist der Verlag, der „Die Wahrheit über den Balkan" herausgibt?" erkundigte ich mich.

„Wie heißt er?" fragte Ruppert.

„Weber und Wall", wußte Goethe.

Ruppert schaute in den Katalog und ließ den Finger über die Verlagsnamen gleiten.

„Halle 5, Ebene 1. Bei den Fachbüchern."

Dort herrschte die gleiche Hektik wie in den anderen Hallen. Weber und Wall hatten ihren Stand in der Mitte der Außenreihe ganz in der Nähe einer Treppe. Das Logo, zwei große rote W auf schwarzem Grund, war weithin zu sehen. Ein Mann in mittleren Jahren und ein junges Mädchen waren beim Einräumen, und sie schienen nicht bei bester Laune zu sein.

„Wo finde ich Herrn Weber, den Verleger?" erkundigte sich Goethe.

Sie hörten auf zu arbeiten, schauten uns mißtrauisch an und kamen näher. Der Mann hielt einen Hammer in der Hand.

„Was wollen Sie von ihm?" fragte er streng.

Ruppert zeigte seine Polizeimarke und erklärte, wir seien alle drei vom selben Verein. Die beiden entspannten sich zusehens:

„Er bleibt bis Ende der Woche in Berlin."

„Und Herr Wall?"

„Den gibt es schon lange nicht mehr. Die beiden haben sich schon wenige Monate nach Gründung des Verlages Mitte der achtziger Jahre getrennt. Wall war ein Filou, während Weber ein äußerst seriöser Verleger ist. Worüber wollen Sie mit ihm reden?"

Goethe ließ den Blick über die Regale wandern:

„Ich kann nicht sehen, daß Sie 'Die Wahrheit über den Balkan' ausstellen. Warum nicht?"

Die beiden schauten sich an, und der Mann antwortete leise:

„Weil wir uns sonst geweigert hätten, Standdienst zu machen. Wir sind gewarnt worden. Alle, die dieses Buch unterstützen, riskieren ihr Leben. Herr Weber ist mutig und verfügt über ein ausgeprägtes Rechtsgefühl, doch nun hat er beschlossen, das Buch aus den deutschen Buchhandlungen entfernen zu lassen. Heute steht es in den Zeitungen und der Fachpresse. Keine Rechte werden mehr verkauft. Dem Autor steht es frei, das Buch bei anderen Verlagen zu plazieren."

„Geht das?"

Der Mann zuckte die Schultern.

„Leute mit Suizidneigungen werden selten Buchverleger. Die Wahrheit ist, daß es keiner mehr wagt, Pilcic auch nur mit der Zange anzufassen. Er ist erledigt."

„Wie Salman Rushdie?"

„Der Vergleich ist nicht relevant. Im Fall Rushdie ging es um den Haß gegen Andersdenkende, um religiösen Fanatismus und die Prinzipien der Freiheit. Da steht die Verlegerwelt geeint zusammen, und ich hätte auch mitgemacht, selbst wenn ich bedroht worden wäre."

Das Mädchen sagte leise:

„Ich nicht, denn ich bin feige. Mein Leben ist mir wichtiger als Prinzipien."

„Du bist jung, Maria. In deinem Alter soll man das Schicksal nicht herausfordern. Hier geht es nur um nackte Gewalt, und da können wir kein großes Risiko eingehen. Übrigens ist der Autor ein unbequemer Zeitgenosse und hat wenige, wenn überhaupt, Freunde."

„Sollte er nicht herkommen und PR für das Buch machen?"

„So war es gedacht, aber das wurde beizeiten abgeblasen."

„Wie wurde der Verlag bedroht?"

„Erst Drohbriefe. Dann wurde Herrn Webers Frau mißhandelt, aber sie kam glimpflich davon. Da wir das Buch zurückziehen, dürfte die Gefahr vorüber sein."

„Hoffen wir", ergänzte das Mädchen mit einem scheuen Blick auf uns. „Aber man weiß ja nie. Wollen Sie uns helfen?"

Ruppert beruhigte sie:

„Wir werden Ihren Stand die ganze Messe über streng bewachen. Diskret natürlich. Die Kunden sollen nicht verscheucht werden."

Am Nachmittag zeichneten wir einen Plan mit allen Verlagsständen, Türen und Treppen und diskutierten, wo am besten Posten aufgestellt werden müßten. Goethe schwitzte stark, hatte wohl Kreislaufprobleme und mußte sich setzen. Krank war er nicht, aber der Alkoholspiegel sank, und die Nerven lagen blank.

„Ich sah an verschiedenen Stellen, daß man Goethes Geburt mit Festschriften ehrt", lästerte ich.

„Ja - und?"

„Meinen die dich?"

Er verzog das Gesicht. Wieder hatte ich mit meinem schwedischen Humor danebengetroffen; ihm stand der Sinn eher nach einem Bett als nach Kalauern.

Eine Stunde später waren wir fertig und einigten uns darauf, daß wir uns am nächsten Morgen halb neun Uhr in der Halle treffen würden. Goethe nahm ein Taxi und fuhr zu seinem Hotel. Ich entspannte mich, indem ich mir in einem Kino einen amerikanischen Film ansah. Ich war an den seltsamen deutschen Brauch, ausländische Filme zu synchronisieren, bereits gewöhnt, einmal hatte ich sogar erlebt, wie John Wayne in einer Westernbar auf deutsch „Hände hoch!" schrie. Trotzdem mußte ich an den unmöglichsten Stellen lachen, wenn die Bewegungen der Lippen und der Synchrontext absolut nicht übereinstimmten.

Am Morgen der Eröffnung legten die Aussteller schnell noch letzte Hand an, und die Stimmung war gespannt. Verschwunden waren Jeans und T-Shirts, jetzt trugen die Herren Anzüge oder Kombinationen, weiße Hemden und akkurat gebundene Krawatten.

Ruppert stellte mich Andreas Opper vor, einem schlanken jungen Mann, der Kompetenz ausstrahlte. Er berichtete, daß alle Hallen und das umliegende Gelände mit erfahrenen Bombenhunden abgesucht worden waren, doch das war Routine und hatte mit dem befürchteten Anschlag nichts zu tun. Wir hatten ja keinen Beweis dafür, sondern nur schwache Indizien, doch auch die mußten ernst genommen werden. Wie Hoffmann gesagt hatte - die Messe war der Lebensnerv von Frankfurt.

„Ist es leicht, junge Polizisten für deine Abteilung zu rekrutieren?" fragte ich Ruppert.

„Nein. Die Ausbildung ist lang und anstrengend, außerdem mußt du ständig neue Kurse belegen. Andere Abteilungen bieten bedeutend leichtere Jobs. Aber die bei uns sind, wollen nicht tauschen."

Ich wußte, daß die Experten in Wiesbaden bei größeren Bombendrohungen übernahmen, sie verfügten auch über Durchleuchtungsapparaturen und einen Räumpanzer, der ferngesteuert wurde und konzentriertes Wasser oder auch Kugeln gegen die Bombe einsetzen konnte. Dieses Spezialfahrzeug war sogar in der Lage, Treppen zu überwinden, doch es befand sich, wie ich erfuhr, gerade in der Durchsicht. Ende der

Woche stand es vielleicht zur Verfügung.

Wir hatten viel zu tun, und ich merkte kaum, daß die Messe begonnen hatte. Langsam füllte sich die Halle. Ich war mit einem Mobilfunkgerät ausgestattet und konnte per Knopfdruck jeden einzelnen in der Postenkette aufrufen. Ruppert, Goethe und ich würden die ganze Zeit über in der Halle bleiben; es gab mehrere kleine Restaurants in der Nähe.

Nach dem Mittag entdeckte ich einen alten Bekannten, den ich bei einem früheren Einsatz in Berlin kennengelernt hatte: Erik Gloßmann, Übersetzer und Literaturvermittler, kam langsam den Gang entlang geschlendert. Er sprach perfekt schwedisch und kümmerte sich darum, daß unsere schwedischen Klassiker in Deutschland nicht ganz vergessen würden. Auch wenn die Nische schmal, um nicht zu sagen eng war, hatte er darin doch eine Lebensaufgabe gefunden. Ich mochte ihn. In einer Welt des schnellen Geldes widerstand er allen Versuchungen. Er war ein wahrer und echter Buchliebhaber; für ihn war es ein größeres Abenteuer, in einem Antiquariat zwischen den Regalen auf Safari zu gehen, als im Dschungel unter Löwen und Schlangen. Er musterte die Angebote mit einem liebevoll-gespannten Blick, der zeigte, daß er sich hier in dem einzigen wirklichen Himmel auf Erden befand. Mit ihm hätte ich mich gern unterhalten, aber warum sollte er sich um einen grauhaarigen Schweizer kümmern?

Nichts Verdächtiges oder Beunruhigendes geschah, und ich merkte, wie die beiden am Stand von Weber und Wall entspannten und aufhörten, sich alle zehn Sekunden mißtrauisch umzudrehen. Die vielen Stimmen erzeugten ein allgemeines Gemurmel, das durchaus nicht einschläfernd wirkte. Besucher blieben bei den Verlagen stehen, notierten sich Titel, blätterten in Büchern, baten um Prospekte oder gaben bei den Vertretern Bestellungen auf. Ein munteres Gewimmel, es wurde gescherzt und gelacht. Ich überlegte, ob ich vielleicht die Branche wechseln und Bücher verkaufen anstatt Verbrecher einbuchten sollte.

Dann war der erste Messetag zu Ende. Die Besucher verließen die Halle, die Aussteller fanden sich zu spontanen kleinen Partys am Stand zusammen, die in irgendeinem Lokal der Stadt fortgesetzt werden würden.

„Diese Büchermenschen sind ein seltsames Volk", sagte Ruppert nachdenklich. „Ich war nun auf so vielen Messen und habe beobachtet, wie sie den ganzen Tag Wein, Sekt und andere Getränke in sich hineinschütten, aber glaubst du, ich hätte einmal jemanden betrunken gesehen? Die müssen gegen Alkohol geimpft worden sein."

Für diesen Tag konnten wir die Überwachung wohl abblasen. Ruppert fuhr nach Hause, und Goethe schlug vor, wir sollten zusammen etwas essen gehen.

„Wird das wieder so ein Desaster wie gestern?" fragte ich skeptisch.

„Ich verstehe nicht, was du meinst. Hast du etwas gegen spanisches Essen? Ich fand es ausgezeichnet."

„Dann hättest du es bei dir behalten sollen."

„Wovon sprichst du? Ich mag keine Rätsel. Wie wäre es mit einem französischen Restaurant? Die Küche ist superb, und es ist ruhig dort, so daß wir uns ungestört unterhalten können."

Ich nahm ihn näher in Augenschein. Glänzten seine Augen nicht verräterisch? Waren die Wangen nicht zu sehr gerötet, die Lippen nicht zu feucht? Roch ich in seinem Atem nicht Grüße aus Bordeaux und Rioja?

„Geh heim und schlaf dich aus", riet ich ihm.

„Schlafen? Warum, wenn ich nicht müde bin? Oder bist du so k.o., daß du dich nur noch nach dem Hotelbett sehnst?"

„Claus, ich vermute, daß du den ganzen Tag über heimlich Wein genascht hast. Du bist aber kein immunisierter Buchmensch, sondern ein etwas überforderter Polizist."

„Hör mal, mein lieber Herr Hassel..."

„Bist du schon Alkoholiker oder wirst du es erst? Ich frage nicht aus Bosheit, sondern weil ich es wissen muß. In meiner Lage kann ich mich nicht auf einen Alkoholiker verlassen."

Schlimme Erfahrungen hatten mich gelehrt, nicht hinter dem Berg zu halten, wenn es um wichtige Dinge ging. Ich mußte ihn zur Rede stellen. Der Blick, mit dem er mich anstarrte, war gar nicht freundlich:

„Ich bin nicht alkoholabhängig! Wenn ich ein wenig trinke, ist das sozial bedingt."

„Meinetwegen. Aber geh jetzt in dein Sheraton und schlaf dich aus."

Ohne ein Wort ließ er mich stehen. Ein bißchen ärgerte ich mich, denn ich wollte ihn nicht zum Feind haben. Aber ich hatte Klartext geredet und konnte nur hoffen, daß er zur Besinnung kommen würde. Andererseits mußte ich damit rechnen, daß es so weiterging. Keiner, der trinkt, glaubt einem, wenn man es ihm auf den Kopf zusagt, keiner gibt es zu. Denn das Trinken ist nur ein Symptom; die Ursache dahinter läßt sich nicht so schnell beseitigen. Blieb abzuwarten, wie sich unser Verhältnis entwickeln würde.

Der zweite Tag glich dem ersten, mit noch mehr Besuchern. Die Besucher drängten sich auf den Gängen; vor attraktiven Ständen bildeten sich Trauben, so daß man kaum vorbeikam.

Personal und Hilfskräfte hatten ständig zu tun, Bücher auszupacken, neue Prospekte und Broschüren auszulegen und leere Kartons wegzuräumen. Boten brachten Faxnachrichten und allgemeine Mitteilungen oder verteilten die spezielle Messezeitung. Immer passierte etwas; es gab keine langweilige Minute.

Goethe sprach nicht mit mir; er schaute nicht einmal in meine Richtung. Ich machte mir deswegen keine allzu großen Gedanken. Wenn er sich wie ein bockiges Kind benehmen wollte, war das seine Sache. Mir fiel ein, daß ich mich in grauer Vorzeit ähnlich verhalten hatte, doch da war ich jung und dumm gewesen. Er war in mittleren Jahren und sollte es besser wissen.

Als unsere Schicht zu Ende war, verschwand er wortlos. Ich wollte ihn eigentlich fragen, ob er ein gemütliches mongolisches Restaurant wisse, hielt mich aber zurück. Wenn man Klartext redet, muß man auch wissen, wann man die Klappe zu halten hat.

Am dritten Tag schien die reinste Völkerwanderung ausgebrochen zu sein. Wenn man den ganzen Tag in der Halle war, fehlte einem die frische Luft, und spätestens gegen Mittag kamen die Kopfschmerzen. Ich hatte zwischen fünfzehn und sechzehn Uhr Dienst. Die Beine übereinandergeschlagen, saß ich auf einem Stuhl und tat so, als würde ich Zeitung lesen. In Wirklichkeit beobachtete ich das Gewimmel mit größter Aufmerksamkeit.

Den Jungen, der Werbezettel für ein Messerestaurant verteilte, kannte ich inzwischen schon. Ein Mädchen trug einen Karton mit kleinen Juiceflaschen zu einem Verlag, der Bücher über gesunde Lebensweise publizierte. Ein Mann schob eine Sackkarre, auf der ein Paket Messezeitschriften lag, das mit einem breiten Klebeband umwickelt war. Er stellte das Paket zwischen zwei Stände und ging langsam davon, mit der Karre spielerisch Schlängellinien fahrend. Ich fand es ziemlich eitel, bei der Arbeit so hohe Absätze zu tragen.

Hohe Absätze... Was hatte Goldie Santesson, die alte Fotografin auf der St. Eriksgatan, gesagt? „Der in der Mitte trägt sehr hohe Absätze... „ Ich biß mir auf die Unterlippe und ließ die Zeitung fallen. Der Mann drehte sich um und kontrollierte, ob das Paket Zeitschriften noch da lag.

Er hatte zotteliges blondes Haar, das unter der Schirmmütze hervorquoll, und einen kräftigen Schnurrbart. Doch ich hatte Übung darin, mir Verkleidungsstücke wegzudenken. Er war einer der drei Attentäter aus dem Lieferwagen vor Kungsholms Buchhandlung!

Sprengstoff! Das Zeitschriftenpaket! Ich fuhr auf und brüllte aus Leibeskräften:

„Die Halle räumen! Bombenalarm!"

## 23.

In meiner nächsten Umgebung starrten mich einige Leute an, aber keiner reagierte auf meine Warnung. Vielleicht hielten sie mich für einen Verrückten oder ein Verkaufsgenie, das um jeden Preis Aufmerksamkeit erregen wollte. Ich nahm das Mobiltelefon in die Hand, drückte den Knopf, der mich mit Ruppert verband, und brüllte noch einmal:

„Halle räumen! Bombenalarm!"

Die ganze Zeit über behielt ich den dicken Packen Zeitschriften im Auge, der Tod und Verstümmelung für so viele in sich bergen konnte. Dann drückte ich Goethes Knopf und rief erneut:

„Bombenalarm! Bombenalarm! Alle müssen sofort raus!"

Die ersten, die wirklich reagierten, waren die beiden am Stand von Weber und Wall. Ihre Nerven lagen so blank, daß sie, als sie mich erkannten, die Gefahr instinktiv begriffen. Sie ließen alles stehen und liegen und rannten zur Treppe. Langsam breitete sich die Nachricht aus und brachte die Massen in Bewegung. Zögernd folgten einige Umstehende den Verlagsleuten zum Ausgang. Ein Mann legte seine Hand hinters Ohr, um zu verstehen, was jetzt aus verschiedenen Richtungen gerufen wurde:

„Bombenalarm! Alle verlassen die Halle!"

Ich fuchtelte mit den Armen, als könnte ich die Leute hinausscheuchen, und wiederholte immer wieder meinen Warnruf. Ruppert hatte sich sofort mit der Messeleitung in Verbindung gesetzt, und endlich kam die Nachricht mit sonorer Stimme über die Lautsprecher:

„Achtung, für Halle 5, Ebene 1, liegt eine Bombendrohung vor. Alle, ich wiederhole, alle Aussteller und Besucher gehen bitte zum nächstgelegenen Ausgang und begeben sich ins Erdgeschoß. Ich wiederhole: Bombendrohung für Halle 5, Ebene 1. Gehen Sie unverzüglich zur nächsten Treppe und in das Erdgeschoß."

Die Meldung wurde in englischer Sprache wiederholt, und

es entwickelte sich wie immer in solchen Fällen: Erst zögern alle, können und wollen es gar nicht glauben. Dann orientiert man sich an anderen: Was machen die? Dann kommt die Angst: Es geht um mein Leben, ich muß weg, wohin nur, wo bin ich in Sicherheit?

Dennoch ging es diesmal ohne Panik und die damit verbundenen selbstverschuldeten Todesopfer ab. Die Leute drängelten sich auf den Treppen, aber sie schlugen nicht aufeinander ein, um sich eine bessere Position zu verschaffen. Vielleicht verfügen Büchermenschen über eine höhere geistige Disziplin als andere, und sie sind es gewöhnt, miteinander umzugehen. Das Messepersonal und die Polizisten halfen, wenn irgendwo ein Knoten entstand - und trotzdem war der kollektive Schreck spürbar.

Ich lag auf der Treppe und spähte über die oberste Stufe zu dem Paket hinüber. Ruppert kroch heran und ging neben mir in Deckung.

„Der Täter?"

„Etwa dreißig, trotz hoher Absätze klein, grauer Arbeitskittel, weiche Schirmmütze. Strubbeliges blondes, halblanges Haar, vermutlich Perücke; dazu passender Schnurrbart. Dunkelgraue Hosen. Aschblonde, dicke Augenbrauen, über der Nasenwurzel zusammengewachsen. Gerade Nase, breiter Mund mit vollen, geschwungenen Lippen, magere Wangen, die geradezu eingefallen aussehen. Am linken langen Finger ein Ring mit großem, rotem Stein."

Ruppert gab das Signalement an den Sicherheitschef weiter und wies an, daß keiner das Messegelände verlassen dürfe. Er forderte weitere Polizeikräfte an und versicherte mir, daß diese von dem nahegelegenen Revier 113 der Direktion Mitte in wenigen Minuten eintreffen würden.

„Wie sicher bist du, daß dieser Packen wirklich eine Bombe enthält?"

„Ich habe den Mann wiedererkannt."

„Wenn die Zeitschriften nur herumgelegt sind und das ganze Paket Sprengstoff enthält, gibt das einen mörderischen Knall."

„Wann kommen die Experten?"

„Sind unterwegs. Glaubst du, daß es sich um einen Zeitzünder handelt? Oder wird die Bombe ferngezündet?"

„Weiß nicht. Bei dem letzten Anschlag, an dem der Kerl beteiligt war, wurde ein Zeitzünder verwendet. Klingt logisch, er plaziert den Sprengsatz, zieht sich zurück und kann in dem Chaos nach der Explosion unbemerkt verschwinden."

Goethe gesellte sich zu uns. Jetzt war er nur noch Polizist, ohne persönliche Aggressionen.

„Die Besucher werden aus dem Gebäude geführt. Die Decke könnte einstürzen. Fünfzig Meter Sicherheitsabstand wegen Splittergefahr."

Wir drei lagen mit der Nase auf der obersten Stufe und starrten auf das Zeitschriftenbündel. Wie groß war es? Vielleicht 60 x 60 Zentimeter. Ich hatte ein unangenehmes, schleichendes Gefühl, das ich sicher mit den anderen teilte: Man blickt auf etwas, das im Bruchteil einer Sekunde viele Leben vernichten kann - vielleicht auch das eigene.

„Hier! Verdammt, habe ich ja ganz vergessen... Setzt sie auf, falls..."

Ruppert reichte uns Gehörschützer von der Art, wie man sie auf Schießplätzen verwendet. Die Etage war nun frei von Menschen, und die verlassenen Ausstellungsflächen machten einen pathetischen Eindruck.

„Wo bleiben denn die Bombenexperten", fauchte Goethe. „Jeden Moment kann es uns die Köpfe wegpusten!"

„Vergiß nicht, daß wir keine Gewißheit haben. Dorffmann glaubt, daß eine Bombe in dem Zeitschriftenstapel versteckt ist; das ist alles. Ich hoffe, er irrt sich. Ein falscher Alarm ist mir lieber als..."

„Seht nur!" rief Goethe aufgeregt. „Wo kommen die denn her?"

Ein altes Paar tappte über den Gang. Sie hatten sich untergehakt; beide gingen am Stock. Sie hielt ihren in der rechten, er seinen in der linken Hand. Ihr Vorwärtskommen war kraftsparend und ökonomisch; sie stießen ihre Stöcke im selben Takt auf den Boden. Schnell wählte Ruppert die Zentrale an, und wieder ertönten die Lautsprecher:

„Die Herrschaften auf Ebene 1 - bitte verlassen Sie unverzüglich das Gebäude! Begeben Sie sich zum nächsten Ausgang! Hören Sie nicht?! Sie dürfen nicht in der Halle bleiben!"

Doch das Paar setzte seine langsame Wanderung fort - zu allem Übel genau in die Richtung, in der das Zeitschriftenpaket lag. Sie sahen vergnügt aus und fühlten die Wärme des Lebenspartners, wenn sie einander stützten. Willi Ruppert wollte aufspringen und sie zur Treppe zerren, doch Goethe hielt ihn fest:

„Wir brauchen keine toten Helden."

Das Mobiltelefon surrte, und Ruppert meldete sich mit heiserer Stimme, ohne die beiden Alten aus den Augen zu lassen. Es sah aus, als riefen die Zeitschriften nach ihnen. Ich meinte, das Stapfen ihrer Stöcke durch den Gehörschutz zu vernehmen.

„Das kann nicht wahr sein!" stöhnte Ruppert. „Ein Mann mit dem angegebenen Signalement wollte das Messegelände verlassen, wurde aber von einer Polizistin angehalten. Daraufhin zogen zwei Männer, die hinter ihm liefen, automatische Waffen und feuerten wild um sich. Die Polizistin wurde getroffen, ebenso einige Zuschauer. Die Männer sind in einem Wagen geflohem; wir haben Alarm gegeben. Mit welchen Teufeln haben wir es hier nur zu tun?"

„Mit den Boten des Todes", murmelte ich.

Vermutlich herrschte draußen das blanke Chaos, aber wir hatten mit unserem Problem vollauf zu tun. Die Lautsprecherstimme wiederholte ihre Botschaft immer lauter und eindringlicher, doch sie sprach offenbar zu tauben Ohren. Vermutlich waren die beiden Alten schwerhörig und hatten ihre Hörgeräte abgeschaltet, denn zum Bücheransehen brauchten sie sie nicht.

„Die waren wohl auf der Toilette, als die Nachricht kam", vermutete Goethe. „Sind die Bombenexperten eingeschlafen? Hier geht es um Menschenleben!"

Das Paar hatte die Zeitschriften nun erreicht. Der Stock des

Mannes stieß gegen den Stapel, und sie blieben stehen, um Atem zu schöpfen. Weitergehen, schrie es in mir. Nicht stehenbleiben!

Wieder ein Mobilsignal an Ruppert, eine kurze Mitteilung:

„Die vom Bomben-Spezialkommando sind jetzt in der Halle. In zehn Sekunden legen sie los. Möge Gott…"

In diesem Augenblick brachen Armageddon, Ragnarök und der Jüngste Tag gleichzeitig an. Ich konnte mich noch ducken; vielleicht war es auch die entfesselte Macht, die meinen Kopf auf die Stufen drückte. Dann erlebte ich, wie Gegenstände in Atome zersprengt wurden, sich einfach auflösten, als wären sie nie dagewesen. Durch die geschlossenen Augenlider drangen Flammenzungen in mein Gehirn und trockneten es aus; alle Feuchtigkeit verschwand aus meinem Körper, ich war trocken wie Zunder, ein Funke hätte mich entflammen können.

Mein Mund öffnete sich instinktiv, und Schreie, deren Quelle ich nicht kannte, wurden aus mir herausgepreßt. Der Kopf schwoll zu einem Ball, zu einem Ballon, bekam Risse und schrumpfte auf die Größe einer Rosine.

Dann kam die totale Stille, eine klingende, wundersame Stille. Mein Körper erhob sich, wankte wie ein Schilf im Wind und fiel mit dem Rücken gegen die Wand. Da stand ich nun und schnappte nach Luft. Die anderen beiden rappelten sich mühsam auf und glichen Affen, als sie mit vorgeschobenen Köpfen und hängenden Armen dastanden.

Wir sahen uns an. Jede Zelle in meinem Körper schrie danach, meine Leidensgefährten zu umarmen, ihre Wangen zu küssen, mit ihnen zu weinen und immer zu wiederholen: „Ich lebe… ich lebe…", wie ein Mantra, und ich ahnte, daß sie denselben Gedanken hegten. Doch wir emotional gehemmten, coolen, jederzeit kontrollierten, verklemmten Mittel- und Nordeuropäer sahen uns nur an und atmeten keuchend.

Staub und kleine, leichte Partikel bildeten eine dichte Wolke, die sich in der Halle ausbreitete. Langsam, als befänden sich in meinem Hals ausgetrocknete Kugellager, drehte ich den Kopf und versuchte, den Nebel zu durchdringen.

Hier war vor Minuten noch eine große Buchausstellung gewesen, eine Messe für Literaturliebhaber. Nun war in der Nähe des Explosionsherdes alles beseitigt. Ein Loch gähnte im Boden. Weiter hinten sah ich verbogene Leichtmetallskelette. Möbel waren zerfetzt und im ganzen Raum verteilt. Nichts schien ganz geblieben zu sein. Selbst am anderen Ende der Halle waren die Stände durch die enorme Druckwelle umgestürzt. Und dann diese seltsam klingende Stimme, die nicht aus Lauten bestand, sondern im Kopf erzeugt wurde.

Ruppert hob kraftlos die Hand und riß sich den Gehörschutz herunter. Richtig, den hatte ich vergessen. Plötzlich erreichte mich eine Welle von Geräuschen: Schreie, Rufe, Sirenen, Kommandos.

Der Blick heftete sich unwillkürlich auf die Stelle, wo das alte Paar gestanden hatte, ein Mann und eine Frau, die vielleicht seit einem halben Jahrhundert miteinander verheiratet gewesen waren. Es gab sie nicht mehr; sie waren fort, konnten nicht einmal mehr begraben werden. Vielleicht atmete ich ihre Atome gerade ein...

Polizisten kamen die Treppe heraufgerannt und führten uns ins Erdgeschoß hinunter. Wir mußte über Trümmer steigen. Unten hielten sich keine Aussteller oder Besucher mehr auf, nur noch Beamte. Wo die Decke herabgestürzt war, herrschte Chaos. Durch die Fenster sah ich Menschen in Gruppen herumstehen, davor Fotografen.

„Die Medien", krächzte jemand, und ich merkte, daß es meine Stimme war, „ich darf nicht gesehen werden."

Ruppert wandte sich an einen höheren Polizisten:

„Bring uns zum Hinterausgang raus. Organisiere einen zivilen Wagen mit Fahrer."

Wir warteten eine Weile in einem Raum, in dem es Stühle gab. Keiner von uns konnte mehr stehen. Das Auto kam, und wir wurden diskret hinausgeschleust. Der Fahrer fragte, wohin wir wollten. Ruppert murmelte Präsidium, doch Goethe war anderer Meinung:

„Dort lauern bestimmt die Medien. Wir fahren in mein Hotel; von dort aus können wir alle notwendigen Telefonate führen."

Über sein Handy rief er das Sheraton an und bat darum, daß man uns am Hintereingang erwarten und mit dem Personalaufzug nach oben bringen möge. Nach einiger Diskussion bekam er eine Zusage. Müde dachte ich, daß er sich in diesem Hotel wohl endgültig zur Unperson qualifiziert hätte.

Goethe hatte sich in seiner interpolizeilichen Bescheidenheit eine kleine Suite gemietet. Die Sitzgruppe war zwar nicht dazu gedacht, Leute in staubigen Kleidern aufzunehmen, aber die Familie Sheraton war sicher gut versichert. Und wenn nicht - Interpol bezahlte ja.

„Ich weiß nicht, wie es euch geht, aber ich brauche jetzt erstmal einen ordentlichen Whisky", verkündete Goethe und öffnete die Minibar, in die er eine größere Flasche Alkohol mit dem typischen rauchigen Geschmack gestellt hatte.

Diesmal nahm ich es ihm nicht übel, daß er trank, denn ein Schnaps kann in solchen Situationen durchaus gut für die Nerven sein. Doch Ruppert wollte lieber einen heißen, starken Kaffee, und ich schloß mich an. Goethe bestellte und goß sich selbst ein großes Glas ein, das er mit einem gewaltigen Schluck zur Hälfte leerte.

Ruppert führte einige längere Gespräche, der Kaffee kam, Goethe hielt sich an den Whisky, und die Gedanken gingen in meinem ausgetrockneten Gehirn spazieren. Wir waren nicht in Lebensgefahr gewesen, da uns die Treppenstufen geschützt hatten. Wir hatten etwas Furchtbares erlebt, aber so etwas passierte vielen Menschen täglich. Die Bombe in Stockholm vor nicht allzu langer Zeit war mir noch frisch im Gedächtnis, außerdem litt ich seit einer früheren Explosion in meiner unmittelbaren Nähe an einer leichten Schwerhörigkeit.

„Wiesbaden übernimmt", meldete Ruppert. „Die Ermittler werden bald hier sein. Übrigens erhielten unsere Experten eine Bombendrohung gegen eine Synagoge - eine Viertelstunde, bevor wir uns meldeten."

„Gab es da einen Zusammenhang?" fragte Goethe und hielt

das Glas gegen das Licht, so daß die bernsteinfarbene Flüssigkeit leuchtete. „Ich meine, wurde der Anschlag auf die Synagoge angekündigt, um unsere Fachleute wegzulocken?"

„Leider nicht. Wir bekommen jährlich zirka hundert Bombendrohungen gegen jüdische Einrichtungen. Ein unglücklicher Zufall, daß beide Vorgänge zusammenfielen. Eine andere Sache..."

Er warf mir einen scheuen Blick zu und nippte an seinem Kaffee:

„Dorffmann, bist du dir bewußt, daß du vielen hundert Menschen das Leben gerettet hast? Vielen hundert, Dorffmann!"

Das klang gut, trotzdem murmelte ich:

„Zwei alte Menschen starben."

„Das ist bedauerlich, schrecklich. Aber wenn du nicht gewesen wärst, hätten hunderte den Tag nicht überlebt. Viele wären fürs ganze Leben Invaliden geworden. Ein Arm, ein Bein, ein Kiefer weggerissen... ich weiß, wie das aussehen kann. Du hast alle außer zwei gerettet, und bei denen konnten wir nichts machen. Dorffmann, Presse und Fernsehen werden wie Kletten an dir kleben."

„Unmöglich! Aus verschiedenen Gründen darf mein Name nicht genannt werden. Unter keinen Umständen."

„Dorffmann, was bildest du dir ein? Massen von Menschen wissen, daß du die Bombe entdeckt hast. Du wirst zum Heiligen erklärt werden."

Ich bedankte mich für die Aussicht, als Sankt Rolle in die Geschichte einzugehen. Das war eine Wendung, mit der ich nicht gerechnet hatte. Zu viel stand auf dem Spiel, als daß ich die Rolle des Helden hätte übernehmen können.

„Es war viel zu viel los; bestimmt hat niemand darauf geachtet, wer zuerst Alarm geschrien hat."

„Lieber Werner Dorffmann..."

„Außerdem muß der, der zuerst geschrien hat, die Bombe nicht als erster entdeckt haben. Das warst du, Willi Ruppert. Gratuliere, du wirst garantiert befördert."

Der Kommissar lächelte und goß sich Kaffee nach.

„Rede kein Blech. Du wirst dich in die Rolle des Helden finden müssen."

„Ich weigere mich!"

„Jemand muß es tun, und ich werde es nicht sein."

„Dann..."

Ich zeigte auf Goethe, der Whiskytropfen vom Rand des Glases leckte.

„Claus Goethe ist der Mann! Er lebe hoch!"

„Hört mal, ihr spinnt wohl..."

„Du warst es, Schluß und aus! Du bist Interpol-Agent und hast die Attentäter schon länger im Auge gehabt. Dann kam dir der Verdacht, das Zeitschriftenpaket könnte einen Sprengsatz enthalten."

Er schüttelte den Kopf und sagte leise:

„Was soll der Quatsch? Es ist dein Verdienst, und dabei bleibt es."

„Aber das Verdienst kann man weitergeben. Denk nur, was es für dein Verhältnis zu Jutta bedeuten könnte. Glaubst du nicht, daß sie dich mit anderen Augen sehen würde, wenn du ein Medienstar wärst?"

Eine wilde Hoffnung zauberte Funken in seine Pupillen, und er rang mit starken inneren Kräften, doch das Feuer erlosch, und er starrte trostlos zu Boden.

„Sie durchschaut mich, immer. Sie würde mich auslachen, wenn ich sie mit billigen Methoden wiedergewinnen wollte, sie würde mich noch mehr verachten. Das geht nicht, Hass... Werner. Geht einfach nicht."

Langsam wurde ich unruhig. Das war der andere Aspekt der Sache: Käme der Name in die Presse, würden alle diesem Werner Dorffmann nachjagen. Journalisten und Fotografen würden das Geburtshaus besuchen und ehemalige Schulkameraden, Nachbarn, Kumpels und Freundinnen interviewen. Der Unterschied zwischen dem echten Dorffmann und seinem Doppelgänger käme ans Licht, und man würde die Frage stellen: Wer ist der andere? Ein Verbrecher? Wie kam es dazu? Und so weiter, und so weiter. Irgendwann fiele der Name Roland Hassel. Virena und Elin bekämen Besuch von Männern mit bösen Absichten...

„Dann einigen wir uns auf folgende Version, und ihr müßt versprechen, euch daran zu halten: Der zuerst Alarm schrie, ist unbekannt. Dann ging es Schlag auf Schlag. Die Polizei wollte kein Risiko eingehen; die Warnung konnte berechtigt sein. Eine vage Behauptung kann man nicht beweisen. Kommen die Kollegen aus Wiesbaden? Dann fahre ich schnell nach Oberursel, und zwar mit dem Taxi. Interpol bezahlt. Ich bin nicht hiergewesen; ihr kennt mich nicht."

Sie kamen mit Einwänden, doch ich hörte nicht zu, sondern bestellte mir ein Taxi zur Rückseite des Hotels, verabschiedete mich, fuhr mit dem Personalaufzug nach unten, ließ mich auf den Rücksitz des Wagens fallen und sprach die ganze Fahrt über kein Wort. Der Chauffeur fand den „Schützenhof" nicht gleich und bat mich um Hilfe, aber ich hielt die Klappe. Wie kam ich dazu, seinen Job zu machen?

Die Stimmung unter den Büchermenschen in der Gaststube war gemischt. Einige waren noch schockiert über das, was da in ihrer Branche geschehen war, andere machten sich bereits Gedanken, was das für die Zukunft bedeuten konnte. Allgemein war die Bestürzung über den Einbruch der Gewalt in ihre relativ heile Welt und die Wut über den gestohlenen Messetag. Ich teilte ihre Gefühle, aber ganz allein in meinem Bett.

Was war das für ein Tag gewesen! Was für ein verdammter Tag! Ein paar hundert Menschen hätten sterben können. Ja, sicher, aber das bewegte mich nicht. Doch das alte Paar, das von einer Sekunde zur anderen ausgelöscht worden war, würde mich im Traum verfolgen!

Goethe rief zeitig an und hatte Neuigkeiten zu berichten. Die Explosion war bereits das Ereignis des Jahres. Journalisten aus aller Welt strömten nach Frankfurt, um vor Ort zu sein. Die Gruppe KAJKS hatte bereits die Schuld auf sich genommen und Bekennerbriefe an mehrere Zeitungen und Fernsehsender geschickt. CNN hatte ein solches in schlechtem Deutsch verfaßtes Schreiben um sieben Uhr in der Nachrichtensendung gezeigt. Als Motiv wurde Rache für die Herausgabe von „Die Wahrheit über den Balkan" angegeben. Es sei zwar von dem deutschen Verlag zurückgezogen worden, doch gebe es noch mehrere Länder, in denen das Buch verkauft werde. Balkanexperten hatten Hochkonjunktur und konnten mit gutbezahlten Artikeln und Auftritten in Talkshows rechnen. Und alle stellten dieselbe Frage wie wir: Was verstanden diese Terroristen unter dem „wahren Balkan"? Und wer stand dahinter?

„Wir können nicht in Frankfurt bleiben, Hassel. Die Täter sind natürlich nicht mehr hier; ich habe Grund zu der Annahme, daß sie sich in Berlin aufhalten. Auch du solltest dort sein, wo du sie wiedererkennen könntest. Hassel, das hier ist sehr sehr unangenehm."

„Wie kommen wir nach Berlin? Flugzeug oder Eisenbahn?"

„Auto. Deine Rechnung wird nachgeschickt. Pack einfach deine Sachen und geh zum Bahnhof. Bleib aber vor dem Gebäude stehen. Ich fahre jetzt vom Hotel los. Sprich mit niemandem, lauf einfach los."

„Ist der Teufel los?"

„Er und seine ganze Anhängerschaft."

Eine Viertelstunde später verließ ich unbemerkt das Familienhotel „Zum Schützenhof". Die anderen Gäste waren mehrheitlich schon auf den Beinen, frühstückten, lauschten den Nachrichten im Radio, unterhielten sich und waren so beschäftigt, daß ich gar nicht auffiel. Mit meiner Tasche und dem Laptop spazierte ich zum Bahnhof. Obwohl es relativ warm war, sahen die Leute aus, als fröstelten sie. Es waren Arbeiter, die in ihre Fabrikhallen, Büroratten, die an ihre Schreibtische, und Schüler, die in ihre Bildungsstätten wollten. Alle vermißten die gemütliche Bettwärme, und der Tag würde lang und eintönig werden. Hätte es einer gewagt, zu dieser Stunde einen Witz zu reißen, er wäre geteert und gefedert worden.

Selbst war ich mir nicht ganz im klaren, wie ich mich fühlte. Vor allem wohl ungeduldig und irgendwie rastlos; ich wußte aber nicht warum. Die gestrige Explosion war so gigantisch gewesen, daß den Tätern eines klar geworden sein mochte: Die ganze Polizeimacht des Kontinents würde sie jagen und jede kleine Spur verfolgen. Alle würden arbeiten, bis die Computer heißliefen, um Register zu vergleichen; keine Rede von Überstunden. Ein paar Worte des Radiokommentators hatte ich aufgeschnappt: „Wie durch ein Wunder... nein, das war ein Wunder... ein Zeichen... wurde diese Explosion nicht zu einer der größten Katastrophen der modernen Zeit..."

Vieles würde in Kürze geschehen, und ich wollte dabei sein. Alles, was dazu beitrug, mein Doppelleben als Schweizer zu beenden, war mir willkommen. Ein dunkelblauer BMW rollte heran und hielt neben mir. Goethe wies mit dem Daumen nach hinten, und ich verstaute Tasche und Laptop im Kofferraum. Dann setzte ich mich neben ihn. Er sah übernächtigt aus, ob das auf Arbeit oder Alkohol zurückzuführen war, konnte ich nicht entscheiden. Ohne mich zu begrüßen, platzte er mit Neuigkeiten heraus:

„Der Mann, der gestern entkam, floh in einem Audi. Mehrere Zeugen haben sich die Autonummer gemerkt, aber das Schild war natürlich gefälscht. Doch eine ältere Dame, die in einem anderen Wagen auf dem Parkplatz wartete, weil sie ihren Mann der Untreue verdächtigte, hat beobachtet, wie ein paar Männer die Schilder auswechselten. Als sie von der Rolle des Audi im Zusammenhang mit der Explosion erfuhr, meldete sie sich bei der Polizei. Sie erinnerte sich an die Nummer vor dem Austausch. Der Audi ist auf einen Schönheitssalon in Berlin zugelassen."

„Was - einen Schönheitssalon?"

„Barbara Beauty heißt er. Inhaberin ist eine Barbara Millford, Amerikanerin. Später mehr darüber."

„Sollten wir nicht versuchen, den Autor Leonard Pilcic zu finden? Ich meine, er müßte doch am besten wissen, wer auf dem Balkan zu seinen verschworenen Feinden gehört."

„Meinst du, das ist ein origineller Gedanke?"

„Was weiß ich? Oft kommt man nicht auf das Naheliegende."

„Nicht in Deutschland. Man hat ihn lange gejagt; schließlich ist er untergetaucht. Der Verlag weiß nicht wo. Doch Interpol bekam einen heißen Tip, daß er in Hannover sein soll. In Kürze erfahre ich die Adresse."

„Heißt das..."

„Ja! Wir beide, du und ich, werden ihn befragen. Und wir beide werden auch das Rätsel um die Terrorgruppe KAJKS lösen!"

## 24.

Der BMW war mit Fax, Mobiltelefon mit Freisprechanlage sowie Internet und E-Mail ausgerüstet. Hatten wir nicht noch gestern die Wählscheibe unseres guten alten Telefonapparats gedreht? Hatten wir nicht noch vor ein paar Wochen Telegramme verschickt oder Briefe geschrieben, wenn wir jemandem eine Nachricht zukommen lassen wollten?

„Erzähl mir, was ich noch nicht weiß", forderte ich ihn auf.

„Der reiche Mann in Amsterdam, der so besoffen war, daß man ihn nicht aufwecken konnte, ist wieder ansprechbar. Er erinnert sich schwach, er habe den Wagen beim Kartenspiel verloren, aber das könne auch in der Woche zuvor gewesen sein. Camille ist immer noch nicht da. Die niedergeschossene Polizistin hat einen Bauchschuß und einen in der Lunge; die Ärzte tun alles, um sie zu retten. Ein Mann hat einen Schuß in die Schulter bekommen, und drei Frauen, die in einer Gruppe zusammenstanden, hat es ebenfalls erwischt, aber nicht lebensbedrohlich. Na, das reicht ja auch."

„So waren also die beiden Alten die einzigen Todesopfer?"

„Bisher ja."

„Wer waren sie?"

„Noch nicht identifiziert. Als würde sie niemand vermissen..."

Uns war beiden klar, was passieren würde, wenn die beiden Alten keine Verwandten hatten und eventuelle Freunde oder

Bekannte nicht wußten, daß sie zur Buchmesse wollten. Es konnte lange dauern, und so lange sie keine Namen hatten, waren sie nur Staubkörner.

„Und sonst?"

„Ich habe ganze Hefter voll mit Material. Du kannst sie unterwegs studieren. Liegt alles auf dem Rücksitz."

Ich nahm mir den erstbesten und schlug ihn auf. Alle Blätter waren gewissenhaft numeriert, doch es hat mir noch nie Spaß gemacht, ellenlange Berichte zu lesen. Schnell ließ meine Konzentration nach, und ich überflog nur noch, was fleißige Kollegen an Vergleichsanalysen über Reifen- und Schuhabdrücke sowie Textilfasern zusammengetragen hatten. Ich konnte jedoch nichts entdecken, was uns unmittelbar weiterbrachte. So ist es oft; man hat hunderte von Details und verliert den Überblick. Goethe merkte, daß ich nicht mit der Seele dabei war, und zwinkerte ein paarmal, um sich wach zu halten. Ich konnte nur hoffen, daß er durchhielt.

„Die Polizei in Frankfurt sagt, eine Serie glücklicher Umstände habe dazu geführt, daß man die Bombe entdeckte. Namen werden nicht genannt; nur Kommissar Ruppert wird eine gewisse Ehre zuteil, die er aber von sich weist. Zwischen den Zeilen kommt heraus, Interpol habe wohl nach einem anonymen Hinweis geheime Ermittler in der Halle gehabt. Und Interpol sagt weder ja noch nein; man habe Angst um die Informanten. Polizeichef Hoffmann spielt mit und gibt ´aus ermittlungstechnischen Gründen´ keine Kommentare ab. Das ist keine leichte Suppe, Hassel!"

„Aber jedenfalls etwas zu schlucken."

„Hast du schon gefrühstückt?"

„Nein, du hast mich ja direkt aus dem Bett geholt."

„Wir können unterwegs halten, wenn es sein muß. Sag Bescheid, wenn du eine Raststätte siehst."

Er zwinkerte und gähnte, und ich machte mir ernsthafte Sorgen. Eine Sekunde der Unachtsamkeit auf dieser vielbefahrenen Autobahn, und wir hatten ein großes Problem.

„Hast du über meinen Vorschlag nachgedacht? Wir könnten deiner Frau Jutta gegenüber andeuten, daß du großen Anteil an der Rettung von hunderten Menschen gehabt hast."

„Ja, äh, nein. Ich glaube nicht, daß das etwas bringt."

„Wir können noch ein paar hundert dazulegen, dann sind es tausend. Die Zahlen sind ja in jedem Fall hypothetisch."

Er warf mir einen trüben Seitenblick zu:

„Willst du mich auf den Arm nehmen? Geht dein schwedischer Humor wieder mit dir durch?"

„Nein nein, ich meine, was ich sage. In Zukunft winke ich immer mit dem Taschentuch, wenn ich etwas Komisches von mir gebe. Warum sollte das nicht funktionieren? Nimm doch den Ruhm; ich kann ihn nicht brauchen, denn dann würde früher oder später herauskommen, daß Dorffmann eigentlich Hassel heißt. Also, pack die Gelegenheit beim Schopfe, werde ein Held!"

Plötzlich wurde er aggressiv:

„Misch dich nicht in mein Leben! Du weißt nicht, was in unserer Beziehung möglich oder nicht möglich ist. Wir werden uns trennen, dagegen ist nichts zu machen."

„Aber du willst doch nicht?"

„Nein, nein und nochmals nein. Aber das geht dich nichts an. Ich könnte sie niemals belügen. Ich kann ihr ja nicht einmal... die Wahrheit sagen."

„Da ist eine Tankstelle mit Buffett. Halt an."

„Wir haben nicht viel Zeit. Mußt du jetzt wirklich essen?"

„Nein, aber du brauchst dringend einen Kaffee, heiß und stark. Ich will nicht im Krankenwagen nach Hannover gebracht werden."

Ich zwang ihn, drei Tassen Kaffee zu trinken, während ich einen Tee und ein belegtes Brot verdrückte. Wir wechselten nur wenige Worte; mehr waren nicht nötig.

Im Fax lag eine Adresse in Hannover, eine Nummer in der Kellerstraße. Im Türfach steckte ein Stadtplan, und ich kringelte unseren Bestimmungsort ein. Was wußte ich über Hannover? Hauptstadt des Bundeslandes Niedersachsen, etwa eine halbe Million Einwohner. Eine Menge Industrie, Eisen, Gummi, Nahrungsmittel, Chemie und Gas; vermutlich roch es an manchen Enden erbärmlich. Mehr fiel mir nicht ein, aber mein Wissen über Deutschland war insgesamt fragmentarisch. Bestimmt hatte Hannover im Krieg einiges abbekommen, war danach aber zu einer modernen Metropole wieder aufgebaut worden.

„Wie war das, hast du nicht auch eine Tochter… Elna?"

„Elin, neun Jahre, mein ganzer Stolz. Und du, hast du Kinder?"

Er zog eine Grimasse, als widerstrebte es ihm, über etwas Unangenehmes zu reden, aber er hatte das Thema ja selbst aufgebracht.

„Jutta hat eine fünfzehnjährige Tochter aus erster Ehe. Korrekter gesagt, aus einer früheren Beziehung. Ich habe sie adoptiert."

„Ah, jetzt erinnere ich mich. Heide, nicht wahr?"

„Ja. Aber ich erreiche sie nicht. Jutta und sie sitzen zusammen, flüstern und lachen und sehen mich an. Auch Heide verachtet mich. Du ahnst nicht, wie ich dieses… verächtliche Lachen hasse. Wirst du geliebt? Ich meine, von deiner Familie?"

„Natürlich. Dafür hat man doch Frau und Kind. Wenn es da keine Liebe gibt, muß man sie anderswo suchen."

Er murmelte etwas, was ich nicht verstand oder nicht hören wollte. Im Laufe der Jahre und besonders nach den letzten schlimmen Erlebnissen hatten Virena und ich zu einem entspannten und harmonischen Verhältnis gefunden. Ich wollte mit meinen beiden Damen zusammen sein, aber jetzt hatte ich einen Auftrag zu erfüllen, der wichtiger war. Auch Goethe, dem das Thema sehr nahe ging, kehrte zum Beruflichen zurück:

„Du hast mir noch gar nicht verraten, wie es dir gelungen ist, den Attentäter zu enttarnen. Hast du ihn wirklich trotz der Maskerade erkannt?"

„Nein, aber er war klein und wollte größer sein. Deshalb trug er Schuhe mit extra hohen Absätzen, genau wie es die kluge, alte Fotografin in Stockholm beobachtet hatte. Ich hatte einfach nur Glück."

„Glück? Glück? Das ist das Lächerlichste, was ich je..."

„Claus, lassen wir das doch. Für mich war es Glück, daß ich auf ein Detail geachtet und daraus Schlußfolgerungen gezogen habe. Irgend etwas muß ich doch in all den Jahren gelernt haben."

Auf den nächsten hundert von den dreihundertfünfzig Kilometern nach Hannover hatten wir uns nichts mehr zu sagen; ich paßte aber auf, daß ihm die Augen nicht zufielen. Da ich unter falscher Flagge reiste, besaß ich keinen gültigen Führerschein und mußte ihn fahren lassen. Ich hätte singen können, um ihn wach zu halten, aber dann wäre er wohl nie wieder eingeschlafen.

„Es wäre gut, wenn wir in Berlin einen leitenden Beamten hätten, mit dem wir zusammenarbeiten könnten. Einen, der vorübergehend für Interpol abgestellt wird. Hast du einen Vorschlag? Du und Hiller, ihr habt doch in Berlin zusammengearbeitet und einiges erreicht. Ich habe die Berichte gelesen."

„Kommissar Heyden hat sich, soweit ich weiß, pensionieren lassen, aber ich kann Ilona Scholtz empfehlen. Sie ist die einzige leitende Kommissarin Deutschlands und eine unerhört kompetente Person. Zu ihr habe ich volles Vertrauen."

„Kann man jemandem vertrauen? Ich frage mich..."

Über die Antwort sann er weitere hundert Schweigekilometer nach, während ich bereits nach fünfhundert Metern eine Meinung dazu hatte: Natürlich gibt es Menschen, denen man vertraut, vertrauen muß, vertrauen kann. Was führt einer, der allen mißtraut, für ein elendes Leben! Mit Ilona würde ich gern wieder zusammenarbeiten. Hiller war der Meinung gewesen, sie hätte als Schönheitskönigin Geld verdienen können, wäre sie nicht zur Polizei gegangen. Auch wenn mir solche Gedankengänge fremd waren - recht hatte er gehabt!

Gegen zwölf Uhr rollte der BMW mit dem immer noch wachen Goethe am Steuer nach Hannover hinein, und ich dirigierte ihn anhand des Stadtplanes. Er erzählte mir nebenbei, der Fluß, an dem die Stadt liege, heiße Leine; auf der einen Seite befinde sich das ursprüngliche Jannover, die Altstadt, auf der anderen die später errichtete Neustadt. Die Altstadt wurde im Krieg völlig zerbombt, doch einen Teil hat man originalgetreu wieder aufgebaut. Da ich so schnell wie möglich in die Kellerstraße wollte, sparte ich mir meine üblichen Architekturstudien für einen späteren Besuch auf.

Der Faxnachricht zufolge sollte Leonard Pilcic bei Harbich wohnen. Die Straße wirkte verschlafen und nichtssagend; die Häuser stammten vermutlich aus den dreißiger Jahren und hatten den Weltkrieg ohne größere Schäden überstanden. Goethe parkte vor der angegebenen Nummer und schaute sich mit gerunzelter Stirn um, als erwartete er eine Bande Hooligans, die ihm sein schönes Auto zerkratzen wollten.

Es gab keinen Türcode, man konnte den Hausflur problemlos betreten. Auf dem Treppenabsatz standen zwei ältere Männer und flüsterten miteinander. Unruhig schauten sie abwechselnd nach oben und zu uns. Wir waren fremd im Haus, vielleicht hatten wir etwas mit den Ereignissen dort oben zu tun? Aber sie sagten nichts, als wir an ihnen vorübergingen.

Den Namen Harbich entdeckten wir auf einem Schild in der zweiten Etage. Goethe klingelte, doch niemand öffnete. Als ich zurücksah, merkte ich, daß die beiden Alten uns gefolgt waren und eine Treppe tiefer warteten. Sie machten so lange Hälse, daß sie Kranichen glichen.

„Was gibt´s?" erkundigte ich mich.

Sie sahen sich an, dann mich, dann wieder sich. Der ältere Kranich öffnete den Schnabel und fragte mit einer etwas piepsigen Stimme:

„Dürfen wir erfahren, mit wem wir es zu tun haben?"

„Wir sind Polizisten."

Noch ein kurzer Blickkontakt, dann flatterten sie die Treppe herauf.

„Wir haben einen Schuß gehört. Mein Nachbar meinte zwar, es sei eine Fehlzündung gewesen, aber… gibt es heutzutage noch Fehlzündungen? Ich war im Krieg, Ostfront, ich weiß, wie ein Schuß klingt."

„Könnte ja auch im Fernsehen gewesen sein", gab der zweite Kranich zu bedenken. „Die zeigen ja nur noch Gewalt und Knallerei."

„Jedenfalls war es ein Schuß. Ich weiß es - von der Ostfront."

Ich untersuchte die Tür. Oben ein richtiges Schloß, darunter ein Schnapper. Nur unten war der Riegel vor.

„Können Sie uns ein Brecheisen oder etwas Ähnliches bringen?"

Sie wechselten einen Kranichblick und überlegten. Dann sagte der Ostfrontkämpfer:

„Ein Brecheisen habe ich nicht, aber Hammer und Stemmeisen..."

„Dann holen Sie das, bitte."

Gemeinsam stiegen sie hinunter und waren einige Minuten später mit dem Gewünschten zurück. Goethe, der optisch jüngere von uns beiden, setzte das Stemmeisen an, und nach einigen Schlägen sprang die Tür auf. Die beiden Nachbarn wollten mit hinein, aber wir klappten ihnen die Tür vor der Nase zu.

Die Wohnung bestand aus zwei kleinen Räumen und einer Küche; nicht nur die pedantische Ordnung deutete darauf hin, daß hier eine Frau wohnte. Im hinteren Zimmer saß ein Mann, dessen Oberkörper auf die Tischplatte gefallen war. Der Kopf lag zur Seite geneigt, so daß man die Einschußstelle über dem Auge sehen konnte. Blut war über das Gesicht und den Tisch gelaufen. Auf dem Fußboden, nahe der rechten Hand, lag eine kleine, altertümliche Pistole. Das Blut floß immer noch, und ich roch frischen Pulverdampf.

„Nett von ihm, daß er sich nicht in den Mund geschossen hat", murmelte Goethe.

Der Schuß in den Mund ist sonst üblich bei Selbstmördern, die zu viele amerikanische Filme gesehen haben, wo es dramatischer wirkt, wenn man sich den Lauf möglichst weit in den Hals steckt. Auch Selbstmörder gehen mit der Mode. Falls nicht...

„Ist es wirklich Selbstmord, Claus?"

Auf dem Tisch lag ein Zettel, und wir lasen die in offenbar

großer Erregung geschriebenen Zeilen: „Nun bleibt mir nichts mehr. Kein Mensch kann weiterleben, wenn er nichts mehr hat." Kein Gruß, keine Unterschrift. Warum hatte er den Zettel dann geschrieben? Nur als Erklärung für den, der ihn finden würde? Wer konnte das aus seiner Sicht sein?

Goethe inspizierte die Wohnung, ohne etwas zu berühren, schaute aus dem Fenster und betrachtete den Toten erneut.

„Alles deutet darauf hin. Die beiden Alten haben den Schuß gehört, als sie sich auf der Treppe unterhielten. Man kann die Wohnung nur durch die Tür betreten und verlassen; die Fenster sind zu hoch, als daß jemand einfach hinausklettern könnte, und außerdem hätten wir denjenigen sehen müssen, als wir auf das Haus zugingen. Die Tür war zu, der Schlüssel steckte innen. Ich glaube nicht an Hexerei, aber damit soll sich die Polizei von Hannover beschäftigen."

Er nahm sein Mobiltelefon und rief zuerst seine Chefs an, wer immer die auch waren, und holte sich Instruktionen. Gleichzeitig nannte er den Namen Ilona Scholtz, und während er sprach, drehte ich eine Kontrollrunde durch die Wohnung. Ich glaubte nämlich durchaus an Zauberei und Magie, jedoch nur als Mittel zur Verschleierung. Wenige Sachen sind realer als eine gute Illusion.

Aus seinem Blickwinkel hatte er sicher Gründe für einen Selbstmord. „Nun bleibt mir nichts mehr"... Bestimmt hatte er sich verraten und verkauft gefühlt; einsam war er ja, dem Vernehmen nach, schon vorher gewesen. Keiner wollte oder konnte mehr mit ihm verkehren. Er war müde und erschöpft, hatte die Lust verloren; sein Dasein war grau und konnte nur noch schwarz werden. Das geplante und Gott sei Dank verhinderte Massaker in Frankfurt hatte ihn wahrscheinlich einsehen lassen, daß er es mit erbarmungslosen Gegnern zu tun hatte. Natürlich hatte er Angst und wußte, daß seine Tage gezählt waren. Besser, den Zeitpunkt selbst zu wählen. Dann hatte er wenigstens noch die Kontrolle über seinen Tod und konnte den Häschern ein letztes Mal entkommen.

Ich fühlte nichts, als ich die Leiche betrachtete, und ich war sicher, daß es Goethe genauso ging. Ein lebloser Mann, das war alles. Er konnte uns nicht mehr mit Informationen versorgen, und das mußten wir einfach akzeptieren.

Goethe überließ es Interpol, die Polizei von Hannover zu benachrichtigen, und wir warteten vor der Tür. Die beiden Kraniche mußten ihre Namen angeben und sollten sich an verdächtige Beobachtungen sowie an die genaue Zeit erinnern, zu der sie den Schuß gehört hatten. Der Ostfrontkämpfer putzte sein Federkleid und stand beinahe stramm; vermutlich erlebte er gerade das spannendste Abenteuer seit der Schlacht am Kursker Bogen.

Eine Viertelstunde später trafen ein paar Polizisten und ein Gerichtsmediziner ein. Sie betrachteten uns als Kollegen. Wir begrüßten uns höflich; und nach einer kurzen Besichtigung der Wohnung und der Leiche sagten sie, wir dürften fahren. Wir hatten etwa zweihundertachtzig Kilometer vor uns, also stärkten wir uns vorher an einer Imbißbude am Stadtrand.

„Ich hörte, daß die Wohnung Webers Exfrau gehört. Sie ist verreist und hat ihm die Schlüssel gegeben; also ließ er Pilcic für eine kurze Zeit dort wohnen. Weber hat darauf hingewiesen, daß Pilcic sehr depressiv gewesen sei."

„Was ist aus der Sache mit dem Schönheitssalon geworden?"

„Weiß nicht, das werden wir in Berlin schon erfahren."

Er legte eine CD mit urdeutscher Umpa-umpa-täterä-Musik ein, und ich sah kurze Lederhosen, Federhüte, meterlange Würste und überschäumende Maßkrüge vor meinem geistigen Auge. Er summte den Refrain mit, und ich fragte mich, ob man sich wohl an alles gewöhnen konnte.

In einer Sekunde ist man gesund und stark und froh, in der nächsten verschnupft. So erging es mir, nur war es kein Schnupfen, sondern eine tiefe Depression. Wenn nun alles schief ging? Wenn ich wie ein moderner Fliegender Holländer als ältlicher Schweizer herumirren mußte, ohne erlöst zu werden? Wenn die Todesdrohungen gegen Hassel und seine Familie niemals ein Ende nahmen? Tage und Nächte unter ständiger Angst…

Eine moderne Legende handelt von einem Mann, der sich schwerer Verbrechen gegen die Menschlichkeit schuldig gemacht hat, aber aufgrund irgendwelcher Gummiparagraphen nicht verurteilt werden kann. Statt dessen nimmt man ihm den Paß, gibt ihm eine unbefristete Freiflugkarte und bringt ihn in eine Transithalle. Der Haken an der Sache: Er kann die Abfertigungszonen nie mehr verlassen. So reist er erster Klasse um die Welt; Flugzeuge und Transiträume werden seine Heimat. Er stirbt schwer alkoholisiert an einem Infarkt - beim Landeanflug auf Sydney. Wenn ich mein Leben nicht in Ordnung brachte, würde ich dieses Schicksal in gewisser Weise teilen.

Die Männer, die schuld daran waren, die Boten des Todes, gaben nie auf, denn ihre Auftraggeber waren Fanatiker der schlimmsten Sorte - Leute, die immer recht hatten, und wer das nicht einsah, mußte sterben. Der Wert eines Menschenlebens war für sie gleich Null. Und tausend Leben? Tausendmal Null! Was Krieg und Frieden unterscheidet ist, daß die Politiker bestimmen: Jetzt ist Frieden. Was im Krieg erlaubt war, ist plötzlich verboten. Für dieselbe Handlung, für die man vorher einen Orden bekam, kommt man plötzlich auf den elektrischen Stuhl. Einen persönlichen Feind zu töten, ist verboten, einen vom Staat bestimmten Feind umzubringen, ist erlaubt und erwünscht. Niemand hat bisher die moralische Differenz bestimmen können zwischen einer Tötung im Frieden und einer auf dem Schlachtfeld oder von einem Bombenflugzeug aus. Wenn es keine klare und akzeptierte moralische Erklärung gibt, bleibt die juristische Unterscheidung, doch für viele ist das Gesetzbuch keine Richtschnur. Fanatiker haben ihre eigenen Gesetze, und über Leichen zu gehen, verstößt gegen keinen ihrer Paragraphen. Noch gefährlicher sind die richtig Gierigen, die ausgeprägten Machtmenschen, die alle anderen nur als potentielle Leibeigene betrachten.

Nach verschiedenen Staus und Verkehrsbehinderungen, wie sie inzwischen typisch sind für die deutschen Autobahnen, erreichten wir Berlin. Es war achtzehn Uhr dreißig. Die gewaltige Stadt, die ich lieben gelernt hatte, erstrahlte schon in ihrem

Lichterglanz. Viele verbinden Berlin mit der braunen Diktatur, mit den Ruinen danach, aber es war viel von der alten Hauptstadt übrig geblieben, in der sich kulturelle Verfeinerung und satirische, rauhe Stärke zu einer einzigartigen Vitalität verbunden hatten. Und dann gibt es das Berlin der neuen Zeit, eine Stadt wie keine andere, mit einer ganz eigenen Melodie. Aber gerade jetzt hörte ich keine andere Musik als das ewige Umpa-umpa-täterä aus dem CD-Player. Ich merkte, daß ich Kopfschmerzen hatte.

„Wo werden wir wohnen?" erkundigte ich mich.

„Ich habe etwas organisiert. Für dich jedenfalls. Obwohl ich vielleicht auch... später dahin komme..."

„Ach ja, du lebst ja hier in der Stadt. Hauptsache, ich komme schnell ins Bett. Ich fühle mich müde und krank."

Wir krochen mit dem zähen Feierabendverkehr, und ich schloß die Augen, um die Kopfschmerzen zu lindern, doch die Lichter drangen durch die Lider wie Akupunkturnadeln.

„Wer fühlt sich nicht müde und krank", sagte Goethe leise und wie zu sich selbst.

Er fuhr zum Potsdamer Platz, den ich bei meinem letzten Besuch noch als Baustelle gesehen hatte, doch ich konnte nur einen allgemeinen Eindruck aufnehmen: Alles war nagelneu und extrem modern. Er hielt vor dem Hotel Atrium Hyatt, und ich schreckte hoch:

„Hier? Hier soll ich wohnen?"

„Bist du nicht einmal mit diesem Hotel zufrieden?"

„Du Claus, ich möchte lieber im Andersen-Hotel in Hönow wohnen. Das kenne ich, dort habe ich mich immer sehr wohl gefühlt."

„Ach ja? Du hast dort schon gewohnt? Wer bist du?"

„Wer - ich? Roland Hass... oh, verdammt; ich verstehe, was du meinst. Hassel kann nicht als Dorffmann wiederkehren. Entschuldige, das sind die Kopfschmerzen."

Also mußte ich mich mit dem Hyatt abfinden. Wenn die Gerüchte stimmten, handelte es sich um eine der besten Hotelketten der Welt. Als wir gerade aus dem BMW steigen wollten, startete das Fax. Ich riß das Blatt ab, und wir lasen gemeinsam: „Teilhaber an dem Schönheitssalon Barbara Beauty ist Henk Priem."

## 25.

Das Atrium Hyatt ist nach französischem Konzept gebaut; das Gallische zeigte sich schon in der geschmackvoll-leichten Eleganz der Lobby. Die Wände waren mit hellen Holzpaneelen verkleidet. Das Deckenlicht kam von einer Glaskonstruktion, die wie eine umgekehrte Pyramide aussah. Eine Wand, die zu einem Seiteneingang führte, war von hinten beleuchtet, mit einem milden, traumgleichen Schein vom Boden bis zur Decke. Ein Angestellter kümmerte sich sofort um mein Gepäck, während ich mich einschrieb und meinen Schlüssel erhielt. Ich sah einladende Fotos von den drei Restaurants; falls mir der Service einen Smoking besorgte, würde ich sicher dort speisen.

„Ich komme mit rauf und kontrolliere das Zimmer", sagte Goethe lustlos.

Der Fahrstuhl schoß hinauf in den fünften Stock, und ich öffnete die Tür zu einem Luxusraum, wie man ihn sonst nur in den Hochglanzmagazinen der Fluggesellschaften sieht. Der Angestellte mit dem Gepäck näherte sich wie ein Schatten, und Goethe gab ihm ein Trinkgeld. Ohne Quittung! Wie wollte er das abrechnen?

„Eine Suite", seufzte ich. „Was soll ich denn mit einer ganzen Suite?"

„Hat sich so ergeben. Mach dir keine Gedanken."

„Ich mache mir keine Gedanken, aber was soll ich mit noch zwei Riesenräumen? Und zwei Bädern, groß wie Swimmingpools? Wollen wir hier eine Party veranstalten?"

„Vielleicht trinken wir einen Kaffee zusammen?"

„Nein, ich will wirklich meine Ruhe haben. Ruf mich morgen früh an, aber nicht zu zeitig, und erklär mir das Programm.

Aber bloß nichts Anstrengendes! Ich brauche jetzt Albyl oder Magnecyl oder Treo oder Aspirin oder einen Schlag mit dem Gummihammer auf den Hinterkopf."

Er telefonierte nach der Medizin; danach schob ich ihn hinaus. Der Zimmerservice brachte Tabletten, ich schluckte eine, zog mich aus und legte mich in das Bett, das von der Größe her für einen Sultan und einen großen Teil seines Harems gereicht hätte. Langsam ließen die Kopfschmerzen nach; ich konnte spüren, wie sie in meinem Gehirn pulsierten. Ich zog die Decke über den Kopf, schlief ein und vergaß Priem und Barbara und Goethe für einige Stunden.

Am nächsten Morgen erwachte ich gegen halb zehn und erinnerte mich schwach daran, daß ich in der Nacht aufgewesen und im Zimmer herumgelaufen war und weitere Tabletten genommen hatte. Jetzt waren die Kopfschmerzen jedenfalls verschwunden; ich fühlte mich mittelprächtig, und das war eindeutig eine Verbesserung.

Nach dem Duschen und Rasieren zog ich mich an und ging in den Frühstücksraum hinunter. Das Angebot war überwältigend. Ich wählte mir die leckersten Sachen aus und bekam gerade den Tee serviert, als mein Name ausgerufen wurde. In der Halle wies man mir einen Apparat zu. Goethe klang bedrückt:

„Ilona und ich hielten es für das Beste, uns bei dir im Hotel zu treffen. Wir kommen nach dem Mittag, gegen halb zwei. Sieh zu, daß sie bis dahin dein Zimmer aufgeräumt haben. Dann wollte ich dich noch fragen... ob du vielleicht... das hat natürlich nichts mit der Arbeit zu tun..."

Er bettelte regelrecht, zeigte seine offenen Wunden und flehte mich um Hilfe an. Ich wurde weich. Leicht war es nicht, Claus Goethe zu sein. Aber auch Hassel hatte seine Bürde zu tragen. Nur Dorffmann, dem alten Schweizer, ging es prächtig, der hatte weder Ehe- noch Identitätsprobleme.

„Ja, worum geht es?"

„Könntest du dir vorstellen, mit Jutta und mir vorher in der Bar etwas zu trinken? Es geht mir darum, daß sie dich trifft und… wenn du verstehst."

„Okay, falls es hier mehrere Bars gibt, sehen wir uns um eins in der größten."

„Genau, in der Bar. Und… danke."

Er war ein Mann, der sich selten bedankte, und es kostete ihn einiges, aber er kämpfte den letzten Kampf, um seine Ehe doch noch zu retten. Aus dem, was er nach und nach verraten hatte, konnte ich allerdings schließen, daß die Schlacht bereits verloren war. Aber ich war in dieser Lage bereit, alles zu tun, was ein Freund zu tun bereit gewesen wäre, wenn er einen gehabt hätte.

Obwohl die Suite groß wie ein See war, wollte ich gern in noch größerem Wasser schwimmen; also ging ich ein bißchen spazieren. Der Potsdamer Platz war wie der Vogel Phönix aus der Legebatterie gestiegen, die ich hier vor nicht allzu langer Zeit in Form einer gigantischen Baustelle bestaunt hatte. Das war das neue, absolute Zentrum von Berlin, und ich hätte mich nicht gewundert, wenn es bald den Spitznamen Metropolis bekommen hätte. Das Hotel lag am Marlene-Dietrich-Platz, und das war eine feine Ehrung für den großen Star, den viele Reingläubige als Verräterin beschimpft hatten, weil sie aus dem braunen Deutschland in das freie Amerika gegangen war.

Hier gab es künstliche Seen mit Steinplatten darin, so daß man quasi übers Wasser gehen konnte. Mir gefiel, daß es zwischen all den kommerziellen Bauten Wohnhäuser und Seniorenheime gab, doch ich mochte nicht wissen, wie hoch die Pensionen sein mußten, um die Miete berappen zu können.

Die Hochhäuser repräsentierten die führenden Konzerne aller Branchen, die hier am Potsdamer Platz Milliarden investiert hatten, weil sie überzeugt waren, daß Berlin wieder zur heißesten Adresse Europas werden würde. Als klar war, daß die Bundesregierung in die alte deutsche Hauptstadt ziehen würde, hatten sich die Investitionen bereits gelohnt. Nach den Angaben von Interpol waren in diesen Bauboom enorme Summen zweifelhafter Herkunft eingeflossen; politisch Verantwortliche tauchten später als gutbezahlte Aufsichtsratsmitglieder in dynamischen Unternehmen wieder auf. Aber so war es ja fast überall.

Ich betrat einen Gebäudekomplex, der sich „Arkaden" nannte. Eine Tafel verkündete stolz, daß es hier über vierzigtausend Quadratmeter Laden- und Gastronomiefläche gebe, dazu viertausend Parkplätze. Schon zu dieser frühen Vormittagsstunde wimmelte es von Kauflustigen. Jede Scham war abgelegt: „Komm und kauf, heraus mit den Scheinen, mit der Kreditkarte, hier gelten nur die Gesetze der Konsumtion." Besinnliche Gespräche waren unmöglich, ertranken in dem allgemeinen Gemurmel und den Musikfetzen aus den Boutiquen. Die „Arkaden" hatten mehrere Galerie-Etagen, die durch Rolltreppen miteinander verbunden waren, so daß die Besucher schnell die Geschäfte wechseln konnten.

Vor dieser Kulisse fühlte ich mich alt und verbraucht wie Dorffmanns Großvater; das war nicht meine Welt. Die Passagen und Markthallen in Stockholm wirkten im Vergleich einladend und würdevoll; hier dagegen fühlte man sich bedrängt und belästigt. Ich floh hinaus und erklärte mich zum Konsumverweigerer, bis mir der letzte Anzug in Fetzen vom Körper fiel.

Der Vergnügungsteil gefiel mir schon besser. Ein großes Musicaltheater pries den „Glöckner von Notre Dame"; ein Megakino warb mit dreißig bespielten Sälen. Dann gab es noch das Kino mit der angeblich größten Leinwand der Welt; dort zeigte man 3D-Filme mit einem neuen System. Ich gelobte, mich sofort in die Warteschlange einzureihen, falls sie hier je einen guten alten Schwarzweißfilm mit Thor Modéen zeigen sollten.

Natürlich hatte man auch ein großes, internationales Kasino errichtet, falls jemand nach dem Kaufrausch noch ein paar Scheinchen übrig haben sollte. Nur im Märchen - und in der Reklame, was dasselbe ist - gewinnen Leute im Spiel. Alles ist darauf zugeschnitten, daß die Gier des Spielers auf die Spitze getrieben wird. Selbst wenn einer vorübergehend gewinnt - seine Besessenheit und der Traum vom Luxus lassen das Rad weiter surren, die Würfel rollen, die Karten über den Tisch fliegen. In den Sekunden vor dem Resultat ist der Spieler in Gedanken reich. Danach ist er wieder ein ganz normaler kleiner Mann - bis ihn der Rausch erneut packt, er auch noch das letzte Hemd verspielt und zu einem Pakt mit jedem, auch dem Teufel, bereit wäre, nur um weiterspielen zu können. Die meisten internationalen Kasinos können mit Interessen verknüpft werden, die einer Mafia nahestehen.

Nein, dieser Potsdamer Platz war nichts für einen einfachen Jungen von Kungsholmen. Auch das Atrium Hyatt stand dem Sohn von Mutter Hassel nicht zu, aber man hatte ihn dort einquartiert. Also machte er sich auf den Weg, um nachzusehen, ob der Zimmerservice seine Arbeit schon getan hatte. Er hatte, und so fiel mir nichts anderes ein, als mich auf das Bett zu legen, an die Decke zu starren, an Virena zu denken und mir zu wünschen, sie läge neben mir und wir hätten Zeit, um... Der alte Dorffmann dachte wahrscheinlich nur daran, wie er seine Kuckucksuhren reparieren konnte.

Eine Minute vor eins hatte ich mich gekämmt und mir die Zähne geputzt. Mit akkurat gebundenem Schlips betrat ich die Bar. In einer Ecke saß bereits Goethe in Begleitung einer unglaublich schönen Frau, die allerdings die Ausstrahlung eines Gefrierschranks besaß. Ihre eisige Gleichgültigkeit jagte mir kalte Schauer über den Rücken, während mir der vor Eifer und Aufregung schwitzende Goethe schon jetzt leid tat. Auf dem Tisch standen zwei Martini Dry.

„Ja, das ist also meine Frau Jutta, und das ist Kommissar Werner Dorffmann, von dem ich dir schon erzählt habe."

Ich durfte sekundenlang ihre Fingerspitzen drücken, während sie in eine andere Richtung blickte. Claus wischte sich über die Stirn und bat mich mit gespielter Herzlichkeit, doch Platz zu nehmen. Was wollte ich trinken? Keinen trockenen Martini? Nein, Cider war für mich genau das Richtige. Der weibliche Eisblock saß da und kühlte die Umgebung. Ich war in ihren Augen wohl weniger wert als die Olive in ihrem Drink.

„Schön, daß ich Claus´ Frau auch einmal kennenlerne",

heuchelte ich. „Er hat so viel von Ihnen erzählt."

Sie nippte an ihrem Getränk und ließ nicht erkennen, ob sie mich überhaupt wahrnahm.

„Was machen Sie denn so?" fragte ich unschuldig.

Das mußte sie irgendwie gehört haben, denn sie schaute mich an und hob leicht die gezupften Augenbrauen. Meine Körpertemperatur sank auf 32,5 Grad Celsius.

„Machen?"

„Ja, was arbeiten Sie?"

„Arbeiten?"

„Viele tun das..."

Goethe griff ein. Er lächelte, doch seine zitternde Unterlippe verriet, wie unsicher er war:

„Jutta ist in der Modebranche."

„Oh? Das ist wichtig; Kleider werden gebraucht. Man friert immer so, wenn man nackend geht."

Sie wandte sich endgültig von der Schweizer Null ab und steckte sich eine Zigarette zwischen die bemalten Lippen. Es war parodistisch zu beobachten, wie Claus mit einem Feuerzeug kämpfte, das nicht funktionieren wollte. Schweiß rann ihm übers Gesicht, und sein Daumen schnippte und schnippte, doch keine Flamme kam. Eine Farce? Eher eine Tragödie. Mit einer Grimasse, die äußerste Geringschätzung ausdrückte, holte Jutta ihr eigenes Feuerzeug hervor. Er sackte in sich zusammen; eine neue Niederlage.

„Sie sind sicher sehr stolz auf Ihren Mann", versuchte ich die Situation zu retten.

„Stolz?"

„Er ist schließlich ein Held. Er allein rettete hunderten Menschen das Leben. Er ist bescheiden und redet nicht gern darüber, aber Sie wissen natürlich, was Sie an ihm haben."

Goethe sah aus, als wollte er gleich anfangen zu heulen. Sie dagegen vereiste noch mehr, nippte an ihrem Drink und zog an der Zigarette.

„Wenn ich eine Frau wäre und mit Claus verheiratet, würde ich mein Glück für alle Welt hinausschreien. Haben Sie keine Lust zu schreien?"

Sie drehte nur die Kippe im Aschenbecher aus, stand auf und verließ die Bar, ohne uns noch ein Wort oder einen Blick zu gönnen. Claus sah mich mit einem kranken Blick an, und ich rief wütend:

„Ja verdammt, was hätte ich denn sagen sollen? Sie war doch nur physisch anwesend, nicht mit der Seele - falls sie eine hat."

„Aber ist sie nicht... wunderschön?"

„Behalt ein Foto von ihr, aber nicht mehr. Mit der wirst du nie glücklich. Du gehst ja vor die Hunde. Du hast ein besseres Leben verdient, als ihr Sklave zu sein. Glaube ich jedenfalls."

Er leerte sein Glas und den Rest aus ihrem dazu und murmelte:

„Wenn ich ihr Sklave sein darf, bin ich schon im siebten Himmel. Sie ist eine Göttin, und ich gebe ihr alles, erzähle ihr alles, öffne mich ganz und gar. Doch sie will mich nicht. Inzwischen hat sie mich sogar ausgesperrt. Ich durfte ihr nicht mehr sagen, als daß wir uns hier treffen würden."

„Warum hat sie das denn so interessiert?"

„Ich versprach ihr, daß... daß... das eine phantastische Überraschung werden würde. Das mit Frankfurt. Ich weiß, daß ich vorher zu dir gesagt habe... aber... das hätte ein Wedepunkt werden können... hatte ich gehofft... Heute nacht habe ich auf einer Matratze in der Garage geschlafen."

Ich gab ihm einen Klaps auf die Schulter. Er war nicht der einzige, der sich im Bannkreis einer Frau wie der größte Schafskopf aller Zeiten benommen hatte. Ich kannte noch einen, der ganz nahe bei ihm saß.

„Laß uns jetzt an die Arbeit gehen. Wenn du an der Rezeption auf Ilona wartest, organisiere ich inzwischen Kaffee und Kekse."

Nach Jutta Goethe war die Wiederbegegnung mit der Kriminalhauptkommissarin im Landeskriminalamt - LKA 4118, Mordkommission - Ilona Scholtz, als käme man aus einem

Kühlhaus auf eine frische Sommerwiese. So eine hätte Claus heiraten sollen; da hätte er Verständnis für seinen Beruf gefunden, und in punkto Schönheit stand Ilona der frostigen Jutta in nichts nach. Andererseits hatte sie Besseres verdient als den Interpolbeamten. Ich war überzeugt, daß sie ihre Herzensangelegenheiten gut im Griff hatte.

„Erkennst du mich wieder?" fragte ich schmunzelnd.

Sie trat näher und musterte mich eingehend. Dann lächelte sie: „Wenn man lange genug hinschaut, entdeckt man Roland Hassel unter der Maske. Unglaublich, was die Spezialisten mit einfachen Mitteln hinkriegen. Machen wir uns an die Arbeit?"

Ein Tisch in dem anderen Raum der Suite war zum Kaffee gedeckt, doch da ich kein Mittag gegessen hatte, gab es neben Kuchenstücken und Cremeschnitten auch einen Meeresfrüchtesalat sowie Mineralwasser und Juice. Goethe stopfte sich gedankenlos einige Kekse in den Mund und schlürfte düster seinen Kaffee.

„Also", begann Ilona, „ich bin von meinem regulären Dienst freigestellt worden, um für Interpol zu arbeiten, aber ich behalte natürlich alle meine sonstigen Befugnisse. Gestern nachmittag und über Nacht habe ich mich in den Fall eingelesen. Schrecklich! Diese gemieteten Attentäter werden zu einem gigantischen Problem, und man kann nur dem großen Unbekannten danken, daß es in Frankfurt nicht schlimmer ausgegangen ist. Kommen wir zu der aktuellsten Spur, die wir haben, dem Schönheitssalon Barbara Beauty."

Sie lehnte sich zurück und legte ihre gepflegten Finger aufeinander. Dieselbe Geste kannte ich von Simon, aber seine Nägel zu betrachten, war kein Vergnügen.

„Seltsamerweise liegt der Salon in keiner feinen Gegend, sondern in dem Ostberliner Arbeiterbezirk Prenzlauer Berg. So ein richtiges proletarisches Milieu gibt es dort zwar nicht mehr, eher Studenten, und viele Straßenzüge gehören heute zur alternativen Szene, die zum Teil von Kreuzberg herübergewechselt ist, aber die richtige Gegend für einen Schönheitssalon ist es gerade nicht."

„Wurde der Laden überwacht?" fragte Goethe lustlos.

„Vom ersten Verdacht an; die Inhaberin könnte ja mit der Sache zu tun haben. Aber niemand ist aufgetaucht. Wir werden selbst hinfahren und die Lage erkunden."

„Wer ist Barbara Millford?" erkundigte ich mich.

Ilona ignorierte die Phantasien des Konditors und hielt sich an Salat und Juice. Nach einer ganzen Nacht des Aktenstudiums hätte sie müde sein müssen, aber man sah ihr nichts an. Goethe dagegen schien in einer Krypta statt auf einer Matratze übernachtet zu haben.

„Geboren und aufgewachsen im Staat Michigan, USA. Siebenundvierzig Jahre alt. Vor zehn Jahren zog sie nach Berlin und wohnte mit einem Deutschamerikaner zusammen, den sie zu Hause kennengelernt hatte. Nach der Trennung blieb sie hier. Wovon sie in den ersten Jahren gelebt hat, weiß ich nicht. Vor sechs Jahren kaufte sie den Salon, besser gesagt, den Laden, den sie dann für ihre Zwecke umbaute. Dort war früher ein Lebensmittelgeschäft, das gleichzeitig als Lager für Obst und Gemüse fungierte."

„Kommt als Kartoffel und geht als Pfirsich."

Goethe verstand den Scherz nicht, aber das schien ihn auch nicht zu stören. Sein Blick suchte die Minibar. Die war geschlossen.

„Ungefähr so. Ich bin die öffentlichen Papiere durchgegangen. Ein paar Jahre lang hatte sie halbtags zwei Mädchen angestellt. Der Umsatz, den sie der Steuer gegenüber angibt, ist normal für die Lage. Reicht zum Leben, aber nicht für mehr. Dieser Henk Priem hat sich von Anfang an mit fünfundzwanzig Prozent beteiligt, und da es kein anderslautendes Dokument gibt, scheint er immer noch Teilhaber zu sein."

„Und ihr Wagen?"

„Zu groß und zu teuer für ihr Einkommen, aber sie kann ihn aus anderer Quelle finanziert haben, durch einen Lottogewinn oder einen spendablen Verehrer. Sie kümmert sich ganz normal um ihre Geschäfte und wohnt in einer Mietwohnung in der Spandauer Altstadt. Aufgrund von vagen Indizien können wir nicht eingreifen; wir müssen warten, bis sie auftaucht, und hören, was sie uns zu sagen hat."

Barbara Millford fuhr einen Wagen, der von Verbrechern benutzt worden war; vielleicht hatte sie ihn aber nur verborgt oder verkauft, ohne daß der Besitzerwechsel registriert worden wäre. Oder er war ihr gestohlen worden. Wie auch immer, sie war eine mögliche Schlüsselfigur, die wir ernst nehmen mußten.

„Laßt uns in den Prenzlauer Berg fahren. Ich rufe einen Wagen, der uns am Eingang abholt. Oder haben wir vorher noch etwas zu besprechen?"

Ich hatte nichts und Goethe war wie verhext von der Minibar; er hatte offenbar gar nicht zugehört. Ilona nahm ihr Handy, bestellte den Fahrer und dazu ein paar Funkgeräte für uns. Seufzend gab Claus seine Ambitionen auf den Inhalt der Minibar auf und zog seinen leichten Mantel an. Ich hatte den Eindruck, daß er sich als Mensch und Polizist auflöste und irgendwie im Nichts verschwand.

Der Wagen war diskret und anonym, und wir verließen den glitzernden Potsdamer Platz in Richtung einfacherer Quartiere. Ilona saß neben dem Fahrer, und da sich Goethe in Schweigen hüllte, hing jeder seinen Gedanken nach, bis wir den Stadtbezirk Prenzlauer Berg erreichten. Wir passierten den Senefelder Platz und fuhren die Schönhauser Allee hinauf. Als wir an einem großen Friedhof vorbeikamen, erzählte Ilona, daß es sich um einen der ältesten jüdischen Begräbnisplätze der Stadt handele.

„Hier haben viele Juden gewohnt. Am Eingang gibt es einen Gedenkstein aus Sandsteinquadern mit dem Text: ´Hier stehst du schweigend, doch wenn du dich wendest schweige nicht.´ Eine Erinnerung an die Juden, die in der Hitlerzeit ermordet wurden. Die Herren Rechtsextremen kommen manchmal nachts her, werfen Grabsteine um und sprühen Hakenkreuze darauf. Manche werden nicht klüger."

Ilona kannte ihr Berlin und wußte sogar, daß es bei Konnopke am U-Bahnhof Eberswalder Straße die beste Currywurst der Stadt gab. Langsam bogen wir in eine Straße ein, die zweigeteilt zu sein schien: auf der einen Seite alte Mietskasernen, auf der anderen moderne Neubauten. Die ganze Gegend hatte etwas Multikulturelles; man sah viele junge Menschen und Läden, die Schmuck, exotische Kleider oder einfach Krimskrams verkauften. Und Graffitis. Ilona lächelte, als sie meinen Blick bemerkte:

„Das gehört dazu. Prenzlauer Berg wird von den Anwohnern Prenzelberg genannt. Man ist stolz darauf, anders zu sein. Schon zu Zeiten der DDR gab es hier eine alternative Kulturszene aus Dichtern, Rockmusikern, Anarchisten und Dissidenten. Da ist der Salon, im zweiten von den neuen Häusern."

Barbara Beauty sah aus wie jeder andere Schönheitssalon auch. Die Reklamebilder im Schaufenster zeigten verführerische Damen, die ihre Schönheit natürlich diversen Kosmetika sowie der Kunst von Frau Barbara verdankten. Der Traum aller Frauen, der Traum aller Männer; wir alle sitzen und zappeln im Netz der Werbung.

„Wir haben vier Mann postiert, die den Salon aus verschiedenen Richtungen beobachten. Claus, du fährst ein Stück weiter, bleibst im Wagen sitzen und tust so, als würdest du Zeitung lesen. Dein Funkgerät liegt im Handschuhfach. Hass..."

Sie warf dem Fahrer einen schnellen Blick zu und fuhr fort:

„... Dorffmann und ich gehen in das Café schräg gegenüber und beobachten von dort."

„Kann... kann ich nicht mit ins Café kommen?" Goethe bettelte fast.

„Nein, ich glaube, so ist es am besten", antwortete sie ausdruckslos. „Komm, Dorffmann."

Das kleine Lokal hieß „Torpedokäfer" und bestand aus zwei Räumen. Links befand sich die Theke mit Regalen, auf denen eine große Auswahl verschiedener Schnapsflaschen Platz gefunden hatte. Auf einer alten Schultafel hatte man mit Kreide die Gerichte des Tages notiert. Geradezu stand der nahezu lebensgroße Torso einer jungen Frau in dunkler Bronze; die abgehackten Beine ruhten auf einem Sockel. Helle Holztische, gut eingesessene Stühle, an der Decke ein dreiarmiger Ventilator. An verschiedenen Stellen lag eine Zeitschrift aus, die „Sklaven“ hieß und ziemlich alternativ aussah.

„Hier verkehren am späteren Abend Künstler, Schriftsteller und andere, die sich zur Szene rechnen“, erklärte Ilona. Ihr Blick fiel auf das Plakat einer Band, deren Musik ich Gott sei dank nicht hören mußte. Sie nannte sich „Mabuse“.

„Wir haben einen Filmklub bei der Polizei und schauen uns gern alte Streifen an. Erinnerst du dich an ´Doktor Mabuse´ von Fritz Lang? Der Kommissar Lohmann verkörperte die Vernunft in einer schlimmen Zeit. Eine Art Allegorie des beginnenden Naziterrors Anfang der dreißiger Jahre. Ein Meisterwerk!“

„Doktor Mabuse“ war der erste Film für Erwachsene gewesen, den ich als Kind gesehen hatte. Ich erinnerte mich, daß mich die Handlung so in ihren Bann geschlagen hatte, daß ich nachts von dem geisteskranken Mabuse träumte, der seine Terrorbanden vom Irrenhaus aus steuerte. Ich wollte ihr gerade davon erzählen, da ergriff sie meine Hand und nickte zu dem Schönheitssalon hinüber.

Ein flacher, rassiger Sportwagen hielt vor dem Haus. Eine Frau stieg aus, zündete sich eine Zigarette an und schaute sich dabei verstohlen um. Dann ging sie zur Tür, holte einen Schlüssel aus der Handtasche und schloß auf.

„Das ist also die mysteriöse Mrs. Millford“, kommentierte Ilona und drückte ein paar Tasten an ihrem Funkgerät.

„Nein“, erwiderte ich. „Das ist nicht die Millford. Diese Frau kenne ich.“

„Die kennst du? Wer ist es denn?“

„Ich habe sie erst heute mittag kennengelernt. Sie heißt Jutta Goethe!“

# 26.

Ilona reagierte sofort.
„Komm schnell! Claus darf sie nicht treffen."
Wir eilten hinaus. Goethe saß zwar ganz in der Nähe in dem Wagen, aber er hatte wohl noch nicht recht begriffen, was geschehen war, und außerdem lautete seine Anweisung, im Auto zu bleiben und zu beobachten. Doch jetzt öffnete er die Tür und kroch heraus. Er sah aus, als würde er gleich in Tränen ausbrechen. Ilona stellte sich vor ihn und sprach ruhig auf ihn ein:

„Setz dich wieder ins Auto, Claus."

„Aber die Frau, die gerade hineinging, ist meine…"

„Das wissen wir, und deshalb sollst du dich wieder in den Wagen setzen."

Er atmete schwer mit offenem Mund, und seine Augen brannten, als bestünden sie aus Säure:

„Ich weigere mich. Du kannst mich nicht daran hindern, mit meiner Frau zu sprechen."

Ilona tat etwas völlig Unerwartetes. Sie strich ihm über die Wange und sagte leise, beinahe zärtlich:

„Claus, hier geht es um Polizeiarbeit, da muß das Private hintenan stehen. Das weißt du; du bist ein Profi. Und du weißt, daß du deiner Frau ebenfalls schaden würdest. Mach jetzt, was ich gesagt habe; so ist es für alle am besten."

Sie zwinkerte ihm zu und lächelte auf eine Weise, die ich wiedererkannte. Er ließ sich beruhigen und wieder auf den Rücksitz verfrachten. Glücklicherweise hatten wir so gestanden, daß Jutta uns vom Fenster aus nicht sehen konnte. Ilona gab schnell über Funk ein paar Befehle, und plötzlich waren zwei Beamte in Zivil bei uns.

„Zwei sind noch auf ihrem Posten, weitere sind angefordert. Wir gehen jetzt rein. Leise und unauffällig."

Sie betrat den Salon zuerst, wir folgten ihr. Jutta saß an einem Tisch und telefonierte. Als sie uns sah, sagte sie etwas in den Hörer und legte schnell auf. Sie runzelte die Stirn und schaute uns fragend an. Ilona zeigte ihren Ausweis:

„Kommissarin Ilona Scholtz, Kripo Berlin. Wer sind Sie?"

„Ich muß Ihnen keine Fragen beantworten", fauchte Jutta.

„Wie Sie wollen. Dann müssen Sie mitkommen. Rühmann und Bürger, nehmt sie mit in die Keithstraße und seht zu, daß..."

„Ich heiße Jutta Goethe. Wie diese Figur dort, dieser angebliche Kommissar, sehr wohl weiß."

„Warum sagen Sie ´angeblich´?"

Sie verzog das Gesicht, vielleicht vor Ekel, vielleicht, um Zeit zu gewinnen.

„Weil er nicht ganz sauber ist. Er hat mit meinem Ex-Mann irgend etwas ausgeheckt."

„Können Sie sich ausweisen?"

„Der da weiß doch..."

„Aber ich nicht. Also bitte, Ihren Ausweis."

Jutta angelte nach ihrer Handtasche und kramte ihren Führerschein hervor. Ilona schaute ihn sich genau an und reichte ihn einem der Beamten:

„Bürger, überprüfen Sie die Angaben und vergleichen Sie mit unserem Register. Rühmann, Sie untersuchen die Räume. Frau Goethe, erklären Sie uns, was Sie hier machen."

Jutta hatte denselben Blick wie ein Junkie, der sich eine starke Dosis gespritzt hat, verschleiert, wie auf ein fernes Ziel gerichtet; die Pupillen waren wie das Glas mit einer Spiegelseite, das man aus amerikanischen Kriminalfilmen kennt - sie konnte uns sehen, aber wir konnten sie nicht erreichen.

„Ich bin Kundin hier. Stammkundin."

„Warum?"

„Was geht Sie das an? Ich bekomme eine gute Hautbehandlung, und das reicht."

„Durch Frau Millford?"

„Ja, sie versteht ihre Sache."

„Ist sie nicht verreist?"

„Weiß ich nicht. Vielleicht. Sie kann doch machen, was sie will."

„Wie kommt es, daß Sie einen eigenen Schlüssel haben?"

„Haben alle Stammkunden. Ich bin nicht die einzige."

Ilona stellte die Fragen freundlich und entspannt, doch sie war schnell und ließ ihr Gegenüber nicht aus den Augen. Rühmann kam zurück und zuckte die Schultern: Niemand sonst hielt sich in den Räumen auf.

„Wen haben Sie gerade angerufen?"

„Das ist meine Privatsache."

„Also haben Sie angerufen und sind nicht angerufen worden. Gut zu wissen. Danke, Frau Goethe."

Wieder runzelte Jutta die Stirn. Wenn sie so weiter machte, würde sie bald Falten bekommen. Ich konnte ihr ansehen, daß sie sich ausgetrickst fühlte. Nun ja, viele Überraschungen erwarten den Ahnungslosen.

„Was Sie sagen, ergibt keinen Sinn", fuhr Ilona fort. „Sie kommen her und öffnen mit Ihrem eigenen Schlüssel, weil Sie eine Hautbehandlung wünschen. Doch Sie haben weder einen Termin noch wissen Sie, daß Frau Millford verreist ist. Zugleich geben Sie an, daß Sie von Frau Millford persönlich behandelt werden. Sie setzen sich hier einfach an den Schreibtisch und führen ein Privatgespräch. Als ob Ihnen der Salon gehörte! Gehört er Ihnen?"

„Nein!"

„Sind Sie Teilhaberin?"

„Nein!"

„Dann erklären Sie mir das Ganze. Wenn Sie sich weigern, nehmen wir Sie mit. Sie haben auch das Recht auf einen Anwalt, aber dann im Vernehmungszimmer."

„Bin ich verdächtig, bloß weil ich mit Frau Millford befreundet bin?"

„Aha, Sie sind mit Frau Millford befreundet? Seit wann, und wie äußert sich diese Freundschaft?"

„Ja, also... wir freundeten uns während der Behandlungen an."

„Wen haben Sie angerufen?"

„Das gehört nicht hierher. Sie behandeln mich wie einen Verbrecher. Das ist unverschämt. Skandalös!"

„Rühmann, holen Sie die Apparatur."

Der Beamte ging hinaus. Jutta verschränkte die Arme und schlug ein Bein über. Wenn man so viel von ihren Schenkeln sah, konnte man Claus in gewisser Weise verstehen. Sie hatte ihn verhext und dabei ihren ganzen Körper eingesetzt. Rühmann kam mit einem hochmodernen Gerät zurück und schloß es an das Telefon an. Ilona nahm den Hörer ab und drückte die Wahlwiederholung. Jemand antwortete, und Ilona sagte:

„Ich rufe im Auftrag von Frau Jutta Goethe an. Sie möchte Sie bitten, im Salon zurückzurufen."

Sie legte auf, und wir zählten die Sekunden. Jutta rutschte auf ihrem Stuhl hin und her und kniff sich in die Oberarme. Es klingelte, und auf dem Display erschien die Nummer des Anrufers. Rühmann notierte sie auf einem Block. Ilona meldete sich:

„Salon Barbara Beauty. Sie ist gerade beschäftigt. Wen darf ich melden… hallo!?"

Sie lächelte, den Hörer noch immer in der Hand:

„Aufgelegt. Rühmann, ermitteln Sie, wem die Nummer gehört. Oder wollen Sie uns die Mühe ersparen, Frau Goethe?"

Jutta zog die Mundwinkel herunter und sah plötzlich so häßlich aus, daß ich glaubte, ihr wahres Gesicht unter dem Make-up zu erkennen. Rühmann ging in eine Ecke, hantierte mit seinem Handy herum, schrieb den Namen auf einen Zettel und reichte ihn der Kommissarin.

„Aha. Die Nummer gehört Barbara Millford. Die Sie angeblich behandeln sollte. Erklären Sie mir das."

Jutta zuckte nur ihre wohlgeformten Schultern und zog ein noch verdrießlicheres Gesicht.

„Allerdings meldete sich dort ein Mann. Wer war das?"

Keine Antwort von Frau Goethe. Ilona beugte sich unverhofft vor, riß die Handtasche an sich und kippte den Inhalt aus den Tisch. Jutta sprang auf und schrie:

„Rühren Sie meine Sachen nicht an!"

„Absolut nicht, wenn Sie nicht wollen. Wir nehmen alles mit zur Kriminaltechnik."

„Ich weigere mich! Und ich will meinen Anwalt!"

Ilona schob den Inhalt wieder in die Tasche zurück und reichte sie dem anderen Polizisten.

„Bring sie zur Kripo und schreib den Haftbefehl aus. Der Grund wird später präzisiert."

Die beiden Beamten packten sie bei den Oberarmen, doch sie machte sich los und lief erhobenen Hauptes zur Tür hinaus. Ilona schaute mich an und hob die Hände:

„War das korrekt? Nach den Regeln von Interpol?"

„Absolut."

„Ich habe mich ganz auf meine Intuition verlassen. Jutta Goethe hat uns viel zu erzählen, und wir werden sie zum Reden bringen. Wir brauchen die Genehmigung für eine Hausdurchsuchung bei ihr, aber das kläre ich schnell. Bleibst du bitte hier, bis wir wiederkommen? Halte dich versteckt, falls noch weitere Stammkunden hereinströmen."

„Ich habe keine Waffe."

„Dazu bräuchtest du auch eine Genehmigung, und die kann ich dir nicht geben. Aber zwei unserer Leute sind ja noch draußen. Ich lasse Barbara Millford verhaften und ihre Wohnung ebenfalls durchsuchen, alle Ordner, Schubfächer, Disketten, Festplatten. Jetzt sind wir ja unter uns: Hassel, ich glaube, Interpol steht vor dem großen Durchbruch!"

Sie verließ den Salon; die Tür blieb unverschlossen. Ich sah, wie sie sich auf den Beifahrersitz setzte. Auf dem Rücksitz thronte zwischen den beiden Beamten Jutta Goethe, den Blick starr geradeaus. Welche Rolle hatte sie gespielt? Alles wirkte so seltsam; ich war zu einem geringen Teil sogar geneigt zu glauben, daß sie unschuldig war. Sie konnte sich als Stammkundin mit der Inhaberin befreundet haben, und warum sollte Barbara Millford einer Freundin nicht die Schlüssel überlassen und ein Telefonat gestatten, das von zu Hause vielleicht nicht geführt werden konnte?

War Jutta ein Luxuscallgirl? Wurde der Salon betrieben, um die Zuhälterei zu tarnen? Das würde vieles erklären. Sie verfügte über viel Geld, das erkannte man an dem Sportwagen.

Jutta war keine Frau, die auf Interpol-Niveau leben wollte, auch wenn ihr Mann ein mittlerer Chef war und im Hotel eine Suite bestellen konnte.

Zu dem Geschäftsraum gehörte eine Kochnische, die durch einen Vorhang abgetrennt war. Dahinter stand ein kleiner Plastikhocker. Gerade als ich mich setzte, hörte ich, wie die Tür erneut geöffnet wurde. Vorsichtig schob ich den Vorhang zur Seite, aber es war nur Claus Goethe, der hereinwankte, heulend wie ein Kind, das eine Ohrfeige bekommen hat. Es war pathetisch und unangenehm, wie eine lange und gefühlvolle Tischrede, wenn doch alle nur essen, trinken und ihren Spaß haben wollen.

„Hallo! Hassel?“ schniefte er.

Seufzend verließ ich meine getarnte Stellung. Er fuchtelte mit den Armen, als wollte er mir um den Hals fallen und an meiner Brust Trost suchen, doch ich trat einen Schritt zurück.

„Reiß dich zusammen“, brummte ich. „Du bist eine Ruine.“

„Jutta... Jutta...“

„Du hast doch gesehen, daß man sie zur Kripo bringt. Such sie da und nicht hier.“

„Warum... sie hat nichts... ich muß ihr helfen... liebe sie doch...“

Fürsorglich packte ich den hilflosen Mann am Ärmel und führte ihn zum Fenster:

„Claus, da steht der Wagen, in dem du gesessen hast. Bitte den Kollegen, dich zum Polizeigefängnis zu fahren.“

Tränen rannen über sein zerfurchtes Gesicht. Er war in Minuten um Jahre gealtert. Wie konnte ein Mann so schnell zum Wrack werden? Vielleicht war er schon eine Weile auf dem Weg dahin gewesen und hatte die Fassade nur mit Mühe aufrecht erhalten. Als dann der erste Stein fiel, stürzte das ganze Bauwerk in sich zusammen.

„Jutta... im Gefängnis... arme, geliebte Jutta...“

„Ja-ja, da ist das Auto, hier ist die Tür; fahr zum Knast und frag nach ihr. Du wirst ja sehen, was sie antworten.“

Falls er Rabatz machte, würden sie ihn zur Hölle schicken,

aber ich war ihn jedenfalls erst einmal los. Er stolperte zum Wagen und ließ sich auf den Rücksitz fallen. Der Fahrer schüttelte den Kopf und schaute fragend zu mir herüber. Ich winkte ihn weg, er zuckte die Schultern und gab Gas.

Als ich meinen Posten hinter dem Vorhang wieder eingenommen hatte, blieb mir nichts anderes als abzuwarten. Gedanken strömten mir so stetig durch den Kopf wie ein Bach, in den Goldsucher ihre Pfannen tauchen, um zwischen all dem Sand endlich ein Körnchen glitzern zu sehen. Doch in meiner Pfanne glitzerte nichts; das Wasser floß sinnlos vorbei. Die Welt war, wie sie zu sein schien - schlecht. Drohungen und Erpressungen lohnten sich, die Gewalt siegte, wer die Macht hatte, behielt sie auch. Der Verleger Weber hatte ganz recht daran getan, sich zu beugen.

Weber? Zu sein schien? Die Gedanken in meinem Kopf nahmen plötzlich eine andere Richtung, und ich wurde von einer Art Schüttelfrost ergriffen. Waren wir für das richtige Bild blind gewesen? Ich stand auf und leckte meine trockenen Lippen. Die Sandkörner begannen in anderer Beleuchtung plötzlich zu glitzern. Wenn...

Ein Geräusch aus dem Salon unterbrach meine Gedanken. War die Tür geöffnet worden? Ich schaute durch den Spalt zwischen Wand und Vorhang. Leer. Aber war da nicht ein scharfer Laut gewesen, als wäre etwas zu Boden gefallen? Hatten die Kollegen das Gerät zur Ermittlung der Telefonnummer mitgenommen? Ich zog den Vorhang zur Seite und machte einige unentschlossene Schritte zum Tisch hin. Da lag nichts mehr, und ich konnte nicht...

„Stehenbleiben!" befahl eine Stimme hinter mir, und ich spürte, wie mir etwas Hartes, Rundes an die Wirbelsäule gehalten wurde.

Wie in jedem Schönheitssalon gab es natürlich viele Spiegel, und in einem konnte ich sehen, daß zwei Männer mit den obligatorischen Masken vor dem Gesicht hinter mir standen. Durch die Tür waren sie nicht hereingekommen, und Rühmann hatte alle Geschäftsräume kontrolliert. Woher waren sie gekommen? Woher, verdammt nochmal, waren sie gekommen?

Sie hielten sich geschickt hinter mir, so daß sie von der Straße aus kaum gesehen werden konnten, und gingen mit den Waffen diskret um. Doch ich war sicher, daß ich eine Pistole im Rücken spürte, und auch der andere hatte eine, zur Hälfte unter der anderen Hand verborgen. Auch im Spiegel kann man Körperhaltungen erkennen. Diese Männer waren auf der Hut; sie standen mit leicht gespreizten Beinen und nach vorn geneigtem Oberkörper da, die Linie ihrer Schultern zeigte Entschlossenheit und Stärke. Man kann aus der Körperhaltung viel über den Charakter eines Menschen lernen; Arme, Beine, Kopf und Rumpf sprechen eine Sprache, die keiner Stimmbänder bedarf. Diese Männer wußten, was sie wollten, und reagierten in Sekundenschnelle. Sie würden sich nicht austricksen lassen; also stand ich ganz still.

„Geh rückwärts. In den hinteren Raum."

Ein Hund muß selbst dem schlimmsten Herrchen gehorchen, wenn dieses eine Peitsche trägt, und kann nur auf eine spätere Gelegenheit hoffen, ihm an die Kehle zu springen. Vorsichtig trippelte ich hinter ihnen her über die Schwelle. Ihre Stimmen waren einfach nur Stimmen; ihr Deutsch lieferte mir keine Informationen. Wie hatten sie sich in Räumen ohne Versteck verborgen halten können?

„Dreh dich um!"

Sie hatten keine Angst, von mir erkannt zu werden, sondern trugen ihre Masken, falls die draußen postierten Polizisten wider Erwarten durch das Fenster hereinschauen sollten. Dennoch legte keiner von ihnen die Pistole beiseite. Einen bewaffneten Mann kann man überrumpeln, falls man nicht allzu viel Angst um sein Leben hat, aber gegen zwei Männer mit Waffen in der Hand anzugehen hieße, mit voller Ritterrüstung mitten in der Ostsee baden zu gehen.

„Was wollen Sie von mir?" fragte ich in neutralem Ton, um sie nicht aufzuregen.

Dabei war ich ganz und gar nicht ruhig. Sie hatten nichts

Gutes im Sinn. Ich bedeutete ihnen weniger als ein Mückenstich vom vergangenen Jahr, und mein Leben hatte etwa die Bedeutung einer drei Jahre alten Fußballtabelle. Selbstverständlich machte ich mir vor Angst fast in die Hose. Sie waren Fremde für mich, und ich hatte keine Ahnung, was sie mit mir vorhatten. Würden sie wirklich einen unbedeutenden Kommissar aus der Schweiz einfach umbringen? Jeder ermordete Polizist setzt eine Maschinerie in Gang, die für die Täter und deren Umgebung unangenehm werden kann. Möglicherweise machte ihnen das nichts aus. Höchstwahrscheinlich sogar.

Sie standen da wie Statuen und schienen auf etwas zu warten; ich getraute mich nicht zu fragen worauf. Der hintere Raum war zweigeteilt; die eine Seite diente als Lager für die täglich benötigten Produkte, die andere bestand aus Kabinen mit Spiegeln, indirektem Licht und bequemen Behandlungsstühlen. Auf kleinen Regalen lagen die international führenden Mode- und Lifestylezeitschriften sowie Broschüren über Haarpflege und Make-up.

Sie schauten weder mich noch einander an; sie warteten nur reglos auf etwas oder jemanden. Sie trugen grüne Jacken, dunkle Hosen und schwarze Schuhe von guter Qualität. Keine Jeans, keine Turnschuhe; das deutete darauf hin, daß sie zu den älteren Jahrgängen gehörten. Die Hände waren kräftig, die des einen braungebrannt von der Sonne oder dem Solarium, die des anderen käseweiß. Oder gefängnisbleich? Beide trugen keine Ringe, dafür Armbanduhren, die jemandem, der Wert auf Statussymbole legt, imponieren konnten. Minute auf Minute verging von der letzten Frist, die mir vom Leben vielleicht noch blieb.

„Haben Sie sich nicht eventuell in der Person geirrt?" fragte ich ebenso ruhig wie zuvor.

Sie antworteten nicht, sondern schienen völlig zu versteinern. Ich fuhr mit dem sinnlosen Gerede fort:

„Sie haben mich bestimmt mit jemand anderem verwechselt. Mein Name ist Werner Dorffmann, ich komme aus der Schweiz und habe nicht direkt mit diesem Fall zu tun. Ich bin sozusagen nur zufällig hier gelandet."

Einer der Männer drehte langsam den Kopf und starrte mich durch die ausgeschnittenen Augenlöcher der Maske an. Ich wagte ein dünnes Lächeln, um meine Unschuldsbeteuerungen zu unterstützen.

„Ich habe keine Ahnung, worum es hier geht. Es war so, daß..."

„Halt´s Maul, Hassel!"

„Hassel? Ich heiße Dorffmann, ich komme aus der..."

„Halt´s Maul! Wir haben alles gehört."

Was hatten sie gehört? Und wo hatten sie gehört, was sie gehört hatten? Spielte es für sie eine Rolle, ob ich Hassel oder Dorffmann hieß? Ein Summen ertönte aus einer der Jacken; der Mann nahm das Handy heraus, grunzte ein paarmal zustimmend hinein und schaltete es dann wieder aus. Er nickte dem anderen zu; offenbar hatten sie ein vereinbartes Signal bekommen, um eine bestimmte Handlung auszuführen. Ich spürte, wie mir kalte Schauer über den Rücken liefen und mich fast lähmten. Sollten sie - mich umbringen? Egal, wer ich war?

„Rein ins Badezimmer. Und langsam, keine Tricks!"

Damit mußten sie die Tür meinen, die mit grünem, samtgleichem Leder bespannt war. Ich öffnete selbst und trat ein. Es war ein kleiner Raum mit Toilette, Waschbecken mit vergoldeten Armaturen, einer Sitzbadewanne und sowohl einer festen als auch einer Handdusche. Die bewaffneten Männer folgten mir und schlossen die Tür. Es war unbehaglich eng, und ich fürchtete bei jeder Bewegung, gegen einen von ihnen zu stoßen, was als unfreundlicher Akt hätte gewertet werden können.

Wollten sie mich im Waschbecken ertränken, meinen Kopf hineintauchen, bis ich erstickte? Aber sie machten keine Anstalten, Wasser einzulassen. Sie waren physisch so dominant, daß ich beinahe einen Anfall von Klaustrophobie bekam. Dann stieg einer von ihnen in die Wanne und lehnte sich gegen die Wand. Eine Hand tastete nach der Befestigung der Dusche an den Fliesen. Er betätigte irgendeinen Knopf, Riegel oder Hebel.

Ein Teil der fliesenverkleideten Wand glitt einen halben Meter zur Seite. Ich konnte erkennen, daß eine Stein- oder Zementtreppe hinunterführte. Ich erinnerte mich an Ilonas Worte: „Dort war früher ein Lebensmittelgeschäft, das auch als Lager für Obst und Gemüse fungierte." Äpfel, Rüben und Kartoffeln verwahrt man nun einmal am besten in einem kühlen, dunklen Keller, und eine Tarnwand auf Rollschienen baut ein Spezialist an einem Tag ein. Ein perfektes Versteck oder auch ein gut getarnter Fluchtweg.

„Los, runter. Paß auf!"

Die Treppe war steil, und obwohl es an der Wand einen eisernen Handlauf gab, fühlte ich mich wie auf einem Schiff. Die Männer blieben dicht hinter mir. Das einzige Licht kam aus dem Bad, und als ich unten angekommen war, stand ich im Halbdunkel. Es roch nach Keller, nach Feuchtigkeit und Unrat und nach etwas anderem, Ekligem, vielleicht nach verfaulten Kartoffeln.

Ein Mann untersuchte mich und nahm mir Handy, Funkgerät, Schlüssel und Brieftasche ab. Sie schoben mich ein Stück den Gang entlang, und es wurde immer finsterer. Ich mußte vor einer Tür stehenbleiben. Der scharfe Strahl einer Taschenlampe richtete sich auf ein Schloß, in dem ein großer Schlüssel steckte.

Sie handelten so schnell, daß ich kaum reagieren konnte. Der eine riß die Tür auf, und der andere schubste mich, so daß ich in das kohlrabenschwarze Dunkel hineintaumelte. Dann knallte die Tür zu, und ich hörte, wie abgeschlossen wurde.

Ein widerwärtiger Gestank schlug mir entgegen und bohrte sich geradezu in meine Nasenlöcher. Was zur Hölle… Ich machte einen halben Schritt vorwärts, und es knisterte unter meinen Füßen. Die Zehen stießen an etwas Hartes. Ich blieb stehen und versuchte, mich zu orientieren.

In unbekannten Räumen, wenn man keinen Millimeter weit sehen kann, fühlt man sich von Gefahren umgeben; man erwartet die scharfen Zähne gewaltiger Ratten, riesige Fledermäuse entfalten ihre Flügel und starten zum Angriff, Vampire suchen den Hals, um Blut zu saugen.

Und dann dieser Gestank... Ich hielt beide Hände vor Mund und Nase, doch der schwere, eklige Gestank drang bis in mein Gehirn. Ich mußte etwas unternehmen. Auch in einem Lagerraum sollte es eine Lichtquelle geben, und der Schalter befand sich höchstwahrscheinlich neben der Tür. Ich ging einen Schritt in die Richtung, in der ich die Tür vermutete. Es konnte nur...

Etwas Weiches kroch um meine Beine und wanderte meinen Körper hinauf. Vor Schreck hätte ich beinahe laut geschrien. Kellerkraken gab es doch nur in Horrorfilmen. Dann hörte ich keuchende Atemzüge...

## 27.

Arme umschlangen mich, so daß ich meine eigenen nicht mehr bewegen konnte, und der heiße Atem war direkt vor meinem Gesicht. Ich versuchte, mich freizumachen, doch das Geschöpf klammerte sich an mich. Der widerwärtige Gestank und dieses unheimliche Wesen trieben mir den kalten Schweiß auf die Haut.

„Wer bist du?" brüllte ich in meiner Verzweiflung.

Das Gestammel war kaum zu verstehen:

„Hilf mir... hilf mir..."

Die Stimme gehörte einer Frau, eher einem Mädchen. Ich bekam einen Arm frei und legte ihn um ihre Schultern. Der Körper war weich, aber ich merkte, wie gespannt die Muskeln und Sehnen waren. Ich hatte es nicht mehr mit einem Monster aus dem Horrorkabinett zu tun, das mich vernichten wollte, sondern mit einem Menschen, der Hilfe suchte. Ruhig wurde ich deshalb nicht, doch die Panik ließ nach.

„Wie lange bist du schon hier?" fragte ich weich, um ihre Hysterie einzudämmen.

„Stunden... Tage... weiß nicht... hilf mir..."

„Bist du verletzt?"

„Nein… ich habe solche Angst… halt mich fest… ganz fest…“

Nun hatte ich beide Hände frei; ich nahm sie in die Arme und legte meine Wange an ihre. Sie war kleiner als ich, doch sie stellte sich auf Zehenspitzen und erwiderte meine Umarmung. Wir standen da wie zwei Liebende, und wenn der schreckliche Gestank nicht gewesen wäre…

„Wir müssen hier raus“, sagte ich leise.

„Die geben uns niemals frei. Nicht lebend! Hier sollen wir sterben. Aber wenigstens muß ich nicht allein…“

„Wer sind die?“

„Eben die. Frag nicht… ich kann nicht… halt mich einfach fest… bis wir sterben müssen…“

In ihrem Gestammel, kaum lauter als ein Flüstern, schwang grenzenlose Furcht mit; ihre Wange brannte an meiner. Ich strich ihr übers Haar und wünschte, sie würde mir gleiches tun. Doch sie klammerte sich nur an mich, als wollte sie bis zu unserem gemeinsamen letzten Atemzug wirklich nicht mehr loslassen.

„Wir müssen hier raus“, wiederholte ich. „Zuerst muß ich die Tür finden.“

„Geh nicht fort von mir!“ piepste sie in blanker Panik.

„Nimm meine Hand.“

Sie weigerte sich loszulassen, aber ich war der Stärkere, mußte der Stärkere sein. Ich schob sie trotz ihres Gejammers von mir fort und griff zugleich nach ihrer linken Hand. Sie hielt mich so fest, als wäre sie verloren, wenn sie losließe. Offenbar war sie schon so lange in dieser Pesthöhle eingeschlossen, daß ich ihre Hysterie nur bedingt lindern konnte.

„Was ist das nur für ein grausamer Gestank?“ fragte ich.

„Gott… ich weiß nicht… nur, daß wir hier sterben werden…“

Ich versuchte, mich an meine Bewegungen zu erinnern, seit ich in diesen Raum gestoßen worden war. In absoluter Dunkelheit verliert man fast sofort den Orientierungssinn, und rechts wird ohne weiteres zu links. Ich schob meine Fußsohlen über den Boden und verlagerte das Gewicht erst als sicher war, daß ich auf kein Hindernis stoßen würde. Es mußte undefinierbaren Unrat im Raum geben, und ich wollte wissen, was das war.

Meine freie Hand tastete nach der Wand, doch ich griff immer nur ins Leere. Ein Element dieses furchtbaren Geruches kannte ich, doch ich konnte es nicht einordnen. Buttersäure, wie sie militante Veganer manchmal in Pelzgeschäfte werfen, riecht schrecklich, war aber gegen diesen Gestank das reinste Parfüm.

Endlich! Meine Hand fühlte rohen Beton. Ich lehnte mich mit der Schulter dagegen und ließ den Arm über die Fläche gleiten. Dann ging ich ein Stück vor und wiederholte die Prozedur. So ging es immer an der Wand lang, während sich das Mädchen an meine freie Hand klammerte und wie ein junger Hund winselte.

Meine Finger stießen an etwas, das der Türpfosten sein mußte, und ich ertastete eine glatte Holzfläche. Mit aller Kraft drückte ich. Sinnlos! Dann warf ich mich mit der Schulter dagegen, die winselnde Frau immer im Schlepptau. Ich kam mir vor, als wollte ich den Felsen von Gibraltar verrücken. Tritte brachten dasselbe Ergebnis; mir tat nur der Fuß weh.

„Wir brauchen Licht, verdammt", fluchte ich. „Ich suche auf der anderen Seite der Tür."

„Laß mich nicht los!"

War das dieselbe Tür, durch die ich hereingekommen war? Oder hatte ich einfach irgendeine Tür gefunden? Inzwischen war ich völlig verunsichert. Meine Finger tasteten, fühlten, berührten. Etwas Rundes im Beton neben der Tür schien aus Plastik oder Bakelit. In der Mitte ein Kippschalter! Ich drückte und drückte, doch außer dem Klicken gab es keine Reaktion.

„Kaputt", murmelte ich. „Entweder der Schalter oder die Lampe."

„Verlaß mich nicht!"

„Ohne Licht haben wir keine Chance. Hast du ein Feuerzeug? Oder Streichhölzer?"

„Nein... Gott... du darfst mich nicht loslassen!"

Ich selbst hatte nichts dabei, was uns helfen konnte. Und Licht brauchten wir, um ausbrechen zu können; wir mußten sehen, ob irgendwo Werkzeug herumlag oder ob es ein Fenster oder eine Luke gab. Wenn uns das nicht gelang, starben wir vielleicht wirklich gemeinsam.

„Was ist das für ein Geräusch?" jammerte sie. „Ich habe es immer wieder gehört, die ganze Zeit. Ich habe Angst..."

„Ich höre nichts."

„Doch... hör mal .."

Wenn sie meinte... Reflektorisch schloß ich die Augen, während ich lauschte. Ja, da war ein ganz leises Geräusch. Eine Art Surren. Es schien aus dem Raum selbst zu kommen. Ein Dynamo? Der Kompressor eines Kühl- oder Gefrierschrankes? Ich lauschte noch intensiver. Es war ein Laut, der normal und ungefährlich sein mochte, doch er ging mir über das Rückenmark direkt ins Gehirn. Ohne zu verstehen warum, begann ich zu zittern.

„Was ist das? Sag es mir... oh Gott... nun sterben wir gleich..."

So schlimm stand es nicht. Zu sterben dauert seine Zeit, falls nicht äußere Einflüsse im Spiel sind. Ohne zu essen, kann man mehrere Wochen überleben, ohne zu trinken immerhin einige Tage. Der Tod ist ein langsamer und quälender Prozeß. Die uns eingeschlossen hatten, wollten ihn uns durchleiden lassen. War das ein Kompressor?

Sie schien niemandem zu fehlen, aber mich würden einige vermissen. Doch die beiden Kollegen draußen hatten keinen hineingehen sehen, also müßten sie vermuten, daß ich mich irgendwie hinausgeschlichen hatte, vielleicht in einer Angelegenheit, die sie nichts anging. Wenn sie den Salon erneut durchsuchten, würden sie ihn genauso leer vorfinden wie beim ersten Mal. Von dem Kellergang gingen sicher noch andere Ausgänge ab, wie bei einem Fuchsbau. Es würde nichts nützen, wenn wir uns die Lungen aus dem Leibe schrien. Der Raum war offenbar hermetisch abgeschlossen. Also mußte der seltsame Laut seinen Ursprung hier drinnen haben.

„Gott… oh Gott…"

„Betest du?"

„Nein, es gibt keinen… oh Gott…"

Wie kam es, daß ich das Geräusch kannte, aber irgendwie nicht kennen wollte? Es war eigentlich kein Surren. Eher ein Scharren oder Kratzen, wie wenn man zwei Blätter Sandpapier aneinanderreibt. Scharren? Kratzen? Plötzlich erstarrte ich, und sie merkte es.

„Was… was ist denn?"

„Ach… nichts."

Das war eine Lüge. Jetzt hatte ich die Erklärung für den ekelhaften Gestank, denn wenn man dieses Geräusch, dieses Scharren und Kratzen, einmal gehört hat, vergißt man es nie mehr. Das Bild, das ich damit verband, war so grauenhaft, daß ich es meinem ärgsten Feind nicht in seinen verdienten Alptraum wünschte. Es würgte in meinem Hals, und ich konnte den Brechreiz gerade noch unterdrücken.

Licht, wir brauchten Licht, ich mußte raus, in dieser Gesellschaft wollte ich mein Leben nicht beschließen. Eine Idee tauchte in meinem angstgeplagten Gehirn auf. Eine Idee, die eine Chance war, in all ihrer Widerwärtigkeit.

„Ich muß dich eine Weile loslassen", sagte ich und versuchte, beherrscht zu klingen.

Sie umklammerte meine Hand wie mit einem Schraubstock.

„Du darfst nicht… darfst nicht…"

„Doch, ich muß. Ich werde jetzt den Boden untersuchen."

„Dann mache ich mit. Du darfst mich nicht loslassen."

Ich zog sie an mich und umarmte sie, so fest ich konnte. Sie brach in Tränen aus und schluchzte herzzerreißend. Sie hatte sich lange gehalten; nun war der Damm gebrochen. Noch eine Weile, und ich würde mitweinen.

„Hör zu. Du singst oder pfeifst die ganze Zeit, so daß ich immer weiß, wo du bist. Ich mache es genauso. Wir sind also gar nicht voneinander getrennt. Bitte, laß mich jetzt los, es ist zu unserem Besten."

„Ich will nicht allein sterben!"

„Wenn wir sterben müssen, dann verspreche ich, daß ich dich die ganze Zeit im Arm halten werde. Ganz bestimmt."

Vorsichtig machte ich mich los, und sie ließ es geschehen. Als der physische Kontakt abgebrochen war, begann sie sofort mit einem eintönigen „La la la la", und ich pfiff ohne Melodie. Ich hockte mich nieder und ging auf die Knie. Der Boden war ebenfalls aus rohem Beton und kalt an den Handflächen. Langsam tastete ich mich voran.

Eine leere Kiste. Nägel oder Schrauben. Ein Haufen Strippen, vielleicht ein altes Fischernetz. Etwas Klebriges, igitt! Sie lalalate, und ich pfiff. Plötzlich fiel mir ein, daß ich nicht einmal wußte, wie sie hieß. Sie hatte sich nicht vorgestellt, und ich hatte vergessen zu fragen. Na, das konnten wir noch nachholen. Spätestens wenn wir eng umschlungen starben, wollte ich ihren Namen haben, um ihn mit in die Ewigkeit zu nehmen.

Papierstapel, vermutlich Zeitungen, eine leere Plastiktüte, ein paar Flaschen, die klirrend umfielen. Und immer dieses Geräusch, das an meinen Nerven zerrte. Mein Pfeifen klang dünn, Hals und Lippen waren wie mit Sand belegt. Ich hielt inne und hob den Oberkörper. Nun fiel mir noch etwas auf. Wir hatten schwedisch gesprochen! Vor lauter Panik hatte ich meine Muttersprache benutzt, und sie hatte mich verstanden. Ich schrie sie fast an:

„Bist du aus Schweden?"

„La la la la..."

„Antworte! Sonst pfeife ich nicht mehr."

„Gott... ich spreche schwedisch... la la la la..."

Langsam kroch ich weiter. Meine Gedanken verteilten sich auf verschiedene Fächer. Sie hatte nicht gesagt, sie sei aus Schweden, sondern nur, daß sie schwedisch sprechen konnte. Die Trennwände zwischen den Fächern kippten um, die Gedanken entdeckten einander, verliebten sich, verlobten sich, verheirateten sich und bekamen Kinder. Es mußte einen Grund geben, daß sie eingesperrt war. Sie war im Weg. „Die geben uns niemals frei", hatte sie gesagt. Die - als ob sie die Leute kannte.

Vielleicht hatte sie erkannt, daß sie die Seite wechseln mußte, weil sie sonst... Wieder unterbrach ich mein Pfeifen und rief:

„Du bist Camille! Antworte mir - bist du Camille?"

„La la la la..."

„Camille? Du mußt mir antworten."

„Ja ja, so heiße ich, la la la la..."

Noch mehr Strippen, nun war ich fast sicher, daß es sich um ein altes Fischernetz handelte, halb verrottet. Kleine Tiere krabbelten über meine Hände, und ich schüttelte sie ab. Ich drehte den Kopf, um mein Gehör auf das besondere Geräusch zu fokussieren. Dann wurde mir so schlecht, daß ich erbrechen mußte.

Irgendwo auf dem Boden lag die Leiche eines Menschen, der etwa eine Woche tot war. Das Scharren und Kratzen kam von den tausenden Würmern, weiß mit einem braunen Fleck, die sich durch die Eingeweide des Körpers bohrten und das verwesende Fleisch wegfraßen. Leichenwürmer, ekelhafte, widerwärtige Leichenwürmer!

Camille. Welche Rolle spielte sie in dem Drama? Beziehungsweise: welche Rolle hatte sie gehabt? Für sie war der Vorhang bereits gefallen; Publikum und Mitspieler hatten sie verlassen. Camille sprach schwedisch. Was war das? Hatte ich den Leichnam erreicht? Nein, nur ein paar Lumpen, vielleicht alte Kartoffelsäcke. Ich kroch weiter; meine Gedanken verteilten sich erneut und gebaren eine Erkenntnis. Fast schrie ich sie heraus:

„Du warst die Frau auf dem Segelboot! Du warst es!"

„La la la la..."

„Du mußt nicht antworten. Ich weiß, daß du es warst."

Ein Schuh! Nun hatte ich die verdammten Ekelwürmer direkt vor mir und wußte, daß mir einige davon über die Haut kriechen würden. Frisches Fleisch für die gierigen Fresserchen. Pfui Teufel!

Wenn ich nur Handschuhe gehabt hätte... Himmel und Hölle, was für ein Gestank! Es half nichts - ich begann mich an dem Hosenbein, das sich bereits auflöste, hinaufzutasten. Aha, hier begann die Jacke. Ich mußte in die Innentaschen greifen, um hoffentlich ein Feuerzeug oder Streichhölzer zu finden. Vom Zähnezusammenbeißen bekam ich fast einen Krampf im Kiefer.

„Du sollst pfeifen! Du hast es versprochen... laß mich nicht allein..."

Obwohl mir wieder übel wurde, versuchte ich weiter zu pfeifen. Ich fand den Eingang. Jetzt mit der Hand hinein - iiiih. Gab es etwas Ekligeres als diese Würmer? Ein Schlüssel und ein bißchen Kleingeld. Ich zog meine Hand heraus und schüttelte sie. Wollten die Biester nicht loslassen?

„Pfeifen! Du hast es versprochen..."

Nun kroch ich im Halbkreis zur anderen Seite. Tief Luft holen und hinein! Äääh... Mein Schweiß tropfte herunter; vielleicht gab er dem Würmermahl die richtige Würze. Falls wir hier starben, Camille und ich... Dieser Gedanke gab mir neue Energie, doch es nutzte nichts. Noch ein paar Münzen, das war alles. Nichts, um Licht zu machen. Ich spürte, wie Tränen in meine überanstrengten Augen traten. Nie mehr Virena, nie mehr Elin...

Die letzte Chance waren die Hosentaschen. Kein Mensch trägt sein Feuerzeug oder Streichhölzer in der Hose, aber der hier konnte die große Ausnahme gewesen sein. Ich tastete, griff hinein, doch außer einem Stück Stoff, wohl den Resten des Taschentuchs, und einem Dutzend Würmer blieb meine Hand leer. Leer, leer...

„Du pfeifst ja nicht... Gott... du betrügst mich..."

„Ich komme jetzt zu dir, Camille."

Ich pfiff, und es klang wie ein Trauermarsch. Nichts gefunden, fertig, aus. Ich klopfte der Leiche aufs Bein, danke für die Hilfe... Was war das? Etwas Hartes! Nicht steinhart, aber hart, kein verwesendes, von Würmern wimmelndes Fleisch.

Das Harte saß unterm Knie am Schienbein. Wie ein breites Band. Ich fuhr mit dem Zeigefinger darüber. Da war noch etwas anderes. Seltsam geformt...

Ein Beinholster! Wie viele Schutzgeldkassierer und andere

Verbrecher trug er eine Waffe an der Wade. Auch viele amerikanische Polizisten in Zivil ergreifen so eine Sicherheitsmaßnahme. Ich pfiff auf die Würmer, riß das Hosenbein auf, nahm die Waffe an mich und wog sie in der Hand. Der Form und dem Gewicht nach eine Pistole vom Typ Walther, eine alte Polizeiwaffe. Ich steckte sie in die Tasche und kroch zu der lallenden Camille zurück.

„Halt mich fest... ich dachte nicht... daß du wiederkommst..."

Es dauerte eine Weile, bis sie sich in meinen Armen beruhigt hatte. Ich ließ sie weinen, während mir andere Gedanken durch den Kopf gingen. Eine Pistole ist eine Pistole ist eine Pistole. Eine Schußwaffe! Physische Stärke bedeutet nichts, doch mit der Pistole war ich zu einem Gegner geworden, der sich nicht mehr wie ein Schaf behandeln lassen mußte. Der Mann war getötet und in den Keller geworfen worden. Tot, ausgelöscht, ein Nichts. Daß ein Nichts noch etwas von Wert bei sich haben konnte, war wohl niemandem in den Sinn gekommen. Vielleicht hatten sie nichts von der Waffe gewußt oder nicht mit einem Beinholster gerechnet. Ich war überzeugt, daß die Waffe sogar geladen war. Es lag in der Logik der Sache.

„Camille, ich suche jetzt das Türschloß. Halte dich hinten an meiner Jacke fest."

Sie gehorchte und legte ihren Kopf an meinen Rücken. Ich fand die Türklinke und tastete darunter. Die Öffnung war nicht groß und saß direkt im Holz, ohne Metallblech. Ich zog die Pistole und entsicherte sie. Es war eine Walther oder eine entsprechende Kopie.

„Ich schieße jetzt, Camille. Erschrick nicht."

Dann drückte ich ab. Der Knall hallte in dem leeren Raum nach, und es roch nach Pulverdampf. Was für eine willkommene Abwechslung. Ich griff nach der Klinke. Die Tür ließ sich nicht öffnen. Ein weiterer Schuß und noch ein dritter.

Offenbar hatte ich den Schloßriegel getroffen. Die Tür gab ein wenig nach. Ich schob mit aller Kraft, doch irgend etwas blockierte sie.

„Camille, hilf mir!"

„Ich kann nicht…"

„Doch, du kannst. Stell dich neben mich und lege deine Hände über meine. Bei drei drücken wir gemeinsam. Hast du verstanden?"

„Ja… ich glaube…"

Sie kam an meine Seite und tat schnell und nervös, was ich ihr gesagt hatte. Bei drei schoben wir mit aller Kraft. Ein scharfes Knacken im Schloß, dann schwang die Tür auf.

Draußen auf dem Gang war es so dunkel wie zuvor, doch für uns war alles zu erkennen. Camille wurde wie eine Motte vom Licht angezogen; sie strebte zur Treppe. Die Schiebewand oben stand immer noch offen. Aber war das der richtige Weg? Wo hielten sich die beiden Männer auf? Andererseits…

Am anderen Ende des Ganges tauchte plötzlich ein Mann auf, eine Pistole schußbereit in der Hand. Camille stieß einen schrillen Schrei aus und trat ihm entgegen, die Hände erhoben, die Finger wie Krallen gekrümmt.

„Camille!" brüllte ich. „Bleib stehen!"

Doch meine Warnung ging im Lärm dreier Schüsse unter.

## 28.

Camille blieb wie vom Blitz getroffen stehen, ihre Arme flatterten wie Flügel durch die Luft, dann schlug sie auf den Zementboden auf. Ich schoß einmal und verfehlte den Mann um einen halben Meter. Als er merkte, daß ich bewaffnet war, floh er in einen Seitengang. Eine Tür knallte zu.

Ihre Brust war verschmiert von dem Blut, das aus ihren Wunden schoß, und sie war tot. Ich würde sie holen und zu Asche verbrennen lassen, wenn ich hier herauskam. Keine Würmer sollten meine Kameradin anrühren, die mir buchstäblich so nahe gestanden hatte.

Ich mußte die Treppe hinauf. Die anderen Ausgänge waren jetzt mit Sicherheit verschlossen. Die Schiebewand ließ sich wohl von der Kellerseite schließen und durfte deshalb so lange offen stehen. Ich nahm die Waffe in die linke Hand, hielt mich mit der rechten am Geländer fest und stieg die Treppe hinauf, so schnell mich meine wackligen Beine trugen. Hinein in das kleine Badezimmer. Die Tür war von außen verschlossen. Schlösser, Schlösser überall. Ich trat mit dem Fuß dagegen, doch das Blatt war überraschend stabil.

Jemand kam die steile Treppe herauf. Noch ein vergeblicher Tritt, dann schnellte ich herum. Gerade kletterte ein Mann durch die Öffnung. Wie auch ich hatte er die Waffe in der falschen Hand, um sich besser festhalten zu können. Als er mich erblickte, blieb er stehen. Er würde weniger als eine Sekunde brauchen, um die Waffe in die Schußhand zu wechseln.

Doch eine Sekunde kann eine Ewigkeit sein. Er oder ich - und ich las in seinem Blick, daß er nicht zögern würde. Zweifellos war er gekommen, um mich zu ermorden. Er oder ich - also ich. Aber ich wollte auch nicht, daß er getötet wurde. Es hatte schon zu viele solcher Situationen in meinem Leben gegeben, bei denen „er" nicht mehr aufgestanden war. Obwohl „er" in diesem Fall zu den Attentätern von Kungsholmen gehörte.

Ich schoß und traf ihn in die Schulter. Er schrie auf, und seine Finger lösten sich im Reflex. Die Waffe fiel zu Boden. Er war tatsächlich so dumm oder verwirrt, sich nach ihr zu bücken. Ich ließ den Kolben meiner Pistole auf seinen Hinterkopf krachen. Eigentlich hätte er sofort das Bewußtsein verlieren müssen, doch er versuchte, nach mir zu greifen, ruderte mit den Armen und fiel rückwärts die Treppe hinunter. Vom Boden des Kellers hörte ich einen dumpfer Aufprall. Ich warf einen Blick hinunter und sah, daß sein Kopf in einem unnatürlichen Winkel zum Körper lag. Also hatte „er" sein Leben doch verloren, aber er trug ja selbst die Schuld.

In meine Betrachtungen versunken hätte ich beinahe nicht gemerkt, daß nun seine Kumpane am Fuß der Treppe auftauchten. Schnell drehte ich mich um und feuerte einen Schuß in das Schloß der Badezimmertür. Damit war das Magazin leer.

Doch nun genügte ein Fußtritt, und ich war im hinteren Raum des Salons. Ich eilte nach vorn und auf die Straße. Die beiden Polizisten schauten aus verschiedenen Hauseingängen. Ich rannte auf den mir näheren zu und schrie, so daß beide es hören konnten:

„Die Waffen raus! Einer auf die Rückseite des Hauses und den Hinterausgang bewachen! Die sind bewaffnet und schießen rücksichtslos. Kein Risiko eingehen!"

Sie waren gut ausgebildet und reagierten, ohne lange zu fragen. Der andere Polizist rannte mit gezogener Dienstpistole um das Haus; der neben mir stehende nahm die Waffe in Anschlag. Ich lieh mir sein Mobiltelefon und erreichte Ilona innerhalb von Sekunden.

„Schick eine Einsatzgruppe mit Scharfschützen. Und ein paar Krankenwagen. Es eilt!"

„Geht klar", antwortete sie kurz.

Ein Mann kam aus dem Salon, die Pistole in der Hand. Der Polizist rief eine scharfe Warnung. Sie wurde durch einige Schüsse in unsere Richtung erwidert. Der Beamte feuerte zurück, zielte aber bewußt daneben, worauf sich der Mann in den Salon zurückzog. Von der Rückseite waren ebenfalls Schüsse zu hören, doch wer auf wen schoß, war nicht auszumachen.

Offenbar war das gesamte dicht gespannte Netz von Berliner Polizeiwachen alarmiert worden, denn schon nach vier Minuten trafen die ersten Streifenwagen ein. Die Beamten hatten keine Schutzausrüstung dabei, sondern nur ihre Dienstwaffen; sie konnten lediglich die Bewachung der Rückseite verstärken. Nun hieß es warten. Ich lehnte mich an die Seitenwand des Hauseingangs und ging langsam in die Knie. Schließlich setzte ich mich ganz und gar hin und lehnte den Kopf an den kalten Stein. Ich merkte, wie erschöpft ich war und schloß die Augen.

Eine schnarrende Lautsprecherstimme weckte mich aus dem kurzen, tiefen Schlaf. Es wimmelte von Polizisten, und die, die den plumpen, aber effektiven Schutzanzug trugen, gingen in Stellung. Ein Kommissar rief die Männer im Haus über die Flüstertüte auf, sich zu ergeben und mit erhobenen Händen herauszukommen. Würden sie aufgeben? Als ich aufstehen wollte, wehrte sich mein ganzer Körper dagegen, und auch mein dumpfer Schädel wollte nicht mitspielen. Ilona kam zu mir und sah mich besorgt an:

„Wie geht es dir?"

„Falls du Walzer tanzen willst, setze ich diese Runde aus. Da drinnen liegt ein Mann mit einer Schußverletzung; ich nehme stark an, daß er sich auch noch das Genick gebrochen hat. Vermutlich halten sich noch zwei oder drei seiner Komplizen in dem Schönheitssalon oder den Kellerräumen darunter auf. Im Bad gibt es eine getarnte Schiebewand, dahinter führt eine Treppe hinunter. In einem Verschlag dort unten liegt eine Leiche, mindestens eine Woche alt, und im Gang davor ein junges Mädchen namens Camille - ebenfalls tot. Sie rettete mein Leben; ihr Körper fing die Kugeln ab."

Sie nickte und verfolgte gleichzeitig das Geschehen mit einem wachsamen Blick. Im Salon schien alles ruhig. Der Kommissar am Lautsprecher wiederholte seine Aufforderung, sie sollten sich ergeben, sonst könne man für die Folgen keine Verantwortung übernehmen.

„Laß mich ins Hotel bringen", forderte ich Ilona auf. „Jetzt, sofort. Ich muß baden oder duschen. Komm in mein Zimmer, wenn das hier vorbei ist."

Auf ein Zeichen von ihr half mir ein Polizist auf den Rücksitz des am nächsten stehenden Streifenwagens.

„Und buche mir einen Platz im nächsten Flieger nach Stockholm", rief ich ihr noch zu. „Du solltest auch mitkommen. Ich will noch mit dem Buchverleger Weber reden. Oh Scheiße, bin ich k.o.!"

Das Auto war gerade zehn Meter weit gekommen, als es durch eine mächtige Detonation ins Schlingern kam. Ich drehte mich um. Der Schönheitssalon Barbara Beauty war nur noch ein schwarzes Loch in der Wand, aus dem Flammen loderten. Der Fahrer zögerte, doch ich wies ihn an weiterzufahren. Gegen Bomben konnte ich nichts ausrichten. Ich schloß die Augen und fühlte eine Art Frieden. Adieu, Camille! Nun mußte ich sie nicht mehr ins Krematorium bringen; die Explosion hatte sie vor den Würmern bewahrt.

Das Flugzeug kreiste über Arlanda. Ilona und ich zogen die Sicherheitsgurte enger. Wir hatten Plätze in einer der ersten Morgenmaschinen bekommen, und ich fühlte mich ausgeruht, obwohl ich kaum zum Schlafen gekommen war. Im Hotel angekommen hatte ich mich eine Stunde in heißes Wasser gelegt und die ganze Zeit mit Åke Sundgren und Simon telefoniert. Dann war Ilona gekommen und hatte Weber mitgebracht. Er bestätigte meine Vermutung. Meine Theorie schien also zu stimmen, und ich war ein bißchen stolz auf mich.

Doch die Wahrheit war ja, daß ich es versäumt hatte, Informationen weiterzugeben, weil ich sie nicht als wichtig erkannt beziehungsweise nicht die richtigen Schlußfolgerungen aus allein mir bekannten Fakten gezogen hatte. In Wirklichkeit hatte ich mich wie ein Trottel aufgeführt, aber das würde ich nicht ausposaunen, sondern höchstens Ilona gegenüber zugeben, weil sie eine gute Polizistin und echte Freundin war.

„Es ist lustig, wie sich das Bild zusammenfügt, wenn man nur ein paar wichtige Teile richtig einordnen kann", philosophierte ich.

Das war gewiß ein Klischee, aber wer sagte, daß ich keine abgenutzten Bilder verwenden durfte, wenn sie nur stimmten? Genau so war es gewesen, ich hatte hier probiert und da... Viele Details addieren sich zu einem Ganzen, wenn man sie im richtigen Zusammenhang betrachtet. Wie bei Doktor Mabuses Testament.

„Ich hörte heute morgen, daß der Schönheitssalon vollkommen ausgebrannt ist. Im Keller gingen ein paar Sprengsätze hoch, aber die Mieter in den oberen Stockwerken kamen Gott sei Dank nicht zu Schaden. Die Kerle müssen noch einen anderen Fluchtweg gehabt haben. Vielleicht können uns die Baupläne weiterhelfen, die ich angefordert habe", brachte mich Ilona auf den neuesten Stand.

„Was sagt Frau Goethe? Und Herr Goethe?"

„Sie schweigt und er jammert nur, wie schwer das Leben sei und daß wir seine geliebte Jutta freilassen sollen. Hört nicht zu und scheint auch nicht mehr viel mitzukriegen, bei dem ständigen Alkoholkonsum. Wenn er so weitermacht, säuft er sich zu Tode."

Das hatte er wohl auch vor, dachte ich. Ohne Jutta war er nichts. Mit ihr ebenfalls. Diese Mathematik gab ihm keine großen Chancen.

Das Flugzeug setzte auf, und wir holten unser Gepäck vom Band. Soweit ich sehen konnte, waren wir beide die einzigen ohne Plastiktüten mit billigem Schnaps und Zigaretten. In der Ankuftshalle warteten Simon und Åke Sundgren. Åke zeigte sich als Gentleman und trug Ilonas Tasche zum Wagen, und zu meiner großen Erleichterung setzte er sich ans Steuer. Hätte Simon uns chauffiert, wäre ich ausgestiegen und gelaufen. Man kann schließlich nicht jedes Risiko eingehen.

„Wir haben eine halbe Armee zusammengetrommelt", berichtete Åke. „Nur wenige wissen, wo genau wir zuschlagen werden. In der Nacht kamen zwei Kollegen von Interpol, um an der Operation teilzunehmen, jetzt, wo Goethe aus dem Spiel zu sein scheint, jedenfalls vorübergehend."

„Habt ihr mit Ovøs und Mille Mall gesprochen?"

Simon gähnte wie ein Flußpferd, bis ihm einfiel, daß eine Dame an Bord war. Schnell hielt er sich die Hand vor den Mund.

„Wir haben in allen Abteilungen mit Volldampf gearbeitet. Ich war gestern abend selbst in Norrtälje; Myrna hat sich Mall vorgenommen. Beide haben gestanden, und besonders Ovøas schien erleichtert. Er hatte geglaubt, ein Mörder oder zumindest Totschläger zu sein."

„Wann soll die Razzia losgehen?" fragte Ilona.

„Wir fahren direkt hin. Hoffentlich seid ihr nicht zu müde nach der langen Reise. Immerhin wart ihr fast genauso lange unterwegs wie ich, als ich heute morgen in der rush-hour quer durch die Stadt mußte."

Ilonas Handy surrte, und sie lauschte. Dann berichtete sie uns:

„Barbara Millford ist tot. Erschossen in ihrem Wagen, als sie am Steuer saß."

„Sie war sicher eine der wenigen Kontaktpersonen", murmelte ich. „Die beseitigen eine nach der anderen."

Wir näherten uns Uppsala und bogen nach Lindagørden ab. Es war ein hoher, klarer Morgen, doch Wetter, Wind und Natur interessierten uns nicht. Langsam stieg unsere Erregung, denn so eine Jagd hat ihren Reiz, den man leugnen, dem man sich aber nicht entziehen kann. Für mich bedeutete das Ganze unendlich viel - es ging um alles, um meine Zukunft. Wir durften uns keinen Fehler leisten. Åke parkte den Wagen und diskutierte lange mit dem Leiter der Operation. Der Plan war einfach und unkompliziert: Paßt auf, daß keiner entkommt. Besetzt auf Kommando alle Gebäude.

In der Nähe der Einfahrt zum Lindagørden stand ein großer Lieferwagen mit einer Reklameaufschrift „Gebäudereinigung Uppsala AG". Åke ließ uns alle hinten einsteigen und setzte sich dann neben den Fahrer.

In dem Lastraum saßen bereits über ein Dutzend Männer und Frauen auf Decken. Wir begrüßten uns kurz; es waren die beiden Interpolleute sowie Techniker verschiedener Richtungen. Wir zwängten uns in Overalls mit dem Firmenaufdruck der Wäscherei und setzten uns einfache Schirmmützen auf. Der Wagen fuhr los und rüttelte uns einige Minuten durch. Dann hielt er an, vermutlich vor dem Haupteingang.

„Alle wissen, was sie zu tun haben?" vergewisserte sich Simon. „Bewegt euch so, daß ihr keinen Verdacht erregt. Habt ihr euch alle den Lageplan eingeprägt?"

Zustimmendes Gemurmel ertönte; sie hatten die vergangene Nacht intensiv genutzt. Ilona und ich wurden dem Trupp zugeteilt, der in das Hauptgebäude gehen sollte. Åke öffnete die hintere Tür:

„Jetzt geht´s los", sagte er leise. „Nehmt die Utensilien mit."

An der Seite standen Eimer, Schrubber und Lappen. Jeder

rüstete sich mit irgend einem Gerät aus. Ohne Hast strebten die Kollegen den verschiedenen Gebäuden zu, als wären sie zum Fensterputzen oder Flurwischen bestellt worden. Auf dem Parkplatz standen einige sehr elegante Wagen. Sechs Mann folgten uns in das Hauptgebäude.

Als wir drinnen waren, handelten wir unverzüglich. Åke und Ilona kontrollierten, ob im Speisesaal keine Computer oder Telefone standen, dann schwärmten die Polizisten aus und holten die Gäste aus ihren Zimmern. Sämtliche Mobiltelefone wurden eingesammelt und mit dem Namen des Besitzern registriert.

Simon und ich betraten ohne Anmeldung Elvy Johannessons Büro. Erst schaute sie uns verwundert an, dann erkannte sie mich wieder und streckte die Hand nach dem Telefon aus. Eine einprogrammierte Nummer, durch Knopfdruck aktiviert, konnte die ganze Aktion gefährden. Ich riß den Apparat an mich, und Simon erklärte:

„Alle Mobiltelefone sind beschlagnahmt, alle Amtsleitungen abgeschaltet. Auch die Computer dürfen nicht mehr benutzt werden."

Sie war völlig ruhig und verschränkte die Arme vor der Brust:

„Damit gehen wir vor die Presse. Sind Sie sich dessen bewußt?"

Simon verbeugte sich kurz:

„Mit der Presse werden Sie noch mehr als genug zu tun haben. Gibt es hier noch einen kleineren Versammlungsraum als den Speisesaal?"

„Unser Kaffeezimmer ist..."

„Prima. Sie gehen vor, wir folgen Ihnen."

„Wir haben einen Anwalt. Ich fordere seine Anwesenheit."

„Wenn wir mit den Verhören beginnen, ist er willkommen. Jetzt sammeln wir erstmal Material. Seien Sie so gut und zeigen Sie uns das Kaffeezimmer."

Ihr blieb nichts übrig als zu gehorchen, aber es waren siebzig wutentbrannte Kilo, die vor uns her über den Flur zu einem

Raum marschierten, der hinter dem Speisesaal lag und durch eine Doppeltür abgetrennt war. Simon schloß sie und bot der Dame des Hauses einen Stuhl an, doch die hochgradig erregte Elvy zog es vor zu stehen. Simon befahl einem Polizisten, sie gut zu bewachen.

Ein paar vollbesetzte Wagen fuhren auf das Gelände; es waren unsere Spezialisten, die ihre eigenen Computer mitgebracht hatten. Auch ein paar Ärzte gehörten zu dieser Gruppe.

Aus den Zimmern und den anderen Gebäuden kamen die Kollegen mit den Heimbewohnern und führten sie in den Speisesaal. Auch die Angestellten des Sanatoriums waren dabei. Cordelia Ilvén stützte sich auf den Arm ihres Bruders, und ich nickte ihm einen Gruß zu. Er wußte nicht, wie er sich verhalten sollte und neigte gemessen den Kopf.

„Interessant, dich hier zu treffen", spottete ich. „Bist du jetzt auch geistig verwirrt?"

„Ich wohne oft in einem der Besucherräume. Meine Schwester braucht mich."

„Das ist nett von dir, daß du dich um das Schwesterchen kümmerst. Geradezu edel. Dieser nette Beamte hier bringt euch in das Kaffeezimmer. Er plaziert euch so weit wie möglich voneinander entfernt, und ihr dürft erst wieder sprechen, wenn wir kommen."

Simon schüttelte den Kopf und sagte leise:

„Laß deinen Sarkasmus. Das ist nicht unsere Aufgabe."

„Das fällt mir aber schwer."

„Laß ihn trotzdem."

Zwei Stunden später hatte sich die Situation stabilisiert; die Operation war überraschend undramatisch verlaufen. Ein paar Männer hatten versucht zu fliehen, waren aber von den vielen Polizisten eingefangen und ebenfalls in den Speisesaal gebracht worden. Sämtliche Mobiltelefone waren eingesammelt und mit den Namen der Eigentümer versehen worden. An jedem Computer im Hause saß ein EDV-Spezialist und entlockte der Maschine ihre Geheimnisse. Allen, die zum Lindagørden gehörten, Männer und Frauen, Gäste, Besucher und Angestellte, wurden Fingerabdrücke abgenommen und via E-Mail an die verschiedenen Register in aller Welt geschickt. Auch andere Mitteilungen und Anfragen kamen und gingen über den Äther. Moderne Polizeiarbeit bedeutet heute vor allem, eine Technik auszunutzen, die noch vor wenigen Jahren als Science Fiction bezeichnet worden wäre.

Doch ein gewisser Teil wird immer noch allein vom Menschen geleistet, und mit diesem wollten wir die Versammelten nun konfrontieren. Unsere Ärzte hatten sich mit den sogenannten Patienten beschäftigt, deren Krankenjournale ausgewertet und so gut wie möglich überprüft. Acht Personen, fünf Männer und drei Frauen, waren offenbar nur noch physisch bei uns. Sie waren schwer gestört und durften mit ihren Betreuerinnen in ihre Zimmer zurückkehren, wurden dort jedoch von Beamten bewacht. Wir durften absolut nichts riskieren.

Ilona, Åke und die Kollegen von Interpol hatten inzwischen eine Minikonferenz abgehalten, hin und her telefoniert und Daten verglichen. Punkt zwölf Uhr waren alle im Speisesaal versammelt. Elvy Johannesson hatte die ganze Zeit gestanden; das war ihre Form eines ohnmächtigen Protests.

„Ich bin Kommissar Simon Palm", stellte sich Simon vor. „Ich möchte zunächst feststellen, daß sich hier sieben Personen mit ausländischem Paß aufhalten. Wie kommt das, Frau Johannesson? Das ist kein Verhör, sondern eine einfache Frage."

Sie nahm ihre Verteidigungsstellung ein, indem sie erneut die Arme vor der Brust verschränkte, und zischte:

„Die Stiftung ist international! Hierher dürfen alle kommen, die die Voraussetzungen erfüllen."

„Auch junge Männer und solche in den besten Jahren? Nur eine Frage, kein Verhör."

„In den Statuten steht nichts vom Alter. Seelische Krankheiten fragen nicht danach."

„Wir haben bereits feststellen können, daß mindestens vier der Pässe gefälscht sind; die Untersuchung der anderen drei ist noch nicht abgeschlossen. Ist das nicht seltsam?"

Sie bewegte den Unterkiefer, als wollte sie mit den Zähnen

knirschen, beherrschte sich aber und erwiderte:

„Wir sind hier keine Polizei! Die Stiftung nimmt alle auf, die Hilfe brauchen."

„Ich frage mich, warum dann einige versuchten zu fliehen?"

„Wenn geistig verwirrte Menschen plötzlich beunruhigt werden, ist es natürlich, daß sie den Unruheherd fliehen. Seltsam wäre, wenn sie es nicht täten. Sie haben keine Ahnung von Psychiatrie."

„Mag sein, wir sind ja nur Polizisten. Kriminalinspektor Roland Hassel hat die Ermittlungen geleitet; er wird nun berichten, welche Erkenntnisse wir gewonnen haben. Wir verbergen nichts. Danach haben Sie das Recht, sich zu äußern und eventuelle Verdachtsmomente zu zerstreuen. Wir werden ja sehen. Bitte, Inspektor Hassel."

Er grinste mich an, mein bester Freund. The Terrible Twins waren wieder vereint. Ich ließ den Blick über die Versammelten schweifen. Zwei Personen kannten mich, aber sie zeigten keine Reaktion. Cordelia Ilvén saß erhobenen Hauptes auf ihrem Stuhl. Beste Haltungsnoten, Stil und Klasse. Bruder PA wirkte dagegen verschüchtert und starrte zu Boden. Konnte ich das große, schwer zu steuernde Boot an Land rudern?

## 29.

Ich holte tief Luft und begann:

„Heutzutage machen die großen Verbrechen an Ländergrenzen nicht halt. Man kooperiert bei Projekten, wie es alle Großunternehmen tun. Wir verdächtigen beispielsweise PA Steander, der Kopf einer internationalen Organisation zu sein, die sich unter anderem mit Prostitution im großen Maßstab beschäftigt, das heißt mit modernem weißen Sklavenhandel, indem man Bordelle mit Mädchen aus Osteuropa versorgt. Aber auch verschiedene Formen von Schmuggel und Geldwäsche gehören dazu. Alles in allem Wirtschaftsverbrechen in gigantischem Ausmaß."

PA rührte sich nicht und starrte weiter auf den Teppich.

„Ein Ort wie dieser hier ist die perfekte Zentrale", fuhr ich fort. „Wer den Film ´Das Testament des Doktor Mabuse´ gesehen hat, weiß, was ich meine. Das Sanatorium gehört einer sehr respektablen Stiftung und hat einen guten Ruf. Ob Fergusons dazugehören, wissen wir nicht. Noch nicht. Jedenfalls können gesuchte Verbrecher hier problemlos untertauchen. Von hier aus kann man auch Geldbeträge versenden, ohne Verdacht zu erregen. Wir sind sicher, daß Elvy Johannesson zum inneren Kreis gehört. Genaueres wird sich noch herausstellen."

Sie setzte zu einem Protest an, doch ich hob die Hand:

„Wir sagten, daß wir nichts verbergen. Sie dürfen sich später äußern."

Da ich schwedisch sprach, verstanden Ilona und die Kollegen von Interpol nicht genau, was ich sagte, doch in groben Zügen konnten sie wohl folgen.

„Ein Holländer namens Henk Priem gehört zu der Organisation. Er hat Gründe zu verschwinden, und zwar so, daß man nicht nach ihm sucht. Mit anderen Worten: Er will seinen Tod inszenieren. PA Steander oder sein Chef nehmen sich der Sache an. Der Plan ist so clever, daß er seinem Chef ansteht. Steander lädt ein paar Personen zu einem Segeltörn ein; Leute, die sich nicht kennen und keine Beziehungen zu Steander haben. Henk Priem ist darunter. Sie segeln auf die Ostsee hinaus. Wir wissen, daß eine Menge Schnaps serviert wurde. An Bord war auch ein junges Mädchen namens Camille. Für sie war es nur ein gut bezahlter Schauspielerjob."

PA zuckte zusammen, warf mir einen müden Blick zu und starrte dann wieder zu Boden. Niemand unterbrach mich. Sie hatten Interesse an meinen Ausführungen und wollten, daß ich die Karten auf den Tisch legte, bevor sie sich an dem Spiel beteiligten, damit sie meine Trümpfe überstechen konnten.

„Steander tut so, als wäre er ganz verknallt in das Mädchen und umgekehrt. Für die Gäste steht fest, daß sie seine Geliebte ist. PA bittet die anderen Männer, seiner Ehefrau nichts über das Verhältnis mitzuteilen, weil es im Fall einer Scheidung um sehr viel Geld gehe. Der Alkohol fließt in Strömen; die Gäste merken nicht, daß sie regelrecht abgefüllt werden."

Elvy Johannesson wechselte das Standbein; das war ihre einzige Reaktion.

„Ich war zu Hause bei Mille Mall, einem der Teilnehmer an dem Segeltörn. Er bot mir konzentrierten Orangensaft an und erzählte, daß es solchen auch an Bord gegeben habe. Nun kennen viele Kerle den miesen Trick, mit dem man manche Frauen herumkriegt: Man mischt Juice mit einem neutralen starken Schnaps, zum Beispiel Wodka. Viele schmecken den Alkohol nicht oder können das Mischungsverhältnis nicht richtig einschätzen. So war es auch an Bord. Die Gäste ahnen nicht, daß sie neben den regulären Drinks zusätzliche verabreicht bekommen. Alle können, was Alkohol angeht, als Normalkonsumenten gelten, so daß sie nach einer Weile sinnlos betrunken sind. Damit beginnt der nächste Akt des Dramas."

Die Ausländer schauten mich verständnislos an, doch keiner übersetzte für sie. Ich würde ihnen später gern eine deutsche Version liefern. Eine Rolle ist ja immer eine Rolle.

„Henk Priem provoziert einen Streit. Er schreit und zankt mit ihnen; es kommt zu Handgreiflichkeiten, er schreit um Hilfe. Schließlich sind alle erschöpft, schlafen vielleicht sogar ein. Priem hat seinen Teil erledigt und wird von einem nachfolgenden Boot heimlich übernommen. Dann zieht ein starker Sturm herauf; sie landen im Wasser und werden von einem Fischer gerettet. Camille bittet auch diesen Mann, ihre Anwesenheit an Bord zu verschweigen, und er verspricht es. Dann nehmen sich PA und Camille die beiden geretteten Männer vor, die durch das kalte Meerwasser schlagartig nüchtern geworden sind. Camille behauptet, sie habe gesehen, wie sie Priem im Streit ins Wasser geworfen hätten. Beide erinnern sich an die Auseinandersetzung mit dem Holländer und glauben ihr, daß sie sich eines Todschlags, vielleicht sogar Mordes, schuldig gemacht hätten. Steander und Camille versprechen zu schweigen, falls sie bereit wären, die Anwesenheit einer Frau an Bord zu vergessen. Und sie greifen nach diesem rettenden Strohhalm. Also wird Henk Priem für tot erklärt; er sei im Sturm ertrunken."

Vor langer Zeit war ich auch einmal auf einen mit Wodka versetzten Orangensaft eingeladen worden. Ich erinnerte mich, daß der Schnaps direkt ins Gehirn gegangen war und ich einige Fehltritte getan hatte, ohne zu begreifen warum.

„Es gibt in der Organisation harte Typen, die dem Fischer wie auch den Herren Ovøs und Mille Mall klarmachen können, daß es besser ist, den Mund zu halten. Kommen wir zu Camille. Wer ist sie? Sie gehört zu dem holländischen Zweig der Organisation; ihr Vater ist zusammen mit Henk Priem und den Schwestern de Jong fest in das Verbrechen verwickelt. Die Bande hat viel Geld verdient, doch die Gier ist grenzenlos. Durch eine Dame in Berlin, Barbara Millford, erhält sie einen Auftrag, den sie nicht ablehnen kann - und auch nicht will, denn der Auftraggeber verfügt über unermeßliche Ressourcen..."

Ein leises Knurren war zu hören, und ich sah an Simons Grinsen, daß es aus seinem Magen kam. Er war hungrig und wollte mich zur Eile antreiben. Doch darauf ließ ich mich nicht ein; mein Vortrag erforderte einen gewissen Takt.

„In Schweden und in vielen anderen Ländern kommt es zu Bombenanschlägen; am schlimmsten hätte es in Frankfurt am Main während der gut besuchten Buchmesse ausgehen können. Ein Schriftsteller namens Leonard Pilcic hat ein Buch über die Kämpfe auf dem Balkan geschrieben; eine politische Terrorgruppe, die sich KAJKS nennt und das Erscheinen des Buches verhindern will, bekennt sich zu den Anschlägen. Sowohl Verleger als auch verbreitende Buchhändler werden bedroht. Und die Rechnung geht auf; Verträge werden gelöst, ganze Auflagen makuliert. Doch bei genauerer Betrachtung drängen sich einige Fragen auf. Die wichtigste: Welche der Konfliktparteien auf dem Balkan vertreten die Terroristen eigentlich? Schon zeitig hörten wir, daß der Autor Pilcic an einem neuen Enthüllungsbuch arbeite. Vor kurzem sprachen wir mit seinem deutschen Verleger, der ihm lange die Treue gehalten hat. Pilcic verwendete keinen Computer, sondern tippte seine Manuskripte auf traditionelle Weise in die Schreibmaschine. Er hatte dem Verleger kein einziges Kapitel gezeigt, doch sollte das neue Buch von der amerikanischen Mafia und ihrem weltweiten Einfluß handeln, mit Namen, Geheimkonten, Kopien von Quittungen und politischen Verbindungen. In Wirklichkeit war es dieses Buch, das die amerikanische Mafia, die mächtigste Organisation der Welt, stoppen wollte!"

Es war, als hätten sich alle in Statuen verwandelt, die aufrecht sitzende Cordelia Ilvén, der den Kopf hängen lassende PA und die anderen im Raum - alle schienen in der Bewegung erstarrt zu sein.

„Die Mafia weiß, daß die Welt der Bücher nicht die ihre ist. Verleger sind oft Menschen mit großer Zivilcourage. Die Bedrohung mußte also sehr abschreckend gestaltet und die Konsequenzen des Kontaktes zu Pilcic so plastisch vorgeführt werden, daß jeder den Mut verlor und sich von dem Autor und seinen Projekten zurückzog. So ist es zu erklären, warum die angeblich politisch motivierten Attentäter im Falle des deutschen Verlages auch dann noch zuschlugen, als sie ihr vorgeschobenes Ziel, den Verkauf des Buches zu verhindern, bereits erreicht hatten. Barbara Millford fiel die Aufgabe zu, die Sprengstoffattentäter für Europa zu rekrutieren und die umfassende Operation zu leiten. Hier gibt es natürlich im Untergrund eine sizilianische Anknüpfung, aber die Organisation stellt geeignete Personen für die Tat an. Der Chef bestimmt, wie man vorzugehen hat."

An dieser Stelle hätte ich noch andere Personen wie zum Beispiel Claus und Jutta Goethe erwähnen können, doch ich wollte nicht zu sehr ins Detail gehen. Jutta und Barbara hatten eng miteinander zu tun gehabt, wie eng genau, würde sich noch zeigen. Claus berichtete ihren eigenen Aussagen zufolge alles; sicher hatte er auch von dem Interesse Interpols an den Sprengungen erzählt. Vielleicht hatte Jutta ihn aufgestachelt, sich für die Schwedenmission zu bewerben. Durch ihn erfuhr sie während der Ermittlungen alle Details. Also mußten sie von Anfang an gewußt haben, daß ich mich hinter der Maske des Schweizers Dorffmann versteckte, doch solange ich in der

Nähe Goethes arbeitete, war ich ihnen lebend mehr wert als tot. Als Goethe merkte, daß er in dem Sumpf von Verrat und Verbrechen immer tiefer versank, griff er zur Flasche.

Wie konnte er sich so hoffnungslos in Juttas Netz verfangen? Sicher hatte sie ihm einst Liebe und Wärme und das Gefühl gegeben, ein wunderbarer Mann zu sein - und sein Traum war es, in dieses Paradies zurückzukehren. Es kann leicht sein, eine Frau zu erobern, wenn sie sich erobern lassen will, aber es ist unglaublich schwer, dieselbe wiederzuerobern, wenn sie sich weigert. Vielleicht hatte Ilona recht, und er würde sich in Kürze totsaufen.

„Pilcic hat sich vermutlich selbst umgebracht. Auf einen Zettel schrieb er zuvor, daß ihm nichts mehr bliebe. Das war wörtlich gemeint: Die Mafia hatte ihn gezwungen, alle Aufzeichnungen, Beweise und Dokumente zu übergeben oder zu vernichten; die Arbeit von Jahren war damit zunichte. Er hatte geglaubt, in einem sicheren Versteck zu sitzen, doch das Telefon des Verlegers war abgehört worden. Aber auch in einer scheinbar perfekt funktionierenden Organisation gehen Dinge schief. Einem Teil der Mitglieder wurden die Aktionen allzu blutig. Henk Priem zum Beispiel wollte aussteigen; deshalb bestrafte man ihn furchtbar, indem man Hände und Gesicht in Salpetersäure tauchte. So würden alle behandelt werden, die Befehle nicht strikt befolgten."

Noch immer gibt es Leute, die die amerikanische Mafia nicht ernst nehmen, sondern glauben, daß es sich dabei um ein im Prinzip abgeschlossenes Kapitel handelt. Ein kapitaler Fehler! Sie ist stärker als je zuvor und durchdringt die gesamte amerikanische Gesellschaft. Für jeden Dollar, der im Umlauf ist, egal in welcher Branche, kassiert die Mafia auf irgendeine Weise fünfzig Cent. Die Mafia hat ein Interesse, keine große Aufmerksamkeit zu erregen, um die Geschäfte nicht zu gefährden, aber ihre Muskeln sind gigantisch. Die USA sind die mächtigste Nation der Welt - nur die Mafia ist stärker.

„Camille ist die Tochter des Holländers Anton Grootes. Im Unterschied zu ihrer Schwester Renate hat sie nichts gegen die

Welt des schnellen Geldes. Camille ist ein sehr intelligentes Mädchen, das mehrere Sprachen beherrscht, unter anderem Schwedisch. Sie kann die Sprachen an der Uni gelernt haben oder aus anderen Gründen, jedenfalls ist sie perfekt und paßt genau in den Plan von Steanders Chef. Vorerst ziert sie das Bordell der Schwestern de Jong, um das lohnende Geschäft kennenzulernen und es vielleicht einmal zu übernehmen und auszuweiten. Doch auch sie verkraftet die vielen Morde und den Tod Unschuldiger nicht mehr. Im Grunde ist sie ein gutes Mädchen. Sie will abspringen, aber die Mafia läßt keinen los, den sie einmal in ihren Klauen hat."

Das sollte reichen. Der Rest bestand in weiteren Ermittlungen, Verhören, Befragungen, noch mehr Verhören, noch mehr Ermittlungen. Nur ein paar Sätze hatte ich noch übrig. Ich ließ meinen Blick über die Leute in dem Speisesaal schweifen. Dann zeigte ich auf einen Mann und fuhr in deutsch fort:

„Das ist einer von den dreien, die ich kurz vor dem Bombenattentat in Kungsholmen vor der Buchhandlung beobachtete. Der zweite war Henk Priem. Der dritte starb in einem Keller in Berlin, und das war seine eigene Schuld. Schuld... Hier geht es wirklich um Schuld in gigantischem Ausmaß..."

Der Mann verzog keine Miene. Er glaubte möglicherweise, er könnte sich nach und nach von allem freischwören. Da mußte er sich aber anstrengen. Ich wandte mich dem zweiten zu, den ich kannte:

„Dein Gesicht habe ich auf einem Foto in Amsterdam gesehen. Du bist Anton Grootes, der Vater von Camille und Renate. Liebst du deine Töchter? Renate glaubt, du habest sie im Stich gelassen."

Ich ging zu ihm und blieb vor ihm stehen. Er war ganz und gar nicht unberührt, obwohl er versuchte, seine Gefühle zu verbergen.

„Weißt du, wie es deiner Tochter Camille ergangen ist? Sie ist tot, Grootes. Tot! Eingesperrt in einem Keller, um neben einer Leiche zu verrecken, an der schon die Würmer nagten. Sie war fast wahnsinnig vor Angst - vor den Leuten, die du auf sie gehetzt hast."

Ein schockierter Ausdruck trat in seinen Blick, und er stieß hervor:

„Meine Camille ist..."

„Tot. Drei Schüsse in den Bauch."

Er schlug die Hände vors Gesicht und wiegte sich vor und zurück. Grootes würde während der Verhöre keine Probleme bereiten. Nun kam die letzte Runde vor dem Gong des Richters:

„Auch eine Verbrecherorganisation hat ihre Hierarchie. Nun, Steander, willst du uns nicht sagen, wer dein Chef ist? Lieber nicht, denn es handelt sich um eine Person, die hart wie Granit ist - um deine Schwester Cordelia!"

Sie schaute mich ungerührt an und sagte, als lebte sie in einer anderen Welt:

„Ich will jetzt schlafen. Wo ist mein Bett?"

Ich lachte laut auf, erinnerte mich aber, daß ich nicht sarkastisch sein durfte.

„Sie leiten jedenfalls den schwedischen Teil der Organisation. Lindagørden ist die Zentrale für Ihre Aktivitäten; von hier aus dirigieren Sie Ihre Truppen. Die Vorsteherin gehört dazu und gehorcht Ihnen. Auch Ihr Bruder ist nicht mehr als ein Schoßhund, der aufs Wort pariert."

„Ich bin so müde... ist es nicht schon Abend?"

„Wir haben hier im Hause jeden Fetzen Papier und jeden Computer beschlagnahmt, so daß wir auch die E-Mails kontrollieren können. Die Beweise werden einmal um den Erdball reichen."

„Kann man heute eine Mehlsuppe bekommen?"

Bruder Prax hob endlich den Kopf und sagte mit tonloser Stimme:

„Delia, das hat doch keinen Zweck. Wir haben keine Chance."

„Halt den Mund!"

Die Mehlsuppe war vergessen; ihre Augen funkelten, und die Stimme war messerscharf. Er machte eine resignierte Geste:

„Wir hätten uns nicht mit Dingen beschäftigen sollen, die eine Nummer zu groß für uns waren. Ich habe dich gewarnt, aber du wolltest nicht hören. Du hast ja nie auf mich gehört."

Ich verbeugte mich vor Elvy Johannesson:

„Jetzt können Sie Ihren Anwalt anrufen!"

Ich hatte frei und wollte meine Ruhe haben. Sollten sie doch ihre Verhöre allein abhalten. Was ich wußte oder vermutete, hatte ich zu Protokoll gegeben; ich hatte nichts mehr hinzuzufügen und konnte auch sonst nicht von Nutzen sein. Am zweiten Tag nach der Massenverhaftung von Lindagørden meldete sich eine verbindliche Stimme auf deutsch an meinem Telefon:

„Wir können Ihnen erfreut mitteilen, daß wir kein Interesse mehr an Ihnen haben."

„Natürlich nicht. Sie haben ja alle Unterlagen von Pilcic, und der ist tot."

„Genau. Er kann uns nicht mehr schaden. Sie haben Ihren Job getan, wie Sie ihn tun mußten, und wir rächen uns nie, wenn die Rache sinnlos ist. Effekthascherei ist nicht unsere Sache."

„Ich nehme an, daß ich mich jetzt auch noch bedanken soll."

„Wie auch immer. Sie bedeuten nichts für uns. Aber reisen Sie nicht in die USA. Das könnte mißverstanden werden."

Das war das ganze Gespräch. Er hatte nicht aus Liebenswürdigkeit angerufen, sondern um zu beweisen, wie unverletzbar die Mafia war. Ich kümmerte mich nicht darum. Ich konnte weder das Wetter beeinflussen noch dem organisierten Verbrechen etwas Entscheidendes entgegensetzen. Mir war es wichtig gewesen, den Mörder meiner Leidensgefährtin Camille zu schnappen. Und die, die Werna Isbergs tolle Buchhandlung in Kungsholmen ramponiert hatten. So etwas mußte verhindert werden!

Endlich konnte ich Virena anrufen und sie bitten heimzukommen. Sie versprach, sofort zu packen und den ersten Flieger zu nehmen.

„Ich werde mich noch ein halbes Jahr freistellen lassen", sagte ich. „Kannst du auch frei machen?"

„Können wir uns das leisten?"

„Die Polizei muß mir einen gutbezahlten Ermittlungsauftrag für hundertachtzig Tage geben."

„Dann haben wir ein neues Halbjahr zusammen. Tag und Nacht!"

Ich lächelte ins Telefon. Sehr viel Tag und sehr viel Nacht. Es war doch schön zu leben - wenn man durfte. Apropos... Ich holte mir das Telefonbuch und schlug unter Bestattungsunternehmen nach. Am besten, ich kümmerte mich sofort um die Sache, obwohl ich davon ausging, daß mir noch Zeit blieb. Jedenfalls würde es in allen Unterlagen stehen - Roland Hassels sterbliche Hülle sollte verbrannt werden.

So blieb mir wenigstens ein Alptraum erspart!